Drew Karpyshyn

SCHÖPFER DER DUNKELHEIT

Darth Bane

Drew Karpyshyn

STAR WARS™

SCHÖPFER DER DUNKELHEIT

Darth Bane

Aus dem Englischen
von Regina Winter

LUCAS BOOKS

blanvalet

Die amerikanische Originalausgabe erschien unter dem Titel
»Star Wars™: Darth Bane. Path of Destruction«
bei Del Rey/The Ballantine Publishing Group, Inc., New York.

MIX
Papier aus verantwortungsvollen Quellen
FSC® C014496

Penguin Random House Verlagsgruppe FSC® N001967

5. Auflage
Taschenbuchausgabe Mai 2014 bei Blanvalet,
einem Unternehmen der Penguin
Random House Verlagsgruppe GmbH, Neumarkter Straße 28, 81673 München.

Umschlaggestaltung: Isabelle Hirtz, Inkcraft,
nach einer Originalvorlage

Original Cover Art by John Jude Palencar
Redaktion: Rainer Michael Rahn
HK · Herstellung: sam
Satz: omnisatz GmbH, Berlin
Druck und Bindung: GGP Media GmbH, Pößneck
Printed in Germany
ISBN 978-3-442-26981-5

www.blanvalet.de

STAR WARS™

DIE ROMANE: WAS GESCHAH WANN?

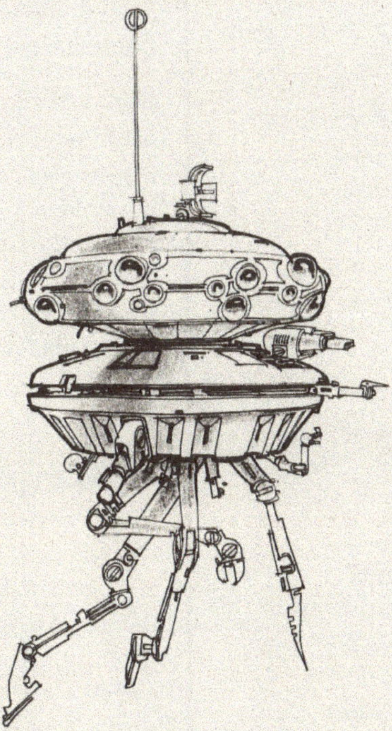

5000–1032 VSY

- Der Vergessene Stamm der Sith

3645 VSY

- Darth Scabrous

1032 VSY

- Knight Errant – Jägerin der Sith

ca. 1000 VSY

Darth Bane:

- Schöpfer der Dunkelheit
- Die Regel der Zwei
- Dynastie des Bösen

67–32 VSY

- Darth Plagueis

32,5–32 VSY

- Schleier der Täuschung
- Darth Maul – Der Schattenjäger

32 VSY

- *Star Wars*: Episode I *Die dunkle Bedrohung*

29 VSY

- Planet der Verräter

27 VSY

- Die Kundschafter

22 VSY

- Ein Sturm zieht auf
- *Star Wars*: Episode II *Angriff der Klonkrieger*

22–19 VSY

Clone Wars:

- *Star Wars*: *Clone Wars*
- Wilder Raum
- Keine Gefangenen
- Im Verborgenen
- Unter Belagerung

- Mace Windu und die Armee der Klone
- Obi-Wan Kenobi und die Biodroiden
- *MedStar* I – Unter Feuer
- *MedStar* II – Jedi-Heilerin
- Die Feuertaufe
- Yoda – Pfad der Dunkelheit
- Labyrinth des Bösen

19 VSY

- *Star Wars*: Episode III *Die Rache der Sith*
- Dunkler Lord – Der Aufstieg des Darth Vader
- Der letzte Jedi-Ritter

10–0 VSY

Die Han-Solo-Trilogie:

- Der Pilot
- Der Gejagte
- Der König der Schmuggler

5–2 VSY

Lando Calrissian – Rebell des Sonnensystems:

- Die Geistharfe von Sharu
- Der Flammenwind von Oseon
- Die Sternenhöhle von Thon Boka

Han Solos Abenteuer:

- Han Solo auf Stars' End
- Han Solos Rache
- Das verlorene Vermächtnis

1–0 VSY

- Der Todeskreuzer
- Die Macht des Todessterns

0

- *Star Wars:* Episode IV *Eine neue Hoffnung*

0–3 NSY

- Sturm über Tatooine
- Treueschwur
- Einsame Entscheidungen
- Skywalkers Rückkehr
- Glücksritter

3 NSY

- *Star Wars*: Episode V *Das Imperium schlägt zurück*
- Kopfgeld auf Han Solo

3,5 NSY

- Schatten des Imperiums

4 NSY

- *Star Wars*: Episode VI *Die Rückkehr der Jedi-Ritter*
- Palast der dunklen Sonnen

Der Kopfgeldjägerkrieg:

- Die mandalorianische Rüstung
- Das Sklavenschiff
- Die große Verschwörung

- Der Pakt von Bakura

5 NSY

- Luke Skywalker und die Schatten von Mindor

6,5–7,5 NSY

X-Wing:

- Angriff auf Coruscant
- Die Mission der Rebellen
- Die teuflische Falle
- Bacta-Piraten
- Die Gespensterstaffel
- Operation Eiserne Faust
- Kommando Han Solo

8 NSY

- Entführung nach Dathomir
- Der Geist von Tatooine

9 NSY

Die Thrawn-Trilogie:

· Erben des Imperiums
· Die dunkle Seite der Macht
· Das letzte Kommando

X-Wing:

· Isards Rache

11 NSY

Die Jedi-Akademie-Trilogie:

· Flucht ins Ungewisse
· Der Geist des Dunklen Lords
· Der Meister der Macht

· Der Kampf des Jedi

12–13 NSY

· Palpatines Auge
· Darksaber – Der Todesstern
· Planet des Zwielichts

X-Wing:

· Das letzte Gefecht

14 NSY

· Der Kristallstern

16–17 NSY

Die Schwarze Flotte:

· Vor dem Sturm
· Aufmarsch der Yevethaner
· Entscheidung bei Koornacht

· Rebellion der Verlorenen

18 NSY

Die Corellia-Trilogie:

· Der Hinterhalt
· Angriff auf Selonia
· Showdown auf Centerpoint

19 NSY

Die Hand von Thrawn:

· Schatten der Vergangenheit
· Blick in die Zukunft
· Der Zorn des Admirals
· Die Geißel

22 NSY

· Die Verschollenen

23–24 NSY

Young Jedi Knights:

· Die Hüter der Macht
· Akademie der Verdammten
· Die Verlorenen
· Lichtschwerter
· Die Rückkehr des dunklen Ritters
· Angriff auf Yavin 4
· Die Trümmer von Alderaan
· Allianz der Vergessenen
· Stimmen des Zorns
· Gefangen auf Ryloth
· Das Vermächtnis des Imperiums

25–29 NSY

Das Erbe der Jedi-Ritter:

- Die Abtrünnigen
- Die schwarze Flut
- Das Verderben
- Der Untergang
- Die letzte Chance
- Planet der Verlorenen
- Anakin und die Yuuzhan Vong
- Die Verheißung
- Das Ultimatum
- Jainas Flucht
- Rebellenträume
- Aufstand der Rebellen
- Verräter
- Wege des Schicksals
- Die Ruinen von Coruscant
- Der verschollene Planet
- Wider alle Hoffnung
- Die letzte Prophezeiung
- Vereint durch die Macht

35–36 NSY

Dunkles Nest:

- Die Königsdrohne
- Die verborgene Königin
- Der Schwarmkrieg

40–41 NSY

Wächter der Macht:

- Intrigen
- Blutlinien
- Sturmfront
- Exil
- Opfer
- Inferno
- Zorn
- Enthüllungen
- Sieg

41,5 NSY

- Gegenwind
- Dunkle Flut

43 NSY

- Millennium Falke

43–44 NSY

Das Verhängnis der Jedi-Ritter:

- Der Ausgestoßene
- Omen
- Abgrund
- Rückschlag
- Die Verbündeten
- Im Vortex
- Verurteilung
- Aufstieg
- Apokalypse

44 NSY

X-Wing:

- Gnadentod

45 NSY

- Feuerprobe

Für Jen, die alles möglich macht.

Prolog

In den letzten Tagen der Alten Republik waren die Sith – die Anhänger der Dunklen Seite und uralten Feinde des Jedi-Ordens – immer nur zu zweit: ein Meister und ein Schüler. Aber das war nicht immer so. Tausend Jahre vor dem Zusammenbruch der Republik und der Machtergreifung Imperator Palpatines gab es unzählige Sith …

Lord Kaan, Sith-Meister und Gründer der Bruderschaft der Dunkelheit, schritt über das blutige Schlachtfeld, ein hochgewachsener Schatten in der dunklen Nacht. Tausende Soldaten der Republik und beinahe hundert Jedi hatten ihr Leben gegeben, um diesen Planeten gegen Kaans Armee zu verteidigen – und sie hatten verloren. Er hatte ihr Leid und ihre Verzweiflung genossen.

In der Ferne braute sich ein Unwetter zusammen. Bei jedem Blitz war Korribans großer Sith-Tempel einen Augenblick in der Ferne zu sehen, eine schroffe Silhouette, die über den öden Horizont aufragte.

Zwei Personen warteten inmitten der Überreste des Gemetzels, ein Mensch und ein Twi'lek. Kaan erkannte sie trotz der Dunkelheit: Qordis und Kopecz, zwei der mächtigsten Sith-

Lords. Einstmals bittere Rivalen, dienten sie nun zusammen in Kaans Bruderschaft. Lächelnd ging er auf sie zu.

Qordis, hochgewachsen und so hager, dass er beinahe wie ein wandelndes Skelett wirkte, erwiderte das Lächeln. »Ein großer Sieg, Lord Kaan. Es ist viel zu lange her, seit die Sith eine Akademie auf Korriban hatten.«

»Ich spüre, dass Ihr es kaum erwarten könnt, die neuen Schüler hier zu unterrichten«, erwiderte Kaan. »Ich erwarte, dass Ihr mir in den kommenden Jahren viele weitere mächtige und loyale Sith-Schüler und -Meister liefern werdet.«

»*Euch* liefern?«, fragte Kopecz scharf. »Meintet Ihr nicht, *uns* liefern? Sind wir nicht alle Teil der Bruderschaft der Dunkelheit?«

Kaan begegnete dieser Frage mit einem unbeschwerten Lachen. »Selbstverständlich, Kopecz. Es war nur ein Versehen.«

»Kopecz weigert sich, sich an unserem Triumph zu freuen«, stellte Qordis fest. »Er ist schon den ganzen Abend so.«

Kaan legte die Hand auf die Schulter des kräftigen Twi'lek. »Wir haben einen großen Sieg errungen«, sagte er. »Korriban ist mehr als nur ein weiterer Planet: Es ist ein Symbol. Die Geburtsstätte der Sith. Dieser Sieg stellt eine Botschaft an die Republik und die Jedi dar. Nun werden sie die Bruderschaft wahrhaft kennen und fürchten.«

Kopecz entzog sich Kaans Hand und wandte sich mit einem Zucken der Spitzen seiner langen Lekku ab, die er um den Hals gewunden hatte. »Feiert, so viel ihr wollt«, rief er im Davongehen über die Schulter. »Aber der wahre Krieg hat gerade erst begonnen.«

Teil Eins

Drei Jahre später

Kapitel 1

Dessel war versunken in der Qual seiner Arbeit und sich seiner Umgebung kaum bewusst. Seine Arme schmerzten von dem endlosen Schlagen des hydraulischen Hammers. Steinsplitter flogen umher, prallten von der Höhlenwand ab, prallten gegen seine Schutzbrille und stachen in sein nacktes Gesicht und die Hände. Wolken feinsten Staubs hingen in der Luft und verdunkelten seinen Blick. Das kreischende Heulen der Maschine erfüllte die Höhle und übertönte alle anderen Geräusche, als der Hammer Zentimeter um quälenden Zentimeter der dicken Cortosis-Ader abtrug, die sich durch den Stein zog.

Cortosis war unempfindlich sowohl gegen Hitze als auch gegen Energie und dadurch ausgesprochen wichtig für den Bau von Panzerplatten und Schilden sowohl im kommerziellen wie militärischen Bereich. Der Bedarf war noch mehr gestiegen, seit sich die Galaxis im Krieg befand. Cortosis-Legierungen waren ausgesprochen widerstandsfähig gegenüber Blastergeschossen und konnten angeblich sogar einer Lichtschwertklinge widerstehen. Leider ließ es sich wegen der gleichen Eigenschaften, die es so wertvoll machten, nur extrem schwer abbauen. Plasmabrenner waren so gut wie nutzlos; es brauchte Tage, um auch nur einen kleinen Teil eines von einer Cortosis-Ader durchzogenen

Steins wegzubrennen. Die einzig brauchbare Möglichkeit bestand darin, die brutale Kraft hydraulischer Schlaghämmer einzusetzen, die gnadenlos auf eine Ader eindroschen und das Cortosis Stück um Stück freihackten.

Cortosis war eins der härtesten Minerale in der Galaxis. Die Kraft der Schläge beschädigte den Kopf des Hammers schnell und ließ ihn stumpf und damit so gut wie nutzlos werden. Der feine Staub verstopfte die hydraulischen Kolben und blockierte sie. Der Abbau von Cortosis war hart für die Ausrüstung ... und noch härter für die Bergleute.

Des hatte nun schon beinahe sechs Standardstunden hinter sich. Der Hammer wog mehr als dreißig Kilo, und die Anstrengung, ihn zu heben und gegen den Stein zu drücken, forderte ihren Preis. Er rang mühsam nach Luft, und mit ihr drang der feine Mineralstaub in seine Lunge ein, der vom Kopf des Hammers aufstieg. Selbst die Zähne taten ihm weh: Es fühlte sich an, als hätte die rasselnde Vibration sie halb aus dem Zahnfleisch geschüttelt.

Aber die Bergleute auf Apatros wurden nach der Cortosis-Menge bezahlt, die sie zurückbrachten. Wenn er jetzt aufhörte, würde ein anderer anfangen, an dieser Ader zu arbeiten, und sich einen Teil des Profits nehmen. Des teilte nicht gerne.

Das Heulen des Motors wurde schriller und verwandelte sich in ein hohes Klagen, das Des nur zu genau kannte. Bei zwanzigtausend Umdrehungen in der Minute saugte der Motor Staub ein wie ein durstiges Bantha nach einer langen Wüstendurchquerung Wasser. Die einzige Möglichkeit, die Geräte einige Zeit funktionsfähig zu halten, bestand darin, sie regelmäßig zu säubern und zu warten, aber die Outer Rim Oreworks Company zog es vor, billige Schlaghämmer zu kaufen und sie immer wieder zu ersetzen, statt Credits in die Wartung zu stecken. Des wusste genau, was als Nächstes passieren würde – und eine Sekunde später geschah es. Der Motor explodierte.

Die Hydraulik fraß sich mit einem schauderhaften Knirschen fest, und eine Wolke von schwarzem Rauch drang aus dem hinteren Ende des Hammers. Des verfluchte ORO und die Politik des Konzerns, nahm die verkrampften Finger vom Auslöser und warf die nutzlose Maschine auf den Boden.

»Mach Platz, Junge«, sagte eine Stimme.

Gerd, ein anderer Bergmann, kam näher und versuchte, Des aus dem Weg zu schieben, damit er die Ader mit seinem eigenen Hammer weiterbearbeiten konnte. Gerd arbeitete nun seit beinahe zwanzig Standardjahren hier im Bergwerk, und das hatte seinen Körper in eine Masse fester, knotiger Muskeln verwandelt. Aber Des schuftete selbst bereits zehn Jahre hier, seit er ein Teenager gewesen war, und er war ebenso stark wie der ältere Mann – und ein bisschen größer. Er rührte sich nicht von der Stelle.

»Ich bin noch nicht fertig«, sagte er. »Der Hammer ist erledigt, das ist alles. Gib mir deinen, und ich mache noch eine Weile weiter.«

»Du kennst die Regeln, Junge. Wenn du aufhörst zu arbeiten, kann ein anderer weitermachen.«

Technisch gesehen hatte Gerd Recht. Aber niemand übernahm den Platz eines anderen Bergmanns wegen einer Fehlfunktion der Ausrüstung. Es sei denn, er wollte einen Streit anfangen.

Des sah sich rasch um. Die Kammer war leer bis auf ihn und Gerd, der weniger als einen halben Meter von ihm entfernt stand. Das war wenig überraschend; Des wählte für gewöhnlich Stollen, die weit vom Hauptnetz lagen. Es musste mehr als nur Zufall sein, dass Gerd hier aufgetaucht war.

Des kannte Gerd so lange, wie er sich erinnern konnte. Der ältere Mann war ein Freund von Hurst, Des' Vater, gewesen. Als Des mit dreizehn angefangen hatte, in der Mine zu arbeiten, hatten die größeren, stärkeren Bergleute ihn gewaltig schikaniert. Sein Vater war am schlimmsten gewesen, aber Gerd hatte die anderen am meisten angestachelt und mehr als seinen Anteil an Spott, Beleidigungen und hin und wieder Kopfnüssen verteilt.

Das hatte ein Ende gefunden, nachdem Des' Vater an einem schweren Herzanfall gestorben war. Nicht, dass der verwaiste junge Mann den anderen Bergleuten leidgetan hätte. Aber als Hurst starb, war aus dem großen, dünnen Teenager, den sie so gerne getriezt hatten, schon lange ein Berg von Muskeln mit schweren Händen und einem aufbrausenden Temperament geworden. Bergbau war schwere Arbeit; nur die Zwangsarbeit in einer Gefängniskolonie der Republik galt als noch schlimmer. Wer immer in den Minen von Apatros arbeitete, wurde stark – und Des hatte sich zu einem der Stärksten entwickelt. Ein halbes Dutzend blaue Augen, unzählige blutige Nasen und ein gebrochener Kiefer innerhalb eines Monats war alles, was Hursts alte Freunde gebraucht hatten, um zu erkennen, dass sie gut daran täten, Des in Zukunft in Ruhe zu lassen.

Aber es war beinahe, als gäben sie ihm die Schuld an Hursts Tod, und alle paar Monate versuchte einer von ihnen es wieder. Gerd war immer klug genug gewesen, Abstand zu halten – bis jetzt.

»Ich sehe keinen deiner Freunde hier bei dir, alter Mann«, sagte Des. »Also verschwinde, und niemand wird zu Schaden kommen.«

Gerd spuckte auf den Boden vor Des' Füßen. »Du weißt nicht mal, was für ein Tag heute ist, wie, Junge? Eine verkriffte Schande bist du!«

Sie standen nahe genug beieinander, dass Des den sauren corellianischen Whiskey in Gerds Atem riechen konnte. Der Mann war betrunken. Betrunken genug, um Streit zu suchen, aber noch nüchtern genug, um sich wehren zu können.

»Heute vor fünf Jahren«, sagte Gerd und schüttelte traurig den Kopf. »Vor fünf Jahren ist dein Vater gestorben, und du erinnerst dich nicht mal!«

Des dachte nur noch selten an seinen Vater. Es hatte ihm nicht leidgetan, als Hurst gestorben war. Seine frühesten Erinnerungen waren jene, in denen sein Vater ihn schlug. Er erinnerte sich nicht einmal an den Grund; Hurst hatte selten einen gebraucht.

»Ich kann nicht behaupten, dass Hurst mir so fehlt wie dir, Gerd.«

»Hurst?« Gerd schnaubte. »Er hat dich ganz allein aufgezogen, nachdem deine Mama gestorben war, und du hast nicht mal den Respekt, ihn *Vater* zu nennen? Du undankbarer Sohn einer Kath-Hündin!«

Des starrte Gerd wütend an, aber dieser war zu betrunken, um sich einschüchtern zu lassen.

»Ich hätte von einem elenden Schlammkriecher wie dir nichts Besseres erwarten sollen. Hurst sagte immer, dass nichts Gutes aus dir werden würde. Er wusste, dass etwas mit dir nicht stimmt ... Deshalb hat er dich Bane genannt – den Fluch, der auf ihm liegt.«

Des kniff die Augen zusammen, aber er schluckte den Köder nicht. Hurst hatte ihn tatsächlich immer so bezeichnet, wenn er betrunken war. *Bane.* Er hatte seinem Sohn die Schuld am Tod seiner Frau gegeben. Die Schuld daran, dass sie auf Apatros festsaßen. Er hielt sein einziges Kind für den Fluch, der auf seinem Leben lag, eine Tatsache, die er Des in betrunkenem Zorn nur zu gerne an den Kopf geworfen hatte.

Bane. Das Wort stand für alles Gehässige, Kleinliche und Gemeine an seinem Vater. Es traf die innersten Ängste eines jeden Kinds: Angst vor Enttäuschung, Angst, verlassen zu werden, Angst vor Gewalt. Als Kind hatte dieser Name ihm mehr angetan als die schweren Fäuste seines Vaters. Aber er war schon lange kein Kind mehr. Im Lauf der Zeit hatte er gelernt, es zu ignorieren, zusammen mit dem Rest der bitteren Beschimpfungen, die aus dem Mund seines Vaters kamen.

»Ich habe für so was keine Zeit«, murmelte er. »Ich muss arbeiten.«

Mit einer Hand nahm er dem anderen Bergmann den hydraulischen Hammer ab. Die andere Hand legte er auf Gerds Schulter und schob ihn weg. Der Betrunkene stolperte rückwärts, blieb mit dem Absatz an einem Stein hängen und fiel zu Boden.

Fauchend stand er wieder auf und ballte die Fäuste. »Dein Papa ist viel zu früh gestorben, Junge. Du brauchst jemanden, der dir Vernunft beibringt!«

Gerd war betrunken, aber er war nicht dumm, erkannte Des. Des war größer, stärker, jünger ... aber er hatte die letzten sechs Stunden einen hydraulischen Hammer bedient. Er war von Dreck überzogen, und Schweiß lief ihm übers Gesicht. Sein Hemd klebte klatschnass an ihm. Gerds Uniform andererseits war immer noch relativ sauber, kein Staub, keine Schweißflecken. Er hatte offenbar schon den ganzen Tag geplant, diesen Streit anzufangen, und sich ausgeruht, während Des sich müde arbeitete.

Aber Des hatte nicht vor, einer Auseinandersetzung aus dem Weg zu gehen. Er warf Gerds Hammer auf den Boden und baute sich in Kampfhaltung auf, ein wenig geduckt, die Füße weit gespreizt, die Arme vor sich ausgestreckt.

Gerd stürmte auf ihn zu und schwang die Rechte. Des fing den Schlag mit der offenen Handfläche der linken Hand ab. Seine rechte Hand zuckte vor und packte die Unterseite von Gerds rechtem Handgelenk; als er den älteren Mann nach vorn zog, duckte er sich noch weiter, drehte sich und trieb seine Schulter in Gerds Brust. Er nutzte den Schwung seines Gegners gegen ihn, richtete sich auf, riss fest an Gerds Handgelenk und schleuderte ihn über sich hinweg, sodass er mit dem Rücken zuerst auf dem Boden aufprallte.

Das hätte das Ende des Kampfs sein sollen. Des hätte nur ein Knie in die Brust seines Gegners stoßen, ihm den Atem aus der

Lunge treiben und ihn am Boden festhalten müssen, während er mit den Fäusten auf ihn einschlug. Aber das geschah nicht. Sein Rücken, erschöpft von Stunden, in denen er den Dreißig-Kilo-Hammer gestemmt hatte, verkrampfte sich.

Die Schmerzen waren entsetzlich; instinktiv richtete Des sich auf und griff nach den verknoteten Muskeln um die Lendenwirbel. Das gab Gerd eine Chance, sich aus dem Weg zu rollen und wieder auf die Beine zu kommen.

Irgendwie gelang es Des, sich erneut zum Kampf zu ducken. Sein Rücken protestierte, und er verzog das Gesicht, als stechende Schmerzen wie von glühenden Dolchen durch seinen Körper rasten. Gerd sah die Grimasse und lachte.

»Ein Krampf, Junge? Das kommt davon, wenn man nach einer Sechs-Stunden-Schicht in der Mine eine Schlägerei anfängt.«

Wieder griff Gerd an. Diesmal ballte er die Hände nicht zu Fäusten, sondern nutzte sie als Klauen und versuchte, die Größe und Reichweite des jüngeren Mannes zu neutralisieren, indem er so nahe wie möglich kam. Des wollte ausweichen, aber seine Beine waren zu steif und wund, um ihm noch zu gehorchen. Gerd packte mit einer Hand sein Hemd, mit der anderen seinen Gürtel, riss ihn zu Boden und warf sich auf ihn.

Sie rangen auf dem festen, ungleichmäßigen Steinboden der Höhle. Gerd hatte das Gesicht an Dessels Brust gedrückt, um es zu schützen, und verhinderte so, dass Des einen festen Schlag mit dem Ellbogen oder dem Kopf landen konnte. Er hielt Des' Gürtel immer noch, aber nun war seine andere Hand frei und schlug blind in die Richtung, wo er das Gesicht seines Gegners vermutete. Des war gezwungen, die Arme um Gerds Arme zu schlingen, sodass keiner von beiden zuschlagen konnte.

Da sie Arme und Beine nicht nutzen konnten, bedeuteten Strategie und Technik wenig. Der Kampf war zu einer Prüfung von Kraft und Zähigkeit geworden, bei der beide Gegner einander langsam zu zermürben versuchten. Dessel wollte Gerd auf den Rücken drehen, aber sein gesamter Körper ließ ihn im Stich. Seine Glieder waren schwer und weich; er konnte nicht die Hebelwirkung erzielen, die er brauchte. Stattdessen war es Gerd, der sich winden und drehen konnte und schließlich eine seiner Hände frei bekam, während er das Gesicht immer noch gegen Des' Brust drückte, damit es geschützt blieb.

Des hatte kein solches Glück – sein Gesicht war offen und verwundbar. Gerd schlug mit der freien Hand zu, aber er ballte sie nicht zur Faust. Stattdessen rammte er den Daumen fest in Des' Wange, nur ein paar Zentimeter von seinem wahren Ziel entfernt. Noch einmal stach er mit dem Daumen zu, in der Hoffnung, das Auge seines Gegners zu erwischen.

Des brauchte eine Sekunde, bevor er erkannte, was Gerd vorhatte; sein müder Verstand war so träge und ungeschickt geworden wie sein Körper. Er wandte sich ab, als der zweite Schlag erfolgte, und der Daumen bohrte sich schmerzhaft in den Knorpel seines Ohrs.

Des wurde von finsterstem Zorn erfasst, und plötzlich brannte seine glühende Leidenschaft Erschöpfung und Müdigkeit weg. Er konnte wieder klar denken, und sein Körper fühlte sich stark und jung an. Er wusste, was er als Nächstes tun würde. Und was wichtiger war, er konnte auch Gerds nächste Bewegung mit absoluter Sicherheit vorhersehen.

Des konnte selbst nicht erklären, woher dieses Wissen kam, aber manchmal wusste er einfach, was seine Gegner als Nächstes tun würden. Instinkt, hätten einige gesagt. Des glaubte, dass es mehr war als das. Das Vorwissen war zu detailliert, zu spezifisch, als dass es rein instinktiv hätte sein können. Es war mehr wie eine Vision, ein kurzer Blick in die Zukunft. Und wann immer es geschah, wusste Des, was er tun musste, als führte und leitete etwas sein Handeln.

Als der nächste Schlag kam, war Des mehr als bereit dafür. Er hatte ein perfektes Bild davon im Kopf. Er wusste genau, wann der Schlag erfolgen und wohin er gehen würde. Diesmal drehte er den Kopf darauf zu, machte sein Gesicht damit verwundbar – und öffnete den Mund. Mit perfekter Zeitabstimmung biss er zu, und seine Zähne sanken tief und fest in die schmutzige Haut von Gerds zustechendem Daumen.

Gerd schrie auf, als Des durch Haut, Fleisch und Sehnen bis auf den Knochen biss. Des fragte sich, ob er den Daumen sauber durchbeißen könnte, und dann – als hätte der Gedanke selbst es geschehen lassen – war der Daumen auch schon ab.

Gerds Schreie wurden schriller. Er ließ Des los und rollte sich weg, umklammerte die verstümmelte Hand mit der anderen. Rotes Blut drang durch die Finger, die versuchten, den Blutfluss zu stillen.

Des stand langsam auf und spuckte den Daumen auf den Boden. Der Geschmack von Blut war heiß in seinem Mund. Er fühlte sich stark und neu belebt, als rauschte gewaltige Kraft durch seine Adern. Sein Gegner hatte jede Lust am Kampf verloren; Des hätte jetzt mit Gerd machen können, was er wollte.

Der Verletzte rollte sich auf dem Boden hin und her, die Hand an die Brust gedrückt. Er stöhnte und schluchzte, flehte um Gnade und Hilfe.

Des schüttelte angewidert den Kopf; Gerd war selbst schuld. Es hatte als einfacher Faustkampf angefangen. Der Verlierer hätte ein blaues Auge und ein paar Prellungen davongetragen, nichts weiter. Aber dann hatte Gerd mit seinem Versuch, Des zu blenden, eine andere Ebene betreten, und Des hatte entsprechend reagiert. Er hatte schon lange gelernt, einen Kampf nicht weiterzutreiben, wenn er nicht bereit war, den Preis für eine Niederlage zu zahlen. Jetzt hatte Gerd diese Lektion ebenfalls begriffen.

Des war aufbrausend, aber niemand, der auf einen hilflosen

Gegner eingedroschen hätte. Ohne einen weiteren Blick auf seinen besiegten Feind verließ er die Höhle und ging den Tunnel entlang, um einem der Vorarbeiter zu erzählen, was passiert war, damit jemand sich um Gerds Verletzung kümmerte.

Er machte sich keine Sorgen wegen der Folgen. Die Sanitäter konnten Gerds Daumen wieder annähen, also würde man ihm selbst schlimmstenfalls einen oder zwei Tage das Gehalt streichen. Der Konzern interessierte sich nicht dafür, was seine Leute taten, solange sie zurückkehrten und weiter Cortosis abbauten. Schlägereien waren weit verbreitet, und ORO hatte immer beide Augen zugedrückt, obwohl dieser Kampf bösartiger gewesen war als die meisten – wild und kurz und mit einem brutalen Ende.

Genau wie das Leben auf Apatros eben war.

Kapitel 2

Als er hinten in dem Landgleiter saß, der die Bergleute zwischen der einzigen Kolonie auf Apatros und dem Bergwerk hin- und hertransportierte, holte die Erschöpfung Des wieder ein. Er wollte nur noch zu seiner Pritsche in der Unterkunft gelangen und schlafen. Das Adrenalin war verbraucht, und nun wurde ihm überdeutlich bewusst, wie steif und wund er am ganzen Körper war. Er sackte auf seinem Platz zusammen und sah sich im Speeder um.

Normalerweise hätten sich zwanzig oder mehr Bergleute in den engen Raum gezwängt, aber dieser Shuttle war leer bis auf ihn und den Piloten. Nach dem Kampf mit Gerd hatte der Vorarbeiter Des ohne Bezahlung suspendiert und befohlen, dass der Transporter ihn zurück zur Kolonie brachte.

»Das hier wird langsam unangenehm, Des«, hatte der Vorarbeiter mit mürrischer Miene gesagt. »Diesmal müssen wir ein Exempel statuieren. Du wirst nicht arbeiten, bis Gerd genesen ist und selbst wieder arbeiten kann.«

Was er wirklich meinte, war: *Du kannst keine Credits verdienen, bis Gerd zurückkommt.* Man würde ihm selbstverständlich immer noch die Kosten für Unterkunft und Verpflegung abziehen. Jeder Tag, an dem er untätig herumsaß, würde auf seine

Rechnung gehen und die Schulden noch erhöhen, die er so verzweifelt versuchte abzuarbeiten.

Des nahm an, dass es vier oder fünf Tage dauern würde, bis Gerd wieder einen hydraulischen Hammer benutzen konnte. Der Sanitäter hatte den abgebissenen Daumen mit einem Vibroskalpell und ein wenig Synthfleisch wieder angebracht. Ein paar Tage Kolto-Injektionen und billige Schmerzmittel, und Gerd würde wieder an die Arbeit gehen können. Bacta hätte das in einem Tag zustande gebracht, aber Bacta war teuer, und ORO würde dafür nicht zahlen, es sei denn, Gerd war versichert, was Des sehr bezweifelte.

Die meisten Bergleute ignorierten das von der Firma unterstützte Versicherungsprogramm. Zum einen war es teuer. Sie mussten bereits für Unterkunft und Verpflegung und den Transport zum Bergwerk und zurück zahlen, und die meisten waren der Ansicht, dass ORO damit mehr als genug von ihrem schwer verdienten Geld erhielt, ohne dass sie auch noch Versicherungsprämien bezahlen mussten.

Aber es ging nicht nur um das Geld. Es war beinahe, als wollten die Männer und Frauen, die in der Cortosis-Mine arbeiteten, mit aller Kraft leugnen, welchen Gefahren sie sich jeden Tag aussetzten. Sich zu versichern würde sie zwingen, den unangenehmen Tatsachen ins Auge zu schauen.

Nur wenige Bergleute erreichten den Ruhestand. Das Bergwerk kostete viele das Leben, begrub sie unter Steinschlag oder verbrannte sie, wenn einer auf einen Bereich mit explosiven Gasen stieß. Selbst jene, die es nach draußen schafften, überlebten ihren Ruhestand oft nicht lange. Die Mine forderte ihren Preis. Sechzigjährige hatten Körper, die aussahen und sich anfühlten, als wären sie neunzig, gebrochene Hülsen, ausgemergelt von Jahrzehnten schwerer körperlicher Arbeit und von giftigen Staubpartikeln, die durch die nicht dem Standard entsprechenden Filter schlüpften.

Als Des' Vater starb – selbstverständlich ohne Versicherung –, brachte das seinem Sohn nur das Vorrecht ein, Hursts angesammelte Schulden zu übernehmen. Des' Vater hatte mehr Zeit mit Saufen und Glücksspiel verbracht als im Bergwerk. Um für Unterkunft und Verpflegung zahlen zu können, hatte er oft bei der Firma Kredit aufnehmen müssen, zu einem Zinssatz, der überall außer am Äußeren Rand für kriminell gehalten würde. Die Schulden wuchsen von Monat zu Monat und Jahr zu Jahr, aber das interessierte Hurst offenbar nicht. Er war ein alleinstehender Mann mit einem Sohn, den er ablehnte, gefangen in einem brutalen Job, den er hasste; er hatte schon lange vor seinem Herzanfall jede Hoffnung aufgegeben, Apatros noch entkommen zu können.

Dieser Sohn eines Hutts wäre wahrscheinlich noch froh darüber gewesen, dass sein Sohn am Ende die Rechnung zahlen musste.

Der Transporter bewegte sich rasch über die unfruchtbaren Felsen des Flachlands. Hier gab es keine anderen Geräusche als das endlose Surren der Triebwerke. Das Ödland raste vorbei, bis vor dem Fenster nichts weiter zu sehen war als ein Vorhang aus formlosem Grau. Es wirkte hypnotisch; Des' müder Geist und sein Körper konnten es kaum erwarten, in tiefen, traumlosen Schlaf zu fallen.

So erwischten sie einen. Sie ließen einen bis zur Erschöpfung arbeiten, trübten die Sinne, betäubten den Willen, bis man voller Ergebenheit sein Los akzeptierte und sein ganzes Leben im Dreck einer Cortosis-Mine verschwendete. Alles im gnadenlosen Dienst der Outer Rim Oreworks Company. Es war eine überraschend wirkungsvolle Falle und funktionierte bei Männern wie Gerd und Hurst hervorragend. Aber bei Des würde es nicht funktionieren.

Trotz der erdrückenden Schulden seines Vaters wusste Des, dass er sie eines Tages bezahlen und dieses Leben hinter sich lassen würde. Ihm war Größeres bestimmt als diese jämmerliche, unbedeutende Existenz. Das wusste er mit vollkommener Sicherheit, und es war dieses Wissen, das ihm die Kraft gab, angesichts der gnadenlosen, manchmal hoffungslosen Schufterei weiterzumachen. Es gab ihm die Kraft zu kämpfen, selbst wenn ein Teil von ihm aufgeben wollte.

Er war suspendiert und konnte nicht im Bergwerk arbeiten, aber es gab andere Möglichkeiten, ein paar Credits zu verdienen. Mit großer Anstrengung zwang er sich aufzustehen. Der Boden schwankte unter seinen Füßen, denn der Gleiter passte sich ununterbrochen an, um die programmierte Flughöhe von einem halben Meter über dem Boden zu erhalten. Des brauchte eine Sekunde, um sich an den Rhythmus des Transporters zu gewöhnen, dann taumelte er zwischen den Sitzen hindurch zum Piloten. Er erkannte den Mann nicht, aber sie sahen ohnehin alle gleich aus: finstere, ausdruckslose Gesichter, matte Augen und stets eine Miene, als hätten sie gerade mörderische Kopfschmerzen bekommen.

»He«, sagte Des und versuchte, beiläufig zu klingen, »sind heute irgendwelche Schiffe gelandet?«

Der Pilot hatte keinen Grund, den Weg vor sich im Auge zu behalten. Der Vierzig-Minuten-Weg zwischen dem Bergwerk und der Kolonie führte schnurgerade über eine leere Ebene; ein paar Piloten schliefen unterwegs sogar. Aber dieser hier weigerte sich, sich umzudrehen und Des anzusehen, als er antwortete.

»Vor ein paar Stunden ist ein Frachter eingetroffen«, sagte er gelangweilt. »Militär. Frachtschiff der Republik.«

Des lächelte. »Bleiben sie eine Weile?«

Der Pilot antwortete nicht, er schnaubte nur und schüttelte den Kopf über diese dumme Frage. Des nickte und stolperte zurück zu seinem Platz hinten im Transporter. Er kannte die Antwort ebenfalls.

Cortosis wurde für Raumschiffrümpfe – von Frachtern bis zu Großkampfschiffen – benutzt und außerdem in die Rüstungen von Soldaten eingearbeitet. Und da der Krieg gegen die Sith andauerte, wurde der Bedarf der Republik an Cortosis größer. Alle paar Wochen landete einer ihrer Frachter auf Apatros. Am nächsten Tag flog er weiter, die Frachträume gefüllt mit dem wertvollen Mineral. Bis dahin hatte die Besatzung – Offiziere und Soldaten – nichts weiter zu tun, als zu warten. Des wusste aus Erfahrung, wann immer Soldaten der Republik ein paar Stunden totschlagen mussten, spielten sie Karten. Und wo immer Leute Karten spielten, war Geld zu machen.

Er setzte sich wieder hinten in den Speeder und kam zu dem Schluss, dass er vielleicht doch noch nicht gleich auf die Pritsche fallen würde.

Als der Transporter am Rand der Kolonie anhielt, war Des bereits kribbelig vor Erwartung. Er sprang heraus und schlenderte betont lässig auf seine Unterkunft zu, kämpfte gegen seinen eigenen Eifer und den Drang an, sich schneller zu bewegen. Er stellte sich vor, wie die Republiksoldaten mit ihren Credits an den Spieltischen in der einzigen Cantina der Kolonie saßen.

Dennoch, es hatte keinen Sinn, sich zu beeilen. Es war später Nachmittag, und die Sonne begann gerade erst hinter den nördlichen Horizont zu sinken. Inzwischen würden die meisten Bergleute der Nachtschicht wach sein. Viele von ihnen waren sicher schon in der Cantina und warteten, bis der Zeitpunkt kam, zu den Minen hinauszufahren und mit der Arbeit zu beginnen. In den nächsten zwei Stunden würde er sich glücklich schätzen können, auch nur einen Stuhl in der Cantina zu bekommen, von einem Platz an einem Pazaak- oder Sabacc-Tisch nicht zu reden. Danach würde es ein paar Stunden mehr dauern, bis die Männer von der Tagschicht in die wartenden Transporter stiegen, um nach Hause zurückzukehren; er würde die Cantina lange vor ihnen erreichen.

In der Unterkunft zog er seinen schmutzigen Overall aus, ging in die leere Gemeinschaftsdusche und wusch sich den Schweiß und den feinen Steinstaub ab. Dann zog er saubere Sachen an und schlenderte auf die Straße hinaus, wo er langsam auf die Cantina auf der anderen Seite der Siedlung zuging.

Die Cantina hatte keinen Namen; sie brauchte keinen. Niemand hatte je ein Problem damit gehabt, sie zu finden. Apatros war ein kleiner Planet, kaum mehr als ein Mond mit einer Atmosphäre und ein paar Pflanzen. Wohin hätte man schon gehen sollen? Es gab nur das Bergwerk, die Siedlung und das Ödland dazwischen. Die Mine war ein gewaltiger Komplex, der alle Stollen und Tunnel umfasste, die die Firma gegraben hatte, und die Anlagen zur Weiterverarbeitung des Minerals.

Auch der Raumhafen befand sich dort. Frachter starteten täglich mit Ladungen von Cortosis, die für die wohlhabenderen Planeten näher an Coruscant und dem galaktischen Kern bestimmt waren, und andere Schiffe brachten Ausrüstung, die für den Betrieb der Mine benötigt wurde. Angestellte, die nicht stark genug für die Arbeit im Bergwerk waren, arbeiteten in den Raffinerien oder im Raumhafen. Die Bezahlung war nicht so gut, aber sie lebten für gewöhnlich länger.

Doch egal, wo man arbeitete, am Ende der Schicht kamen alle an den gleichen Ort. Die Kolonie war nichts weiter als eine Siedlung aus wackeligen Übergangsunterkünften, die ORO aufgestellt hatte, um die paar Hundert Arbeiter zu beherbergen, die die Mine betreiben sollten. Wie der Planet selbst war auch die Kolonie offiziell als Apatros bekannt. Die Einwohner sprachen eher von den Dreckshütten. Alle Gebäude hatten die gleiche schmutzig graue Farbe und waren auf ähnliche Weise verwittert und heruntergekommen. Auch drinnen sahen sie so gut wie identisch aus, Arbeiterunterkünfte, die für den Übergang gedacht, aber nun dauerhaft geworden waren. In jedem Haus gab es vier kleine Zimmer für jeweils zwei Personen, in denen aber oft drei oder mehr hausten. Oft teilten sich ganze Familien einen dieser Räume, es sei denn, sie konnten sich die Credits für die haarsträubenden Mieten leisten, die ORO für größere Räume forderte. Jedes Zimmer hatte eingebaute Kojen und eine Tür auf einen schmalen Gang hinaus; am Ende dieses Gangs befanden sich die Toilette und die Dusche. Die Türscharniere, die nie geölt wurden, quietschten, die Dächer waren ein einziges Flickwerk von Behelfsreparaturen, um die durchlässigen Stellen zu schließen, die man unvermeidlich bemerkte, wenn es regnete. Zerbrochene Fenster wurden gegen Wind und Kälte mit Klebeband repariert, aber nie ersetzt. Eine dünne Schicht von Staub sammelte sich auf allem, aber nur wenige Bewohner machten sich die Mühe, ihre Behausungen zu fegen.

Die gesamte Kolonie maß weniger als einen Quadratkilometer Fläche, was es möglich machte, in knapp zwanzig Standardminuten zu Fuß von einem Ende zum anderen zu gelangen. Trotz der gnadenlosen Ähnlichkeit der Architektur konnte man sich hier leicht zurechtfinden. Die Unterkünfte standen in gleichem Abstand und in geraden Reihen, und daher bildeten die Straßen ein Schachbrettmuster. Man hätte die Straßen nicht gerade sauber nennen können, aber sie wimmelten auch nicht vor Müll. ORO transportierte den Hausmüll gerade oft genug ab, um der Norm zu genügen, denn Krankheiten hätten die Produktion der Mine selbstverständlich verringert. An vielen anderen Dingen, die sich unvermeidlich sammelten, schien sich der Konzern allerdings nicht zu stören. Kaputte Generatoren, verrostete Maschinenteile, Altmetall und nutzlos gewordene Werkzeuge lagen in den schmalen Straßen zwischen den Unterkünften.

Es gab nur zwei Gebäude in der Kolonie, die sich von den anderen unterschieden. Eins war der ORO-Markt, der einzige Laden auf dem Planeten. Das Haus war ebenfalls einmal eine Arbeiterunterkunft gewesen, aber man hatte die Kojen durch Regale ersetzt, und die ehemalige Gemeinschaftsdusche war nun ein abgeschlossener Lagerraum. Ein kleines schwarz-weißes Schild an der Außenwand gab die Öffnungszeiten an. Das Haus hatte keine Schaufenster, um Einkaufende anzulocken, und nirgendwo war Reklame zu sehen. Der Markt führte nur die grundlegendsten Dinge, und das zu skandalösen Preisen. Vorauszahlungen auf künftigen Lohn wurden gerne gewährt, zu den typisch hohen Zinssätzen, die dafür sorgten, dass die Käufer noch mehr Zeit in der Mine verbrachten, um für ihre Einkäufe bezahlen zu können.

Das andere Gebäude, das sich vom Rest unterschied, war die Cantina selbst, der Inbegriff von Schönheit und Design, jedenfalls verglichen mit der bedrückenden Gleichförmigkeit des Rests der Kolonie. Sie stand ein paar Hundert Meter außerhalb der eigentlichen Stadt, weit getrennt von dem grauen Schachbrett der Unterkünfte. Sie war nur drei Stockwerke hoch, aber weil kein anderes Gebäude mehr als ein einziges Stockwerk hatte, dominierte sie die Landschaft. Nicht, dass sie so hoch hätte sein müssen. Innerhalb des Gebäudes befand sich alles im Erdgeschoss, die oberen Stockwerke waren nichts als eine Fassade, die Groshik, der neimoidianische Besitzer, um des Effekts willen errichtet hatte. Über der Decke des Erdgeschosses gab es keinen ersten und zweiten Stock, nur leere Außenwände und eine Kuppel aus violettem Glas, die von innen beleuchtet wurde. Passende lilafarbene Lampen hingen an den hellblauen Außenwänden. Auf beinahe jedem Planeten hätte ein solches Gebäude protzig und billig gewirkt, aber zwischen all dem Grau auf Apatros war es eine Attraktion. Groshik behauptete oft, die Cantina mit Absicht so grell wie möglich gestaltet zu haben, nur, um die Verantwortlichen von ORO zu ärgern. Das machte ihn bei den Bergleuten beliebt, aber Des bezweifelte, dass es den Konzern wirklich interessierte. Groshik konnte seine Cantina anstreichen und beleuchten, wie er wollte, solange er dem Konzern jede Woche seinen Anteil am Gewinn zahlte.

Der Zwanzig-Standardstunden-Tag von Apatros wurde in zwei Schichten eingeteilt. Des und der Rest der Frühschicht arbeiteten von 0800 bis 1800; die anderen von 1800 bis 0800. Groshik öffnete jeden Nachmittag um 1300, und um mehr Profit zu erwirtschaften, hielt er die Cantina zehn Stunden lang offen. Das gestattete ihm, die Nachtschichtleute zu bedienen, bevor sie zur Arbeit gingen, und die Tagschicht zu erwischen, wenn sie zurückkehrte. Er schloss um 0300, machte zwei Stunden sauber, schlief sechs Stunden und stand dann um 1100 auf, um wieder von vorne zu beginnen. Sein Tagesablauf war allen Bergleuten gut bekannt; der Neimoidianer war so verlässlich wie das Auf- und Untergehen der hellorangefarbenen Sonne von Apatros.

Schon vor dem Eingang zur Cantina konnte Des die Geräusche von drinnen hören: laute Musik, Lachen, Schwatzen und klirrende Gläser. Es war jetzt beinahe 1600. Die Tagschicht hatte noch zwei Stunden bis zum Arbeitsende, und die Cantina war voll mit Nachtschichtleuten, die etwas essen oder trinken wollten, bevor sie an Bord der Shuttles gingen, die sie zu den Minen brachten.

Des erkannte keins der Gesichter: Die Tag- und Nachtschichten begegneten sich selten. Die Gäste waren überwiegend Menschen, dazu ein paar Twi'leks, Sullustaner und Cereaner. Des war überrascht, auch einen Rodianer zu sehen. Offenbar war die Nachtschicht toleranter, was andere Spezies anging. Es gab in dieser Cantina keine Kellnerinnen oder Tänzerinnen; der Einzige, der hier arbeitete, war Groshik selbst. Wer etwas zu trinken wollte, musste zu der langen Theke an der rückwärtigen Wand kommen und es dort bestellen.

Des drängte sich durch die Menge. Groshik sah ihn kommen, verschwand einen Augenblick hinter der Theke und tauchte mit einem Krug Gizer-Bier wieder auf, gerade als Des die Theke erreichte.

»Du bist heute früh dran«, sagte der Neimoidianer und setzte den Krug mit lautem Krachen ab. Seine leise, raue Stimme war über den Lärm der Menge hinweg nur schwer zu hören. Alles, was er sagte, klang guttural, als bildete er die Laute ganz hinten in seiner Kehle.

Groshik mochte Des, obwohl dieser nicht genau wusste, warum. Vielleicht, weil er mit angesehen hatte, wie Des von einem kleinen Jungen zum Mann heranwuchs, vielleicht tat es ihm auch nur leid, dass Des ein solches Rankkraut zum Vater gehabt hatte. Was immer die Gründe sein mochten, die beiden hatten ein Abkommen: Des brauchte nicht für ein Getränk zu bezahlen, wenn es eingegossen wurde, ohne dass er darum gebeten hatte. Nun nahm er das Bier dankbar entgegen und trank es in einem Zug, dann setzte er den leeren Krug fest auf dem Tisch ab.

»Ich hatte ein bisschen Ärger mit Gerd«, erwiderte er und wischte sich den Mund ab. »Ich habe seinen Daumen abgebissen, also haben sie mich früher gehen lassen.«

Groshik legte den Kopf schief und richtete die riesigen roten Augen auf Des. Der säuerliche Ausdruck seines amphibienhaften Gesichts änderte sich nicht, aber sein Körper bebte ein wenig. Des kannte den Neimoidianer gut genug, um zu wissen, dass er lachte.

»Das war wohl nur gerecht«, krächzte Groshik und füllte den Krug wieder.

Des trank das zweite Bier nicht so schnell wie das erste. Groshik spendierte ihm selten mehr als eins, und er wollte die Großzügigkeit des Wirts nicht ausnutzen.

Er wandte die Aufmerksamkeit der Menge zu. Die Besucher aus der Republik waren leicht zu erkennen: vier Menschen – zwei Männer und zwei Frauen – und ein Ithorianer in gepflegten Flottenuniformen. Sie fielen allerdings nicht nur durch ihre Kleidung auf. Sie hielten sich alle gerade, während die meisten Bergleute dazu neigten, sich ein wenig vorzubeugen, als lastete ein großes Gewicht auf ihren Rücken.

Auf einer Seite des Hauptraums gab es einen kleinen, mit Seilen vom Rest der Cantina abgetrennten Bereich. Es war der einzige Teil, mit dem Groshik nichts zu tun hatte. Der Konzern gestattete Glücksspiel auf Apatros, aber nur, wenn er selbst für die Tische zuständig war. Offiziell diente das dem Zweck, Betrug zu verhindern, aber alle wussten, dass OROs wahre Sorge darin bestand, die Höhe der Einsätze in Schach zu halten. Sie wollten nicht, dass einer ihrer Arbeiter einen großen Gewinn machte und nach einer glücklichen Nacht seine Schulden vollständig bezahlen konnte. Indem die Höchsteinsätze niedrig gehalten wurden, sorgte ORO dafür, dass es für die Bergleute profitabler war, im Bergwerk zu arbeiten statt an den Tischen.

Im Spielbereich befanden sich vier weitere Soldaten in der Uniform der Flotte der Republik, zusammen mit etwa einem Dutzend Bergleuten. Eine Twi'lek-Frau mit den Rangabzeichen eines Petty Officer an ihrem Aufschlag spielte Pazaak. Ein junger Ensign saß am Sabacc-Tisch und redete laut auf alle in seiner Nähe ein, obwohl ihm offenbar niemand zuhören wollte. Zwei weitere Offiziere – beides Menschen, ein Mann und eine Frau – saßen ebenfalls am Sabacc-Tisch. Die Frau war ein Lieutenant, der Mann hatte die Abzeichen eines Commanders. Des nahm an, dass sie die höchsten Offiziere dieses Frachtflugs waren.

»Ich sehe, du hast unsere Anwerber bemerkt«, murmelte Groshik.

Der Krieg gegen die Sith – offiziell nichts weiter als eine Reihe ausgedehnter militärischer Verwicklungen, obwohl die gesamte Galaxis wusste, dass es sich um einen Krieg handelte – verlangte einen stetigen Strom eifriger junger Rekruten für die Front. Und aus irgendeinem Grund glaubte die Republik, dass die Bürger des Äußeren Rands jede Gelegenheit ergreifen würden, sich ihr anzuschließen. Wann immer ein Transporter der Republik nach Apatros kam, versuchten die Offiziere, neue Rekruten anzuwerben. Sie spendierten ein paar Getränke, dann nutzten sie das als Ausrede, ein Gespräch zu beginnen, für gewöhnlich über das ruhmreiche und heldenhafte Leben von Soldaten. Manchmal spielten sie auch die Brutalität der Sith hoch. Eine andere beliebte Methode war, allgemein ein besseres Leben bei den Streitkräften der Republik zu versprechen – und natürlich taten sie immer freundlich und mitleidig und hofften, ein paar Einheimische würden sich ihrer Sache anschließen.

Des nahm an, dass sie für jeden neuen Rekruten, den sie dazu brachten, sich zu verpflichten, einen Bonus erhielten. Leider fanden sie auf Apatros nicht viele Kandidaten. Die Republik war am Rand nicht besonders beliebt; die Leute hier, Des eingeschlossen, wussten, dass die Kernwelten kleine, abgelegene Planeten wie diesen zu ihrem eigenen Nutzen ausbeuteten. Die Sith hatten hier am Rand des zivilisierten Raums viel mehr Sympathisanten; das war einer der Gründe, wieso ihre Anzahl im Lauf des Kriegs gewachsen war.

Trotz der Unzufriedenheit mit den Kernwelten hätten sich wahrscheinlich immer einige Bergleute anwerben lassen, wenn die Republik nicht solchen Wert darauf gelegt hätte, die Gesetze bis auf den letzten Buchstaben zu befolgen. Wer immer hoffte, Apatros und den Klauen des Bergbaukonzerns zu entkommen, würde einen Schock erleben: Schulden an ORO mussten immer noch bezahlt werden, selbst von Rekruten, die nun die Galaxis gegen die Sith verteidigten. Wenn jemand einer legalen Firma Geld schuldete, pfändete die Flotte der Republik den Sold, bis diese Schulden abbezahlt waren. Nicht viele Bergleute konnten sich für die Aussicht begeistern, in den Krieg zu ziehen und nicht einmal dafür bezahlt zu werden.

Ein paar störten sich an den höheren Offizieren und ihren stetigen Bemühungen, naive junge Männer und Frauen für ihre Sache anzuwerben. Des jedoch ignorierte das überwiegend. Er würde sich das Geschwätz der Anwerber die ganze Nacht anhören, solange sie weiter Karten spielten. Das war für ihn nur ein geringer Preis, um ihnen ihre Credits abzunehmen.

Sein Eifer war ihm wohl anzusehen – zumindest hatte Groshik ihn bemerkt. »Könnte es sein, dass du gehört hast, dass ein Frachter der Republik landen würde, und dann einen Streit mit Gerd angefangen hast, damit du früher hier sein konntest?«

Des schüttelte den Kopf. »Nein. Das war ein Zufall. Womit versuchen sie es denn diesmal? Mit dem Ruhm der Republik?«

»Sie warnen uns vor den Schrecken der Bruderschaft der Dunkelheit«, lautete die neutrale Antwort. »Es kommt nicht sonderlich gut an.«

Der Besitzer der Cantina behielt seinen politischen Standpunkt für sich. Seine Gäste durften über alles reden, was sie wollten, aber ganz gleich, wie hitzig ein Streit wurde, der Wirt weigerte sich, Partei zu ergreifen.

»Schlecht fürs Geschäft«, hatte er einmal erklärt. »Wenn du jemandem zustimmst, ist er den Rest des Abends dein Freund. Wenn du die Gegenposition ergreifst, hassen sie dich vielleicht für Wochen.« Neimoidianer waren bekannt für ihren Geschäftssinn, und Groshik stellte keine Ausnahme dar.

Ein Bergmann drängte sich zur Theke durch und verlangte etwas zu trinken. Als Groshik die Bestellung ausführte, wandte sich Des dem Spielbereich zu. Es gab keine freien Plätze am Sabacc-Tisch, also war er im Augenblick gezwungen, nur zuzusehen. Mehr als eine Stunde beobachtete er die Spiele und die Einsätze der Soldaten, besonders die der höheren Offiziere. Sie waren meist bessere Spieler als einfache Soldaten, wahrscheinlich, weil sie mehr Credits zu verlieren hatten.

Auf Apatros folgte man einer modifizierten Version der bespinischen Standard-Spielregeln. Die Grundlagen waren einfach: Man musste eine Hand haben, die so nahe wie möglich an dreiundzwanzig kam, ohne diese Zahl zu übertreffen. Bei jeder Runde musste ein Spieler entweder einen neuen Einsatz machen, um dabeizubleiben, oder aufgeben. Jeder Spieler, der dabeiblieb, konnte eine neue Karte ziehen, eine ablegen oder eine Karte ins Interferenzfeld legen, damit sie garantiert ihren Wert behielt. Am Ende einer Runde konnte ein Spieler seine Karten zeigen und damit alle anderen zwingen, das Gleiche zu tun. Die beste Hand am Tisch gewann den Pott. Alles über dreiundzwanzig oder unter minus dreiundzwanzig war eine Pleite, für die ein Spieler Strafe zahlen musste. Und wenn einer auf genau dreiundzwanzig kam – einen reinen Sabacc hatte –, gewann er den Sabacc-Pott als Bonus. Aber wenn der Wert der Karten nach dem Zufallsprinzip geändert wurde oder einige Spieler ihre Karten früh zeigten, war es sehr schwierig, einen reinen Sabacc zu erhalten.

Sabacc war mehr als ein Glücksspiel. Es ging um Strategie und Stil, darum, wann man bluffen und wann man sich zurückhalten musste, und um Anpassung an die sich immer wieder verändernden Karten. Einige Spieler waren zu vorsichtig und setzten nie mehr als das Minimum ein, selbst wenn sie eine gute Hand hatten. Andere waren zu aggressiv und versuchten, den Rest des Tischs mit gewaltigen Einsätzen zu überzeugen, selbst wenn sie nichts hatten. Das Wesen eines Spielers zeigte sich früher oder später immer, wenn man nur wusste, wonach man Ausschau halten musste.

Diesem Ensign zum Beispiel fehlte es eindeutig an Erfahrung. Er blieb immer wieder mit schwachen Karten im Spiel, statt aufzugeben. Er war ein Jäger und nie zufrieden mit Karten, die gut genug waren, den Pott auf dem Tisch zu gewinnen. Er strebte eine perfekte Hand an, hoffte, einen großen Coup zu landen und den Sabacc-Pott zu gewinnen, der bei jedem Spiel weiter wuchs, bis er gewonnen wurde. In der Folge wurde er wieder und wieder bei Fehlern erwischt und musste Strafe zahlen. Das schien ihn jedoch nicht aufzuhalten. Er war einer dieser Spieler mit mehr Credits als Verstand, was Des hervorragend ins Konzept passte.

Um ein Experte beim Sabacc zu sein, musste man wissen, wie man den Tisch beherrschen konnte. Des brauchte nicht viele Spiele zu beobachten, um zu erkennen, dass der Commander genau das tat. Der Mann wusste, wie man große Einsätze machte und andere dazu trieb, sich selbst dann zurückzuziehen, wenn sie gute Karten hatten. Er wusste, wann er seinen Einsatz so klein halten sollte, dass es andere verlockte, mit Karten weiterzuspielen, mit denen sie besser aufgegeben hätten. Er schien sich nicht viele Gedanken um seine eigene Hand zu machen. Erst wenn alle Karten auf dem Tisch lagen und er die Chips einsammelte, erkannten seine Gegner, wie sehr sie sich geirrt hatten.

Er war gut, das musste Des zugeben. Besser als die meisten Spieler aus der Republik, die hier vorbeikamen. Trotz seines freundlichen Verhaltens war er gnadenlos und holte sich Pott um Pott. Aber Des hatte dennoch ein gutes Gefühl; manchmal wusste er einfach, dass er nicht verlieren konnte. Er würde an diesem Abend gewinnen ... und zwar viel.

Einer der Bergleute am Tisch stöhnte. »Noch eine Runde, und dieser Sabacc-Pott hätte mir gehört!«, sagte er und schüttelte den Kopf. »Sie hatten Glück, dass Sie zu diesem Zeitpunkt aufgedeckt haben«, fügte er an den Commander gewandt hinzu.

Des wusste, dass es nichts mit Glück zu tun hatte. Der Bergmann war so aufgeregt gewesen, dass er angefangen hatte, auf seinem Stuhl hin- und herzurutschen. Jeder, der nicht vollkommen verblödet war, konnte sehen, dass er auf eine gewaltige Hand hinarbeitete. Der Commander hatte es erkannt, das Spiel abgekürzt und die Hoffnungen des anderen Spielers zerschmettert.

»Das war's«, sagte der Bergmann und schob sich vom Tisch weg. »Ich bin erledigt.«

»Sieht aus, als bekämst du jetzt deine Chance«, flüsterte Groshik Des zu, als er an ihm vorbeikam, um ein weiteres Bier einzugießen. »Viel Glück.«

Heute brauche ich kein Glück, dachte Des. Er stieg über das Seil aus Nanoseide in den Spielbereich.

Kapitel 3

Des ging auf den Sabacc-Tisch zu und nickte dem Beta-4 CardShark zu, der die Karten ausgab. ORO zog es vor, statt lebender Geber Droiden einzusetzen. Sie forderten kein Gehalt, und es war selbst für den geschicktesten Spieler unmöglich, einen Droiden zum Betrug zu veranlassen.

»Ich bin dabei«, erklärte er und ließ sich auf dem leeren Stuhl nieder.

Der Ensign saß ihm direkt gegenüber. Er stieß einen lang gezogenen Pfiff aus. »Wow, das ist mal ein großer Kerl!«, rief er ausgelassen. »Wie groß sind Sie? Eins neunzig? Eins fünfundneunzig?«

»Genau zwei Meter«, erwiderte Des, ohne ihn anzusehen. Er zog seine ORO-Kontokarte durch das Lesegerät am Tisch und gab seinen Sicherheitskode ein. Der Betrag für den Zugang zum Spiel wurde der Summe hinzugefügt, die er bereits schuldete, und der Droide schob ihm gehorsam einen Stapel Chips zu.

»Viel Glück, Sir«, sagte er.

Der Ensign fuhr fort, Des abschätzend zu betrachten, und trank einen weiteren großen Schluck aus seinem Krug. Dann stieß er ein kreischendes Lachen aus: »Mann, ihr werdet hier draußen am Rand wirklich groß. Sind Sie sicher, dass Sie nicht eigentlich ein Wookiee sind, den jemand rasiert hat, um sich einen Spaß zu machen?«

Ein paar andere Spieler lachten, hörten aber schnell wieder auf, als sie sahen, wie Des die Zähne zusammenbiss. Der Ensign roch nach corellianischem Whiskey. Genau wie Gerd, als er vor ein paar Stunden einen Kampf mit Des angefangen hatte. Des' Muskeln spannten sich an, und er beugte sich auf seinem Stuhl vor. Der kleinere Mann stieß einen kurzen, nervösen Atemzug aus.

»Immer mit der Ruhe, Sohn«, sagte der Commander beruhigend zu Des, um die Kontrolle über die Situation zurückzugewinnen. Er strahlte ruhige Autorität aus, ein Patriarch bei einem kleinen Familienstreit am Abendbrottisch. »Es war nur ein Scherz. Können Sie das nicht vertragen?«

Des wandte sich dem einzigen Spieler am Tisch zu, der gut genug war, um wirklich eine Herausforderung darzustellen, grinste und ließ die Spannung wieder aus seinen verkrampften Muskeln sickern. »Klar habe ich nichts gegen Witze. Aber Ihre Credits wären mir lieber.«

Es gab eine kurze Pause, und dann war es, als seufzten alle erleichtert. Der Offizier lachte leise und erwiderte das Lächeln. »Wir werden sehen. Lassen Sie uns weiterspielen.«

Des begann langsam, spielte konservativ und gab häufig auf. Die Einsätze waren niedrig; der Maximalwert jeder Hand war auf hundert Credits beschränkt. Bei einem Anfangseinsatz von fünf Credits und der »Verwaltungsgebühr« von zwei Credits, die ORO jedem bei einem neuen Spiel abnahm, deckten die Spielpötte kaum die Kosten dafür ab, am Tisch zu sitzen, selbst für einen beständigen Spieler. Der Trick bestand darin, genug Spielpötte zu gewinnen, dass man es sich leisten konnte, lange genug dabeizubleiben, um eine Chance auf den Sabacc-Pott zu haben, der bei jedem Spiel wuchs.

Als Des anfing zu spielen, versuchte einer der Soldaten sich mit ihm zu unterhalten. »Mir ist aufgefallen, dass die meisten menschlichen Bergleute hier sich die Köpfe rasieren«, sagte er und nickte zu der Menge hin. »Warum das?«

»Wir rasieren uns nicht. Unsere Haare fallen aus«, erwiderte Des. »Es kommt von zu vielen Schichten im Bergwerk.«

»Im Bergwerk? Das verstehe ich nicht.«

»Die Filter holen nicht alle Giftstoffe aus der Luft. Man arbeitet tagein, tagaus Zehn-Stunden-Schichten, und die Kontaminierung baut sich auf.« Er sprach mit tonloser, neutraler Stimme. Es lag keine Bitterkeit in seinen Worten, für ihn und die anderen Bergleute war das einfach Alltag. »Das hat Nebenwirkungen. Wir werden oft krank, und unsere Haare fallen aus. Wir sollten hier und da ein paar Tage freinehmen, aber seit ORO diese Verträge mit den Streitkräften der Republik unterzeichnet hat, ist das nicht mehr möglich. Wir werden also nach und nach vergiftet, damit Ihr Frachtraum voll ist, wenn Sie wieder aufbrechen.«

Das genügte, um jeden weiteren Gesprächsversuch im Keim zu ersticken, und sie machten so gut wie schweigend weiter. Nach etwa einer halben Stunde hatte Des seine Einsätze zurück, aber er wurde gerade erst warm. Er schob den Anfangseinsatz für ein neues Spiel auf den Tisch, und die anderen sieben Spieler taten es ihm nach. Der Geber teilte jedem zwei Karten zu, und eine weitere Runde begann. Die ersten beiden Spieler warfen einen Blick auf ihre Karten und gaben sofort auf. Der Ensign warf einen wütenden Blick auf die seinen und legte genug Chips nach, um dabeibleiben zu können. Des war nicht überrascht – der Mann gab selten auf, selbst wenn er nichts hatte.

Der Ensign schob rasch eine seiner Karten ins Interferenzfeld. Jeder Spieler konnte eine seiner elektronischen Chipkarten in dieses Interferenzfeld schieben und ihren Wert fixieren, damit er sich nicht mehr änderte, wenn es während des Spiels zu einer allgemeinen Änderung der Kartenwerte kommen sollte.

Des schüttelte den Kopf. Karten zu fixieren war Kinderkram. Man konnte eine Karte, deren Wert man eingefroren hatte, nicht mehr ablegen; Des zog es vor, sich alle Möglichkeiten offenzuhalten. Der Ensign jedoch dachte kurzfristig und plante nicht voraus. Das erklärte wahrscheinlich, wieso er schon mehrere Hundert Credits verloren hatte.

Des warf einen Blick auf seine eigene Hand und beschloss weiterzumachen. Die anderen Spieler gaben auf, wodurch nur er und der Ensign im Spiel blieben.

Der Droide gab eine weitere Runde Karten aus. Des warf einen Blick auf die seinen und sah, dass er »Standhaftigkeit« erhalten hatte, eine Bildkarte mit einem Wert von minus acht. Das brachte seine Hand auf einen Wert von sechs, was jämmerlich schwach war.

Es wäre klug gewesen aufzugeben; solange es nicht zu einer Wertänderung kam, wäre er erledigt. Aber Des wusste, dass diese Wertänderung kommen würde. Er wusste es so sicher, wie er gewusst hatte, wohin Gerds Daumen ging, als er zugebissen hatte. Diese kurzen Blicke in die Zukunft ereigneten sich nicht oft, aber wenn es geschah, wusste er, dass er sich darauf verlassen konnte. Er schob seine Credits auf den Tisch. Der Ensign zog mit.

Der Droide schob die Chips in die Mitte des Tischs, und die Anzeige vor ihm begann, in schnell wechselnden Farben zu blitzen. Blau bedeutete keine Wertänderung; alle Karten würden ihren derzeitigen Wert behalten. Rot bedeutete Veränderung: In diesem Fall sendete die Anzeige einen Impuls, und die elektronischen Karten jedes Spielers änderten ihren Wert nach dem Zufallsprinzip. Die Anzeige flackerte zwischen Rot und Blau hin und her und wurde schneller, bis sich die Farben zu Purpur verbanden. Dann wurde das Flackern wieder langsamer, und man konnte die Farben wieder voneinander unterscheiden: Blau, Rot, Blau, Rot, Blau ... Die Anzeige blieb bei Rot stehen.

»Mist!«, fluchte der Ensign. »Es ändert sich immer dann, wenn ich eine gute Hand habe!«

Des wusste, dass das nicht stimmte. Die Chancen eines Wechsels waren eins zu eins und vollkommen zufällig. Es gab keine Möglichkeit vorherzusagen, ob es zu einer Wertänderung kommen würde ... es sei denn, man verfügte über ein Talent wie Des.

Die Karten flackerten, als sie ihren neuen Wert annahmen, und Des griff noch einmal nach seiner Hand. »Standhaftigkeit« war verschwunden, und nun hatte er eine Sieben in der Hand. Das brachte ihn auf einundzwanzig. Kein Sabacc, aber eine solide Hand. Bevor die nächste Runde beginnen konnte, drehte Des die Karten um und zeigte sie den anderen. »Einundzwanzig«, sagte er.

Der Ensign warf angewidert seine Karten hin. »Eine verdammte Pleite.«

Des sammelte den kleinen Stapel von Chips ein, der sich im Spielpott befand, während der andere Mann widerwillig seine Strafe in den Sabacc-Pott zahlte. Des schätzte, dass sich dort inzwischen um die fünfhundert Credits befanden.

Einer der Bergleute am Tisch stand auf. »Kommt, wir müssen gehen«, sagte er. »Der letzte Speeder fährt in zwanzig Minuten.«

Unter Knurren und Murren erhoben sich auch die anderen Bergleute und machten sich auf zu ihrer Schicht. Der Ensign sah ihnen hinterher, dann wandte er sich neugierig Des zu.

»Sie gehen nicht mit, Großer? Ich dachte, Sie hätten sich vorher darüber beschwert, nie einen freien Tag zu haben.«

»Ich arbeite in der Tagschicht«, sagte Des knapp. »Die da sind Nachtschicht.«

»Wo ist der Rest Ihrer Leute?«, fragte der weibliche Lieutenant. Des erkannte ihr Interesse deutlich als einen Versuch, den Ensign davon abzuhalten, etwas zu sagen, das den großen kräftigen Bergmann noch weiter aufbringen würde. »Es ist hier schrecklich leer geworden.« Sie machte eine Geste zum Schankraum hin, in dem sich nun tatsächlich nur noch ein paar Soldaten der Republik befanden. Als sie die leeren Plätze am Sabacc-Tisch sahen, kamen ein paar von ihnen herüber, um sich ihren Kameraden anzuschließen.

»Die werden schon bald hier sein«, sagte Des. »Ich habe meine Schicht heute früher beendet.«

»Tatsächlich?« Ihr Tonfall ließ darauf schließen, dass sie sich nur einen einzigen Grund für ein früheres Schichtende vorstellen konnte.

»Lieutenant«, sagte einer der neu eingetroffenen Soldaten höflich, als sie den Tisch erreichten. »Commander«, fügte er mit einem Nicken zu dem anderen Offizier hinzu. »Haben Sie etwas dagegen, dass wir uns anschließen?«

Der Commander warf Des einen Blick zu. »Ich will nicht, dass dieser junge Mann glaubt, die Republik würde sich gegen ihn verbünden. Wenn wir alle Plätze einnehmen, wo werden seine Freunde dann sitzen, wenn sie auftauchen? Er sagt, sie werden jeden Moment hier sein.«

»Aber jetzt noch nicht«, sagte Des. »Und sie sind nicht meine Freunde. Von mir aus können Sie sich gerne setzen.« Er fügte nicht hinzu, dass die meisten Bergleute von der Tagschicht ohnehin nicht spielen würden. Wenn Des an ihrem Tisch auftauchte, neigten sie dazu, nach Hause zu gehen; er gewann für ihren Geschmack zu oft.

Die leeren Plätze waren bald gefüllt.

»Und, sind die Karten freundlich zu Ihnen, Ensign?«, fragte eine junge Frau den Mann, den Des in der letzten Runde besiegt hatte. Sie setzte sich neben ihn und stellte einen vollen Krug mit corellianischem Bier vor ihm auf den Tisch.

»Nein«, gestand er, grinste und tauschte seinen leeren Krug gegen den vollen. »Könnte sein, dass ich dieses Bier erst später bezahlen kann. Ich habe heute Abend offenbar kein Glück.« Er nickte zu Des hin. »Passen Sie auf den da auf. Er spielt so gut wie der Commander. Entweder das, oder er schummelt.«

Er lächelte rasch, um zu zeigen, dass es nur ein weiterer seiner Witze war. Des ignorierte ihn; es kam öfter vor, dass jemand ihn einen Betrüger nannte. Ihm war klar, dass sein Vorwissen ihm einen Vorteil über die Spieler gab. Vielleicht war es ein ungerechter Vorteil, aber er hielt es nicht für Betrug. Er wusste schließlich nicht bei jedem Spiel, was passieren würde, und er konnte seine Begabung nicht beherrschen. Er war nur klug genug, das Beste daraus zu machen, wenn sie sich meldete.

Der Droide verteilte Chips an die Neuen und wünschte dabei jedem viel Glück.

»Es sieht aus, als kämen Sie mit den anderen Bergleuten nicht so gut zurecht«, griff der Lieutenant Des' frühere Bemerkungen wieder auf. »Haben Sie je daran gedacht, den Beruf zu wechseln?«

Des stöhnte innerlich. Als er sich an den Tisch gesetzt hatte, hatten die Offiziere ihre Rekrutierungsversuche bereits beendet gehabt und sich überwiegend aufs Kartenspielen konzentriert. Nun hatte er ihr Gelegenheit gegeben, das Thema wieder aufzubringen.

»Ich habe kein Interesse daran, Soldat zu werden«, sagte er und zahlte für die nächste Runde.

»Eine solche Entscheidung sollten Sie nicht übereilen«, sagte sie. Ihre Stimme hatte eine sanfte, beruhigende Färbung angenommen. »Es hat durchaus seine guten Seiten, Soldat für die Republik zu sein. Ich nehme an, es ist allemal besser, als hier im Bergwerk zu arbeiten.«

»Da draußen wartet eine ganze Galaxis, Sohn«, fügte der Commander hinzu. »Planeten, die erheblich angenehmer sind als dieser hier, wenn ich das sagen darf.«

Als ob ich das nicht wüsste, dachte Des. Laut sagte er: »Ich habe auch nicht vor, mein ganzes Leben hier zu verbringen. Aber wenn ich von diesem Felsen runterkomme, möchte ich nicht nur an der Front Sith-Blastern ausweichen müssen.«

»Wir werden nicht viel länger gegen die Sith kämpfen, Sohn. Wir treiben sie jetzt vor uns her.« Der Commander klang so ruhig, so sicher ... Des war beinahe versucht, ihm zu glauben.

»Da habe ich anderes gehört«, sagte er stattdessen. »Es heißt, die Bruderschaft der Dunkelheit siege in den meisten Schlachten. Ich hörte, sie beherrscht jetzt mehr als ein Dutzend Regionen.«

»Das war vor General Hoth«, warf ein anderer Soldat ein.

Des hatte von Hoth im HoloNetz gehört; er war ein echter Held der Neuen Republik. Siegreich in einem halben Dutzend größerer Auseinandersetzungen, war er offenbar ein brillanter Stratege, der wusste, wie man auch im letzten Augenblick das Schlachtenglück noch wendete. Was niemanden überraschte, wenn man seinen Hintergrund bedachte.

»Hoth?«, fragte er unschuldig und warf einen Blick auf seine Karten. Schrott. Er gab auf. »Ist er nicht ein Jedi?«

»Ja«, erwiderte der Commander mit einem Blick auf seine eigenen Karten. Er schob einen kleinen Einsatz in die Mitte. »Genauer gesagt ein Jedi-Meister. Und ein guter Soldat. Wir könnten uns keinen Besseren als Oberbefehlshaber wünschen.«

»Sie müssen wissen, dass diese Sith mehr als nur Soldaten sind«, sagte der betrunkene Ensign ernst und noch lauter als zuvor. »Einige von ihnen können die Macht benutzen, genau wie die Jedi! Man kann sie nicht mit Blastern alleine schlagen.«

Des hatte viele wilde Geschichten darüber gehört, wie Jedi mithilfe der geheimnisvollen Kraft der Macht erstaunliche Dinge getan hatten, aber er hielt das für Märchen und Mythen. Oder zumindest für übertrieben. Er wusste, dass es Kräfte gab, die über die körperliche Welt hinausgingen: Seine eigenen Vorahnungen bewiesen das. Aber die Geschichten darüber, was die Jedi tun konnten, kamen ihm einfach unglaubwürdig vor. Wenn die Macht wirklich eine so gewaltige Waffe war, wieso dauerte dieser Krieg dann so lange?

»Der Gedanke, einem Jedi-Meister zu gehorchen, gefällt mir nicht sonderlich«, sagte er. »Ich habe seltsame Dinge über das gehört, woran sie glauben: keine Leidenschaft, keine Emotion. Klingt, als wollten sie uns alle in Droiden verwandeln.«

Eine weitere Runde Karten wurde an die im Spiel Gebliebenen ausgegeben.

»Die Jedi werden von Weisheit geleitet«, erklärte der Commander. »Sie lassen nicht zu, dass Dinge wie Begierde oder Zorn ihr Urteilsvermögen trüben.«

»Zorn hat seinen Nutzen«, widersprach Des. »Er hat mir aus ein paar unangenehmen Situationen herausgeholfen.«

»Ich denke, der Trick besteht darin, überhaupt nicht in solche Situationen zu geraten«, erwiderte der Lieutenant mit ihrer sanften Stimme.

Das Spiel war bald zu Ende. Die junge Frau, die dem Ensign ein Bier ausgegeben hatte, kam auf zwanzig – keine umwerfende Hand, aber auch nicht schlecht. Sie warf einen Blick zum Commander, als er die Karten aufdeckte, und lächelte, als er nur neunzehn hatte. Das Lächeln verging ihr, als der betrunkene Ensign seine einundzwanzig zeigte. Als er sich den Pott nahm, machte sie seinem Lachen mit einem freundlichen Ellbogenstoß ein Ende.

Alle zahlten für das nächste Spiel, und der Geber teilte je zwei Karten an jeden Spieler aus.

»Die Jedi sind die Verteidiger der Republik«, fuhr der Lieutenant ernst fort. »Ihre Art zu leben mag normalen Bürgern seltsam vorkommen, aber sie stehen auf unserer Seite. Sie wollen nur den Frieden.«

»Tatsächlich?«, sagte Des mit einem Blick auf seine Karten. Er schob seinen Einsatz in die Mitte. »Ich dachte, sie wollten die Sith auslöschen.«

»Die Sith sind eine illegale Organisation«, erklärte der Lieutenant. Nach einem Augenblick sorgfältigen Nachdenkens zog sie sich aus dem Spiel zurück. »Der Senat hat vor beinahe dreitausend Jahren ein Gesetz verabschiedet, das sie für illegal erklärte, kurz nachdem Revan und Malak Zerstörung in die gesamte Galaxis brachten.«

»Ich habe immer gehört, Revan habe die Republik gerettet«, sagte Des.

Nun stieg auch der Commander wieder in das Gespräch ein. »Revans Geschichte ist kompliziert«, sagte er. »Aber die Tatsache bleibt, dass die Sith und ihre Lehren vom Senat verboten wurden. Schon ihre Existenz verstößt gegen die Gesetze der Republik – und mit gutem Grund. Die Jedi verstehen, was für eine Gefahr die Sith darstellen. Deshalb haben sie sich der Flotte angeschlossen. Für das Wohl der Galaxis ist es notwendig, die Sith ein für alle Mal auszulöschen.«

Der betrunkene Ensign gewann auch diese Runde, die zweite hintereinander. Manchmal war Glück zu haben noch besser, als gut zu sein.

»Die Republik sagt also, dass die Sith ausgelöscht werden müssen.« Des zahlte für das nächste Spiel. »Ich wette, wenn die Sith an der Macht wären, würden sie das Gleiche über die Jedi behaupten.«

»So etwas würden Sie nicht sagen, wenn Sie wüssten, wie die Sith wirklich sind«, wandte einer der Soldaten ein. »Ich habe gegen sie gekämpft – sie sind blutrünstige Mörder!«

Des lachte. »Ja, wie können sie es wagen, Sie mitten in einem Krieg töten zu wollen? Wissen diese Sith denn nicht, dass Sie damit beschäftigt sind, *sie* umzubringen? Wie unhöflich!«

»Du elender Kath-Bastard!«, fauchte der Soldat und erhob sich von seinem Stuhl.

»Setzen Sie sich!«, bellte der Commander. Der Soldat tat, was man ihm gesagt hatte, aber Des konnte die Spannung in der Luft spüren. Alle anderen am Tisch – vielleicht mit Ausnahme der beiden Offiziere – starrten ihn wütend an.

Gut. Das Letzte, woran sie im Augenblick dachten, waren Karten. Zornige Leute gaben keine guten Sabacc-Spieler ab.

Der Commander spürte ebenfalls, dass es schlecht aussah. Er tat sein Bestes, die Situation zu entschärfen.

»Die Sith folgen den Lehren der Dunklen Seite, Sohn«, sagte er zu Des. »Wenn Sie die Dinge sähen, die sie in diesem Krieg getan haben ... und nicht nur gegenüber Soldaten. Es ist ihnen egal, ob unschuldige Zivilisten leiden.«

Des hörte nur halb zu, warf einen Blick auf seine Karten und zahlte seinen Einsatz.

»Ich bin nicht dumm, Commander«, sagte er dann. »Ob die Republik es offiziell anerkennt oder nicht, Sie stehen im Krieg mit der Bruderschaft der Dunkelheit. Und in einem Krieg geschehen schlimme Dinge, auf beiden Seiten. Versuchen Sie mich also nicht davon zu überzeugen, dass die Sith Ungeheuer sind. Sie sind Leute wie Sie und ich.«

Von allen Spielern am Tisch hatte nur der Commander aufgegeben. Des wusste, dass zumindest ein paar Soldaten auch mit schlechten Karten weitermachten, und sei es nur für die Chance, ihn zu besiegen.

Der Commander seufzte. »Bis zu einem gewissen Punkt haben Sie Recht. Die gewöhnlichen Soldaten – die in der Armee dienen, weil sie nicht wissen, wie die Sith-Meister und die Bruderschaft der Dunkelheit wirklich sind – sind einfach nur normale Leute. Aber Sie müssen sich die Ideen hinter diesem Krieg ansehen. Sie müssen verstehen, wofür beide Seiten wirklich stehen.«

»Klären Sie mich auf, Commander.« Des legte eine Spur von Herablassung in seine Stimme und warf lässig ein paar mehr Chips auf den Tisch, denn er wusste, dass das die Soldaten nur noch mehr gegen ihn aufbringen würde. Er war erfreut zu sehen, dass keiner aufgab; er spielte nun mit ihnen so geschickt, wie ein Bith-Musiker eine Melodie auf einem Sabriquet trillerte.

»Die Jedi versuchen, den Frieden zu erhalten«, wiederholte der Commander. »Sie dienen der Sache der Gerechtigkeit. Wann immer möglich, nutzen sie ihre Macht, um denen zu helfen, die in Not sind. Sie wollen dienen, nicht herrschen. Sie glauben, dass alle Wesen, ungeachtet von Spezies und Geschlecht, gleich sind. Das verstehen Sie doch sicher.«

Es war mehr eine Aussage als eine Frage, aber Des antwortete trotzdem. »Aber das sind sie nicht wirklich, oder? Gleich, meine ich. Einige sind klüger oder stärker ... oder bessere Kartenspieler.«

Mit dieser letzten Bemerkung entlockte er dem Commander ein Lächeln, obwohl alle anderen am Tisch verärgert dreinschauten.

»Das ist schon wahr, Sohn. Aber ist es nicht die Pflicht der Starken, den Schwachen zu helfen?«

Des zuckte die Achseln. Er glaubte nicht sonderlich an Gleichheit. Zu arbeiten, damit alle gleich waren, gab einem keine besondere Chance, Größe zu erreichen. »Und was ist mit der Bruderschaft der Dunkelheit?«, fragte er. »Woran glaubt sie?«

»Die Sith folgen den Lehren der Dunklen Seite. Das Einzige, was sie wollen, ist Macht; sie glauben, die natürliche Ordnung der Galaxis bestehe darin, dass die Schwachen den Starken dienen.«

»Klingt ziemlich gut, wenn man zu den Starken gehört.« Des zeigte seine Karten, dann sammelte er die Chips ein und genoss das Murren und die Flüche der Verlierer.

Er bedachte alle mit einem bösen Grinsen. »Um der Republik willen hoffe ich, Sie sind bessere Soldaten als Sabacc-Spieler!«

»Du verkriffter Feigling von einem Schlammkriecher!«, schrie der Ensign, sprang auf und verschüttete sein Bier auf dem Boden. »Wenn wir nicht wären, würde dieses jämmerliche Loch von einem Planeten schon den Sith gehören!«

Ein anderer Bergmann hätte Des einen Schlag verpasst, aber der Ensign hatte, obwohl er mehr als nur ein wenig betrunken war, genug militärische Disziplin, um sich zurückzuhalten. Ein strenger Blick des Commanders bewirkte, dass er sich wieder hinsetzte und eine Entschuldigung murmelte. Des war beeindruckt. Und ein wenig enttäuscht.

»Wir wissen alle, wieso die Republik sich für Apatros interessiert«, sagte er, stapelte seine Chips und versuchte, einen lässigen Eindruck zu machen. Tatsächlich behielt er alle am Tisch genau im Auge, für den Fall, dass jemand einen Angriff wagen würde.

»Ihr braucht unser Cortosis für die Rümpfe eurer Schiffe, für eure Waffen, sogar für eure Rüstung. Ohne uns hättet ihr in diesem Krieg keine Chance. Also hört auf, so zu tun, als würdet ihr uns einen Gefallen tun; ihr braucht uns ebenso wie wir euch.«

Niemand hatte einen Einsatz für das nächste Spiel geleistet; alle Augen waren auf das Drama gerichtet, das sich am Tisch entwickelte. Der Droide zögerte, denn seine eingeschränkte Programmierung sagte ihm nicht, was er mit einer solchen Situation anfangen sollte. Des wusste, dass Groshik von der anderen Seite der Cantina her zusah, die Hand nahe dem Betäubungsblaster, den er hinter der Theke hatte. Er bezweifelte jedoch, dass der Neimoidianer die Waffe brauchen würde.

»Das ist schon wahr«, gab der Commander zu und zahlte den ersten Einsatz. Die anderen, Des eingeschlossen, taten es ihm nach. »Aber wenigstens zahlen wir für das Cortosis, das wir benutzen. Die Sith würden es sich einfach nehmen.«

»Nein«, verbesserte Des und betrachtete seine Karten. »Sie bezahlen ORO für das Cortosis. Diese Credits schaffen es nicht den ganzen Weg abwärts zu Leuten wie mir.« Er stieg aus dem Spiel aus, hörte aber nicht auf zu reden. »Und das ist das Problem mit der Republik. Im Kern ist alles großartig: Die Leute sind gesund, wohlhabend und glücklich. Aber hier am Rand ist es nicht so einfach.

Ich habe auf die eine oder andere Weise beinahe so lange, wie ich mich erinnern kann, im Bergwerk gearbeitet, und dennoch schulde ich dem Konzern immer mehr Credits. Aber ich sehe hier keine Jedi, die mich vor dieser Ungerechtigkeit retten wollen.«

Diesmal fiel niemandem eine Antwort ein, nicht einmal dem Commander. Des kam zu dem Schluss, dass sie genug über Politik gesprochen hatten; er wollte sich darauf konzentrieren, die zweitausend Credits zu gewinnen, die sich inzwischen im Sabacc-Pott angesammelt hatten. Also versuchte er, dem Thema ein Ende zu machen.

»Strengen Sie sich nicht an, mir Ihre Jedi oder Ihre Republik zu verkaufen, denn genau das ist es: *Ihre* Republik. Sie sagen, die Sith respektieren nur persönliche Macht? Nun, genauso geht es hier draußen am Rand zu. Jeder ist sich selbst der Nächste, denn von anderen kann man nichts erwarten. *Deshalb* finden die Sith hier draußen so viele neue Rekruten, die sich ihnen anschließen. Leute, die glauben, sie hätten nichts zu verlieren. Und wenn die Republik das nicht bald begreift, wird die Bruderschaft der Dunkelheit diesen Krieg gewinnen, ganz gleich, wie viele Jedi Ihre Armee anführen.«

»Vielleicht sollten wir bei den Karten bleiben«, schlug der Lieutenant nach einem langen, unbehaglichen Schweigen vor.

»Das ist für mich in Ordnung«, sagte Des. »Nichts für ungut?«

»Nichts für ungut«, erwiderte der Commander und zwang sich zu einem Lächeln.

Ein paar andere Soldaten murmelten zustimmend, aber Des wusste, dass er sich gewaltig unbeliebt gemacht hatte. Genau das, was er beabsichtigt hatte.

Kapitel 4

Die Stunden vergingen. Die Bergleute von der Tagschicht erschienen, um die der Nachtschicht zu ersetzen. Der Droide gab weiter Karten aus, und die Spieler zahlten ihre Einsätzc. Des' Stapel von Chips wuchs stetig, und der Sabacc-Pott wurde immer größer: dreitausend Credits, viertausend, fünf... Keiner der Spieler schien mehr Spaß zu haben; Des nahm an, dass seine glühende Tirade ihnen die Freude verdorben hatte.

Das war ihm egal. Er spielte Sabacc nicht zum Spaß. Es war Arbeit, genau wie im Bergwerk. Eine Möglichkeit, Credits zu verdienen, um den Konzern auszuzahlen, damit er Apatros einmal für immer hinter sich lassen konnte.

Zwei Soldaten standen vom Tisch auf, weil ihnen das Geld ausgegangen war. Ihre Plätze wurden bald von Bergleuten der Tagschicht eingenommen. Die Verlockung des massiven Sabacc-Potts genügte, um sie trotz ihres Widerstrebens, es mit Des aufzunehmen, an den Tisch zu bringen.

Eine weitere Stunde verging, und die höheren Offiziere – der Lieutenant und der Commander – zogen sich ebenfalls zurück. Auch an ihre Stellen traten Bergleute, die hofften, mit einer guten Hand den immer noch wachsenden Sabacc-Pott zu kassieren. Die Soldaten der Republik, die am Tisch blieben, wie der

Ensign, der Des als Erster herausgefordert hatte, mussten tiefe, tiefe Taschen haben.

Bei dem stetigen Zustrom von neuen Spielern und neuem Geld war Des gezwungen, seine Strategie zu ändern. Er hatte mehrere Hundert Credits gewonnen; sein Kissen genügte, um wenn nötig auch ein paar Spiele zu verlieren. Nun galt seine einzige Sorge dem Schutz des Sabacc-Potts. Wenn er keine Hand hatte, mit der er glaubte, gewinnen zu können, zeigte er sie nach den ersten paar Runden. Er hatte nicht vor, jemandem Gelegenheit zu geben, eine Hand von dreiundzwanzig aufzubauen. Er stieg nicht mehr aus, selbst wenn er schwache Karten hatte. Ein Spiel auszusetzen gab den anderen eine zu große Gelegenheit zu gewinnen.

Ein paar glückliche Wertwechsel und ein paar schlechte Entscheidungen seiner Gegner sorgten dafür, dass seine Strategie funktionierte, auch wenn sie ihn oft eine Menge Credits kostete. Seine Anstrengungen, den Sabacc-Pott zu schützen, verschlangen nach und nach seinen Profit. Sein Stapel von Gewinnen schrumpfte schnell, aber das würde es wert sein, wenn er den Sabacc-Pott gewann.

Neue Spieler kamen und gingen. Einer nach dem anderen gaben die Soldaten ihre Plätze auf, als ihnen die Chips ausgingen und sie sich keine mehr leisten konnten. Von der ursprünglichen Gruppe waren nur noch Des und der Ensign übrig. Der Stapel des Ensign wuchs. Ein paar Soldaten blieben, um zuzusehen und ihren Kameraden zu ermutigen, diesen Bergmann mit dem großen Maul zu schlagen.

Andere Zuschauer kamen und gingen. Einige warteten nur darauf, dass ein Spieler sich zurückzog und sie seinen Platz einnehmen konnten. Andere wurden von der Intensität der Stimmung und der Größe des Potts angezogen. Nach einer weiteren Stunde befanden sich zehntausend Chips im Sabacc-Pott, die

Höchstgrenze. Alle Credits, die von nun an in den Pott wanderten, waren verschwendet, sie wanderten direkt auf die Konten des Konzerns. Aber niemand beschwerte sich. Nicht, wenn sich die Chance bot, ein kleines Vermögen zu gewinnen.

Des blickte zu dem Chrono an der Wand. Nicht einmal mehr eine Stunde, bis die Cantina schließen würde. Als er sich an den Tisch gesetzt hatte, war er sicher gewesen, einen großen Gewinn zu machen. Eine Weile war es gut gegangen. Aber die letzten Stunden hatten seine Chips gewaltig dahinschmelzen lassen. Den Sabacc-Pott zu schützen ruinierte ihn: Er hatte seinen gesamten Profit verloren und noch zweimal neue Chips kaufen müssen. Er war in die klassische Spielerfalle gegangen und so besessen davon gewesen, den großen Pott zu gewinnen, dass er das Gefühl dafür verloren hatte, wie viel er verlor. Er hatte zugelassen, dass das Spiel persönlich wurde.

Ihm war heiß, und sein Hemd war klebrig von Schweiß. Seine Beine waren taub, weil er schon so lange saß, und der Rücken tat ihm weh, weil er sich so oft erwartungsvoll vorbeugte, um seine Karten zu betrachten.

Er hatte an diesem Abend beinahe tausend Credits verloren, aber kein anderer Spieler hatte wirklich aus seinem Unglück Nutzen ziehen können. Da der Sabacc-Pott voll war, gingen alle Ersteinsätze und Strafgelder direkt an ORO. Aber nun war es zu spät, noch auszusteigen. Sein einziger Trost bestand darin, dass der Ensign mindestens doppelt so viel verloren hatte wie er selbst. Aber jedes Mal, wenn dem Mann die Chips ausgingen, griff er einfach in die Tasche und holte einen weiteren Stapel Credits heraus, als hätte er eine unbegrenzte Menge davon. Oder als wäre es ihm egal.

Der Droide gab neue Karten aus. Als Des seine Hand betrachtete, begann er die ersten echten Spuren von Selbstzweifel zu spüren. Was, wenn sein Gefühl ihn diesmal getrogen hatte? Was, wenn das nicht die Nacht war, in der er gewinnen würde? Er konnte sich nicht daran erinnern, dass seine Begabung ihn in der Vergangenheit jemals betrogen hätte, aber das bedeutete nicht, dass es unmöglich war.

Er zahlte seinen Einsatz trotz der schwachen Hand und widersetzte sich damit jedem Instinkt, der ihm riet auszusteigen. Zu Beginn der nächsten Runde würde er die Karten auf den Tisch legen müssen, ganz gleich, wie schwach sie waren. Noch länger, und jemand könnte den Sabacc-Pott einstreichen, für den er so schwer gearbeitet hatte.

Die Anzeige flackerte, und die Karten veränderten ihren Wert. Des schaute nicht einmal hin, er legte einfach die Karten auf den Tisch und murmelte: »Ich will sehen.«

Als er einen Blick auf seine Hand warf, fühlte er sich, als hätte man ihn geschlagen. Er hatte genau minus dreiundzwanzig. Seine letzten Chips musste er als Strafe bezahlen.

»Ho, Großer«, spottete der Ensign betrunken, »Sie müssen voller Lum sein, diese Karten zu zeigen. Was zum Brix haben Sie sich dabei gedacht?«

»Vielleicht hat er den Unterschied zwischen plus dreiundzwanzig und minus dreiundzwanzig nicht verstanden«, sagte ein Soldat, der das Spiel beobachtet hatte, und grinste wie eine Manka-Katze.

Des versuchte sie zu ignorieren und zahlte seine Strafe. Er fühlte sich leer. Hohl.

»Wenn Sie verlieren, reden Sie nicht so viel, wie?«, höhnte der Ensign.

Hass. Zunächst spürte Des nichts anderes als das. Reiner, weiß glühender Hass verschlang jeden Gedanken, jede Bewegung und jede Spur von Vernunft in seinem Hirn. Plötzlich war ihm der Pott egal, und wie viele Credits er schon verloren hatte. Er wollte nur noch diesen höhnischen Ausdruck vom Gesicht des Ensigns wischen. Und das konnte er nur auf eine Weise tun.

Er warf einen wilden Blick in die Richtung des Mannes, aber der war zu betrunken, um sich einschüchtern zu lassen. Ohne den Blick von seinem Feind zu nehmen, zog Des seine Kontokarte durch das Lesegerät und ließ sich weitere Chips geben. Er ignorierte den logischen Teil seines Hirns, der versuchte, ihm das auszureden.

Der Droide, dessen Stromkreis und Drähte nicht wahrnahmen, was wirklich los war, schob ihm einen Stapel Chips zu und gab sein übliches fröhliches »Viel Glück!« von sich.

Des erhielt ein Ass und die Zwei der Schwerter. Das machte siebzehn, eine gefährliche Hand. Die Möglichkeit, dass die nächste Karte zu hoch sein würde und ihm eine neue Strafzahlung einbrachte, war groß. Er zögerte und wusste, dass es das Klügste wäre aufzugeben.

»Na, tut es Ihnen schon leid?«, spottete der Ensign.

Einem Impuls folgend, den er nicht erklären konnte, schob Des beide Karten ins Interferenzfeld und dann die Chips für den nächsten Einsatz in den Pott. Er ließ sich von seinen Gefühlen leiten, inzwischen war ihm alles egal. Und als die nächste Karte eine Drei war, wusste er, was er tun musste. Er schob auch die Drei ins Interferenzfeld zu den beiden, die bereits dort warteten. Dann brachte er den höchsten Einsatz und wartete auf die Wertänderung.

Es gab zwei Arten, den Sabacc-Pott zu gewinnen. Eine bestand darin, eine Hand von genau dreiundzwanzig zu haben, einen reinen Sabacc. Aber es gab noch eine bessere Hand: die Narrenhand. Nach den modifizierten Bespin-Regeln hatte man eine Narrenhand, wenn man eine Zwei und eine Drei in der gleichen Farbe hatte und die Karte zog, die als Narr bekannt war und die überhaupt keinen Wert hatte ... buchstäblich 23. Es war die seltenste Hand überhaupt und sogar noch mehr wert als ein reiner Sabacc.

Des hatte bereits zwei Drittel. Nun brauchte er nur noch eine Wertänderung, die seine Zehn in einen Narren verwandelte. Das setzte selbstverständlich voraus, dass es überhaupt eine Wertänderung geben würde. Und selbst dann würde er den Narren bekommen müssen ... und es gab nur zwei unter den sechsundsiebzig Karten. Es war ein lächerlich großes Risiko.

Die Anzeige leuchtete rot, der Wert der Karten änderte sich. Des brauchte seine Hand nicht einmal anzusehen, er *wusste* es.

Er starrte direkt in die Augen des Ensign. »Ich will sehen.«

Der Ensign starrte seine eigene Hand an, um festzustellen, was der Wechsel ihm gebracht hatte, und begann so laut zu lachen, dass er die Karten kaum hinlegen konnte. Er hatte die Kolben-Zwei, die Kolben-Drei ... und den Narren!

Überraschtes Keuchen und ungläubiges Gemurmel erklang von der Menge. »Wie gefällt euch das, Jungs?«, lachte er. »Eine Narrenreihe nach dem Wechsel!« Er stand auf und griff nach dem Haufen Chips auf dem kleinen Podest, das sich in der Mitte des Tischs befand und den Sabacc-Pott darstellte.

Des' Hand zuckte vor und packte das Handgelenk des jungen Mannes mit einem Griff so kalt und fest wie Durastahl, dann zeigte er seine eigenen Karten. Die gesamte Cantina wurde so still wie ein Grab, das Lachen des Ensign erstarb. Eine Sekunde später zog er die Hand weg und setzte sich verblüfft wieder hin. Am anderen Ende des Tischs stieß jemand einen langen, staunenden Pfiff aus. Der Rest der Menge wurde plötzlich laut.

»... nie im Leben ...«

»... nicht glauben ...«

»... statistisch unmöglich ...«

»*Zwei* Narrenreihen im gleichen Spiel?«

Der Droide fasste das Ergebnis vollkommen analytisch zusammen. »Wir haben zwei Spieler mit Händen von gleichem Wert. Das Spiel wird durch Stechen entschieden.«

Der Ensign reagierte nicht auf diese ruhige Art. »Du elender Schlammkriecher!«, fauchte er, die Stimme halb erstickt vor Zorn. »Niemand wird diesen Sabacc-Pott bekommen!« Seine Augen traten vor; eine Ader pochte an seiner Stirn. Ein anderer Soldat legte ihm die Hand auf die Schulter, als befürchtete er, sein Freund könne über den Tisch springen und versuchen, den Bergmann auf der anderen Seite zu erwürgen.

Der Ensign hatte Recht: Keiner von ihnen würde bei diesem Spiel den Sabacc-Pott gewinnen. Beim Stechen erhielt jeder Spieler eine weitere Karte, und der Wert der Hände wurde neu berechnet. Wenn man die bessere Hand hatte, siegte man ... aber man erhielt den Sabacc-Pott nicht, wenn die Punktzahl nicht exakt dreiundzwanzig betrug. Und das war in diesem Fall unmöglich: Es gab keine Narren mehr im Spiel, um eine Narrenreihe zu bekommen, und keine Karte war mehr wert als die fünfzehn Punkte des Asses.

Nicht, dass das Des interessiert hätte. Ihm genügte es, die Chance seines Gegners zerstört, seine Hoffnungen zerschmettert und ihm seinen Sieg geraubt zu haben. Er konnte den Hass des Ensign spüren, und er reagierte darauf. Dieser Hass war wie ein lebendes Geschöpf ... ein Wesen, aus dem er Kraft beziehen konnte, um sein eigenes tobendes Inferno weiter anzufeuern. Aber er ließ den Rest der Anwesenden nichts von seinen Gefühlen erkennen. Der Hass, der in ihm brannte, war sein eigener privater Vorrat, eine Kraft, die so wild in ihm tobte, dass es sich anfühlte, als könnte er den ganzen Planeten bersten lassen, wenn er sie freisetzte.

Der Droide gab zwei Karten aus, mit dem Bild nach oben, damit alle es sehen konnten. Es waren beides Neunen. Bevor jemand Zeit hatte zu reagieren, hatte der Droide die Hände bereits wieder berechnet, war zu dem Schluss gekommen, dass es immer noch unentschieden stand, und schob ihnen jeweils eine weitere Karte zu. Der Ensign bekam eine Acht, aber Des eine weitere Neun. Narr, Zwei, Drei, Neun, Neun … Dreiundzwanzig!

Er streckte langsam den Arm aus, tippte auf seine Karten und flüsterte seinem Gegner ein einziges Wort zu: »Sabacc!«

Der Soldat drehte vollkommen durch. Er sprang auf, packte die Kante des Tischs mit beiden Händen und riss sie hoch. Nur das Gewicht des Tischs und die eingebauten Stabilisatoren verhinderten, dass er umkippte, obwohl er wackelte und mit einem ohrenbetäubenden Getöse wieder auf den Boden krachte. Alle Getränke darauf fielen um; Bier und Lum spritzten über die elektronischen Karten, ließen sie Funken sprühen und schlossen sie kurz.

»Sir, bitte berühren Sie den Tisch nicht«, flehte der Droide jämmerlich.

»Halt's Maul, du elender Haufen Altmetall!« Der Ensign packte einen der umgekippten Bierkrüge und warf ihn nach dem Droiden. Das Wurfgeschoss traf mit schepperndem Krachen. Der Droide stolperte rückwärts und fiel um.

Der Ensign zeigte mit dem Finger auf Des. »Sie sind ein Betrüger! Niemand hat beim Stechen einen Sabacc. Es sei denn, er betrügt!«

Des sagte nichts; er stand nicht einmal auf. Aber seine Muskeln waren angespannt, falls der Soldat sich auf ihn stürzen würde.

Der Ensign wandte sich wieder dem Droiden zu, der zittrig auf die Beine kam. »Und du steckst mit ihm unter einer Decke!« Er warf einen weiteren Bierkrug nach ihm, traf erneut und warf den Droiden ein zweites Mal um. Zwei andere Soldaten versuchten, ihn festzuhalten, aber er schüttelte sie ab. Er fuhr zur Menge herum und fuchtelte mit den Armen. »Ihr steckt alle mit ihm unter einer Decke! Dreckige Sith-Freunde! Abschaum! Ihr hasst die Republik! Ihr hasst uns. Das wissen wir! Wir *wissen* es!«

Die Bergleute drängten sich dichter heran und knurrten zornig. Die Beleidigungen des Ensign trafen durchaus ins Ziel; es gab auf Apatros viel böses Blut gegenüber der Republik. Und wenn er nicht aufpasste, was er sagte, würde ihm jemand zeigen, *wie* böse dieses Blut war.

»Wir geben unser Leben, um euch zu beschützen, aber das ist euch scheißegal! Ihr nutzt jede Gelegenheit, um uns zu demütigen!«

Seine Freunde packten ihn erneut und versuchten, ihn zur Tür zu drängen. Aber inzwischen wären sie unmöglich unbeschadet an der Menge vorbeigekommen. Man sah den Soldaten an, dass sie Angst hatten. Und aus gutem Grund, dachte Des. Sie waren nicht bewaffnet, hatten ihre Blaster auf ihrem Schiff gelassen. Und nun saßen sie inmitten einer feindseligen Menge muskelbepackter Bergleute fest, die die ganze Nacht getrunken hatten. Und ihr Freund wollte einfach nicht still sein.

»Ihr solltet uns jedes Mal, wenn wir auf dieser Kugel aus Banthaschweiß landen, die ihr einen Planeten nennt, kniefällig danken! Aber ihr seid zu dumm, um zu begreifen, was für ein Glück ihr habt, dass wir auf eurer Seite stehen! Ihr seid nichts als ein Haufen dreckiger, ungebildeter ...«

Eine Lumflasche, die jemand aus der Menge geworfen hatte, traf ihn an der Seite des Kopfs und machte seiner Tirade ein Ende. Er sackte zu Boden und riss seine Freunde mit sich. Des stand reglos da, als eine Masse zorniger Bergleute sich an ihm vorbeidrängte.

Der Schuss eines Blasters ließ alle erstarren. Groshik war auf die Theke geklettert, die Lähmwaffe bereits zum nächsten Schuss geladen. Alle wussten, dass dieser nächste Schuss nicht mehr in die Decke gehen würde.

»Die Cantina ist geschlossen«, rief er so laut, wie er es mit seiner kratzigen Stimme konnte. »Alle raus hier, sofort!«

Die Bergleute begannen zurückzuweichen, und die Soldaten standen vorsichtig auf. Der Ensign schwankte, und aus einer Schnittwunde an seiner Stirn lief ihm Blut ins Auge.

»Ihr drei zuerst«, sagte der Neimoidianer zu dem Ensign und den Soldaten, die ihn stützten. Er fuchtelte drohend mit der Waffe. »Macht Platz. Lasst sie raus.«

Alle bis auf die Soldaten blieben wie erstarrt stehen. Es war nicht das erste Mal, dass Groshik das Lähmgewehr herausgeholt hatte. Das BlastTech CS-33 Firespray-Lähmgewehr war eine der besten nicht-tödlichen Waffen zur Massenkontrolle auf dem Markt, und es konnte mehrere Personen mit einem einzigen Schuss bewegungsunfähig machen. Schon einige Bergleute hatten die brutale Kraft dieser Waffe zu spüren bekommen, als ihr breiter Strahl sie bewusstlos machte. Des konnte aus persönlicher Erfahrung bezeugen, dass man diese Schmerzen nicht so schnell vergaß.

Sobald die Soldaten in der Nacht verschwunden waren, bewegte sich auch der Rest der Menge langsam auf die Tür zu. Des ging mit ihnen, aber als er an der Theke vorbeikam, richtete Groshik den Blaster direkt auf ihn.

»Du nicht. Du bleibst hier.«

Des rührte sich nicht von der Stelle, bis alle anderen weg waren. Er hatte keine Angst; er glaubte nicht, dass Groshik wirklich schießen würde. Aber er sah auch keinen Vorteil darin, ihm einen Grund zu geben.

Erst als der letzte Gast gegangen war und die Tür hinter sich geschlossen hatte, senkte Groshik den Arm. Er kletterte ungeschickt von der Theke herunter und legte das Gewehr auf den Tisch, dann wandte er sich Des zu.

»Ich nahm an, es wäre sicherer, wenn du eine Weile hier bliebst«, erklärte er. »Diese Soldaten waren ziemlich wütend. Sie werden dir vielleicht auf dem Heimweg auflauern.«

Des lächelte. »Ich hatte auch nicht angenommen, dass du böse auf mich bist«, sagte er.

Groshik schnaubte. »Oh, das bin ich durchaus. Deshalb wirst du mir jetzt helfen, dieses Durcheinander aufzuräumen.«

Des seufzte und schüttelte den Kopf in gespieltem Ärger. »Du hast doch gesehen, was passiert ist, Groshik. Ich war nur ein unschuldiger Zuschauer.«

Groshik war nicht in der Stimmung, sich das anzuhören. »Fang damit an, die Stühle wieder aufzustellen«, murmelte er.

Mit der Hilfe des Droiden – zumindest war er für noch etwas anderes gut als zum Ausgeben von Karten, dachte Des – hatten sie innerhalb einer Stunde aufgeräumt. Als sie fertig waren, wackelte der Droide auf zittrigen Beinen hinaus und machte sich auf den Weg zur Wartungswerkstatt. Bevor er ging, überzeugte sich Des noch einmal, dass seine Sabacc-Gewinne seinem Konto gutgeschrieben worden waren.

Nun, da sie allein waren, winkte Groshik Des zur Bar, nahm zwei Gläser und holte eine Flasche vom Regal.

»Cortyg-Branntwein«, sagte er und goss ihnen jeweils ein Glas ein. »Direkt von Kashyyyk. Nicht das harte Zeug, das die Wookiees trinken. Milder, glatter, zahmer.«

Des trank einen Schluck und hätte sich beinahe verschluckt, als das feurige Getränk ihm durch die Kehle lief. »Das soll zahm sein? Dann möchte ich wirklich nicht sehen, was die Wookiees trinken!«

Groshik zuckte die Achseln. »Was hattest du erwartet? Sie sind Wookiees.«

Beim zweiten Schluck war Des vorsichtiger. Er ließ die Flüssigkeit über die Zunge laufen und genoss den Geschmack. »Dieses Zeug ist gut, Groshik. Und teuer, wette ich. Was ist der Anlass?«

»Du hattest einen aufregenden Tag. Ich dachte, du könntest es brauchen.«

Des trank aus. Groshik füllte ihm das Glas noch einmal zur Hälfte, dann verkorkte er die Flasche wieder und stellte sie aufs Regal zurück.

»Ich mache mir Sorgen um dich«, krächzte der Neimoidianer. »Wegen des Kampfs mit Gerd.«

»Er hat mir keine große Wahl gelassen.«

Der Neimoidianer nickte. »Ich weiß, ich weiß. Dennoch ... du hast seinen Daumen abgebissen. Und heute Nacht hättest du in meiner Bar beinahe einen Aufstand ausgelöst.«

»He, ich wollte nur Karten spielen«, widersprach Des. »Es ist nicht meine Schuld, dass es so außer Kontrolle geriet.«

»Vielleicht, vielleicht auch nicht. Ich habe dich heute Abend beobachtet. Du hast diesen Soldaten an der Nase herumgeführt, hast mit ihm gespielt, wie du es mit jedem tust, der dir am Kartentisch gegenübersitzt. Du drängst sie, schubst sie hin und her, lässt sie tanzen wie Marionetten. Aber diesmal hast du nicht nachgegeben. Selbst als du den Vorteil hattest, hast du weitergedrängt. Du *wolltest*, dass er durchdreht.«

»Willst du damit sagen, ich hätte das alles geplant?« Des lachte. »Komm schon, Groshik. Es waren die Karten, die ihn explodieren ließen. Du weißt, dass ich nicht geschummelt habe – das ist einfach unmöglich. Wie könnte ich manipulieren, welche Karten ausgegeben werden?«

»Es ging um mehr als die Karten, Des«, sagte Groshik, und seine raue Stimme wurde so leise, dass Des sich vorbeugen musste, um ihn zu hören.

»Du warst wütend, Des. Wütender, als ich dich je zuvor gesehen habe. Ich konnte es quer durch den Raum spüren wie etwas, das in der Luft hing. Wir alle konnten es spüren.

Die Menge wurde so unangenehm wie selten, Des. Es war, als nährten sie sich von deinem Zorn und deinem Hass. Du hast Wellen von Emotionen projiziert, einen Sturm aus Zorn und

Wut. Alle anderen wurden einfach nur mitgerissen, die Menge, der Soldat ... alle. Selbst ich. Ich musste mich wirklich zusammennehmen, diesen ersten Schuss aus meinem Blaster an die Decke zu richten. Jeder Instinkt riet mir, direkt in die Menge zu schießen. Ich wollte sie alle umreißen und sehen, wie sie sich unter Schmerzen wanden.«

Des konnte kaum glauben, was er da hörte. »Hör dich nur reden, Groshik! Das ist doch verrückt. Du weißt, dass ich so etwas nicht tun würde. Ich *könnte* es nicht tun. Niemand könnte das.«

Groshik steckte eine lange, schmale Hand aus und tätschelte Des' Schulter. »Ich weiß, dass du es nicht absichtlich tun würdest, Des. Und ich weiß, wie verrückt es klingt. Aber heute Abend war etwas an dir anders. Du hast deinen Emotionen nachgegeben und etwas ... etwas Seltsames losgelassen. Etwas Gefährliches.«

Groshik legte den Kopf zurück, trank den letzten Rest seines Cortyg, und er schauderte, als der Alkohol ihm durch die Kehle lief. »Pass einfach nur auf dich auf, Des. Bitte. Ich habe ein schlechtes Gefühl.«

»Sei bloß vorsichtig, Groshik«, erwiderte Des mit einem weiteren Lachen. »Neimoidianer sind nicht gerade dafür bekannt, sich auf Gefühle zu verlassen. Das ist nicht gut fürs Geschäft.«

Groshik sah ihn einen Augenblick nachdenklich an, dann nickte er müde. »Das ist wahr. Vielleicht bin ich nur müde. Ich sollte mich ein wenig hinlegen. Ebenso wie du.«

Nach einem Handschlag verließ Des die Cantina.

Kapitel 5

Die Straßen von Apatros waren dunkel. ORO verlangte so gewaltige Gebühren für Energie, dass alle das Licht ausschalteten, wenn sie ins Bett gingen, und in dieser Nacht war der Mond nur eine dünne Sichel am Himmel. Nicht einmal das Leuchten der Cantina führte ihn: Groshik hatte die Lichter an den Mauern und in der Kuppel ausgeschaltet, und sie würden erst wieder leuchten, wenn er am nächsten Tag öffnete. Des blieb in der Mitte der Straße und versuchte, sich nicht die Schienbeine an dem Schutt anzustoßen, der in den dunkleren Schatten an den Rändern lauerte.

Aber irgendwie sah er sie trotz der beinahe vollkommenen Dunkelheit kommen.

Es geschah nur einen Sekundenbruchteil, bevor sie sich bewegten, ein Gefühl, dass Gefahr im Anzug war ... und woher sie kam. Dann sprangen ihn auch schon drei Gestalten an, zwei direkt von vorn, eine von hinten. Er duckte sich gerade rechtzeitig und spürte, wie das Metallrohr, das ihm sonst den Schädel eingeschlagen hätte, um Haaresbreite an ihm vorbei durch die Luft sauste. Er richtete sich wieder auf und schlug mit der Faust zu, gegen den unkenntlichen Kopf der nächsten Gestalt, und wurde belohnt mit dem Übelkeit erregenden Knirschen von Knorpel und Knochen.

Wieder duckte er sich, diesmal zur Seite, und das Rohr, das

ihn zwischen die Augen getroffen hätte, krachte hart gegen seine linke Schulter. Er taumelte zur Seite, aus dem Gleichgewicht gebracht von der Wucht des Schlags. Aber seine Gegner brauchten in der Dunkelheit einen Moment, um ihn wieder zu finden, und bis dahin stand er wieder sicher und fest.

Er konnte so gerade eben die vagen Umrisse seiner Angreifer erkennen. Der, den er geschlagen hatte, raffte sich langsam wieder auf, die beiden anderen standen wachsam und bereit da. Er brauchte ihre Gesichter nicht zu sehen, um zu wissen, wer sie waren: der Ensign und die beiden anderen Soldaten, die ihn halb aus der Cantina getragen hatten. Des konnte den Gestank nach corellianischem Bier riechen, der von ihnen ausging und seine Vermutung bestätigte sich. Sie mussten vor der Cantina gewartet haben und ihm gefolgt sein, bis sie glaubten, ihn besiegen zu können. Das war gut – es bedeutete, dass sie nicht auf ihr Schiff zurückgekehrt waren, um ihre Blaster zu holen.

Wieder griffen sie an, alle gleichzeitig. Ihre Anzahl und Monate militärischer Nahkampfausbildung gaben ihnen einen Vorteil, aber Des war stark und groß und hatte jahrelange Erfahrung in brutalen Faustkämpfen. Im Dunkeln zählte allerdings beides wenig.

Des begegnete ihrem Angriff mit dem Kopf voran, und bald lagen alle vier am Boden. Schläge und Tritte landeten, ohne dass jemand noch an Ziele oder Strategie gedacht hätte: Blinde kämpften gegen einen Blinden. Jeder Schlag, den Des landete, brachte ein zufriedenstellendes Stöhnen oder Ächzen von seinen Gegnern, aber seine Freude wurde gedämpft durch die Schläge, die er selbst einstecken musste.

Es zählte nicht, ob seine Augen offen oder geschlossen waren, er sah ohnehin nichts. Er folgte nur noch seinen Instinkten; die Schmerzen wurden von dem Adrenalin, das durch seine Adern rauschte, weggewaschen.

Und dann konnte er plötzlich doch etwas sehen. Jemand hatte ein Vibromesser gezogen. Es war immer noch so dunkel wie tief in einem Bergwerk während eines Einsturzes, aber Des konnte die Klinge deutlich erkennen, als leuchtete sie mit einem inneren Feuer. Sie schoss auf ihn zu, und er packte das Handgelenk des Angreifers, drehte es zurück und auf die dunkle Masse zu, aus der es aufgetaucht war. Ein scharfer Aufschrei erklang, dann ein erstickendes Gurgeln, und plötzlich erlosch die glühende Klinge, die er gesehen hatte. Die Gefahr war vorüber.

Die Masse von Körpern, die mit seinem verflochten war, löste sich rasch; zwei Männer zogen sich zurück. Der dritte lag reglos am Boden. Eine Sekunde später hörte er das Klicken eines Luma und war einen Augenblick von dem Lichtstrahl geblendet. Er kniff die Augen zu und hörte ein Keuchen.

»Er ist tot«, rief einer der Soldaten. »Du hast ihn umgebracht!«

Er schirmte die Augen gegen das Licht ab und warf einen Blick nach unten, wo er genau das sah, was er erwartet hatte: Der Ensign lag auf dem Rücken, die Vibroklinge tief in seiner Brust.

Das Luma ging aus, und Des machte sich auf einen weiteren Angriff gefasst. Stattdessen hörte er Schritte, die sich rasch entfernten.

Er schaute hinab auf die Leiche, denn er hatte vor, die glühende Klinge zu nehmen und sich von ihrem Licht durch die Dunkelheit führen zu lassen. Aber jetzt leuchtete die Klinge nicht mehr. Tatsächlich, erkannte er, war das nie der Fall gewesen. Es war auch unmöglich; Vibroklingen waren keine Energiewaffen. Ihre Klingen bestanden aus schlichtem Metall.

Aber im Augenblick hatte er andere Sorgen als die Frage, wie er die Vibroklinge im Dunkeln hatte sehen können. Sobald die Soldaten ihr Schiff erreichten, würden sie ihrem Commander Bericht erstatten, der den Vorfall den Konzernautoritäten melden würde. ORO würde den Planeten auf der Suche nach ihm auf den Kopf stellen. Des wusste, dass er keine Chance hatte. Das Wort eines Bergmanns – eines Bergmanns mit einer langen Liste von Schlägereien – würde gegen das zweier Flottensoldaten der Republik stehen. Niemand würde glauben, dass es Notwehr gewesen war.

Und konnte er das denn wirklich behaupten? Er hatte die Klinge kommen sehen. Hätte er seinen Gegner entwaffnen können, ohne ihn umzubringen? Des schüttelte den Kopf. Er hatte keine Zeit für Schuldgefühle oder Bedauern. Nicht jetzt. Er musste einen sicheren Ort finden, an dem er sich verstecken konnte.

Er konnte nicht in seine Unterkunft zurückkehren; dort würden sie als Erstes suchen. Das Bergwerk könnte er niemals zu Fuß erreichen, bevor es hell wurde, und im Ödland gab es keine Möglichkeit, sich zu verstecken, wenn die Sonne erst einmal aufgegangen war. Er hatte nur eine einzige Möglichkeit, einc cinzige Hoffnung. Sie würden auch dort nach ihm suchen. Aber er konnte nirgendwo anders hingehen.

Groshik war offenbar immer noch wach gewesen, denn er kam nur Sekunden nach Des' Klopfen zur Tür. Der Neimoidianer warf einen einzigen Blick auf das Blut an den Händen und dem Hemd des jungen Mannes und packte ihn am Ärmel.

»Komm rein!«, krächzte er, riss Des durch die Tür und warf sie hinter ihm wieder zu. »Bist du verwundet?«

Des schüttelte den Kopf. »Das glaube ich nicht. Das Blut ist nicht von mir.«

Der Neimoidianer machte einen Schritt zurück und sah ihn von oben nach unten an. »Es ist viel Blut. Zu viel. Riecht nach Menschenblut.«

Als Des nicht antwortete, versuchte Groshik zu raten: »Gerd?«

Des schüttelte wieder den Kopf. »Der Ensign«, sagte er.

Groshik ließ den Kopf hängen und fluchte leise. »Wer weiß davon? Sind sie schon hinter dir her?«

»Noch nicht, aber bald.« Und dann fügte er hinzu, als wollte er rechtfertigen, was er getan hatte: »Es waren drei von ihnen, Groshik. Nur einer ist tot.«

Sein alter Freund nickte mitleidig. »Ich bin sicher, er hatte es verdient. Ebenso wie Gerd. Aber das ändert nichts an den Tatsachen. Ein Soldat der Republik ist tot … und du bist derjenige, dem sie die Schuld geben werden.«

Der Cantina-Besitzer führte Des zur Theke und holte die Flasche mit dem Cortyg-Branntwein wieder herunter. Ohne ein Wort goss er ihnen beiden ein Glas ein. Diesmal waren die Gläser voll.

»Es tut mir leid, dass ich hergekommen bin«, sagte Des, der unbedingt das unbehagliche Schweigen brechen wollte. »Ich wollte dich nicht in diese Sache verwickeln.«

»Darin verwickelt zu werden stört mich nicht«, versicherte Groshik ihm mit einem tröstlichen Tätscheln des Arms. »Ich versuche nur herauszufinden, wie ich uns aus dieser Sache herausbringen kann. Lass mich nachdenken.«

Sie tranken ihren Branntwein. Des hatte Mühe, nicht vollkommen in Panik zu geraten; jede Sekunde erwartete er ein Dutzend Sicherheitskräfte des Konzerns, die die Tür der Cantina aufbrachen. Nach einer Zeit, die ihm wie Stunden vorkam, in der aber wahrscheinlich nicht mehr als ein paar Minuten vergangen waren, begann Groshik zu sprechen. Die Stimme des Neimoidianers war so leise, dass Des nicht sicher war, ob er überhaupt mit ihm redete oder nur laut dachte.

»Du kannst nicht hierbleiben. Der Konzern kann sich nicht leisten, die Verträge mit der Republik zu verlieren. Sie werden die ganze Kolonie auf den Kopf stellen, um dich zu finden. Wir müssen dich vom Planeten wegbringen.« Er hielt inne. »Aber morgen früh wird dein Bild auf jedem Vidschirm im Republikraum zu sehen sein. Dein Äußeres zu verändern wird nicht viel helfen. Selbst mit einer Perücke oder Gesichtsprothese wirst du auffallen. Das bedeutet also, dass wir dich aus dem Republik-Raum bringen müssen. Und das wiederum bedeutet ...« Groshiks Stimme verklang.

Des wartete.

»Was du heute Abend gesagt hast«, begann Groshik vorsichtig wieder, »über die Sith und die Republik. Meintest du das ernst? Meintest du das wirklich ernst?«

»Ich weiß nicht. Ich denke schon.«

Groshik schwieg erneut, als müsse er sich sammeln. »Was würdest du davon halten, dich den Sith anzuschließen?«, fragte er plötzlich.

Des war vollkommen überrascht. *»Was?«*

»Ich habe Beziehungen. Ich kann dich vom Planeten bringen. Heute Nacht noch. Aber diese Leute suchen nicht nach Passagieren: Die Sith brauchen Soldaten. Sie rekrutieren ununterbrochen, genau wie diese Offiziere der Republik heute Abend.«

Des schüttelte den Kopf. »Ich kann es nicht glauben. Du arbeitest für die Sith? Du hast immer gesagt, du würdest nicht Partei ergreifen.«

»Ich arbeite nicht für die Sith«, fauchte Groshik. »Ich kenne einfach nur Leute, die es tun. Ich kenne auch Leute, die für die Republik arbeiten. Aber die werden uns jetzt nicht viel nützen. Also muss ich es wissen, Des. Ist das etwas, was du willst?«

»Mir bleibt nicht viel anderes übrig«, murmelte Des.

»Vielleicht, vielleicht auch nicht. Wenn du hierbleibst, werden dich die ORO-Leute finden. Aber du hast keinen kaltblütigen Mord begangen. Sie werden dich sicher nicht freilassen, aber sie werden zugeben müssen, dass es mildernde Umstände gibt. Du wirst zu einer Strafkolonie geschickt werden – vielleicht fünf oder sechs Jahre –, und dann bist du ein freier Mann.«

»Oder ich schließe mich den Sith an.«

Groshik nickte. »Oder du schließt dich den Sith an. Aber bevor ich dir helfe, das zu tun, will ich sicher sein, dass du weißt, worauf du dich einlässt.«

Des dachte darüber nach, aber nicht lange. »Ich habe mein Leben lang versucht, von diesem Felsen herunterzukommen«, sagte er langsam. »Wenn ich auf einen Gefängnisplaneten komme, tausche ich eine elende Welt gegen eine andere. Das wäre das Gleiche wie hierzubleiben.

Wenn ich mich den Sith anschließe, bin ich zumindest ORO entgangen. Und du hast gehört, was der Commander der Republik über sie gesagt hat. Die Sith respektieren Kraft. Ich denke, ich werde mich dort durchsetzen können.«

»Das bezweifle ich nicht«, gab Groshik zu. »Aber du solltest auch die anderen Äußerungen des Commanders nicht vergessen. Er hatte Recht, was die Bruderschaft der Dunkelheit angeht. Sie können gnadenlos und grausam sein. Bei einigen Leuten fördern sie das Schlimmste zutage. Ich möchte nicht, dass du in diese Falle gehst.«

»Erst sagst du mir, ich soll mich den Sith anschließen«, knurrte Des, »und jetzt warnst du mich davor. Was willst du denn nun?«

Der Neimoidianer stieß einen langen, gurgelnden Seufzer aus. »Du hast Recht, Des. Die Entscheidung ist gefallen. Schicksal und Pech haben sich gegen dich verschworen. Es ist nicht wie beim Sabacc – man kann sich nicht einfach bei einer schlechten Hand aus dem Spiel zurückziehen. Im Leben muss man mit den Karten, die man erhalten hat, weiterspielen ...« Er wandte sich ab und ging zu der kleinen Treppe hinten in der Cantina. »Komm. In ein paar Stunden, nachdem sie die Wohnhäuser in der Kolonie durchsucht haben, werden sie auch den Raumhafen durchsuchen. Wir müssen uns beeilen, wenn wir dich bis dahin sicher auf einem der Frachter verstecken wollen.«

Des streckte den Arm über die Theke aus und legte die Hand

auf Groshiks Schulter. Groshik wandte sich ihm zu, und Des packte den langen, schlanken Unterarm des Neimoidianers.

»Danke, alter Freund. Ich werde es dir nicht vergessen.«

»Ich weiß, Des.« Seine Worte waren freundlich, aber seine raue Stimme klang bekümmert.

Des ließ den Arm des Neimoidianers los. Er fühlte sich verlegen, beschämt, verängstigt, dankbar und aufgeregt, und das alles gleichzeitig. Er wollte unbedingt etwas anderes sagen, also fügte er hinzu: »Ich werde dir irgendwie meine Dankbarkeit zeigen. Wenn wir uns das nächste Mal begegnen ...«

»Dein Leben hier ist vorüber, Des«, schnitt Groshik ihm das Wort ab. »Es wird kein nächstes Mal geben. Nicht für uns.«

Er schüttelte den Kopf. »Ich weiß nicht, was vor dir liegt, aber ich habe das Gefühl, es wird nicht einfach sein. Verlass dich nicht darauf, dass andere dir helfen. Am Ende ist jeder auf sich allein gestellt. Die Überlebenden sind immer die, die am besten für sich selbst sorgen können.«

Damit wandte er sich ab und schlurfte rasch durch den Schankraum zum Hintereingang. Des zögerte einen Augenblick, denn Groshiks Worte brannten noch in seinem Kopf, dann folgte er dem Neimoidianer schnell.

Geduckt im Frachtraum des Schiffs, versuchte Des, es sich ein wenig bequemer zu machen. Er steckte nun seit über einer Stunde in dem engen Schmugglerversteck. Es war klein für einen Mann seiner Größe.

Zwanzig Minuten zuvor hatte er gehört, wie eine ORO-Patrouille an Bord kam. Sie hatten nur nachlässig gesucht und waren, als sie den Gesuchten nicht fanden, bald wieder gegangen. Ein paar Sekunden später hatte der Captain, ein rodianischer Pilot, fest auf das Paneel geklopft, hinter dem sich Des versteckte.

»Bleiben Sie drin, bis die Triebwerke zünden«, hatte er in passablem galaktischen Basic gesagt. »Wenn wir gestartet sind, kommen Sie raus. Nicht vorher.«

Des hatte den Mann nicht erkannt, als er an Bord gegangen war; er hatte ausgesehen wie jeder andere Rodianer. Nur ein weiterer unabhängiger Frachtercaptain, der eine Ladung Cortosis aufnahm und hoffte, sie auf einem anderen Planeten mit genug Gewinn verkaufen zu können, um sein Schiff ein paar Monate länger in Gang zu halten.

Wenn der Konzern eine Belohnung auf Des ausgesetzt hätte, hätte der Captain ihn wahrscheinlich verraten. Das bedeutete, dass die Geschäftsführung kein Kopfgeld ausgesetzt hatte. Sie machten sich mehr Gedanken um ihr Geld als darum, dass sich ein Flüchtling der Gerechtigkeit der Republik entzog. Es war nicht wichtig, ob sie ihn fanden, solange sie der Republik zeigen konnten, dass sie es versucht hatten. Das musste Groshik klar gewesen sein, als er Vorkehrungen für Des' Flug auf dem Frachter traf.

Die Triebwerke begannen, schrill zu heulen, und Des musste sich an die Wände seines engen Verstecks stützen. Ein paar Sekunden später wurde das Heulen zu einem ohrenbetäubenden Brüllen, und das Schiff bewegte sich unter ihm. Die Repulsoren zündeten und balancierten das Schiff aus, und Des spürte den Druck der Schwerkraft, als der Frachter aufstieg.

Er trat gegen das Paneel, stieß es auf und kroch aus dem Versteck. Der Captain und die Besatzung waren nicht in der Nähe; sie würden beim Start alle beschäftigt sein.

Des wusste nicht, wohin sie unterwegs waren. Er wusste nur, dass am Ende der Reise eine Frau wartete, um ihn für die Armee der Sith zu rekrutieren. Wie schon zuvor erfüllte der Gedanke ihn mit einer Mischung von Gefühlen. Angst und Aufregung setzten sich schließlich über alle anderen hinweg.

Das Schiff wackelte ein wenig, als es die Atmosphäre verließ, und entfernte sich dann schnell von dem kleinen Bergwerksplaneten. Ein paar Sekunden später spürte Des einen seltsamen, aber unmissverständlichen Druck, als sie in den Hyperraum sprangen.

Ein plötzliches Gefühl von Freiheit erfüllte ihn. Er war frei. Zum ersten Mal in seinem Leben befand er sich außerhalb der Reichweite des Konzerns und seines Cortosis-Bergwerks. Groshik hatte gesagt, Schicksal und Pech hätten sich gegen ihn verschworen, aber jetzt war Des sich dessen nicht mehr so sicher. Es war nicht so gelaufen, wie er es geplant hatte – er war ein Flüchtling mit dem Blut eines Soldaten der Republik an den Händen –, aber er war Apatros entkommen.

Vielleicht waren die Karten, die man ihm gegeben hatte, ja doch nicht so schlecht. Am Ende hatte er bekommen, was er sich am meisten wünschte. War das nicht alles, was wirklich zählte?

Kapitel 6

Die gelbe Sonne von Phaseera stand direkt über ihnen und schien auf das üppige Tal und das Dschungellager herab, in dem Des und die anderen Sith-Soldaten warteten. Unter dem Schutz eines Cydera-Baums prüfte Des noch einmal sein TC-22-Blastergewehr, um sich die Zeit zu vertreiben. Der Energiepack war geladen und würde für fünfzig Schuss reichen. Der Ersatzenergiepack war ebenfalls in Ordnung. Die Schüsse hatten nur eine leichte seitliche Abweichung, ein verbreitetes Problem bei allen TC-Modellen. Sie hatten gute Reichweite und Durchschlagskraft, aber im Lauf der Zeit konnten ihre Zielvorrichtungen ungenau werden. Eine schnelle Anpassung brachte das wieder in Ordnung.

Seine Hände bewegten sich mit dem Selbstvertrauen von tausend Wiederholungen. In den letzten zwölf Monaten war er diese Routine so oft durchgegangen, dass er kaum mehr darüber nachzudenken brauchte. Eine Überprüfung der Waffen vor einem Kampf war in der Sith-Miliz nicht üblich, aber er hatte es sich angewöhnt, und diese Angewohnheit hatte ihm schon mehrmals das Leben gerettet. Die Sith-Armee wuchs so schnell, dass die Versorgung nicht mit der Nachfrage Schritt halten konnte. Die beste Ausrüstung war für Veteranen und Offiziere reserviert, und neue Rekruten waren gezwungen, mit dem zurechtzukommen, was zu haben war.

Nun, da er Sergeant war, hätte er ein besseres Modell verlangen können, aber das TC-22 war die Waffe, mit der er schießen gelernt hatte, und inzwischen konnte er ziemlich gut damit umgehen. Des ging davon aus, dass ein wenig Wartung besser war, als sich auf die subtilen Nuancen einer anderen Waffe einstellen zu müssen.

Seine Blasterpistole jedoch war das Beste vom Besten. Nicht alle Sith-Soldaten erhielten Pistolen; die meisten hatten ein für mittlere Entfernung geeignetes Semi-Repetiergewehr. Sie würden wahrscheinlich tot sein, bevor sie einem Feind nahe genug kamen, um eine Pistole zu benutzen. Aber im vergangenen Jahr hatte Des ein Dutzend Mal bewiesen, dass er mehr war als nur Geschützfutter. Soldaten, die gut genug waren, die ersten Angriffe zu überleben, brauchten eine Waffe, die besser für den Nahkampf geeignet war.

Für Des war das die GSI-21D: die beste Disruptor-Pistole, die Galactic Solution Industries herstellte. Die Reichweite betrug nur zwanzig Meter, aber innerhalb dieser Entfernung konnte sie Rüstung, Fleisch und Droidenmetall mit gleicher Wirksamkeit durchdringen. Die 21D war in den meisten von der Republik beherrschten Sektoren der Galaxis illegal, was für ihr beeindruckendes Zerstörungspotenzial sprach. Ihr Energiepack ließ sich nur für ein Dutzend Schüsse laden, aber wenn er einem Feind von Angesicht zu Angesicht gegenüberstand, brauchte er selten mehr als einen.

Er steckte die Pistole in das Holster an seinem Gürtel, überprüfte die Vibroklinge im Stiefel und wandte die Aufmerksamkeit seinen Leuten zu. Rings um ihn folgten die Männer und Frauen seiner Einheit seinem Beispiel und inspizierten ebenfalls ihre Ausrüstung, während sie auf Befehle warteten. Er musste lächeln – er hatte sie gut ausgebildet.

Er hatte sich der Sith-Armee nur angeschlossen, um sowohl dem Gefängnis als auch Apatros selbst zu entgehen. Aber er hatte nicht lange gebraucht, um das Soldatenleben zu mögen. Zwischen den Männern und Frauen, die an seiner Seite kämpften, herrschte eine Kameraderie, eine Verbindung, die sich schnell auch auf Des ausdehnte und ihn einschloss. Er hatte nie Freundschaft für die Bergleute auf Apatros empfunden und sich tatsächlich immer für so etwas wie einen Einzelgänger gehalten. Aber in der Armee hatte er seinen wahren Platz gefunden. Er gehörte hierher, zu den Soldaten. *Seinen* Soldaten.

Senior Trooper Adanar bemerkte seinen Blick und reagierte, indem er sich zweimal mit der Faust leicht gegen die Brust schlug, direkt über dem Herzen. Das war eine Geste, die nur die Angehörigen seiner Einheit kannten: ihr privates Zeichen für Loyalität und Treue, ein Symbol der Verbindung zwischen ihnen.

Des erwiderte die Geste. Er und Adanar waren seit dem ersten Tag bei den Streitkräften in der gleichen Einheit gewesen. Der Anwerber hatte sie zusammen aufgenommen und sie beide den Zwielichtkriegern, Lieutenant Ulabores Einheit, zugewiesen.

Adanar griff nach seinem Gewehr und ging zu seinem Freund. »Glaubst du, wir werden diese Pistole, die du da hast, demnächst brauchen, Sarge?«

»Es kann nichts schaden, auf alles vorbereitet zu sein«, erwiderte Des, zog die Waffe und drehte sie wirbelnd, bevor er sie wieder ins Holster steckte.

»Ich wünschte, sie hätten uns schon auf den Weg geschickt«, knurrte Adanar. »Wir sitzen jetzt zwei Tage in dieser Stellung. Wie lange werden sie noch warten?«

Des zuckte die Achseln. »Wir können nicht anfangen, solange sie nicht bereit sind, die Hauptstreitmacht zu verlegen. Wenn wir zu früh aufbrechen, funktioniert der Plan nicht.«

Die Zwielichtkrieger hatten sich im vergangenen Jahr einen

guten Ruf erworben. Sie hatten auf einem halben Dutzend Planeten in unzähligen Schlachten gestanden, und sie waren häufiger siegreich gewesen als andere Einheiten. Zu Beginn hatten sie nur eine von tausend ersetzbaren Fronteinheiten dargestellt, aber nun waren sie eine Elitetruppe, die man für kritische Einsätze zurückhielt. Im Augenblick waren sie der Schlüssel für die Eroberung des Industrieplaneten Phaseera – wenn ihnen nur endlich jemand den Befehl geben würde, sich auf den Weg zu machen. Bis dahin steckten sie in diesem Dschungellager fest, einen einstündigen Marsch von ihrem Ziel entfernt. Sie waren erst ein paar Tage hier, aber es begann bereits, seinen Preis zu fordern.

Adanar fing an, auf und ab zu gehen. Des blieb ruhig im Schatten sitzen und beobachtete ihn.

»Ermüde dich nicht«, sagte er nach einer Minute. »Wir werden nirgendwohin gehen, bevor es dunkel wird. Du solltest es dir lieber gemütlich machen.«

Adanar blieb stehen, aber er setzte sich nicht. »Der Lieutenant sagt, das hier wird so einfach wie ein Gewürzflug«, sagte er und versuchte, lässig zu klingen. »Denkst du, das stimmt?«

Lieutenant Ulabore hatte viele Belobigungen für den Erfolg seiner Leute erhalten, aber alle in der Einheit wussten, wer wirklich das Sagen hatte, wenn die Blasterstrahlen ihnen um die Ohren zischten.

Das war vor fast einem Jahr auf Kashyyyk, wo Des und Adenar zum ersten Mal im Kampf gestanden hatten, beinahe schmerzhaft deutlich geworden. Die Bruderschaft der Dunkelheit hatte versucht, einen Brückenkopf im Mittleren Rand zu erobern, indem sie in das System eingedrungen war und Welle um Welle von Truppen geschickt hatte, um den Heimatplaneten der Wookiees zu erobern, der so reich an Ressourcen war. Aber der Planet war eine Festung der Republik, und sie hatten nicht vor aufzugeben, ganz gleich, wie sehr sie zahlenmäßig unterlegen waren.

Als die Sith-Flotte landete, verschwanden die Feinde einfach im Wald. Die Invasion verwandelte sich in einen Zermürbungskrieg, einen langen, ausgedehnten Feldzug, der in den Wipfeln der Wroshyr-Bäume hoch über der Planetenoberfläche stattfand. Die Sith-Soldaten waren an ein solches Schlachtfeld nicht gewöhnt, und das dichte Laub und die Kshyy-Ranken der Walddecke gaben den Soldaten der Republik und ihren Wookiees perfekte Deckung für Hinterhalte und Guerillaüberfälle. Tausende und Abertausende von Eindringlingen wurden getötet, und die meisten starben, ohne auch nur gesehen zu haben, woher der tödliche Schuss kam ... aber die Sith-Meister hatten einfach nur weitere Soldaten geschickt.

Die Zwielichtkrieger waren Teil der zweiten Verstärkungswelle. Während ihres ersten Kampfs wurden sie vom Rest der Armee abgeschnitten. Allein und von Feinden umgeben, war Lieutenant Ulabore in Panik geraten. Ohne direkte Befehle wusste er nicht, was er tun sollte, um seine Einheit am Leben zu erhalten. Zum Glück war Des da gewesen, um einzuschreiten und ihnen die Haut zu retten.

Zunächst einmal konnte er die Feinde spüren, selbst wenn er sie nicht sehen konnte. Irgendwie *wusste* er einfach, wo sie waren. Er konnte es nicht erklären, aber er hatte ohnehin schon lange aufgehört, seine einzigartige Begabung zu erklären. Mit Des als ihrem Führer konnten die Zwielichtkrieger die Fallen und Hinterhalte meiden, während sie langsam wieder zur Haupttruppe zurückkehrten. Sie mussten drei Tage und Nächte, zahllose kurze, aber tödliche Scharmützel und einen scheinbar endlosen Marsch durch feindliches Territorium überstehen, aber sie schafften es. Bei all diesen Kämpfen verlor die Einheit nur eine Handvoll Soldaten, und die, die es zurückschafften, wussten, dass sie Des ihr Leben verdankten.

Die Geschichte von den Zwielichtkriegern wurde schnell

zu etwas, woran der Rest der Sith-Armee sich aufrichtete, und wirkte sich positiv auf eine Moral aus, die gefährlich gesunken war. Wenn eine einzelne Einheit drei Tage ganz allein überleben konnte, dachten sie, dann waren doch sicher tausend Einheiten imstande, diesen Krieg zu gewinnen. Am Ende brauchte es beinahe zweitausend, aber Kashyyyk fiel.

Als Anführer der heldenhaften Zwielichtkrieger erhielt Lieutenant Ulabore eine besondere Belobigung. Er machte sich nie die Mühe zu erwähnen, dass in Wahrheit Des für ihr Überleben verantwortlich war, aber er war immerhin klug genug, Des zum Sergeant zu befördern. Und er wusste, dass er sich zurückhalten musste, wenn es heiß wurde.

»Und?«, wiederholte Adanar. »Was hört man, Des? Wird dieser Einsatz ein Gewürzflug sein, wenn sie uns endlich das Zeichen geben?«

»Der Lieutenant sagt, was er glaubt, dass wir alle hören wollen.«

»Das weiß ich, Des. Deshalb spreche ich mit dir. Ich will wissen, was uns wirklich bevorsteht.«

Des dachte einen Augenblick darüber nach. Sie saßen im Dschungel am Rand eines engen Tals – dem einzigen Weg in die Hauptstadt von Phaseera, wo die Armee der Republik ihr Basislager errichtet hatte. Auf einem nahen Hügel oberhalb des Tals befand sich ein Außenposten der Republik. Wenn die Sith versuchten, Truppen durch das Tal zu bringen, würde der Außenposten sie entdecken, selbst bei Nacht. Dann würden sie dem Basislager Nachricht geben, sodass die Verteidigungsanlagen aktiviert sein würden, lange bevor die Sith die Stadt erreichten.

Die Mission der Zwielichtkrieger war einfach: Sie sollten den Außenposten eliminieren, sodass der Rest der Armee einen Überraschungsangriff auf das Basislager der Republik führen konnte. Sie hatten Störkästen – Nahbereich-Störsender, die sie benutzen konnten, um zu verhindern, dass der Außenposten das Hauptlager warnte –, aber sie würden schnell zuschlagen müssen. Der Außenposten meldete sich jeden Tag im Morgengrauen, und wenn sie zu früh zuschlugen, würde die Republik bemerken, dass etwas nicht stimmte, wenn der tägliche Bericht nicht einging.

Die Zeiteinteilung war ein wichtiger Punkt. Sie mussten den Außenposten erobern, noch bevor ihre Hauptstreitmacht in Sicht kam. Damit würde diese Streitmacht ein paar Stunden haben, um das Tal zu durchqueren und sich überraschend aufs Basislager zu stürzen. Es war machbar, aber nur, wenn alles perfekt koordiniert wurde. Die Zwielichtkrieger befanden sich an Ort und Stelle, aber die Hauptstreitmacht war noch nicht bereit ... und daher warteten sie.

»Ich mache mir Sorgen«, gab Des schließlich zu. »Es wird nicht leicht sein, diesen Außenposten zu erobern. Sobald wir das Zeichen bekommen, können wir uns keinen Fehler leisten. Wir müssen perfekt sein. Wenn dort irgendwelche Überraschungen auf uns warten, könnte es Ärger geben.«

Adanar spuckte auf den Boden. »Ich wusste es. Du hast ein schlechtes Vorgefühl, nicht wahr? Das hier ist ein zweites Hsskhor.«

Hsskhor war eine Katastrophe gewesen. Nachdem Kashyyyk gefallen war, hatten sich die Soldaten der Republik zum Nachbarplaneten Trandosha geflüchtet. Zwanzig Einheiten von Sith-Soldaten, darunter auch die Zwielichtkrieger, waren zu ihrer Verfolgung ausgeschickt worden. Sie hatten die Überlebenden auf der Wüstenebene vor der Stadt Hsskhor eingeholt.

Ein Tag wilder Kämpfe endete mit vielen Toten auf beiden Seiten, aber keinem eindeutigen Sieger. Des war während des Kampfs unruhig gewesen, obwohl er damals nicht hätte sagen können, warum. Sein Unbehagen war gewachsen, als es dunkel wurde und sich beide Seiten zurückzogen, um sich neu zu formieren. Ein paar Stunden später hatten die Trandoshaner zugeschlagen.

Die stockfinstere Nacht war für die reptilischen Trandoshaner, die im infraroten Spektrum sahen, kein Problem. Sie schienen aus dem Nichts zu kommen, erschienen aus dem Dunkeln wie ein Fleisch gewordener Albtraum.

Anders als die Wookiees waren die Trandoshaner in diesem galaktischen Bürgerkrieg mit keiner Seite verbündet. Die Kopfgeldjäger und Söldner von Hsskhor schlugen eine Schneise der Zerstörung durch Truppen der Republik und Sith; ihnen war gleich, gegen wen sie kämpften, solange sie Trophäen erbeuten konnten.

Einzelheiten des Massakers wurden nie offiziell bekannt. Des hatte sich im Mittelpunkt des Gemetzels befunden, und selbst er konnte kaum begreifen, was geschehen war. Der Angriff hatte die Zwielichtkrieger wie jede andere Einheit vollkommen überrascht. Als die Sonne aufging, war beinahe die Hälfte der Sith-Soldaten tot. Des hatte viele Freunde bei diesem Gemetzel verloren – Freunde, die er hätte retten können, wenn er mehr auf die finstere Vorahnung geachtet hätte, die ihn überfallen hatte, als er den Fuß auf diese verlassene Wüstenwelt setzte. Und er schwor, er würde nie wieder zulassen, dass er und seine Leute in eine solche Situation gerieten.

Am Ende zahlte Hsskhor einen hohen Preis für den Hinterhalt. Verstärkung traf aus Kashyyyk ein, um sowohl die Streitkräfte der Republik als auch die Trandoshaner zu überwältigen. Die Sith brauchten dazu weniger als eine Woche, und anschließend wurde die einstmals stolze Stadt geplündert und geschleift. Viele Trandoshaner gaben einfach den Kampf um ihre Heimat auf und boten den Eroberern ihre Dienste an. Sie waren ein Volk von Jägern, die überwiegend als Kopfgeldjäger oder Söldner arbeiteten. Ihnen war es gleich, auf welche Seite sie sich schlugen, solange sie Gelegenheit erhielten, noch mehr zu töten. Man brauchte nicht zu betonen, dass die Sith sie mit offenen Armen willkommen hießen.

»Nein, es wird keine Wiederholung von Hsskhor werden«, versicherte Des seinem nervösen Kameraden. Es stimmte, er hatte wieder ein unangenehmes Gefühl. Aber diesmal war es anders. Etwas Großes stand bevor, aber Des konnte nicht mit Sicherheit sagen, ob es gut oder schlecht sein würde.

»Komm schon, Des«, drängte Adanar. »Rede mit Ulabore. Manchmal hört er auf dich.«

»Und was soll ich ihm sagen?«

Adanar riss gereizt die Hände hoch. »Das weiß ich nicht! Erzähl ihm von deinem schlechten Gefühl. Bring ihn dazu, mit der Kommandostelle zu reden und ihnen zu sagen, sie sollen uns zurückziehen. Oder überzeug sie, uns loszuschicken! Nur lass uns nicht weiter hier sitzen wie ein Haufen toter Wompratten, die in der Sonne verfaulen!«

Bevor Des antworten konnte, kam eine der neueren Rekruten, eine junge Frau namens Lucia, angerannt und salutierte forsch. »Sergeant! Lieutenant Ulabore will die Truppe bei seinem Zelt sehen. Er wird in dreißig Minuten zu uns sprechen«, sagte sie aufgeregt.

Des grinste seinen Freund an. »Sieht aus, als würden wir endlich unsere Befehle bekommen.«

Die Soldaten standen still, als der Lieutenant und Des sie inspizierten. Wie immer bestand Ulabores Inspektion darin, vor den Reihen auf und ab zu gehen, zu nicken und leise zustimmende Dinge zu murmeln. Das war überwiegend Theater, eine Gelegenheit für den Lieutenant, sich zu fühlen, als hätte er etwas mit dem Erfolg der Mission zu tun.

Sobald sie fertig waren, stellte Ulabore sich vor der Truppe auf und wandte sich ihr zu. Des stand allein vor der Einheit, mit dem Rücken zu ihnen, sodass er seinen Vorgesetzten ansehen konnte.

»Alle hier sind mit unserem Einsatzziel vertraut«, begann Ulabore mit ungewöhnlich lauter und hoher Stimme. Des nahm an, er versuchte, herrisch zu klingen, aber es hörte sich eher schrill an.

»Ich überlasse die Einzelheiten der Mission dem Sergeant hier«, fuhr er fort. »Unsere Aufgabe ist nicht leicht, aber die Tage, in denen die Zwielichtkrieger leichte Aufgaben übernahmen, sind lange vorbei.

Ich habe nicht viel zu sagen; ich weiß, dass ihr ebenso versessen darauf seid, etwas zu tun, wie ich es bin. Deshalb freue ich mich, euch sagen zu können, dass man uns den Befehl zum Angriff erteilt hat. Wir werden in einer Stunde aufbrechen, um den Außenposten der Republik auszuschalten!«

Entsetztes Keuchen und lautes, ungläubiges Flüstern erklang aus den Reihen. Ulabore trat zurück, als hätte man ihn geschlagen. Offensichtlich hatte er Jubel und Begeisterung erwartet und war erschüttert von diesem plötzlichen Zorn und dem Mangel an Disziplin.

»Zwielichtkrieger, stillgestanden!«, brüllte Des. Er ging zum Lieutenant und senkte die Stimme. »Sir, sind Sie sicher, dass das der Befehl war? In einer Stunde? Sind Sie sicher, Sie meinten nicht eine Stunde nach Einbruch der Dunkelheit?«

»Zweifeln Sie etwa an meinen Befehlen, Sergeant?« Ulabore unternahm seinerseits keine Anstrengung, leise zu sprechen.

»Nein, Sir. Aber wenn wir in einer Stunde aufbrechen, wird es immer noch hell sein. Sie werden uns kommen sehen.«

»Wenn sie uns sehen, werden wir bereits nahe genug sein, um ihre Sender zu stören«, erwiderte der Lieutenant. »Sie werden sich nicht mehr mit dem Basislager in Verbindung setzen können.«

»Das ist es nicht, Sir. Es geht um die Kanonenboote. Sie verfügen über drei Repulsorfahrzeuge, die mit schweren Repetiergeschützen ausgerüstet sind. Wenn wir versuchen, den Außenposten am Tag einzunehmen, werden diese Dinger uns vom Himmel aus niedermähen.«

»Das ist ein Himmelfahrtskommando!«, rief einer der Soldaten.

Ulabore kniff die Augen zu Schlitzen zusammen, und er lief rot an. »Die Hauptarmee bricht in der Dämmerung auf, Sergeant«, sagte er durch zusammengebissene Zähne. »Sie wollen das Tal im Schutz der Dunkelheit durchqueren und die Basis der Republik beim ersten Tageslicht angreifen.«

»Dann gibt es keinen Grund, wieso wir sofort beginnen müssten«, erwiderte Des, der angestrengt versuchte, ruhig zu bleiben. »Wenn sie in der Abenddämmerung aufbrechen, brauchen sie mindestens drei Stunden, bis sie von ihrer derzeitigen Stellung aus das Tal erreichen. Das gibt uns genug Zeit, den Außenposten zu überfallen, bevor sie hierherkommen, selbst wenn wir bis nach Einbruch der Dunkelheit warten.«

»Sie verstehen offensichtlich nicht, worum es hier wirklich geht, Sergeant.« Ulabore sprach, als hätte er ein trotziges Kind vor sich. »Die Hauptstreitmacht wird sich nicht in Bewegung setzen, bevor wir den Erfolg unserer Mission melden. Deshalb müssen wir jetzt beginnen.«

Das klang vernünftig. Die Generale wollten die Hauptstreitmacht nicht aufs Spiel setzen, bevor sie sicher sein konnten, dass sich das Tal in ihrer Hand befand. Aber die Zwielichtkrieger bei Tageslicht loszuschicken bedeutete, dass sich ihre Verlustrate verfünffachen würde.

»Sie müssen mit der Kommandostelle sprechen und ihnen die Situation erklären«, sagte Des. »Wir können uns nicht mit diesen Kanonenbooten anlegen. Wir müssen warten, bis sie über Nacht am Boden sind. Sie müssen ihnen begreiflich machen, womit wir es hier zu tun haben.«

Der Lieutenant tat, als hätte er ihn nicht einmal gehört. »Die Generale geben mir die Befehle, und ich gebe sie an Sie weiter«, fauchte er. »Nicht andersrum! Die Armee setzt sich beim ersten Zwielicht in Bewegung, und das wird sich nicht ändern, damit es besser in Ihren Zeitplan passt, Sergeant!«

»Sie würden ihre Pläne ja nicht ändern müssen«, bohrte Des weiter. »Wenn wir aufbrechen, sobald es dunkel wird, werden wir den Außenposten immer noch erledigt haben, bis sie das Tal erreichen. Aber uns jetzt reinzuschicken ist einfach ...«

»Das reicht!«, zischte der Lieutenant. »Hören Sie auf zu blöken wie ein Bantha, das von seiner Herde abgeschnitten wurde! Sie haben Ihre Befehle, nun befolgen Sie sie gefälligst! Oder wollen Sie herausfinden, was mit Soldaten passiert, die sich ihren Vorgesetzten widersetzen?«

Des verstand plötzlich, was hier wirklich los war. Ulabore wusste, dass der Befehl ein Fehler war, aber er hatte zu viel Angst, etwas dagegen zu unternehmen. Der Befehl musste direkt von einem der Dunklen Lords gekommen sein. Ulabore würde seine Leute lieber in ein Gemetzel schicken, als sich dem Zorn eines Sith-Meisters zu stellen. Aber Des hatte nicht vor, die Zwielichtkrieger in ihren Untergang zu führen. Das hier würde keine Wiederholung von Hsskhor werden. Er zögerte nur einen Augenblick, dann verpasste er dem Lieutenant einen Schlag ans Kinn, der ihn bewusstlos umfallen ließ.

Die Soldaten schwiegen verblüfft, nachdem Ulabore zu Boden gesackt war. Des nahm dem Offizier rasch die Waffen ab, dann drehte er sich um und zeigte auf zwei der neuesten Rekruten.

»Ihr beiden behaltet den Lieutenant im Auge. Sorgt dafür, dass er es bequem hat, wenn er aufwacht, aber lasst ihn nicht in die Nähe des Kom.«

Dann wandte er sich an den Kommunikationsoffizier: »Kurz vor Anbruch der Dunkelheit melden Sie der Kommandostelle, wir hätten unseren Auftrag erfüllt, sodass sie die Hauptstreitmacht ins Tal bringen können. Das wird uns zwei Stunden geben, um unser Ziel zu erreichen, bevor sie in Sichtweite des Außenpostens kommen.«

Dann drehte er sich um, sah die anderen Soldaten an und schwieg einen Augenblick, um den Ernst seiner nächsten Worte zu betonen. »Was ich hier getan habe, ist Meuterei«, sagte er bedächtig. »Es ist möglich, dass jeder, der mir von jetzt an folgt, sich hinterher vor einem Kriegsgericht wiederfinden wird. Wenn einer von euch das Gefühl hat, meinen Befehlen nach dem, was ich hier gerade getan habe, nicht folgen zu können, soll er jetzt sprechen, und ich werde für den Rest des Einsatzes das Kommando an Senior Trooper Adanar abgeben.«

Er ließ den Blick über die Soldaten schweifen. Eine Sekunde sagte keiner etwas, dann hoben sie alle wie ein einziger Mann die Fäuste und tippten sich zweimal leicht gegen die Brust, direkt über dem Herzen.

Überwältigt von Stolz musste Des fest schlucken, bevor er seine abschließenden Befehle an die Soldaten ... an *seine* Soldaten geben konnte. »Zwielichtkrieger, wegtreten!«

Die Reihe löste sich in Gruppen von zwei oder drei auf, und alle unterhielten sich im Flüsterton. Adanar löste sich von den anderen und ging zu Des.

»Ulabore wird das nicht vergessen«, sagte er leise. »Was willst du mit ihm anfangen?«

»Wenn wir erst den Außenposten eingenommen haben, werden sie unserem kommandierenden Offizier einen Orden verleihen«, erwiderte Des. »Ich wette, er wird lieber den Mund halten und das akzeptieren, als irgendwen wissen zu lassen, was passiert ist.«

Adanar schnaubte. »Sieht aus, als hättest du alles schon geplant.«

»Noch nicht ganz«, gab Des zu. »Ich bin immer noch nicht sicher, wie wir diesen Außenposten einnehmen sollen.«

Kapitel 7

Der Außenposten lag inmitten einer Lichtung auf einem Plateau oberhalb des Tals. Im Schutz der Dunkelheit hatten sich die Zwielichtkrieger lautlos durch den Dschungel bewegt, bis sie ihn umstellt hatten. Des hatte die Einheit in vier kleinere Trupps aufgeteilt, die sich von unterschiedlichen Seiten näherten. Jeder hatte einen Störsender dabei.

Sie hatten die Kästen aufgestellt und aktiviert, sobald sie sich in einem halben Kilometer Abstand zum Außenposten befanden, und damit alle Kommunikation innerhalb dieses Bereichs gestört. Dann hatten sie sich weiter zu den Rändern der Lichtung bewegt und dort innegehalten, um auf Des' Zeichen zu warten. Ohne Kommunikation zwischen den einzelnen Gruppen – die S-Kästen störten auch ihre eigene Ausrüstung – war das verlässlichste Zeichen der Klang eines Blasters.

Als er über die Lichtung hinweg zu den drei Repulsorfahrzeugen auf dem Dach des Außenpostens starrte, spürte Des ein vertrautes Gefühl in der Magengrube. Alle Soldaten hatten dieses Gefühl, wenn sie in einen Kampf zogen, ob sie es nun eingestehen wollten oder nicht: Angst. Angst zu versagen, Angst zu sterben, Angst, ihre Freunde sterben zu sehen, Angst, verwundet zu werden und den Rest ihres Lebens als Krüppel zu verbringen. Die

Angst war immer da, und sie würde einen verschlingen, wenn man das zuließ.

Des wusste, wie er die Angst ausnutzen konnte. *Nimm, was dich schwach macht, und verwandle es in etwas, das dir Kraft gibt.* Er verwandelte die Angst in Zorn und Hass: Hass auf den Feind, Hass auf die Republik und auf die Jedi. Der Hass gab ihm Kraft, und Kraft brachte ihm den Sieg.

Für Des war dieser Prozess einfach, sobald die Kämpfe begannen. Dank der Misshandlungen durch seinen Vater hatte er Angst in Zorn und Hass verwandelt, seit er ein Kind gewesen war. Vielleicht machte ihn das zu einem so guten Soldaten. Vielleicht ließen sich die anderen deshalb von ihm führen.

Jetzt warteten sie auf sein Zeichen, warteten darauf, dass er den ersten Schuss abgab. Sobald er das tat, würden sie den Außenposten angreifen. Die Zwielichtkrieger waren beinahe zwei zu eins unterlegen, sie brauchten den Vorteil des Überraschungsmoments, um das auch nur ausgleichen zu können. Aber diese Kanonenboote waren ein Problem.

Die Lichtung war von hellen Lampen umgeben, die alles innerhalb von hundert Metern rings um den Außenposten in gleißendes Licht tauchten. Und obwohl die Repulsorfahrzeuge gelandet waren, war auf der offenen Ladefläche hinten in jedem Fahrzeug ein Soldat stationiert, der das Geschütz bedienen sollte. Die gepanzerten Wände dieser Ladefläche erhoben sich taillenhoch, um den Schützen ein wenig Deckung zu geben, und die Geschütztürme selbst waren mit einem starken Schild gegen feindliches Feuer umgeben.

Und vom Dach des Gebäudes aus hatten die Schützen freie Sicht auf die Umgebung. Wenn Des diesen ersten Schuss abgab, würden die anderen auf die Lichtung und direkt in ein Unwetter von schwerem Repetierblasterfeuer stürmen. Sie würden zerrissen werden wie Yucca, die in eine Rancorgrube geworfen wurden.

»Was ist los, Sarge?«, fragte eine Soldatin in seiner Gruppe. Es war Lucia, die junge Frau, die zuvor Ulabores Befehl überbracht hatte. »Worauf warten wir?«

Es war zu spät, die Mission abzubrechen. Die Hauptarmee befand sich bereits auf dem Weg; bis Des wieder im Lager sein würde, um sie zu warnen, würde sie schon die Hälfte des Tals hinter sich haben.

Er warf einen Blick auf die Rekrutin und bemerkte das Zielgerät an ihrer Waffe. Lucia hatte einen TC-17-Präzisionsblaster. Ihre Knöchel waren weiß, weil sie die Waffe vor Angst und Erwartung zu fest umklammerte. Sie hatte bisher nur kleinere Scharmützel erlebt, bevor man sie zu den Zwielichtkriegern versetzt hatte, aber Des wusste, dass sie zu den besten Schützen in der Einheit zählte. Das TC-17 konnte nur ein Dutzend Schüsse abgeben, bis die Energiezelle gewechselt werden musste, aber es hatte eine Reichweite von über dreihundert Metern.

Jede der vier Gruppen hatte einen Scharfschützen. Wenn die Kämpfe begannen, würde die Aufgabe dieser Schützen darin bestehen, den Rand des Schlachtfelds zu überwachen und dafür zu sorgen, dass kein Soldat der Republik sich davonschleichen konnte, um das Hauptlager zu warnen.

»Siehst du die Soldaten, die dort hinten in den Kanonenbooten stehen? Die an den Geschützen?«, fragte er sie.

Sie nickte.

»Wenn wir die nicht irgendwie loswerden, werden sie unsere Leute innerhalb von zehn Sekunden in Geschützfutter verwandeln.«

Wieder nickte sie, die Augen weit aufgerissen und verängstigt. Des versuchte, ruhig zu bleiben und beruhigend zu wirken.

»Ich möchte, dass du sehr genau über das nachdenkst, was ich jetzt sage. Wie schnell, glaubst du, kannst du sie von hier aus erledigen?«

Sie zögerte. »Ich ... ich weiß nicht mal, ob ich es könnte, Sarge. Nicht alle. Nicht aus diesem Winkel. Ich könnte es beim Ersten versuchen, aber sobald der fällt, werden die anderen sicher nicht lange genug stehen bleiben, damit ich wieder zielen kann. Sie werden sich wahrscheinlich ducken, um Deckung zu haben. Und selbst wenn ich die Schützen erwische, sind noch ein halbes Dutzend anderer Soldaten auf dem Dach, die an ihre Stellen treten würden. Ich kann so schnell keine neun Ziele ausschalten, Sarge. Niemand kann das ohne Hilfe.«

Des biss sich auf die Lippe und versuchte, sich eine andere Lösung des Problems einfallen zu lassen. Es gab nur drei Kanonenboote. Wenn er irgendwie eine Botschaft zu jedem Scharfschützen in den vier Gruppen schicken und sie exakt zur gleichen Zeit schießen lassen konnte, könnten sie vielleicht die nichts ahnenden Schützen erledigen ... obwohl sie dann immer noch verhindern müssten, dass die sechs anderen Soldaten an ihre Stelle traten.

Er riss sich mit einem leisen Fluch aus diesen Gedanken. Es würde nie funktionieren. Wegen der Störsender gab es keine Möglichkeit, den anderen Gruppen eine Botschaft zu schicken.

Er nahm Lucias Gewehr, hob es und drückte sein Auge ans Zielgerät, um die Situation besser sehen zu können. Rasch schwenkte er es von einer Seite des Dachs zur anderen und merkte sich die Position jedes Republik-Soldaten. Dank der Vergrößerung konnte er ihre Züge genau genug erkennen, um zu sehen, wie sich ihre Lippen bewegten, wenn sie etwas sagten.

Die Situation war so gut wie hoffnungslos. Der Außenposten stellte den Schlüssel zur Einnahme von Phaseera dar und die Geschütztürme auf dem Dach den Schlüssel zur Einnahme des Außenpostens. Aber Des fielen keine Möglichkeiten mehr ein, und sie hatten fast keine Zeit mehr.

Er spürte die Angst stärker als je zuvor und holte tief Luft, um sich zu konzentrieren. Adrenalin begann durch seine Adern zu fließen, als er die Angst nutzte, um sich zu stärken und zu beruhigen. Er richtete das Zielgerät des Blasters auf einen der Schützen, und dann sah er plötzlich nur noch einen roten Schleier. Er schoss.

Er folgte einem Instinkt, bewegte sich zu schnell, als dass bewusste Gedanken ihn behindern konnten. Er sah nicht einmal, wie der erste Soldat fiel; das Zielgerät bewegte sich bereits auf sein nächstes Ziel zu. Der zweite Schütze hatte gerade noch genug Zeit, die Augen überrascht aufzureißen, bevor Des schoss und das dritte Ziel anpeilte. Aber diese Soldatin hatte gesehen, wie der erste Schütze gefallen war, und sich bereits hinter die Deckung fallen lassen.

Des widersetzte sich dem Impuls, einfach wild weiterzuschießen, und bewegte die Waffe in einem engen Kreis, suchte vergeblich nach einer sauberen Schusslinie. Blasterfeuer explodierte in der Nacht, und gleichzeitig erklangen Laufschritte, als die Zwielichtkrieger aus der Deckung kamen und auf den Außenposten zurannten. Sie hatten ihre Befehle bis zum letzten Buchstaben befolgt und griffen beim ersten Schuss an. Des wusste, er hatte nur noch ein paar Sekunden, bevor die Geschütze das Feuer auf sie eröffnen und die Lichtung in ein Schlachtfeld verwandeln würden, aber er wusste einfach nicht, wie er diese Schützen erwischen sollte.

Verzweifelt riss er das Gewehr herum und suchte nach einem anderen Ziel auf dem Dach. Er nahm einen Soldaten ins Visier, der sich neben einen kleinen Kanister duckte. Der Mann bewegte sich nicht, und er hatte die Hände vors Gesicht geschlagen. Der Schuss aus Des' Waffe traf ihn mitten in die Brust, und im gleichen Augenblick explodierte das Ding zu seinen Füßen.

»Blendkanister!«, schrie Lucia, aber ihre Warnung kam zu spät. Das Bild des Zielfernrohrs verschwand in einem grellweißen Aufblitzen, und Des wurde blind.

Aber obwohl seine Augen außer Gefecht waren, konnte er plötzlich alles klar erkennen. Er wusste, wo sich jeder einzelne Soldat befand, obwohl sie alle in Deckung rannten, er konnte genau verfolgen, wo sie waren und wo sie hinwollten.

Die Soldatin im dritten Geschützturm richtete das Geschütz auf die angreifenden Soldaten. In ihrer Aufregung hatte sie den Kopf nur ein klein wenig über die Wände des Wagens erhoben, was ein winziges Ziel bot. Des erledigte sie mit einem einzigen Schuss; der Strahlblitz ging sauber durch ein Ohrloch an ihrem Helm und zum andern wieder heraus.

Es war, als hätte sich die Zeit verlangsamt. Des bewegte sich mit ruhiger, tödlicher Präzision, richtete das Gewehr auf die nächste Soldatin, traf sie ins Herz; kaum einen Augenblick später schoss er dem Mann neben ihr direkt zwischen seine kalten blauen Augen. Er traf einen Soldaten in den Rücken, der auf das nächste Kanonenboot zurannte. Ein anderer befand sich auf halbem Weg die Leiter der Ladefläche hinauf, als ein Strahl durch seinen Oberschenkel ging und ihn herunterriss. Er fiel von der Leiter, und Des traf ihn in die Brust, bevor er auf dem Boden aufprallte.

Er hatte weniger als drei Sekunden gebraucht, um acht der neun Soldaten zu töten. Der letzte rannte zum Rand und hoffte zu entkommen, indem er auf der anderen Seite des Gebäudes heruntersprang. Des ließ ihn laufen. Er konnte das Entsetzen spüren, das in Wellen von dem Mann ausging, und genoss es, solange er konnte. Der Soldat sprang vom Dach und schien eine Sekunde in der Luft zu hängen; Des gab seine letzten drei Schüsse auf ihn ab und leerte damit die Energiezelle der Waffe.

Er reichte Lucia das Gewehr zurück und blinzelte dabei immer wieder, als Tränen in seine Augen traten, um die beschädigte Netzhaut zu beruhigen. Die Auswirkungen des Blendkanisters waren nur kurzfristig; sein Sehvermögen kehrte bereits zurück.

Und diese wunderbare andere Art von Blick, die er erlebt hatte, begann zu verschwinden.

Er rieb sich die Augen und wusste, dass er jetzt keine Zeit hatte, darüber nachzudenken, was gerade geschehen war. Er hatte die Schützen eliminiert, aber seine Leute waren zahlenmäßig immer noch unterlegen. Sie brauchten ihn dort in der Kampfzone, nicht hier am Rand des Kampfs.

»Behalte das Dach im Auge«, befahl er Lucia. »Wenn einer von diesen Schlammkriechern von der Republik dort oben auftaucht, erledigst du ihn, bevor er zu den Kanonenbooten gelangen kann.«

Sie antwortete nicht; ihr Mund stand immer noch offen vor Staunen über das, was sie gerade gesehen hatte.

Des packte sie an der Schulter und schüttelte sie grob. »Lassen Sie das, Soldat! Sie haben zu tun!«

Sie schüttelte den Kopf, um wieder zu sich zu kommen, dann nickte sie und steckte eine neue Energiezelle in die Waffe. Zufrieden zog Des seine 21D und rannte über die Lichtung, begierig, sich dem Kampf anzuschließen.

Drei Stunden später war alles vorbei. Die Mission war ein vollständiger Erfolg: Der Außenposten gehörte ihnen, und die Republik hatte keine Ahnung, dass Tausende von Sith-Soldaten auf dem Weg durch das Tal heranrückten, um sie im Morgengrauen anzugreifen. Der Kampf selbst war kurz, aber blutig gewesen: Sechsundvierzig Soldaten der Republik waren tot, und neun von Des' eigenen Leuten. Jedes Mal, wenn ein Zwielichtkrieger fiel, hatte Des das Gefühl, irgendwie versagt zu haben, aber wenn man das Wesen ihrer Mission bedachte, war eine einstellige Zahl von Opfern mehr, als sie hatten erwarten können.

Sobald ihr Ziel gesichert war, ließ er Adanar und ein kleines Kontingent zurück, um den Außenposten zu halten. Dann führte er selbst den Rest der Einheit zurück ins Basislager.

Unterwegs versuchte er, das Geflüster und die verstohlenen Blicke der anderen zu ignorieren. Lucia hatte allen von seinen erstaunlichen Schüssen erzählt, und nun kannten sie kein anderes Thema mehr. Keiner von ihnen hatte den Mut, ihn direkt anzusprechen, aber er konnte Fetzen von Gesprächen hören, die hinter seinem Rücken geführt wurden.

Und wirklich, konnte er es ihnen denn übel nehmen? Im Nachhinein war nicht einmal er selbst sicher, was geschehen war. Er war ein guter Schütze, aber kein Scharfschütze. Und dennoch hatte er es irgendwie geschafft, ein Dutzend unmögliche Schüsse mit einer Waffe abzugeben, die er nie zuvor benutzt hatte ... und die meisten davon, nachdem ihn ein Blendkanister kurzfristig das Sehvermögen gekostet hatte. Es war mehr als unglaublich. Es war, als hätte ihn, nachdem er sein Sehvermögen verloren hatte, eine geheimnisvolle Macht übernommen und bei dem, was er tat, angeleitet. Es war aufregend, aber gleichzeitig auch erschreckend. Woher war diese Macht gekommen? Und warum konnte er sie nicht beherrschen?

Er war so in Gedanken versunken, dass er die Fremden, die in ihrem Lager warteten, zunächst nicht einmal bemerkte. Erst als sie auf ihn zukamen und ihm die Lähmhandschellen anlegten, wurde ihm klar, was geschehen war.

»Willkommen zurück, Sergeant.« Ulabores Stimme triefte vor Galle.

Des sah sich um. Ein Dutzend Vollstrecker – die militärischen Sicherheitskräfte der Sith-Armee – standen mit gezogenen Waffen da. Ulabore stand hinter ihnen, einen dunklen Fleck im Gesicht, wo Des ihn geschlagen hatte. Im Hintergrund konnte Des die beiden jungen Rekruten sehen, die er mit Ulabore zurückgelassen hatte. Sie starrten zu Boden, verlegen und beschämt.

»Glaubten Sie wirklich, dass diese beiden Rekruten ihren kommandierenden Offizier festhalten würden wie einen Gefangenen?«, höhnte Ulabore hinter der schützenden Wand bewaffneter Ordnungskräfte. »Glaubten Sie wirklich, sie würden Ihnen in Ihrem Wahnsinn folgen?«

»Dieser Wahnsinn hat unser Leben gerettet!«, rief Lucia. Des hob die gefesselten Hände, um sie um Schweigen zu bitten; diese Situation konnte viel zu leicht außer Kontrolle geraten.

Als nichts weiter geschah, schien der Lieutenant wieder Mut zu fassen. Er kam hinter der Schutzmauer aus Vollstreckern vor und ging auf Des zu.

»Ich habe Sie davor gewarnt, Befehle zu missachten«, höhnte er. »Jetzt werden Sie aus erster Hand erleben, wie die Bruderschaft der Dunkelheit mit meuternden Soldaten umgeht!«

Ein paar Zwielichtkrieger begannen, langsam nach ihren Waffen zu greifen, aber Des schüttelte den Kopf, und sie erstarrten. Die Vollstrecker hatten die Blaster bereits gezogen und würden keine Angst haben, sie zu benutzen. Die Soldaten würden nicht einmal einen einzigen Schuss abgeben können.

»Was ist los, Sergeant?«, drängte Ulabore und trat näher an seinen besiegten Feind heran. Zu nahe. »Nichts zu sagen?«

Des wusste, er könnte den Lieutenant mit einer einzigen raschen Bewegung umbringen. Die Vollstrecker würden ihn dann erledigen, aber wenigstens würde er Ulabore mit in den Tod nehmen. Jede Faser seines Wesens wollte zuschlagen und ihrer beider Leben in einer Orgie von Blut und Blasterfeuer ein Ende machen. Aber es gelang ihm, gegen den Impuls anzukämpfen. Es hatte keinen Sinn, sein Leben wegzuwerfen. Ein Kriegsgerichtsverfahren würde wahrscheinlich mit einer Todesstrafe enden, aber zumindest hätte er eine Chance.

Ulabore kam noch näher und schlug ihm ins Gesicht, dann spuckte er auf seine Stiefel und trat wieder zurück. »Bringt ihn weg«, sagte er zu den Vollstreckern und wandte Des den Rücken zu.

Als Des weggebracht wurde, fiel ihm unwillkürlich der Ausdruck in den Augen von Lucia und den anderen Soldaten auf, deren Leben er vor ein paar Stunden gerettet hatte. Er vermutete, wenn die Einheit das nächste Mal in den Kampf zog, würde Ulabore einen bedauerlichen – und tödlichen – Unfall erleiden.

Diese Erkenntnis brachte die Spur eines Lächelns auf seine Lippen.

Die Vollstrecker trieben ihn stundenlang durch den Dschungel, wobei sie die ganze Zeit die Waffen auf ihn richteten. Sie senkten sie erst, als sie die Wachen am Rand des Hauptlagers der Sith erreichten.

»Ein Gefangener fürs Kriegsgericht«, sagte einer der Männer tonlos. »Sagt Lord Kopecz Bescheid.« Eine der Wachen salutierte und rannte los.

Sie brachten Des durch das Lager zum Gefängnis. Er sah, dass viele Soldaten ihn erkannten. Dank seiner Größe und des kahlen Kopfes war er eine auffällige Gestalt, und viele hatten von seinen Leistungen gehört. Dass ein ehemaliger Vorzeigesoldat vor ein Kriegsgericht kommen sollte, würde zweifellos einen Eindruck hinterlassen.

Sie erreichten das Behelfsgefängnis des Lagers, ein kleines Eindämmungsfeld über einer Grube von drei Metern Tiefe, Breite und Länge, in die gefangene Spione und Kriegsgefangene geworfen wurden. Die Vollstrecker hatten ihm seine Waffen abgenommen, als sie ihn in Gewahrsam nahmen, und nun durchsuchten sie ihn genauer und nahmen ihm auch alle anderen persönlichen Gegenstände. Dann schalteten sie das Eindämmungsfeld ab und warfen ihn in die Grube, ohne ihm auch nur die Handschellen abzunehmen. Er landete ungeschickt auf dem harten Boden. Als er wieder auf die Beine kam, hörte er ein unmissverständliches Summen, als das Feld wieder eingeschaltet wurde und ihn einsperrte.

Er war der Einzige in der Grube. Die Sith neigten nicht dazu, Gefangene lange zu behalten. Er begann sich zu fragen, ob er nicht einen schwerwiegenden Fehler gemacht hatte. Er hatte gehofft, seine letzte Leistung würde ihm beim Verfahren ein wenig Nachsicht einbringen, aber nun wurde ihm klar, dass sein Ruf vielleicht gegen ihn arbeitete. Die Sith-Meister waren nicht für ihre Toleranz oder Gnade bekannt. Er hatte sich einem direkten Befehl widersetzt; es bestand durchaus die Möglichkeit, dass sie an ihm ein harsches Exempel statuierten.

Bald schon verlor er das Zeitgefühl. Nach einer Weile schlief er ein, erschöpft von dem Kampf und dem Zwangsmarsch. Er wurde ein paar Mal kurz wach und schlief gleich wieder ein; einmal war es hell draußen, und er wusste, dass es Tag sein musste. Als er das nächste Mal aufwachte, war es wieder dunkel.

Sie hatten ihm nichts zu essen gegeben; sein Magen knurrte protestierend. Seine Kehle war ausgetrocknet; seine Zunge fühlte sich an, als wäre sie genug geschwollen, um ihn ersticken zu können. Dennoch wuchs der Druck auf seine Blase, aber er wollte sich nicht erleichtern. Die Grube stank schon genug.

Vielleicht würden sie ihn einfach einem langsamen und einsamen Tod überlassen. Als er an die Gerüchte denken musste, die er über Sith-Folter gehört hatte, hofft er beinahe, dass es so sein würde. Aber er hatte noch nicht aufgegeben.

Als er hörte, dass sich Schritte näherten, erhob er sich und richtete sich gerade auf, obwohl seine Hände immer noch gefesselt waren. Durch das Eindämmungsfeld konnte er nur die unscharfen Umrisse mehrerer Wachen ausmachen, die am Rand der Grube standen, zusammen mit einer anderen Gestalt in einem schweren dunklen Umhang.

»Bringt ihn auf mein Schiff«, sagte die Gestalt im Umhang mit tiefer, rauer Stimme. »Um diesen hier werde ich mich auf Korriban kümmern.«

Kapitel 8

Des hatte keinen klaren Blick auf den Mann werfen können, der seine Verlegung befohlen hatte. Als sie ihn aus der Grube holten, war die Gestalt im Umhang schon wieder verschwunden. Sie gaben ihm Essen und Wasser, dann durfte er sich waschen. Er war nicht mehr gefesselt, stand aber unter schwerer Bewachung, als man ihn auf ein kleines Transportschiff nach Korriban brachte.

Niemand sprach während des Flugs mit ihm, und Des hatte keine Ahnung, was los war. Aber zumindest war er nicht mehr gefesselt. Er entschloss sich, das als gutes Zeichen zu betrachten.

Sie trafen mitten am Tag ein. Er hatte erwartet, dass sie in Dreshdae landen würden, der einzigen Stadt auf diesem dunklen und furchterregenden Planeten. Stattdessen steuerte das Schiff eine Landefläche an, die sich oben auf einem uralten Tempel befand, unter dem sich ein trostloses Tal ausbreitete. Kalter Wind fegte über die Landefläche, als Des von Bord ging, aber das störte ihn nicht. Nach der stinkigen Luft der Grube fühlte sich jeder Wind gut an. Er spürte, wie ihm ein Schauder über den Rücken lief, als er den Fuß auf die Oberfläche von Korriban setzte. Angeblich war der Planet einmal ein Ort großer Macht gewesen, von der nun aber nur noch die dünnsten Schatten übrig waren.

Es gab hier eine Unterströmung von Böswilligkeit; Des hatte sie gespürt, sobald der Transporter in die Atmosphäre des trostlosen Planeten eingedrungen war.

Vom Landefeld aus konnte er andere Tempel erkennen, die über die kahle Landschaft verstreut waren. Selbst auf diese Entfernung waren die erodierten Felsen und bröckelnden Steine der einstmals großartigen Eingänge wahrnehmbar. Hinter dem Tal bildete die Stadt Dreshdae nur einen Fleck am Horizont.

Eine Gestalt, deren Kopf von einer Kapuze verhüllt war, kam ihm auf dem Landefeld entgegen. Er wusste sofort, dass dies nicht der Mann war, der ihn aus der Grube geholt hatte. Diese Person hier hatte weder die Größe noch die beeindruckende Haltung seines Befreiers, dessen beherrschende Präsenz er sogar durch das Eindämmungsfeld hatte spüren können.

Tatsächlich erkannte Des bald, dass die Gestalt, die ihn auf dem Dach des Tempels in Empfang nahm, eine Frau war. Sie bedeutete ihm, ihr zu folgen. Schweigend führte sie ihn eine Steintreppe hinunter in den eigentlichen Tempel. Sie überquerten einen Treppenabsatz und liefen eine weitere Treppe hinunter, dann wiederholte sich das Muster, und sie gelangten Ebene für Ebene vom höchsten Punkt des Tempels bis zum Boden. Auf jedem Treppenabsatz gingen Türen und Gänge ab, und Des hörte Geräusche und Gesprächsfetzen aus den Fluren, verstand aber nie genau, was gesagt wurde.

Die Frau sagte kein Wort, und Des sah keinen Anlass, das Schweigen selbst zu brechen. Technisch gesehen war er immer noch ein Gefangener. Es konnte durchaus sein, dass sie ihn zu seinem Kriegsgerichtsprozess führte. Er würde nicht alles noch schlimmer machen, indem er dumme Fragen stellte.

Als sie das Erdgeschoss des Gebäudes erreichten, führte sie ihn zu einem steinernen Torbogen mit einer weiteren Treppe. Diese Stufen jedoch waren anders, enger und dunkler, und sie führten tief in die Eingeweide des Planeten. Ohne ein Wort reichte seine Führerin Des eine Fackel, die sie aus einem Halter an der Wand genommen hatte, dann trat sie beiseite.

Des fragte sich, was das zu bedeuten hatte, und ging vorsichtig die Treppe hinab. Er hätte nicht sagen können, wie viel tiefer sie führte; es war schwierig, in diesem engen Treppenhaus ein Gefühl für Perspektive zu bewahren. Nach mehreren Minuten erreichte er das Ende der Treppe, und ein langer Flur erstreckte sich vor ihm. Am Ende des Flurs befand sich ein einziger Raum.

Der Raum war dunkel und voller Schatten. Nur ein paar Fackeln flackerten an den Wänden, und ihre ersterbenden Flammen konnten die Dunkelheit kaum durchdringen.

Des blieb auf der Schwelle stehen und wartete, bis seine Augen sich angepasst hatten. Er konnte so gerade eben eine Gestalt im Raum erkennen. Sie winkte ihn näher.

»Tritt vor.«

Ihm wurde kalt, obwohl der Raum alles andere als kalt war. Die Luft selbst war wie elektrisch geladen und mit einer Kraft erfüllt, die er spüren konnte. Er war überrascht, dass er keine Angst empfand. Was er wirklich spürte, erkannte er als die Kälte der Erwartung.

Als Des den Raum betrat, wurden die Züge der verhüllten Gestalt deutlicher, und er sah, dass er einen Twi'lek vor sich hatte. Selbst unter dem weiten Gewand, das der Mann trug, war seine massige Gestalt deutlich zu erkennen. Er war beinahe zwei Meter groß, bei Weitem der größte Twi'lek, den Des je gesehen hatte ... wenn auch nicht ganz so groß wie er selbst.

Ein Lekku fiel ihm auf die breite Brust, und von dort hatte er ihn wieder nach oben und um seinen muskulösen Hals und die Schultern geschlungen; seine Augen glühten orangefarben und wirkten wie Spiegelbilder der flackernden Fackeln. Er lächelte und entblößte die scharfen, spitzen Zähne seiner Spezies.

»Ich bin Lord Kopecz von den Sith«, sagte er. In diesem Augenblick wusste Des ohne jeden Zweifel, dass es dieser Mann war, der zu ihm an die Grube gekommen war, und er nickte kurz.

»Ich werde dein Inquisitor sein«, erklärte Lord Kopecz ohne jede Emotion. »Ich allein werde über dein Schicksal entscheiden. Wisse, dass meine Entscheidung endgültig sein wird.«

Wieder nickte Des.

Der Twi'lek richtete die glühend orangefarbenen Augen auf Des. »Du bist kein Freund der Jedi oder ihrer Republik.«

Das war keine Frage gewesen, aber Des fühlte sich dennoch veranlasst zu antworten. »Was haben sie je für mich getan?«

»Genau«, sagte Kopecz mit grausamem Lächeln. »Ich höre, du hast in vielen Schlachten gegen die Republik gestanden. Deine Kameraden haben großen Respekt vor dir. Die Sith brauchen Männer wie dich, wenn wir diesen Krieg gewinnen wollen.« Er hielt inne. »Du warst der ideale Soldat ... bis du dich einem direkten Befehl widersetztest.«

»Der Befehl war ein Fehler«, sagte Des. Seine Kehle war so trocken und eng geworden, dass es ihm schwerfiel, die Worte herauszuzwingen.

»Warum hast du dich geweigert, den Außenposten bei Tag anzugreifen? Warst du zu feige?«

»Ein Feigling hätte die Mission nicht ausgeführt«, erwiderte Des scharf, denn die Bezichtigung hatte ihn geärgert.

Kopecz legte den Kopf schief und wartete.

»Bei Tageslicht anzugreifen war ein taktischer Fehler«, fuhr Des fort, bestrebt, den Sith zu überzeugen. »Ulabore hätte diese Informationen zurückmelden sollen, aber er hatte Angst. Ulabore war der Feigling, nicht ich. Er wollte lieber den Tod von den Händen der Republik riskieren, als sich der Bruderschaft der Dunkelheit zu stellen. Ich ziehe es vor, mein Leben nicht sinnlos wegzuwerfen.«

»Das ersehe ich aus deiner Dienstakte«, sagte Kopecz. »Kashyyyk, Trandosha, Phaseera ... wenn diese Berichte korrekt sind, hast du in deiner Zeit bei den Zwielichtkriegern Unglaubliches geleistet. Dinge, die einige für unmöglich halten würden.«

Des ärgerte sich auch über diese Andeutung. »Die Berichte sind akkurat«, erwiderte er.

»Daran habe ich keinen Zweifel.« Kopecz hatte den Ton von Des' Antwort entweder nicht bemerkt, oder er störte sich nicht daran. »Weißt du, wieso ich dich nach Korriban gebracht habe?«

Des erkannte langsam, dass das hier kein Kriegsgerichtsprozess war. Es war eine Art von Prüfung, aber er hatte keine Ahnung wofür.

»Ich habe das Gefühl, für etwas ausgewählt worden zu sein.«

Wieder bedachte Kopecz ihn mit einem weiteren finsteren Lächeln. »Gut. Dein Verstand arbeitet schnell. Was weißt du über die Macht?«

»Nicht viel«, gab Des achselzuckend zu. »Es ist etwas, woran die Jedi glauben: eine große Macht, die angeblich einfach irgendwo im Universum herumschwebt.«

»Und was weißt du über die Jedi?«

»Ich weiß, dass sie sich für die Beschützer der Republik halten«, erwiderte Des verächtlich. »Ich weiß, dass sie großen Einfluss im Senat haben. Ich weiß, dass viele glauben, die Jedi würden über mystische Kräfte verfügen.«

»Und die Bruderschaft der Dunkelheit?«

Diesmal dachte Des länger über seine Worte nach. »Ihr seid die Anführer unserer Armee und die geschworenen Feinde der Jedi. Viele glauben, dass Ihr ebenso wie sie unnatürliche Fähigkeiten habt.«

»Aber du glaubst das nicht?«

Des zögerte und bemühte sich, die Antwort zu finden, von der er glaubte, dass Kopecz sie hören wollte. Am Ende konnte er nicht erraten, was sein Inquisitor erwartete, also sagte er einfach die Wahrheit. »Ich glaube, die meisten dieser Geschichten sind gewaltig übertrieben.«

Kopecz nickte. »Eine weit verbreitete Vorstellung. Jene, die den Weg der Macht nicht verstehen, tun solche Geschichten als Mythen oder Märchen ab. Aber die Macht ist real, und die, die sie benutzen, haben Kräfte, die du dir kaum vorstellen kannst.

Du hast in vielen Schlachten gestanden, aber den wahren Krieg hast du noch nicht erfahren. Während Soldaten um die Herrschaft über Planeten und Monde kämpfen, versuchen die Jedi- und Sith-Meister, sich gegenseitig zu vernichten. Wir werden auf eine unvermeidliche und letzte Konfrontation zugetrieben. Die Seite, die überlebt, Sith oder Jedi, wird das Schicksal der Galaxis für die nächsten tausend Jahre bestimmen.

Den wahren Sieg in diesem Krieg werden nicht Armeen erringen, sondern die Bruderschaft der Dunkelheit. Unsere größte Waffe ist die Macht und jene Individuen, die sie beherrschen können. Individuen wie du.«

Er hielt inne, um zu sehen, wie seine Worte wirkten, bevor er fortfuhr. »Du bist etwas Besonderes, Des. Du hast viele erstaunliche Begabungen. Diese Begabungen sind Manifestationen der Macht, und sie haben dir als Soldat gut gedient. Aber du hast bisher nur die Oberfläche deiner Begabung angekratzt. Die Macht ist real; sie existiert überall rings um uns her. Du kannst ihre Kraft in diesem Raum fühlen. Kannst du sie spüren?«

Des zögerte nur einen Augenblick, dann nickte er. »Ja, ich spüre sie. Heiß. Wie ein Feuer, das darauf wartet zu explodieren.«

»Die Macht der Dunklen Seite. Die Hitze von Leidenschaft und Emotion. Ich nehme sie auch in dir wahr. Sie lodert unter der Oberfläche. Sie brennt so heiß wie dein Zorn. Sie macht dich stark.«

Kopecz schloss die Augen und legte den Kopf zurück, als genösse er die Hitze. Die Spitzen seiner Tentakel zuckten ein wenig. Das einzige Geräusch im Raum war das leise Knistern, das von den Flammen der Fackeln ausging. Ein Schweißtropfen rollte über Des' kahlen Kopf und dann seinen Nacken entlang. Er wischte ihn nicht weg, aber er verlagerte ein wenig das Gewicht, als er zwischen seinen Schulterblättern hindurchlief. Die kaum merkliche Bewegung schien den Twi'lek aus seiner Trance zu reißen.

Er schwieg noch mehrere Sekunden, aber nun betrachtete er Des mit seinem durchdringenden Blick. »Du hast die Macht in der Vergangenheit bereits berührt, aber deine Fähigkeiten sind unbedeutend im Vergleich mit den Kräften eines Sith-Meisters«, sagte er schließlich. »Du verfügst über gewaltiges Potenzial. Wenn du hier auf Korriban bleibst, können wir dir beibringen, es freizusetzen.«

Des war sprachlos.

»Du würdest kein Frontsoldat mehr sein«, fuhr Kopecz fort. »Wenn du mein Angebot annimmst, ist dieser Teil deines Lebens vorüber. Du wirst den Weg der Dunklen Seite kennenlernen und darin ausgebildet werden. Du wirst einmal zur Bruderschaft der Dunkelheit gehören. Und du wirst nicht zu den Zwielichtkriegern zurückkehren.«

Des spürte, wie sein Herz klopfte und ihm schwindlig wurde. Solange er sich erinnern konnte, hatte er gewusst, dass er etwas Besonderes war, und zwar genau wegen dieser einzigartigen Begabungen. Und nun sagte dieser Mann ihm, das sei nichts verglichen mit dem, was er wirklich erreichen könne.

Dennoch, ein Teil von ihm schreckte vor dem Gedanken zurück, seine Einheit zu verlassen, ohne sich auch nur verabschieden zu können. Für ihn waren Adanar, Lucia und die anderen mehr als nur Kameraden; sie waren seine Freunde. Konnte er sie wirklich einfach so zurücklassen, selbst für die Chance, ein Sith-Meister zu werden?

Dann erinnerte er sich an etwas, was Groshik ihm zum Abschied gesagt hatte: *Verlass dich nicht darauf, dass andere dir helfen. Am Ende ist jeder auf sich allein gestellt. Die Überlebenden sind immer die, die am besten für sich selbst sorgen können.*

Alles, was er hatte, hatte er seiner Einheit gegeben. Er hatte ihre Leben unzählige Male gerettet. Und am Ende, als die Vollstrecker ihn abholten, hatten auch sie ihn nicht retten können. Sie hätten es versucht, wenn er es zugelassen hätte, aber sie hätten versagt. Des erkannte die Wahrheit: Seine Einheit – seine Freunde – konnte jetzt nichts mehr für ihn tun.

Er konnte sich nur auf sich selbst verlassen, wie immer. Er wäre ein Narr, diese Gelegenheit auszuschlagen.

»Ich fühle mich geehrt, Meister Kopecz, und ich nehme Euer Angebot dankbar an.«

»Der Weg der Sith ist nicht für die Schwachen«, warnte der große, kräftige Twi'lek. »Wer versagt, wird ... zurückbleiben.« Etwas Unheilverkündendes lag in seinem Ton.

»Das wird mir nicht passieren«, erwiderte Des unbeeindruckt.

»Wir werden sehen«, sagte Kopecz. Dann fügte er hinzu: »Dies ist ein neuer Anfang für dich, Des. Ein neues Leben. Viele Schüler, die hierherkommen, nehmen einen neuen Namen an. Sie lassen ihr altes Leben hinter sich.«

Des hatte nicht den Wunsch, sich an irgendetwas aus seinem alten Leben zu klammern. Ein brutaler Vater, die schwere Arbeit im Bergwerk von Apatros – er hatte ein neues Leben gesucht, solange er sich erinnern konnte. Die Zwielichtkrieger hatten ihm eine Möglichkeit zur Flucht geboten, aber es war nur zeitweilig gewesen. Jetzt hatte er eine Chance, seine Vergangenheit für immer hinter sich zu lassen. Er musste sich nur der Bruderschaft der Dunkelheit und ihren Lehren zuwenden. Und dennoch spürte er aus Gründen, die er sich nicht erklären konnte, den kalten Griff der Angst. Diese Angst ließ ihn zögern.

»Möchtest du einen neuen Namen wählen, Des?«, fragte Kopecz, der wahrscheinlich sein Widerstreben spürte.

Des nickte.

Kopecz lächelte erneut. »Und mit welchem Namen sollen wir dich in Zukunft ansprechen?«

Die Angst würde ihn nicht aufhalten; er würde sie packen, verwandeln und für sich nutzen. Er würde nehmen, was ihn einmal schwach gemacht hatte, und es nutzen, um dadurch Kraft zu finden.

»Mein Name lautet Bane.«

Lord Qordis, Hoher Meister der Sith-Akademie auf Korriban, kratzte sich mit langen, krallenartigen Fingern vorsichtig am Kinn.

»Dieser Schüler, den Ihr mir gebracht habt, dieser Bane, er wurde nie in der Macht ausgebildet?«

Kopecz schüttelte den Kopf, und seine Lekku zuckten ein wenig, denn er war verärgert. »Wie ich Euch bereits sagte, Qordis, er wuchs auf Apatros auf, einem Planeten unter der Herrschaft der Outer Rim Oreworks Company.«

»Und dennoch ist es Euch gelungen, diesen jungen Mann zu finden und hierher zur Akademie zu bringen. Das kommt mir beinahe zu gut vor, um wahr zu sein.«

Der kräftige Twi'lek fauchte: »Das hier ist keine Intrige gegen Euch, Qordis. So arbeiten wir nicht mehr. Wir sind jetzt eine Bruderschaft, erinnert Ihr Euch? Ihr seid zu misstrauisch.«

Qordis lachte. »Nicht misstrauisch, nur vorsichtig. Es hat mir geholfen, meine Stellung hier unter so vielen mächtigen und ehrgeizigen jungen Sith zu behaupten.«

»Er ist ebenso mächtig wie sie«, sagte Kopecz.

»Aber er ist älter. Wir ziehen es vor, unsere Schüler zu finden, wenn sie jünger und, äh, formbarer sind.«

»Jetzt hört Ihr Euch an wie ein Jedi«, höhnte Kopecz. »Die Schüler, die sie sich nehmen, werden immer jünger, und die Meister hoffen, dass sie rein und unschuldig sind. Wenn das so weitergeht, werden sie bald alle abweisen, die keine Kleinkinder mehr sind. Wir müssen uns beeilen, uns jene zu holen, die sie zurücklassen. Und außerdem«, fuhr er fort, »ist Bane zu stark, um nicht aufzufallen, selbst für die Jedi. Wir hatten Glück, ihn vor ihnen gefunden zu haben.«

»Ja, Glück«, wiederholte Qordis mit vor Sarkasmus triefender Stimme. »Seine Ankunft hier scheint eine unglaublich glückliche Wendung der Ereignisse zu sein. Echtes Glück.«

»Einige könnten es so sehen«, gab Kopecz zu. »Andere betrachten es vielleicht als Schicksal.«

Stille senkte sich herab, während Qordis die Worte des Mannes bedachte, der so lange sein Rivale gewesen war. »Die anderen Schüler wurden schon seit Jahren ausgebildet. Er wird weit hinter ihnen herhinken«, sagte er schließlich.

»Er wird sie einholen, wenn er die Gelegenheit erhält«, erklärte Kopecz beharrlich.

»Ich frage mich nur ... werden die anderen ihm diese Gelegenheit geben? Nicht, wenn sie schlau sind. Ich fürchte, wir werfen einfach einen von Lord Kaans besten Soldaten weg.«

»Wir wissen beide, dass wir die Jedi nicht mit Soldaten besiegen können«, fauchte Kopecz. »Ich tausche gerne tausend unserer besten Soldaten gegen einen Sith-Meister ein.«

Qordis schien verblüfft über diese leidenschaftliche Reaktion. »Er ist so stark? Dieser Bane?«

Kopecz nickte. »Ich glaube, er könnte derjenige sein, nach dem wir gesucht haben. Er könnte der Sith'ari sein.«

»Bevor er diesen Titel beanspruchen kann«, sagte Qordis mit tückischem Lächeln, »wird er erst einmal seine Ausbildung überleben müssen.«

Teil Zwei

Kapitel 9

Frieden ist eine Lüge. Es gibt nur Leidenschaft.
Durch Leidenschaft erlange ich Kraft.
Durch Kraft erlange ich Macht.
Durch Macht erlange ich den Sieg.
Der Sieg zerbricht meine Ketten.

Kopecz war weg, hatte sich wieder Kaans Armee und dem Krieg gegen die Jedi und die Republik angeschlossen. Bane war in der Sith-Akademie auf Korriban geblieben, um den Weg der Sith zu beschreiten. Seine erste Lektion begann am nächsten Morgen bei Lord Qordis persönlich.

»Die Grundsätze der Sith sind mehr als nur Worte, die man auswendig lernt«, erklärte der Meister der Akademie seinem neuesten Schüler. »Lerne sie, verstehe sie. Sie werden dich zur wahren Kraft der Macht führen: zur Macht der Dunklen Seite.«

Qordis war größer als Kopecz. Er war sogar größer als Bane. Er war sehr dünn und trug ein schwarzes, weites Gewand, dessen Kapuze er zurückgeschoben und um seine Schultern drapiert hatte. Er war vielleicht ein Mensch, aber etwas an seinem Aussehen schien nicht so recht zu stimmen. Seine Haut hatte eine unnatürliche, kreidige Farbe, was noch betont wurde durch die glitzernden Edelsteine der vielen Ringe an seinen schlanken Fingern. Seine Augen waren dunkel und lagen tief in den Höhlen. Seine Zähne waren scharf und spitz, die Fingernägel gefährlich gebogene Krallen.

Bane kniete vor ihm, ebenso in ein dunkles Gewand mit zurückgeschobener Kapuze gekleidet. An diesem Morgen hatte er den Kodex der Sith zum ersten Mal gehört, und die Worte waren für ihn neu und geheimnisvoll. Sie wirbelten durch die Unterströmungen seines Geistes und schoben sich von dort aus hin und wieder in seine bewussten Gedanken, während er versuchte, ihre tiefere Bedeutung zu begreifen. *Frieden ist eine Lüge. Es gibt nur Leidenschaft.* Er wusste, dass zumindest dieser erste Lehrsatz der Wahrheit entsprach. Sein ganzes Leben war der Beweis dafür.

»Kopecz sagt, du kommst als vollkommen unerfahrener Schüler zu uns«, stellte Qordis fest. »Er sagt, man hat dich nie in der Benutzung der Macht ausgebildet.«

»Ich lerne schnell«, versicherte ihm Bane.

»Ja ... und du bist stark in der Macht der Dunklen Seite. Aber das gilt für alle, die hierherkommen.«

Bane war nicht sicher, wie er darauf antworten sollte, und kam zu dem Schluss, dass es am klügsten wäre zu schweigen.

»Was weißt du über diese Akademie?«, fragte Qordis schließlich.

»Die Schüler hier lernen, wie man die Macht benutzt. Ihr und die anderen Sith-Lords lehren sie die Geheimnisse der Dunklen Seite.« Nach kurzem Zögern fügte er noch hinzu: »Und ich weiß, dass es noch viele andere Akademien wie diese gibt.«

»Nein«, verbesserte Qordis. »Nicht wie diese. Es stimmt, dass wir überall in unserem stetig wachsenden Reich auch andere Ausbildungseinrichtungen haben, Orte, an denen vielversprechende Personen darin unterrichtet werden, ihre Kräfte zu beherrschen und zu benutzen. Aber jede dieser Einrichtungen ist einzigartig, und wohin ein individueller Schüler geschickt wird, hängt davon ab, welches Potenzial wir in ihm sehen.

Jene mit deutlichen, aber begrenzten Fähigkeiten werden nach Honoghr, Gentes oder Gamorr geschickt, um zu Sith-Kriegern oder Plünderern ausgebildet zu werden. Dort bringt man ihnen bei, ihre Emotionen zu gedankenloser Wut und Kampfeszorn zu bündeln. Die Macht der Dunklen Seite verwandelt sie in wütende Ungeheuer, die unseren Feinden Tod und Verwüstung bringen.«

Durch Leidenschaft erlange ich Kraft, dachte Bane. Aber als er schließlich sprach, sagte er: »Brutale Kraft allein genügt nicht, um die Republik zu stürzen.«

»Das ist wahr«, stimmte Qordis ihm zu. Bane erkannte an seiner Stimme, dass er gesagt hatte, was sein Meister hören wollte.

»Jene mit größeren Fähigkeiten schicken wir auf Planeten, die sich unserer Sache, der Vernichtung der Republik, angeschlossen haben: Ryloth, Umbara, Nar Shadaa. Diese Schüler werden Schattengeschöpfe, lernen die Dunkle Seite zu nutzen, um sich besser verbergen, besser täuschen und besser manipulieren zu können. Jene, die die Ausbildung überleben, werden Attentäter, denen keiner etwas entgegensetzen kann und die imstande sind, sich der Dunklen Seite zu bedienen, um zu töten, ohne auch nur einen einzigen Muskel zu bewegen.«

»Und dennoch können auch sie den Jedi nichts anhaben«, fügte Bane hinzu, denn er glaubte zu verstehen, in welche Richtung diese Lektion ging.

»Genau«, bestätigte sein Meister. »Die Akademien auf Dathomir und Iridonia sind dieser hier am ähnlichsten. Die Schüler werden von Sith-Meistern unterrichtet. Die Erfolgreichen unter ihnen werden jene Adepten, die die Reihen unserer Armeen vergrößern. Sie sind sozusagen das Gegenstück zu den Jedi-Rittern, die sich unserer ultimativen Eroberung in den Weg stellen.

Aber so, wie selbst die Jedi-Ritter den Jedi-Meistern gehorchen müssen, gehorchen diese Adepten den Sith-Lords. Und Personen mit dem Potenzial, Sith-Lords zu werden – und nur jene mit solchem Potenzial –, werden hier auf Korriban ausgebildet.«

Bane spürte einen Schauder der Erregung. *Durch Kraft erlange ich Macht.*

»Korriban war einmal das Zuhause der Sith«, erklärte Qordis. »Dieser Planet ist ein Ort großer Kraft. Die Dunkle Seite lebt tief im Kern dieser Welt.«

Er hielt inne und streckte langsam die hagere Hand aus, mit der Handfläche nach oben. Es war beinahe, als hielte er etwas Unsichtbares – etwas Kostbares, Unbezahlbares – in seinen klauenartigen Fingern.

»Der Tempel, in dem wir uns hier befinden, wurde schon vor vielen Tausend Jahren errichtet, um diese Kraft zu sammeln und zu konzentrieren. Hier spürt man die Dunkle Seite am intensivsten.« Er schloss die Faust so fest, dass seine langen Fingernägel sich in seine Handfläche bohrten und die Wunden zu bluten begannen. »Man hat dich auserwählt, weil du über großes Potenzial verfügst«, flüsterte er. »Großes wird von den Schülern hier auf Korriban erwartet. Diese Ausbildung ist schwierig, aber die Belohnungen für jene, die Erfolg haben, sind groß.«

Durch Macht erlange ich den Sieg.

Qordis streckte die Hand aus und legte seine blutende Handfläche auf Banes kahlen Kopf, um ihn mit dem Blut eines Sith-Lords zu salben. Bane hatte als Soldat genug Blut gesehen, aber aus irgendeinem Grund fand er diese rituelle Handlung abstoßender als alles, was er auf dem Schlachtfeld erblickt hatte. Er musste sich anstrengen, um nicht zurückzuweichen.

»Du hast das Potenzial, einer von uns zu werden – zur Bruderschaft der Dunkelheit zu gehören. Gemeinsam können wir die Fesseln der Republik abwerfen.«

Der Sieg zerreißt meine Ketten.

»Aber selbst jene mit Potenzial können versagen«, schloss Qordis. »Ich verlasse mich darauf, dass du uns nicht enttäuschen wirst.«

Das hatte Bane nicht vor.

Die nächsten Wochen vergingen schnell, denn Bane stürzte sich mit aller Kraft in seine Studien. Zu seiner Überraschung entdeckte er, dass sein Mangel an Erfahrung mit der Macht eher die Ausnahme als die Regel war. Viele Schüler waren schon monate- oder jahrelang ausgebildet worden, bevor sie in die Akademie auf Korriban aufgenommen worden waren.

Zunächst beunruhigte das Bane. Er hatte seine Ausbildung gerade erst begonnen und hing bereits zurück. In dieser vollkommen wettbewerbsorientierten, gnadenlosen Umgebung würde er damit für jeden anderen Schüler ein leichtes Ziel sein. Aber als er länger darüber nachdachte, begann er zu erkennen, dass er vielleicht nicht so verwundbar war, wie er gedacht hatte.

Er war als einziger Schüler der Akademie imstande gewesen, die Kraft der Dunklen Seite ohne jegliche Ausbildung zu manifestieren. Er hatte sie so häufig benutzt, dass er sie bereits für selbstverständlich hielt. Sie hatte ihm beim Kartenspiel und bei Schlägereien Vorteile über seine Gegner verschafft. Im Krieg hatte sie ihn vor Gefahren gewarnt und ihm selbst in Situationen den Sieg gebracht, die er ansonsten unmöglich hätte überleben können.

Und bei alldem war er nur seinem Instinkt gefolgt, ohne Ausbildung, ohne auch nur eine klare Idee davon, was er da eigentlich tat. Nun brachte man ihm zum ersten Mal bei, seine Fähigkeiten bewusst zu nutzen. Nein, er brauchte sich wegen der anderen Schüler keine Gedanken zu machen ... wenn überhaupt, dann sollten sie seinetwegen besorgt sein. Wenn er seine Ausbildung beendet hatte, würde keiner der anderen ihm gleichkommen können.

Er wurde überwiegend von Qordis und den anderen Meistern unterrichtet: Kas'im, Orilltha, Shenayag, Hezzoran und Borthis. Es gab auch Gruppenunterricht in der Akademie, aber eher selten. Man erlaubte nicht, dass die Schwachen und Langsamen die Starken und Ehrgeizigen zurückhielten. Schüler lernten ihrem eigenen Tempo entsprechend, getrieben von ihrem Bedürfnis und ihrer Gier nach Macht. Es kamen jedoch beinahe sechs Schüler auf jeden Meister, und die Schüler mussten zeigen, was sie konnten, bevor einer der Lehrer wertvolle Zeit damit verschwendete, ihnen die Geheimnisse der Sith beizubringen.

Bane mochte neu in der Akademie sein, aber es fiel ihm leicht, die Aufmerksamkeit der Sith-Lords zu erringen, besonders die von Qordis. Er wusste, dass das unvermeidlich zu Feindseligkeiten vonseiten der anderen Schüler führen würde, aber er zwang sich, nicht darüber nachzudenken. Mit der Zeit würden die zusätzlichen Belehrungen durch die Meister ihm gestatten, die anderen einzuholen und schließlich besser zu werden als sie; und sobald das der Fall war, brauchte er sich wegen ihrer kleinlichen Eifersüchteleien keine Gedanken mehr zu machen. Bis dahin war er bemüht, ihnen aus dem Weg zu gehen und nicht aufzufallen.

Wenn er nicht von den Meistern unterrichtet wurde, ging er häufig in die Bibliothek und studierte die alten Aufzeichnungen. Die Jedi hatten ein Archiv in ihrem Tempel in Coruscant, und so hatten auch die Sith begonnen, im Archiv des Tempels von Korriban Informationen zu sammeln und aufzubewahren. Anders als die Jedi-Bibliothek, in der die meisten Daten auf elektronische Weise – als Hologramme und Holocrone – aufbewahrt wurden, beschränkte sich die Sith-Sammlung auf Schriftrollen und Bücher. In den dreitausend Standardjahren, seit Darth Revan die Republik beinahe zerstört hätte, hatten die Jedi unermüdlich darum gekämpft, die Lehrwerkzeuge der Dunklen Seite zu zerstören. Alle bekannten Sith-Holocrone waren entweder vernichtet oder zum Jedi-Tempel nach Coruscant gebracht worden, um sie dort sicher aufzubewahren. Es gab viele Gerüchte über unentdeckte Sith-Holocrone – entweder versteckt auf abgelegenen Planeten oder gierig gehortet von einem der Dunklen Meister, der sein geheimes Wissen für sich behalten wollte. Aber alle Anstrengungen der Bruderschaft, diese verlorenen Schätze zu finden, hatten sich bisher als vergeblich erwiesen und zwangen sie, auf primitive Techniken wie Pergament und Flimsiplast zurückzugreifen.

Da die Sammlung ständig ergänzt wurde, waren die Karteien und Schlagwortverzeichnisse hoffnungslos veraltet. Im Archiv nach etwas Bestimmtem zu suchen erwies sich häufig als vergeblich oder frustrierend, und die meisten Schüler kamen daher zu dem Schluss, ihre Zeit sei besser verwendet, wenn sie direkt von den Meistern lernten oder versuchten, sie zu beeindrucken.

Vielleicht lag es daran, dass Bane älter war als die meisten, oder vielleicht hatten seine Jahre im Bergbau ihn Geduld gelehrt – was immer der Grund sein mochte, er verbrachte jeden Tag mehrere Stunden mit dem Studium der alten Aufzeichnungen. Er fand sie faszinierend. Viele Schriftrollen waren historische Werke über alte Schlachten, oder sie priesen die Taten der Sith-Lords der Vergangenheit. Die Informationen an sich hatten kaum einen praktischen Nutzen, aber Bane konnte jedes individuelle Werk als das betrachten, wofür es stand: ein winziges Stück eines viel größeren Puzzles, den Hinweis auf ein erheblich umfassenderes Verständnis.

Das Archiv ergänzte, was er von den Meistern lernte. Es lieferte den Kontext zu abstrakten Lektionen. Bane hatte das Gefühl, dass dieses uralte Wissen später einmal der Schlüssel zu seinem vollen Potenzial sein würde. Und so nahm sein Verständnis der Macht langsam Gestalt an.

Die Macht war geheimnisvoll und unerklärlich, und gleichzeitig war sie natürlich und grundlegend: eine fundamentale Energie, die das Universum und alle lebenden Dinge darin miteinander verband. Diese Energie, diese Kraft, konnte genutzt werden. Man konnte sie manipulieren und beherrschen. Und durch die Lehren der Dunklen Seite erfuhr Bane, wie man das machte. Er führte seine Meditationen und Übungen täglich durch, oft unter dem wachsamen Auge von Qordis. Nach nur ein paar Wochen wusste er, wie man kleine Gegenstände bewegte, einfach, indem man daran dachte – etwas, das er kurze Zeit zuvor noch für vollkommen unmöglich gehalten hätte.

Aber ihm war jetzt auch klar, dass dies nur der Anfang sein konnte. Er begann, eine große Wahrheit auf einer tiefen, fundamentalen Ebene zu begreifen: Die Kraft zu überleben musste aus ihm selbst kommen. Andere würden ihn immer im Stich lassen, Freunde, Familie, Kameraden ... am Ende musste jeder für sich allein stehen. Wenn man in Not war, musste man sich auf sich selbst verlassen.

Die Dunkle Seite nährte die Kraft des Individuellen. Die Lehren der Sith-Meister machten ihn stärker. Indem er sie zufriedenstellte, konnte er sein volles Potenzial erschließen, und eines Tages würde er einer von ihnen sein.

Als die erste Angriffswelle erfolgte, war die Flotte der Republik, die im Orbit um Ruusan kreiste, vollkommen unvorbereitet. Der dicht bewaldete Planet, klein und politisch vollkommen unbedeutend, war von ihnen als Ausgangsbasis für vernichtende Überfälle auf die Sith-Streitkräfte im nahen Kashyyyk-System genutzt worden. Nun hatte der Feind die gleiche Strategie gegen sie angewandt.

Die Sith schlugen vollkommen überraschend zu. Ihre Schiffe traten alle gleichzeitig aus dem Hyperraum: beinahe ein Selbstmordmanöver für eine Flotte dieser Größe. Bevor auch nur

Alarm gegeben werden konnte, wurden die Schiffe der Republik von drei Dreadnaught-Kreuzern, zwei Corsair-Kampfschiffen, Dutzenden von Abfangjägern und zwanzig Buzzard-Jägern angegriffen. Und an der Spitze dieses Angriffs stand das Flaggschiff der Bruderschaft der Dunkelheit, der Sith-Zerstörer *Nightfall.*

In seiner Meditationskugel an Bord der *Nightfall* leitete Lord Kaan den Angriff. In dieser Kammer konnte er sich mit allen anderen Schiffen in Verbindung setzen und seine Befehle in dem Wissen ausgeben, dass sie sofort und vollständig befolgt würden. Es wimmelte hier von Bildern und Geräuschen: leuchtende Monitore und blinkende Schirme informierten ihn ständig über die neuesten Entwicklungen auf dem Schlachtfeld.

Der Dunkle Lord gönnte ihnen jedoch nicht einen einzigen Blick. Seine Wahrnehmung ging weit über den Meditationsraum, weit über die Daten hinaus, die diese elektronischen Geräte laufend ausspuckten. Er wusste, wo sich jedes einzelne Schiff befand, das in diesen Kampf verwickelt war – sowohl seine eigenen als auch die des Feindes. Er konnte jede abgeschossene Salve spüren, jede Ausweichbewegung, Vorstoß und Gegenvorstoß eines jeden Schiffs. Häufig spürte er sie, bevor sie sich auch nur ereigneten.

Er hatte in intensiver Konzentration das Gesicht verzogen und atmete schwer und keuchend. Schweißtropfen liefen über seinen zitternden Körper. Die Anstrengung war gewaltig, aber mithilfe der Meditationskugel erhielt er seine Konzentration aufrecht und bediente sich der Dunklen Seite der Macht, um das Ergebnis des Konflikts trotz seiner körperlichen Erschöpfung zu beeinflussen.

Die Kunst der Kampfmeditation – eine Waffe, die von den Sith-Zauberern der alten Zeit an diese Generation weitergegeben worden war – schleuderte die Feinde ins Chaos, nährte sich von ihrer Angst und Hoffnungslosigkeit, zerschmetterte ihre

Herzen und ihren Geist mit finsterster Verzweiflung. Jede falsche Bewegung des Feindes wurde vergrößert, Zögern wuchs rasch zu einer Kaskade von Fehlern und Irrtümern, die selbst die diszipliniertesten Soldaten überwältigte. Die Schlacht hatte gerade erst begonnen, und sie war bereits so gut wie vorüber.

Die Flotte der Republik befand sich in vollkommener Auflösung. Zwei ihrer vier Großkampfschiffe der Hammerhead-Klasse hatten beim ersten Beschuss durch die Buzzards ihre Hauptschilde verloren. Nun griffen die Sith-Dreadnaughts an und nahmen die plötzlich verwundbaren Hammerheads mit ihren vernichtenden vorderen Lasergeschützen ins Visier. Kurz bevor sie vollkommen hilflos geschossen wurden, gelang es den Schiffen der Republik so gerade eben, ihre eigenen Jäger zu starten, damit diese die schnell näher kommenden feindlichen Kreuzer abwehren konnten.

Die beiden anderen Großkampfschiffe wurden von der *Rage* und der *Fury* beschossen, den Schlachtschiffen der Sith. Die schwerfälligen Hammerheads der Republik waren davon abhängig, dass Hilfsschiffe eine Verteidigungsfront gegen feindliche Angreifer errichteten, während sie sich in Position brachten, um ihre schweren Geschütze nutzen zu können. Ohne eine solche Verteidigungsfront waren sie gegenüber den viel schnelleren und beweglicheren Corsairs so gut wie hilflos. Die *Rage* und die *Fury* schlugen einen Kurs ein, bei dem nur eine geringe Anzahl der Geschütze der Hammerheads sie erfassen konnten, dann fegten sie vor dem Bug der großen Schiffe vorbei, aus allen Rohren feuernd. Wenn die Hammerheads zu manövrieren versuchten, um mehr Geschütze auszurichten, drehten sich die Corsairs und kehrten zu einem weiteren Anflug auf leicht verändertem Kurs zurück, wobei sie noch mehr Schaden anrichteten. Dieses wilde Manöver war als »das Deck aufreißen« bekannt, und ohne die Unterstützung von Jägern oder anderen Kampfschiffen würden die Großkampfschiffe der Republik sich nicht mehr lange widersetzen können.

Es war jedoch unwahrscheinlich, dass sie Hilfe erhalten würden. Das Patrouillenschiff war bereits eine verbrannte, leblose Hülse, gleich in den ersten Sekunden des Angriffs von den Geschützen der *Nightfall* vernichtet, bevor es auch nur seine Schilde aktivieren konnte. Die anderen beiden waren von Abfangjägern umgeben, und die Lasergeschütze der *Nightfall* beschossen sie mit Breitseiten. Sie würden nicht viel länger funktionsfähig bleiben als das erste Schiff.

Kaan konnte es spüren: Panik hatte die Soldaten und Offiziere der Republik ergriffen. Seine Strategie war auf maximalen Schaden ausgerichtet, machte seine eigenen Schiffe aber auch einem gut organisierten Gegenangriff gegenüber verwundbar. Es gab allerdings keinen solchen Gegenangriff. Die Kommandanten der Republik waren nicht imstande, ihre Anstrengungen zu koordinieren und eine einheitliche Verteidigungsfront zu errichten. Sie konnten nicht einmal einen richtigen Rückzug organisieren ... Flucht war unmöglich. Der Sieg gehörte ihm!

Aber dann war die *Fury* plötzlich verschwunden, ausgelöscht von einer Explosion, die das Schiff zerriss. Es war so schnell passiert, dass Kaan es trotz des vorausschauenden Potenzials seiner Kampfmeditation nicht hatte kommen sehen. Die beiden Hammerheads hatten sich in Tangentialwinkeln zur *Fury* gedreht und sie dann beide gleichzeitig ins Visier genommen. Ein Schiff hatte die Schilde der *Fury* mit seinen vorderen Geschützen beschossen, das andere Salve um Salve von Laserfeuer auf die gleiche Stelle gerichtet und eine massive Explosion bewirkt, die das Kampfschiff sofort zerstörte. Es war ein brillantes Manöver: zwei Schiffe, die trotz der gnadenlosen Angriffe ihre Anstrengungen vollendet koordinierten, um einen gemeinsamen Feind zu vernichten.

Das hätte eigentlich vollkommen unmöglich sein sollen.

Kaan befahl der *Rage* ein Ausweichmanöver; das Schiff löste sich aus der Angriffsformation, während die Hammerheads bereits das Feuer eröffneten, und entging knapp dem Schicksal seines Schwesterschiffs. Die Dreadnaughts, die sich dem schwer beschädigten Hammerhead genähert hatten, waren ebenfalls gezwungen, ihren Kurs zu ändern, als vier Staffeln von Jägern der Republik aus den Frachtbuchten dieser scheinbar hilflosen Beute brachen.

Selbst unter idealen Bedingungen wäre es schwierig gewesen, die Jäger so schnell abzusetzen; in dieser Situation war es eigentlich undenkbar. Und dennoch konnte Kaan sie spüren: beinahe fünfzig Aurek-Jäger in enger Formation, die den Angriff auf die Dreadnaughts führten, während alle vier Hammerheads sich zurückzogen. Sie etablierten eine Verteidigungsfront!

Lord Kaan ließ sich von der Macht der Dunklen Seite erfüllen und dehnte seine Wahrnehmung aus, um den Geist der Feinde zu berühren. Sie waren grimmig, aber nicht verzweifelt. Einige hatten Angst, aber niemand geriet in Panik. Er nahm nur Disziplin, Zielbewusstsein und Entschlossenheit wahr. Und dann spürte er noch etwas anderes. Eine andere Präsenz in der Schlacht.

Es war subtil, aber er war sicher, dass dies in den ersten paar Minuten des Angriffs nicht vorhanden gewesen war. Jemand nutzte die Macht, um die Moral der Truppen der Republik zu stützen. Jemand benutzte die helle Seite der Macht, um die Auswirkungen von Kaans Kampfmeditation aufzuheben und das Blatt zu wenden. Nur ein Jedi-Meister hätte die Kraft, sich dem Willen eines Sith-Lords zu widersetzen.

Kopecz spürte es ebenfalls. Er war gerade damit beschäftigt, seinen Abfangjäger in wilden Ausweichbewegungen hin und her zu ziehen, um dem Beschuss durch die Nahbereichsgeschütze des Hammerheads zu entgehen, als die Präsenz des Jedi-Meisters über ihn hereinbrach wie eine Woge. Er war so überrascht, dass er für einen Sekundenbruchteil die Konzentration verlor. Für jeden anderen Piloten hätte das den Tod bedeutet, aber Kopecz war kein gewöhnlicher Pilot.

Die Schnelligkeit, mit der er reagierte, war aus dem Instinkt geboren, durch Übung geschliffen und wurde von der Kraft der Dunklen Seite gestützt. Er drosselte sein Tempo radikal und schob fest den Steuerknüppel nach vorn. Der Jäger ging in einen steilen Sturzflug und schoss knapp unter drei aufeinanderfolgenden Salven der Ionengeschütze des Hammerheads hindurch. Dann riss Kopecz das Schiff wieder hoch, ging in eine breite Rolle und kehrte zurück zum größten der vier Kreuzer der Republik. Der Jedi befand sich auf diesem Schiff. Er konnte ihn spüren: Die Macht strahlte von dem Schiff aus wie ein Leuchtfeuer. Nun würde Kopecz den Jedi töten.

Auf der *Nightfall* befand sich Kaan ebenfalls in tödlichem Zweikampf mit dem Jedi-Meister, obwohl dieser Kampf indirekt durch die Schiffe und Piloten der Flotten geführt wurde. Die Republik verfügte über mehr Schiffe mit größerer Feuerkraft; Kaan hatte sich auf das Überraschungselement und auf seine Kampfmeditation verlassen, um den Sith einen Vorteil zu geben. Nun jedoch waren diese beiden Vorteile zunichtegemacht. Trotz seiner Kraft war der Dunkle Lord kein Experte in der seltenen Kunst der Kampfmeditation. Es war eine von vielen Begabungen, und er hatte daran gearbeitet, sie alle gleichermaßen zu entwickeln. Der Jedi, mit dem er es zu tun hatte, war jedoch vermutlich von Geburt an für eine solche Konfrontation ausgebildet worden. Das Kriegsglück wendete sich langsam, und so etwas wie Verzweiflung ergriff den Dunklen Lord.

Er konzentrierte seine Willenskraft und schlug mit einem plötzlichen Anschwellen der Kraft der Dunklen Seite zu, ein verzweifelter Versuch, den Kampf wieder unter seine Herrschaft zu bringen. Angetrieben von Adrenalin, Blutdurst und dem unwiderstehlichen Zwang ihres Anführers versuchten zwei Jägerpiloten der Sith-Flotte, ihre Schiffe in die nächste Aurek-Staffel zu steuern, entschlossen, die Formation des Feinds mit einem Selbstmordangriff aufzubrechen. Aber die Piloten der Republik gerieten nicht in Panik und lösten sich nicht aus der Formation, um diesem verwegenen Angriff auszuweichen. Stattdessen begegneten sie ihm direkt, beschossen die feindlichen Jäger und vaporisierten sie, bevor sie Schaden anrichten konnten.

Auf der anderen Seite der Schlacht durchbrach Kopecz' Jäger den Verteidigungsring, der rings um das Großkampfschiff und seine kostbare Jedi-Fracht errichtet worden war. Er war zu schnell und beweglich, als dass die Aurek-Jäger oder die Geschütztürme ihn ins Visier nehmen konnten. Er raste vorbei an den Verteidigern und steuerte sein Schiff direkt ins Herz des Haupthangars; die Drucktüren schlossen sich einen Sekundenbruchteil zu spät. Er eröffnete das Feuer, als sein Schiff über den Boden der Andockbucht rutschte und wirbelte, und tötete dabei die Soldaten, die das Pech hatten, sich in der Nähe zu befinden.

Als der Jäger zum Stehen gekommen war, riss er die Luke auf und sprang heraus. Er landete geschickt und zog und zündete sein Lichtschwert in einer einzigen geschmeidigen Bewegung. Der erste Schwung der leuchtend roten Klinge lenkte die Blasterschüsse der beiden Soldaten ab, die den ersten Angriff überlebt hatten. Ein weiterer Sprung führte den Twi'lek über die sechs Meter hinweg, die ihn von seinen Angreifern trennten; ein weiteres Zucken der Klinge machte ihrem Leben ein Ende.

Kopecz hielt inne, um die Situation einzuschätzen. Zerfetzte Leichen und verbogene Maschinenteile waren alles, was von Wartungsmannschaften und der Ausrüstung für die Jäger der Republik übrig geblieben war. Lächelnd ging der Dunkle Lord zu der Tür, die ins Innere des Großkampfschiffs führte.

Rasch und selbstsicher durchquerte er die Flure, geführt von der Ausstrahlung des Jedi-Meisters, wie ein Tuk'ata vom Duft eines Squellkäfers angezogen wird. Bald schon stellte sich ihm ein Sicherheitsteam entgegen. Die roten Abzeichen an ihren Ärmeln kennzeichneten die Soldaten als Angehörige einer besonders ausgebildeten Eliteeinheit: die besten Leibwächter, die das Militär der Republik zu bieten hatte. Kopecz wusste, dass sie gut gewesen sein mussten ... Einem gelang es sogar, seine Waffe zweimal abzufeuern, bevor die gesamte Gruppe Opfer seines Lichtschwerts wurde.

Er betrat einen großen Raum mit einer einzelnen Tür an der hinteren Wand. Was er suchte, befand sich hinter dieser Tür, aber zunächst verstellten ihm zwei Selkath – Amphibiengeschöpfe vom Planeten Manaan – den Weg mit ihren Lichtschwertern. Sie waren jedoch nur Padawane, Diener des Jedi-Meisters. Kopecz machte sich nicht einmal die Mühe, mit ihnen einen Lichtschwertkampf zu beginnen; das wäre unter seiner Würde gewesen. Stattdessen stieß er eine fleischige Faust nach vorn und benutzte die Macht, um die beiden durch den Raum zu schleudern. Der erste Padawan wurde vom Aufprall betäubt. Bis er unsicher wieder auf die Beine kam, war seine Kameradin bereits tot, erstickt von der Kraft der Dunklen Seite.

Der überlebende Padawan zog sich zurück, als Kopecz langsam näher kam; der Sith-Lord durchquerte den Raum mit gemessenem Schritt, während er seine Kraft sammelte. Er ließ sie in einem Strom von Elektrizität los, und blauviolette Blitze trafen sein unglückliches Opfer. Der Körper des Selkath tanzte unter Krämpfen mörderischer Schmerzen, bis seine qualmende Leiche schließlich zu Boden sackte.

Kopecz erreichte die Tür an der Rückseite des Raums, öffnete sie und betrat den kleinen Meditationsraum dahinter. Eine ältere Cereanerin, gekleidet in das schlichte braune Gewand einer Jedi-

Meisterin, saß im Schneidersitz auf dem Boden. Ihr faltiges Gesicht war schweißgebadet von der Anstrengung, ihre Meditation gegen Kaan und die Sith aufrechtzuerhalten.

Sie war erschöpft und entkräftet und keine wirkliche Gegnerin für den Sith-Lord, der sie hoch überragte. Dennoch versuchte sie nicht zu fliehen oder sich auch nur zu verteidigen. Da ihr Tod nur noch Sekunden entfernt war, konzentrierte sie Geist und Kraft vollkommen auf die Schlacht.

Kopecz musste gegen seinen Willen ihren Mut bewundern, noch während er sie methodisch niederschlug. Dass sie den Tod so ruhig akzeptierte, nahm seinem Sieg jede Freude. »Frieden ist eine Lüge«, murmelte er leise, als er wieder durch die Flure auf die Andockbucht und sein wartendes Schiff zueilte, bemüht, den Hammerhead zu verlassen, bevor die *Nightfall* oder eins der anderen Schiffe ihn in Stücke rissen.

Der Tod der Jedi-Meisterin wendete das Blatt erneut. Der Widerstand bröckelte, die Schlacht wurde zu einem Sieg der Sith, dann zu einem Gemetzel. Ohne den Schutz der Macht ließen sich die Soldaten der Republik vollkommen demoralisieren von der Verzweiflung und dem Schrecken, die Kaan ihrem Geist einflößte. Jene mit stärkerer Willenskraft richteten ihre Bemühungen darauf, dieser Schlacht lebendig zu entkommen. Die Willensschwächeren hofften nur noch auf einen schnellen und gnädigen Tod. Die Ersteren erhielten nicht, was sie wollten, die Letzteren schon.

Wieder in seinem Jäger, startete Lord Kopecz vom Hangar des Hammerhead, nur Sekunden, bevor das Großkampfschiff in einer blendenden, gewaltigen Explosion zerstört wurde.

Die Verluste der Sith an diesem Tag waren schwerer, als sie erwartet hätten, aber ihr Sieg war vollkommen. Kein einziges Schiff der Republik, kein einziger Pilot, kein einziger Soldat überlebte die erste Schlacht von Ruusan.

Kapitel 10

Banes Kraft wuchs. Nach nur ein paar Monaten der Ausbildung wusste er bereits viel über die Macht der Dunklen Seite. Körperlich fühlte er sich stärker als je zuvor. Bei den Trainingsläufen am Morgen konnte er fünf Kilometer beinahe mit Höchstgeschwindigkeit zurücklegen, bevor er auch nur schwer zu atmen begann. Seine Reflexe waren schneller, sein Geist und seine Sinne schärfer, als er sich jemals hätte vorstellen können.

Wenn nötig, konnte er die Macht durch seinen Körper leiten, was ihm neue Energie gab, die ihm gestattete, scheinbar Unmögliches zu tun: Er konnte aus dem Stand einen Salto schlagen, Stürze aus unglaublicher Höhe unverletzt überstehen und zehn Meter und höher senkrecht in die Luft springen.

Die ganze Zeit war er sich seiner Umgebung vollkommen bewusst und spürte die Präsenz von anderen sofort. Manchmal nahm er auch etwas von ihren Absichten wahr, vage Eindrücke ihrer Gedanken. Er konnte nun größere Gegenstände schweben lassen, und das für längere Zeit. Mit jeder Lektion wuchs seine Kraft. Es wurde für ihn einfacher und einfacher, sich der Macht zu bedienen und sie seinem Willen zu beugen. Und mit jeder Woche erkannte Bane, dass er einen weiteren Schüler überholt hatte, der ihm einmal voraus gewesen war.

Er verbrachte nun weniger Zeit im Archiv mit dem Studium der uralten Schriften. Seine ursprüngliche Faszination hatte nachgelassen, weggefegt von der Intensität des Lebens in der Akademie. Das Wissen von lange verstorbenen Meistern zu absorbieren war ein kaltes, steriles Vergnügen. Historische Aufzeichnungen stellten keine Alternative dar zu diesem Gefühl von Frische und Kraft, wenn er tatsächlich die Macht benutzte. Bane war Teil der Akademie und der Bruderschaft der Dunkelheit. Er war Teil des Jetzt, nicht der Vergangenheit.

Er begann, mehr Zeit mit den anderen Schülern zu verbringen. Er konnte bereits spüren, dass einige von ihnen eifersüchtig waren, obwohl keiner wagte, etwas gegen ihn zu unternehmen. Konkurrenz unter Schülern wurde ermutigt, und die Meister gestatteten, dass sie zu jener Feindseligkeit und jenem Hass wurden, die die Dunkle Seite antrieben. Aber es gab schwere Strafen für Schüler, die dabei erwischt wurden, die Ausbildung anderer zu stören.

Selbstverständlich verstanden alle, dass die Strafe eigentlich für das Verbrechen gedacht war, so dumm zu sein, dass man sich erwischen ließ. Verrat wurde stillschweigend akzeptiert, solange er tückisch genug angewandt wurde, um den Lehrern nicht ins Auge zu fallen. Banes phänomenaler Fortschritt schützte ihn vor den Intrigen der anderen Schüler; keiner hätte etwas gegen ihn unternehmen können, ohne damit die Aufmerksamkeit von Qordis oder den anderen Sith-Lords zu erregen.

Leider machte diese zusätzliche Aufmerksamkeit es Bane selbst ebenfalls schwer, Verrat, Manipulation oder ähnliche Techniken einzusetzen, um sich einen noch größeren Status zu verschaffen.

Es gab allerdings eine offiziell genehmigte Möglichkeit für Schüler, einen Rivalen zu demütigen: den Lichtschwertkampf. Für Jedi wie auch für Sith war das Lichtschwert mehr als nur eine Klinge aus Energie, die beinahe durch jedes Material in der bekannten Galaxis schneiden konnte. Ein gut eingesetztes Lichtschwert war eine Verlängerung seines Benutzers und seiner Beherrschung der Macht. Nur Personen von strengster geistiger Disziplin und vollkommener körperlicher Beherrschung konnten diese Waffe wirkungsvoll einsetzen ... das hatte man Bane und den anderen zumindest beigebracht.

Nur wenige Schüler verfügten bereits über ein Lichtschwert; sie mussten erst Qordis und den anderen beweisen, dass sie dieser Waffe würdig waren. Aber das hielt Lord Kas'im, den Twi'lek-Schwertmeister, nicht davon ab, sie in den Stilen und Techniken zu unterrichten, die sie anwenden würden, wenn sie sich erst ihre Waffen verdient hatten. Jeden Morgen versammelten die Schüler sich auf der weiten Fläche des Tempeldachs, um unter seinem wachsamen Auge zu üben und angestrengt exotische Manöver zu erlernen, die ihnen auf dem Schlachtfeld den Sieg bringen sollten.

Schweiß lief Bane bald schon über den kahlen Kopf und in die Augen, als er die vorgeschriebenen Übungen durchging. Er blinzelte die brennenden Tropfen weg und verdoppelte seine Anstrengung, ließ das Trainingsschwert wieder und wieder in der vorgeschriebenen Weise durch die Luft sausen. Rings um ihn her taten andere Schüler das Gleiche; sie alle bemühten sich, ihre körperlichen Grenzen auszudehnen und mehr zu werden als nur ein Krieger mit einer Waffe. Das Ziel bestand darin, eine Verlängerung der Dunklen Seite selbst zu sein.

Aber an der Akademie herrschte keine Atmosphäre der Kameradschaft. Die Schüler waren schlicht und ergreifend Rivalen, in vielerlei Hinsicht nicht anders als die Bergleute in seinen Tagen auf Apatros. Nun jedoch war die Isolation die Anstrengung wert. Hier lehrte man ihn die Geheimnisse der Dunklen Seite.

»Falsch!«, bellte Kas'im plötzlich. Er war vor den Reihen der Schüler auf und ab gegangen, aber nun blieb er direkt neben Bane stehen. »Schlagt mit Bosheit und Präzision zu!« Er streckte die Hand aus, packte Banes Handgelenk, drehte es grob um und veränderte den Winkel der Trainingsklinge. »Du setzt den Schlag zu hoch an!«, erklärte er verärgert. »Hier gibt es keinen Raum für Fehler!«

Er blieb mehrere Sekunden an Banes Seite und beobachtete ihn, um sich zu überzeugen, dass der Schüler die Lektion wirklich gelernt hatte. Nach mehreren festen Schlägen, die Bane mit verändertem Griff durchführte, nickte der Schwertmeister anerkennend und setzte seine Runde fort.

Bane wiederholte die Bewegung wieder und wieder, sorgfältig darauf bedacht, Höhe und Winkel der Klinge genau so beizubehalten, wie Kas'im es ihm gezeigt hatte, und seine Muskeln durch die zahllosen Wiederholungen zu trainieren, bis sie die Bewegung jedes Mal makellos reproduzieren konnten. Erst dann würde er damit beginnen, diesen Schlag zum Teil eines komplizierteren Manövers zu machen.

Bald schon atmete er schwer aufgrund der Anstrengung. Körperlich waren Kas'ims Unterrichtsstunden nicht mit der stundenlangen Arbeit mit einem hydraulischen Hammer in einer Cortosis-Mine vergleichbar. Aber auf andere Weise waren sie erheblich anstrengender. Sie verlangten intensive Konzentration, eine Aufmerksamkeit für Einzelheiten, die weit über das Sichtbare hinausging. Wahre Meisterschaft der Klinge erforderte die Verbindung von Körper und Geist.

Wenn zwei Meister einen Lichtschwertkampf führten, bewegten sie sich zu schnell, als dass das Auge die Aktionen verfolgen oder der Geist reagieren konnte. Alles musste den Instinkten folgen; der Körper musste ausgebildet werden, sich ohne die Anleitung bewusster Gedanken zu bewegen und zu reagieren. Um das zu erreichen, ließ Kas'im seine Schüler Sequenzen üben, sorgfältig berechnete Serien von Schlägen in ihrem jeweiligen Stil. Diese Sequenzen waren vom Schwertmeister selbst so entworfen, dass jedes Manöver glatt ins nächste überging und die Wirksamkeit eines Angriffs unendlich erhöhte, ohne den Kämpfer verwundbarer zu machen.

Eine Sequenz im Zweikampf zu benutzen erlaubte den Schülern, ihren Geist zu befreien, während ihre Körper die Bewegungen automatisch ausführten. Sequenzen zu benutzen war wirkungsvoller und schneller, als über jeden einzelnen Schlag, jede einzelne Abwehr nachzudenken, und lieferte einen gewaltigen Vorteil gegenüber einem Gegner, der mit der Technik nicht vertraut war.

Es war jedoch ein langer, anstrengender Prozess, eine neue Sequenz so lange zu trainieren, bis sie in Fleisch und Blut überging und angemessen ausgeführt werden konnte. Viele brauchten zwei oder drei Wochen dazu – oder länger, wenn die Sequenz sich eines Stils bediente, den der Schüler noch nicht wirklich gemeistert hatte. Und selbst der kleinste Fehler in der unwichtigsten Bewegung konnte die gesamte Sequenz wertlos machen.

Kas'im hatte einen möglicherweise tödlichen Makel in Banes Technik entdeckt. Nun war Bane entschlossen, diesen Fehler zu bereinigen, selbst wenn das stundenlange Übung in seiner Freizeit bedeutete. Er war gnadenlos in seinem Bestreben nach Perfektion – nicht nur, was das Kampftraining anging. Er hatte ein Ziel.

»Genug!«, erklang Kas'ims Stimme. Bei diesem schlichten Wort hörten alle Schüler auf mit dem, was sie gerade taten, und wandten sich dem Schwertmeister zu. Er stand am Kopf der Versammlung und sah sie an.

»Ihr könnt euch zehn Minuten ausruhen«, sagte er. »Dann beginnen die Herausforderungen.«

Bane ließ sich ebenso wie die meisten anderen in Meditationshaltung nieder, die Beine gekreuzt unter sich. Er legte das Trainingsschwert neben sich auf den Boden, schloss die Augen, ließ sich in eine leichte Trance fallen und benutzte die Dunkle Seite, um den Schmerz in seinen Muskeln zu vertreiben und seinen müden Geist zu erfrischen.

Er ließ sich von dieser Kraft durchströmen und seinen Geist auf Wanderschaft gehen. Wie so oft musste er an das erste Mal denken, als er die Dunkle Seite berührt hatte. Nicht an dieses tastende, zufällige Streifen auf Apatros oder während seiner Soldatentage, sondern das erste wahre Erkennen der Macht.

Es war sein dritter Tag hier an der Akademie gewesen. Er hatte die Meditationstechniken angewandt, die man ihm beigebracht hatte, als er es plötzlich spürte. Es war wie ein Dammbruch, ein tosender Fluss, der durch ihn hindurchströmte und all seine Mängel wegwusch: seine Schwäche, seine Angst, seine Selbstzweifel. In diesem Augenblick hatte er verstanden, wieso er hier war. In diesem Moment hatte seine Verwandlung von Des zu Bane, vom einfachen Sterblichen zu einem Sith, wirklich begonnen.

Durch Macht erlange ich den Sieg.

Der Sieg zerreißt meine Ketten.

Bane wusste alles über Ketten. Einige waren offensichtlich: ein brutaler, liebloser Vater, mörderische Schichten im Bergwerk, Schulden bei einem gesichtslosen, mitleidlosen Konzern. Andere waren subtiler: die Republik und ihre idealistischen Versprechen eines besseren Lebens, zu dem es nie kam; die Jedi und ihr Schwur, die Galaxis von jeder Ungerechtigkeit zu befreien. Selbst seine Freunde bei den Zwielichtkriegern waren eine Art von Fessel gewesen. Er hatte sie gemocht und sich für sie verantwortlich gefühlt. Aber wozu waren sie am Ende gut gewesen, als er sie am meisten brauchte?

Nun verstand er, dass persönliche Bindungen ihn nur bremsten. Freunde waren eine Last. Er musste sich auf sich selbst verlassen. Am Ende war es immer so. Macht. Und mehr als alles andere versprach die Dunkle Seite Macht.

Er hörte die Geräusche von Bewegung rings um sich her; das leise Rascheln von Gewändern, als sich die anderen Schüler aus ihren Meditationen erhoben und auf den Herausforderungsring zugingen. Er griff mit einer Hand nach seinem Trainingsschwert und sprang auf, um sich ihnen anzuschließen.

Am Ende jeder Übungsstunde versammelte sich die Klasse in einem weiten, ungleichmäßigen Kreis oben auf dem Tempel. Jeder Schüler konnte in den Kreis treten und einen anderen herausfordern. Kas'im beobachtete diese Duelle genau, und wenn sie zu Ende waren, analysierte er das Geschehene für die Klasse. Die Sieger wurden für ihre Leistung gelobt, und ihr Status in der inoffiziellen Hierarchie der Akademie wuchs. Die Verlierer tadelte der Schwertmeister wegen ihrer Fehler, und sie mussten außerdem hinnehmen, dass ihr Prestige sich verringerte.

Als Bane mit seiner Ausbildung begann, hatten viele Schüler ihn herausgefordert. Sie wussten, dass er ein Neuling war, was die Macht anging, und sie konnten es kaum erwarten, den muskelbepackten Riesen vor ihren Mitschülern niederzuschlagen. Zunächst hatte er die Herausforderungen abgelehnt. Er wusste, dass ein Sieg bei einem solchen Duell der schnellste Weg war, an der Akademie Prestige zu erlangen, aber er war nicht dumm genug, sich zu einem Kampf verleiten zu lassen, den er garantiert verlieren würde.

In den vergangenen Monaten jedoch hatte er angestrengt daran gearbeitet, seinen Stil zu erlernen und seine Technik zu verfeinern. Er lernte neue Sequenzen schnell, und als Kas'im selbst eine Bemerkung über seine Fortschritte gemacht hatte, hatte sich Bane sicher genug gefühlt, um die Herausforderungen anzunehmen. Er siegte nicht jedes Mal, aber er gewann erheblich mehr Duelle, als er verlor, und stieg langsam zur höchsten Sprosse der Leiter auf. Heute fühlte er sich bereit, einen weiteren Schritt zu machen.

Die Schüler standen drei Reihen tief in einem Kreis von etwa zehn Metern Durchmesser. Kas'im trat in die Mitte. Er sagte nichts, sondern nickte nur – das Zeichen, dass die Herausforderungen beginnen sollten. Bane ging in die Mitte, bevor es jemand anders tun konnte.

»Ich fordere Fohargh heraus«, verkündete er mit volltönender Stimme.

»Ich nehme die Herausforderung an«, erklang die Antwort von irgendwo in der Menge auf der gegenüberliegenden Seite. Die Schüler traten beiseite, um den Herausgeforderten durchzulassen. Kas'im verbeugte sich leicht vor beiden Kombattanten und ging zum Rand des Rings, um ihnen Platz zu machen.

Fohargh war ein Makurth. In vielerlei Hinsicht erinnerte er Bane an die Trandoshaner, gegen die er in seinen Tagen bei den Zwielichtkriegern gekämpft hatte. Beide Spezies waren zweifüßige Sauroide – eidechsenähnliche Humanoide, deren Haut aus ledrigen grünen Schuppen bestand –, aber die Makurths hatten vier gebogene Hörner, die aus ihrem Oberkopf wuchsen.

Bane hatte schon einmal gegen Fohargh gekämpft, zu einem erheblich früheren Zeitpunkt in seiner Ausbildung – und verloren. Haushoch.

Die Makurths waren Nachtwesen. Wie die Bergarbeiter der Nachtschicht auf Apatros hatte Fohargh sich jedoch an einen für ihn unnatürlichen Zeitplan gewöhnt, um mit dem Rest der Schüler der Akademie trainieren zu können. Bei ihrem ersten Duell hatte Bane ihn unterschätzt und erwartet, er würde während der Tagesstunden träge und langsam sein. Diesen Fehler würde er nicht noch einmal machen.

Während Kas'im und die anderen Schüler schweigend zusahen, umkreisten die beiden Kämpfer einander im Ring, die Trainingsschwerter vor sich in der üblichen Bereitschaftsstellung ausgestreckt. Der Atem des Makurth drang mit Grunz- und Knurrlauten aus seinen zuckenden Nüstern, als er versuchte, seinen menschlichen Gegner einzuschüchtern. Hin und wieder stieß er ein kurzes Brüllen aus, schüttelte den vierfach gehörnten Eidechsenkopf und fletschte die gefährlichen Zähne. Als Bane zum letzten Mal diesem grünschuppigen, schnaubenden Dämon von einem Schüler gegenüberstand, hatte er sich tatsächlich von Foharghs Verhalten einschüchtern lassen. Nun ignorierte er es einfach.

Er griff mit einem schlichten Schlag von oben an, aber Fohargh reagierte rasch und lenkte ihn zur Seite ab. Statt des Knisterns und Summens von Klingen aus reiner Energie, die gegeneinanderstießen, war lautes Scheppern zu hören, als die Waffen aufeinandertrafen. Sofort sprangen die Kombattanten zurück und nahmen wieder die Ausgangspositionen ein.

Bane stürzte vor und zog die Klinge diagonal in einem lang gezogenen, schnellen Bogen von rechts unten nach links oben. Es gelang Fohargh erneut, den Angriff abzufangen, aber er geriet dabei aus dem Gleichgewicht und stolperte nach hinten. Bane versuchte, seinen Vorteil zu nutzen, und zog das Trainingsschwert von links nach rechts. Sein Gegner drehte sich aus dem Weg und bewegte sich rasch rückwärts, um Abstand zu gewinnen. Bane brach die halb vollendete Sequenz ab und nahm wieder die Ausgangsposition ein.

Auf Apatros hatten ihm seine latenten Fähigkeiten gestattet, die Bewegungen seines Gegners vorherzusehen und darauf zu reagieren. Hier jedoch hatten alle den gleichen Vorteil. Als Ergebnis erforderte ein Sieg eine Kombination aus Beherrschung der Macht und körperlichen Fähigkeiten.

Bane hatte in den letzten Monaten daran gearbeitet, sich diese körperliche Geschicklichkeit zu verschaffen. Als seine Fähigkeiten wuchsen, war er imstande gewesen, weniger und weniger von seiner geistigen Energie an die körperlichen Aspekte von Angriff und Verteidigung zu verschwenden. Das gestattete ihm, sich besser zu konzentrieren, und so konnte er die Macht einsetzen, um die Bewegungen seines Gegners vorherzusehen und gleichzeitig diese Fähigkeiten bei seinem Gegner zu stören.

Bei seinem letzten Kampf gegen Fohargh war Bane noch ein Neuling im Tempel gewesen. Er hatte nur eine Handvoll Sequenzen beherrscht. Nun kannte er beinahe hundert, und er konnte glatt vom Ende einer Sequenz zum Beginn der nächsten übergehen, was ihm eine gewaltige Spanne von Angriffs- und Verteidigungskombinationen gab. Und mehr Möglichkeiten machten es einem Gegner schwerer, die Macht zu benutzen, um seine Bewegungen vorwegzunehmen.

Fohargh war trotz seines furchterregenden Aussehens kleiner und leichter als sein menschlicher Gegner. Körperlich unterlegen gegenüber der brutalen Kraft von Banes Form V, war er gezwungen, den defensiven Stil von Form III einzusetzen, um die Angriffe des Menschen zurückzuhalten.

Bane wirbelte sein Trainingsschwert in einem raschen Schnörkel, sprang hoch in die Luft und stürzte sich von oben auf seinen Gegner. Fohargh parierte den Angriff, wurde aber zu Boden geschleudert; er rollte sich auf den Rücken und konnte sein Schwert gerade noch rechtzeitig vor sich bringen, um Banes nächsten Schlag abzuwehren. Ein Chor von Metall auf Metall erklang, als Banes Schläge wie Regen niederprasselten. Der Makurth verhinderte mit meisterhafter Verteidigung, dass er einen direkten Treffer hinnehmen musste, und riss Bane dann mit einer Beinpeitsche um. Nun lagen beide am Boden.

Sie kamen gleichzeitig wieder hoch wie Spiegelbilder, und ihre

Schwerter krachten mit einem weiteren lauten Klirren aufeinander, bevor sie sich abermals voneinander lösten. Von den Zuschauern war Flüstern und leises Murmeln zu hören, aber Bane tat sein Bestes, das nicht zu beachten. Sie hatten geglaubt, der Kampf wäre vorüber ... so wie er selbst. Er war enttäuscht, weil es ihm nicht gelungen war, seinen gestürzten Gegner zu besiegen, aber er wusste, dass der Sieg nahe war. Foharghs Verteidigung hatte einen hohen Preis gefordert: Sein Atem kam nun stoßweise, seine Schultern waren schlaff.

Wieder stürzte sich Bane auf Fohargh. Diesmal jedoch wich der Makurth nicht zurück. Er trat vor, stieß rasch zu und wechselte von Form III zu der präziseren und aggressiveren Form II. Dieses unerwartete Manöver überraschte Bane, und seine Reaktion auf die Änderung erfolgte eine Mikrosekunde zu spät. Sein Abwehrversuch konnte die Spitze der Klinge von seiner Brust wegstoßen, aber stattdessen versetzte Fohargh ihm nun einen Schlag auf die rechte Schulter.

Die Menge keuchte, Fohargh heulte triumphierend auf, und Bane schrie vor Schmerz, als das Schwert seiner plötzlich gefühllosen Hand entglitt. Ohne nachzudenken nutzte er die andere Hand, um seinen Gegner vor die Brust zu stoßen. Fohargh wich zurück, und Bane rollte sich in Sicherheit.

Dann kam er wieder auf die Beine und streckte die linke Hand zu dem Trainingsschwert aus, das drei Meter entfernt am Boden lag. Es sprang ihm in die Hand, und wieder nahm er die Ausgangsposition ein, wobei sein rechter Arm nutzlos an seiner Seite baumelte. Es gab Sith, die lernten, mit beiden Händen zu kämpfen, aber Bane hatte dieses fortgeschrittene Stadium noch nicht erreicht. Die Waffe fühlte sich seltsam an, und er kam sich ungeschickt vor, als er sie in der linken Hand hielt. So konnte er nicht gegen Fohargh bestehen. Der Kampf war vorüber.

Sein Gegner spürte das ebenfalls. »Niederlage ist bitter,

Mensch«, knurrte er in Basic. Seine Stimme war tief und drohend. »Ich habe dich besiegt; du hast verloren.«

Er bat Bane nicht, sich zu ergeben; Aufgeben war unmöglich. Er verhöhnte ihn einfach nur, demütigte ihn vor den anderen Schülern.

»Du hast wochenlang trainiert, um mich herauszufordern«, fuhr Fohargh mit seinem Hohn fort. »Du hast versagt. Der Sieg gehört abermals mir.«

»Dann komm und mach mir ein Ende!«, fauchte Bane zurück. Es gab nicht viel mehr, was er sagen konnte. Alles, was sein Feind in seinem schwerfälligen Basic von sich gegeben hatte, entsprach der Wahrheit, und die Worte gingen viel tiefer, als die stumpfe Schneide des Trainingsschwerts es konnte.

»Das hier endet, wenn *ich* es will.« Der Makurth ließ sich nicht verlocken.

Die Blicke der anderen Schüler bohrten sich in Bane; er konnte spüren, wie sie sein Leid in sich aufsaugten, während sie ihn anstarrten. Sie mochten ihn nicht, wegen der besonderen Aufmerksamkeit, die er von den Meistern erhalten hatte. Nun genossen sie sein Versagen.

»Du bist schwach«, erklärte Fohargh und wirbelte lässig sein eigenes Schwert in einem komplizierten, kunstvollen Muster. »Du bist zu leicht zu durchschauen.«

Hör auf!, hätte Bane am liebsten geschrien. *Mach ein Ende! Töte mich!* Aber trotz der Emotionen, die intensiver und intensiver wurden, weigerte er sich, seinem Gegner das Vergnügen zu machen, noch etwas zu sagen. Stattdessen ließ er das so gut wie nutzlose Schwert wieder zu Boden fallen. Im Hintergrund konnte er sehen, wie der Schwertmeister interessiert zusah, neugierig darauf, wie die Konfrontation ihr unvermeidliches Ende finden würde.

»Die Meister hätscheln dich. Sie widmen dir zusätzliche Zeit und Aufmerksamkeit. Mehr als den anderen. Mehr als mir.«

Bane hörte die Worte kaum mehr. Sein Herz klopfte so laut, dass er hören konnte, wie das Blut durch seine Adern rauschte. Buchstäblich bebend vor ohnmächtiger Wut, ließ er den Kopf hängen und ließ sich auf ein Knie nieder, entblößte seinen Nacken.

»Aber trotz all dieser Sonderbehandlung bist du immer noch schlechter als ich ... *Bane.* Der Fluch der Sith.«

Bane. Etwas in der Art, wie Fohargh das sagte, ließ Bane aufblicken. Genau so hatte sein Vater das Wort immer ausgesprochen.

»Dieser Name gehört mir«, flüsterte Bane drohend. »Niemand verwendet ihn gegen mich.«

Fohargh hörte ihn entweder nicht, oder es war ihm gleich. Er machte einen lässigen Schritt vorwärts. *»Bane.* Wertlos. Ein unbedeutendes Nichts. Die Meister haben ihre Zeit an dich verschwendet. Zeit, die sie besser anderen Schülern gewidmet hätten. Du hast dir den richtigen Namen ausgesucht, denn du bist wirklich der Fluch dieser Akademie!«

»Nein!« Mit diesem Schrei stieß Bane seine unverletzte Hand mit der Handfläche nach vorn, im gleichen Augenblick, als Fohargh vorsprang, um ihn zu töten. Energie der Dunklen Seite ging von seiner Handfläche aus, traf seinen Gegner im Sprung und schleuderte ihn zum Rand der Schülergruppe zurück, wo er vor Kas'ims Füßen landete.

Der Meister sah fasziniert, aber wachsam zu. Bane ballte langsam die Faust und stand wieder auf. Fohargh, auf dem Boden vor ihm, wand sich gequält, hatte beide Hände an der Kehle und rang nach Luft.

Anders als der Makurth hatte Bane seinem hilflosen Gegner nichts zu sagen. Er ballte die Faust fester, spürte die Macht, die durch ihn hindurchrauschte wie ein göttlicher Sturmwind, als er das Leben aus seinem Feind herauspresste. Foharghs Fersen trommelten einen Stakkatorhythmus auf das Steindach des

Tempels, und er krümmte sich. Er begann zu gurgeln, und rosafarbener Schaum kam zwischen seinen Lippen hervor.

»Das genügt, Bane«, sagte Kas'im mit kalter, ruhiger Stimme. Obwohl er nur Zentimeter von dem sich in Todeszuckungen windenden Schüler entfernt war, hatte er den Blick auf den gerichtet, der noch aufrecht stand.

Ein letztes Aufwallen von Macht toste durch Banes Kern und explodierte nach außen. Foharghs Körper erstarrte, und seine Augen verdrehten sich. Dann ließ Bane die Macht und seinen gefallenen Feind los, und der Körper des Makurth wurde schlaff, als der letzte Rest von Leben aus ihm herausgesickert war.

»Nun ist es genug«, sagte Bane, wandte der Leiche den Rücken zu und ging auf die Treppe zu, die in den Tempel führte. Der Kreis von Schülern öffnete sich schnell für ihn. Er brauchte nicht zurückzublicken, um zu wissen, dass Kas'im ihm sehr interessiert hinterherschaute.

Schon lange bevor er die Schritte hörte, spürte Bane, dass ihm jemand vom Tempeldach herunter folgte. Er wurde nicht langsamer, aber er blieb auf dem ersten Treppenabsatz stehen und drehte sich um, um der Person entgegenzusehen. Er erwartete halb, Lord Kas'im zu erblicken, aber statt des Schwertmeisters hatte er die orangefarbenen Augen Siraks, eines anderen Schülers der Akademie, vor sich. Oder genauer gesagt: des besten Schülers der Akademie.

Sirak war ein Zabrak, einer von dreien, die hier auf Korriban ausgebildet wurden. Zabraks neigten dazu, ehrgeizig, zielbewusst und arrogant zu sein – vielleicht machten ja diese Charakterzüge die Machtsensiblen der Spezies so stark in der Dunklen Seite –, und Sirak war die vollendete Verkörperung dieser Eigenschaften. Er war bei Weitem der Stärkste der drei. Wohin Sirak ging, folgten ihm die anderen beiden, als wären sie seine gehorsamen Diener. Sie bildeten ein buntes Trio: Llokay und Yevra mit ihrer roten Haut und der hellgelbe Sirak. Aber nun waren die beiden anderen auffällig abwesend.

Es gab Gerüchte, dass Sirak schon vor beinahe zwanzig Jahren begonnen hatte, den Weg der Dunklen Seite unter Lord Qordis zu erlernen, lange bevor die Akademie auf Korriban wieder ins Leben gerufen worden war. Bane wusste nicht, ob diese Gerüchte der Wahrheit entsprachen, und er hatte es nicht für klug gehalten, danach zu fragen. Iridonianische Zabraks waren ebenso stark wie gefährlich. Bisher hatte Bane sich bemüht, die Aufmerksamkeit des fortgeschrittensten Schülers der Akademie nicht zu erregen. Offensichtlich konnte er diese Strategie nun vergessen.

Der Adrenalinrausch, den er erlebt hatte, als er Fohargh tötete, verging langsam, und mit ihm schwanden das Selbstvertrauen und das Gefühl von Unbesiegbarkeit, die zu seinem dramatischen Abgang vom Dach geführt hatten. Bane hatte nicht unbedingt Angst, als der Zabrak näher kam, aber er war misstrauisch.

Im trüben Fackellicht des Tempels wirkte Siraks hellgelbe Haut kränklich und wächsern. Das brachte ungebetene Erinnerungen an Banes erstes Jahr im Bergwerk von Apatros zurück. Eine Gruppe von fünf Bergleuten – drei Männer und zwei Frauen – hatte nach einem Einsturz festgesessen. Sie hatten den Steinschlag im Stollen überlebt, indem sie in eine der verstärkten Sicherheitskammern geflohen waren, die in den Felsen gegraben waren, aber giftige Dämpfe, die bei dem Einsturz freigesetzt worden waren, drangen in ihre Zuflucht ein und töteten sie, bevor Rettungsmannschaften sie befreien konnten. Die Hautfarbe ihrer aufgequollenen Leichen war die gleiche gewesen wie die von Sirak: die Farbe eines langsamen, qualvollen Tods.

Bane schüttelte den Kopf und schob die Erinnerung weg. Das war das Leben von Des gewesen, und Des gab es nicht mehr. »Was willst du?«, fragte er und versuchte, ruhig zu wirken.

»Du weißt, wieso ich hier bin«, lautete die eisige Antwort. »Fohargh.«

»War er dein Freund?« Bane war ehrlich verwirrt. Mit Ausnahme der anderen Zabraks gab sich Sirak selten mit den anderen Schülern ab. Tatsächlich ließen sich viele der Anklagen, die Fohargh Bane entgegengeschleudert hatte – dass er von den Meistern bevorzugt behandelt wurde –, leicht auch auf Sirak anwenden.

»Der Makurth war weder Freund noch Feind«, war die hochnäsige Antwort. »Er war nicht einmal meiner Aufmerksamkeit wert, ebenso wenig wie du. Bis heute.«

Banes einzige Reaktion war ein stetiges Starren. Das flackernde Fackellicht spiegelte sich in den Pupillen des Zabrak, als züngelten gierige Flammen über die Innenseite seines Schädels.

»Du bist ein faszinierender Gegner«, flüsterte Sirak und kam einen Schritt näher. »Erstaunlich ... zumindest im Vergleich mit den anderen sogenannten Schülern hier. Ich beobachte dich nun. Ich warte.«

Langsam streckte er die Hand aus und drückte den Finger gegen Banes Brust. Bane musste gegen das Bedürfnis ankämpfen, einen Schritt zurückzutreten.

»Ich fordere niemanden heraus«, fuhr der Zabrak fort. »Ich brauche mich nicht gegen einen geringeren Gegner zu beweisen.« Mit einem grausamen Lächeln ließ er den Arm sinken und machte einen Schritt zurück. »Aber wann immer du so dumm bist zu glauben, dass du bereit bist, wirst du mich unvermeidlich herausfordern. Ich freue mich schon darauf.«

Damit drängte er sich an Bane auf dem schmalen Treppenabsatz vorbei und stieß dabei leicht mit der Schulter gegen ihn, als hätte er ihn nicht bemerkt, dann ging er weiter die Treppe hinunter.

Bane verstand die Botschaft, die in diesem leichten Rempeln

lag, sehr gut. Er wusste, dass Sirak versuchte, ihn einzuschüchtern und zu einer Herausforderung zu verleiten, für die er noch nicht reif war. In diese Falle würde er nicht gehen. Stattdessen blieb er reglos auf dem Treppenabsatz stehen und gestand sich nicht einmal zu, Sirak hinterherzuschauen. Erst als er hörte, wie der Rest der Schüler vom Dach herunterkam, bewegte er sich wieder, drehte sich auf dem Absatz um und ging weiter zu den unteren Ebenen und der Abgeschiedenheit seines Zimmers.

Kapitel 11

Am nächsten Morgen war Bane nicht bei den anderen Schülern, als sie auf dem Dach des Tempels trainierten. Lord Qordis wollte mit ihm sprechen. Unter vier Augen.

Er ging durch die beinahe leeren Flure der Akademie zum Zimmer des Dunklen Lords, nach außen hin ruhig und selbstsicher. Innerlich war ihm ganz anders zumute.

Die ganze Nacht, als er vom Schweigen und der Dunkelheit seines Raums umgeben auf seinem Bett gelegen war, hatte sich das Duell wieder und wieder in seinem Kopf abgespult. Frei von den Gefühlen, die der Kampf aufgewühlt hatte, wusste er nun, dass er zu weit gegangen war. Er hatte seine Überlegenheit über Fohargh bewiesen, indem er ihn mithilfe der Macht niederstreckte, er hatte Dun Möch erreicht. Der Makurth hätte niemals gewagt, ihn noch einmal herauszufordern. Aber aus irgendeinem Grund hatte Bane es nicht dabei belassen können. Er hatte es nicht dabei belassen *wollen.*

Als es geschah, hatte er keine Schuldgefühle empfunden. Kein Bedauern. Aber sobald sein Blut sich abgekühlt hatte, war in ihm das Gefühl entstanden, etwas falsch gemacht zu haben. Hatte Fohargh wirklich verdient zu sterben?

Ein anderer Teil von ihm jedoch weigerte sich, diese Schuldgefühle zu akzeptieren. Er hatte den Makurth nicht gemocht. Er hatte überhaupt nichts für ihn empfunden. Fohargh war nichts als ein Hindernis für Banes Fortschritt gewesen. Ein Hindernis, das er entfernt hatte.

Er hatte sich in diesem Augenblick vollkommen der Dunklen Seite überlassen. Es war mehr als schlichte Wut oder Blutdurst gewesen. Es ging tiefer. Bis in den Kern seines Wesens. Er hatte jegliche Vernunft, jegliche Beherrschung verloren ... aber es hatte sich *richtig* angefühlt.

Bane hatte eine lange und schlaflose Nacht damit verbracht, die beiden Emotionen miteinander verbinden zu wollen, seinen Triumph und seine Reue. Aber als er an diesem Morgen zu Qordis gerufen wurde, war dieser innere Konflikt gegenüber näherliegenden Sorgen in den Hintergrund getreten.

Foharghs Tod würde Folgen haben. Diese Übungsduelle stellten eine Prüfung für die Schüler dar, sollten ihr Feuer durch Anstrengung und Schmerz stärken. Sie sollten keine Kämpfe auf Leben und Tod sein. Jeder Schüler der Akademie, von Sirak bis zum Letzten und am wenigsten Angesehenen, hatte das Potenzial, ein Meister zu werden. Sie verfügten alle über eine extrem seltene Begabung der Dunklen Seite – eine Begabung, die gegen die Jedi eingesetzt werden sollte, nicht gegeneinander.

Indem er Fohargh tötete, hatte Bane einen potenziellen Sith-Meister eliminiert. Er hatte den Kriegsanstrengungen einen ernsten Schlag versetzt. Jeder einzelne Schüler an der Akademie war jetzt schon wichtiger als eine ganze Division von Sith-Soldaten. Bane hatte ein unersetzliches Werkzeug zerstört. Er befürchtete, schwer bestraft zu werden.

Als er nun zu der Besprechung ging, die vielleicht über sein Schicksal entscheiden würde, versuchte er, sowohl Angst als auch Schuldgefühle wegzuschieben. Nichts, was er jetzt tat, konnte Fohargh noch zurückbringen. Der Makurth war tot, aber

Bane war noch hier. Und er war ein Kämpfer. Er musste stark sein, um zu überleben. Er musste eine Möglichkeit finden, vor Lord Qordis zu rechtfertigen, was er getan hatte.

Er hatte bereits begonnen, seine Argumente aneinanderzureihen. Fohargh war schwach gewesen. Bane hatte ihn nicht nur getötet – er hatte ihn entlarvt. Qordis und die anderen Meister ermutigten Rivalität und Auseinandersetzungen unter ihren Schutzbefohlenen. Sie wussten, wie wichtig Herausforderung und Wettbewerb waren. Alle, die wahres Potenzial zeigten – die Schüler, die sich über andere erhoben –, wurden belohnt. Sie erhielten Einzelunterricht bei den Meistern, um ihr volles Potenzial zu entfalten. Wer nicht mithalten konnte, blieb zurück. Das war der Weg der Dunklen Seite.

Foharghs Tod war nichts weiter als eine natürliche Fortführung dieser Philosophie. Sein Tod war das endgültige Versagen – Foharghs Versagen. Wieso sollte Bane für die Schwäche eines anderen bestraft werden?

Er ging nun schneller und biss in zorniger Frustration die Zähne zusammen. Kein Wunder, dass seine Emotionen so widersprüchlich waren! Die Lehren der Akademie widersprachen sich selbst. Die Dunkle Seite gestattete keine Gnade, keine Vergebung. Aber man erwartete von den Schülern, sich zurückzuhalten, wenn sie ihre Gegner im Duellring besiegt hatten. Das war widernatürlich.

Er hatte die Schwelle von Qordis' Tür erreicht. Er zögerte und schwankte noch einmal zwischen der angstvollen Frage, worin seine Strafe wohl bestehen würde, und dem Zorn auf die unmögliche Situation, der er und die anderen Schüler jeden Tag ausgesetzt wurden. Zorn, beschloss er schließlich, würde ihm am besten dienen.

Er klopfte fest an die Tür, dann öffnete er sie, als er von drinnen den Befehl hereinzukommen hörte. Qordis kniete inmitten des Raums, tief in Meditation versunken. Bane war schon öfter in diesem Zimmer gewesen, aber er staunte immer wieder über seine Extravaganz. Die Wände waren mit teuren Wandteppichen geschmückt. Goldene Kohlebecken und Behälter, in denen schweres Räucherwerk verbrannt wurde, waren überall verteilt und strahlten ein trübes Licht aus. In einer Ecke befand sich ein großes, üppiges Bett. In einer anderen gab es einen kunstvoll aus Obsidian gemeißelten Tisch mit einer kleinen Truhe darauf.

Die Truhe war aufgeklappt, und man konnte sehen, dass sie Schmuck enthielt: Halsbänder und -ketten aus kostbarem Metall, Ringe aus Gold und Platin, dicht besetzt mit protzigen Edelsteinen. Qordis war sehr bemüht, sich mit materiellen Dingen und Zeichen des Wohlstands zu umgeben, und noch mehr kam es ihm darauf an, dass anderen diese Opulenz auch auffiel. Auf einer gewissen Ebene, nahm Bane an, bezog der Sith-Lord Vergnügen – und Macht – aus der mehr oder weniger verborgenen Gier, die seine Besitztümer in anderen weckten.

Solche Dinge interessierten Bane jedoch wenig. Ihn beeindruckten eher die Manuskripte und dicken Bücher auf den Regalen an der Wand, alle in mit Blattgold verziertes Leder gebunden. Viele dieser Bücher waren Tausende von Jahren alt, und er wusste, dass sie die Geheimnisse der Sith aus uralter Zeit enthielten.

Schließlich erhob sich Lord Qordis und richtete sich gerade auf, sodass er mit seinen grauen, tief liegenden Augen auf seinen Schüler hinabschauen konnte.

»Kas'im hat mir erzählt, was gestern früh geschehen ist«, begann er. »Er sagt, du seiest für Foharghs Tod verantwortlich.« Sein Tonfall gab Bane keinen Hinweis darauf, was der Meister empfand.

»Ich bin nicht für seinen Tod verantwortlich«, antwortete Bane ruhig. Er war zornig, aber er war nicht dumm. Die nächsten Worte wählte er sehr sorgfältig; immerhin wollte er Lord Qordis überzeugen, nicht gegen sich aufbringen. »Fohargh war derjenige, der in seiner Wachsamkeit nachgelassen hatte. Er hat sich im Ring verwundbar gemacht. Es wäre Schwäche gewesen, das nicht auszunutzen.«

Diese Aussage entsprach nicht ganz den Tatsachen, kam aber der Wahrheit einigermaßen nahe. Eine der ersten Lektionen, die Kas'im seinen Schülern beibrachte, bestand darin, beim Kampf einen Schutzschild um sich aufzubauen, um zu verhindern, dass ein Feind die Macht gegen sie nutzte. Ein machtbegabter Gegner konnte einem das Lichtschwert abnehmen, einen aus dem Gleichgewicht bringen oder sogar die Klinge des Lichtschwerts löschen, ohne einen dazu mit Hand oder Waffe berühren zu müssen. Ein Macht-Schild war der grundlegendste – und notwendigste – Schutz.

Es war für alle Schüler beinahe zu einem Instinkt geworden: Sobald die Klinge gezogen wurde, baute man diesen schützenden Schleier auf. Sich gegen die Machtkräfte des Gegners zu schützen und die eigenen Absichten zu verschleiern verlangte ebenso viel Konzentration und Energie wie die Stärkung der körperlichen Tüchtigkeit oder die Vorwegnahme der Bewegungen eines Feinds. Es war dieser unsichtbare Teil des Kampfs, dieser Kampf der Willenskraft, nicht die offensichtliche Interaktion von Körpern und Klingen, der häufig den Ausgang eines Duells entschied.

»Kas'im sagt, Fohargh habe seine Wachsamkeit nicht verringert«, erwiderte Qordis. »Er sagt, du hättest sie einfach durchbrochen. Seine Verteidigung konnte deiner Macht nicht standhalten.«

»Meister, sagt Ihr damit, dass ich mich zurückhalten soll, wenn ein Gegner schwach ist?«

Das war selbstverständlich eine Fangfrage. Eine, die Qordis nicht einmal einer Antwort würdigte.

»Es ist eine Sache, einen Gegner im Ring zu besiegen. Aber selbst, als er am Boden lag, hast du ihn weiter angegriffen. Er war geschlagen, lange bevor du ihn getötet hast. Was du getan hast, unterscheidet sich nicht davon, die Klinge gegen einen gefallenen und bewusstlosen Feind einzusetzen ... etwas, das im Ausbildungsring nicht erlaubt ist.«

Diese Worte trafen Bane und wühlten die Schuldgefühle wieder auf, die er auf dem Weg zu dieser Besprechung hatte begraben wollen. Qordis schwieg und wartete auf die Reaktion des Schülers. Bane musste antworten. Aber alles, was ihm einfiel, war eine Frage, mit der er ebenfalls in den Zwielichtstunden vor der Morgendämmerung gerungen hatte. »Kas'im wusste, was geschah. Er konnte sehen, was ich tat. Warum hat er mich nicht aufgehalten?«

»Ja, warum nicht?«, erwiderte Qordis aalglatt. »Lord Kas'im wollte sehen, was geschehen würde. Er wollte sehen, wie du in dieser Situation reagieren würdest. Er wollte sehen, ob du gnädig sein würdest ... oder stark.«

Und plötzlich wurde Bane klar, dass man ihn nicht zum Meister gerufen hatte, um ihn zu bestrafen. »Das ... das verstehe ich nicht. Ich dachte, es sei verboten, einen anderen Schüler zu ermorden.«

Qordis nickte. »Wir können nicht zulassen, dass die Schüler einander in den Fluren angreifen; wir wollen, dass ihr euren Hass gegen die Jedi richtet, nicht gegeneinander.« Diese Worte wiederholten die Auseinandersetzung, die Bane nur Minuten zuvor mit sich selbst geführt hatte. Aber was als Nächstes kam, hatte er nicht erwartet.

»Dennoch mag sich Foharghs Tod als geringer Verlust erweisen, wenn er dazu dient, dass du dein volles Potenzial erreichst. Für jene, die stark in der Dunklen Seite sind, können Ausnahmen gemacht werden.«

»Wie für Sirak?«, fragte Bane, beinahe noch bevor ihm klar wurde, was er sagte.

Zum Glück schien die Frage Lord Qordis eher zu amüsieren als zu ärgern. »Sirak versteht die Macht der Dunklen Seite«, sagte er mit einem Lächeln. »Leidenschaft nährt die Dunkle Seite.«

»Frieden ist eine Lüge, es gibt nur Leidenschaft«, murmelte Bane gewohnheitsmäßig. »Durch Leidenschaft erlange ich Kraft.«

»Genau.« Qordis schien erfreut zu sein, obwohl schwer zu sagen war, ob diese Zufriedenheit seinem Schüler oder sich selbst galt. »Durch Kraft erlange ich Macht, durch Macht erlange ich den Sieg.«

»Der Sieg zerbricht meine Ketten«, rezitierte Bane wie erwartet weiter.

»Wenn du das verstehst – *es wirklich verstehst* –, kennt dein Potenzial keine Grenzen!«

Qordis machte eine Handbewegung, um Bane zu entlassen, und ließ sich dann wieder auf seiner Meditationsmatte nieder, als der Schüler sich umdrehte, um zu gehen. An der Tür jedoch blieb der junge Mann noch einmal stehen.

»Was ist der Sith'ari?«, fragte er unvermittelt.

Qordis legte den Kopf schief. »Wo hast du dieses Wort gehört?« Seine Stimme war ernst.

»Ich ... ich habe gehört, wie andere Schüler es benutzten. Über Sirak. Sie sagten, er könne der Sith'ari sein.«

»Ein paar alte Texte sprechen vom Sith'ari«, antwortete Qordis bedächtig und deutete mit einer schwer beringten Klaue zu den Büchern auf dem Regal. »Es heißt dort, die Sith würden eines Tages von einem vollkommenen Wesen angeführt werden, einem, das die Dunkle Seite und alles, wofür wir stehen, perfekt verkörpert.«

»Und Sirak ist dieses perfekte Wesen?«

Qordis zuckte die Achseln. »Sirak ist der stärkste Schüler der Akademie. Im Augenblick. Vielleicht wird er mit der Zeit Kas'im und mich und alle anderen Sith-Lords übertreffen. Vielleicht auch nicht.« Er hielt einen Augenblick inne. »Viele Meister glauben nicht an die Legende vom Sith'ari«, fuhr er schließlich fort. »Lord Kaan zum Beispiel tut sie als Märchen ab. Sie widerspricht der Philosophie, auf der die Bruderschaft der Dunkelheit beruht.«

»Und Ihr, Meister? Glaubt Ihr daran?«

Bane wartete, während Qordis seine Antwort überdachte. Es fühlte sich wie eine Ewigkeit an.

»Dies sind gefährliche Fragen«, sagte der Dunkle Lord schließlich. »Aber selbst wenn der Sith'ari mehr als ein Märchen ist, wird er nicht einfach schon als Ausbund all unserer Lehren geboren werden. Er – oder sie – muss in den Schmelztiegeln von Prüfungen und Kämpfen geschmiedet werden, um zu solcher Perfektion zu gelangen. Einige würden behaupten, diese Ausbildung sei der Zweck dieser Akademie. Aber ich würde dem entgegenhalten, dass wir unsere Schüler ausbilden, damit sie sich den Sith-Lords anschließen und an der Seite von Kaan und dem Rest der Bruderschaft stehen.«

Bane erkannte, dass er keine bessere Antwort bekommen würde, also nickte er und ging. Man hatte ihn von seinem Verbrechen freigesprochen, hatte ihn wegen seiner Kraft und seines Potenzials begnadigt. Er hätte triumphieren sollen. Aber aus irgendeinem Grund konnte er, als er zum Dach eilte, um sich den anderen Schülern anzuschließen, nur an das klebrige Gurgeln von Foharghs letzten Atemzügen denken.

An diesem Abend, als er allein in seinem Zimmer saß, versuchte er zu begreifen, was geschehen war. Er suchte nach der tieferen Weisheit hinter den Worten des Meisters. Qordis hatte gesagt, seine Emotionen – sein Zorn – hätten ihm erlaubt, die Kraft für einen Sieg über Fohargh zu finden. Er sagte, Leidenschaft nähre die Dunkle Seite. Bane hatte dies oft genug selbst gespürt, um zu wissen, dass es stimmte.

Aber er wurde das Gefühl nicht los, dass an dieser Sache noch mehr dran war. Er hielt sich nicht für einen grausamen Mann. Er glaubte nicht, dass er unbarmherzig oder ein Sadist war. Aber wie sonst sollte er erklären, was er dem hilflosen Makurth angetan hatte? Es war Mord gewesen oder eine Hinrichtung … und es fiel Bane schwer, das zu akzeptieren.

Er hatte viel Blut an seinen Händen; er hatte Hunderte, vielleicht Tausende Republiksoldaten getötet. Aber das war im Krieg gewesen. Und bei dem Ensign, den er auf Apatros umgebracht hatte, war es ein Fall von Notwehr gewesen. In all diesen Situationen war es darum gegangen, zu töten oder selbst getötet zu werden, und er bedauerte nicht, was er getan hatte. Bis gestern.

Ganz gleich, wie sehr er sich anstrengte, er konnte keine Rechtfertigung für das finden, was im Ring geschehen war. Fohargh hatte ihn geneckt, hatte seinen Zorn und seine tödliche Wut genährt. Und dennoch konnte er nicht einmal die Ausrede bemühen, von seiner eigenen Hitzigkeit überwältigt worden zu sein. Nicht, wenn er ehrlich war. Er hatte gespürt, wie seine Emotionen in ihm tobten, als er sich von der Dunklen Seite Kraft geben ließ, aber die Tat selbst war kalt und entschlossen erfolgt. Sogar berechnend.

Als er dort auf seinem Bett lag, musste sich Bane einfach fragen, ob die Beziehung zwischen Leidenschaft und der Dunklen Seite nicht komplexer war, als Qordis sie dargestellt hatte. Er schloss die Augen und ging in Gedanken noch einmal durch, was geschehen war. Er atmete bewusst langsam und tief und versuchte, ruhig und distanziert zu bleiben, damit er analysieren konnte, was schiefgegangen war.

Man hatte ihn gedemütigt, und er hatte mit Zorn reagiert. Sein Zorn hatte ihm erlaubt, die Dunkle Seite heraufzubeschwören und sie auf seinen Feind loszulassen. Er konnte sich an ein Gefühl der Hochstimmung, des Triumphs erinnern, als Fohargh durch die Luft geflogen war. Aber es hatte noch etwas anderes gegeben. Selbst in seinem Sieg war sein Hass noch gewachsen, war aufgeflackert wie die Flammen eines Feuers, das nur mit Blut gelöscht werden konnte.

Leidenschaft nährte die Dunkle Seite, aber was, wenn die Dunkle Seite ihrerseits wieder die Leidenschaft nährte? Emotionen brachten Kraft, aber diese Kraft erhöhte auch die Intensität der Emotionen ... die ihrerseits dann wieder zu einem Wachsen der Kraft führten. Unter den richtigen Umständen wurde daraus ein Kreislauf, der nur dann ein Ende fand, wenn eine Person an die Grenzen ihrer Fähigkeit stieß, sich der Macht zu bedienen – oder wenn das Ziel des Zorns und des Hasses vernichtet war.

Ein kalter Schauder lief über Banes Rücken. Wie war es möglich, eine Kraft zu beherrschen oder im Zaum zu halten, die sich von sich selbst nährte? Je mehr er als Schüler lernte, sich der Macht zu bedienen, desto mehr würden seine Emotionen ihn beherrschen. Je stärker jemand wurde, desto weniger rational würde er sein. Das schien unvermeidlich.

Nein, dachte Bane. Etwas entging ihm hier. Es musste einfach so sein. Wenn das stimmte, würden die Meister den Schülern Techniken beibringen, solche Situationen zu vermeiden. Sie würden lernen, sich von ihren Emotionen zu distanzieren, selbst wenn sie sie weiterhin nutzten, um sich der Dunklen Seite zu bedienen. Aber nichts dergleichen kam in ihrer Ausbildung vor, also musste Banes Analyse falsch sein. Sie musste einfach falsch sein!

Ein wenig beruhigter ließ er seine Gedanken auf den Trost des Schlafs zudriften.

»Mir wird schlecht, wenn ich dich nur ansehe«, fauchte sein Vater. »Und wenn ich sehe, wie viel du isst! Du bist schlimmer als ein verkrifftes Zucca-Schwein!«

Des versuchte ihn zu ignorieren. Er beugte sich ein wenig tiefer über den Esstisch und konzentrierte sich auf das Essen in seinem Teller, schaufelte es sich in den Mund.

»Hörst du auch nur ein einziges Wort von dem, was ich sage, Junge?«, fauchte sein Vater. »Glaubst du, das Essen auf deinem Teller ist umsonst? Ich muss dafür bezahlen! Ich habe diese Woche jeden Tag gearbeitet, und meine Schulden sind immer noch größer als zu Anfang des verdammten Monats!«

Hurst war betrunken, wie üblich. Seine Augen waren glasig, und er stank noch nach dem Bergwerk – er hatte sich nicht einmal die Mühe gemacht zu duschen, bevor er sich auf die Flasche stürzte, die unter seiner Bettdecke verborgen lag.

»Soll ich auch noch Doppelschichten arbeiten, um dich zu ernähren?«, brüllte er.

Ohne von seinem Teller aufzublicken, murmelte Des: »Ich arbeite ebenso viele Schichten wie du.«

»Was?« Hurst senkte die Stimme zu einem drohenden Flüstern. »Was hast du gerade gesagt?«

Statt sich auf die Lippe zu beißen, blickte Des von seinem Teller auf und schaute direkt in die verquollenen roten Augen seines Vaters. »Ich sagte, ich arbeite ebenso viele Schichten wie du. Ich bin erst achtzehn.«

Hurst schob den Stuhl vom Tisch weg und stand auf. »Achtzehn, und immer noch zu dumm, um zu wissen, wann du das Maul halten sollst.« Er schüttelte den Kopf in übertriebener Enttäuschung. »Du bist wirklich der Fluch meines Lebens, Bane!«

Des warf die Gabel auf den Teller, schob seinen eigenen Stuhl zurück und richtete sich zu seiner vollen Größe auf. Er war jetzt größer als sein Vater, und die Muskeln begannen sich zu zeigen.

»Willst du mich jetzt wieder verprügeln?«, fauchte er zurück. »Mich lehren, den Mund zu halten?«

Hurst riss den Mund auf. »Was zum Brix ist los mit dir, Junge?«

»Ich habe genug«, fauchte Des. »Du gibst mir an allem die Schuld, aber du bist derjenige, der unsere Credits versäuft. Wenn du aufhören würdest zu saufen, könnten wir vielleicht von diesem stinkenden Planeten runterkommen!«

»Du unverschämter Schlammkriecher!«, brüllte Hurst und kippte den Tisch um, der krachend gegen die Wand fiel. Er sprang Des an und packte ihn bei den Handgelenken, mit einem Griff, der so unausweichlich war wie Durastahl-Fesseln. Der junge Mann versuchte sich loszureißen, aber sein Vater war immer noch zwanzig Kilo schwerer als er.

Des wusste, dass sein Kampf hoffnungslos war, und hörte nach ein paar Sekunden auf, sich zu wehren. Aber er würde sich nicht ducken oder weinen. Nicht dieses Mal. »Wenn du mich heute Abend verprügelst«, sagte er, »dann vergiss nicht, dass es das letzte Mal sein könnte, alter Mann. Also solltest du es lieber richtig machen.«

Das tat Hurst. Er drosch mit der wilden Wut eines verbitterten, hoffnungslosen Mannes auf seinen Sohn ein. Er brach ihm die Nase und schlug ihm beide Augen blau. Er schlug ihm zwei Zähne aus, riss ihm die Lippe auf und knackste seine Rippen an. Aber während der ganzen Zeit sagte Des kein Wort, und er weinte keine einzige Träne.

Als er in dieser Nacht im Bett lag, zu zerschlagen und geschwollen, um schlafen zu können, ging ihm nur ein einziger Gedanke durch den Kopf und übertönte das laute betrunkene Schnarchen von Hurst, der in der Ecke zusammengesackt war.

Ich hoffe, du stirbst. Ich hoffe, du stirbst. Ich hoffe, du stirbst.

Nie hatte er seinen Vater so gehasst wie in diesem Augenblick. Er stellte sich eine riesige Hand vor, die das grausame Herz seines Vaters zerquetschte.

Ich hoffe, du stirbst. Ich hoffe, du stirbst. Ich hoffe, du stirbst.

Die Worte drehten und drehten sich in seinem Kopf, ein endloses Mantra, als könnte er sie durch reine Willenskraft wahrmachen.

Ich hoffe, du stirbst. Ich hoffe, du stirbst. Ich hoffe, du stirbst.

Die Tränen, die er während der brutalen Prügel zurückgehalten hatte, flossen nun doch – heiße Tropfen, die über sein purpurrotes, geschwollenes Gesicht liefen.

Ich hoffe, du stirbst. Ich hoffe, du stirbst. Ich hoffe, du ...

Bane schreckte aus dem Schlaf. Sein Herz schlug laut, und kalter Schweiß überlief ihn. Wild kämpfte er gegen die Decke an, die sich um seine Beine gewickelt hatte. Eine Sekunde hatte er geglaubt, wieder auf Apatros zu sein, in dem engen Raum, der erstickend voll gewesen war mit Hurst und dem überwältigenden Gestank nach Schnaps. Dann erkannte er, wo er sich befand, und der Albtraum verging langsam. Eine schreckliche Erkenntnis nahm seinen Platz ein.

Hurst war tatsächlich in dieser Nacht gestorben. Die Autoritäten hatten eine natürliche Todesursache festgestellt: Herzinfarkt, begünstigt durch zu viel Alkohol, ein Leben im Bergwerk und die Überanstrengung, seinen Sohn mit bloßen Händen beinahe totgeschlagen zu haben. Sie hatten die wahre Ursache niemals auch nur vermutet. Und Bane ebenso wenig. Jedenfalls nicht vor dieser Nacht.

Zitternd drehte er sich um. Er war erschöpft. Aber er wusste, er würde nicht wieder einschlafen können.

Fohargh war nicht der Erste, den er mithilfe der Macht getötet hatte. Und er würde wahrscheinlich auch nicht der Letzte sein. Bane war intelligent genug, um das zu verstehen.

Er schüttelte den Kopf, um die Erinnerung an Hursts Tod abzuschütteln. Der Mann hatte weder Mitleid noch Gnade verdient. Die Schwachen würden stets von den Starken zermalmt werden. Wenn Bane überleben wollte, würde er einer der Starken werden müssen. Deshalb war er hier in der Akademie. Das war seine Mission. Das war der Weg der Dunklen Seite.

Aber diese Erkenntnis half nichts gegen das widerwärtige Gefühl in seinem Magen, und als er die Augen schloss, konnte er immer noch das Gesicht seines Vaters sehen.

Kapitel 12

»Nein!«, rief Kas'im und schlug Banes Trainingsschwert mit der eigenen Waffe beiseite. »Falsch! Du bist beim ersten Übergang zu langsam! Damit lässt du deine linke Seite für einen raschen Gegenschlag weit offen.«

Der Schwertmeister versuchte, ihm eine neue Sequenz beizubringen; das hatte er schon seit mehr als einer Woche getan. Aber aus irgendeinem Grund schien Bane die komplizierten Bewegungen nicht begreifen zu können. Die Klinge in seiner Hand fühlte sich unförmig an.

Er trat zurück und nahm wieder die Ausgangsstellung ein. Kas'im warf ihm einen forschenden Blick zu, dann ging er vor ihm in defensive Haltung. Bane holte tief Luft, um sich zu konzentrieren, bevor er seinen Körper die Sequenz noch einmal durchlaufen ließ.

Seine Muskeln bewegten sich instinktiv und explodierten zu Bewegungen. Es gab ein Zischen, als seine Klinge bei der ersten Bewegung von oben nach unten raste, so schnell, dass sie kaum zu erkennen war ... und immer noch zu langsam. Kas'im reagierte, indem er zur Seite auswich und seine eigene Doppelklinge in einem langen, raschen Bogen herumbrachte, der Bane fest in die Rippen traf.

Bane spürte den brennenden Schmerz der Pelko-Stacheln, gefolgt von der nur zu vertrauten Taubheit, die sich in der linken Seite seines Oberkörpers ausbreitete. Er taumelte hilflos zurück, während Kas'im ihn wortlos beobachtete. Bane versuchte, aufrecht stehen zu bleiben, versagte aber und sackte zu Boden. Der Schwertmeister schüttelte enttäuscht den Kopf.

Bane kam mühsam wieder auf die Beine und versuchte, sich seine Frustration nicht anmerken zu lassen. Es war beinahe drei Wochen her, seit er Fohargh im Ring geschlagen hatte, und seitdem hatte er mit Kas'im im Einzelunterricht trainiert, um seine Fähigkeiten mit dem Lichtschwert zu verbessern. Aber aus irgendeinem Grund kam er nicht weiter.

»Es tut mir leid, Meister. Ich werde selbstverständlich mit den Übungen weitermachen«, sagte er.

»Übungen?«, wiederholte der Twi'lek höhnisch. »Wozu soll das gut sein?«

»Ich … ich muss diese Sequenz besser lernen. Um schneller zu werden.«

Kas'im spuckte auf den Boden. »Wenn du das wirklich glaubst, bist du ein Idiot.«

Bane wusste nicht, was er sagen sollte, also schwieg er.

Der Schwertmeister trat vor und versetzte ihm einen festen Schlag aufs Ohr. Das war nicht dazu gedacht, ihn zu verletzen, sondern ihn zu demütigen. »Fohargh war besser ausgebildet als du«, fauchte er. »Er kannte mehr Sequenzen, er kannte mehr Formen. Aber das konnte ihn nicht retten.

Die Sequenzen sind nichts als Werkzeuge. Sie helfen dir, frei im Geist zu sein, damit du dich mit der Macht verbinden kannst. Dort wirst du den Schlüssel zum Sieg finden. Nicht in den Muskeln deiner Arme oder im Tempo deiner Klinge. Du musst die Dunkle Seite benutzen, um deine Feinde zu vernichten!«

Bane, der wegen der brennenden Schmerzen, die nun seine gesamte linke Seite durchzogen, die Zähne zusammenbiss, konnte nur nicken.

»Du hältst dich zurück«, fuhr der Meister fort. »Du benutzt die Macht nicht. Ohne sie sind deine Bewegungen langsam und deine Absichten durchschaubar.«

»Ich ... ich werde mich mehr anstrengen, Meister.«

»Anstrengen.« Kas'im wandte sich angewidert ab. »Du hast den Kampfeswillen verloren. Die Lektion ist vorbei.«

Bane erkannte, dass er entlassen war, und ging langsam zur Treppe, die vom Tempeldach führte. Als er sie erreichte, rief ihm Kas'im einen letzten Rat hinterher.

»Komm zurück, wenn du bereit bist, dich der Dunklen Seite zu öffnen, statt vor ihr zurückzuweichen.«

Bane drehte sich nicht um, um zurückzuschauen; die Schmerzen und die Taubheit seiner linken Seite machten das unmöglich. Aber als er die Treppe hinunterhinkte, hallten Lord Kas'ims Worte in seinem Kopf wider, und sie klangen wahr.

Es war nicht die erste Übungsstunde gewesen, in der er versagt hatte. Und sein Versagen beschränkte sich nicht auf Kas'im und das Lichtschwert. Bane hatte an Ruf und Prestige gewonnen, als er Fohargh besiegte; mehrere Meister waren plötzlich bereit gewesen, ihm Einzelunterricht zu erteilen. Aber trotz der zusätzlichen Aufmerksamkeit war er kein bisschen besser geworden. Wenn überhaupt, hatte er eher ein paar Schritte zurück gemacht.

Er ging zu seinem Zimmer, dann legte er sich vorsichtig aufs Bett. Solange er durch das Pelko-Gift behindert war, konnte er sich ohnehin nur ausruhen und meditieren.

Es war offensichtlich, dass etwas nicht stimmte, aber er konnte nicht genau sagen, was. Er fühlte sich nicht mehr wach. Er fühlte sich nicht mehr *am Leben.* Als er sich zum ersten Mal bewusst geworden war, dass die Macht ihn durchströmte, waren seine Sinne superscharf geworden: Die Welt hatte viel lebendiger, viel wirklicher ausgesehen. Nun war alles gedämpft und schien in weiter Ferne zu liegen. Er bewegte sich durch die Flure der Akademie wie in einer Art Trance.

Er schlief nicht gut, weil er immer wieder Albträume hatte. Manchmal träumte er von seinem Vater und der Nacht, in der er gestorben war. Zu anderen Zeiten träumte er von seinem Kampf gegen Fohargh. Manchmal vermischten sich die Träume zu einer einzigen schrecklichen Vision: Der Makurth verprügelte ihn in dem Zimmer auf Apatros, sein Vater lag tot im Duellring auf dem Tempeldach. Und jedes Mal erwachte Bane mit einem unterdrückten Schrei und zitterte, obwohl er in Schweiß gebadet war.

Aber nicht nur der Schlafmangel ließ ihn in diesen halb betäubten Zustand versinken. Die Leidenschaft, die ihn angetrieben hatte, war verschwunden. Das tosende Feuer in ihm war niedergebrannt, und an seine Stelle war kalte Leere getreten. Und ohne seine Leidenschaft war er nicht imstande, die Kraft der Dunklen Seite heraufzubeschwören. Es wurde schwieriger und schwieriger, sich der Macht zu bedienen.

Die Veränderungen waren subtil und zu Anfang kaum bemerkbar gewesen. Aber im Laufe der Zeit hatten sich die Anzeichen gehäuft. Nun erschöpfte es ihn sogar, kleine Gegenstände mithilfe der Macht zu bewegen. Er konnte nicht mehr vorhersehen, was seine Gegner tun würden; er konnte nur noch reagieren, nachdem sie es getan hatten.

Es war nicht mehr abzustreiten: Er entwickelte sich zurück. Schüler, die er lange überholt hatte, holten ihn nun wieder ein. Immer, wenn er die anderen bei ihren Studien beobachtete, bemerkte er, dass er selbst zurückfiel ... was bedeutete, dass es ihnen vermutlich ebenfalls nicht entging.

Er dachte wieder daran, was der Twi'lek-Meister gesagt hatte. *Du hast den Kampfeswillen verloren.*

Kas'im hatte Recht. Bane hatte gespürt, wie ihm dieser Wille seit diesem ersten Traum von seinem Vater immer mehr entglitten war. Leider hatte er keine Ahnung, wie er den Zorn und das Wettbewerbsfeuer, die seinen meteorhaften Aufstieg durch die Hierarchie der Sith-Schüler angetrieben hatten, wiederfinden konnte.

Komm zurück, wenn du bereit bist, dich der Dunklen Seite zu öffnen, statt vor ihr zurückzuweichen.

Etwas hielt ihn zurück. Ein Teil von ihm schreckte vor dem zurück, was aus ihm geworden war. Er meditierte täglich mehrere Stunden und konzentrierte sich auf die Suche nach dieser wirbelnden, pulsierenden Wut der Dunklen Seite, die irgendwo in ihm verschlossen war. Aber er suchte vergebens. Ein kalter Schleier war über den Kern seines Wesens gefallen, und so sehr er sich auch anstrengte, ihn zur Seite zu reißen und die Kraft, die darunter lag, zu packen, er konnte es einfach nicht.

Und nun lief ihm die Zeit davon. Noch hatte es niemand gewagt, ihn im Duellring zu fordern – nicht seit Foharghs Tod. Das grausige Ende des Makurth beunruhigte die anderen Schüler immer noch genug, um sich zurückzuhalten. Aber er wusste, das würde nicht mehr lange so bleiben. Sein Selbstvertrauen und seine Fähigkeiten schwanden, und sein Versagen wurde den anderen immer deutlicher. Bald schon würde es für sie ebenso klar zu erkennen sein wie für ihn selbst.

In diesen ersten Tagen nach Foharghs Tod war sein einziger wahrer Rivale Sirak gewesen. Nun stellte jeder Schüler auf Korriban eine potenzielle Gefahr dar. Die Hoffnungslosigkeit der Situation nagte an seinen Eingeweiden. Er hätte schreien und in hilfloser Wut die Steinmauern anfallen mögen. Aber bei all dieser Frustration war er immer noch unfähig, die Leidenschaft heraufzubeschwören, die die Dunkle Seite nährte.

Bald schon würde ein Herausforderer ihn in den Duellring rufen – und ihn sehr wahrscheinlich besiegen. Er konnte überhaupt nichts tun, um diesen Augenblick zu verhindern.

Lord Kaan ging ruhelos auf der Brücke der *Nightfall* auf und ab, die sich im Orbit um den Industrieplaneten Brentaal IV befand. Die Sith-Flotte hatte den Bormea-Sektor besetzt, jene Region des Raums, in der sich die Perlemianische Handelsroute und die Hydianische Straße kreuzten. Die Bruderschaft der Dunkelheit beherrschte nun zwei der wichtigsten Hyperraumstraßen, die zu den Kernwelten führten; der Widerstand der Republik gegenüber der immer weiter vordringenden Sith-Flotte begann zusammenzubrechen.

Aber trotz dieser Siege spürte Kaan, dass etwas nicht stimmte. Wenn überhaupt, hatten sie den Bormea-Sektor zu einfach erobern können. Die Planeten Corulag, Chandrila und Brentaal waren alle kurz nacheinander gefallen, und ihre Verteidiger hatten bestenfalls symbolischen Widerstand geleistet, bevor sie sich vor den Eindringlingen zurückgezogen hatten.

Tatsächlich hatte er bei den Kräften der Republik, die sich ihnen entgegenstellten, nur eine Handvoll Jedi gespürt. Und es war nicht das erste Mal, dass die Jedi bei wichtigen Schlachten so gut wie abwesend gewesen waren: Bei den Kämpfen um Bespin, Sullust und Taanab hatte Kaan erwartet, einer Flotte gegenüberzustehen, die von Jedi-Meister Hoth geführt wurde, dem einzigen Kommandanten der Republik, der imstande war, gegen die Sith Siege zu erringen. Aber General Hoth war trotz des Rufs, den er sich in den frühen Stadien des Kriegs erworben hatte, nicht da gewesen.

Zunächst hatte Kaan eine Falle vermutet, einen komplizierten Plan des listigen Hoth, seinen geschworenen Feind zu übereiltem Zuschlagen zu verlocken und dann zu vernichten. Aber wenn es wirklich eine Falle gewesen war, war sie niemals zugeschnappt. Die Sith bedrängten die Republik von allen Seiten; sie standen beinahe schon vor der Tür nach Coruscant selbst. Und die Jedi waren so gut wie verschwunden, hatten die Republik im Augenblick ihrer größten Not offenbar im Stich gelassen.

Er hätte begeistert sein sollen. Ohne die Jedi war der Krieg so gut wie gewonnen. Die Republik würde innerhalb von Monaten fallen, und die Sith würden herrschen. Aber wohin waren die Jedi gegangen? Das gefiel Kaan nicht. Die seltsame Botschaft, die Kopecz vor ein paar Stunden geschickt hatte, machte ihn nur noch unruhiger. Der Twi'lek hatte angekündigt, dringende Nachrichten über Ruusan bringen zu wollen, Nachrichten, die er nicht über die üblichen Kanäle senden wollte. Nachrichten, die so wichtig waren, dass er sie persönlich überbrachte.

»Ein Jäger hat gerade in der Landebucht der *Nightfall* angedockt, Lord Kaan«, berichtete einer von der Brückenbesatzung.

Obwohl er es kaum erwarten konnte, Kopecz' Neuigkeiten zu hören, widersetzte Lord Kaan sich dem Drang, ihm zur Landebucht entgegenzugehen. Er spürte, dass es sich um schlechte Nachrichten handelte, und hielt es für wichtig, gegenüber seinen Leuten den Anschein ruhiger Sicherheit zu bewahren. Aber Geduld war eine Tugend, über die nicht viele Sith-Lords verfügten, und er konnte sich nicht davon abhalten, nervös auf und ab zu gehen, während er darauf wartete, dass der Twi'lek auf die Brücke kam, um seinen geheimnisvollen Bericht abzugeben.

Nach einem Zeitraum, der Kaan wie Stunden vorkam, wahrscheinlich aber nur ein paar Minuten betrug, traf Kopecz schließlich ein. Die Miene des Twi'lek, als er über die Brücke auf Kaan zuging und sich knapp vor ihm verbeugte, trug nicht dazu bei, dessen wachsende Besorgnis zu lindern.

»Ich muss unter vier Augen mit Euch sprechen, Lord Kaan.«

»Ihr könnt ganz offen sein«, versicherte Kaan ihm. »Was hier besprochen wird, wird dieses Schiff nicht verlassen.« Kaan hatte die Brückenmannschaft der *Nightfall* persönlich ausgewählt. Alle hatten geschworen, mit absoluter Loyalität zu dienen, und sie wussten, dass ein Bruch dieses Schwurs schwerwiegende Folgen haben würde.

Kopecz sah sich misstrauisch um, aber die Besatzungsmitglieder konzentrierten sich auf ihre Stationen. Keiner von ihnen schien ihn auch nur zu bemerken. »Wir haben Ruusan verloren.« Er sprach trotz Kaans Erklärungen im Flüsterton. »Die Basis, die wir auf der Planetenoberfläche errichtet haben, die Flotte im Orbit – alles ausgelöscht!«

Einen Augenblick brachte Kaan kein Wort heraus. Als er schließlich doch etwas sagte, tat er das ebenso leise wie Kopecz. »Wie konnte so etwas passieren? Wir haben überall in den Streitkräften der Republik Spione. Ihre Flotten haben sich alle zum Kern zurückgezogen. Alle! Sie können unmöglich genug Kraft aufgebracht haben, um Ruusan zurückzuerobern. Nicht, ohne dass wir vorher davon erfahren hätten!«

»Es war nicht die Republik«, erwiderte Kopecz. »Es waren die Jedi. Hunderte von ihnen. Tausende. Jedi-Meister, Jedi-Ritter, Jedi-Padawane, eine ganze Armee von Jedi.«

Kopecz fluchte laut. Keiner von der Besatzung sah ihn auch nur an; ein Beweis ihrer guten Ausbildung und ihrer Angst vor dem Kommandanten.

»Lord Hoth hat erkannt, dass die Mitglieder des Jedi-Ordens durch seine Bemühungen, die Republik zu verteidigen, zu weit verteilt waren«, führte Kopecz fort. »Also hat er sie alle zu einem einzigen Heer zusammengefasst, das mit einem einzigen Ziel operiert: alle zu vernichten, die die Dunkle Seite nutzen. Unsere Soldaten sind ihnen gleichgültig, ebenso wie unsere Flotten. Sie wollen nur noch uns auslöschen: die Schüler, die Adepten, die Sith-Meister – und besonders die Dunklen Lords. Lord Hoth führt sie persönlich an«, fügte der Twi'lek hinzu, obwohl Kaan das bereits erraten hatte. »Sie nennen sich die Armee des Lichts.«

Kopecz hielt inne, damit Kaan erst einmal verdauen konnte, was er gehört hatte. Kaan holte mehrmals tief Luft und rezitierte lautlos den Kodex der Sith, um seine wild umherwirbelnden Gedanken konzentrieren zu können.

Und dann lachte er. »Eine Armee des Lichts gegen unsere Bruderschaft der Dunkelheit.«

Kopecz starrte ihn verblüfft an.

»Hoth weiß, dass die Jedi nicht imstande sind, unsere gewaltigen Armeen zu besiegen«, erklärte Kaan. »Nicht mehr. Die Republik ist dem Untergang geweiht. Also konzentriert er sich jetzt ausschließlich auf uns: auf die Anführer dieser Armeen. Schneide den Kopf ab, und der Körper wird sterben.«

»Wir sollten unsere Flotte nach Ruusan schicken«, schlug Kopecz vor. »Alle Schiffe. Dann könnten wir die Jedi mit einem einzigen Angriff zerschmettern, und sie wären für immer aus der Galaxis verschwunden.

Kaan schüttelte den Kopf. »Das ist genau, was Hoth von uns erwartet. Dass wir unsere Armeen von der Republik abziehen und sie aus der Umgebung von Coruscant entfernen. Dass wir allen Boden aufgeben, den wir erobert haben, und einen dummen und sinnlosen Angriff gegen die Jedi führen.«

»Sinnlos?«

»Ihr sagt, er hat eine Armee von Jedi – Tausende von ihnen. Welche Chancen hätte eine Flotte aus normalen Soldaten schon gegen einen solchen Feind? Schiffe und Waffen können gegen die Macht nichts ausrichten. Hoth weiß das.«

Schließlich nickte Kopecz; er hatte verstanden. »Ihr habt immer gesagt, dieser Krieg werde nicht durch militärische Macht gewonnen.«

»Genau. Am Ende ist die Republik nur eine Nebensache. Nur durch die vollkommene Vernichtung des Jedi-Ordens können wir einen wahren Sieg erreichen. Und Hoth war freundlich genug, sie für uns alle an einer Stelle zu versammeln.«

»Aber die Bruderschaft wird gegen die geballte Kraft des gesamten Jedi-Ordens nicht ankommen können«, protestierte Kopecz. »Es sind zu viele, und wir haben nicht genug Leute.«

»Wir haben mehr, als Ihr denkt«, sagte Kaan. »Unsere Akademien sind überall in der Galaxis verteilt. Wir können unsere Reihen mit den Berserkern von Honoghr und Gentes füllen. Wir können alle Attentäter zusammenrufen, die auf Umbara ausgebildet wurden. Wir können die Adepten von Dathomir, Iridonia und den anderen Akademien rufen, um sich dem Rest der Bruderschaft der Dunkelheit anzuschließen. Wir werden unsere eigene Armee von Sith versammeln – eine, die fähig ist, Hoth und seine Armee des Lichts zu vernichten!«

»Und was wird aus der Akademie auf Korriban?«, fragte Kopecz.

»Auch ihre Schüler werden sich der Bruderschaft anschließen, aber erst, nachdem sie ihre Ausbildung unter Qordis beendet haben.«

»Wir könnten sie gegen die Jedi gut brauchen«, drängte Kopecz. »Auf Korriban befinden sich unsere stärksten Schüler.«

»Und genau deshalb ist es zu gefährlich, auch sie in diesen Konflikt zu schicken«, erklärte Kaan. »Stärke in der Macht bringt Ehrgeiz und Rivalität mit sich. In der Hitze des Kampfs werden die Emotionen der Schüler sich über ihre Vernunft hinwegsetzen. Sie werden sich gegeneinander wenden. Sie werden unsere Reihen durch Kämpfe im Inneren spalten, während die Jedi vereint bleiben.« Er hielt inne. »Das ist den Sith in der Vergangenheit schon zu oft zugestoßen; ich werde es nicht noch einmal erlauben. Sie werden bei Qordis bleiben und ihre Ausbildung vollenden. Er wird sie Disziplin und Loyalität zur Bruderschaft lehren. Erst dann werden sie sich uns auf dem Schlachtfeld anschließen.«

»Sind das Eure eigenen Überzeugungen«, fragte Kopecz, »oder die von Qordis?«

»Lasst Euch von Eurem Misstrauen gegenüber Qordis nicht gegenüber unseren Zielen blenden«, warnte Kaan. »Seine Schüler sind die Zukunft der Bruderschaft. Die Zukunft der Sith. Ich werde sie diesem Krieg erst aussetzen, wenn sie wirklich bereit sind.« Sein Tonfall machte klar, dass es keine weitere Diskussion geben würde. »Die Schüler auf Korriban werden sich der Bruderschaft anschließen, wenn der Tag gekommen ist. Aber dieser Tag ist nicht heute.«

»Nun, er sollte lieber bald kommen«, murmelte Kopecz nur halb überzeugt. »Ich glaube nicht, dass wir Hoth ohne sie schlagen können.«

Kaan streckte die Hand aus und packte die fleischige Schulter des Twi'lek. »Fürchtet nichts, mein Freund«, sagte er lächelnd. »Die Jedi werden uns nicht standhalten können. Wir werden sie auf Ruusan schlagen und sie dann in der gesamten Galaxis auslöschen. Die Schüler mögen die Zukunft der Bruderschaft sein, aber die Gegenwart gehört uns!«

Sehr zu Kaans Erleichterung erwiderte Kopecz das Lächeln. Der Anführer der Bruderschaft wäre weniger erfreut gewesen, wenn er gewusst hätte, dass viel von der Zufriedenheit des Twi'lek aus der Überzeugung resultierte, dass Qordis den Ruhm des kommenden Sieges nicht mehr erleben würde.

Lord Kas'im betrat den opulent eingerichteten Raum und nickte dem anderen Meister zu. »Ihr wolltet mich sehen?«

»Neuigkeiten von der Front«, sagte Qordis und erhob sich von seiner Meditationsmatte. »Die Jedi haben sich unter einem einzigen Banner auf Ruusan zusammengetan. General Hoth führt sie an. Lord Kaan hat seine eigene Armee versammelt. Sie sind auf dem Weg dorthin, um die Jedi anzugreifen.«

»Werden wir uns ihm anschließen?«, fragte Kas'im eifrig. Seine Lekku zuckten bei dem Gedanken, seine Fähigkeiten im

Kampf gegen die größten Krieger des Jedi-Ordens demonstrieren zu können.

Qordis schüttelte den Kopf. »Wir nicht. Keiner der Meister. Und auch keiner von unseren Schülern, es sei denn, Ihr denkt, einer von ihnen sei bereit.«

»Nein«, erwiderte Kas'im, nachdem er einen Moment nachgedacht hatte. »Sirak vielleicht. Er ist stark genug. Aber er ist zu stolz, und er hat immer noch viel zu lernen.«

»Was ist mit Bane? Er hat gewaltiges Potenzial gezeigt, als er Fohargh tötete.«

Kas'im zuckte die Achseln. »Das war vor einem Monat. Seitdem hat er so gut wie keine Fortschritte mehr gemacht. Etwas hält ihn zurück. Ich glaube, es ist Furcht.«

»Furcht? Vor den anderen Schülern? Vor Sirak?«

»Nein. Das ist es nicht. Er hat gesehen, wozu er wirklich fähig ist; er hat die volle Macht der Dunklen Seite erkannt. Ich glaube, er hat Angst, sich ihr zu stellen.«

»Dann kann er uns nichts mehr nützen«, stellte Qordis tonlos fest. »Konzentriert Euch auf die anderen Schüler. Verschwendet keine Zeit mehr an ihn.«

Der Schwertmeister war verblüfft. Es überraschte ihn, dass Qordis einen Schüler mit solchem Potenzial so schnell abtat.

»Ich glaube, er braucht einfach mehr Zeit«, wandte er ein. »Die meisten unserer Schüler haben den Weg der Sith schon seit Jahren studiert. Seit sie Kinder waren. Bane hat seine Ausbildung bei uns erst als Erwachsener begonnen.«

»Ich bin mir dieses Umstands vollkommen bewusst!«, fauchte Qordis, und Kas'im begriff plötzlich, worum es wirklich ging. Bane war von Lord Kopecz nach Korriban gebracht worden, und Kopecz und der Leiter der Akademie hatten nicht viel füreinander übrig. Wenn Bane versagte, würde das auch auf Qordis' bittersten Rivalen zurückfallen.

»Wenn Bane Euch das nächste Mal anspricht, weist ihn ab«, wies der Dunkle Lord ihn an – sein Tonfall ließ keinen Zweifel daran, dass es sich um einen Befehl handelte, keine Bitte. »Sorgt dafür, dass auch die anderen Meister wissen, dass er unseres Unterrichts nicht mehr würdig ist.«

Kas'im nickte zum Zeichen, dass er verstanden hatte. Er würde tun, was man ihm befohlen hatte. Es war ungerecht gegenüber Bane, aber niemand hatte je behauptet, dass die Sith gerecht wären.

Kapitel 13

Bane wusste, dass er etwas unternehmen musste. Seine Situation wurde unhaltbar. Er driftete immer noch umher, unfähig, die Kraft heraufzubeschwören, mit der er Fohargh vernichtet hatte. Aber nun wussten alle von seiner Schwäche.

Am Tag zuvor war er während der abendlichen Trainingsstunde auf Kas'im zugegangen, um einen Zeitpunkt für weitere Einzelstunden zu arrangieren, in der Hoffnung, dass diese ihn aus seiner Lethargie reißen könnten. Aber der Schwertmeister hatte sich geweigert, hatte nur den Kopf geschüttelt und seine Aufmerksamkeit einem anderen Schüler zugewandt. Alle verstanden diese Botschaft: Bane war verwundbar.

Als sich die Schüler nach dem morgendlichen Drill in einem Kreis oben auf dem Tempel versammelten, wusste Bane, was er tun musste. Sein Ruf hatte ihn bisher vor Herausforderungen durch andere Schüler bewahrt. Nun existierte dieser Ruf nicht mehr. Aber er konnte sich nicht einfach zurücklehnen und darauf warten, dass ein anderer Schüler ihn herausforderte und besiegte. Er musste die Initiative ergreifen, er musste selbst der Angreifer sein. An diesem Tag würde er der Erste sein, der in den Ring trat.

Wenn er einen der schwächeren Schüler herausforderte, würden das alle selbstverständlich eher als Bestätigung der Schwäche betrachten, die er verbergen wollte. Es gab daher nur eine Möglichkeit, etwas an den Ansichten von Schülern und Meistern über ihn zu ändern; es gab nur einen Gegner, den er herausfordern konnte.

Mehrere andere Schüler waren immer noch damit beschäftigt, einen Platz zu finden, von dem aus sie gut sehen konnten, was im Duellring geschah. Der Brauch verlangte zu warten, bis alle ruhig standen, bevor man die Herausforderung abgab, aber Bane wusste, je länger er wartete, desto schwieriger würde seine Aufgabe werden. Mutig trat er in die Mitte des Kreises, was ihm neugierige Blicke von den anderen Schülern einbrachte. Kas'im sah ihn missbilligend an, aber Bane versuchte, nicht daran zu denken.

»Ich habe eine Herausforderung«, erklärte er. »Ich fordere Sirak heraus.«

Aufgeregtes Murmeln erklang, aber Bane konnte es kaum hören, so laut klopfte sein eigenes Herz. Sirak stellte sich selten Zweikämpfen; Bane hatte ihn nie wirklich in Aktion gesehen. Aber er hatte gehört, was andere über Siraks Leistungen im Duellring erzählten – wilde Geschichten über seine unschlagbare Geschicklichkeit. Seit ihrer Konfrontation auf der Treppe hatte Bane ihn während der Übungsstunden beobachtet, um sich auf diesen Kampf vorzubereiten. Er wusste nun, dass diese zunächst übertrieben wirkenden Berichte vollkommen der Wahrheit entsprachen.

Anders als die meisten Schüler zog Sirak der traditionellen Einzelklinge ein Übungsschwert mit Doppelklinge vor. Außer ihm war nur noch der Schwertmeister selbst imstande, diese exotische Waffe wirklich geschickt einzusetzen. Seine Technik kam Banes unerfahrenem Auge beinahe zu perfekt vor. Er schien immer vollkommen die Kontrolle zu haben; er war immer der, der angriff. Selbst bei schlichten Übungen war seine Überlegenheit offensichtlich. Während die meisten Schüler zwei bis drei Wochen brauchten, um eine neue Sequenz zu lernen, war Sirak imstande, sie innerhalb von Tagen zu meistern. Und nun würde Bane ihm im Ring gegenüberstehen.

Der Zabrak trat langsam, aber geschmeidig aus der Menge hervor. Selbst bei den paar Schritten zur Mitte des Rings war er von einer Aura von Gefahr umgeben. Lässig bewegte er die Waffe, als er näher kam, und die beiden Durastahl-Klingen zogen lange, fließende Bogen durch die Luft.

Bane sah ihm entgegen und spürte, wie sein Herzschlag und sein Atem schneller wurden, als sein Körper Adrenalin in sein System absonderte und sich instinktiv auf den bevorstehenden Kampf vorbereitete. Im Kontrast dazu spürte er allerdings keine sonderliche Veränderung seines emotionalen Zustands. Er hatte ein Aufwallen von Angst und Zorn erwartet, als Sirak näher kam, Emotionen, die er nutzen konnte, um diesen Schleier der Leblosigkeit zu zerreißen und die Dunkle Seite freizusetzen. Aber er war immer noch von Trägheit umhüllt wie von einem mattgrauen Leichentuch.

»Ich wünschte, du hättest mich schon früher herausgefordert«, flüsterte Sirak gerade laut genug, dass Bane es hören konnte, aber kein anderer. »In der ersten Woche nach Foharghs Tod glaubten viele, du wärst mir ebenbürtig. Ich hätte großes Prestige gewinnen können, wenn ich dich dann besiegt hätte. Das ist jetzt nicht mehr der Fall.«

Sirak war stehen geblieben, ein paar Meter von Bane entfernt. Sein Übungsschwert mit der Doppelklinge tanzte immer noch langsam durch die Luft. Es bewegte sich, als wäre es lebendig, ein Geschöpf, das die Jagd freudig erwartete, zu aufgeregt, um ruhig bleiben zu können.

»Jetzt wird es mir nur wenig Ruhm bringen, dich zu besiegen«, fuhr er fort. »Aber dein Leiden wird mir Freude bereiten.«

Hinter Sirak sah Bane, wie sich Llokay und Yevra, die anderen Zabrak-Schüler, durch die Menge nach vorn drängten, um ihren Helden besser sehen zu können. Llokay hatte ein grausames Grinsen aufgesetzt, seine Schwester Yevra eine Miene gieriger Erwartung. Bane tat sein Bestes, den Eifer auf ihren roten Gesichtern zu ignorieren, sodass sie mit dem Hintergrund der anderen Zuschauer verschwammen.

Seine gesamte Konzentration war auf die fließenden Bewegungen der ungewöhnlichen Waffe in Siraks Händen gerichtet. Er hatte versucht, sich die Sequenzen zu merken, die Sirak eingeübt hatte. Nun hielt er nach Anzeichen Ausschau, die die Absichten seines Gegners verraten könnten – die vielleicht zeigen würden, welche Sequenz er für den Anfang des Kampfs vorgesehen hatte. Wenn Bane richtig riet, konnte er einen Gegenangriff führen und den Kampf vielleicht gleich beenden. Es war seine beste Gelegenheit für einen Sieg, aber wenn er sich der Macht nicht bedienen konnte, waren seine Chancen zu erraten, wie sein Gegner den Kampf beginnen würde, sehr, sehr gering.

Sirak hob das Schwert mit der Doppelklinge hoch über den Kopf und wirbelte es so schnell herum, dass es nur noch verschwommen zu sehen war, dann sprang er vor. Eine Klinge raste in einem wilden Schlag herab, den Bane leicht abfangen konnte. Aber diese Bewegung war nur eine Finte gewesen für einen Schlag auf Taillenhöhe mit der anderen Klinge. Bane erkannte das Manöver in letzter Sekunde und konnte nichts weiter tun, als sich in eine Rückwärtsrolle zu werfen, um einer Verletzung zu entgehen.

Sein Feind war schon über ihm, bevor er wieder auf die Beine kam, und die beiden Klingen schlugen in einem wirbelnden Wechselrhythmus zu: links-rechts-links-rechts. Bane wehrte ab, rollte sich herum, drehte sich und wehrte wieder ab. Er versuchte, Sirak mit dem Bein umzureißen, aber der Zabrak hatte die

Bewegung vorhergesehen und sprang geschickt weg, was Bane so gerade eben genug Zeit gab, ungeschickt wieder aufzustehen.

Die nächsten Angriffe trieben Bane zurück, aber er konnte verhindern, dass Sirak dadurch einen Vorteil erhielt, indem er sich an grundlegende Verteidigungssequenzen hielt. Er versuchte immer noch verzweifelt, den Bewegungen seines Gegners zu entnehmen, was dieser als Nächstes tun würde. Im Augenblick schien Sirak die raschen Stöße von Vaapad zu benutzen, der aggressivsten und direktesten der sieben traditionellen Formen. Aber inmitten einer Sequenz wechselte er plötzlich zu den energischen Angriffen von Djem So, was ihm solche Kraft verlieh, dass selbst ein Schlag, den Bane blockieren konnte, ihn zurücktaumeln ließ. Eine rasche Drehung der Waffe, eine der Zwillingsklingen näherte sich plötzlich in einem seltsamen Winkel, und Bane geriet bei der Abwehr aus dem Gleichgewicht.

Für einen Augenblick wurde es ruhig, als beide Kombattanten innehielten, um ihre Strategien neu einzuschätzen. Beide atmeten schwer. Sirak wirbelte seine Waffe in einer raschen, komplizierten Sequenz, die das Schwert unter seinen rechten Arm, über seinen Rücken, die linke Schulter und wieder nach vorn brachte. Dann lächelte er und kehrte die Sequenz um.

Bane beobachtete diese extravagante Demonstration erschüttert. Sirak hatte während der ersten paar Ausfälle nur mit ihm gespielt und den Kampf in die Länge gezogen, damit sein Sieg umso beeindruckender wirken würde. Nun zeigte er, was er wirklich konnte, nutzte Sequenzen, in denen sich mehrere Formen mischten, und wechselte rasch zwischen Stilen in komplizierten Mustern, die Bane nie zuvor gesehen hatte.

Es war nur ein weiteres Zeichen der Überlegenheit des Zabrak. Hätte Bane seinerseits versucht, unterschiedliche Stile in einer einzigen Sequenz zu kombinieren, hätte er sich wahrscheinlich ein Auge ausgestochen oder einen Schlag auf den eigenen Hinterkopf verpasst. Es war klar, dass er Sirak vollkommen unterlegen war; seine einzige Hoffnung bestand darin, dass sein Feind achtlos werden und einen Fehler machen würde.

Wieder griff der Zabrak an, und sein Schwert bewegte sich so schnell, dass Bane das Zischen in der Luft hören konnte. Bane sprang vor, dem Angriff entgegen, und versuchte, die Kraft der Dunklen Seite heraufzubeschwören, um die Duellklingen vorwegnehmen und blockieren zu können, denn sie bewegten sich zu schnell, als dass er sie noch mit den bloßen Augen beobachten konnte. Er spürte, wie die Macht durch ihn hindurchfloss, aber sie wirkte distanziert und hohl; der Schleier war immer noch vorhanden. Es gelang ihm, die lähmenden Schneiden von Siraks Schwert in Schach zu halten, aber dafür musste er seine gesamte Aufmerksamkeit der Beherrschung seiner eigenen Klinge zuwenden ... was dazu führte, dass er den wahren Zweck dieses Angriffs nicht erkannte.

Banes Schädel schien zu explodieren, als Sirak ihm den Kopf ins Gesicht stieß. Es tat so weh, dass er einen Moment nur noch silberne Sterne auf schwarzem Grund sah. Der Knorpel seiner Nase gab mit einem Übelkeit erregenden Knirschen nach, und ein Geysir von Blut sprudelte heraus. Blind und betäubt konnte er den nächsten Schlag nur durch einen Instinkt parieren, der von dem leisesten Flüstern der Macht geleitet wurde. Aber Sirak fuhr herum, schwang das Bein und zerschmetterte mit einem Tritt Banes Kniescheibe.

Schreiend brach Bane zusammen und versuchte, mit der freien Hand am Boden seinen Sturz abzufangen. Sirak machte einen Schritt vor und zerdrückte seine Finger unter seinem Stiefel, schien sie vollkommen in den festen Stein des Tempeldachs mahlen zu wollen. Dann riss er ein Knie hoch und brach Banes Wange und Kieferknochen mit donnerndem Krachen.

Mit einer letzten verzweifelten Anstrengung versuchte Bane,

seinen Gegner mit der Dunklen Seite nach hinten zu werfen. Sirak wehrte diesen Angriff problemlos mithilfe des Machtschilds ab, mit dem er sich zu Beginn des Duells umgeben hatte. Dann kam er näher, um seine Arbeit mit den Klingen zu vollenden. Der erste Schlag traf Bane mit der Wucht eines Landspeeders, der mit einem Irax zusammenstieß, und brach ihm das rechte Handgelenk. Das Trainingsschwert fiel aus seiner plötzlich tauben Hand. Der nächste Schlag erwischte ihn höher am gleichen Arm und renkte seinen Ellbogen aus.

Ein schlichter Tritt ins Gesicht ließ Zahnsplitter aus seinem Mund fliegen, und stechende Schmerzen zuckten durch seinen gebrochenen Kiefer. Er sackte nach vorn, kaum mehr bei Bewusstsein, als Sirak zurücktrat, das Schwert senkte und mit der freien Hand zugriff, um Bane mithilfe der Macht an der Kehle zu packen. Er hob seinen Arm, hob den muskulösen Bane, als wäre er ein Kind, und schleuderte ihn durch den Ring.

Bane hörte, wie ein weiterer Knochen brach, als er auf dem Boden aufprallte, aber sein Körper befand sich bereits im Schockzustand, und er spürte keine Schmerzen mehr. Er lag reglos in einem verrenkten Haufen da. Blut aus seiner Nase und seinem Mund liefen ihm in die Kehle. Ein Hustenanfall schüttelte seinen Körper, und er hörte das Knirschen seiner gebrochenen Rippen eher, als er es spürte.

Es schien dunkel zu werden. Er bemerkte noch ein paar blutfleckige Stiefel, die auf ihn zukamen, dann ergab er sich der gnädigen Dunkelheit.

Kopecz betrachtete kopfschüttelnd den Angriffsplan, den Kaan auf dem behelfsmäßigen Tisch mitten in seinem Zelt ausgebreitet hatte. Auf einer Hololandkarte des Geländes von Ruusan waren die Stellungen der Sith als rot glühende Dreiecke dargestellt, die über der Karte schwebten. Die Jedi-Stellungen wurden von grünen Rechtecken markiert. Aber trotz all dieser technologischen Spielereien war die eigentliche Karte eine schlichte zweidimensionale Darstellung der Umgebung. Sie gab keinen Einblick in die Zerstörung, die aus Ruusan ein Ödland gemacht hatte, verwüstet vom Krieg.

Drei große Flottenschlachten hatten im Jahr zuvor hoch über dem Planeten stattgefunden, und jedes Mal hatte die unterlegene Seite ihren Schutt auf dem dünn bevölkerten Planeten verstreut. Verbrannte und verzogene Schiffsrümpfe waren in den dichten Wald gefallen und hatten Brände verursacht, die einen großen Teil der Planetenoberfläche in Asche und unfruchtbaren Boden verwandelt hatten.

Ruusan war trotz seiner geringen Größe zu einer sowohl für die Republik als auch die Sith enorm wichtigen Welt geworden. An einer strategisch wichtigen Position des Inneren Rands gelegen, befand sich der Planet auch in dem Bereich, den die meisten für die Grenze zwischen den gefährlichen äußeren Regionen der Republik und ihrem gesicherten Kern hielten. Ruusan war zu einem Symbol geworden. Den Planeten zu erobern stand für das unvermeidliche Vordringen der Sith; ihn zu befreien wäre ein Zeichen der Fähigkeit der Jedi gewesen, die Eindringlinge zu vertreiben und die Bürger der Republik zu schützen. Die Folge dieser Situation war ein endloser Zirkel von Kämpfen, bei denen keine Seite ihre Niederlage zugeben wollte.

Bei der ersten Schlacht von Ruusan hatte die eindringende Sith-Flotte die Streitkräfte der Republik dank dem Überraschungselement und Kaans gewaltiger Kampfmeditation überwältigen können. In der zweiten Schlacht versuchte die Republik, die Herrschaft über Ruusan wiederzuerlangen, und versagte dabei, zurückgetrieben von der zahlenmäßigen Überlegenheit und Feuerkraft des Feindes.

Die dritte Schlacht am Himmel über Ruusan stand für den

Aufstieg der Armee des Lichts. Statt Kreuzern und Jägern der Republik fanden sich die Sith einer Flotte gegenüber, die überwiegend aus Jägern mit einem oder zwei Piloten bestanden und ausschließlich von Jedi geflogen wurden. Die normalen Soldaten, die sich Kaans Armee angeschlossen hatten, konnten dem nichts entgegensetzen, und Ruusan wurde gerettet ... für einige Zeit.

Die Sith hatten auf die Armee des Lichts reagiert, indem sie beinahe ihre gesamte Bruderschaft der Dunkelheit zu einer einzigen Armee vereinten, um sie dann auf Ruusan loszulassen. Der Krieg, der zunächst am Himmel getobt hatte, hatte sich nun zur Planetenoberfläche verlagert, und das hatte erheblich vernichtendere Folgen. Verglichen mit Raumflottenschlachten war der Kampf am Boden brutal und blutig.

Kopecz schlug mit der Faust auf den Tisch. »Es ist hoffnungslos, Kaan.«

Die anderen Dunklen Lords, die in dem Zelt versammelt waren, gaben zustimmendes Gemurmel von sich.

»Die Stellungen der Jedi sind zu gut verteidigt; sie haben alle Vorteile«, fuhr Kopecz zornig fort. »Sie haben sich auf erhöhtem Gelände gut eingegraben und ihre Stellungen verstärkt, und außerdem sind sie uns zahlenmäßig überlegen. Wir können diese Schlacht nicht gewinnen!«

»Seht noch einmal hin«, erwiderte Kaan. »Die Jedi haben sich über eine zu große Region verteilt.«

Der große, kräftige Twi'lek sah sich die Landkarte genauer an und erkannte, dass Kaan Recht hatte. Die Randstellungen der Jedi dehnten sich zu weit um ihr Hauptlager aus. Er brauchte nicht lange, um zu erkennen, warum.

Der Kampf zwischen den Armeen von Jedi und Sith, geführt von Jedi-Meistern und Dunklen Lords, hatte die Grundfesten des Planeten erschüttert. Die Macht tobte ungezügelt auf den Schlachtfeldern. In diesem Sturm gefangene Städte, Dörfer und einzelne Häuser waren verwüstet worden, und nur Tod und Vernichtung waren zurückgeblieben. Zivilisten wurden zu Flüchtlingen einer epischen Schlacht zwischen den Kräften des Lichts und der Dunkelheit.

Die Jedi hatten ihr Leid bemerkt und versucht, es zu lindern und die unschuldigen Bürger von Ruusan zu schützen. Sie bemühten sich, zivile Siedlungen und Höfe zu verteidigen, selbst auf Kosten von Ressourcen und taktischen Vorteilen. Die Sith machten selbstverständlich keine solchen Zugeständnisse.

»Das Mitgefühl der Jedi ist eine Schwäche«, fuhr Kaan fort. »Eine, die wir ausbeuten können. Wenn wir unsere gesamte Schlagkraft auf einen einzigen Punkt konzentrieren, können wir durch ihre Front brechen. Dann werden wir im Vorteil sein.«

Die versammelten Generale und Strategen der Bruderschaft der Dunkelheit nickten zustimmend. Mehrere erhoben die Stimme zu Triumphschreien und Gratulationen. Nur Kopecz weigerte sich, sich dieser begeisterten Stimmung anzuschließen.

»Die Armee des Lichts ist uns immer noch zwei zu eins überlegen«, erinnerte der Twi'lek sie. »Sie mögen sich an einigen Stellen zu sehr verteilt haben, aber wir wissen nicht, wo sie verwundbar sind. Sie wissen, dass unsere Späher sie beobachten; sie verbergen ihre Anzahl. Wenn wir eine Stelle angreifen, wo sich viele von ihnen aufhalten, werden sie uns niedermetzeln!«

Der Rest der Generale wurde erheblich ruhiger und folgte nicht mehr der Begeisterung ihres Anführers, nachdem dieser offensichtliche Makel seines Plans enthüllt worden war. Wieder wurden ablehnende, unzufriedene Bemerkungen laut. Kopecz ignorierte auch das. Bei all ihrer Macht, bei all ihrem Ehrgeiz waren diese Dunklen Lords wie ein Haufen Banthas, die blind dem Rest der Herde folgten. In der Theorie waren alle in der Bruderschaft der Dunkelheit gleichgestellt, aber in der Praxis beherrschte Kaan die anderen.

Kopecz verstand das und war willens, ihm zu folgen. Die Sith brauchten einen starken, charismatischen Führer, einen Mann mit Weitsicht, um die kleinlichen Kämpfe innerhalb ihrer eigenen Reihen in Grenzen zu halten. Kaan war ein solcher Anführer und normalerweise auch ein brillanter Taktiker. Aber dieser Plan war Wahnsinn. Selbstmord. Anders als der Rest dieses Haufens hatte Kopecz nicht vor, ihrem Anführer in den sicheren Tod zu folgen.

»Ihr unterschätzt mich, Kopecz«, versicherte Kaan ihm ruhig und selbstsicher, als hätte er diese Frage bereits erwartet und schon eine Antwort vorbereitet. Vielleicht war das ja auch so. »Wir werden erst zuschlagen, wenn wir genau wissen, wo sie am verwundbarsten sind«, fuhr der Dunkle Lord fort. »Wenn wir angreifen, werden wir die genaue Anzahl und Zusammensetzung jeder einzelnen Einheit und Patrouille entlang der Grenze ihres Gebiets kennen.«

»Und wie soll das geschehen?«, wollte Kopecz wissen. »Selbst unsere umbaranischen Schattenspione können uns solche Einzelheiten nicht liefern – jedenfalls nicht schnell genug, um sie bei der Planung unseres Angriffs einzubeziehen. Wir haben keine Möglichkeit, uns die Informationen zu verschaffen, die wir brauchen.«

Kaan lachte. »Selbstverständlich haben wir die. Eine Jedi wird uns alles sagen, was wir wissen müssen.«

Die Klappen, die den Eingang des lang gestreckten Zelts verdeckten, das den Sith als Planungsraum diente, teilten sich wie aufs Stichwort, und eine junge Menschenfrau im Jedi-Gewand kam herein. Sie war mittelgroß, aber darüber hinaus gab es an ihr nichts Durchschnittliches. Sie hatte dichtes, rabenschwarzes Haar, das ihr bis über die Schultern fiel. Ihr Gesicht und ihre Figur waren für einen weiblichen Menschen perfekt. Ihre kupferfarbene Haut wurde durch die grünen Augen betont, in denen ein Glühen stand, das gleichzeitig Warnung und Einladung darstellte. Mit den geschmeidigen Bewegungen einer Twi'lek-Tänzerin ging sie an den versammelten Dunklen Lords vorbei, ein scheues Lächeln auf den Lippen, als hörte sie ihr überraschtes Flüstern nicht.

Kopecz hatte schon viele hinreißende Frauen gesehen. Mehrere weibliche Dunkle Lords im Zelt waren von großer Schönheit und dafür ebenso berühmt wie für ihre vernichtende Macht. Aber als die junge Jedi näher kam, stellte er fest, dass er den Blick nicht von ihr wenden konnte. Es war etwas Magnetisches an ihr, etwas, das über reine körperliche Attraktivität hinausging.

Sie ging hoch aufgerichtet, ihre stolze Miene eine unausgesprochene Herausforderung. Und Kopecz sah noch etwas anderes: nackten Ehrgeiz, roh und gierig.

Kaan, der neben ihm stand, flüsterte: »Bemerkenswert, nicht wahr?«

Sie erreichte den hinteren Teil des Zelts, ließ sich elegant vor Kaan auf einem Knie nieder und senkte den Kopf geringfügig, um Ergebenheit anzudeuten.

»Willkommen, Githany«, sagte er und bedeutete ihr aufzustehen. »Wir haben auf Euch gewartet.«

»Es ist mir ein Vergnügen, Lord Kaan«, gurrte sie. Kopecz spürte, wie seine Knie bei dieser sinnlichen Stimme einen Augenblick weich wurden, dann riss er sich zusammen. Er war zu alt und zu weise, um sich vom Charme dieser Frau blenden zu lassen. Ihn interessierte nur, was sie ihnen gegen die Jedi an die Hand geben konnte.

»Ihr habt Informationen für uns?«, fragte er abrupt.

Sie legte den Kopf schief und sah ihn neugierig an, um herauszufinden, was der Grund für diesen kühlen Empfang sein konnte. Nach einem Augenblick des Nachdenkens antwortete sie: »Ich kann Euch genau sagen, wo und wann Ihr angreifen müsst. Lord

Hoth hat einen Jedi namens Kiel Charny beauftragt, ihre Verteidigung zu koordinieren. Ich habe die Informationen direkt von ihm.«

»Und warum sollte dieser Charny Euch solche Dinge mitteilen?«, fragte Kopecz misstrauisch.

Sie lächelte tückisch. »Kiel und ich … standen einander nahe. Wir haben vieles miteinander geteilt. Er hatte keine Ahnung, dass ich mit diesen Informationen zu Euch gehen würde.«

Kopecz kniff die Augen zusammen. »Ich dachte, die Jedi lehnten diese Dinge ab.«

Ihr Lächeln wurde zu einem Feixen. »Die Jedi lehnen vieles ab. Deshalb komme ich zu Euch.«

Kaan trat vor, bevor Kopecz noch mehr Fragen stellen konnte, legte vertraulich die Hand auf Githanys Hüfte und führte sie von Kopecz weg.

»Wir haben keine Zeit für lange Gespräche, Githany. Ihr müsst uns Euren Bericht geben und ins Jedi-Lager zurückkehren, bevor Euch dort jemand vermisst.«

Sie bedachte Kaan mit einem strahlenden Lächeln und nickte. »Selbstverständlich. Wir müssen uns beeilen.«

Er brachte sie zur Hololandkarte, und eine Gruppe von Strategen schloss sich ihnen an und verstellte Kopecz die Sicht auf Githany, während sie ihnen Einzelheiten über die Wachen der Jedi verriet. Ein paar Sekunden später löste sich Kaan aus der Gruppe und kam wieder zu dem Twi'lek.

»Ehrgeiz, Verrat – die Dunkle Seite ist stark in ihr«, flüsterte Kopecz. »Ich bin erstaunt, dass die Jedi sie überhaupt aufgenommen haben.«

»Sie glaubten wahrscheinlich, sie für die Seite des Lichts gewinnen zu können«, erwiderte Kaan ebenso leise. »Aber Githany wurde für die Dunkle Seite geboren. Wie ich. Wie Ihr. Es war unvermeidlich, dass sie sich eines Tages den Sith anschließen würde.«

»Und zu einem für uns so günstigen Zeitpunkt«, stellte Kopecz fest. »Vielleicht ein bisschen zu günstig. Es könnte eine Falle sein. Seid Ihr sicher, dass wir ihr trauen können? Ich halte sie für gefährlich.«

Kaan tat die Warnung mit einem leisen Lachen ab. »Das seid Ihr ebenfalls, Lord Kopecz. Und genau diese Eigenschaft macht Euch für die Bruderschaft so nützlich.«

Bane schwebte gewichtslos, umgeben von Dunkelheit und Stille. Es schien, als triebe er in der schwarzen Leere des Todes selbst.

Dann kehrte sein Bewusstsein nach und nach zurück. Sein Körper, brutal aus der glückseligen Bewusstlosigkeit gerissen, warf sich in der dunkelgrünen Flüssigkeit des Bacta-Tanks hin und her und bewirkte einen Strom von Blasen, die lautlos zur Oberfläche aufstiegen. Sein Herz begann schneller zu schlagen; er konnte hören, wie das Blut durch seine Adern rauschte.

Als er die Augen öffnete, sah er einen Med-Droiden, der auf den Tank zukam, um ein paar Einstellungen zu ändern. Innerhalb von Sekunden wurde sein Herzschlag langsamer, und die wilden unwillkürlichen Bewegungen seiner zerschlagenen und gebrochenen Glieder ließen nach. Aber obwohl er körperlich von dem Beruhigungsmittel träger wurde, war Banes Geist nun vollkommen aufmerksam und wach.

Erinnerungen an Bewegung und Schmerz blitzten auf. Der Anblick, die Geräusche und Gerüche des Zweikampfs. Er erinnerte sich an die blutbespritzten Stiefel, die näher gekommen waren – bespritzt mit seinem Blut. Kas'im musste sich eingemischt haben, nachdem er das Bewusstsein verloren hatte, und Sirak davon abgehalten haben, ihn zu töten. Sie hatten ihn offenbar hierhergebracht, damit er wieder gesund wurde.

Zunächst überraschte es ihn, dass sie sich überhaupt die Mühe machten, ihm zu helfen. Dann wurde ihm klar, dass er wie alle Schüler der Akademie zu wertvoll für die Bruderschaft war, als dass sie ihn einfach wegwerfen konnten. Also würde er überleben ... aber sein Leben war im Grunde vorbei.

Seit er zur Akademie gekommen war, hatte er auf ein einziges klares Ziel hingearbeitet. All sein Lernen, all sein Training hatten einen einzigen Zweck gehabt: die Dunkle Seite der Macht verstehen und beherrschen zu können. Die Dunkle Seite würde ihm Macht bringen. Ruhm. Kraft. Freiheit.

Nun würde er in der Akademie ein Ausgestoßener sein. Man würde ihm erlauben, am Gruppenunterricht teilzunehmen und seine Fähigkeiten in Kas'ims Unterrichtsstunden zu üben, aber das wäre auch schon alles. Seine demütigende Niederlage hatte jede Hoffnung zerstört, noch einmal Einzelunterricht von einem der Meister zu erhalten. Und ohne diese Anleitung würde sein Potenzial welken und sterben.

In der Theorie waren alle in der Bruderschaft gleich, aber Bane war intelligent genug, um die Wahrheit zu erkennen. In der Praxis brauchten die Sith Anführer, Meister wie Kaan oder Lord Qordis hier in der Akademie. Die Starken waren immer an der Spitze, den Schwachen blieb nichts anderes übrig, als zu folgen.

Bane war damit zu einem Leben als Gefolgsmann verurteilt. Einem Leben der Unterordnung und des Gehorsams.

Der Sieg zerbricht meine Ketten. Aber Bane hatte keinen Sieg gefunden, und er wusste sehr gut, dass ihn von nun an die Ketten der Dienerschaft binden würden. Er war vernichtet.

Ein Teil von ihm wünschte sich, Sirak hätte den Kampf wirklich vollkommen zu Ende gebracht.

Kapitel 14

In den Hallen der Sith-Akademie herrschte eine ungewöhnlich festliche Atmosphäre. Die Bruderschaft der Dunkelheit hatte auf Ruusan einen überwältigenden Sieg über die Jedi erkämpft, und die freudige Stimmung des Festessens, das Qordis aus diesem Anlass veranstalten ließ, hing noch in der Luft. Während der Trainings- und Unterrichtsstunden tauschten Schüler im Flüsterton aufgeregt weitere Einzelheiten über die Schlacht aus. Die Jedi auf Ruusan seien vollkommen ausgelöscht worden, sagten einige. Andere behaupteten, dass Lord Hoth selbst gefallen sei. Es gab Gerüchte, der Jedi-Tempel auf Coruscant sei ohne jede Verteidigung, und es sei nur eine Frage der Zeit, wann er von den Dunklen Lords der Sith geplündert werde.

Die Meister wussten, dass viele dieser Gerüchte übertrieben oder ungenau waren. Die Jedi auf Ruusan waren tatsächlich besiegt worden, aber viele hatten entkommen können. Lord Hoth lebte, und wahrscheinlich sammelte er die Jedi bereits für den unvermeidlichen Gegenangriff. Und der Jedi-Tempel auf Coruscant lag immer noch außerhalb der Reichweite von Kaan und der Bruderschaft der Dunkelheit. Auf Befehl von Qordis ließen die Lehrer jedoch um einer Verbesserung der Moral willen der Begeisterung ihrer Schüler freien Lauf.

Auf Bane hatte die triumphierende Stimmung jedoch kaum Auswirkungen. Es hatte drei Wochen regelmäßiger Behandlungen im Bacta-Tank gebraucht, um ihn nach den schrecklichen Prügeln, die er von Sirak bezogen hatte, wiederherzustellen. Meistens zog eine Niederlage im Ring einen oder zwei Tage in den Tanks nach sich, dann konnte der Schüler die Ausbildung fortsetzen. Aber selbstverständlich erlebten die meisten auch nicht so dramatische Niederlagen wie Bane.

Hurst hatte sich bei seinen Schlägen nie zurückgehalten, und Bane hatte in seiner Kindheit und Jugend eine Menge schwerer Prügel bezogen. Das hatte ihn gelehrt, mit körperlichen Schmerzen fertig zu werden, aber das Trauma seiner Niederlage gegen Sirak war viel schlimmer als alles, was Hurst ihm angetan hatte.

Bane schlurfte langsam durch die Flure der Akademie, obwohl dieser schleppende Schritt eher auf seine Stimmung als auf körperliche Ursachen zurückzuführen war. Er verspürte kaum mehr körperliches Unbehagen. Dank des Bacta-Tanks waren seine gebrochenen Knochen geheilt und die Prellungen vollkommen verschwunden. Der emotionale Schaden jedoch ließ sich nicht so einfach wieder rückgängig machen.

Zwei lachende Schülerinnen, die einander mit angeblichen Tatsachenberichten über den Sieg der Sith auf Ruusan unterhielten, kamen näher. Ihr Gespräch verstummte, als sie die einsame Gestalt bemerkten. Bane senkte den Kopf, um ihren Blicken auszuweichen, als sie vorbeikamen. Eine flüsterte etwas Unverständliches, aber die Verachtung in ihrem Ton war deutlich zu vernehmen.

Bane reagierte nicht. Er ging mit dem emotionalen Schmerz auf die einzige Weise um, die er kannte, und tat, was er schon als Kind getan hatte: Er zog sich in sich selbst zurück und versuchte, sich unsichtbar zu machen, um dem Hohn und Spott der anderen aus dem Weg zu gehen.

Seine Niederlage – so öffentlich und so vollständig – hatte seine bereits ins Wanken geratene Reputation sowohl bei den Schülern als auch bei den Meistern vollständig zerstört. Selbst vor dem Duell hatten viele über das Nachlassen seiner Kraft spekuliert. Nun war ihr Verdacht bestätigt worden. Bane wurde zum Ausgestoßenen, gemieden von den anderen Schülern und ignoriert von den Meistern.

Selbst Sirak beachtete ihn nicht. Er hatte seinen Rivalen vernichtend geschlagen; Bane war seiner Aufmerksamkeit nicht mehr wert. Das Interesse des Zabrak hatte sich ebenso wie das beinahe aller Schüler der jungen Menschenfrau zugewandt, die kurz nach der Schlacht von Ruusan zu ihnen gestoßen war.

Sie hieß Githany. Bane hatte gehört, sie sei einmal eine Jedi-Padawan gewesen, habe sich aber zugunsten der Dunklen Seite vom Licht abgewandt ..., was für mehrere Schüler der Akademie zutraf. Githany war jedoch alles andere als Durchschnitt. Sie hatte beim Sieg der Sith auf Ruusan eine unersetzliche Rolle gespielt und war mit dem Nimbus einer Heldin auf Korriban eingetroffen.

Bane war nicht kräftig genug gewesen, am Siegesfest teilzunehmen, wo Qordis Githany den anderen Schülern vorgestellt hatte, aber er hatte sie seitdem mehrmals in der Akademie gesehen. Sie war verblüffend schön, und es war offensichtlich, dass viele männliche Schüler sie begehrten. Beinahe ebenso offensichtlich war die Eifersucht der weiblichen Schüler, obwohl sie ihre Ablehnung um ihrer selbst willen zu verbergen suchten.

Githanys Arroganz und Grausamkeit entsprach ihrer körperlichen Attraktivität, und die Macht war ausgesprochen stark in ihr. Innerhalb von wenigen Wochen hatte sie bereits den Ruf erworben, alle zu zerschmettern, die ihr in den Weg gerieten. Es überraschte niemanden, dass sie schnell eine Favoritin von Qordis und den anderen Dunklen Lords wurde.

Nichts davon zählte jedoch für Bane. Er stapfte weiter mit gesenktem Kopf durch die Flure, häufig auf dem Weg zum Archiv, das sich auf einer der untersten Ebenen der Akademie befand. In den frühen Stadien seiner Entwicklung war ihm das Studium der Aufzeichnungen im Archiv als beste Möglichkeit erschienen, die Lehren der Meister zu ergänzen. Nun bot der kalte, stille Raum tief unter dem Erdgeschoss des Tempels ihm zumindest eine Zuflucht.

Wie so oft war das Archiv leer bis auf die Reihen von Regalen, in denen Manuskripte unordentlich gestapelt und dann vergessen worden waren. Nur wenige Schüler kamen hierher. Warum Zeit damit verschwenden, die Weisheit der Alten zu studieren, wenn man zu Füßen eines echten Dunklen Lords sitzen und seinen Ausführungen lauschen konnte? Selbst Bane kam nur noch hierher, weil die Meister keine Zeit mehr mit ihm verschwenden wollten.

Aber als er diese uralten Texte durchlas, begann ein Teil von ihm, den er für tot gehalten hatte, sich wieder zu regen. Das innere Feuer – dieser brennende Zorn, der zuvor stets seine geheime Reserve gewesen war – war verschwunden. Aber die Dunkle Seite rief immer noch nach ihm, wenn auch nur leise, und Bane erkannte, dass er noch nicht bereit war, sich selbst aufzugeben. Und so stürzte er sich wieder in seine Studien.

Es war den Schülern nicht erlaubt, Aufzeichnungen aus dem Archivraum mitzunehmen, also las Bane nur dort. Am Tag zuvor war er endlich mit einer ziemlich langen und detaillierten Abhandlung eines uralten Sith-Lords namens Naga Sadow über den Gebrauch von Alchemie und Giften fertig geworden. Selbst darin hatte er kleine Funken tiefer Weisheit gefunden und sich angeeignet. Stück für Stück wuchs sein Wissen.

Nun ging er langsam die Reihen auf und ab und las Titel und Autorennamen in der Hoffnung, etwas Nützliches zu finden. Er war so auf seine Suche konzentriert, dass er die dunkle Gestalt im Kapuzenumhang nicht bemerkte, die hereingekommen war und ihn jetzt schweigend beobachtete.

Githany sagte kein Wort, während der hochgewachsene, breitschultrige Mann weiter an den Regalen entlangwanderte. Er war körperlich beeindruckend; selbst sein weites Gewand konnte seine Muskeln nicht verbergen. Githany konzentrierte sich, wie die Jedi-Meister es sie vor ihrem Verrat gelehrt hatten, und nun konnte sie auch die Macht der Dunklen Seite in ihm spüren; er war erstaunlich stark. Aber er hielt sich nicht wie ein starker, mächtiger Mann. Selbst hier, verborgen vor den Augen aller anderen, ging er gebeugt, die Schultern hochgezogen.

Das war es, was Sirak einem Rivalen antun konnte, erkannte sie. Das würde er auch ihr antun, wenn sie gegen ihn antrat und verlor. Githany hatte selbstverständlich vor, den besten Schüler der Akademie herauszufordern – aber erst, wenn sie vollkommen überzeugt war, ihn im Duellring schlagen zu können.

Sie hatte Bane gesucht, weil sie hoffte, aus seinen Fehlern lernen zu können. Als sie ihn jetzt so schwach und gebrochen sah, erkannte sie, dass er ihr vielleicht noch mehr als nur Informationen zu bieten hatte. Normalerweise hätte sie sich nicht so leicht mit einem anderen Schüler verbündet, vor allem nicht mit einem, der so stark in der Macht war wie Bane. Githany zog es vor, allein zu arbeiten; sie wusste nur zu gut, wie vernichtend die Folgen eines unerwarteten Verrats sein konnten.

Aber der Mann, den sie vor sich sah, war verwundbar. Er war allein und verzweifelt und nicht in einer Position, jemanden zu verraten. Sie konnte ihn beherrschen, konnte ihn benutzen, wie sie wollte, und ihn wegwerfen, wenn sie mit ihm fertig war.

Nun nahm er ein Buch aus einem Regal und ging langsam zu den Tischen. Sie wartete, bis er sich hingesetzt und mit dem Lesen begonnen hatte. Dann holte sie tief Luft und schob die Kapuze zurück, damit ihre langen Locken frei bis auf die Schultern fielen. Sie setzte ihr verführerischstes Lächeln auf und machte sich an die Arbeit.

Bane schlug vorsichtig das uralte Buch auf, das er aus den Archivregalen genommen hatte. Sein Titel lautete *Die Rakata und die Unbekannte Welt*, und wenn man der Datierung glauben durfte, war es beinahe dreitausend Standardjahre alt. Aber es waren weder der Titel noch das Thema, die ihn interessierten, sondern der Autor: Darth Revan. Revans Geschichte war den Jedi wie den Sith wohlbekannt. Was Bane faszinierte, war die Verwendung des Titels *Darth.*

Die modernen Sith benutzten diesen Titel nicht mehr, sie zogen es vor, sich *Dunkle Lords* zu nennen. Bane hatte sich immer gewundert, warum, aber die Meister nie danach gefragt. Vielleicht konnte er in diesem Buch, das von dem letzten großen Sith, der den Titel benutzte, verfasst worden war, einen Hinweis darauf finden, wieso die Sith mit dieser Tradition gebrochen hatten.

Er hatte gerade erst begonnen, die erste Seite zu lesen, als er hörte, wie jemand näher kam. Er blickte auf und sah die neueste Schülerin der Akademie – Githany – auf sich zukommen. Sie lächelte, was ihre bemerkenswerten Züge noch attraktiver machte. Zuvor hatte Bane sie nur von fern gesehen; aus der Nähe war sie buchstäblich atemberaubend. Als sie sich neben ihm niederließ, drang ihm ein schwacher Hauch von Parfüm in die Nase und ließ sein bereits rasendes Herz noch schneller schlagen.

»Bane.« Sie flüsterte, obwohl sonst niemand im Archivraum war, den sie mit ihrem Gespräch hätten stören können. »Ich habe dich gesucht.«

Das überraschte ihn. »Mich? Warum?«

Sie legte ihm die Hand auf den Unterarm. »Ich brauche dich. Ich brauche deine Hilfe gegen Sirak.«

Ihre Nähe, die kurze Berührung und der verführerische Duft machten ihn beinahe schwindlig. Er brauchte einige Zeit, um zu begreifen, was sie meinte, aber dann wurde ihm klar, woher dieses plötzliche Interesse an ihm rührte. Sie hatte wohl von seiner Demütigung durch den Zabrak gehört. Sie war gekommen, um ihn sich selbst anzusehen, in der Hoffnung, etwas lernen zu können, das sie vor einem ähnlichen Versagen bewahren konnte.

»Ich kann dir gegen Sirak nicht helfen«, sagte er, wandte sich ab und starrte wieder in sein Buch.

Die Hand auf seinem Unterarm drückte leicht zu, und er blickte wieder auf. Githany hatte sich näher zu ihm gebeugt, und er bemerkte, dass er direkt in ihre Smaragdaugen starrte.

»Bitte, Bane. Hör dir einfach nur an, was ich zu sagen habe.«

Er nickte, nicht sicher, ob er auch nur sprechen könnte, wenn sie so dicht neben ihm saß. Er klappte das Buch zu und drehte sich leicht, um sie besser ansehen zu können. Githany seufzte dankbar und lehnte sich ein wenig zurück. Er spürte einen Hauch von Enttäuschung, als sie die Hand von seinem Arm nahm.

»Ich weiß, was dir im Duellring zugestoßen ist«, begann sie. »Ich weiß, dass alle glauben, Sirak hätte dich vernichtet und die Niederlage hätte dir irgendwie deine Kraft genommen. Ich sehe, dass du das ebenfalls glaubst.«

Auf ihrem Gesicht stand nun ein bekümmerter Ausdruck, aber kein Mitleid, und dafür war er dankbar. Bane wollte kein Mitleid, von niemandem – und besonders nicht von ihr. Aber sie zeigte bei ihren Worten ehrliches Bedauern.

Als er nicht antwortete, holte sie tief Luft und fuhr fort: »Sie irren sich, Bane. Du kannst deine Fähigkeit, die Macht zu beherrschen, nicht einfach verlieren. Das kann keiner von uns. Die Macht ist ein Teil von uns, sie gehört zu unserem Wesen.

Ich habe mir auch erzählen lassen, was du mit diesem Makurth gemacht hast. Das zeigt, wozu du imstande warst. Es enthüllt dein wahres Potenzial, beweist, dass du über eine gewaltige Begabung verfügst.« Sie hielt inne. Ihr Blick war sehr intensiv. »Du glaubst vielleicht, du hast diese Begabung vergeudet oder sie verloren. Aber ich weiß es besser. Ich fühle die Kraft in dir. Ich kann sie spüren. Sie ist immer noch da.«

Bane schüttelte den Kopf. »Die Kraft mag da sein, aber meine Fähigkeit, sie zu beherrschen, ist verschwunden. Ich bin nicht mehr, was ich einmal war.«

»Das ist nicht möglich«, sagte sie sanft. »Wie kannst du das nur glauben?«

Obwohl er die Antwort kannte, zögerte er, bevor er darüber sprach. Als er in der gewichtslosen Flüssigkeit des Bacta-Tanks trieb, hatte er sich diese Frage tausendmal gestellt. Nach seiner Niederlage hatte er ausreichend Gelegenheit gehabt, mit seinem Versagen zu ringen, und am Ende erkannt, was geschehen war – nur dass er nicht wusste, was er dagegen tun sollte.

Er war nicht sicher, ob er diese persönliche Erkenntnis mit einer Fremden teilen sollte. Aber wem sonst sollte er es sagen? Nicht den anderen Schülern und ganz bestimmt nicht den Meistern. Er kannte Githany kaum, aber immerhin hatte sie ihn angesprochen, hatte Interesse gezeigt. Sie war die Einzige, die das getan hatte.

Nur ein Dummkopf oder Idiot hätte es in der Akademie riskiert, über eine persönliche Schwäche zu sprechen. Aber die unangenehme Wahrheit war, dass Bane nichts zu verlieren hatte.

»Mein ganzes Leben bin ich von meinem Zorn getrieben worden«, erklärte er. Er sprach langsam und starrte dabei die Tischplatte an, denn er konnte Githany nicht in die Augen sehen. »Mein Zorn hat mich stark gemacht. Er war meine Verbindung zur Macht und zur Dunklen Seite. Nach Foharghs Tod – nachdem ich ihn getötet hatte – wurde mir klar, dass ich auch für den Tod meines Vaters verantwortlich war. Ich habe es durch die Macht der Dunklen Seite getan.«

»Und du fühlst dich schuldig?«, fragte sie und legte erneut eine weiche Hand auf seinen Arm.

»Nein. Vielleicht. Ich weiß es nicht.« Ihre Hand war warm, er konnte die Hitze spüren, die durch den Stoff seines Ärmels drang. »Ich weiß nur, dass diese Erkenntnis mich veränderte. Der Zorn, der mich bis dahin angetrieben hatte, verschwand. Und danach blieb mir … nun … nichts mehr.«

»Gib mir deine Hand.« Ihre Stimme war streng, und Bane zögerte nur einen Augenblick, bevor er die Hand ausstreckte. Sie nahm sie in beide Hände. »Schließ die Augen«, befahl sie und schloss auch ihre eigenen.

Im Dunkeln wurde er sich intensiv bewusst, wie fest sie seine Hand umklammerte: Sie drückte so fest zu, dass er ihren Herzschlag durch ihre Handflächen spüren konnte. Ihr Herz schlug schnell und dringlich, und sein bereits rasendes Herz wurde in Reaktion darauf noch schneller.

Er spürte ein Kribbeln in seinen Fingern, etwas, das über reinen körperlichen Kontakt hinausging. Sie berührte ihn mit der Macht.

»Komm mit mir, Bane«, flüsterte sie.

Plötzlich hatte er das Gefühl zu fallen. Nein, er fiel nicht, er tauchte. Er sauste in einen großen Abgrund, in die schwarze Leere seines Wesens. Kalte Dunkelheit betäubte seinen Körper, er hatte alles Gefühl in seinen Extremitäten verloren und konnte Githanys Hände um die seinen nicht mehr spüren. Er wusste nicht einmal, ob sie noch neben ihm saß. Er war allein in dieser eisigen Welt.

»Die Dunkle Seite ist Emotion, Bane.« Ihre Worte kamen von weit her, leise, aber unmissverständlich. »Zorn, Hass, Liebe, Begehren.« Nun wurde ihre Stimme lauter und übertönte bald das Pochen seines Herzens. »Deine Leidenschaft ist immer noch vorhanden, Bane. Such sie. Hol sie dir zurück!«

Wie in Reaktion auf seine Worte begannen seine Gefühle in

ihm aufzuwallen. Er spürte Zorn. Wut. Reinen, pulsierenden Hass: Hass auf die anderen Schüler, die ihn ausschlossen, Hass auf die Meister, die ihn im Stich ließen. Mehr als alle anderen hasste er Sirak. Und mit diesem Hass kam die Gier nach Rache.

Dann spürte er etwas anderes. Ein Funke; ein Flackern von Licht und Hitze in dieser kalten Dunkelheit. Sein Geist stürzte sich auf die Flamme und packte sie, und einen kurzen Augenblick spürte er wieder die wunderbare Kraft der Macht, die ihn erfüllte. Dann ließ Githany seine Hand los, und es war weg – erloschen, als hätte er es sich nur eingebildet. Aber das hatte er nicht getan. Es war Wirklichkeit gewesen. Er hatte es tatsächlich gespürt.

Er öffnete die Augen vorsichtig wie ein Mann, der aus einem Traum erwacht, den er nicht vergessen will. Aus Githanys Miene schloss er, dass auch sie etwas gespürt haben musste.

»Wie hast du das gemacht?«, fragte er. Er versuchte, nicht zu begierig zu klingen, aber es misslang ihm.

»Meister Handa hat es mir beigebracht, als ich im Jedi-Orden seine Schülerin war«, gab sie zu. »Ich habe selbst einmal die Verbindung zur Macht verloren, genau wie du. Ich war noch jung, als es geschah. Ich konnte einfach mit etwas so Gewaltigem und Unendlichem nicht fertig werden. Mein Geist schuf eine Mauer, um sich zu schützen.«

Bane nickte und schwieg angestrengt, damit sie fortfahren konnte.

»Dein Zorn ist immer noch da, ebenso wie die Macht. Jetzt musst du die Wände einreißen, die du errichtet hast. Du musst an den Anfang zurückkehren und lernen, wie du dich wieder mit der Macht verbinden kannst.«

»Wie soll ich das machen?«

»Du trainierst«, antwortete Githany, als wäre das selbstverständlich. »Wie sonst lernt man, die Macht zu benutzen?«

Die schwache Hoffnung, die in ihm aufgeflackert war, erstarb wieder.

»Die Meister wollen mir keinen Privatunterricht mehr erteilen«, murmelte er. »Qordis hat es verboten.«

»Ich werde dich ausbilden«, sagte Githany. »Ich kann dich alles lehren, was ich von den Jedi über die Macht erfahren habe. Und was immer ich von den Meistern über die Dunkle Seite lerne, gebe ich ebenfalls an dich weiter.«

Bane zögerte. Githany war kein Meister, aber sie war viele Jahre als Jedi ausgebildet worden. Sie wusste wahrscheinlich vieles über die Macht, was ihm neu sein würde. Zumindest würde er mit ihrer Hilfe mehr lernen als ohne sie. Und dennoch beunruhigte ihn etwas an ihrem Angebot.

»Warum machst du das?«, fragte er.

Sie lächelte tückisch. »Du traust mir immer noch nicht? Gut. Das solltest du auch nicht. Ich tue es aus reiner Eigensucht. Ich kann Sirak nicht allein besiegen. Er ist zu stark.«

»Sie sagen, er sei der Sith'ari«, murmelte Bane.

»Ich glaube nicht an Prophezeiungen«, erwiderte sie. »Aber er hat mächtige Verbündete. Und die anderen Zabrak-Schüler hier sind vollkommen loyal ihm gegenüber. Wenn ich ihn jemals herausfordern will, brauche ich jemanden an meiner Seite. Jemanden, der stark in der Macht ist. Jemanden wie dich.«

Ihre Gründe klangen vernünftig, aber etwas beunruhigte ihn immer noch. »Lord Qordis und die anderen Meister würden das nicht gutheißen«, warnte er sie. »Du gehst ein schreckliches Wagnis ein.«

»Nur wer wagt, gewinnt«, erwiderte sie. »Und außerdem ist mir egal, was die Meister denken. Am Ende überleben immer die, die für sich selbst sorgen können.«

Bane brauchte einen Moment, um zu erkennen, wieso ihre Worte so vertraut klangen. Dann erinnerte er sich an das Letzte, was Groshik zu ihm gesagt hatte, bevor er Apatros verließ. *Am Ende ist jeder auf sich allein gestellt. Die Überlebenden sind immer die, die am besten für sich selbst sorgen können.*

»Du hilfst mir, die Macht wiederzugewinnen, und ich helfe dir gegen Sirak«, sagte er und streckte den Arm aus. Sie packte kurz seinen Unterarm, dann stand sie auf, um zu gehen. Bane hielt sie fest und zwang sie, sich wieder hinzusetzen. In ihren Augen blitzte ein gefährliches Glitzern auf, aber er ließ nicht los.

»Wieso hast du die Jedi verlassen?«, fragte er.

Ihre Miene wurde weicher, und sie schüttelte den Kopf. Sie streckte die freie Hand aus und legte sie sanft an seine Wange. »Ich glaube nicht, dass ich schon bereit bin, dir das zu sagen.«

Er nickte. Er brauchte sie nicht zu drängen, und er wusste, dass er sich das Recht auf solche Vertraulichkeit noch nicht verdient hatte.

Die Hand zog sich von seiner Wange zurück, und er ließ ihren Arm los. Sie sah ihn ein letztes Mal abschätzend an, dann stand sie auf und ging mit raschem, entschlossenem Schritt davon. Sie drehte sich nicht mehr um, aber Bane war damit zufrieden, ihren schwingenden Hüften mit seinem Blick zu folgen, bis sie nicht mehr zu sehen war.

Githany wusste, dass er ihr hinterherschaute. Das taten Männer immer; daran war sie gewöhnt.

Sie fand, dass diese Begegnung alles in allem gut verlaufen war. Am Ende, als er sich weigerte, ihren Arm loszulassen, hatte sie sich für einen Sekundenbruchteil gefragt, ob sie ihn unterschätzt hatte. Sein Trotz hatte sie aus dem Konzept gebracht; sie hatte eine schwache, unterwürfige Persönlichkeit erwartet. Aber sobald sie in seine Augen sah, wusste sie, dass er sich aus Verzweiflung und Angst an sie klammerte. Eine einzige Begegnung, und schon hatte er es nicht ertragen können, sie gehen zu lassen.

Obwohl sie erst kurze Zeit bei den Sith war, fiel ihr der Weg der Dunklen Seite leicht. Sie empfand kein Mitleid für Bane, seine Verwundbarkeit machte ihn beherrschbar. Und anders als die Jedi belohnte die Bruderschaft der Dunkelheit Ehrgeiz. Jeder Rivale, den sie niederstreckte, bewies ihren Wert und erhöhte ihren Status.

Bane würde das perfekte Werkzeug abgeben, um ihre Rivalen zu zerstören. Er war unglaublich stark in der Macht, sogar noch stärker, als sie am Anfang angenommen hatte. Sie war erstaunt gewesen über die Kraft, die sie in ihm gespürt hatte. Und nun hatte sie ihn vollkommen um den Finger gewickelt. Sie musste nur dafür sorgen, dass es so blieb.

Sie würde ihn langsam mit sich nehmen und dabei dafür sorgen, dass er immer ein wenig hinter ihren eigenen Fähigkeiten herhinkte. Das mochte ein gefährliches Spiel sein, aber eins, das sie gut beherrschte. Wissen war Macht, und sie alleine kontrollierte, welches Wissen er erhielt. Sie würde ihn unterrichten. Würde ihn mitziehen, ihn nach ihrem Willen formen und ihn dann benutzen, um Sirak zu zerschmettern. Und falls sie danach befürchten musste, dass Bane zu mächtig wurde, würde sie ihn ebenfalls vernichten.

Nacht lag über Korriban; flackernde Fackeln warfen unheimliche Schatten in den Fluren der Akademie. Bane schlich in einen schwarzen Umhang gewickelt durch diese Flure, selbst kaum mehr als ein Schatten.

Es war den Schülern verboten, nach der Sperrstunde ihre Zimmer zu verlassen – eine der Maßnahmen, die Qordis ergriffen hatte, um die »unerklärlichen« Todesfälle zu reduzieren, die in Akademien voller rivalisierender Schüler der Dunklen Seite nur allzu weit verbreitet waren. Bane wusste, er würde schwer bestraft werden, wenn man ihn erwischte. Aber nur zu dieser Tageszeit brauchte er nicht zu befürchten, dass ihn die anderen Schüler sahen.

Er ging durch den Flur mit den Quartieren der Schüler, bis er zu der Treppe gelangte, die zu den oberen Ebenen und den Quartieren der Meister führte. Rasch sah er sich um, spähte in die flackernden Schatten, die auf die Steinmauern fielen. Er hielt inne, lauschte nach allem, was darauf hinwies, dass jemand in der Nähe sein könnte. Er hatte sich die Routen und Zeitpläne der Wachtposten eingeprägt, die nach Einbruch der Dunkelheit in den Fluren patrouillierten; er wusste, es würde noch beinahe eine Stunde dauern, bis sie zu diesem Stockwerk des Tempels zurückkehrten. Aber es gab in der Akademie mehr als Schüler und Meister – Küchenpersonal, Reinigungspersonal, Handwerker –, und diese Leute konnten jetzt durchaus noch unterwegs sein.

Als er nur Stille hörte, ging er weiter die Treppe hinauf. Rasch schlich er sich an Qordis' Räumen vorbei, ein wenig erleichtert zu sehen, dass selbst der Sith-Meister es für notwendig hielt, in der Nacht seine Tür zu verschließen und zu verriegeln. Ebenso vorsichtig bewegte er sich an einem anderen halben Dutzend Türen vorbei und blieb erst stehen, als er den Eingang zum Zimmer des Schwertmeisters erreichte.

Er klopfte nur einmal und leise, um die anderen nicht zu wecken. Bevor er ein zweites Mal klopfen konnte, ging die Tür auf, und der Twi'lek stand vor ihm. Einen Sekundenbruchteil dachte Bane, Kas'im hätte schon auf der anderen Seite der Tür gestanden und auf ihn gewartet. Aber das war selbstverständlich unmöglich. Wahrscheinlich hatten die gut geschliffenen Reflexe des Schwertmeisters ihn auf das erste Klopfen so schnell reagieren lassen, dass er das Zimmer bereits durchquert und die Tür geöffnet hatte, als Bane gerade erst die Hand zum zweiten Klopfen hob.

Kas'im trug eine Hose, aber sein Oberkörper war nackt, und

Bane konnte die Narben und Tätowierungen auf seiner Brust deutlich sehen. Die verwirrte Miene des Twi'lek bestätigte Banes Annahme, dass der Schwertmeister nicht gewusst hatte, dass er auf dem Weg war, und das Tempo, mit dem er Bane nun packte und ihn ins Zimmer zog, bestätigte seine Vermutungen über Kas'ims außergewöhnlichen Reflexe.

Bevor Bane auch nur erkannte, was geschah, war die Tür wieder hinter ihm geschlossen und verriegelt, und er befand sich mit dem Schwertmeister in dem kleinen dunklen Zimmer. Sein Gastgeber schaltete einen kleinen Glühstab am Bett ein, dann drehte er sich um, um seinen uneingeladenen Gast wütend anzustarren.

»Was willst du hier?«, zischte er.

Bane zögerte, denn er wusste selbst nicht genau, wie viel er dem Twi'lek verraten sollte. Er hatte über Githanys Angebot nachgedacht und darüber, was sie gesagt hatte, und war zu dem Schluss gekommen, dass sie Recht hatte: Er musste für sich selbst sorgen, wenn er überleben wollte. Und das bedeutete auch, dass *er* derjenige sein musste, der Sirak erledigte, nicht sie.

»Ich möchte, dass Ihr mich wieder ausbildet«, flüsterte Bane. »Ich möchte, dass Ihr mir alles über die Kunst des Lichtschwertkampfs beibringt.«

Kas'im schüttelte zur Antwort den Kopf, aber Bane glaubte, ein kurzes Zögern bemerkt zu haben, bevor der Twi'lek das tat.

»Qordis würde es niemals erlauben. Er hat sehr deutlich gemacht, dass keiner der Meister mehr Zeit an dich verschwenden soll.«

»Ich wusste nicht, dass Ihr Qordis unterstellt seid«, erwiderte Bane. »Sind nicht alle Meister in der Bruderschaft der Dunkelheit gleich?«

Der Twi'lek durchschaute diesen offenen Appell an seinen Stolz selbstverständlich sofort. Er lächelte, amüsiert über Banes Dreistigkeit. »Das ist wahr«, gab er zu. »Aber hier auf Korriban unterwerfen sich die anderen Lords Qordis. Das, äh, verhindert Komplikationen.«

»Qordis muss es ja nicht erfahren.« Bane fasste Mut angesichts der Tatsache, dass Kas'im ihm das Training noch nicht kategorisch verweigert hatte. »Trainiert mich im Geheimen. Wir können uns bei Nacht auf dem Tempeldach treffen.«

»Warum sollte ich das tun?«, fragte der Twi'lek und verschränkte die muskulösen Arme. »Du bittest um die Belehrungen eines Sith-Lords, aber was bietest du mir im Gegenzug?

»Ihr kennt mein Potenzial«, drängte Bane. »Qordis hat mich weggeworfen. Wenn ich jetzt Erfolg habe, ist es nicht mehr sein Verdienst. Wenn ich ein erfahrener Krieger für die Bruderschaft werde, wird Lord Kaan wissen, dass Ihr derjenige wart, der mich ausgebildet hat. Und wenn ich versage, wird niemand je darauf kommen, dass Ihr damit zu tun hattet. Ihr habt nichts zu verlieren.«

»Nichts außer meiner Zeit«, erwiderte Kas'im und kratzte sich am Kinn. »Du hast den Kampfeswillen verloren. Das ist bei deinem Kampf gegen Sirak vollkommen deutlich geworden.« Seine Lekku bebten ein bisschen, und Bane nahm das als Zeichen, dass er trotz seiner Worte ernsthaft über die Bitte nachdachte.

Wieder zögerte Bane. Wie viel durfte er wagen zu enthüllen? Er hatte immer noch vor, sich von Githany über die Macht und den Weg der Dunklen Seite unterrichten zu lassen. Aber ihm war klar geworden, dass er ihr, wenn sie seine einzige Lehrerin blieb, immer an Kraft unterlegen sein würde. Wenn er derjenige sein wollte, der Sirak erledigte, brauchte er Kas'ims Hilfe – und er musste verhindern, dass sie das herausfand.

»Mein Kampfeswille ist zurückgekehrt«, sagte er schließlich, nachdem er zu dem Schluss gekommen war, dass er Githanys Anteil an seiner plötzlichen Erweckung nicht eingestehen wollte. »Ich bin bereit, mich der Macht der Dunklen Seite zu öffnen.«

Kas'im nickte. »Warum diese Veränderung?«

Bane wusste, dies war die letzte Prüfung. Kas'im war ein Dunkler Lord der Sith. Sein Unterricht sollte denen weiterhelfen, die eines Tages aufsteigen und sich den Meistern in der Bruderschaft der Dunkelheit anschließen würden. Er wollte mehr als nur einen Beweis von Banes Bereitschaft. Er wollte einen Beweis, dass Bane würdig war.

»Ich will Rache«, erwiderte Bane nach sorgfältigem Nachdenken. »Ich will Sirak vernichten. Ich will ihn wie ein Insekt unter dem Absatz meines Stiefels zertreten.«

Der Schwertmeister lächelte in grimmiger Zufriedenheit. »Wir fangen morgen Nacht an.«

Kapitel 15

Bane ging mit sorgfältigen, gemessenen Schritten den Flur entlang. Aber trotz dieses zurückhaltenden Tempos war er von Begeisterung und Triumph erfüllt. In den Wochen seit seiner schicksalhaften Begegnung mit Githany hatte sich seine Situation vollkommen verändert.

Sie unterrichtete ihn, wie sie es versprochen hatte. In den ersten paar Stunden hatten sie keine spektakulären Fortschritte gemacht; sie hatte ihm überwiegend geholfen, mit dem Zurückweichen seines Geistes vor seinem eigenen Potenzial zurechtzukommen. Aber dann zerriss der schwarze Schleier Stück für Stück. Und Stück für Stück half Githany Bane, sich zurückzuholen, was er verloren hatte, bis er erneut spürte, wie die Kraft der Dunklen Seite durch seine Adern rauschte.

Seitdem war es sehr viel schneller gegangen. Seine Gier nach Rache beflügelte seine Studien. Sie nährte seine Fähigkeit, die Macht zu nutzen. Sie versetzte ihn in die Lage, die Lektionen der Meister zu verstehen, die Githany an ihn weitergab. Obwohl die Lehrer ihn ignorierten, lernte er wieder alles, was den anderen Schülern beigebracht wurde – und zwar schnell.

Als er im Flur einem anderen Schüler begegnete, senkte Bane den Kopf und gab sich unterwürfig. Es war wichtig, dass niemandem der Verdacht kam, es könnte sich etwas geändert haben. Er verbarg seine Ausbildung bei Githany vor allen anderen, selbst vor Kas'im. Genau, wie er das Training mit dem Schwertmeister vor ihr geheim hielt.

Kas'im wusste, dass er mit der Klinge besser wurde, aber er ahnte nicht, dass er in anderen Bereichen ähnliche Fortschritte erzielte. Githany sah seine Erfolge bei der Entwicklung seines wahren Potenzials in der Macht, wusste aber nicht, dass er auch den Lichtschwertkampf zu meistern lernte. Die Folge war, dass beide wahrscheinlich das volle Ausmaß seiner Fähigkeiten unterschätzen würden. Bane gefiel es, sich auf diese Weise im Vorteil zu wissen.

Seine Tage gehörten nun ganz dem Lernen und dem Training. In den dunkelsten Stunden der Nacht vor dem ersten Morgenlicht traf er sich mit Kas'im, um Techniken zu üben. Mit Githany traf er sich mittags im Archiv, wo sie die Belehrungen, die man ihr erteilt hatte, an ihn weitergeben konnte, ohne dass sie fürchten mussten, unterbrochen oder entdeckt zu werden. Und wenn er nicht mit Kas'im trainierte oder mit Githany zusammen lernte, las er die alten Texte.

Ein weiterer Schüler näherte sich, und Bane wich zur Seite aus, projizierte ein Bild von Schwäche und Angst, um seine bemerkenswerte Veränderung zu verbergen. Er wartete, bis die Schritte des anderen verklungen waren, bevor er die Treppe zum Archiv auf der untersten Ebene des Tempels hinuntereilte.

Qordis oder einer der anderen Meister hätten die falsche Fassade, hinter der er sich verbarg, durchschauen und seine wahre Macht spüren können, wenn ihre eigene Arroganz sie nicht blind gemacht hätte. Aber sie hatten ihn als Versager abgetan, und nun bemerkten sie ihn nicht mehr. Bane kam diese Anonymität hervorragend zupass.

Er schlief kaum mehr. Es schien, als bräuchte sein Körper keinen Schlaf mehr; er lebte von seiner wachsenden Beherrschung der Dunklen Seite. Eine oder zwei Stunden Meditation jeden Tag genügten, um seinen Körper mit Energie zu versorgen und seinen Geist wiederzubeleben. Er verschlang alles Wissen mit dem Appetit eines hungrigen Rancors, nahm alles auf, was er von seinen geheimen Mentoren erfahren konnte, und hungerte dennoch stets nach mehr. Der Schwertmeister war verblüfft über seine Fortschritte, und selbst Githany, die immerhin jahrelang bei den Jedi studiert hatte, musste sich anstrengen, um ihm vorauszubleiben. Alles, was er von ihr erfuhr, stützte er zusätzlich mit der Weisheit der Alten. Als er in der Akademie eingetroffen war, hatte er gespürt, wie wertvoll das Archiv war, ihm aber dann den Rücken zugekehrt, als ihn die tägliche Routine und der intensive Unterricht immer mehr beanspruchten. Nun verstand er, dass sein Instinkt ihn nicht getäuscht hatte: Das Wissen, das diese vergilbten Pergamente und ledergebundenen Manuskripte enthielten, war zeitlos. Die Macht war ewig, und obwohl die Meister der Akademie nun andere Wege gingen als ihre Sith-Vorfahren, suchten alle ihre Antworten in der Dunklen Seite.

Er lächelte über die Ironie seines derzeitigen Lebens. Er war der Ausgestoßene. Aber mit Githany, Kas'im und seinen eigenen Studien im Archiv erhielt er eine bessere Ausbildung als jeder andere auf Korriban.

Er würde die Wahrheit bald genug enthüllen. Wenn der Tag gekommen war, würde Sirak erfahren, dass er Bane unterschätzt hatte. Sie würden es alle erfahren.

»Hervorragend!«, sagte Kas'im, als Bane seine raschen Schläge blockierte und dann selbst angriff. Er landete nicht wirklich einen direkten Treffer, aber er zwang den Schwertmeister mit der Wut seines Angriffs einen Schritt zurück. Plötzlich sprang der Twi'lek hoch in die Luft und drehte sich so, dass er von oben auf Bane einschlagen konnte, als er über ihn hinwegflog. Bane jedoch war bereit und schaltete so übergangslos von Angriff auf Verteidigung um, dass es wie eine einzige Bewegung wirkte. Er parierte beide Klingen von Kas'ims Waffe, duckte sich gleichzeitig aus dem Weg und brachte sich schließlich mit einer Rolle in Sicherheit.

Dann wirbelte er wieder zu seinem Gegner herum, aber er sah, dass Kas'im die Waffe gesenkt hatte, was im Allgemeinen das Ende der Unterrichtsstunde anzeigte.

»Sehr gut, Bane«, sagte der Twi'lek und deutete eine Verbeugung an. »Ich dachte, diese Aktion würde dich überraschen, aber du konntest sie beinahe perfekt vorhersehen und dich verteidigen.«

Bane sonnte sich im Lob des Meisters, aber es tat ihm leid, dass die Stunde vorüber war. Er atmete schwer, und seine Muskeln glitzerten vor Schweiß und zuckten vor Adrenalin, aber er hatte das Gefühl, noch stundenlang weiterkämpfen zu können. Übungskämpfe und Drill waren nun viel mehr als nur körperliche Anstrengung für ihn. Jede Bewegung, jeder Schlag, jeder Stoß waren zu einer Demonstration der Macht geworden.

Er sehnte sich nach einem anderen Gegner, er gierte nach der Herausforderung, sich seinen Mitschülern entgegenzustellen. Aber dazu war es noch zu früh. Er würde noch besser werden müssen, um Sirak zu besiegen, und bis er den Zabrak niederschlagen konnte, musste er seine sich rasch entwickelnde Begabung weiter verbergen.

Kas'im warf ihm ein Handtuch zu. Bane stellte erfreut fest, dass der Twi'lek ebenfalls schwitzte, wenn auch nicht annähernd so stark wie er selbst.

»Gibt es etwas, woran ich bis morgen arbeiten sollte?«, fragte Bane eifrig. »Eine neue Sequenz? Eine neue Form? Etwas anderes?«

»Du bist weit über Sequenzen und Formen hinaus«, sagte der Meister. »Bei diesem letzten Schlagabtausch hast du deinen Angriff mitten in einer Sequenz abgebrochen und mich aus einem vollkommen anderen und unerwarteten Winkel angegriffen.«

»Tatsächlich?« Bane war überrascht. »Das ... das hatte ich nicht beabsichtigt.«

»Und genau das machte es zu einer so vernichtenden Reaktion«, erklärte Kas'im. »Du lässt deine Klinge jetzt von der Macht führen. Du handelst, ohne zu denken oder die Vernunft zu bemühen. Du wirst von Leidenschaft getrieben: Wut, Zorn ... sogar Hass. Dein Schwert ist zu einem Arm der Dunklen Seite geworden.«

Bane musste lächeln, aber dann runzelte er verwirrt die Stirn. »Aber ich konnte Eure Verteidigung immer noch nicht durchbrechen.« Er versuchte, sich den Kampf noch einmal vor Augen zu führen. Ganz gleich, was er versucht hatte, es schien, als wäre eine Seite der Waffe mit der Doppelklinge, die der Twi'lek benutzte, immer da gewesen, um seine Schläge und Stöße abzufangen. So etwas wie Zweifel befiel ihn, als er sich erinnerte, dass Sirak die gleiche Art von Waffe benutzte. »Gibt diese Doppelklinge Euch einen Vorteil?«, fragte er.

»Ja, aber nicht auf die Weise, an die du denkst«, erwiderte Kas'im.

Bane schwieg und wartete geduldig auf weitere Erklärungen. Nach ein paar Sekunden tat sein Meister ihm den Gefallen.

»Wie du bereits weißt, ist die Macht bei jeder Konfrontation der wahre Schlüssel. Die Gleichung ist allerdings nicht ganz so einfach. Jemand, der gut im Lichtschwertkampf ausgebildet ist, kann einen Gegner besiegen, selbst wenn dieser stark in der Macht ist. Die Macht gestattet dir, die Bewegungen deines Gegners vorherzusehen und ihnen deine eigenen entgegenzusetzen. Aber je mehr Möglichkeiten deinem Gegenüber zur Verfügung stehen, desto schwieriger ist es vorherzusagen, welche er wählen wird.«

Bane glaubte zu verstehen. »Also gibt Euch die Waffe mit der Doppelklinge mehr Möglichkeiten?«

»Nein«, erwiderte Kas'im. »Aber du denkst, dass es so ist, also ist die Wirkung die gleiche.«

Mehrere Sekunden dachte Bane über die seltsamen Worte des Schwertmeisters nach und versuchte sie zu begreifen. Am Ende gab er sich geschlagen. »Ich verstehe es immer noch nicht, Meister.«

»Du kennst dich gut mit dem gewöhnlichen Lichtschwert aus, du benutzt es selbst und hast auch gesehen, wie die meisten anderen Schüler es benutzen. Mein Doppelschwert kommt dir seltsam vor. Fremdartig. Du verstehst nicht vollkommen, was es leisten kann und was nicht.« Der Twi'lek wirkte weder ungeduldig noch gereizt, also nahm Bane an, dass es hier um etwas ging, das zu begreifen sein Lehrer von ihm noch nicht unbedingt erwartet hatte.

»Im Kampf versucht dein Geist, beide Klingen getrennt zu verfolgen und verdoppelt damit die Anzahl der Möglichkeiten. Aber die beiden Klingen sind miteinander verbunden: Wenn du weißt, wo sich die eine befindet, ist dir automatisch auch die Position der anderen bewusst. Tatsächlich ist das Lichtschwert mit Doppelklinge in der Praxis eingeschränkter als die traditionelle Waffe. Es kann mehr Schaden anrichten, ist aber weniger präzise. Es verlangt ausholendere Bewegungen, die sich nicht gut in ein rasches Zustechen umwandeln lassen. Aber weil die Waffe schwierig zu meistern ist, verstehen nur wenige Jedi – oder sogar Sith –, was es mit ihr auf sich hat. Sie wissen nicht, wie man sie angreift oder sich wirksam gegen sie verteidigt. Das gibt denen von uns, die sie benutzen, einen Vorteil über die meisten Gegner.«

»Wie Githanys Peitsche!«, rief Bane. Githany hatte die traditionellen Waffen zurückgewiesen und benutzte die sehr seltene

Energiepeitsche: nur eine von vielen Einzelheiten, die sie aus der Masse der Schüler heraushoben. Die Peitsche operierte nach den gleichen grundlegenden Prinzipien wie ein Lichtschwert, aber statt eines stetigen Strahls wurde die Energie der Kristalle in ein flexibles Band projiziert, das sich drehte und wand und knallte, sowohl in Reaktion auf Githanys Körperbewegungen als auch auf ihren Gebrauch der Macht.

»Genau. Die Energiepeitsche ist viel weniger wirkungsvoll als eine Lichtschwertklinge. Aber niemand trainiert jemals gegen die Peitsche. Githany weiß, dass die Verwirrung ihrer Feinde, wenn sie mit dieser Waffe konfrontiert werden, ihr einen Vorteil verschafft.«

»Aber indem Ihr mir dieses Geheimnis verratet, gebt Ihr Euren Vorteil auf«, stellte Bane fest und zeigte lächelnd auf Kas'ims Doppelschwert.

»Nur in sehr geringem Maß«, sagte der Twi'lek. »Du verstehst nun, warum eine exotische Waffe oder ein unvertrauter Stil ein Problem darstellen, wenn man sich dagegen verteidigen muss, aber solange du kein Experte für diesen bestimmten Stil bist, wirst du dich in der Hitze des Gefechts immer noch gewaltig anstrengen müssen, um die damit verbundenen Einschränkungen wirklich zu begreifen.«

Bane drängte weiter, eifrig bedacht, diese neue Einsicht in etwas Praktisches umzuwandeln, das er einsetzen konnte. »Ich könnte also unterschiedliche Stile studieren und damit diesen Vorteil zunichtemachen?«

»Theoretisch ja. Aber Zeit, die du mit Studieren verbringst, geht von der Zeit ab, die du brauchst, deine eigene Form zu meistern. Am besten wirst du weiterkommen, wenn du dich mehr auf dich selbst und weniger auf deinen Gegner konzentrierst.«

»Warum habt Ihr mir das alles dann erzählt?«, rief Bane frustriert.

»Wissen ist Macht, Bane. Mein Ziel besteht darin, dir dieses Wissen zu liefern. Es ist deine Aufgabe herauszufinden, wie du es am besten nutzen kannst.«

Mit diesen Worten ließ der Schwertmeister ihn stehen und ging zur Treppe, um vor dem Sonnenaufgang noch ein paar Stunden Schlaf zu finden. Bane blieb zurück und rang mit dem, was er gehört hatte, bis es Zeit war, sich mit Githany im Archiv zu treffen.

Der Geruch nach Ozon erfüllte das Archiv und drang Githany in die Nase, als sie zusah, wie Bane die neuesten Übungen nachvollzog. Überall im Raum knisterte und zischte es, als er die Energie der Macht bündelte und in großen, gekrümmten violetten Lichtblitzen von sich schleuderte.

Githany stand neben ihm in der Mitte eines Strudels. Heftiger Wind wirbelte um sie herum, riss an ihrem Haar und an ihrem Gewand. Er brachte die Regale zum Wackeln, ließ Manuskripte herunterfallen und blätterte sie auf. Die Luft selbst war geladen mit Elektrizität und ließ Githanys Haut kribbeln.

Inmitten von all dem stand Bane, lachte und hob die Arme triumphierend, dann ließ er einen weiteren Blitz los, der von der gegenüberliegenden Wand abprallte. Jedes Mal, wenn ein Blitz aufflackerte, blendete das Licht Githany, und schließlich schirmte sie sich die Augen ab. Ihr fiel auf, dass Bane das nicht tat – seine Augen waren groß und wild von diesem Rausch der Macht.

Es donnerte ohrenbetäubend, und der Sturm wurde noch heftiger. Wenn Bane nicht vorsichtig war, würden die Echos sich nach oben ausbreiten und dem Rest der Akademie verraten, dass sie sich hier insgeheim trafen.

Vorsichtig streckte Githany die Hand aus und berührte seinen Arm. Er riss den Kopf zu ihr herum, und der Wahnsinn in seinen Augen ließ sie beinahe zurückweichen. Stattdessen lächelte sie.

»Sehr gut, Bane!« Sie musste schreien, um sich über den Lärm hinweg verständlich machen zu können. »Aber das genügt für heute!«

Sie hielt den Atem an, bis er schließlich nickte und die Arme senkte. Sofort spürte sie, wie die Kraft des Sturms nachließ. Innerhalb von ein paar Sekunden war er verschwunden, und nur das Durcheinander, das er bewirkt hatte, blieb.

»Ich … ich habe noch nie so etwas gespürt«, keuchte Bane, dem man immer noch seine Begeisterung ansah.

Githany nickte. »Es ist ein bemerkenswertes Gefühl«, stimmte sie zu. »Aber du musst aufpassen, dich nicht darin zu verlieren.« Damit wiederholte sie die Worte von Meister Qordis, der ihr erst ein paar Tage zuvor beigebracht hatte, wie man Machtblitze heraufbeschwor. Es war ihr allerdings nicht gelungen, etwas annähernd so Majestätisches zu schaffen wie das, was Bane gerade losgelassen hatte.

»Du musst die Beherrschung bewahren, oder es kann passieren, dass der Sturm dich ebenso trifft wie deine Feinde«, fuhr sie fort und versuchte, den ruhigen, ein wenig herablassenden Ton nachzuahmen, den die Meister gegenüber ihren Schülern verwendeten. Sie durfte Bane nicht wissen lassen, dass er sie in dieser neuen Technik bereits übertroffen hatte. Sie durfte ihn nicht wissen lassen, dass sie während seiner Vorstellung den kalten Griff der Angst gespürt hatte.

Er sah sich um und bemerkte die umgefallenen Regale, die Bücher und Schriftrollen, die im Raum herumlagen. »Wir sollten lieber aufräumen, bevor es jemand sieht und sich fragt, was hier los war.«

Wieder nickte sie, und sie machten sich beide daran, Ordnung zu schaffen. Während der Arbeit fragte sich Githany unwillkürlich, ob es ein Fehler gewesen war, sich mit Bane zusammenzutun.

Nur die besten Schüler waren anwesend gewesen, als Qordis vorführte, wie man die Dunkle Seite benutzte, um mithilfe der Macht ein tödliches Unwetter heraufzubeschwören. Keiner von ihnen, nicht einmal Sirak, war in der Lage gewesen, an diesem ersten Tag mehr als ein leichtes Zucken von Energie zu produzieren. Aber nur eine Stunde nachdem sie ihm die Technik beigebracht hatte, hatte Bane genug Energie aktiviert, um ein gesamtes Zimmer zu zerlegen.

Es war nicht das erste Mal, dass Bane sich so schnell eine Lektion angeeignet hatte, die sie ihm beibrachte, und ihre Erfolge schon beim ersten Versuch übertraf. Er war erheblich stärker in der Macht, als ihr zu Anfang klar gewesen war, und er schien jeden Tag stärker zu werden. Sie machte sich Sorgen, dass sie die Kontrolle über ihn verlieren würde.

Selbstverständlich war sie vorsichtig. Sie war nicht so dumm, ihm wirklich alles zu verraten, was sie von den Sith-Meistern lernte. Aber selbst das schien nicht mehr zu helfen, um ihrem Schüler weiterhin vorauszubleiben. Manchmal fragte sie sich, ob sein intensives Studium der alten Texte ihm tatsächlich einen Vorteil verschaffte. Von einem wahren Meister direkt unterrichtet zu werden sollte besser sein, als theoretische Werke zu lesen, die vor Tausenden von Jahren verfasst wurden, es sei denn, die Sith der Gegenwart waren schwächer und machten mehr Fehler als ihre Vorgänger.

Leider wusste sie nicht, wie sie ihre Theorie prüfen sollte. Wenn sie plötzlich anfinge, mehrere Stunden am Tag im Archiv zu verbringen, würde sich Bane fragen, was sie vorhatte. Er würde vielleicht zu dem Schluss kommen, dass ihr Unterricht nicht so wertvoll war wie das, was er auch allein lernen konnte. Er würde vielleicht zu dem Schluss kommen, dass er auf sie verzichten konnte. Und sie war nicht mehr sicher, ob sie ihn bei einer Konfrontation besiegen könnte.

Aber Githany war stolz auf ihre Anpassungsfähigkeit. Ihr ursprünglicher Plan, sich Bane als unterwürfigen Schüler zu halten, funktionierte nicht mehr. Sie wollte ihn jedoch immer noch an ihrer Seite; er könnte sich als mächtiger Verbündeter erweisen – angefangen damit, Sirak zu töten.

In der nächsten Stunde arbeiteten sie schweigend weiter, sammelten Bücher auf und rückten die Regale zurecht. Als das Archiv wieder halbwegs ordentlich aussah, tat Githany von dem andauernden Bücken, Heben und Strecken der Rücken weh. Sie sackte auf einem Stuhl zusammen und lächelte Bane müde an.

»Ich bin vollkommen erledigt«, sagte sie mit übertriebenem Seufzen.

Er kam zu ihr, stellte sich hinter sie und legte seine großen Hände auf ihre Schultern, an den Ansatz ihres langen Halses. Dann begann er, ihre Muskeln zu massieren – überraschend sanft für einen Mann seiner Größe.

»Mmm ... das tut gut«, murmelte sie. »Wo hast du das gelernt?«

»Im Cortosis-Bergbau zu arbeiten bringt einem viel über Schmerzen bei«, erwiderte er und bohrte seine Daumen tief in die Region um ihre Schulterblätter. Sie keuchte und bog den Rücken durch, dann wurde sie langsam schlaff, als ihre Muskeln unter seiner Berührung schmolzen.

Er sprach selten über seine Vergangenheit, aber sie konnte sich nach all der Zeit, die sie miteinander verbracht hatten, einiges zusammenreimen. Sie selbst war noch erheblich vorsichtiger mit dem, was sie über sich selbst verriet.

»Du hast mich einmal gefragt, warum ich die Jedi verlassen habe«, murmelte sie und spürte, wie sie auf den Druck seiner Finger reagierte. »Ich habe es dir nie erzählt, oder?«

»Es gibt für uns alle Aspekte unserer Vergangenheit, mit denen wir uns lieber nicht mehr beschäftigen möchten«, antwortete er, ohne aufzuhören. »Ich wusste, dass du es mir sagen würdest, wenn du dazu bereit bist.«

Sie schloss die Augen und ließ den Kopf zurücksacken, während er weiter ihre Schultern knetete.

»Mein Meister war ein Cathar«, sagte sie. »Meister Handa. Ich war seine Schülerin, seit ich mich erinnern kann; meine Familie hat mich dem Orden übergeben, als ich noch ein Kleinkind war.«

»Ich habe gehört, dass die Jedi nicht viel von Familienzusammengehörigkeit halten.«

»Sie interessieren sich nur für die Macht«, gab sie nach einem Augenblick des Nachdenkens zu. »Weltliche Bindungen – Familie, Freunde, Geliebte – behindern den Geist durch Emotionen und Leidenschaft.«

Bane lachte leise, ein so tiefes Grollen, dass sie die Vibration durch ihre Fingerspitzen spüren konnte. »Leidenschaft führt zur Dunklen Seite. Das hat man mir jedenfalls gesagt.«

»Ich meinte das nicht als Witz. Und es war bestimmt keiner für Meister Handa. Die Cathar sind als heißblütige Spezies bekannt. Er warnte mich und Kiel immer vor der Gefahr, unseren Gefühlen nachzugeben.«

»Kiel?«

»Kiel Charny. Ein anderer Padawan Handas. Wir haben oft zusammen trainiert; er war nur ein Jahr älter als ich.«

»Ein anderer Cathar?«, fragte Bane.

»Nein, Kiel war ein Mensch. Im Lauf der Jahre kamen wir einander näher. Sehr viel näher.«

Die leichte Intensivierung seiner Berührung sagte ihr, dass Bane die Bedeutung ihrer Worte voll erfasst hatte. Sie tat so, als hätte sie es nicht bemerkt. »Kiel und ich wurden ein Paar«, fuhr sie fort. »Es ist den Jedi verboten, solche Verbindungen einzugehen. Die Meister fürchten, dass es den Geist durch gefährliche Emotionen umwölkt.«

»Hattest du ihn wirklich gern, oder gefiel dir nur die Idee, deinen Meistern nicht zu gehorchen?«

Sie dachte lange darüber nach. »Vielleicht ein bisschen von beidem«, sagte sie schließlich. »Er sah gut aus. Stark in der Macht. Ich kann nicht abstreiten, dass ich ihn attraktiv fand.«

Bane knurrte nur leise zur Antwort. Er hatte aufgehört, sie zu massieren, und nun ruhten seine Hände auf ihren Schultern.

»Nachdem wir Geliebte geworden waren, dauerte es nicht lange, bis Meister Handa es herausfand. Trotz all seiner Predigten über das Beherrschen von Gefühlen wusste ich, dass er wütend war. Er befahl uns, unsere Gefühle beiseitezuschieben, und verbot uns, die Beziehung fortzusetzen.«

Bane schnaubte verächtlich. »Hat er wirklich geglaubt, das wäre so einfach?«

»Die Jedi halten Emotionen für einen Teil unserer Animalität. Sie glauben, wir müssen unsere niedrigeren Instinkte transzendieren. Aber ich weiß, dass es gerade die Leidenschaft ist, die uns stark macht. Die Jedi fürchten sie nur, weil ihre Padawane dadurch schwieriger zu beherrschen wären.

Meister Handas Reaktion ließ mich die Wahrheit erkennen. Alles, was die Jedi über die Macht glaubten, war eine Perversion der Wirklichkeit, eine Lüge. Ich verstand schließlich, dass ich unter Meister Handa mein volles Potenzial niemals erreichen würde. Das war der Augenblick, als ich dem Orden den Rücken zukehrte und begann, mein Überlaufen zu den Sith zu planen.«

»Was wurde aus Kiel Charny?« Wieder hatte er begonnen, ihre Schultern zu kneten, aber diesmal ein wenig rauer.

»Ich habe ihn gebeten mitzukommen«, gestand sie. »Ich sagte ihm, wir müssten eine Wahl treffen: die Jedi oder unsere Beziehung. Er entschied sich für die Jedi.«

Die Anspannung in Banes Händen ließ ein winziges bisschen nach. »Ist er tot?«

Sie lachte. »Ob ich ihn getötet habe, meinst du? Nein, als ich das letzte Mal von ihm hörte, lebte er noch. Er ist seitdem vielleicht bei den Kämpfen auf Ruusan umgekommen, aber ich verspürte nicht das Bedürfnis, ihn selbst umzubringen.«

»Dann nehme ich an, dass deine Gefühle für ihn nicht so stark waren, wie du dachtest.«

Githany erstarrte. Es hätte ein Witz sein können, aber sie wusste, dass in Banes Worten auch Wahrheit lag. Kiel war nützlich gewesen. Trotz aller körperlichen Anziehung war er vor allem wegen ihrer Situation mehr als ein Freund geworden: Sie hatte mit ihm zusammen Tag und Nacht unter Meister Handa studiert, dazu der Druck, den unrealistischen Idealen der Jedi zu genügen, der Stress, in dem endlos scheinenden Krieg auf Ruusan festzusitzen ...

Bane umfasste ihren Hals mit seinen Händen, seine Berührung war fest, aber nicht zu fest. Er beugte sich dicht zu ihrem Ohr, und seine Wärme und die Nähe seines Atems ließen sie schaudern. »Wenn du mich einmal verrätst, hoffe ich, ich bin dir wichtig genug, dass du mich persönlich umbringst.«

Sie sprang auf, schlug seine Hände weg und fuhr zu ihm herum. Einen Sekundenbruchteil sah sie einen selbstzufriedenen Ausdruck auf seinen Zügen. Dann war er verschwunden, wurde ersetzt durch einen besorgt-entschuldigenden Blick.

»Es tut mir leid, Githany. Es war nur ein Scherz. Ich wollte dich nicht erschrecken.«

»Ich habe über einen schmerzlichen Teil meines Lebens gesprochen, Bane«, sagte sie misstrauisch. »Das ist nichts, worüber man scherzen sollte.«

»Du hast Recht«, sagte er. »Ich ... ich werde gehen.«

Sie sah ihm hinterher, als er sich umdrehte und das Archiv verließ. Was er gesagt hatte, schien ihm ehrlich leidzutun, als bedauerte er, ihr wehgetan zu haben. Die perfekte Situation, um ihr den emotionalen Vorteil zu geben, nach dem sie gesucht hatte – wenn sie nur nicht dieses Aufflackern von etwas anderem bemerkt hätte.

Sobald er weg war, schüttelte sie sich und versuchte, die Situation zu begreifen. Bane sah aus wie ein großer, kräftiger Klotz von einem Mann, aber unter seiner wulstigen Stirn und dem kahlen Schädel verbargen sich Intelligenz und Tücke.

Sie dachte noch einmal über die letzten zwanzig Minuten nach und versuchte herauszufinden, wann sie die Kontrolle über die Situation verloren hatte. Es hatte Funken zwischen ihnen gegeben, genau, wie sie es geplant hatte. Bane hatte nichts getan, um seine Begierde zu verbergen; sie hatte die Hitze gespürt, als er ihren Nacken massierte. Dennoch, etwas war bei ihrer sorgfältig geplanten Verführung schiefgegangen.

War es möglich, dass sie tatsächlich etwas für ihn empfand?

Unbewusst biss sie sich auf die Unterlippe. Bane war stark, intelligent und verwegen. Sie brauchte ihn, wenn sie Sirak eliminieren wollte. Aber er neigte dazu, sie zu überraschen. Er forderte sie immer wieder heraus und trotzte ihren Erwartungen.

Sie musste zugeben, dass sie ihn dennoch faszinierend fand. Oder vielleicht gerade wegen dieser Dinge. Bane war alles, was Kiel nicht gewesen war: ehrgeizig, impulsiv, undurchschaubar. Entgegen ihren besten Absichten fühlte sich ein kleiner Teil von ihr zu ihm hingezogen. Und das machte ihn mehr als alles andere zu einem sehr gefährlichen Verbündeten.

Kapitel 16

Hoch oben auf dem Tempel von Korriban zeichneten sich zwei Gestalten als Silhouette im Licht des blutroten Monds ab: ein Mensch und ein Twi'lek. Kalter Wind fegte über das Dach, aber obwohl beide Männer die Gewänder abgestreift hatten und mit nacktem Oberkörper kämpften, störten sie sich nicht an der Kälte. Sie hätten Statuen sein können, reglos und hart wie Stein, wäre nicht die schwelende Hitze in ihren Augen gewesen.

Plötzlich bewegten sich die Gestalten, und das so schnell, dass es für einen Beobachter unmöglich gewesen wäre zu sagen, wer den Anfang gemacht hatte. Ihre Klingen trafen mit lautem Klirren aufeinander.

Obwohl er verzweifelt kämpfte, um gegen den Angriff bestehen zu können, konzentrierte sich Bane dennoch gleichzeitig darauf, Kas'im sorgfältig zu studieren. Er war sich jeder Finte, jedes Schlags bewusst, analysierte und merkte sich jede Abwehr, jedes Parieren, jeden Gegenschlag. Der Schwertmeister hatte gesagt, er solle seine Zeit lieber damit verbringen, an der Verbesserung seiner eigenen Technik zu arbeiten, aber Bane war entschlossen, Siraks Vorteil zunichtezumachen, indem er so viel wie möglich über Kas'ims Einsatz der doppelten Klinge in Erfahrung brachte.

Der Schlagabtausch dauerte über eine Minute, ohne dass es

zu einer Unterbrechung oder auch nur Verlangsamung kam, bis Bane sich wegdrehte, um sich neu zu orientieren. Er hatte gespürt, wie seine Angriffe in ein unbewusstes Muster abglitten, und Vorhersehbarkeit war bei einem so geschickten Gegner wie Kas'im der Tod. Er war eine Woche zuvor einmal in diese Falle gegangen und hatte nicht vor, den gleichen Fehler noch einmal zu machen.

Die beiden Kombattanten standen einander erneut gegenüber, reglos bis auf die Augen, die auf der Suche nach jedem Anzeichen, das ihnen einen Vorteil geben würde, hin und her zuckten.

Im Lauf des vergangenen Monats waren ihre Trainingsstunden seltener, aber intensiver geworden. Ein Teil von Bane glaubte, dass Kas'im es für nützlich hielt, gegen ihn anzutreten: Der Schwertmeister langweilte sich, immer nur gegen Schüler kämpfen zu können, die so tief unter seinem eigenen Niveau standen.

Selbstverständlich hatte Bane seinem Meister immer noch keinen ernsthaften Schlag versetzen können. Aber bei jedem Sparringskampf hatte er das Gefühl, einem Sieg ein wenig näher zu kommen. Kas'ims Form und Technik waren makellos, aber Bane wusste, dass er nur die kleinste Öffnung brauchte.

Beide Kämpfer atmeten schwer; diese Unterrichtsstunde hatte länger gedauert als jede vor ihr. Ihre Kämpfe endeten normalerweise damit, dass der Twi'lek einen Treffer erzielte und Arm oder Bein seines Schülers mit dem brennenden Pelko-Gift lähmte. In dieser Nacht jedoch war Kas'im noch kein solcher Treffer gelungen.

Wieder griff der Schwertmeister an; das Scheppern und Klirren ihrer Waffen bildeten einen Stakkatorhythmus. Sie standen sich gegenüber und droschen aufeinander ein, ohne dass einer nachgegeben hätte. Schließlich war Bane gezwungen, sich zu lösen und sich zurückzuziehen, bevor die überlegenen Fähigkeiten des Schwertmeisters seine Verteidigung vollkommen durchbrachen.

Er griff allerdings sofort wieder an. Erneut prasselten die Schläge ihrer Trainingsschwerter auf den jeweiligen Gegner nieder, und erneut lösten sie sich, ohne dass einer von ihnen getroffen worden wäre. Diesmal jedoch stand das Ergebnis des Kampfes fest.

Bane ließ den Kopf hängen und senkte die Klinge zum Zeichen, dass er besiegt worden war. Seine letzte Abwehr hatte Kas'im noch fernhalten können, aber bei jedem Schlag seines Schwerts war er eine Mikrosekunde langsamer geworden. Erschöpfung setzte ein. Selbst die Macht konnte seine Muskeln nicht für immer erfrischen, und das scheinbar endlose Duell hatte schließlich doch einen zu hohen Preis gefordert. Der Schwertmeister andererseits hatte fast nichts von seinem Tempo und seiner Wachsamkeit verloren.

Bane bezweifelte, dass er durch die nächste Runde kommen würde, und selbst wenn, würde die danach ihm die Niederlage bringen. Es war unvermeidlich, also hatte es keinen Sinn, seinen Gegner weiter zu bedrängen und sich tatsächlich verletzen zu lassen.

Kas'im schien überrascht zu sein, dann akzeptierte er Banes Geste mit einem Nicken. »Es war klug von dir zu erkennen, dass der Kampf vorüber war, aber ich hätte erwartet, dass du bis zum Ende weitermachst. Es liegt wenig Ehre darin, sich zu ergeben.«

»Ehre ist etwas für Narren«, erwiderte Bane – ein Zitat aus einem der Bücher, die er in der letzten Zeit im Archiv gelesen hatte. »Ruhm kann den Toten nichts mehr nützen.«

Nachdem der Schwertmeister einen Moment über seine Worte nachgedacht hatte, nickte er. »Gut ausgedrückt, mein junger Schüler.«

Es überraschte Bane wenig, dass Kas'im das Zitat nicht erkannte. Die Worte waren vor beinahe dreitausend Jahren von Darth Revan geschrieben worden. Die Sith-Meister dieser Tage waren ebenso lasch wie die Schüler, wenn es darum ging, die alten Schriften zu studieren. Es schien, als habe die Akademie den Helden der Dunklen Seite aus vergangenen Tagen den Rücken gekehrt.

Sicher, Revan war schließlich wieder zu den Jedi und zum Licht übergelaufen, nachdem Darth Malak ihn verraten hatte. Dennoch, es wäre Revan und Malak um Haaresbreite gelungen, die Republik auszulöschen. Bane hielt es für dumm, alles abzutun, was sie erreicht hatten, und für noch dümmer, die Lektionen zu ignorieren, die man von ihnen lernen konnte. Aber Qordis und die anderen Meister weigerten sich störrisch, Zeit mit dem Studium der Geschichte des Sith-Ordens zu verbringen. Zum Glück für Bane gaben sie dieses Desinteresse auch an ihre Schüler weiter.

Dies hatte ihm einen nicht zu leugnenden Vorteil über die anderen Schüler gegeben. Wenn schon nichts anderes, so hatte es ihm das wahre Potenzial der Dunklen Seite gezeigt. Das Archiv war voll mit Berichten über unglaubliche Leistungen: ganze Städte verwüstet, Planeten unterjocht, ganze Sternensysteme verschlungen, wenn ein Dunkler Lord bewirkte, dass die Sonne sich in eine Nova verwandelte. Einige dieser Geschichten mochten übertrieben sein, Mythen, die mit jedem Weitererzählen grandioser geworden waren, bevor man sie zu Pergament gebracht hatte. Aber sie wurzelten alle in einer Wahrheit, und diese Wahrheit hatte Bane inspiriert, sich weiter und schneller anzutreiben, als er es sonst gewagt hätte.

Der Gedanke an Revan und die Sith-Lords der Vergangenheit erinnerte ihn an eine andere Frage, die ihn seit einiger Zeit beschäftigte. »Meister, wieso benutzen die Sith den Titel *Darth* nicht mehr?«

»Das war Lord Kaans Entscheidung«, sagte der Twi'lek, der sich gerade abtrocknete. »Die *Darth*-Tradition ist ein Relikt aus der Vergangenheit. Sie steht für das, was die Sith einmal waren, nicht für das, was wir jetzt sind.«

Bane schüttelte den Kopf, denn die Antwort stellte ihn noch nicht zufrieden. »Es muss mehr an dieser Sache sein«, sagte er und bückte sich, um das Gewand aufzuheben, das er vor ihrem Duell abgelegt hatte. »Lord Kaan würde eine Tradition doch sicher nicht ohne Grund aufgeben.«

»Ich sehe, du gibst dich mit der einfachen Antwort nicht zufrieden.« Kas'im seufzte und zog sich sein Gewand über. »Also gut. Um zu verstehen, wieso dieser Titel nicht mehr in Gebrauch ist, musst du wissen, wofür er wirklich steht. Der Titel *Darth* war mehr als nur ein Symbol der Macht, es war ein Anspruch auf Oberherrschaft. Es wurde von jenen Dunklen Lords benutzt, die den anderen Meistern ihren Willen aufzwingen wollten. Es war eine Herausforderung – eine Aufforderung, sich zu beugen, anderenfalls würde man vernichtet werden.«

Bane wusste das bereits aus seinen Studien, aber er hielt es nicht für klug, den Meister zu unterbrechen. Stattdessen kreuzte er die Beine und setzte sich hin, blickte zu seinem Meister auf und hörte einfach zu.

»Selbstverständlich haben sich nur wenige Dunkle Lords lange dem Willen eines anderen unterworfen«, fuhr Kas'im fort. »Wann immer einer aus unserem Orden den Titel *Darth* beanspruchte, waren Täuschung und Verrat nahe, um ihm die Oberherrschaft wieder zu nehmen. Es kann keinen Frieden geben für einen Meister, der es wagt, sich *Darth* zu nennen.«

»Frieden ist eine Lüge«, erwiderte Bane. »Es gibt nur Leidenschaft.«

Kas'im verzog gereizt das Gesicht. »*Frieden* war eine ungeschickte Wortwahl. Ich meinte *Stabilität.* Die Meister, die den

Titel *Darth* wählten, verbrachten mindestens so viel Zeit damit, sich vor ihren angeblichen Verbündeten zu schützen, wie mit dem Kampf gegen die Jedi. Kaan wollte solcher Verschwendung ein Ende machen.«

Bane kam es so vor, als wolle der Schwertmeister sich selbst ebenso angestrengt von seinen Aussagen überzeugen wie seinen Schüler.

»Kaan wollte, dass wir all unsere Mittel auf den wahren Feind konzentrieren, statt sie gegeneinander zu richten«, fuhr Kas'im fort. »Deshalb sind wir in der Bruderschaft der Dunkelheit alle gleich.«

»Gleichheit ist ein Mythos, um die Schwachen zu schützen«, widersprach Bane. »Einige von uns sind stark in der Macht, andere nicht. Nur ein Narr kann etwas anderes glauben.«

»Es gab noch andere Gründe, den Titel *Darth* aufzugeben«, betonte Kas'im mit einer Spur von Frustration. »Er zog die Aufmerksamkeit der Jedi an. Er enthüllte dem Feind, wer unsere Anführer waren, er lieferte ihnen ein leichtes Ziel.«

Bane war immer noch nicht überzeugt. Die Jedi wussten, wer die wahren Anführer der Sith waren; ob diese Personen sich nun *Darth, Lord* oder *Meister* nannten, machte keinen Unterschied. Aber er sah dem Twi'lek an, dass das Gespräch ihm unangenehm war, und er wusste nun genug, um das Thema fallen zu lassen.

»Verzeiht mir, Lord Kas'im«, sagte er. »Ich wollte nicht unverschämt sein. Ich wollte nur Eure Weisheit bemühen, um mir etwas zu erklären, das ich allein nicht verstand.«

Kas'im sah ihn mit einem Blick an, der dem von zuvor, als Bane ihr Duell so abrupt beendet hatte, nicht unähnlich war. »Du erkennst nun also die Weisheit hinter Lord Kaans Entscheidung, mit dieser Tradition zu brechen?«

»Selbstverständlich«, log Bane. »Er tat es zum Wohl von uns allen.« Als er aufstand, dachte er jedoch: *Kaan benimmt sich wie ein Jedi. Macht sich Gedanken um das Wohl der Allgemeinheit. Versucht, Harmonie und Solidarität in unseren Orden einzubringen. Die Dunkle Seite welkt und stirbt unter solchen Bedingungen!*

Kas'im starrte Bane an, als wollte er noch etwas sagen. Am Ende ließ er es jedoch. »Das war genug für heute«, sagte er. In der Ferne hatte der Himmel das leichte Grau des ersten Tageslichts angenommen; bis zum Sonnenaufgang war es nur noch eine Stunde. »Die anderen Schüler werden bald eintreffen.«

Bane verbeugte sich abermals, bevor er ging. Als er die Tempeltreppen hinunterging, wurde ihm klar, dass Kas'im ihm bei all seiner Geschicklichkeit mit dem Lichtschwert nicht beibringen konnte, was er wirklich wissen musste. Der Twi'lek hatte der Vergangenheit den Rücken zugewandt; er hatte die individualistischen Wurzeln der Sith zugunsten von Kaans Bruderschaft hinter sich gelassen.

Die Mysterien des wahren Potenzials der Dunklen Seite konnte er daher nicht begreifen – und wahrscheinlich ging es den anderen Meistern der Akademie ebenso.

Githany spürte, dass etwas Bane beschäftigte. Er hörte kaum zu, als sie berichtete, was sie in den letzten Stunden von den Sith-Meistern gelernt hatte.

Sie wusste nicht, was ihn störte, und im Prinzip war es ihr auch egal. Es sei denn, es lief ihren Plänen zuwider.

»Etwas beschäftigt dich, Bane«, flüsterte sie.

Er war so in Gedanken versunken, dass er einen Moment brauchte, um zu reagieren. »Es ... es tut mir leid, Githany.«

»Was ist denn los?« Sie versuchte, sich ehrlich besorgt zu geben. »Woran hast du gerade gedacht?«

Zunächst antwortete er nicht; er schien seine Worte sorgfältig abzuwägen, bevor er sie aussprach. »Glaubst du an die Macht der Dunklen Seite?«, fragte er.

»Selbstverständlich.«

»Und ist es das, was du dir vorgestellt hast? Entspricht die Akademie deinen Erwartungen?«

»Das tut nur weniges«, erwiderte sie mit der Spur eines Lächelns. »Aber ich habe von Qordis und den anderen viel gelernt, seit ich hierhergekommen bin. Dinge, die die Jedi mir niemals hätten beibringen können.«

Bane schnaubte verächtlich. »Das meiste, was ich gelernt habe, stammt aus diesen Büchern.« Er deutete zu den Regalen hin.

Sie war nicht sicher, wie sie reagieren sollte, also schwieg sie.

»Du hast mir einmal gesagt, dass die Meister nicht alles wissen«, fuhr Bane fort. »Damals meintest du die Jedi-Meister, aber ich fange an zu glauben, dass das auch auf die Sith zutrifft.«

»Es war ein Fehler, dass sie dir den Rücken zugekehrt haben«, sagte sie, denn nun erkannte sie eine Möglichkeit, auf die sie lange gewartet hatte. »Aber du musst den richtigen Leuten die Schuld geben. Wir wissen beide, wer dir das angetan hat.«

»Sirak.« Er spuckte den Namen aus, als wäre er Gift.

»Er muss dafür bezahlen, Bane. Wir haben lange genug gewartet. Die Zeit ist gekommen.«

»Die Zeit wofür?«

Githany ließ die Spur eines Zitterns in ihre Stimme einfließen. »Morgen früh werde ich ihn im Duellring herausfordern.«

»Was?« Bane schüttelte den Kopf. »Sei nicht dumm, Githany. Er wird dich vernichten!«

Perfekt, dachte sie. »Mir bleibt nichts anderes übrig, Bane«, erklärte sie ernst. »Ich habe dir schon gesagt, dass ich nicht an die Legende vom Sith'ari glaube. Sirak mag der beste Schüler hier sein, aber er ist nicht unbesiegbar.«

»Sith'ari oder nicht, er ist immer noch zu stark für dich. Du kannst dich ihm nicht im Duellring stellen, Githany! Ich habe ihn beobachtet, ich weiß, wie gut er ist. Du kannst ihn nicht schlagen.«

Sie ließ seine Worte lange unbeantwortet, bevor sie niedergeschlagen den Kopf senkte. »Was soll ich denn sonst tun? Wir müssen ihn vernichten, und unsere einzige Möglichkeit dazu ist ein Duell.«

Bane antwortete nicht sofort; sie wusste, dass er über andere Lösungen nachdachte. Und ihr war ebenso klar, dass es nur eine Möglichkeit gab, nur eine Antwort: Sie würden Sirak außerhalb des Rings töten müssen. Ihn ermorden. Das wäre allerdings ein offener Verstoß gegen die Regeln der Akademie, und die Konsequenzen, wenn man sie erwischte, würden dramatisch sein.

Und genau deshalb musste es Bane sein, der die Idee entwickelte. Githany ging davon aus, dass sie ihn, sobald er es ausgesprochen hatte, dahingehend manipulieren konnte, die Tat selbst auszuführen. Es war der perfekte Plan: Sie konnte Sirak loswerden, und Bane würde das Risiko tragen.

Später könnte sie gegenüber den Meistern eine »zufällige« Bemerkung über Banes Täterschaft fallen lassen – wenn es denn sein musste. Über diesen Teil ihres Plans war sie sich jedoch nicht mehr so sicher. Sie wusste noch nicht, ob sie Bane wirklich verraten wollte. Aber sie hatte nichts dagegen, ihn zu manipulieren.

Er holte tief Luft und machte sich bereit, etwas zu sagen. Sie bereitete sich darauf vor, einen sehr überraschten Aufschrei von sich zu geben.

Aber statt der erwarteten Worte sagte er: »Du kannst dich Sirak im Ring vielleicht nicht stellen, aber ich kann es.«

»Was?« Nun war Githanys Überraschung vollkommen echt. »Er hätte dich das letzte Mal beinahe totgeschlagen! Diesmal wird er dich ganz bestimmt umbringen!«

»Diesmal habe ich vor zu siegen.«

Die Art, wie er das sagte, ließ Githany erkennen, dass ihr etwas entgangen sein musste. »Wie kannst du so sicher sein, Bane?«, fragte sie.

Er zögerte einen Moment, bevor er zugab: »Ich habe insgeheim mit Lord Kas'im trainiert.«

Das war durchaus vernünftig, erkannte sie. Und etwas, was sie eigentlich selbst hätte herausfinden sollen. *Vielleicht wärest du ja dazu imstande gewesen, wenn du nicht zugelassen hättest, dass Bane dir unter die Haut geht,* tadelte sie sich. *Du wusstest, dass du begonnen hast, Gefühle für ihn zu entwickeln; du hast zugelassen, dass diese Gefühle dein Urteilsvermögen trübten.*

Laut sagte sie: »Ich lasse mich nicht gern zum Narren halten, Bane.«

»Ich ebenfalls nicht«, sagte er. »Ich bin nicht dumm, Githany. Ich weiß, was du von mir wolltest. Ich weiß, welche Reaktion du erwartetest. Ich werde mich an Sirak rächen. Aber ich tue es auf meine eigene Weise.«

Unwillkürlich fing sie an, an ihrer Unterlippe zu kauen. »Wann?«

»Morgen früh. Genau, wie du es tun wolltest.«

»Aber du weißt, dass ich es nicht ernst meinte.«

»Und du weißt, dass ich es tun werde.«

Ohne dass sie es bemerkte, hatten Githanys Finger begonnen, mit einer Haarlocke zu spielen. Sie riss den Arm scharf herunter, als ihr auffiel, was sie da tat.

Bane streckte die Hand aus und legte sie ihr sanft auf die Schulter. »Mach dir keine Sorgen«, versuchte er sie zu beruhigen. »Niemand wird erfahren, dass du etwas damit zu tun hattest.«

»Das ist es nicht, was mich beunruhigt«, flüsterte sie.

Er legte den Kopf schief und sah sie forschend an, um herauszufinden, ob sie es ehrlich meinte. Sehr zu ihrer eigenen Überraschung war das tatsächlich der Fall.

Bane musste das gespürt haben, denn er beugte sich vor und

küsste sie sanft auf die Lippen. Dann richtete er sich langsam wieder auf und ließ die Hand von ihrer Schulter gleiten. Ohne ein weiteres Wort stand er auf und ging auf die Tür des Archivs zu.

Sie sah ihm schweigend hinterher, dann rief sie in letzter Sekunde: »Viel Glück, Bane. Sei vorsichtig.«

Er erstarrte, als hätte er einen Blasterbolzen in den Hals bekommen. »Ja«, erwiderte er, ohne zurückzublicken, und dann war er weg.

Einen Augenblick später spürte Githany, wie ihr Gesicht brannte. Zerstreut wischte sie eine Träne weg, die ihr über die Wange lief, dann hob sie die Hand langsam und starrte ungläubig die Flüssigkeit auf ihrer Handfläche an.

Angewidert von ihrer eigenen Schwäche wischte sie die Träne an ihrem Umhang ab. Sie stand auf und hob stolz den Kopf.

Was machte es schon, wenn es nicht nach Plan verlaufen war? Wenn Bane Sirak im Ring tötete, würde ihr Rivale tot sein. Und wenn Bane versagte, konnte sie immer einen anderen finden, um den Zabrak umzubringen. Am Ende würde das Ergebnis das gleiche sein.

Aber schon während sie forsch aus dem Raum stolzierte, wusste ein Teil von ihr, dass das nicht stimmte. Ganz gleich, wie diese Sache endete, es würde sich gewaltig von allem unterscheiden, was sie sich vorgestellt hatte.

Am Morgenhimmel hingen dunkle Gewitterwolken. In der Ferne war das Grollen des Donners über den kargen Ebenen zu hören, die den Tempel vom Tal der Dunklen Lords trennten.

Bane hatte in dieser Nacht nicht geschlafen. Nach seiner Begegnung mit Githany war er in sein Zimmer zurückgekehrt, um zu meditieren. Selbst das hatte sich als schwierig erwiesen; zu viele Gedanken wirbelten durch seinen Kopf, als dass er sich hätte wirklich konzentrieren können.

Erinnerungen an das schreckliche Ende seines letzten Kampfs gegen den Zabrak drängten sich immer wieder in den Vordergrund und brachten Zweifel und die Angst zu versagen. Bisher war es ihm allerdings gelungen, dem Flüstern zu widerstehen, das seine Entschlossenheit bedrohte, und er war fest bei seinem ursprünglichen Plan geblieben.

Die Schüler sammelten sich, und einige warfen säuerliche Blicke zum Himmel. Das Tempeldach war den Elementen schutzlos ausgesetzt, aber ganz gleich, wie nass die Schüler wurden, ganz gleich, wie sehr sie froren, sie wussten, die Übungen und die Herausforderungen würden nicht ausfallen. Ein bisschen Regen machte einem Sith nichts aus, sagte Kas'im immer.

Bane fand seinen Platz in der Menge, die sich auf den Gruppendrill vorbereitete. Die Schüler ignorierten ihn angestrengt. So war es seit seiner Niederlage gegen Sirak gewesen. Man mied ihn, er war zu einem Ausgestoßenen geworden. Obwohl er mit ihnen in den Gruppenstunden trainierte, war es, als existierte er nicht. Er war ein stiller Schatten, der am Rand der Gruppe lauerte, und wenn schon nicht körperlich, so doch geistig ausgeschlossen wurde.

Er sah sich nach Githany um, aber als er sie entdeckte, wandte sie rasch den Blick ab. Dennoch fand er ihre Anwesenheit beruhigend. Er glaubte, sie wollte, dass er Erfolg hatte, oder zumindest wollte es ein Teil von ihr. Er glaubte, etwas an dem, was sie füreinander empfanden, war mehr als nur Teil des Spiels, das sie beide gespielt hatten.

Als die Übungen begannen, konzentrierte er sich darauf, nie zu Sirak hinzuschauen. Er hatte den Zabrak in den vergangenen Monaten bis in alle Einzelheiten studiert. Alles, was ihm jetzt noch auffiel, würde nur dazu führen, dass er an sich zu zweifeln begann. Stattdessen konzentrierte er sich auf seine eigene Technik.

In der Vergangenheit hatte er stets darauf geachtet, bewusst

Irrtümer und Fehler in seine Übungen einzufügen, um vor Schülern, die zufällig in seine Richtung schauten, zu verbergen, dass sein Talent gewachsen war. Nun jedoch gab er diese Geheimhaltung auf. Nach der Herausforderung dieses Tages würden alle wissen, wozu er fähig war – oder er würde tot und für immer vergessen sein.

Es fing an zu regnen. Zunächst fielen dicke, schwere Tropfen, die weit genug voneinander landeten, dass er das Geräusch jedes einzelnen hören konnte. Aber dann rissen die Wolken auf, und es begann zu schütten. Bane bemerkte das kaum. Er hatte sich in sich selbst zurückgezogen, grub tief, um sich seiner Angst zu stellen. Während sein Körper ebenso wie alle anderen in der Klasse die Bewegungen von grundlegenden Angriffs- und Verteidigungsmustern durcharbeitete, verwandelte er langsam seine Angst in Zorn.

Es wäre ihm unmöglich gewesen zu sagen, wie lange die Trainingsstunde dauerte: Sie schien eine Ewigkeit zu dauern, aber tatsächlich verkürzte Kas'im sie angesichts des strömenden Regens, der seine Schutzbefohlenen durchtränkte. Als sie zu Ende war und sich die Schüler im üblichen Kreis um den Duellring sammelten, hatte Bane seinen heißen Zorn in weiß glühenden Hass verwandelt.

Wie bei seiner letzten Herausforderung betrat er den Ring, bevor ein anderer die Chance hatte zu handeln, drängte sich von seiner Position ganz außen durch die Menge. Es war Zeit, dass sein Hass ihn befreite.

»Sirak!«, rief er, und seine Stimme erhob sich laut über den stärker werdenden Wind. »Ich fordere dich heraus!«

Kapitel 17

Banes Herausforderung hing in der Luft, als hielte der strömende Regen seine Worte dort irgendwie fest. Im trüben Licht sah er, wie sich die Menge teilte und Sirak vortrat.

Der Zabrak bewegte sich mit ruhiger Selbstsicherheit. Bane hatte gehofft, die unerwartete Herausforderung würde seinen Feind beunruhigen. Wenn er Sirak nervös machen, wenn er ihn verwirren oder verstören konnte, hätte er einen Vorteil gehabt, bevor der Kampf auch nur begann. Aber falls sein Gegner irgendetwas empfand, verbarg er es sehr gut hinter einer kalten, ruhigen Fassade.

Sirak reichte sein langes Trainingsschwert mit der Doppelklinge Yevra, der Zabrak, die ihm zusammen mit ihrem Bruder überallhin zu folgen schien; dann zog er seinen schweren, regennassen Umhang aus. Darunter trug er eine einfache Hose und ein ärmelloses Hemd. Ohne ein Wort streckte er die Hand mit dem zusammengeknäulten Stoff aus, und Llokay, der andere Zabrak, kam aus der Menge und nahm ihn ihm ab. Yevra beeilte sich, ihm die Waffe wieder in die offene und wartende Hand zu drücken.

Bane zog sein eigenes Gewand aus und ließ es auf den Boden fallen. Er versuchte, die kalten Stiche des Regens auf seinem nackten Oberkörper zu ignorieren. Er hatte nicht wirklich erwartet, dass Sirak wegen dieser Herausforderung nervös sein würde, aber zumindest hatte er gehofft, die Selbstsicherheit des Zabrak ein wenig erschüttert zu haben. Aber in Siraks sparsamen, präzisen Bewegungen lag nichts als gnadenlose Effizienz, die Bane mitteilte, dass er dieses Duell sehr ernst nahm.

Sirak mochte arrogant sein, aber er war nicht dumm. Er war intelligent genug, um zu begreifen, dass Bane ihn nicht wieder herausfordern würde, wenn er keinen Plan für einen Sieg hatte. Solange der Zabrak nicht wusste, worin dieser Plan bestand, würde er seinen Gegner sehr ernst nehmen.

Bane wusste, dass er Sirak inzwischen sehr wahrscheinlich schlagen konnte. Ähnlich wie Githany glaubte auch er nicht an die Legende eines Auserwählten, der aus den Reihen der Sith aufstieg, und vor allem war er überzeugt, dass Sirak ganz bestimmt nicht der Sith'ari war. Er wollte ihn jedoch nicht einfach nur schlagen. Er wollte ihn vernichten, genau wie der Zabrak es bei ihrem letzten Kampf mit ihm gemacht hatte.

Aber Sirak war zu gut; er würde sich nie auf die gleiche Weise verwundbar machen, wie Bane es getan hatte. Nicht zu Anfang. Nicht, solange Bane ihn nicht irgendwie dazu verleitete.

Sirak nahm die Ausgangsposition ein. Seine regennasse Haut schien im Dunkeln zu leuchten: Ein gelber Dämon, der aus dem Schatten eines Albtraums ins harsche Licht der Wirklichkeit trat.

Bane sprang vor und eröffnete den Kampf mit einer Reihe komplizierter, aggressiver Angriffe. Er bewegte sich schnell … aber nicht zu schnell. Die Menge gab ein erstauntes Keuchen von sich, als sie seine offensichtliche und unerwartete Geschicklichkeit bemerkte, obwohl Sirak seinen Angriff leicht genug abwehren konnte.

In Reaktion auf den unvermeidlichen Gegenangriff fiel Bane in einen scheinbar taumelnden Rückzug. Einen winzigen Augenblick sah er, wie sein Gegner sich zu weit streckte und seinen rechten Arm für einen Schlag exponierte, der den Kampf sofort beendet hätte. Aber er kämpfte gegen seine eigenen gut geschliffenen Instinkte an und hielt sich zurück. Er hatte zu lange und zu schwer gearbeitet, um den Sieg mit einem einzigen einfachen Schlag auf den Arm einzuläuten.

Der Kampf ging im vertrauten Rhythmus weiter, Ebbe und Flut von Angriff und Verteidigung. Bane achtete darauf, dass seine Angriffe weiterhin wirkungsvoll, aber grob waren und versuchte seinen Feind zu überzeugen, dass er gefährlich sein konnte, aber am Ende unterlegen sein würde. Jedes Mal, wenn er einen von Siraks Angriffen abwehrte, baute er seine defensiven Bewegungen aus und verwandelte, was normalerweise eine schnelle Abwehr gewesen wäre, in lang gezogene, ungeschicktere Schläge, die das Doppelschwert scheinbar nur mit blindem Glück in Schach hielten.

Und bei jedem Austausch tastete er vorsichtig mit der Macht, suchte nach einer Schwäche, die er ausnutzen konnte. Er brauchte nur ein paar Minuten, um sie zu erkennen. Trotz seiner Ausbildung hatte der Zabrak keine wirkliche Erfahrung mit lange andauernden Kämpfen – keiner seiner Gegner hatte ihm je lange genug standhalten können, um seine Kraft einer echten Prüfung zu unterziehen. Unmerklich wurden Siraks Schläge weniger klar, die Abwehr weniger präzise, und die Übergänge weniger elegant, als der Zabrak langsam ermüdete. Der Nebel der Erschöpfung umwölkte nach und nach seinen Geist, und Bane wusste, es war nur eine Frage der Zeit, bis er einen wichtigen – und fatalen – Fehler machen würde.

Aber obwohl er gegen den Zabrak kämpfte, fand Banes wahre Auseinandersetzung in ihm selbst statt. Wieder und wieder musste er sich zurückhalten, eine Gelegenheit nicht zu nutzen, die ihm die immer verzweifelteren Angriffe seines Feinds boten. Er wusste, die Art von Sieg, die er wollte, würde nur durch Geduld zu erreichen sein – eine Geduld, wie sie die Anhänger der Dunklen Seite normalerweise nicht übten.

Am Ende wurde seine Geduld belohnt. Siraks Frustration wuchs, als er wieder und wieder vergeblich versuchte, diesen stolpernden und scheinbar ungeschickten Gegner niederzustrecken. Seine Anstrengung wurde offensichtlicher, und er schlug wilder und gewagter zu, bis er schließlich jeden Versuch einer Verteidigung zugunsten eines Versuchs aufgab, das Duell zu beenden, das ihm immer mehr entglitt.

Während er beobachtete, wie die Verzweiflung des Zabrak der Hoffnungslosigkeit wich, schrie jeder Impuls in Bane in dem Bedürfnis, die Initiative zu ergreifen und dem Kampf ein Ende zu machen. Stattdessen ließ er zu, dass die quälende Nähe von Siraks Niederlage seinem Appetit auf Rache noch mehr Nahrung verschaffte. Die Gier wuchs mit jeder Sekunde, die verging, bis sie körperlich an seinem Inneren zu fressen begann: Die Dunkle Seite erfüllte ihn und stand kurz davor, ihn zu zerreißen, seine Haut zu zerfetzen und wie eine Fontäne von schwarzem Blut aus ihm herauszubrechen.

Er wartete bis zur letztmöglichen Sekunde, dann ließ er die in ihm angestaute Energie in einer gewaltigen Explosion los. Er bündelte sie durch Muskeln und Glieder, bewegte sich so schnell, als wäre die Zeit für den Rest der Welt stehen geblieben. Innerhalb eines Herzschlags schlug er Sirak das Schwert aus der Hand, riss seine eigene Waffe auf den Unterarm des Zabrak hinunter, um ihn zu brechen, drehte sie weiter und brachte die Klinge mit einem Krachen auf den Unterschenkel seines Gegners herab. Knochen splitterten, und Sirak schrie, als sich ein Stück des glänzenden weißen Knochens durch Muskeln, Sehnen und schließlich die Haut bohrte.

Einen Augenblick wussten die Zuschauer nicht, was geschah; sie brauchten einen Augenblick, um das Ergebnis dieser Schläge aufzunehmen, die zu schnell erfolgt waren, als dass sie ihnen mit den Augen hätten folgen können.

Sirak lag am Boden, wand sich vor Schmerzen und umklammerte mit der unverletzten Hand den Knochensplitter, der aus seinem Schienbein ragte. Bane wollte ihm ein Ende machen, aber er zögerte einen Sekundenbruchteil ... und gab Kas'im damit die Möglichkeit, sich einzumischen.

»Genug!«, rief der Schwertmeister. Bane gehorchte und hielt inne, obwohl er das Schwert schon erhoben hatte, um seinen hilflosen Gegner zu töten. »Es ist vorbei, Bane.«

Langsam senkte er das Schwert und trat zurück. Die Wut und Konzentration, die ihn zu einem Kanal für die unaufhaltsame Kraft der Dunklen Seite gemacht hatten, wichen einer bewussten Wahrnehmung seiner Umgebung. Er stand auf dem Tempeldach inmitten eines tobenden Unwetters, durchnässt von kaltem Regen, halb erfroren.

Er begann zu schaudern, als er auf dem Boden nach seinem Gewand suchte. Er hob es auf, stellte aber fest, dass es auch klatschnass war, und machte sich nicht die Mühe, es anzuziehen.

Kas'im kam aus der Menge und stellte sich geschickt zwischen Bane und den hilflosen Zabrak.

»Ihr seid heute Zeugen eines erstaunlichen Siegs geworden.« Er musste schreien, um den heftigen Regen zu übertönen. »Banes Triumph war ebenso sehr ein Ergebnis seiner brillanten Strategie wie seiner überlegenen Fähigkeiten.«

Bane hörte die Worte kaum. Er stand einfach nur mitten im Ring, reglos bis auf das Klappern seiner Zähne.

»Er war geduldig und vorsichtig. Er wollte seinen Gegner nicht nur besiegen – er wollte ihn vernichten! Er erreichte Dun Möch – nicht weil er besser war als Sirak, sondern klüger.«

Der Schwertmeister streckte die Hand aus und legte sie auf Banes nackte Schulter.

»Lasst euch allen das eine Lehre sein«, schloss er. »Geheimhaltung kann eure größte Waffe sein. Verbergt eure Kraft, bis ihr bereit seid, den tödlichen Schlag zu führen.«

Er ließ Banes Schulter los und flüsterte: »Du solltest nach drinnen gehen, bevor du dich erkältest.« Dann wandte er sich den verblüfften Zabrak-Geschwistern zu, die am Rand des Schülerkreises standen. »Bringt Sirak ins Medzentrum.«

Als sie sich in Bewegung setzten, um ihren stöhnenden und halb bewusstlosen Freund wegzubringen, ging Bane auf die Treppe zu. Kas'im hatte Recht: Er musste aus diesem Regen heraus.

Mit einem seltsamen, unwirklichen Gefühl ging er steif auf die Treppe zu, die in die Wärme und den Schutz der unteren Räume führte. Die Menge teilte sich schnell, um ihn durchzulassen. Die meisten anderen Schüler starrten ihn voller Furcht und mit offenem Staunen an, aber er bemerkte es kaum. Er stieg die Treppen zum Erdgeschoss des Tempels hinunter, bewegte sich wie in einer Trance, die erst gebrochen wurde, als er hörte, wie Githany seinen Namen rief.

»Bane!«, schrie sie, und als er sich umdrehte, sah er, dass sie hinter ihm hergerannt kam. Ihr nasses Haar hing ihr in Gesicht und Stirn. Die klatschnasse Kleidung klebte an ihrem Körper und betonte jede Wölbung ihrer Figur. Sie atmete schwer, aber ob das von der Aufregung oder der Anstrengung, ihn einzuholen, kam, hätte er nicht sagen können.

Er wartete am Ende der Treppe auf sie. Sie rannte auf ihn zu, und einen Augenblick glaubte er, sie würde sich in seine Arme stürzen. Im letzten Moment blieb sie jedoch stehen, nur Zentimeter von ihm entfernt.

Sie nahm sich eine Sekunde, um zu Atem zu kommen, bevor sie etwas sagte. Als sie schließlich sprach, waren ihre Worte harsch. »Was war da oben los? Warum hast du ihn nicht umgebracht?«

Ein Teil von ihm hatte diese Reaktion erwartet, aber ein anderer hatte wohl gehofft, dass sie gekommen war, um ihm zu seinem Sieg zu gratulieren. Gegen seinen Willen war er enttäuscht.

»Er hat mich in unserem ersten Duell in den Bacta-Tank geschickt. Nun habe ich das Gleiche mit ihm getan«, erwiderte er. »Das ist Rache.«

»Es ist reine Dummheit!«, erwiderte sie erbost. »Glaubst du denn, Sirak wird das einfach vergessen? Er wird dich wieder angreifen, Bane. Genau, wie du es wieder getan hast. So funktioniert das. Du hast die Gelegenheit verpasst, dieser Fehde ein dauerhaftes Ende zu machen, und ich will wissen, warum.«

»Meine Klinge war bereits erhoben«, erinnerte Bane sie. »Lord Kas'im hat sich eingemischt, bevor ich Sirak umbringen konnte. Die Meister wollen nicht, dass einer der besten Schüler stirbt.«

»Nein.« Sie schüttelte den Kopf. »Du hattest die Klinge erhoben, aber es war nicht Kas'im, der dich aufhielt. Du hast gezögert. Etwas hat dich zurückgehalten.«

Bane wusste, dass sie Recht hatte. Er hatte gezögert. Er war nicht sicher, warum. Er versuchte, es zu erklären ... sich selbst ebenso wie Githany. »Ich habe bereits einen Gegner im Ring getötet. Qordis hat mich für Foharghs Tod getadelt. Er warnte mich, so etwas nicht wieder geschehen zu lassen. Ich nehme an ... ich nehme an, ich habe mir Gedanken gemacht, was die Meister tun würden, wenn ich einen anderen Schüler töte.«

Githany kniff zornig die Augen zusammen. »Ich dachte, wir hätten endlich aufgehört, einander anzulügen, Bane.«

Es war keine Lüge gewesen, nicht wirklich. Aber es war auch nicht vollkommen akkurat. Er verlagerte unbehaglich das Gewicht und bekam unter ihrem wütenden Blick Schuldgefühle.

»Du konntest es nicht tun«, sagte sie und stieß ihm fest den Zeigefinger gegen die Brust. »Du hast gespürt, dass die Dunkle Seite dich verschlang, und du bist zurückgewichen.«

Nun war es an Bane, wütend zu werden. »Da irrst du dich«, fauchte er und stieß ihre anklagende Hand weg. »Ich habe mich vor der Dunklen Seite zurückgezogen, nachdem ich Fohargh getötet hatte. Ich weiß, wie sich das anfühlt. Das hier ist etwas anderes.«

Seine Worte hatten das Gewicht der Wahrheit. Beim letzten Mal hatte er sich hohl gefühlt, als hätte man ihm etwas genommen. Diesmal konnte er immer noch spüren, wie die Macht ihn in all ihrer wilden Glorie durchströmte, wie sie ihn mit ihrer Hitze und Kraft erfüllte. Diesmal konnte er die Dunkle Seite weiterhin nutzen.

Githany war nicht überzeugt. »Du bist immer noch nicht willens, dich der Dunklen Seite vollkommen zu überlassen«, sagte sie. »Sirak hat Schwäche gezeigt, und du zeigtest ihm Gnade. Das ist nicht der Weg der Sith.«

»Was weißt du denn schon vom Weg der Sith?«, schrie er. »Ich bin derjenige, der die alten Texte gelesen hat, nicht du! Du lernst ausschließlich von Meistern, die ihre Vergangenheit vergessen haben.«

»Wo in den alten Texten steht denn etwas darüber, für einen gefallenen Feind Mitgefühl zu zeigen?«, fragte sie mit vor Hohn triefender Stimme.

Diese Worte trafen Bane; er stieß Githany scharf zurück und wandte sich ab. Sie machte einen kurzen Schritt, um im Gleichgewicht zu bleiben, hielt aber Abstand.

»Du bist nur wütend, weil dein eigener Plan nicht funktionierte«, murmelte er. Er wollte noch mehr sagen, aber er wusste, dass die anderen Schüler ihnen bald folgen würden. Da er nicht wollte, dass jemand sie miteinander sprechen sah, drehte er sich um und ließ sie stehen.

Githany sah ihm mit einem kalten, berechnenden Blick hinterher. Es hatte sie beeindruckt, wie er mit Sirak im Ring gespielt hatte; er hatte gewirkt, als wäre er unbesiegbar. Aber als er den hilflosen Zabrak nicht umgebracht hatte, hatte sie schnell erkannt, was geschehen war. Es war ein Makel in Banes Persönlichkeit, eine Schwäche, die er sich weigerte zu erkennen. Aber sie war vorhanden.

Sobald die Leidenschaft des Augenblicks verging – sobald er nicht mehr von der Dunklen Seite getrieben wurde –, war seine Blutgier abgekühlt. Er war nicht imstande gewesen, seinen verhasstesten Feind umzubringen, als dieser ihn nicht mehr provozierte. Was bedeutete, dass er wahrscheinlich auch Githany nicht töten könnte, wenn es je dazu kommen sollte.

Das zu wissen, veränderte das Wesen ihrer Beziehung erneut. Vor Kurzem hatte sie begonnen, Bane zu fürchten, hatte Angst bekommen, dass sie nicht stark genug sein würde, sich ihm zu widersetzen, wenn er sich einmal gegen sie wenden würde. Jetzt wusste sie, dass so etwas nie geschehen würde. Er war einfach nicht imstande, einen Verbündeten ohne Rechtfertigung zu töten.

Zum Glück hatte sie selbst keine solchen Bedenken.

Bane dachte immer noch über das nach, was Githany gesagt hatte, als er später an diesem Tag im Bett lag und nicht schlafen konnte. Warum hatte er Sirak nicht töten können? Hatte sie Recht gehabt? Hatte er sich aus fehlgeleitetem Mitleid zurückgehalten? Er wollte gerne glauben, dass er sich der Dunklen Seite geöffnet hatte, aber wenn das der Fall war, hätte er Sirak dann nicht ohne jeden Skrupel getötet – ganz gleich, was die Folgen sein würden?

Aber es gab noch mehr, was ihn beunruhigte. Es frustrierte ihn, wie er mit Githany verblieben war. Er fühlte sich eindeutig zu ihr hingezogen, sie war überwältigend und verlockend. Jedes Mal, wenn sie ihn zufällig streifte, spürte er, wie ihn ein Schauder überlief. Selbst wenn sie nicht zusammen waren, dachte er oft an sie, und diese Erinnerungen ließen sich nur schwer vertreiben, ebenso wie der Duft ihres berauschenden Parfüms. Nachts suchten ihr langes schwarzes Haar und ihre gefährlichen Augen seine Träume heim.

Und er glaubte ehrlich, dass auch sie etwas für ihn empfand ... obwohl er bezweifelte, dass sie es jemals zugeben würde. Aber so nahe sie einander während ihrer geheimen Unterrichtsstunden auch gekommen waren, sie hatten ihrer Sehnsucht nie nachgegeben. Es schien einfach falsch zu sein, solange Sirak immer noch der beste Schüler der Akademie war. Ihn zu besiegen war für sie beide das grundlegende Ziel gewesen, und davon hatten sie sich nicht ablenken lassen wollen. Es war ein gemeinsamer Feind, der sie zusammengebracht hatte, aber in vielerlei Weise war Sirak auch eine Mauer gewesen, die sie trennte.

Den Zabrak zu besiegen hätte diese Mauer zerfallen lassen sollen. Aber Bane hatte Githanys Enttäuschung nach dem Kampf gesehen. Sie hatte an sein Versprechen geglaubt, dass er ihren Feind töten würde. Aber am Ende hatte er bewiesen, dass er ihren Erwartungen nicht entsprach, und die Mauer zwischen ihnen war plötzlich noch viel stärker geworden.

Jemand klopfte leise an die Tür seines Zimmers. Es war lange nach der Sperrstunde; kein Schüler hatte einen Grund, im Flur unterwegs zu sein. Es gab nur eine Person, von der er erwartete, dass sie um diese Zeit durch die Flure schlich.

Er sprang auf, erreichte die Tür mit einem schnellen Schritt und riss sie auf. Rasch verbarg er seine Enttäuschung, als er Lord Kas'im auf der Schwelle stehen sah.

Der Schwertmeister kam durch die offene Tür, ohne auf eine Einladung zu warten, und bedeutete Bane mit einem Nicken, dass er die Tür schließen solle. Bane tat das und fragte sich, was wohl der Grund dieses spätnächtlichen Besuchs war.

»Ich habe etwas für dich«, sagte der Twi'lek, schob sein Gewand zur Seite und griff nach seinem Lichtschwert, das an seinem Gürtel hing. Nein, erkannte Bane, es war nicht *sein* Lichtschwert. Der Griff von Kas'ims Waffe war deutlich länger als die meisten, weil er Platz für zwei Kristalle bieten musste, einen für jede Klinge. Dieser Griff war kleiner, und er hatte eine seltsame Krümmung, die beinahe wie ein Haken wirkte.

Der Schwertmeister aktivierte das Lichtschwert; die Klinge brannte in einem dunklen Rot. »Das hier war die Waffe meines Meisters«, sagte er. »Als Junge habe ich stundenlang zugesehen, wie er damit trainierte. Meine frühesten Erinnerungen sind die an tanzendes rubinrotes Licht, das sich durch die Kampfsequenzen bewegt.«

»Ihr erinnert Euch nicht an Eure Eltern?«, fragte Bane überrascht.

Kas'im schüttelte den Kopf. »Meine Eltern wurden auf einem Sklavenmarkt auf Nal Hutta verkauft. Dort wurde Meister Nad'az auf sie aufmerksam – vielleicht, weil sie Twi'leks waren wie er selbst. Obwohl ich kaum alt genug war, um aufrecht stehen zu können, konnte Meister Nad'az die Macht in mir spüren. Er kaufte mich und nahm mich mit zurück nach Ryloth, wo er mich bei meinem eigenen Volk als seinen Schüler aufzog.«

»Was wurde aus Euren Eltern?«

»Das weiß ich nicht«, erwiderte Kas'im mit einem gleichgültigen Schulterzucken. »Sie hatten keine besondere Verbindung zur Macht, also sah mein Meister keinen Grund, sie zu erwerben. Sie waren schwach, also wurden sie zurückgelassen.«

Er sprach beiläufig, als hätte das Wissen, dass seine Eltern als Sklaven im Dienst der Hutts gelebt hatten und wahrscheinlich gestorben waren, keine Auswirkung auf ihn. In gewisser Hinsicht war seine Gefühllosigkeit verständlich. Er hatte sie nie kennengelernt, also verfügte er nicht über emotionale Verbindungen zu ihnen. Bane fragte sich kurz, ob sein Leben anders verlaufen wäre, wenn ihn ein anderer aufgezogen hätte. Wenn Hurst in der Cortosis-Mine umgekommen wäre, als er noch ein Kleinkind war – hätte er selbst dann irgendwann seinen Weg zur Akademie auf Korriban gefunden?

»Mein Meister war ein großer Sith-Lord«, fuhr Kas'im fort. »Er kannte sich besonders gut mit dem Lichtschwertkampf aus – eine Fähigkeit, die er an mich weitergegeben hat. Er lehrte mich, wie man das doppelte Lichtschwert benutzt, obwohl er selbst, wie du sehen kannst, einen traditionelleren Entwurf bevorzugte. Selbstverständlich, wenn man von dem Griff einmal absieht.«

Die Klinge verschwand, als er die Waffe abschaltete und sie Bane zuwarf, der sie geschickt auffing und den gekrümmten Griff fest packte.

»Fühlt sich seltsam an«, murmelte er.

»Sie verlangt eine geringfügige Veränderung in der Art, wie du das Schwert hältst«, erklärte Kas'im. »Halte den Griff mehr in der Handfläche, weiter weg von deinen Fingerspitzen.«

Das tat Bane und versuchte, sich an das seltsame Gefühl zu gewöhnen. Sein Geist ging bereits die Auswirkungen dieses neuen Griffs durch. Er gab einem Kämpfer mehr Kraft für die hohen Schläge, und er veränderte den Winkel der Angriffe geringfügig. Gerade genug, um einen nichts ahnenden Gegner zu verwirren.

»Einige Bewegungen sind mit dieser Waffe schwieriger«, warnte Kas'im. »Aber viele andere sind erheblich wirkungsvoller. Ich denke, du wirst am Ende zu der Ansicht kommen, dass dieses Lichtschwert gut zu deinem Stil passt.«

»Ihr wollt es mir geben?«, fragte Bane ungläubig.

»Heute hast du bewiesen, dass du seiner würdig bist.« Nur eine winzige Spur von Stolz lag in der Stimme des Schwertmeisters.

Bane aktivierte das Schwert und lauschte dem wunderbaren Summen des Energiepacks und dem knisternden Zischen der

Energieklinge. Er vollzog ein paar einfache Schnörkel, dann schaltete er es plötzlich wieder ab.

»Ist Qordis damit einverstanden?«

»Das hier ist meine Entscheidung, nicht seine«, erklärte Kas'im beinahe beleidigt. »Ich habe diese Klinge nicht zehn Jahre behalten, damit Qordis entscheiden kann, wem ich sie gebe.«

Bane reagierte mit einer respektvollen Verbeugung. Er war sich der großen Ehre bewusst, die Kas'im ihm gerade erwiesen hatte. Um das darauf folgende unbehagliche Schweigen zu brechen, fragte er: »Euer Meister hat es Euch gegeben, als er starb?«

»Ich habe es ihm abgenommen, als ich ihn tötete.«

Bane war so verblüfft, dass er seine Reaktion nicht verbergen konnte. Der Schwertmeister sah es und lächelte dünn.

»Ich hatte alles gelernt, was ich von Meister Nad'az lernen konnte. So stark er auch in der Dunklen Seite sein mochte, ich war stärker. So geschickt er mit dem Lichtschwert war, ich wurde geschickter.«

»Aber warum habt Ihr ihn getötet?«, fragte Bane.

»Es war ein Test. Um zu sehen, ob ich so stark war, wie ich glaubte. Das war vor der Ära von Lord Kaan; wir folgten noch dem alten Weg. Sith gegen Sith, Meister gegen Schüler. Wir waren dumm genug, uns gegeneinanderzustellen, um unsere Überlegenheit zu beweisen. Zum Glück hat die Bruderschaft der Dunkelheit dem ein Ende gemacht.«

»Nicht vollkommen«, murmelte Bane, der an Fohargh und Sirak denken musste. »Die Schwachen fallen immer noch vor den Starken. Das ist unvermeidlich.«

Kas'im legte den Kopf schief und versuchte, die Bedeutung hinter diesen Worten zu erkennen. »Du solltest dir nicht erlauben, dich durch diese Ehre blenden zu lassen«, warnte er. »Du bist noch nicht bereit, mich herauszufordern, junger Schüler. Ich habe dir alles beigebracht, was du weißt, aber nicht alles, was *ich* weiß.«

Bane musste lächeln. Der Gedanke, Kas'im in einem echten Kampf gegenüberzustehen, war absurd. Er wusste, dass er gegen den Schwertmeister nicht bestehen konnte. Noch nicht. »Ich werde daran denken, Meister.«

Zufrieden drehte sich Kas'im um. Bevor Bane die Tür hinter ihm schließen konnte, fügte er jedoch noch hinzu: »Lord Qordis will dich gleich morgen früh sehen. Geh noch vor dem Morgendrill zu ihm.«

Selbst die ernüchternde Aussicht, dem finsteren Leiter der Akademie gegenübertreten zu müssen, konnte Banes Hochstimmung nicht dämpfen. Sobald er allein in seinem Zimmer war, aktivierte er das Lichtschwert und begann, seine Sequenzen zu üben. Es dauerte viele Stunden, bis er die Waffe schließlich weglegte und müde ins Bett kroch, alle Gedanken an Githany lange vergessen.

Als sich draußen das erste Morgenlicht zeigte, stand Bane an der Tür zum Privatquartier von Lord Qordis. Es war Monate her, seit er zum letzten Mal hier gewesen war. Damals hatte man ihn getadelt, weil er Fohargh umgebracht hatte. Diesmal hatte er einen der besten Schüler der Akademie schwer verletzt – einen von Qordis' persönlichen Favoriten. Er fragte sich, was ihn erwartete.

Er nahm seinen Mut zusammen und klopfte.

»Herein«, erklang die Stimme von drinnen.

Bane versuchte, eine gewisse Nervosität zu ignorieren, als er die Tür öffnete. Lord Qordis saß in der Mitte des Raums auf seiner Meditationsmatte. Es war beinahe, als hätte er sich nicht bewegt: Seine Position war die gleiche wie bei ihrer letzten Begegnung.

»Meister«, sagte Bane und verbeugte sich tief.

Qordis machte sich nicht die Mühe aufzustehen. »Ich sehe, du trägst ein Lichtschwert am Gürtel.«

»Lord Kas'im hat es mir gegeben. Er war der Ansicht, dass ich es mir mit meinem letzten Sieg im Ring verdient habe.« Bane fühlte sich plötzlich sehr defensiv, als würde er angegriffen.

»Ich werde dem Schwertmeister nicht widersprechen«, erwiderte Qordis, obwohl sein Ton das Gegenteil nahelegte. »Aber obwohl du jetzt ein Lichtschwert trägst, solltest du nicht vergessen, dass du immer noch ein Schüler bist. Du schuldest den Meistern hier in der Akademie immer noch Gehorsam und Loyalität.«

»Selbstverständlich, Lord Qordis.«

»Die Art, wie du Sirak besiegtest, hat die anderen Schüler beeindruckt«, fuhr Qordis fort. »Sie werden versuchen, dich nachzuahmen. Du musst ein gutes Beispiel geben.«

»Ich werde mein Bestes tun, Meister.«

»Das bedeutet, dass deine Privatstunden mit Githany ein Ende finden müssen.«

Bane wurde kalt. »Ihr wusstet davon?«

»Ich bin ein Sith-Lord und Meister dieser Akademie. Ich bin kein Dummkopf und nicht blind gegenüber den Dingen, die sich innerhalb des Tempels ereignen. Ich habe solches Verhalten geduldet, als du ein Ausgestoßener warst, denn in dieser Zeit hat es den anderen Schülern nicht geschadet. Nun jedoch werden viele dich sehr genau beobachten. Ich möchte nicht, dass sie deinem Weg folgen und versuchen, sich in einem fehlgeleiteten Versuch, deinen Erfolg zu wiederholen, gegenseitig auszubilden.«

»Was wird aus Githany? Werdet Ihr sie bestrafen?«

»Ich werde mit ihr sprechen, genau wie ich jetzt mit dir spreche. Es muss dem Rest der Schüler klar sein, dass ihr beide nicht privat miteinander trainiert. Das bedeutet, dass du sie nicht mehr sehen darfst. Außer im Gruppenunterricht werdet ihr einander nicht mehr sehen. Wenn ihr mir beide gehorcht, wird euer Verstoß keine weiteren Folgen haben.«

Bane verstand Lord Qordis' Besorgnis, aber er fand, dass die

Lösung zu weit ging. Es war nicht notwendig, ihn so vollständig von Githany zu trennen. Er fragte sich, ob die Meister wussten, dass er sich von ihr angezogen fühlte. Fürchteten sie, sie würde ihn ablenken?

Nein, erkannte er, das war es nicht. Hier ging es einfach um Herrschaft. Bane hatte sich Lord Qordis widersetzt; er hatte Erfolg gehabt, obwohl der Rest der Akademie ihn abwies. Nun wollte Qordis dafür sorgen, dass Banes Leistungen ihm als Verdienst angerechnet wurden.

»Das ist noch nicht alles«, fuhr der Meister fort und riss Bane damit aus seinen Gedanken. »Du musst auch aufhören, im Archiv zu studieren.«

»Warum das?«, rief Bane überrascht und zornig. »Die Manuskripte enthalten die Weisheit der alten Sith. Ich habe aus ihnen viel über den Weg der Dunklen Seite gelernt.«

»Das Archiv ist voller Relikte aus der Vergangenheit«, erwiderte Qordis scharf. »Sie stammen aus einer Zeit, die lange vergangen ist. Der Orden hat sich verändert. Wir haben uns über das, was du aus diesen muffigen Schriftrollen und Büchern gelernt hast, hinausentwickelt. Das würde dir klar sein, wenn du von den Meistern gelernt hättest, statt auf deinem eigenen Weg voranzupreschen.«

Ihr seid derjenige, der mich auf diesen Weg gezwungen hat, dachte Bane. »Die Sith mögen sich verändert haben, aber wir können immer noch auf dem Wissen jener aufbauen, die vor uns waren. Das versteht Ihr doch sicher, Meister. Warum sonst hättet Ihr ausgerechnet die Akademie auf Korriban wieder aufgebaut?«

In den Augen des Dunklen Lords blitzte es zornig auf. Es gefiel ihm offenbar nicht, von einem Schüler herausgefordert zu werden. Als er wieder sprach, war seine Stimme kalt und bedrohlich. »Die Dunkle Seite ist stark auf diesem Planeten. Das ist der einzige Grund, wieso wir hierhergekommen sind.«

Bane wusste, er sollte das Thema fallen lassen, aber er war nicht bereit aufzugeben. Das hier war zu wichtig. »Aber was ist mit dem Tal der Dunklen Lords? Was ist mit den Grabmalen der Dunklen Meister, die auf Korriban begraben wurden, und den dort verborgenen Geheimnissen?«

»Ist es das, was du suchst?«, höhnte Qordis. »Die Geheimnisse der Toten? Die Jedi haben die Gräber schon vor dreitausend Jahren geplündert, als sie Korriban eroberten. Nichts Wertvolles ist geblieben.«

»Die Jedi sind Diener des Lichts«, widersprach Bane. »Die Dunkle Seite hat Geheimnisse, die sie nie verstehen werden. Es könnte ihnen etwas entgangen sein.«

Qordis lachte, ein harsches, höhnisches Bellen. »Bist du wirklich so naiv?«

»Es heißt, die Geister mächtiger Sith-Meister verharrten in ihren Gräbern.« Bane weigerte sich störrisch, sich zurückzuhalten. »Sie erscheinen nur denen, die ihrer Gegenwart würdig sind. Sie hätten sich niemals den Jedi gezeigt.«

»Glaubst du wirklich, dass Geister und Gespenster immer noch in diesen Gräbern lauern und darauf warten, die großen Geheimnisse der Sith an jene weiterzugeben, die sie besuchen?«

Bane musste wieder an seine Studien denken. Es gab zu viele Berichte über solche Dinge, als dass alles nur ein Märchen sein konnte. Es musste einfach eine gewisse Wahrheit dahinterstecken.

»Ja«, antwortete er, obwohl ihm klar war, dass das Qordis noch wütender machen würde. »Ich glaube, ich kann mehr von den Geistern im Tal der Dunklen Lords lernen als von den lebendigen Meistern hier an der Akademie.«

Qordis sprang auf und schlug Bane fest ins Gesicht. Seine klauenartigen Fingernägel hinterließen blutige Spuren. Bane wich nicht zurück, er hatte nicht einmal gezuckt.

»Dreister Narr!«, schrie sein Meister. »Du betest die Toten an. Du glaubst, sie haben große Macht, aber sie sind nichts als Staub und Knochen!«

»Ihr irrt Euch«, sagte Bane. Er konnte spüren, wie Blut aus den Kratzern in seinem Gesicht floss. Aber er hob nicht die Hand, um es wegzuwischen. Er blieb einfach reglos wie ein Stein vor seinem wütenden Meister stehen.

Obwohl Bane sich nicht rührte, machte Qordis einen halben Schritt zurück. Als er wieder sprach, war seine Stimme gefasster, obwohl sie immer noch vor Zorn triefte. »Dann geh«, sagte er und zeigte mit einem langen, knochigen Finger auf die Tür. »Wenn du die Weisheit der Toten so viel höher schätzt, geh. Verlass den Tempel. Geh zum Tal der Dunklen Lords. Such deine Antworten in ihren Gräbern.«

Bane zögerte. Er wusste, das hier war eine Prüfung. Wenn er sich jetzt entschuldigte – wenn er sich duckte und seinen Meister um Vergebung anflehte –, würde Qordis ihn vielleicht im Tempel bleiben lassen. Aber er wusste, dass der Meister sich irrte. Die alten Sith mochten tot sein, aber ihr Erbe hatte Bestand. Das war seine Chance, dieses Erbe für sich zu beanspruchen.

Er drehte Lord Qordis den Rücken zu und verließ den Raum ohne ein weiteres Wort. Es hatte keinen Sinn, die Auseinandersetzung fortzusetzen. Seine einzige Möglichkeit zu siegen bestand darin, Beweise zu finden. Und das würde ihm nicht gelingen, wenn er weiter hier stehen blieb.

Kapitel 18

Bane hatte das morgendliche Training verpasst. Kas'im wusste sofort, wer für seine Abwesenheit verantwortlich war.

Er machte sich nicht die Mühe, an Lord Qordis' Tür zu klopfen; er benutzte einfach die Macht, um das Schloss aufzubrechen, dann trat er sie auf. Leider musste er feststellen, dass es dennoch an dem von ihm erhofften Überraschungselement fehlte.

Qordis stand mit dem Rücken zur Tür und betrachtete einen hinreißenden Wandbehang, der neben seinem übergroßen Bett hing. Er drehte sich nicht um, als der Schwertmeister hereinstürzte; er reagierte überhaupt nicht. Was bedeutete, dass er Kas'im erwartet hatte.

Der Schwertmeister machte eine wütende Geste, und die Tür fiel krachend wieder zu. Was er sagen wollte, war nicht für die Ohren der Schüler bestimmt. »Was verdammt noch mal habt Ihr getan, Qordis?«

»Ich nehme an, Ihr sprecht von dem Schüler Bane«, kam die allzu beiläufige Antwort.

»Selbstverständlich meine ich Bane! Hört auf mit diesen verkrifften Spielchen, Qordis. Was habt Ihr mit ihm gemacht?«

»*Mit* ihm? Nichts. Jedenfalls nicht so, wie Ihr glaubt. Ich habe nur versucht, ihm Vernunft beizubringen. Ich wollte ihm begreiflich machen, wie wichtig es ist, innerhalb der Struktur dieser Einrichtung zu arbeiten.«

»Ihr habt ihn manipuliert.« Kas'im seufzte resigniert. Er wusste, dass Qordis nichts für Bane übrig hatte. Vor allem weil Lord Kopecz – sein langjähriger Rivale – derjenige gewesen war, der Bane zur Akademie gebracht hatte. Der Schwertmeister erkannte, dass er den jungen Schüler hätte warnen sollen.

»Ihr habt seinen Geist irgendwie verbogen«, fuhr er fort, immer noch in dem Versuch, dem anderen eine Reaktion zu entlocken. »Ihr habt ihn zu dem Weg gezwungen, auf dem Ihr ihn haben wollt. Einem Weg des Ruins.«

Er erhielt nicht sofort eine Antwort. Da er genug davon hatte, Qordis' Rücken anzustarren, trat er vor und hob die Hand, um den größeren Mann an der Schulter zu packen und herumzureißen, damit er ihn ansehen konnte. »Warum, Qordis?«

In der ersten Sekunde, als er den Leiter der Akademie zu sich herumriss, konnte Kas'im eine Spur von Unsicherheit und Verwirrung auf dem hageren, säuerlichen Gesicht erkennen. Dann verzogen sich diese Züge zu einer Maske des Zorns, und die tief liegenden dunklen Augen glühten in ihren Höhlen. Qordis schlug Kas'ims Hand weg.

»Bane hat sich das ausschließlich selbst zuzuschreiben! Er war störrisch! Besessen von der Vergangenheit! Er wird uns nichts nützen, solange er nicht die Lehren dieser Akademie akzeptiert!«

Kas'im war verblüfft: nicht von dem plötzlichen Ausbruch, sondern dem unerwarteten Einblick in die Unsicherheit, die der Wut vorausgegangen war. Plötzlich fragte er sich, ob das Gespräch wirklich so verlaufen war, wie Qordis es geplant hatte. Vielleicht hatte der Meister versucht, Bane zu manipulieren, und versagt. Es wäre nicht das erste Mal, dass sie diesen ungewöhnlichen Schüler unterschätzt hätten.

Nun war Kas'im eher neugierig als wütend. »Sagt mir, was geschehen ist, Qordis. Wo ist Bane?«

Qordis seufzte beinahe bedauernd. »Er ist ins Ödland gegangen. Er ist auf dem Weg zum Tal der Dunklen Lords.«

»Was? Warum sollte er das tun?«

»Ich habe es Euch doch gesagt: Er ist besessen vom Gedanken an die Vergangenheit. Er glaubt, dort draußen gäbe es Geheimnisse, die ihm enthüllt würden. Geheimnisse der Dunklen Seite.«

»Habt Ihr ihn vor den Gefahren gewarnt? Den Pelko-Schwärmen? Den Tuk'ata?«

»Dazu hat er mir keine Gelegenheit gegeben. Und er hätte ohnehin nicht auf mich gehört.«

Das zumindest nahm Kas'im ihm ab. Aber er war nicht sicher, wie weit er Qordis den Rest seiner Geschichte glauben konnte. Der Meister der Akademie war subtil und verschlagen. Es wäre nur typisch für ihn, jemanden durch Widerspruch dazu zu bringen, sich in das tödliche Tal der Dunklen Lords zu wagen. Wenn er Bane eliminieren wollte, ohne dass man ihn dafür verantwortlich machen konnte, wäre das eine gute Möglichkeit – bis auf eine Kleinigkeit.

»Er wird überleben«, erklärte Kas'im. »Er ist stärker, als Ihr wisst.«

»Wenn er überlebt«, erwiderte Qordis und wandte sich wieder dem Wandbehang zu, »wird er die Wahrheit erfahren. Es gibt keine Geheimnisse im Tal. Nicht mehr. Alles von Wert wurde weggenommen: von den ersten Sith, die versuchten, unseren Orden zu erhalten, und später von den Jedi, die ihn auslöschen wollten. In diesen Gräbern gibt es nur noch leere Kammern und Haufen von Staub. Sobald er es selbst gesehen hat, wird er seine dumme Idealisierung der alten Sith aufgeben. Erst dann wird er bereit sein, sich der Bruderschaft der Dunkelheit anzuschließen.«

Das Gespräch war zu Ende, so viel war klar. Was Qordis gesagt hatte, klang vernünftig, wenn dies alles Teil einer größeren Lektion war, damit Bane die alten Wege schließlich aufgab und den neuen Sith-Orden und Kaans Bruderschaft akzeptierte.

Aber als Kas'im sich umdrehte und das Zimmer verließ, konnte er das Gefühl nicht abschütteln, dass Qordis die Ereignisse nur nachträglich rationalisierte. Der Leiter der Akademie wollte, dass die anderen glaubten, er habe die Situation unter Kontrolle gehabt, aber sein gehetzter Blick, als der Schwertmeister ihn zu sich herumriss, hatte die Wahrheit gezeigt: Etwas, was Bane gesagt oder getan hatte, hatte Qordis verängstigt.

Dieser Gedanke ließ den Twi'lek lächeln. Er war vollkommen überzeugt, dass Bane seine Reise ins Tal der Dunklen Lords überleben würde. Und er war sehr neugierig darauf, was geschehen würde, wenn der junge Mann zurückkehrte.

Sirak bewegte sich vorsichtig. Er hatte die letzten sechsunddreißig Stunden in einem Bacta-Tank verbracht, und obwohl seine Wunden vollkommen verheilt waren, reagierte sein Körper immer noch instinktiv auf die Erinnerung an die Wunden, die Banes Schwert ihm beigebracht hatte. Langsam suchte er seine Sachen zusammen, denn er hatte es eilig, in die vertraute Umgebung seines Raums zurückzukehren und die Einsamkeit des Medzentrums hinter sich zu lassen.

Einer der Meddroiden schwebte herein, brachte ihm eine Hose, ein Hemd und ein dunkles Schülergewand. Die Kleidung roch nach Desinfektionsmittel; es war üblich, alles zu sterilisieren, bevor es ins Medzentrum gebracht wurde. Die Kleidung passte, aber er wusste, sobald er sie anzog, dass sie nie zuvor getragen worden war.

Seit man ihn bewusstlos aus dem Duellring getragen hatte, hatte er niemanden gesehen außer den Meddroiden. Niemand war gekommen, um nach ihm zu sehen, als er in der Heilflüssigkeit trieb: nicht Qordis, nicht Kas'im, nicht einmal Llokay oder Yevra. Er konnte es ihnen nicht übel nehmen.

Die Sith verachteten Schwäche und Versagen. Wann immer Schüler im Duellring verloren, ließ man sie mit der Scham über ihre Niederlage allein, bis sie wieder stark genug waren, um erneut mit dem Unterricht zu beginnen. Früher oder später passierte es jedem ... nur, dass es Sirak nie zuvor passiert war.

Er war unbesiegbar gewesen, niemand hatte ihm auch nur nahe kommen können – der beste Schüler in jeder Disziplin. Er hatte die Gerüchte und das Geflüster gehört. Sie hatten ihn den Sith'ari genannt, das perfekte Wesen. Nun würden sie das nicht mehr tun. Nicht nach dem, was Bane mit ihm gemacht hatte.

Er wandte sich der Tür zu und sah Githany dort stehen, die ihn beobachtete.

»Was willst du?«, fragte er misstrauisch.

Er wusste, wer sie war, obwohl er nie mit ihr gesprochen hatte. Schon am Tag ihrer Ankunft hatte er sie als potenzielle Gefahr identifiziert. Er hatte sie beobachtet und gesehen, dass sie ihn ihrerseits beobachtete, und beide hatten versucht, den anderen einzuschätzen, zu entscheiden, wer besser war. Sirak war misstrauisch gegenüber allen potenziellen Herausforderern, das hatte er zumindest gedacht – bis der eine Schüler, den er am wenigsten fürchtete, ihn besiegt hatte.

»Ich bin gekommen, um mit dir zu sprechen«, antwortete sie. »Über Bane.«

Er verzog unwillkürlich das Gesicht, als der Name fiel, dann verfluchte er sich für seine Reaktion. Githany ließ sich nicht anmerken, ob es ihr aufgefallen war.

»Was ist mit ihm?«, fragte er barsch.

»Ich bin neugierig, was du jetzt vorhast. Wie willst du mit der Situation umgehen?«

Es war schwierig, die alte Arroganz heraufzubeschwören, aber irgendwie brachte er ein zufriedenstellend höhnisches Grinsen zustande. »Meine Pläne gehören mir.«

»Wirst du Rache suchen?«, drängte sie.

»Vielleicht in einiger Zeit«, gab er schließlich zu.

»Ich kann dir helfen.«

Sie machte einen Schritt weiter in den Raum. Selbst bei diesem einen Schritt konnte Sirak sehen, dass sie sich mit der sinnlichen Anmut einer zeltronischen Schleiertänzerin bewegte.

Er kniff misstrauisch die Augen zusammen. »Warum?«

»Ich habe Bane geholfen, dich zu besiegen«, sagte sie. »Ich erkannte sein Potenzial, sobald ich ihn zum ersten Mal sah. Als Qordis und die anderen Meister ihn nicht mehr unterrichten wollten, habe ich ihm insgeheim ihre Lehren über die Macht vermittelt. Ich wusste, die Dunkle Seite war stark in ihm. Stärker als in mir. Stärker als in dir. Vielleicht sogar stärker als in den Meistern.«

Sirak verstand nicht, worauf sie mit dieser Geschichte hinauswollte. »Du hast meine Frage immer noch nicht beantwortet. Du hast von Bane bekommen, was du wolltest. Warum solltest du mir jetzt helfen?«

Sie schüttelte traurig den Kopf. »Ich habe mich in Bane getäuscht. Ich dachte, wenn ich ihm helfen würde, stärker zu werden, würde er sich der Dunklen Seite öffnen. Dann könnte ich von ihm lernen und selbst stärker werden. Aber er ist nicht imstande, die Dunkle Seite wirklich anzunehmen. Alle anderen halten seinen Triumph über dich für einen großen Sieg. Nur ich betrachte ihn als Versagen.«

Sie spielte mit ihm. Verspottete ihn. Und das gefiel ihm nicht. »Vor Bane hat mich niemand im Duellring geschlagen!«, fauchte er. »Wie kannst du behaupten, er habe versagt?«

»Du bist immer noch am Leben«, sagte sie schlicht. »Als der Augenblick kam, deinem Leben ein Ende zu machen, zögerte er. Er konnte sich nicht dazu überwinden. Er war schwach.«

Sirak war fasziniert, und daher antwortete er ihr nicht sofort. Stattdessen wartete er darauf, dass sie mehr sagte.

»Er hat seit Monaten geplant, Rache an dir zu nehmen«, fuhr sie fort. »Sein Hass hat ihm die Kraft gegeben, dich zu schlagen …, und im letzten Augenblick zeigte er Gnade und ließ dich am Leben.«

»*Ich* habe ihn nach dem ersten Duell ebenfalls am Leben gelassen«, erinnerte Sirak sie.

»Das hatte nichts mit Gnade zu tun – es war ein Zeichen der Verachtung. Du glaubtest, ihn vollkommen vernichtet zu haben. Wenn du gewusst hättest, dass er eines Tages aufstehen und dich wieder herausfordern würde, hättest du ihn ungeachtet der Regeln der Akademie getötet.

Du hast ihn unterschätzt. Ein Fehler, den du nicht noch einmal machen wirst. Aber Bane unterschätzt dich nicht. Er weiß, dass du stark genug bist, um eine echte Gefahr darzustellen. Und dennoch hat er dich am Leben gelassen, obwohl er wusste, dass du eines Tages Rache suchen würdest. Er ist entweder ein Schwächling oder ein Narr«, schloss sie, »und ich will weder mit dem einen noch mit dem anderen etwas zu tun haben.«

In ihren Worten lag einige Wahrheit, aber Sirak war nicht vollkommen überzeugt. »Du wechselst die Seiten zu schnell, Githany. Selbst für einen Sith.«

Sie schwieg lange und überlegte offenbar, wie sie darauf antworten sollte. Dann senkte sie plötzlich für einen Moment den Blick, und als sie ihn wieder hob, standen Scham und Demütigung in ihren Augen.

»Tatsächlich war es Bane, der dieses Bündnis beendete, nicht ich.« Sie erstickte beinahe an den Worten. »Er hat mich verlassen«, fuhr sie fort und versuchte nicht mehr, ihre Verbitterung zu verbergen. »Er hat die Akademie verlassen. Er hat mir nicht einmal gesagt, warum. Er hat sich nicht einmal von mir verabschiedet.«

Plötzlich war alles klar. Sirak verstand nun ihr Bedürfnis, sich mit ihm gegen ihren ehemaligen Verbündeten zusammenzutun. Githany war daran gewöhnt, die Situation zu beherrschen. Sie war daran gewöhnt, das Sagen zu haben. Sie war daran gewöhnt, dass sie diejenige war, die Beziehungen beendete. Und es gefiel ihr überhaupt nicht, wenn ein anderer ihr zuvorkam.

Es war wie in der alten corellianischen Weisheit: *Fürchte den Zorn einer verschmähten Frau.*

»Wo ist er hingegangen?«, fragte er.

»Die Schüler sagen, Qordis habe ihn ins Tal der Dunklen Lords geschickt.«

Sirak hätte beinahe gesagt: *Dann ist er schon tot!*, aber in letzter Sekunde erinnerte er sich an ihre Mahnung, Bane nicht noch einmal zu unterschätzen. Also sagte er stattdessen: »Du erwartest, dass er zurückkehrt.«

»Ich bin sicher.«

»Dann werden wir bereit sein«, versprach Sirak. »Wenn er zurückkehrt, werden wir ihn vernichten.«

Als Bane über den heißen Sand des Ödlands von Korriban marschierte, sah er die Sonne rasch hinter den Horizont sinken. Er war stundenlang in der Hitze unterwegs gewesen; die kleine Stadt Dreshdae und der Tempel, der über ihr aufragte, lagen weit hinter ihm. Sie waren nur noch Punkte am Horizont; wenn er zurückgeschaut hätte, hätte er sie im schwächer werdenden Licht so gerade eben noch erkennen können.

Er schaute nicht zurück. Er marschierte störrisch weiter. Die glühende Hitze hatte ihn nicht langsamer gemacht, und das würde auch die Kälte nicht tun, die sich nach Sonnenuntergang rasch dem Gefrierpunkt näherte. Körperliches Unbehagen – Kälte, Hitze, Durst, Hunger, Müdigkeit – hatten keine sonderliche Auswirkung auf ihn, da ihn die Kraft der Macht nährte.

Dennoch, er war beunruhigt. Er erinnerte sich daran, wie er auf Korriban eingetroffen war. Er hatte die Kraft dieser Welt gespürt: Der Planet war erfüllt von der Dunklen Seite. Aber das Gefühl war auch schwach und entfernt gewesen. Während seiner Zeit in der Akademie hatte er sich so an dieses stetige Summen gewöhnt, dass er es kaum mehr bemerkte.

Als er den Tempel und den Raumhafen hinter sich ließ, hatte er erwartet, dass das Gefühl intensiver würde. Mit jedem Schritt, der ihn näher zum Tal der Dunklen Lords brachte, hatte er gehofft, die Dunkle Seite bald noch intensiver zu spüren.

Stattdessen nahm er überhaupt nichts wahr. Keinerlei merkliche Veränderung. Er war nur noch ein paar Kilometer vom Eingang des Tals entfernt; er konnte die schattenhaften Umrisse der am nächsten gelegenen Grabmale sehen, die in die Steinwände gemeißelt waren. Und dennoch war die Dunkle Seite nur ein hohles Echo, nichts weiter als die Erinnerung an Worte, die vor sehr langer Zeit gesprochen worden waren.

Er schob seine Zweifel und Bedenken beiseite und verdoppelte sein Tempo. Er wollte das Tal erreichen, bevor es vollkommen dunkel wurde. Aus der Akademie hatte er eine Handvoll Glühstäbe mitgenommen; wenn nötig, würde er sie benutzen, um seinen Weg zu finden. Leider würde ihr Licht auch wie ein Leuchtfeuer wirken und jedem anzeigen, wo er sich aufhielt – oder *allem*. Er war sicher, mit dem neuen Lichtschwert an seiner Seite beinahe alle Begegnungen überleben zu können, aber es gab Geschöpfe, die in der Nähe der Grabmale lauerten, die er lieber nicht auf sich aufmerksam machen wollte.

Die letzten Sonnenstrahlen hingen immer noch in der Luft, als er sein Ziel erreichte. Das Tal der Dunklen Lords erstreckte sich vor ihm, im trüben Zwielicht kaum mehr zu erkennen. Er dachte kurz daran, für die Nacht Halt zu machen und bis zum Morgengrauen ein Lager aufzuschlagen, dann tat er diese Idee wieder ab. Tag oder Nacht, das würde keinen Unterschied machen, sobald er in den Gräbern war; und dort würde er ohnehin die Glühstäbe nützen müssen. Da er sein Ziel erreicht hatte, war er zu begierig zu sehen, was er finden konnte, um es noch länger zu verschieben.

Er entschied sich für den nächstgelegenen Tempel, den einzigen, den er tatsächlich in dem trüben Licht noch sehen konnte. Wie alle Grabmale war auch dieses aus den hohen Steinklippen gehauen worden, die sich zu beiden Seiten steil von der Talsohle erhoben. Der große Torbogen des Eingangs war in die Felsen geschnitten worden, aber die Kammern, die die Überreste des Dunklen Lords enthielten, zogen sich weit in die Klippe hinein.

Als er näher kam, konnte er sehen, dass komplizierte Muster in den Bogen gemeißelt waren. Jemand hatte eine Inschrift in Buchstaben, die er nicht kannte, auf dem Torbogen hinterlassen. Er nahm an, die Qualität der Handwerksarbeit war einmal erstaunlich gewesen, aber nach der langen Einwirkung des Wüstenwinds ließen sich die meisten Einzelheiten nicht mehr erkennen.

Bane blieb auf der Schwelle stehen und sog die Aura verbotener Geheimnisse ein, die diesen Grabeingang umgab. Er spürte allerdings immer noch keine Veränderung in der Macht. Als er näher kam, war er schockiert zu sehen, dass die große Steinplatte, die als Tür gedient hatte, gespalten war. Er fuhr mit den Fingern über die Ränder des Risses. Glatt. Abgetragen. Wer immer diese Tür aufgebrochen hatte, hatte es schon vor langer Zeit getan.

Bane richtete sich auf und schritt stolz durch das geborstene Portal. Langsam und vorsichtig legte er dann die ersten Meter des langen Eingangstunnels zurück. Nach einem halben Dutzend Schritten wurde es so finster, dass er einen Glühstab herausholen und ihn aktivieren musste.

Unheimliches blaues Licht erfüllte den Tunnel, und ein kleiner Schwarm tödlicher Pelko-Käfer floh vor dem trüben Lichtkreis. Sie hatten Bane verfolgt und sich ihm von allen Seiten genähert. Er konnte sie immer noch sehen, wie sie im Schatten ringsumher lauerten, aber er fürchtete sie nicht.

Pelko-Käfer waren wie viele auf Korriban einheimische Geschöpfe auf die Macht eingestimmt. Sie hatten Banes Eintreffen schon gespürt, bevor er das Grab betreten hatte; seine Macht hatte sie unwiderstehlich angezogen. Aber sie sorgte auch dafür, dass die Insekten und ihre lähmenden Stachel in sicherer Entfernung blieben. Instinktiv konnten die Pelko-Käfer das schiere Ausmaß von Banes Kraft spüren, und sie fürchteten ihn. Sie würden nicht nahe genug kommen, um ihn anzugreifen, was sie zu nichts weiter als einem Ärgernis machte. Größere Raubtiere wie die Tuk'ata stellten vielleicht eine echte Gefahr dar. Aber Bane wusste, er würde auch mit ihnen fertig werden, falls das notwendig werden sollte.

Im Augenblick machte er sich mehr Gedanken wegen möglicher Gefahren, die die Erbauer des Grabmals vielleicht zurückgelassen hatten. Sith-Mausoleen waren berüchtigt für ihre tückischen Todesfallen. Bane dehnte seine Machtwahrnehmung aus, überprüfte vorsichtig die Mauern, den Boden und die Decke rings umher. Er war erleichtert – und ein wenig enttäuscht –, als er nichts entdeckte. Ein Teil von ihm hatte gehofft, er würde über eine unentdeckte Kammer stolpern, etwas, das den Jedi entgangen war.

Er ging weiter den Tunnel entlang, vorbei an diversen Räumen, in denen die Schätze des verstorbenen Dunklen Lords eingemauert worden waren – zusammen mit seinen lebenden geringeren Dienern. Diese Räume interessierten ihn nicht; er war kein Grabräuber. Stattdessen ging er weiter und weiter, bis er die eigentliche Grabkammer erreichte.

Die Pelko-Käfer passten sich seinem Tempo an, kreisten endlos immer so gerade eben außerhalb des blauen Lichtkreises, den sein Glühstab warf. Er konnte das schrille Klicken – *skriek skriek skriek* – des frustrierten Schwarms hören: Sie konnten ihn nicht angreifen, waren aber auch nicht imstande, sich von ihm abzuwenden.

Die Grabkammer ließ sich leicht erkennen an dem gewaltigen Steinsarkophag in der Mitte des Raums, der auf einem niedrigen Steinpodest stand. Es war kaum mehr als ein klotziger Schatten am Rand des Lichtkreises, den der Glühstab warf, aber es erfüllte Bane gleichzeitig mit Angst und Ehrfurcht.

Er nutzte die Macht immer noch, um nach Fallen zu suchen, und näherte sich dabei vorsichtig dem Sarkophag, wobei seine Nervosität wuchs, als das blaue Licht darauf fiel und mehr und mehr Einzelheiten enthüllte. Der Stein war mit Symbolen ähnlich denen am Eingang verziert, aber die Zeichen hier hatten unter keiner Erosion gelitten. Sie hoben sich deutlich, brutal und scharf ab. Er konnte die Schrift nicht lesen und den Dunklen Lord auch nicht nach seinem Wappen identifizieren, aber er wusste, dass dies die Ruhestätte eines uralten und mächtigen Wesens war.

Er hatte das Podest erreicht; es war ein wenig höher als sein Knie. Er stellte einen Fuß darauf, dann hielt er sich an der vorstehenden Kante eines der gemeißelten Symbole fest. Er erwartete halb, mit einem scharfen Ruck zurückgeschleudert zu werden, aber er spürte nur kalten Stein unter seiner Hand.

Er nutzte die Kante, um das Gleichgewicht zu wahren, und zog sich hoch, sodass er nun mit beiden Füßen auf der Plattform stand und von oben auf den Sarkophag hinabschaute. Zu seinem Entsetzen erkannte er, dass die Deckplatte des Sarkophags so gut wie zerstört war. Was immer sich darin befunden hatte, war verschwunden, und die Plünderer hatten nur Geröll, Staub und ein paar zerbrochene Knochenstücke zurückgelassen, die vielleicht einmal die Finger oder Zehen des Skeletts des Dunklen Lords gewesen waren.

Er stieg wieder herunter, frustriert, aber immer noch entschlossen, nicht aufzugeben. Langsam drehte er sich in einem großen Kreis, als erwartete er, dass die gestohlenen Überreste irgendwo in einer Ecke der Grabkammer lagen. Aber es gab nichts: Das Grab war ausgeraubt und entweiht worden.

Bane war nicht sicher gewesen, was er finden würde, aber jedenfalls nicht das hier. Die Geister der uralten Dunklen Lords waren Wesen aus reiner Energie der Dunklen Seite, so ewig wie die Macht selbst. Der Geist würde noch Jahrhunderte verweilen, selbst Jahrtausende, bis ein würdiger Nachfolger kam. Das hatten ihn die Texte im Archiv zumindest glauben lassen.

Aber was er vor sich sah, ließ sich nicht abstreiten. Die alten Manuskripte hatten ihn betrogen. Er hatte alles darauf gesetzt, dass sie der Wahrheit entsprachen, hatte sich sogar Qordis selbst widersetzt – und verloren.

Verzweifelt legte er den Kopf zurück und hob die Arme zu der Höhlendecke. »Ich bin hier, Meister!«, rief er. »Ich bin gekommen, um Eure Geheimnisse zu erfahren!« Er hielt inne und lauschte nach einer Antwort. Als er nichts hörte, versuchte er es noch einmal: »Zeigt Euch! Im Namen der Macht der Dunklen Seite, zeigt Euch!«

Seine Worte hallten von den Wänden wider und klangen leer und hohl. Er sackte auf die Knie, ließ die Arme herabsinken und den Kopf hängen. Als das Echo seines Rufs verhallte, war nur noch das schrille Klicken der Pelko-Käfer zu hören.

Kopecz spuckte auf den Boden, als er das Lager betrachtete. Er war von einer Armee umgeben, aber es war eine Armee von Unwürdigen. Wohin er auch schaute, sah er die Schergen der

Sith: Berserker, Attentäter und Schüler. Aber es gab nur wenige Sith-Meister. Der scheinbar endlose Krieg gegen die Jedi auf den Schlachtfeldern von Ruusan forderte einen hohen Preis von Kaans Bruderschaft der Dunkelheit. Ohne Verstärkung würden sie gezwungen sein, sich zurückzuziehen – oder von General Hoth und seiner verhassten Armee des Lichts ausgelöscht werden.

Der kräftige Twi'lek stand auf, getrieben von der Erkenntnis, dass etwas geschehen musste. Er ging an kleinen Gruppen von Soldaten vorbei und bemerkte, wie viele verwundet, erschöpft oder einfach besiegt waren. Als er den Eingang von Lord Kaans Zelt erreichte, hatte die Verachtung, die er für seine sogenannten Brüder empfand, ihren Höhepunkt erreicht.

Als Kopecz hereinkam, warf Lord Kaan ihm einen einzigen Blick zu und bedeutete seinen anderen Beratern mit einer scharfen Geste zu gehen. Sie flohen, und keiner wagte Kopecz auch nur nahe zu kommen.

»Was ist denn, mein alter Freund?«, fragte Kaan. Seine Stimme war so liebenswert wie eh und je, aber er hatte die Augen weit aufgerissen, und in ihnen stand der wilde Blick eines gejagten Tiers.

»Habt Ihr gesehen, welche Armee da draußen lagert?«, fauchte Kopecz und wies mit dem Daumen über die Schulter, während er langsam weiter auf Kaan zukam. »Wenn das alles ist, was wir Lord Hoth entgegensetzen können, sollten wir gleich unsere schwarzen Gewänder verbrennen und anfangen, den Jedi-Kodex auswendig zu lernen.«

»Verstärkung ist auf dem Weg«, versicherte Lord Kaan ihm. »Zwei weitere Divisionen von Fußsoldaten und eine Gruppe von Scharfschützen, dazu ein halber Zug Repulsorfahrzeuge mit schweren Geschützen. Viele werden vom Ruhm unserer Sache angezogen. Jeden Tag mehr. Die Bruderschaft der Dunkelheit kann nicht versagen.«

Kopecz ließ sich von seinen Versprechen nicht trösten. Lord Kaan war immer die Stütze der Bruderschaft der Dunkelheit gewesen, ein Mann, der die Dunklen Lords vereint hatte, allein mit der Kraft seiner Persönlichkeit und seiner Vision. Nun jedoch wirkte er gehetzt. Die Anstrengung des ununterbrochenen Kampfes gegen die Jedi hatte seine Nerven zermürbt.

Kopecz schüttelte angewidert den Kopf. »Ich bin keiner von Euren kriecherischen Beratern«, sagte er mit erhobener Stimme. »Ich werde mich vor Euch nicht ducken, Lord Kaan. Ich werde Euch nicht preisen, wenn ich mit eigenen Augen sehen kann, dass Ihr ein Narr seid, der uns in die Vernichtung führt!«

»Leiser!«, fauchte Kaan. »Ihr schadet der Moral unserer Truppe!«

»Es ist keine Moral mehr übrig geblieben, der ich schaden könnte«, erwiderte Kopecz, sprach aber tatsächlich leiser. »Wir können Jedi nicht mit gewöhnlichen Soldaten besiegen. Es gibt zu viele von ihnen, und wir sind nicht genug.«

»Mit *wir* meint Ihr jene, die würdig sind, sich den Reihen der Dunklen Lords anzuschließen«, erwiderte Kaan. Er seufzte und starrte die Hololandkarte an, die vor ihm auf dem Tisch lag.

»Ihr wisst, was Ihr zu tun habt«, sagte Kopecz. Etwas von seinem Zorn war verschwunden. Er hatte sich entschieden, Kaan zu folgen; er würde ihn jetzt nicht im Stich lassen. Aber er würde auch nicht untätig dasitzen und auf die sichere Niederlage warten. »Wir stehen einer Armee aus Jedi-Rittern und Meistern gegenüber. Wir können ohne die Meister aus der Akademie nicht gegen sie bestehen. Und ohne die Schüler. Alle Schüler.«

»Sie sind noch nicht genügend ausgebildet«, widersprach Kaan.

»Sie sind die Stärksten unseres Ordens«, erinnerte Kopecz ihn. »Wir wissen beide, dass selbst die geringsten Schüler auf Korriban stärker sind als die Hälfte der sogenannten Dunklen Lords hier auf Ruusan.«

»Qordis' Arbeit ist noch nicht abgeschlossen. Die Schüler haben noch viel zu lernen«, wiederholte Kaan, wenn auch ohne großen Nachdruck. »So viel ungenutztes Potenzial. Die Akademie steht für die Zukunft der Sith.«

»Wenn wir die Jedi nicht hier auf Ruusan besiegen können, haben wir keine Zukunft«, stellte Kopecz fest.

Lord Kaan hob beide Hände an den Kopf und umklammerte ihn, als ob gewaltige Schmerzen drohten, ihn zu zerbrechen. Er begann, im Griff eines schrecklichen Krampfes zu zittern. Kopecz machte unwillkürlich einen Schritt zurück.

Kaan brauchte allerdings nur ein paar Sekunden, um sich wieder zu fassen und die Hände zu senken. Der gehetzte Blick war verschwunden, und nun stand in seinen Augen wieder dieser Ausdruck ruhiger Selbstsicherheit, der so viele zur Bruderschaft gezogen hatte.

»Ihr habt Recht, alter Freund«, sagte er. Die Worte kamen glatt und unbeschwert heraus; er sprach, als hätte man ein gewaltiges Gewicht von seinen Schultern genommen. Er strahlte Selbstvertrauen und Kraft aus. Er schien zu strahlen, eine violette Aura umgab ihn, als wäre er eine reine Verkörperung der Dunklen Seite. Und plötzlich fühlte sich Kopecz unerklärlich getröstet.

»Ich werde mich an Qordis wenden«, fuhr Kaan fort. Die Macht ging in deutlichen Wellen von ihm aus. »Ihr habt Recht. Es ist Zeit, dass sich die Akademie auf Korriban den Reihen der Sith anschließt.«

Kapitel 19

Bane hatte in seinem ganzen Leben nicht solchen Hunger gehabt. Es zog seinen Magen zu Knoten zusammen, sodass er sich vornüberbeugen musste, als er langsam durch das Ödland von Korriban auf Dreshdae zumarschierte. Dreizehn Tage lang hatte er das Tal der Dunklen Lords durchsucht und sich nur von der Macht und den Hydrierungstabletten genährt, die er für den Weg durch die Wüste mitgebracht hatte. Er hatte nicht geschlafen, sondern seinen Geist nur hin und wieder mithilfe einer Meditation regeneriert. Aber am Ende konnte selbst die Macht nichts aus dem Nichts schaffen. Sie konnte das Verhungern einige Zeit fernhalten, aber nicht ewig.

Zweimal war er von Rudeln von Tuk'ata angegriffen worden, den Wachhunden, die den Friedhof ihrer ehemaligen Herren durchstreiften. Beim ersten Mal hatte er sie mit der Macht vertrieben, hatte den Rudelführer gepackt und ihn in den Rest des Rudels geworfen, was mehrere Tiere verletzt hatte. Sie waren mit einem schrillen Heulen geflohen, das ihm Schauder über den Rücken laufen ließ. Der zweite Angriff war erheblich blutiger gewesen. Als er sich eins der jüngeren Gräber ansah, war er plötzlich von einem Dutzend Tuk'ata umgeben gewesen: ein doppelt so großes Rudel wie beim ersten Mal. Er hatte sein Lichtschwert aktiviert und durch Fleisch und Knochen geschnitten. Als das Rudel schließlich zurückwich, waren nur noch vier Tuk'ata am Leben gewesen.

Danach hatten sie ihn in Ruhe gelassen, was gut war, denn er war nicht mehr sicher, ob er sie ein weiteres Mal hätte zurückschlagen können. Bei der Suche in den Gräbern hatte er die Reserven seines Körpers überbeansprucht, sich buchstäblich von innen verzehrt. Nun zahlte er dafür.

Er hätte sein Leiden verringern können, indem er sich in eine meditative Trance versetzte, seinen Herzschlag und seine Lebensfunktionen verlangsamte, um seine Energie zu bewahren. Aber am Ende hätte das zu nichts geführt. Niemand würde kommen, um ihn zu suchen, und schließlich würde selbst dieser Zustand verlangsamter Lebensfunktionen in einen langsamen, wenn auch relativ schmerzlosen Tod übergehen.

Tod jedoch war etwas, das er nicht in Erwägung zog. Noch nicht. Trotz der Vergeblichkeit seiner Suche, trotz der niederschmetternden Enttäuschung war er dazu noch nicht bereit. Nicht, wenn das bedeutete, dass die Wahrheit, die er entdeckt hatte, mit ihm sterben würde. Also ertrug er die Schmerzen und zwang seinen schnell schwächer werdenden Körper, ihn zurückzubringen. Zurück zur Akademie.

Als er seine Suche begann, hatte er nur einen Tag gebraucht, um zum Tal zu wandern. Nun war er schon den dritten Tag unterwegs. Er war stark und frisch gewesen, als er aufgebrochen war, nun war er halb verhungert und schwach. Aber nicht nur körperliche Schwäche verlangsamte seinen Schritt.

Zuvor war er von seinen Erwartungen getrieben worden. Nun lag das Gewicht des Versagens auf ihm. Qordis hatte Recht gehabt: Die alten Dunklen Lords von Korriban waren nicht mehr hier. Seit der Zeit, als Revan die Sith von Korriban vertrieben hatte, waren beinahe dreitausend Jahre vergangen. Das genügte offenbar, um die Hinterlassenschaft der ursprünglichen Sith vollkommen auszulöschen.

Er war in die Wüste gegangen, um Erleuchtung zu suchen, hatte aber nur Desillusionierung gefunden. Korriban war nicht mehr die Wiege der Dunkelheit, es war eine Hülle, eine welke, vertrocknete Leiche, die von Aasfressern abgenagt worden war. Qordis hatte Recht gehabt …, aber Bane verstand jetzt auch, dass der Meister einen gewaltigen Fehler machte.

Er hatte in den Grabmalen nicht gefunden, wonach er suchte. Aber während des langen Rückwegs durch die Wüste hatten sich seine Gedanken schließlich geordnet. Hunger, Durst, Erschöpfung: Das körperliche Leiden ließ ihn klarer denken. Es nahm ihm alle Illusionen und enthüllte Qordis' Lügen. Die Geister der Sith hatten Korriban für immer verlassen. Aber es waren Lord Kaan und seine Bruderschaft der Dunkelheit, und nicht die Jedi, die daran die Schuld trugen.

Sie hatten den alten Orden der Sith verfälscht und pervertiert. Die Lehren der Akademie verstießen gegen alles, was Bane im Archiv über den Weg der Dunklen Seite erfahren hatte. Kaan hatte die wahre Macht des Individuums beiseitegefegt und es durch den falschen Ruhm der Selbstaufopferung im Namen einer würdigen Sache ersetzt. Er versuchte, die Jedi durch Waffenkraft zu vernichten, nicht durch Schläue. Und was das Schlimmste war, er behauptete, dass alle in der Bruderschaft der Sith gleich seien. Aber Bane wusste, dass Gleichheit nur ein Mythos war. Den Starken war es bestimmt zu herrschen, den Schwachen zu dienen.

Die Bruderschaft der Dunkelheit stand für alles, was an den modernen Sith falsch war. Sie hatten sich vom wahren Weg gelöst. Ihr Versagen war der Grund, wieso die Geister der Dunklen Lords das Tal verlassen hatten. Niemand auf Korriban – kein Meister und kein Schüler – war ihrer Weisheit und ihrer Macht würdig gewesen. Sie waren schlicht vergangen, hatten sich verloren wie eine Handvoll Staub im Wüstensand. Bane sah die Wahrheit nun vollkommen klar. Aber Qordis und die anderen waren für immer blind. Sie folgten Kaan, als hätte er sie mit einem geheimen Bann belegt.

Ein schwacher Windstoß brachte ferne Stimmen an sein Ohr. Als er aufblickte, stellte er überrascht fest, dass der Tempel keinen Kilometer entfernt vor ihm aufragte. Versunken in seine philosophischen Überlegungen, war ihm nicht klar gewesen, wie nahe er sich schon an seinem Ziel befand. Er konnte sogar bereits kleine Gestalten erkennen, die sich am Fuß des Gebäudes bewegten – Diener oder ein paar Schüler aus der Akademie, die auf dem Tempelgelände unterwegs waren. Einer bemerkte ihn und eilte nach drinnen, wahrscheinlich um Qordis und die anderen Meister von seiner Rückkehr zu unterrichten.

Bane war nicht sicher, welchen Empfang sie ihm bereiten würden. Tatsächlich interessierte ihn das auch nicht, solange sie ihm nur etwas zu essen brachten. Darüber hinaus nützten sie ihm nichts mehr. Er verachtete sie alle, Meister wie Schüler. Sie waren nicht besser als die Jedi, die Korriban vor dreitausend Jahren geplündert hatten. Die Akademie war eine Abscheulichkeit, ein Beweis dafür, wie die Sith von allen wahren Idealen der Dunklen Seite abgefallen waren.

Bane allein verstand das. Er allein sah die Wahrheit. Und er allein konnte die Sith wieder auf den Weg der Dunklen Seite zurückführen.

Er würde selbstverständlich nicht so dumm sein, das laut auszusprechen. Die Bruderschaft würde ihm niemals folgen, ebenso wenig wie Qordis oder die anderen an der Akademie. Schwach und unwissend, wie sie waren, konnten sie ihn immer noch durch schiere Anzahl überwältigen. Wenn er die Sith zu ihrem Ruhm zurückführen wollte, würde er einen Verbündeten brauchen.

Keinen der Meister – sie standen Kaan alle zu nahe. Und die

Schüler waren nichts als kriecherische Diener, die ihren Meistern blind folgten. Sie verstanden die Dunkle Seite nicht. Sie spürten nicht, dass man sie auf einen falschen Weg führte. Keiner von ihnen war würdig.

Nein, verbesserte Bane sich. Es gab eine. Githany.

Sie ließ sich von den Meistern nicht einschüchtern. Sie hatte ihnen getrotzt, um Bane auszubilden. Die Tatsache, dass sie es aus eigensüchtigen Gründen getan hatte, bewies nur noch nachdrücklicher, dass sie das wahre Wesen der Dunklen Seite verstand.

Er wünschte sich jetzt, er hätte mit ihr gesprochen, bevor er die Akademie verlassen hatte. Er hätte zumindest versuchen können zu erklären, warum er gehen musste. Sie war enttäuscht von ihm gewesen, weil er Sirak am Leben gelassen hatte. Und sie hatte Recht gehabt. Aber am Ende war er es gewesen, der sich von ihr abwandte. Er hatte sie zurückgelassen, als er sich auf die Suche nach den verborgenen Geheimnissen von Korriban machte. Was konnte sie jetzt schon von ihm halten?

Als er den Rand des Tempelgeländes erreichte, wehten die Gerüche der Mittagsmahlzeit, die in der Küche zubereitet wurde, zu ihm hinaus und vertrieben alle anderen Gedanken. Mit knurrendem Magen und beinahe sabbernd hinkte er die Treppe hinauf auf die Küche zu.

Es passte Qordis überhaupt nicht, dass Bane zurückgekehrt war. Er hätte zu keinem ungeeigneteren Zeitpunkt wieder auftauchen können. Lord Kaan hatte eine dringende Botschaft geschickt: Alle, die sich an der Akademie aufhielten, sollten nach Ruusan kommen, um gegen die Jedi zu kämpfen. Die Schüler sollten alle Lichtschwerter und Sitze in der Bruderschaft der Dunkelheit erhalten, was sie zu Dunklen Lords der Sith machen würde.

Aber es wäre ganz und gar nicht gut, auf Ruusan aufzutauchen, solange Bane, einer seiner stärksten Schüler, sich so trotzig verhielt. Und noch schlimmer wäre selbstverständlich, wenn Bane das Angebot ausschlug, seinem eigenen Weg folgte und den Befehl, nach Ruusan zu gehen, nicht befolgte. Lord Kaan hatte die Bruderschaft zusammenhalten können, aber sie stand nun am Rand der Auflösung. Angesichts ihrer wiederholten Unfähigkeit, die Jedi von Ruusan zu vertreiben, würde die Weigerung eines prominenten Sith, sich anzupassen, vielleicht alles sein, was es dazu brauchte.

Eine Desertion konnte zu weiteren führen, und bald schon würde wieder Chaos herrschen: Sith würden gegen Sith kämpfen, Dunkle Lords würden versuchen, ihre Rivalen zu beherrschen und zu zerstören. Die Jedi würden überleben, ihren Orden neu aufbauen und über die Dummheit ihrer Todfeinde lachen.

Wenn Bane doch nur im Ödland von Korriban gestorben wäre! Leider war er jedoch zurückgekehrt, und Qordis konnte jetzt nichts unternehmen, um ihn zu eliminieren. Nicht nach Kaans Direktive. Sie brauchten jedes Lichtschwert und jeden Sith, besonders einen so starken Sith wie Bane. Um der Bruderschaft willen – um Lords Kaans ruhmreicher Vision willen – würde Qordis eine Möglichkeit zur Versöhnung finden müssen.

Die Nachricht, dass Bane zurückgekehrt war, breitete sich in der Akademie wie ein Lauffeuer aus. Sirak war nicht überrascht. Wenn überhaupt, fühlte er sich erleichtert. Als Meister Qordis die Schüler informierte, dass sie bald nach Ruusan fliegen würden, hatte er schon befürchtet, sie würden vor Banes Rückkehr aufbrechen und er könnte keine Gelegenheit zur Rache haben.

Stattdessen lachte ihm das Glück. Er musste allerdings schnell handeln. Sobald sie Korriban verlassen hatten, würde es zu spät sein. Lord Kaan würde alle Schüler einander Loyalität schwören lassen, wenn sie sich der Bruderschaft anschlossen. Seinen

Feind danach noch zu töten würde als Verrat mit dem Tod bestraft werden. Er wollte Rache, aber nicht auf Kosten seines eigenen Lebens.

Er wusste, dass Yevra und Llokay ihm helfen würden, aber er brauchte mehr als sie, um einen so starken Feind wie Bane zu töten. Er brauchte Githany.

Er klopfte an ihre Tür und wartete auf ihr »Herein«, bevor er das Zimmer betrat.

Sie lag auf dem Bett und wirkte lässig und entspannt. Sirak fühlte sich im Gegensatz dazu angespannt wie ein Draht, der über seine Grenzen hinaus gedehnt wurde.

»Er ist wieder da«, war alles, was er sagte.

»Seit wann?« Sie brauchte nicht zu fragen, wen er meinte.

»Er ist vor einer Stunde in den Tempel getaumelt. Vielleicht ist es nicht einmal so lange her. Er ist direkt in die Küche gegangen.«

»In die Küche?« Sie wirkte überrascht. Oder beleidigt. Zweifellos hatte sie erwartet, dass er zuerst zu ihr kommen würde.

»Er ist verwundbar«, erklärte Sirak und legte die Hand an den Griff seines neu erworbenen Lichtschwerts. »Halb verhungert. Erschöpft. Wir sollten es jetzt gleich tun.«

»Sei nicht dumm«, fauchte sie. »Was würden die Meister mit uns machen, wenn wir ihn in der Küche niederstreckten?«

Sie hatte Recht. »Hast du einen Plan?«

Sie nickte. »Heute Abend. Warte im Archiv. Ich bringe ihn hin.«

»Ich werde Yevra und Llokay mitbringen.«

Sie verzog säuerlich das Gesicht. »Ja, wahrscheinlich werden wir sie brauchen«, gab sie zu und versuchte dabei nicht zu verbergen, wie sie das anwiderte.

Sirak verzog den Mund zu einem grausamen Lächeln. »Ich bitte nur noch um eins. Ich will derjenige sein, der den tödlichen Schlag führt.«

Bane fiel auf sein Bett, den Magen bis zum Bersten gefüllt. Er hatte sich in der Küche vollgefressen, hatte sich auf das Essen geworfen wie ein gamorreanischer Soldat am Kasernentrog. Er hatte alles in Sichtweite in sich hineingestopft, bis sein gewaltiger Hunger gestillt war. Erst dann war ihm eingefallen, dass er beinahe zwei Wochen nicht geschlafen hatte.

Der Hunger war der Erschöpfung gewichen, und er war wie betäubt aus der Küche in sein Zimmer gegangen. Innerhalb von Sekunden versank er in tiefen, traumlosen Schlaf.

Er erwachte mehrere Stunden später von einem Klopfen an der Tür. Immer noch müde, zwang er sich aufzustehen, schaltete einen Glühstab ein und öffnete die Tür.

Qordis stand im Flur. Er drängte sich ins Zimmer, ohne auf eine Einladung zu warten, und schloss die Tür hinter sich. Bane war zu sehr damit beschäftigt, seine Schläfrigkeit abzuschütteln, um zu protestieren.

»Willkommen zurück, Bane«, sagte der Meister. »Ich hoffe, deine Reise war ... bildend.«

Erstaunt über Qordis' herzlichen Ton, nickte Bane nur.

»Ich hoffe, du weißt nun, wieso ich dich gehen ließ«, sagte Qordis.

Weil du zu feige warst, mich aufzuhalten, dachte Bane, sprach es aber nicht laut aus.

»Das war die letzte Phase deiner Ausbildung«, fuhr der Meister fort. »Du musstest verstehen, wieso wir den alten Weg aufgegeben haben. Das hier ist ein neues Zeitalter, und das konntest du offenbar nur begreifen, nachdem du selbst gesehen hast, dass das alte Zeitalter wirklich vergangen ist.«

Bane schwieg weiterhin. Er teilte Qordis' Anschauungen nicht, wollte ihm aber nicht widersprechen.

»Nach dieser letzten Lektion hat die Akademie dir nichts mehr beizubringen.« Zumindest was diesen Punkt anging, waren sie sich vollkommen einig. »Du bist kein Schüler mehr, Bane. Du bist nun bereit, dich den Meistern anzuschließen und ein Dunkler Lord der Sith zu werden.«

Er hielt inne, als erwartete er eine Reaktion. Bane stand so reglos da wie die Statuen, die in einigen der älteren Grüfte die Gräber der alten Sith bewachten.

Qordis räusperte sich und brach das unbehagliche Schweigen. »Ich weiß, dass Lord Kas'im Euch bereits ein Lichtschwert gegeben hat. Auch ich habe ein Geschenk für Euch.« Er streckte die Hand aus; ein Lichtschwertkristall lag auf der Handfläche.

Als Bane zögerte, sprach Qordis weiter: »Nehmt es, Lord Bane.« Er betonte den neuen Titel. Es klang unangenehm in Banes Ohren: eine inhaltslose Ehre, verliehen von einem Narren, der sich für einen Meister hielt. Aber er schwieg weiter, und Qordis erhob erneut die Stimme.

»Dieser synthetische Kristall ist stärker als der, der im Augenblick Euer Lichtschwert bestückt«, versicherte Qordis ihm. »Und er ist erheblich stärker als die natürlichen Kristalle, die die Jedi in ihren Waffen benutzen.«

Bane streckte langsam die Hand aus und griff nach dem Stein. Zunächst fühlte er sich kalt an, aber als er ihn fester packte, wurde er schnell wärmer.

»Ihr hättet zu keinem besseren Zeitpunkt aus dem Ödland zurückkehren können«, fuhr Qordis fort. »Wir bereiten uns vor, Korriban zu verlassen. Lord Kaan braucht uns auf Ruusan. Alle Sith müssen sich in der Bruderschaft der Dunkelheit vereinen, wenn wir die Jedi besiegen wollen.«

»Die Bruderschaft wird versagen.« Bane sagte dreist, was er für wahr hielt, nur weil er wusste, dass Qordis es ohnehin nicht glauben würde. »Kaan versteht die Dunkle Seite nicht. Er führt Euch in den Ruin.«

Qordis schnappte nach Luft, dann stieß er sie mit einem zornigen Zischen wieder aus: »Einige könnten eine solche Bemerkung für Verrat halten, Lord Bane. Ihr tätet besser daran, diese Ideen in der Zukunft für Euch zu behalten.« Er wirbelte herum, ging zornig zur Tür und riss sie auf. Er hatte genau so reagiert, wie Bane es erwartet hatte.

In der Tür drehte sich der hochgewachsene Meister noch einmal um. »Ihr mögt jetzt ein Dunkler Lord sein, Bane. Aber es gibt vieles an der Dunklen Seite, das ihr nicht versteht. Schließt Euch der Bruderschaft an, und wir können Euch beibringen, was wir wissen. Weist uns ab, und Ihr werdet niemals finden, was Ihr sucht.«

Der Meister ging; Bane sah schweigend zu, als die Tür hinter ihm zufiel. Qordis irrte sich, was die Bruderschaft anging, aber in einem hatte er Recht: Es gab immer noch vieles an der Dunklen Seite, was Bane verstehen musste.

Und es gab in der ganzen Galaxis nur einen Ort, wo er das tun konnte.

Kapitel 20

Nachdem Qordis weg war, legte sich Bane wieder ins Bett. Er dachte daran, zu Githany zu gehen, aber er war immer noch zu erschöpft. *Morgen*, dachte er, als er einschlief.

Mehrere Stunden später klopfte es erneut an seiner Tür. Diesmal fühlte er sich besser, als er aufwachte. Er setzte sich schnell hin und schaltete einen Glühstab ein, der weiches Licht in den Raum warf. Sein Zimmer hatte keine Fenster, aber er nahm an, dass es beinahe Mitternacht war, lange nach der Sperrstunde.

Er stand auf und ging zur Tür, um den zweiten ungeladenen Besucher zu begrüßen. Diesmal war er nicht enttäuscht, als er die Tür öffnete.

»Darf ich hereinkommen?«, flüsterte Githany.

Bane trat beiseite und roch ihr Parfüm, als sie an ihm vorbeihuschte. Während er leise die Tür schloss, ging sie zum Bett und setzte sich auf die Kante. Sie tätschelte die Stelle neben sich, und Bane setzte sich, ihr ein wenig zugewandt, damit er ihr in die Augen sehen konnte.

»Warum bist du hier?«, fragte er.

»Warum bist du gegangen?«, erwiderte sie.

»Es ist ... es ist schwer zu erklären. Du hattest Recht, was Sirak angeht. Ich hätte ihn töten sollen, aber ich habe es nicht getan. Ich war dumm und schwach. Ich wollte das nicht vor dir zugeben.«

»Du hast die Akademie verlassen, damit du dich mir nicht stellen musstest?« Die Worte klangen mitleidig. Aber Bane konnte die Verachtung darin spüren.

»Nein«, sagte er. »Ich bin nicht wegen dir gegangen. Ich bin gegangen, weil du die Einzige warst, die mein Versagen erkannte. Alle anderen haben mir zu meinem großen Sieg gratuliert: Kas'im, Qordis ... alle. Sie sind blind, was das wahre Wesen der Dunklen Seite angeht. So blind wie ich war, bis du mir die Augen geöffnet hast.

Ich bin gegangen, weil die Akademie mir nichts mehr zu bieten hatte. Ich bin ins Tal der Dunklen Lords gegangen, weil ich hoffte, dort Antworten zu finden, die ich hier nicht erhalten konnte.«

»Und du hast nie daran gedacht, vorher zu mir zu kommen und es mir zu sagen?« Ihre Stimme hatte sich verändert; der Schleier des falschen Mitgefühls war verschwunden. Nun klang sie zornig. Zornig und gekränkt. Bane war erleichtert, dass ihre Gefühle für ihn immer noch stark genug waren, dass sie nun echte Emotionen zeigte.

»Ich hätte zu dir kommen sollen«, gab er zu. »Ich habe übereilt gehandelt. Ich habe zugelassen, dass mein Zorn auf Qordis mich von hier wegtrieb.«

Sie nickte: Leidenschaft und Leichtsinn waren Dinge, die Githany verstand, und er wusste das.

»Ich habe deine Frage beantwortet«, sagte er. »Nun antworte auf meine. Warum bist du hier?«

Sie zögerte und biss sich leicht auf die Unterlippe. Bane erkannte die unbewusste Geste: Es bedeutete, dass sie unsicher war und versuchte, eine Antwort zu finden.

»Nicht hier«, sagte sie schließlich und erhob sich steif vom Bett. »Ich muss dir etwas zeigen. Im Archiv.«

Ohne sich auch nur zu überzeugen, ob er ihr folgte, ging sie rasch aus dem Zimmer in den trüb beleuchteten Flur. Bane stand auf und musste beinahe laufen, um sie einzuholen.

Sie starrte geradeaus, und ihre Stiefelsohlen klackten laut auf dem Steinboden. Die Geräusche hallten in den leeren Fluren wider, aber das schien Githany nicht zu stören. Bane spürte, dass etwas sie beunruhigte, aber er hatte keine Ahnung, was es sein konnte.

Die Tür zum Archiv stand offen, als sie eintrafen. Githany schien nicht überrascht zu sein; sie ging hinein, ohne langsamer zu werden. Bane hielt kurz inne, dann folgte er ihr.

Auf der anderen Seite des Zimmers, hinter den Regalreihen, blieb sie stehen und drehte sich zu ihm um. Auf ihren hochmütigen, aber wunderschönen Zügen stand ein Ausdruck, den er nicht so recht deuten konnte.

Er ging bis zur Mitte des Raums, dann blieb er stehen, als sie die Hand hob, mit der Handfläche zu ihm. »Githany«, sagte er verblüfft, »was ist denn …?«

Die Worte wurden ihm von dem hohlen Krachen abgeschnitten, als die Archivtür hinter ihm ins Schloss fiel. Als er herumfuhr, sah er Sirak, flankiert von Yevra und Llokay. Die hellgelben Lippen des Zabrak waren zu einem so breiten grausamen Lächeln zurückgezogen, dass sein Gesicht aussah wie das eines grinsenden Totenkopfs. Bane bemerkte sofort die Lichtschwertgriffe, die an den Gürteln aller drei hingen.

Als Githany hinter ihm zu sprechen begann, widersetzte er sich dem Bedürfnis, sich ihr zuzuwenden. Es wäre nicht klug, diesem Zabrak-Trio den Rücken zuzuwenden.

»Warum bist du mir gefolgt, Bane?«, fragte sie, ihre Stimme eine Mischung aus Zorn, Abscheu und Bedauern. »Wie konntest du so dumm sein? Hast du denn nicht gespürt, dass es eine Falle war?«

Githany hatte ihn verraten. Das Gespräch in seinem Zimmer war eine Prüfung gewesen – eine, bei der er versagt hatte. Er kannte sie gut genug, um so etwas erwarten zu können. Er hätte eine Falle befürchten sollen. Stattdessen war er ein blinder, gehorsamer Narr gewesen.

Er wusste, dass er sich diese Situation selbst zuzuschreiben hatte. Nun musste er einen Ausweg finden.

»Ist es das, was du willst, Githany?«, fragte er in einem Versuch, Zeit zu schinden.

»Sie will, was alle Sith wollen«, antwortete Sirak an ihrer Stelle. »Macht. Sieg. Sie weiß, dass sie sich dazu mit den Starken zusammentun muss.«

»Ich bin stärker als er«, sagte Bane zu Githany. »Das habe ich im Duellring bewiesen.«

»Um stark zu sein, braucht es mehr als körperliche Kraft«, erwiderte Sirak und aktivierte sein Lichtschwert. Es war eine Doppelklinge. Banes Blick war fest auf die leuchtend roten Klingen gerichtet, aber er hörte das Zischen, als die beiden anderen Zabraks es Sirak nachtaten. Githany jedoch hatte ihre Peitsche noch nicht aktiviert.

»Stärke bedeutet mehr als die Fähigkeit, die Macht zu benutzen«, fuhr Sirak fort und kam näher. »Stärke bedeutet Intelligenz, List und Skrupellosigkeit.«

»Du weißt, wie leicht ich dich im Ring besiegt habe«, sagte Bane, nun zum ersten Mal direkt an Sirak gewandt, obwohl seine Worte immer noch für Githany bestimmt waren. »Bist du so sicher, dass es diesmal anders ausgehen wird?«

»Vier gegen einen, Bane. Und du hast dein Lichtschwert in deinem Zimmer gelassen. Das gefällt mir.«

Bane lachte und drehte Sirak den Rücken zu. Der Zabrak war nahe genug, um ihn mit einem einzigen Schlag zu töten, aber Bane setzte darauf, dass er sich zurückhalten würde, weil er fürchtete, in eine Falle gelockt zu werden. Es war ein gefährliches Spiel, aber er wollte direkt in Githanys Augen sehen, wenn er aussprach, was vielleicht seine letzten Worte sein würden.

»Dieser Narr glaubt tatsächlich, dass du mich um seinetwillen hierhergebracht hast«, sagte er. Hinter sich konnte er Siraks Verwirrung und Unsicherheit spüren. Noch griff er nicht an.

Githany begegnete seinem Starren mit einem kalten Blick und antwortete nicht. Aber sie hatte begonnen, an der Unterlippe zu nagen.

»Wir wissen beide, weshalb du mich hergebracht hast, Githany«, sagte er rasch. Sirak würde nicht lange warten. »Du willst dich nicht mit Sirak zusammentun. Du hast Pläne geschmiedet, ihn zu töten, seit du im Tempel eingetroffen bist.«

»Genug!«, schrie Sirak. Bane warf sich nach vorn und rollte sich in letzter Sekunde aus dem Weg, als das doppelte Lichtschwert eine tiefe Furche in den Boden schnitt, wo er gerade gestanden hatte. Als er auf die Beine kam, sah er, wie Githany sich bewegte; als sie ihm sein Lichtschwert zuwarf, hatte er bereits die Hand ausgestreckt und nutzte die Macht, um den Griff zu sich zu lenken.

Die Waffe flackerte auf, und er drehte sich gerade noch rechtzeitig um, um Siraks Angriff abfangen zu können. Yevra und Llokay waren ein paar Meter weiter hinten und stürzten sich nun ebenfalls in den Kampf.

Bane griff seinerseits an und versuchte, Siraks Beine zu treffen. Der Zabrak wehrte den Schlag ab, und ihre Klingen stießen mit brennendem Summen zusammen. Am Rand seines Bewusstseins hörte Bane, wie Githany ihre Peitsche zündete.

Seine raschen Schläge trieben Sirak zurück. Bane machte eine Finte, als wolle er weiter vordringen, dann trat er einen Schritt zurück und öffnete einen ganzen Meter Raum zwischen ihnen. Das gab ihm gerade genug Zeit, um den Arm zu der nichts ahnenden Yevra auszustrecken. Er packte sie mit der Macht und schleuderte sie fest genug gegen ein Regal, dass das Holz brach.

Sie sackte halb betäubt zu Boden. Bevor sie die Chance hatte aufzustehen, schlug Githany mit der Peitsche zu und beendete das Leben der Zabrak.

Bane hatte kaum Zeit, diesen Tod zu bemerken, bevor Llokay sich auf ihn stürzte. Der rothäutige Zabrak war nicht stark genug, aber seine Trauer und sein Zorn trieben ihn an, und er drängte seinen viel größeren Gegner mit einer brutalen Serie verzweifelter Schläge zurück.

Bane taumelte zurück und war beinahe zu abgelenkt, um zu sehen, wie Sirak einen knisternd blauen Blitz auf ihn losließ. In letzter Sekunde drehte er sich, fing den möglicherweise tödlichen Blitz mit der Klinge seines Lichtschwerts ab und absorbierte die Energie. Er hatte sich nur dem Instinkt folgend bewegt, als letztes Mittel, und war dadurch einem raschen Zustoßen Llokays gegenüber verwundbar geworden. Aber Githanys Peitsche knallte und zischte auf Llokays Gesicht zu, und er musste sich hektisch bemühen, die Schläge abzuwehren.

Bane fuhr wieder zu Sirak herum. In diesem Augenblick erklang ein Schrei von Llokay: Er hatte den Weg von Githanys Energiepeitsche falsch berechnet und ein Auge verloren. Ein zweiter Schrei wäre gefolgt, aber sie riss ihm die Kehle auf, und die glühende Spitze ihrer Waffe versengte seine Stimmbänder, sodass er in qualvollem Schweigen starb.

Plötzlich unterlegen, löschte Sirak sein Lichtschwert, ließ es fallen und fiel selbst auf die Knie.

»Bitte, Bane«, bettelte er mit brechender Stimme. »Ich ergebe mich. Ihr seid ein wahrer Sith-Lord. Das weiß ich jetzt.«

Githany flüsterte: »Mach ihm ein Ende, Bane.«

Bane kam näher, bis er direkt vor seinem knienden Feind stand. Plötzlich war es nicht nur Sirak, den er vor sich sah. Es war jeder, den er jemals niedergestreckt hatte. Jedes Leben, das er genommen hatte. Fohargh, der Makurth. Der namenlose Soldat der Republik, den er auf Apatros getötet hatte. Sein Vater.

Er war für ihre Tode verantwortlich. Selbst jetzt lasteten sie schwer auf ihm. Die Schuldgefühle wegen Foharghs Tod hatten ihn monatelang taub gegenüber der Dunklen Seite gemacht. Sie hatten ihn gefesselt wie Eisenketten. Er wollte das nicht wieder durchmachen.

»Hört mir zu«, flehte Sirak. »Ich werde Euch dienen. Ich werde alles tun, was Ihr von mir verlangt. Ihr könnt mich benutzen. Ich kann Euch helfen. Bitte, Bane – habt Gnade!«

Bane stählte sich. »Wer um Gnade bittet«, antwortete er kalt, »ist zu schwach, sie zu verdienen.«

Er schlug seinem hilflosen Feind den Kopf ab. Siraks Torso blieb noch eine volle Sekunde aufrecht, und die verbrannten Ränder des kauterisierten Halsstumpfes rauchten. Dann fiel er nach vorn.

Bane starrte die Leiche an und empfand nur eins: Freiheit. Die Schuldgefühle, die Scham, das Gewicht der Verantwortung waren alle mit dieser einen entschlossenen Tat verschwunden. Er hatte sich der Dunklen Seite vollkommen geöffnet. Sie durchflutete ihn, erfüllte ihn mit Selbstvertrauen und Kraft.

Durch Stärke erlange ich den Sieg. Der Sieg zerbricht meine Ketten.

Er wandte sich Githany zu, die ihn anlächelte. Ihr Blick war voller Begierde.

»Ich hätte es wirklich besser wissen sollen«, sagte sie. »Du hast gesehen, dass ich dein Lichtschwert genommen habe. Deshalb bist du mir gefolgt.«

»Nein«, erwiderte Bane, immer noch berauscht von seiner Tat. »Ich habe nichts gesehen. Ich habe geraten.«

Einen Augenblick wurde ihr Blick finsterer, dann lachte sie auf. »Ihr erstaunt mich immer wieder, Lord Bane.«

»Nenn mich nicht so.«

»Warum nicht?«, fragte sie. »Qordis hat allen Schülern den Rang eines Dunklen Lords der Sith verliehen.«

Als sie sah, wie er das Gesicht verzog, trat sie vor, schlang ihm die Arme um den Hals und blickte auf in sein Gesicht. »Bane«, flüsterte sie. »Wir werden gegen die Jedi kämpfen! Wir werden uns Lord Kaans Bruderschaft der Dunkelheit anschließen.«

Er griff nach oben und nahm ihre zierlichen Hände in seine, dann löste er sanft ihre Arme von seinem Hals. Erstaunt ließ sie zu, dass er seine Hände zusammen vor seine Brust brachte, die ihren darin gefangen.

Wie konnte er es ihr verständlich machen? Er gehörte jetzt der Dunklen Seite; Siraks Hinrichtung war der letzte Schritt gewesen. Er hatte die Schwelle überschritten, es gab kein Zurück mehr. Er würde nie wieder zögern. Nie wieder zweifeln. Die Transformation, die er begonnen hatte, als er zur Akademie kam, war vollendet: Er war Sith.

Nun verstand er die Fehler der Bruderschaft mehr denn je.

»Kaan ist ein Narr, Githany«, sagte er und starrte ihr fest in die Augen, um ihre Reaktion zu sehen.

Sie wich ein wenig zurück und versuchte, ihre Hände wegzuziehen. Er hielt sie fest.

»Du bist Lord Kaan noch nicht einmal begegnet«, sagte sie defensiv. »Ich schon. Er ist ein großer Mann, Bane. Ein Mann mit Weitblick.«

»Er ist so blind wie eine corellianische Höhlenschnecke«, erklärte Bane. »Die Bruderschaft der Dunkelheit, diese Akademie, alles, was die Sith geworden sind, ist ein Denkmal seiner Arroganz!« Er hielt ihre Hände noch fester. »Komm mit mir. Auf Korriban gibt es nichts mehr für uns, und auf Ruusan nur den Tod. Aber ich weiß, wohin wir gehen können. Einen Ort, an dem die Dunkle Seite immer noch stark ist.«

Sie entzog ihm endlich ihre Hände und wich vor ihm zurück. »Lord Kaan hat die Sith zu einer ruhmreichen Bruderschaft vereint. Wir können uns ihnen auf Ruusan anschließen.«

»Dann geh doch!«, fauchte Bane. »Schließ dich den anderen auf Ruusan an. Vereine dich mit ihnen in ihrer Niederlage.«

Er drehte sich um und stürmte wütend davon, und sie rief: »Warte, Bane! Warte doch!«

Wenn sie versucht hätte, ihm zu folgen, hätte er das vielleicht getan.

Bane trat die Tür zu Qordis' Zimmer auf, sie schlug mit einem Krachen gegen die Wand, das im Flur laut widerhallte. Der Meister der Akademie war wach und bereits angekleidet; er meditierte auf der Matte mitten in seinem Zimmer. Nun sprang er auf, und Zorn verfinsterte seine Züge.

»Was hat das zu bedeuten?«

»Habt Ihr Sirak geschickt, um mich zu töten?«, rief Bane. Die Zeit der Subtilitäten war vorbei.

»Was? Ich ... ist Sirak etwas zugestoßen?«

»Ich habe ihn getötet. Ebenso wie Yevra und Llokay. Ihre Leichen liegen im Archiv.«

Die entsetzte Reaktion des Meisters machte klar, dass Qordis tatsächlich nichts von dem Angriff gewusst hatte. »Und das am Vorabend unseres Abflugs nach Ruusan?«, fragte Qordis, und seine Stimme erhob sich schrill.

Ein paar andere Meister hatten sich im Flur versammelt, angezogen von dem Lärm. Eine Handvoll Schüler drängten sich ebenfalls dort. Bane war das egal.

»Ihr könnt gerne nach Ruusan gehen«, fauchte Bane. »Aber ich will nichts mit der Bruderschaft der Dunkelheit zu tun haben.«

»Ihr seid ein Schüler dieser Akademie«, erinnerte Qordis ihn. »Ihr werdet tun, was man Euch sagt!«

»Ich bin ein Dunkler Lord der Sith«, erwiderte Bane. »Ich diene nur mir selbst.«

Qordis warf einen Blick über die Schulter auf die Menge neugieriger Zuschauer und senkte die Stimme zu einem drohenden Flüstern. »Wir brechen morgen nach Ruusan auf, Lord Bane. Ihr werdet mit uns kommen. Keine Diskussion.«

»Ich werde schon heute Abend gehen«, erwiderte Bane und senkte ebenfalls die Stimme, um Qordis' Flüstern voller Hohn zu imitieren. »Und niemand hier ist stark genug, um mich aufzuhalten.«

Er drehte dem Leiter der Akademie den Rücken zu und verließ den Raum langsam. Eine kurze Sekunde spürte er, wie der abgewiesene Meister Kraft sammelte, und machte sich auf einen Kampf gefasst. Aber eine Sekunde später spürte er, wie die Konzentration von Macht wieder verebbte.

An der Schwelle blieb er stehen. Als er sprach, galt das ebenso den versammelten Neugierigen wie Qordis.

»Jemand hier sagte mir einmal, der Titel *Darth* sei nicht mehr in Gebrauch, weil er Rivalität unter den Sith fördere und den Jedi ein leichtes Ziel liefere. Es war leichter, den Brauch einfach aufzugeben und alle Sith-Meister den Titel eines *Dunklen Lords* annehmen zu lassen.«

Er hob die Stimme ein wenig und sprach nun laut genug, dass alle ihn hören konnten. »Aber ich kenne die Wahrheit, Qordis. Ich weiß, warum keiner von Euch diesen Namen beansprucht. Der Grund ist Angst. Ihr seid Feiglinge.«

Er drehte sich halb und schaute zu Qordis zurück. »Keiner in der Bruderschaft ist des Titels *Darth* wert. Ihr am allerwenigsten.«

Ein Keuchen erklang von den Zuschauern. Ein paar Schüler wichen zurück und erwarteten offenbar eine Reaktion. Selbstverständlich gab es keine.

Bane schüttelte angewidert den Kopf und ließ sie stehen. Als er an den anderen Meistern vorbeikam, trat Kas'im ihm in den Weg und legte eine Hand auf seine Brust.

»Geht nicht«, sagte der Schwertmeister. »Lasst uns darüber reden. Wenn Ihr Kaan kennengelernt habt, werdet Ihr es verstehen. Das ist alles, um was ich bitte, Bane.«

»Von nun an *Darth* Bane«, sagte er, schlug die Hand des Twi'lek weg und drängte sich an ihm vorbei.

Niemand versuchte mehr, ihn aufzuhalten, als er durch die Flure des Tempels ging. Niemand versuchte, ihm zu folgen, oder rief ihm auch nur etwas hinterher, als er die Treppe zu der kleinen Landefläche auf dem Dach hinaufging.

Oben stand nur ein einziges Schiff, die *Valcyn*, ein Langstreckenkreuzer der T-Klasse. Das wie eine Klinge geformte Schiff gehörte zu den schönsten in der Sith-Flotte und war mit der neuesten und fortgeschrittensten Technologie ausgestattet. Es war erst am Vortag eingetroffen: ein Geschenk von Kaan an Qordis in Anerkennung seiner Arbeit mit den Schülern der Akademie.

Bane stieg ein. Während seiner Zeit bei der Armee hatte man ihn in den Grundlagen des Betriebs von hyperraumfähigen Schiffen ausgebildet. Zum Glück entsprachen die Kontrollen der *Valcyn* den intergalaktischen Maßstäben und waren für leichte Bedienbarkeit entworfen. Er setzte sich auf den Pilotensitz, zündete die Düsen und gab die Hyperraumkoordinaten seines Ziels ein, während das Schiff die Startsequenz durchlief. Einen Augenblick später stieg die *Valcyn* von der Landefläche auf, schoss in die Atmosphäre und ließ Korriban und die Akademie hinter sich.

Teil Drei

Kapitel 21

Lord Hoth, Jedi-Meister und amtierender General der Streitkräfte der Republik auf Ruusan, saß geduckt auf einem Baumstumpf vor seinem Zelt und starrte zu den dunklen Wolken empor, die über dem Lager hingen. Er warf dem brütenden Himmel einen so wütenden Blick zu, als könnte er das heranziehende Unwetter damit verscheuchen.

»Beunruhigt Euch etwas, Lord Hoth?«

Die Stimme von Meister Pernicar, seinem langjährigen Freund und seiner rechten Hand während dieses endlosen Feldzugs, brachte Hoths Aufmerksamkeit dorthin zurück, wo sie hingehörte.

»Frag lieber, was mich *nicht* beunruhigt, Pernicar«, sagte er und seufzte tief. »Wir haben zu wenig Lebensmittel und Medpacks. Die Anzahl unserer Verwundeten ist größer als die der Gesunden. Die Späher berichten, dass Verstärkung für Kaan und die Sith unterwegs ist.« Er schlug sich mit der Hand aufs Knie. »Und unsere eigene Verstärkung sind Jugendliche und Kinder.«

»Kinder, die stark in der Macht sind«, erinnerte Pernicar ihn. »Wenn wir sie nicht rekrutieren, werden die Sith sie sich nehmen.«

»Verdammt, Pernicar, sie sind nur Kinder! Ich brauche Jedi!

Ausgebildete Jedi. Alle, die wir erübrigen können. Aber es gibt immer noch Angehörige unseres Ordens, die sich weigern, uns zu helfen.«

»Vielleicht liegt es an Eurer Art, sie zu fragen«, erklang eine neue Stimme hinter ihnen.

Hoth rieb sich die Schläfen, aber er drehte sich nicht zu dem Sprecher um. Lord Valenthyne Farfalla war einer der ersten Jedi-Meister gewesen, die sich der Armee des Lichts angeschlossen hatten. Er hatte beinahe in jeder Schlacht gestanden, und die Sith kannten ihn gut: Farfalla war selbst auf einem Schlachtfeld kaum zu übersehen.

Er hatte lange goldblonde Locken, die ihm bis über die Schultern hingen. Der Brustharnisch seiner Rüstung war ebenso golden, und vor jedem Kampf polierte er ihn, bis er glänzte. An diesen Harnisch schlossen sich leuchtend rote Ärmel an, und das Ganze war mit Rubinen verziert, die zu Farfallas Augenfarbe passten und einen spektakulären Kontrast zu seiner hellen Haut bildeten.

Lord Hoth fand ihn unerträglich. Farfalla war ein treuer Diener des Lichts, aber er war auch ein stolzer Narr, der vor einem Kampf mehr Zeit damit verbrachte, seine Garderobe auszuwählen, als seine Strategie zu planen. Farfalla war der Letzte, mit dem der Jedi-General jetzt sprechen wollte.

»Wenn Ihr taktvoller wäret, Lord Hoth«, fuhr Farfalla fort und stellte sich vor den General, »hättet Ihr mehr Jedi von Eurer Sache überzeugen können.«

»Ich sollte sie nicht erst überzeugen müssen!«, brüllte Hoth, sprang auf und fuchtelte frustriert mit den Armen. Farfalla wich ihm geschickt aus. »Wir kämpfen gegen die Sith! Die Dunkle Seite muss vernichtet werden! Und wir könnten es schaffen, wenn mehr Jedi hier wären!«

»Es gibt einige, die das nicht so sehen«, warf Pernicar ruhig ein. Er hatte sich in ihrer Zeit auf Ruusan an Hoths Ausbrüche gewöhnt und gelernt, sie größtenteils zu ignorieren.

»Außer Ruusan werden auch noch weitere Planeten der Republik angegriffen«, meldete sich Farfalla wieder zu Wort. »Viele Jedi helfen den Truppen der Republik in anderen Sektoren gegen die Sith-Flotten.«

Hoth spuckte auf den Boden und war erfreut, Farfallas angewiderte Miene zu sehen. »Diese Flotten tragen vielleicht das Banner der Sith, aber die Besatzung besteht aus gewöhnlichen Wesen. Die Republik hat genug Leute, um sie allein zurückzuschlagen. Dazu brauchen sie die Hilfe der Jedi nicht. Alle echten Sith – die Dunklen Lords – sind jetzt hier. Wenn wir die Bruderschaft der Dunkelheit besiegen, wird die Rebellion der Sith in sich zusammenbrechen. Wie kommt es, dass diese Jedi das nicht verstehen?«

Stille senkte sich herab, als die beiden anderen unbehagliche Blicke wechselten. Es war Pernicar, der schließlich den Mut fand zu antworten.

»Es gibt Jedi, die glauben, wir sollten nicht hier sein. Sie sind der Ansicht, das Einzige, was die Bruderschaft zusammenhält, ist ihr Hass auf die Armee des Lichts. Sie behaupten, wenn wir uns auflösen und Ruusan aufgeben, werden die Sith sich schon bald gegeneinander wenden, und die Bruderschaft wird sich selbst zerfleischen.«

Hoth schüttelte ungläubig den Kopf. »Sehen sie denn nicht, was für eine großartige Gelegenheit wir hier haben? Wir können alle, die der Dunklen Seite folgen, ein für alle Mal auslöschen!«

»Einige werden vielleicht behaupten, das sei nicht der Sinn unseres Ordens«, spekulierte Farfalla vorsichtig. »Die Jedi sind die Verteidiger der Republik. Viele sind der Ansicht, dass die Armee des Lichts die Rebellion verlängert, indem sie die Entschlossenheit der Sith verstärkt. Sie sagen, dass Ihr der Republik, die Ihr doch verteidigen sollt, tatsächlich Schaden zufügt.«

»Denkt *Ihr* das auch?«, fauchte Hoth.

»Lord Farfalla war von Anfang an auf unserer Seite«, erinnerte Pernicar ihn. »Er wiederholt nur, was andere sagen – die Jedi, die nicht nach Ruusan gekommen sind.«

»Die Sith bekommen Verstärkung von Korriban«, knurrte Hoth. »Wir haben jetzt schon kaum genug Leute, um sie aufzuhalten. Ich muss es ihnen einfach klarmachen.«

»Wir hätten vielleicht mehr Erfolg, wenn es ein anderer versuchte«, sagte Farfalla. »Einige denken, diese Sache sei für Euch zu einer persönlichen Vendetta geworden. Sie betrachten Ruusan nicht als den letzten Kampf zwischen dem Licht und der Dunkelheit, sondern als Fehde zwischen Euch und Lord Kaan.«

Hoth setzte sich müde wieder hin. »Dann sind wir zum Untergang verurteilt. Ohne Verstärkung werden sie uns überwältigen.«

Farfalla hockte sich neben ihn und legte eine perfekt manikürte, parfümierte Hand auf Hoths massige Schulter. Der General brauchte seine ganze Jedi-Disziplin, ihn nicht abzuschütteln.

»Schickt mich«, sagte Farfalla ernst. »Ich bin von Anfang an mit dabei gewesen; ich glaube so intensiv an diese Sache wie Ihr.«

»Warum sollten sie Euch mehr zuhören als mir?«

Farfalla stieß ein hohes, zwitscherndes Lachen aus, und Hoth hätte sich beinahe geschüttelt vor Widerwillen. »Bei all Eurer Geschicklichkeit im Kampf und unserer Stärke in der Macht habt Ihr doch gewisse Mängel, was die delikate Kunst der Diplomatie angeht. Ihr seid ein brillanter General, und Eure wortkarge Art dient Euch gut, wenn es darum geht, Euren Leuten Befehle zu geben. Leider bringt sie jene, die nicht unter Eurem Befehl stehen, eher gegen Euch auf.«

»Ihr seid zu barsch«, übersetzte Pernicar.

»Genau das habe ich doch gerade gesagt«, erklärte Farfalla leicht verärgert. Dann fuhr er fort: »Mich andererseits finden viele geistreich und charmant. Ich kann recht überzeugend sein, wenn es notwendig ist. Schickt mich, um andere für unsere Sache zu rekrutieren, und ich werde mit hundert – nein, mit dreihundert! – Jedi zurückkehren, die sich der Armee des Lichts anschließen.«

Hoth ließ den Kopf wieder in die Hände sinken. Seine Schläfen pochten: Diese Wirkung schien Farfalla immer auf ihn zu haben.

»Dann geht«, murmelte er, ohne aufzublicken. »Wenn Ihr so sicher seid, dass Ihr Verstärkung bringen könnt, bringt sie uns!«

Farfalla verbeugte sich extravagant, dann drehte er sich um und ging. Der stärker werdende Wind des kommenden Unwetters ließ seine goldblonden Locken wehen.

Sobald er außer Hörweite war, sagte Pernicar: »War das weise, Meister? Unsere Zahlen sind gering genug. Wie lange werden wir ohne ihn überleben können?«

Der Regen begann in großen, schweren Tropfen zu fallen, und Hoth hatte eine Idee. »Die Sith können uns nicht besiegen, wenn wir uns ihnen nicht stellen und kämpfen«, sagte er. »Wir werden ihnen keine Gelegenheit geben. Die Regenzeit ist angebrochen; der Regen wird es ihren Spurenlesern unmöglich machen, uns zu finden. Wir werden uns im Wald verstecken und sie mit schnellen Überfällen und Hinterhalten aufreiben, nach denen wir sofort wieder im Wald verschwinden.«

»Diese Strategie wird nicht mehr funktionieren, sobald die Trockenzeit beginnt«, warnte Pernicar.

»Wenn Farfalla mir bis dahin keine Verstärkung gebracht hat, zählt das nicht mehr«, erwiderte Hoth.

Die fünf Interlopers – kleine Mittelstrecken-Truppentransporter, wie sie die Sith verwendeten – flogen tief über den Horizont von Ruusan. Auf jedem Schiff befand sich eine Besatzung von zehn Personen, bestehend aus ehemaligen Schülern und Meistern der Akademie von Korriban.

In dem Schiff an der Spitze bediente Githany die Instrumente mit der ruhigen Präzision einer hervorragend ausgebildeten Pilotin. Sie hatte auf einem Republikschiff fliegen gelernt, aber die Grundlagen waren die gleichen.

Die Interlopers waren leichter und schneller als die Bivouac-Transporter, die die Republik verwendete. Sie waren weniger stark gepanzert, und bei ihrem Bau hatte man die Sicherheit der Besatzung und der Passagiere zugunsten größerer Reichweite und Manövrierfähigkeit hintangestellt. Wie um diese Manövrierfähigkeit zu beweisen, zog Githany ihr Schiff nun abwärts und hart nach backbord, so dicht an die Oberfläche des Planeten, dass die Blätter an den Bäumen von Ruusans großem Wald im Ausstoß ihrer Ionentriebwerke zitterten.

Die anderen Schiffe folgten, ohne die Formation aufzugeben. Mit Githany in der Macht verbunden, reagierten die anderen Piloten sofort auf jede ihrer Bewegungen. Wenn sie einen Fehler machte, würde der gesamte Konvoi abstürzen. Aber Githany machte keine Fehler.

»Es wäre vielleicht sicherer, höher über der Baumlinie zu fliegen«, stellte Lord Qordis fest, der neben ihr im Cockpit saß.

»Ich will nicht, dass die Jedi uns auf ihren Scannern sehen können«, erklärte sie, die Aufmerksamkeit darauf gerichtet, das Schiff vor einer Kollision mit dem Dschungel ein paar Meter unter dem Rumpf zu bewahren. »Die Bruderschaft hat diese Region nicht gesichert. Wenn eine Gruppe Jäger uns ins Visier nimmt, haben diese Transporter nicht genug Feuerkraft, um sie abzuwehren.«

Wie aufs Stichwort kam in der Ferne ein halbes Dutzend kleiner Jäger in Sicht, die direkt Kurs auf die Interlopers nahmen. Qordis fluchte, und Githany machte sich bereit für ein Ausweichmanöver.

Eine Sekunde später erkannte sie den unverwechselbaren Umriss der Sith-Buzzards und atmete erleichtert aus. »Unsere Eskorte«, sagte sie.

Sie würden in wenigen Minuten im Hauptlager sein, und da die Buzzards nun da waren, um ihnen gegen Jedi-Jäger zu helfen, brauchten sie nicht mehr so gefährlich dicht über den Wipfeln zu fliegen. Githany hätte den Knüppel zurückziehen und das Schiff in eine sicherere Höhe bringen können.

Stattdessen blieb sie auf Kurs. Sie genoss den Nervenkitzel, nur eine Winzigkeit von einem sofortigen und feurigen Ende entfernt zu sein. Aus seiner starren Haltung auf dem Kopilotensitz wurde deutlich, dass Qordis diese Ansicht nicht teilte.

Sobald sie den Wald hinter sich hatten, drosselte Githany das Tempo und landete das Schiff dann geschickt auf dem Feld am Rand von Lord Kaans Lager.

Eine kleine Gruppe von Sith-Meistern, angeführt von Kaan persönlich, wartete, um die Verstärkung zu begrüßen. Es waren vielleicht nur fünfzig Leute, aber jeder war ein Sith-Lord und mächtiger als eine ganze Division von Soldaten.

Als sie die Rampe des Schiffs hinunterging, verstand Githany sofort, wieso Kaan ihre Präsenz hier so dringend verlangt hatte. Hinter den Dunklen Lords erstreckte sich das Lager bis zum Rand ihres Blickfelds. Behelfsmäßige Zelte, von Wind und Regen schwer mitgenommen, standen in engen Fünferringen und beherbergten offenbar den größten Teil der Armee. Verteilt zwischen ihnen standen Repulsorfahrzeuge, schwere Geschütze und andere Kriegsgeräte. Die Ausrüstung war von getrocknetem Schlamm und Rostflecken überzogen, als hätte man alle Anstrengungen aufgegeben, sie ordentlich zu warten.

Die Soldaten hockten in kleinen Gruppen um Lagerfeuer in den Zeltkreisen. Ihre Uniformen waren ebenso schlammig und schmutzig wie die Maschinen, und viele trugen schmuddelige Verbände über Wunden, die alles andere als steril aussahen. Ihre

Gesichter waren gezeichnet vom bitteren Geschmack zu vieler Niederlagen, und es war die Hoffnungslosigkeit dieser Gesichter, die bei Githany den größten Eindruck hinterließ.

Lord Qordis schien ebenso erschüttert von dieser trostlosen Szene, und er verzog das Gesicht, als Lord Kaan näher kam.

Kaan wirkte abgemagert, das Gesicht verhärmt und von Sorgenfalten gezeichnet. Sein Haar war strähnig und ungepflegt. Stoppeln verdunkelten sein Kinn und ließen ihn alt und müde aussehen. Er schien kleiner zu sein, als Githany ihn in Erinnerung hatte. Schwächer. Weniger fesselnd. Der Funke, den sie als so überzeugend empfunden hatte, war nicht mehr da. In seinen Augen hatte einst das Feuer eines Mannes gebrannt, der von seinem unmittelbar bevorstehenden Erfolg vollkommen überzeugt war. Nun glühten sie von etwas anderem. Verzweiflung. Vielleicht Wahnsinn. Unwillkürlich fragte sie sich, ob Bane vielleicht Recht gehabt hatte.

»Willkommen, Lord Qordis«, sagte Kaan und umfasste den Unterarm des Meisters zum Gruß. Dann ließ er ihn wieder los und wandte sich den anderen zu. »Seid alle willkommen auf Ruusan.«

»Ich hatte nicht erwartet, die Armee in solch schlechter Verfassung zu sehen«, murmelte Qordis.

Ein Ausdruck, der vielleicht Zorn war, zuckte über Kaans Züge. Dann war er wieder verschwunden, und an seine Stelle war das strahlende Selbstvertrauen getreten, an das Githany sich erinnerte. Er zog die Schultern zurück und richtete sich auf.

»Ihr könnt nicht beurteilen, wer den Krieg gewonnen hat, ehe Ihr beide Seiten gesehen habt«, sagte er scharf. »Die Jedi sind in erheblich schlechterer Verfassung. Meine Spione berichten, dass sie viel mehr Verwundete haben als wir. Das Material geht ihnen aus, und sie selbst werden immer weniger. Wir haben Medpacks und Essen, und unsere Anzahl ist größer. Und sie haben keine frische Verstärkung.«

Er hob die Stimme, sodass sie durch das Lager hallte, und seine Worte dröhnten über die Zeltstadt. »Nun, da Ihr hier seid, ist die Bruderschaft der Dunkelheit endlich vereint!«

Die Soldaten im Lager hielten inne mit dem, was sie taten, und blickten auf. Ein paar standen erwartungsvoll auf. In Kaans Aussage hatte Feuer gelegen; es hatte aus der feuchten Asche ihrer Erschöpfung und Verzweiflung neue Flammen der Hoffnung züngeln lassen.

»Die gesamte Kraft der Sith-Lords ist nun hier auf Ruusan vereint«, fuhr er fort, und seine Worte erreichten selbst die am weitesten entfernten seiner Anhänger. Er berührte sie mit der unbestreitbaren Kraft der Macht, nährte sie, verjüngte sie und füllte die Leere in ihrem Geist. »Wir sind stark. Stärker als die Jedi. Wir sind die Krieger der Dunklen Seite, und wir werden Lord Hoth und seine Diener des Lichts zermalmen!«

Lauter Jubel erklang von seinen Leuten. Wer noch saß, sprang auf. Wer bereits stand, stieß die Faust in die Luft. Die Echos des Jubels erschütterten das Lager wie ein Erdbeben.

Githany spürte es so deutlich wie alle anderen. Es lag nicht nur an seinen Worten, sondern auch daran, wie er sie ausgesprochen hatte. All ihre Zweifel und Ängste verschwanden einfach, verbrannt von dem Feuer dieser einen kurzen Ansprache. Es war, als diente sie nun einer Kraft, die größer war als sie selbst.

Sie gingen durchs Lager und freuten sich an dem neuen Optimismus der Soldaten, als Lord Kaan sie zu dem großen Zelt führte, in dem er seine Besprechungen abhielt. Ein kräftiger Twi'lek fiel neben Lord Qordis in Trab, direkt vor Githany. Sie war so abgelenkt, dass sie mehrere Sekunden brauchte, um sich an ihn zu erinnern. Lord Kopecz.

»Wo ist Bane?«, fragte er Qordis so leise, dass ihn wahrscheinlich nur der Leiter der Akademie und Githany hörten.

»Weg«, erwiderte Qordis.

Kopecz knurrte. »Was ist passiert? Habt Ihr ihn getötet?« Er versuchte kaum, seine Verachtung zu verbergen.

»Er lebt noch. Aber er hat sich von der Bruderschaft der Dunkelheit abgewandt.«

»Wir brauchen ihn«, erklärte Kopecz eindringlich. »Er ist zu stark, als dass Ihr ihn einfach gehen lassen könnt.«

»Es war seine Entscheidung, nicht meine!«, fauchte Qordis.

Sie gingen ohne ein Wort weiter. Es war Kopecz, der das Schweigen schließlich wieder brach und seufzend fragte: »Wisst Ihr zumindest, wohin er gegangen ist?«

»Nein«, sagte Qordis. »Das weiß niemand.«

Bane ließ die *Valcyn* am Rand des abgelegenen Systems aus dem Hyperraum fallen, dann zündete er die Ionentriebwerke und flog langsam auf den einzigen bewohnbaren Planeten zu: eine kleine Welt im Orbit um einen hellgelben Stern.

Der offizielle Name des Planeten war Lehon – ebenso wie der des Sonnensystems. Doch in der Überlieferung der Sith nannte man ihn die Unbekannte Welt. Vor beinahe dreitausend Jahren hatten Darth Revan und Darth Malak in diesem unbedeutenden System jenseits des erforschten Raums die Rakata entdeckt: eine alte Spezies von Machtbenutzern, die die Galaxis lange vor der Geburt der Republik beherrscht hatten.

Sie hatten auch die Sternenschmiede gefunden, eine unglaubliche Raumstation und Fabrik ... und ein Monument der Kraft der Dunklen Seite. Eine gewaltige Schlacht hatte hier zwischen der Republik, angeführt von dem reuigen Jedi-Meister Revan, und Darth Malaks Sith stattgefunden. Malak war getötet, die Sith besiegt und die Sternenschmiede zerstört worden, auch wenn es die Republik einen hohen Preis gekostet hatte.

Selbst jetzt gab es hier noch Überreste dieser gewaltigen Schlacht. Schiffe von beiden Flotten waren Opfer der gewaltigen Explosion geworden, die die Sternenschmiede zerstörte. Alles, was die Druckwelle dieser Explosion abbekommen hatte, die massive Fabrik eingeschlossen, war durch den Druck zerrissen oder verzogen und dann von der Hitze zu unkenntlichen Brocken geschmolzenen Metalls verklebt worden.

Ein großer Teil der Trümmer hatte sich zu einem breiten Band gesammelt, das den kleinen Planeten Lehon umgab wie der Ring eines Gasriesen. Der Rest war im System verstreut und umkreiste die Sonne wie ein riesiges Asteroidenfeld, das die Navigation schwierig, wenn nicht unmöglich machte.

Bane schaltete die Steuerung auf manuell um und übernahm selbst das Ruder. Mithilfe der Macht manövrierte er sein Schiff vorsichtig durch den gefährlichen Hinderniskurs. Er brauchte beinahe eine Stunde, bis er sein Ziel erreichte, und als er schließlich den Ring hinter sich hatte und sich in der relativen Sicherheit der Atmosphäre der Unbekannten Welt befand, schwitzte er von der intensiven Konzentration.

Selbstverständlich gab es hier keinen weiteren Schiffsverkehr, mit dem er zurechtkommen musste. Keine Bodenstation meldete sich, als er vom Himmel auf die Planetenoberfläche zuflog und nach einem Landeplatz suchte.

Die Rakata hatten bereits kurz vor dem Aussterben gestanden, als Revan und Malak sie entdeckten. Beinahe jeder Beweis für ihre Existenz außerhalb ihres winzigen Heimatplaneten war ausgelöscht worden; man hatte sie aus der galaktischen Erinnerung getilgt. Nach der Schlacht um die Sternenschmiede war nichts geschehen, was daran etwas geändert hätte.

Wichtige Leute in der Republik hatten selbstverständlich von ihnen gewusst, aber ihre Existenz war nur in den streng geheimen Berichten über den Konflikt erwähnt worden. Man glaubte, die Bevölkerung der Republik würde nicht gut auf das plötzliche Wiedererscheinen einer uralten Spezies reagieren, die einmal den größten Teil der bekannten Galaxis versklavt hatte. Die wenigen überlebenden Rakata hatten sich geweigert, das Heim ihrer Ahnen zu verlassen, und es hatte nicht genug von ihnen gegeben, um eine lebensfähige Erbmasse zu erhalten. Innerhalb weniger Generationen war das lange, langsame Aussterben dieser Spezies vollendet gewesen.

Die Existenz der Rakata geheim zu halten war überraschend einfach gewesen. Das System hatte nach der Schlacht ebenfalls nicht mehr viel Aufmerksamkeit erregt. Obwohl nach der Zerstörung der Sternenschmiede eine gewaltige Menge von Sternenschiffmaterial übrig war, versuchte niemand, es auszuschlachten. Statt die treibenden Gräber ihrer Soldaten zu entweihen, hatte die Republik sich entschlossen, ihr Andenken zu ehren, indem sie Lehon zu einer geschützten historischen Stätte machte. Danach war es illegal, ohne offizielle Erlaubnis in das System einzudringen.

Niemand hatte je auch nur so viel Interesse gezeigt, eine solche Erlaubnis zu beantragen. Das System verfügte über keinen Wert und keine Ressourcen, wenn man von dem geschützten Sternenschiffmüll einmal absah. Es befand sich weit außerhalb aller etablierten Hyperraumverbindungen und Handelsrouten – so weit, dass nicht einmal Schmuggler sich dafür interessierten. Eine kleine Anmerkung über seinen Standort war in die offiziellen Akten der Republik eingefügt worden, und es erschien nur als unbedeutender Fleck am Rand einiger detaillierter Sternkarten. Darüber hinaus schien es, als hätte das System aufgehört zu existieren.

Bane wusste, dass es nicht so einfach war. Die Unbekannte Welt war ein Ort, der stark in der Macht war. Sie war vielleicht sogar der Geburtsort der ersten Diener der Dunklen Seite: der Anführer der Rakata, die ihr Volk dazu trieben, Hunderte von Planeten zu erobern und zu versklaven, zehntausend Jahre bevor der Rest der Galaxis auch nur die Hyperantriebstechnologie entdeckte. Diese Macht war in der Sternenschmiede konzentriert und gebündelt gewesen und war mit ihrer Zerstörung freigesetzt worden.

Die Jedi wussten das, und sie fürchteten, dass an einem solchen Ort Böses entstehen könnte. Die Politiker der Republik hatten auf ihre Anweisung gehandelt, als sie das gesamte System isolierten und es praktisch vom Rest der Galaxis abriegelten. In den folgenden Jahrhunderten hatten die Jedi sich weiterhin bemüht, die Geheimnisse von Lehon zu verbergen. Die Geschichte von Revan und Malak wurde weiterverbreitet, ebenso wie Gerüchte und Spekulationen über die Rakata, aber das wahre Wesen der Unbekannten Welt war unter einem Leichentuch aus Geheimnissen und bewussten Auslassungen verborgen.

Im Archiv der Akademie hatte Bane hier und da einen Hinweis auf die Wahrheit gefunden. Zunächst hatte er die Bedeutung dessen, was er sah, nicht erkannt. Eine kleine Erwähnung des Planeten hier. Eine Andeutung auf ihn dort. Er hatte es erst nach und nach verstanden, als er die Geheimnisse der Dunklen Seite weiter und weiter enthüllte. Als sein Wissen wuchs, war er imstande gewesen, mehr und mehr von diesem Puzzle zusammenzusetzen. Er hatte geglaubt, es im Tal der Dunklen Lords vollenden zu können, aber er hatte versagt. Nun war er hierhergekommen, um das letzte fehlende Stück zu finden.

Unter ihm befand sich ein Flickenteppich aus kleinen tropischen Inseln in einem leuchtend blauen Ozean. Er benutzte die Sensoren der *Valcyn*, um die größte Landmasse zu identifizieren, dann flog er darauf zu, auf der Suche nach einem Landeplatz. Die Insel war beinahe vollkommen von einem dicken, üppigen Dschungel bedeckt, und es gab keine Lichtungen, die groß genug für sein Schiff waren. Schließlich drosselte er die Geschwindigkeit und begann einen langsamen Abstieg, um die *Valcyn* auf dem Sandstrand am Rand der Insel zu landen.

Sobald Banes Füße die Unbekannte Welt berührten, spürte er es: ein tiefes Summen, ähnlich dem, was er auf Korriban wahrgenommen hatte, aber viel, viel stärker. Selbst die Luft fühlte sich anders an: schwer von alter Geschichte und lange vergessenen Geheimnissen.

Mit dem Rücken zum Meer blieb er stehen und starrte die praktisch undurchdringliche Mauer des Waldes an, die das Innere der Insel bedeckte, und nun nahm er dort noch etwas anderes wahr: eine Präsenz, eine Lebenskraft von gewaltiger Größe. Sie bewegte sich auf ihn zu. Schnell.

Ein paar Sekunden später konnte er sie durch das Unterholz brechen hören. Sie musste von der Landung des Schiffs am Strand angezogen worden sein, ein riesiges Raubtier auf der Jagd nach frischer Beute.

Der Rancor stürzte brüllend unter den Bäumen hervor und sprang über den Sand. Bane blieb stehen, wo er war, sah ihm entgegen und staunte über das Tempo, mit dem sich das Tier bewegte. Als es näher als fünfzig Meter war, hob er ruhig eine Hand und berührte den Geist des angreifenden Untiers mit der Macht.

Auf seinen unausgesprochenen Befehl kam der Rancor stolpernd zum Stehen und starrte ihn hechelnd an. Vorsichtig bemüht, die Beuteinstinkte des Geschöpfs in Schach zu halten, näherte sich Bane ihm. Der Rancor blieb ruhig stehen, so zahm wie ein Tauntaun, das von seinem Reiter inspiziert wird.

Bane sah an der Größe des Tiers, dass es sich um ein ausgewachsenes Männchen handelte, obwohl die hellen Farben seiner Haut und die geringe Anzahl von Narben nahelegten, dass es erst vor Kurzem erwachsen geworden war. Bane legte die Handfläche auf eins der massiven Beine und spürte die bebenden Muskeln unter der Haut, während er tiefer im Hirn des Tiers tastete.

Er fand kein Bewusstsein, Konzept oder Verständnis der Meister, die einmal solche Tiere gezähmt und sie als Wach- und

Reittiere benutzt hatten. Das überraschte ihn nicht: Die Rakata waren viele Jahrhunderte vor der Geburt dieses Rancors verschwunden. Und er suchte ohnehin nach etwas anderem.

Ein Durcheinander aus Bildern und Wahrnehmungen drang auf ihn ein. Zahllose Jagden durch den Wald, die überwiegend mit dem Tod der Beutetiere endeten. Das Zerreißen von Sehnen und Knochen. Das Fressen des immer noch warmen Fleischs. Die Suche nach einer Gefährtin. Ein Kampf mit einem anderen Rancor um Dominanz. Und schließlich fand er, was er gesucht hatte.

Tief in den Erinnerungen des Tiers war das Bild einer großen vierseitigen Steinpyramide begraben, die im Herzen des Dschungels verborgen lag. Der Rancor hatte sie nur einmal gesehen, als er noch ein Junges in der Obhut der Herdenmütter gewesen war. Aber das Gebäude hatte einen unauslöschlichen Eindruck in seinem Geist hinterlassen.

Der Rancor stand an der Spitze der Nahrungskette der Unbekannten Welt. Er kannte keine Angst, aber er gab ein leises Stöhnen von sich, als Bane die Erinnerung an diesen Tempel zutage förderte. Er schauderte. Er wusste, was von ihm erwartet wurde, aber er konnte nicht fliehen; die Macht zwang ihn zu gehorchen.

Er duckte sich tief auf den Boden, und Bane sprang auf seinen Rücken. Dann erhob das Tier sich vorsichtig wieder. Sein Reiter saß auf seinen großen, gebeugten Schultern. Auf Banes Befehl stapfte der Rancor davon, ließ den Strand hinter sich und eilte zurück in den Wald, auf den alten Tempel der Rakata zu.

Kapitel 22

Es dauerte beinahe eine Stunde, bis Bane sein Ziel erreichte. Die Vegetation ringsumher wimmelte von Leben, aber als er durch den Dschungel getragen wurde, sah er nichts Größeres als Insekten oder kleine Vögel. Die meisten Geschöpfe flohen, als der Rancor sich näherte, verschwanden, lange bevor Bane nahe genug kam, um einen Blick auf sie werfen zu können. Aber der scharfe Geruchssinn des Rancors witterte häufig ihre Spuren, und mehr als einmal musste Bane den Jagdinstinkt des Tiers zügeln, um es auf Kurs zu halten.

So schwierig es war, den Rancor davon abzuhalten, seiner nächsten Mahlzeit hinterherzurennen, es wurde noch schwieriger, ihn vorwärtszutreiben, als sie näher zum Tempel kamen. Alle paar Schritte versuchte das Tier auszuweichen. Einmal versuchte es sogar, sich aufzubäumen und seinen Reiter abzuwerfen.

Bane konnte durch die dichte Vegetation nicht weiter als ein paar Meter sehen, aber er wusste, dass sie jetzt nahe am Ziel waren. Er konnte die Macht des Tempels spüren, die ihn hinter dem undurchdringlichen Vorhang aus wirren Ranken und verflochtenen Ästen zu sich rief. Er schlug mithilfe der Dunklen Seite zu, zerschmetterte die letzte Widerspenstigkeit des Rancors und zwang ihn weiter.

Plötzlich brachen sie auf eine Lichtung hinaus, einen Kreis von beinahe hundert Meter Durchmesser. In seiner Mitte stand der Tempel. Das Gebäude erhob sich beinahe zwanzig Meter hoch in den Himmel, ein Monument aus behauenem Stein. Der einzige Eingang war ein breiter Torbogen am Ende einer gewaltigen Treppe, die in eine der Pyramidenflächen gemeißelt war. Die Oberfläche des Gebäudes war makellos, klar und rein, nicht berührt von Flechten oder Efeu. Auf dem Boden ringsumher wuchs nichts als ein Teppich aus weichem, kurzem Gras. Es wirkte, als fürchtete sich der Dschungel, vorwärtszukriechen und den Stein zu übernehmen.

Bane sprang von seinem Reittier und konzentrierte alle Aufmerksamkeit auf das Gebäude, das vor ihm aufragte. Befreit von seinem Einfluss, drehte der Rancor sich um und floh zurück ins Unterholz. Das schreckliche Krachen seiner Flucht wurde beinahe übertönt von seinem gequälten Heulen, aber Bane bemerkte diese Geräusche nicht einmal. Er brauchte den Rancor nicht mehr; er hatte gefunden, was er suchte.

Er machte einen zögernden Schritt vorwärts, dann hielt er abrupt wieder inne. Er schüttelte den Kopf, um klar denken zu können. Die Dunkle Seite war stark hier, so stark, dass ihm schwindlig wurde. Das bedeutete, dass dies ein gefährlicher Ort war; er konnte es sich nicht leisten, wie betäubt umherzuwandeln.

Nach den Berichten, die er im Archiv gelesen hatte, war der Tempel einmal von einem starken Energieschild geschützt worden, und es hatte einen gesamten Rakata-Stamm von starken Machtbenutzern gebraucht, um diesen Schild zu durchbrechen. Bane spürte keine solche Barriere, aber nur ein Narr wäre einfach unvorsichtig weitergegangen.

Wie in den Gräbern auf Korriban sah er sich zunächst mithilfe der Macht um. Er spürte die Echos von Einrichtungen, die einmal den Tempel geschützt hatten, aber sie waren so schwach, dass sie praktisch nicht mehr existierten. Das überraschte ihn nicht. Die Schilde rings um den Tempel waren von der Energie der Sternenschmiede im All gespeist worden. Mit der Zerstörung der Schmiede hatten auch die Schilde versagt, zusammen mit allen anderen Verteidigungsanlagen, die die Unbekannte Welt zu einem Schiffsfriedhof gemacht hatten.

Bane fragte sich, was sonst noch beim gewaltsamen Ende der Sternenschmiede verloren gegangen war, als er über den Hof und die Stufen des Tempels hinaufging. Die Treppe war steil, aber breit, und der Stein trotz seines Alters weder abgetragen noch geborsten. Die Treppe endete in einem kleinen Vorplatz zu dem steinernen Eingangstorbogen auf drei Vierteln der Höhe der Pyramide. Er blieb an der Schwelle stehen, dann ging er hinein. Er erhielt eine Vorstellung, wie es sich für jene, die vor ihm hier gewesen waren, angefühlt haben musste: die Erwartung, die Aufregung, eine Entdeckung gemacht zu haben. Sobald er drinnen war, dauerte es jedoch nur ein paar Minuten, bis erste Ernüchterung einsetzte.

Wie die Gräber auf Korriban war auch dieser Tempel vollkommen geplündert worden. Er suchte stundenlang, begann mit dem obersten Stockwerk, wo er hereingekommen war, arbeitete sich dann immer tiefer bis zum Boden vor; er durchkämmte jeden Zentimeter der leeren Flure und verlassenen Räume. Aber so wenig er auch fand, er verzweifelte nicht. Die Gräber im Tal der Dunklen Lords hatten sich leer angefühlt – verbraucht und ausgelaugt. Die Unbekannte Welt fühlte sich anders an. Hier gab es immer noch Macht.

Es musste hier etwas für ihn geben. Davon war er vollkommen überzeugt. Er weigerte sich, ein weiteres Versagen zu akzeptieren.

Es war auf der untersten Ebene des Tempels, tief unter der Oberfläche des Planeten, wo seine besessene Suche ihr Ende fand. Als er auf den Raum stieß, wurde seine Aufmerksamkeit sofort von den Überresten eines riesigen Computers angezogen, aber es stellte sich heraus, dass das Gerät hoffnungslos zerstört war. Und dann bemerkte er etwas an der Steinmauer dahinter.

Auf deren Oberfläche waren geheimnisvolle Symbole eingeritzt – vielleicht in der Sprache und Schrift der Rakata. Das hatte keine Bedeutung für ihn, und er hätte es ohne einen zweiten Blick abgetan. Aber eins dieser Zeichen leuchtete.

Es wäre ihm am Anfang beinahe entgangen. Es war sehr subtil, ein schwaches violettes Leuchten rings um den Rand eines der ungewöhnlichen Zeichen. Es befand sich für ihn beinahe auf Augenhöhe.

Während er es anstarrte, wurde das Leuchten intensiver. Bane ging darauf zu und streckte zögernd die Hand aus. Das Licht erlosch, was ihn so erschreckte, dass er einen Schritt zurückwich. Wieder griff er danach, aber diesmal nicht mit der Hand, sondern mit der Macht.

Das Steinzeichen erwachte zum Leben.

Er strengte sich an, seinen Eifer zu beherrschen, streckte erneut die Hand aus und drückte fest gegen das leuchtende Zeichen. Es gab ein Geräusch, als bewegten sich Zahnräder, und das Knirschen von Stein auf Stein. Der Rand eines kleinen Quadrats, das auf jeder Seite weniger als einen halben Meter maß, zeichnete sich an der Wand ab, als sich in diesem Bereich der Mauerstein herausschob.

Bane trat zurück, als der Steinblock aus der Wand fiel und vor seinen Füßen am Boden zerbrach. Wo der Stein gewesen war, hatte er nun eine kleine Nische vor sich. Ohne zu zögern, steckte er den Arm ins Dunkel, um herauszuholen, was sich darin befinden mochte.

Seine Finger stießen auf etwas Kaltes, Schweres. Er holte es heraus und starrte dann staunend das Artefakt in seiner Hand an. Es war nur wenig größer als seine Faust und hatte die Form einer vierseitigen Pyramide – ein winziger Nachbau des Tempels, in dem er stand. Bane wusste sofort, was er vor sich hatte: ein Sith-Holocron, ein Behältnis verbotenen Wissens, das nur darauf wartete, entschlüsselt zu werden.

Die Kunst der Herstellung von Holocronen war seit Jahrtausenden verloren gegangen, aber Bane wusste aus seinen Studien einiges über die grundlegenden Theorien dahinter. Die Informationen waren in einer ausgesprochen komplexen, selbstverschlüsselnden digitalen Matrix verborgen. Die Schutzsysteme eines Holocrons konnten nicht umgangen oder gebrochen, die Informationen nicht mit Hackermethoden zugänglich gemacht oder kopiert werden. Es gab nur eine Möglichkeit, sich das Wissen anzueignen, das in einem Holocron festgehalten war.

Jedem Holocron war mithilfe der Macht die Persönlichkeit eines oder mehrerer Meister eingeprägt, die als Wächter dienten. Wenn einer, der diese Geheimnisse verstand, ein Holocron öffnete, projizierte es winzige holografische Bilder der diversen Wächter. Diese programmierten Abbilder begannen dann den Schüler auf die gleiche Weise interaktiv zu unterrichten wie ein Mentor aus Fleisch und Blut.

Aber alle Berichte über Sith-Holocrone hatten erwähnt, dass diese winzigen Pyramiden mit alten Symbolen überzogen waren. Das Holocron, das Bane jetzt in der Hand hielt, war beinahe vollkommen schmucklos. War es möglich, dass es noch älter war als die Holocrone der alten Sith? Handelte es sich etwa um ein Relikt der Rakata selbst? Waren die Hüter des Holocrons Meister, die noch vor der Geburt der Republik gelebt hatten? Und wenn, würden sie willens sein, ihn zu unterrichten? Würden sie auch nur auf ihn reagieren?

Vorsichtig legte er das Holocron auf den Boden und setzte sich davor. Er kreuzte die Beine und begann mit den tiefen, langsamen Atemzügen einer meditativen Trance. Dann sammelte und konzentrierte er seine Energie und projizierte eine Welle Dunkler Macht auf das kleine Artefakt vor ihm am Boden. Das Holocron begann sofort zu glitzern und zu schimmern.

Bane hielt erwartungsvoll den Atem an und fragte sich, was als Nächstes geschehen würde. Ein kleiner Lichtstrahl drang aus der Spitze der winzigen Pyramide, die Partikel verstreut und diffus. Sie begannen sich zu drehen und zu wirbeln, und schließlich war eine in ein Gewand gehüllte Gestalt zu sehen, deren Züge vollkommen von der Kapuze des Gewands verborgen wurden.

Und dann erklang eine Stimme, deutlich und klar. »Ich bin Darth Revan, Dunkler Lord der Sith.«

Banes triumphierendes Lachen hallte laut in den leeren Hallen des Tempels wider.

Es kam Bane so vor, als überträfen die Belehrungen in diesem einzigen Holocron alles, was sich im gesamten Archiv der Akademie befunden hatte. Revan hatte viele Rituale der alten Sith entdeckt, und obwohl der Avatar des Holocrons deren Wesen und Zweck erläuterte, konnte Bane kaum ermessen, wie gewaltig ihr Potenzial war. Einige waren so schrecklich – so gefährlich selbst für einen wahren Sith-Meister –, dass er bezweifelte, er könnte sie jemals anwenden. Aber er machte sich dennoch entsprechende Notizen auf einem Stapel von Flimsi, damit er sie später ausführlicher studieren konnte.

Und es gab noch viel mehr in dem Holocron als nur die uralten Praktiken von Zauberern der Dunklen Seite. Innerhalb von ein paar kurzen Wochen erfuhr er mehr über das Wesen der Dunklen Seite als in seiner gesamten Zeit auf Korriban. Revan war ein wahrer Sith-Lord gewesen, anders als diese einfältigen Meister, die sich Kaan und seiner Bruderschaft beugten. Und bald schon würde all dieses Wissen – Revans Verständnis der Dunklen Seite – Bane gehören.

Githany schreckte aus dem Schlaf und trat die Decken weg, sodass sie von ihrem Feldbett auf den Boden aus gestampfter Erde in ihrem Zelt fielen. Sie schwitzte, und ihr war heiß, aber das hatte nichts mit der tatsächlichen Temperatur zu tun. Auf Ruusan war die Regenzeit angebrochen, und trotz warmer und feuchter Tage sanken die Temperaturen in der Nacht so weit, dass die diensthabenden Wachen die Nebelwolken ihres Atems sehen konnten.

Sie hatte von Bane geträumt. Nein, es war kein Traum gewesen. Die Einzelheiten waren zu deutlich und klar, die Empfindungen zu lebhaft und wirklich, als dass man es noch als Traum bezeichnen konnte. Sie hatte eine Vision gehabt. Zwischen ihr und Bane bestand eine Verbindung, die in der Zeit entstanden war, als sie gemeinsam die Macht studierten. Solche Verbindungen zwischen Lehrer und Schüler entstanden mitunter, obwohl Githany nicht mehr sicher war, wer in ihrer Beziehung denn nun Meister und wer Schüler gewesen war.

Ihre Vision hatte eine klare und deutliche Aussage gehabt: Bane war auf dem Weg nach Ruusan. Aber er kam nicht, um sich der Bruderschaft anzuschließen. Er kam, um sie zu vernichten.

Githany schauderte; der Schweiß kühlte ihre Haut in der frischen Nachtluft. Sie stieg aus dem Bett und zog ihren schweren Umhang über das dünne Nachthemd. Sie musste mit Kaan sprechen. Das konnte nicht bis morgen warten.

Es war dunkel; Mond und Sterne wurden verdeckt von den dräuenden Gewitterwolken, die den Himmel überzogen hatten, seit sie und die anderen hier eingetroffen waren. Leichter Nebel hing in der Luft, was immer noch besser war als der stetige Nieselregen, der alles durchtränkt hatte, als sie ins Bett ging.

Eine Handvoll anderer Sith war im Lager unterwegs. Ein paar murmelten einen unverständlichen Gruß, als sie vorbeikam, aber die meisten hatten die Köpfe gesenkt und ignorierten sie, als sie durch den Schlamm an ihr vorbeistapften. Die Lebhaftigkeit, die Kaan inspiriert hatte, als die Verstärkung eingetroffen war, hatte sich angesichts einer schier endlosen Folge grauer, nasser Tage wieder verflüchtigt. Es würde noch mehrere Wochen dauern, bis der Regen nachließ und die drückende Hitze von Ruusans langem Sommer begann. Bis dahin würden Kaans Leute weiter unter der Feuchtigkeit und der Kälte leiden.

Githany beachtete das alles nicht. Sie war vollkommen auf ihre Mission konzentriert und wurde erst langsamer, als sie den Eingang des großen Zelts erreichte, das Kaan zu seinem Quartier gemacht hatte. Drinnen brannte ein Licht; Lord Kaan war wach.

Sie betrat das Zelt zögernd. Was sie zu sagen hatte, war nur für ihn bestimmt. Zum Glück traf sie ihn allein an. Aber statt weiterzugehen, blieb sie im Eingang stehen und starrte die Erscheinung vor sich mit morbider Faszination an. Im trüben Licht der Laterne, die die einzige Lichtquelle im Zelt war, sah Kaan aus, als hätte er den Verstand verloren.

Er ging rasch auf und ab, mit ungleichmäßigen, unsicheren Schritten. Dabei hatte er sich tief vornübergebeugt, murmelte vor sich hin und schüttelte immer wieder den Kopf. Die linke Hand wanderte mehrmals nach oben, um an einer Haarsträhne zu zupfen, dann riss er sie rasch wieder an die Seite, als hätte er sie bei etwas Verbotenem erwischt.

Githany konnte kaum glauben, dass dieses vom Wahnsinn geschüttelte Wesen der Mann sein sollte, dem zu folgen sie sich entschieden hatte. Konnte es möglich sein, dass Bane die ganze Zeit Recht gehabt hatte? Sie setzte gerade dazu an, wieder in die feuchte Nacht hinauszuschlüpfen, als Kaan sich umdrehte und sie bemerkte.

Einen kurzen Moment stand wilde Panik in seinen Augen; er hatte den glühenden Blick eines von Angst und Verzweiflung gebeutelten gefangenen Tiers. Dann richtete er sich plötzlich auf.

Das Entsetzen verschwand aus seinen Augen, und ein Ausdruck kalten Zorns trat an seine Stelle.

»Githany«, sagte er, seine Stimme so kalt wie seine eisige Miene. »Ich hatte nicht mit Besuch gerechnet.«

Nun war sie es, die sich fürchtete. Lord Kaan strahlte plötzlich Macht aus; er konnte sie so leicht zerquetschen, wie sie es mit den kleinen Käfern machte, die manchmal über den Boden ihres Zelts huschten. Die Erinnerung an den erschütterten, gebrochenen Mann war verschwunden, aus ihrem Gedächtnis gefegt durch die überwältigende Aura von Kaans Autorität.

»Verzeiht mir, Lord Kaan«, sagte sie und senkte den Kopf kurz. »Ich muss mit Euch sprechen.«

Sein Zorn schien zu vergehen, obwohl er seine nicht zu leugnende herrische Präsenz beibehielt. »Selbstverständlich, Githany. Für Euch habe ich immer Zeit.«

Die Worte waren mehr als kameradschaftliche Herzlichkeit, es ging ein wenig tiefer. Githany war eine attraktive Frau, sie war daran gewöhnt, Gegenstand von Andeutungen und kaum verhüllter Begierde zu sein. Für gewöhnlich bewirkte das bei ihr wenig mehr als Abscheu, aber in Kaans Fall ließ es sie erröten. Immerhin war er der Gründer der Bruderschaft der Dunkelheit, ein Mann mit Weitsicht, der Großes geleistet hatte. Wie hätte sie sich von seiner Aufmerksamkeit nicht geschmeichelt fühlen können?

»Ich hatte eine Vorahnung«, erklärte sie. »Ich sah Darth Bane. Er war auf dem Weg nach Ruusan, um uns zu vernichten.«

»Qordis hat mich über Banes Ansichten unterrichtet.« Kaan nickte. »Das kommt nicht unerwartet.«

»Er versteht nicht, wie glorreich unsere Sache ist«, erklärte Githany, als müsste sie sich für Bane entschuldigen. »Er ist Euch nie begegnet. Alles, was er von der Bruderschaft weiß, wurde ihm durch Qordis und die anderen Meister vermittelt – die Meister, die sich von ihm abgewandt haben.«

Kaan sah sie verwirrt an. »Ihr sagt, Ihr seid gekommen, um mich zu warnen, dass Bane uns vernichten will. Aber nun scheint es, als versuchtet Ihr, seine Taten zu rechtfertigen.«

»Die Macht zeigt uns, was sein *kann*, nicht unbedingt, was tatsächlich geschehen wird«, erinnerte sie ihn. »Wenn wir Bane überzeugen können, sich uns anzuschließen, könnte er sich als nützlicher Verbündeter gegen die Jedi erweisen.«

»Ich verstehe«, sagte Kaan. »Ihr seid der Ansicht, wenn wir ihn dazu bringen können, einer von uns zu werden, wird Eure Vorahnung sich nicht bewahrheiten.« Er schwieg einen Moment, dann fügte er hinzu: »Seid Ihr sicher, dass Eure persönlichen Gefühle für ihn in dieser Sache Euer Urteilsvermögen nicht trüben?«

Githany war so verlegen, dass sie Kaan nicht in die Augen sehen konnte. »Ich bin nicht die Einzige, die so denkt«, murmelte sie und starrte zu Boden. »Viele andere aus der Akademie sind aufgrund seiner Abwesenheit ebenfalls beunruhigt. Sie haben seine Kraft gespürt. Sie fragen sich, wieso jemand, der so stark in der Dunklen Seite ist, die Bruderschaft zurückgewiesen hat.«

Sie hob den Kopf, als Kaan ihr eine tröstende Hand auf die Schulter legte. »Ihr könntet Recht haben, Githany. Aber leider sind mir die Hände gebunden, denn niemand weiß auch nur, wo Bane sich befindet.«

»Ich schon. Es gibt ... es gibt eine Verbindung zwischen uns. Ich kann Euch sagen, wohin Bane gegangen ist.«

Kaan legte die Hand unter ihr Kinn und hob ihren Kopf ein wenig. »Dann werde ich jemanden zu ihm schicken«, versprach er. »Es war richtig, dass Ihr zu mir gekommen seid, Githany«, fügte er hinzu, ließ sie sanft los und lächelte sie freundlich an.

Githany, strahlend vor Stolz, lächelte zurück.

Sie verließ das Zelt ein paar Minuten später, nachdem sie erklärt hatte, wohin Bane gegangen war, und warum. Kaan sah ihr hinterher. Ihre Worte hatten ihn beunruhigt, obwohl er das sorgfältig verbarg. Er hatte sie beschwichtigt, denn er war sicher, dass sie der Bruderschaft treu bleiben würde, obwohl sie sich offensichtlich von Bane angezogen fühlte. Githany glaubte, dass jeder Mann sie begehrte, aber Kaan konnte auch in ihr Begierde spüren: nach Macht und Ruhm. Und er war durchaus willens, ihren Stolz und ihren Ehrgeiz mit seinem Flirten, seinem Lob und seinen Versprechen zu nähren.

Er wusste allerdings nicht so recht, was er mit ihrer Vision anfangen sollte. Er war stark in der Macht, aber seine Begabungen lagen auf anderen Gebieten. Er konnte mit seiner Kampfmeditation den Verlauf einer Schlacht beeinflussen. Er konnte durch subtile Manipulation der Emotionen anderer Lords deren Loyalität gewinnen. Aber er hatte nie eine Vorahnung von der Art gehabt, wie sie Githany mitten in der Nacht in sein Zelt gebracht hatte.

Sein erster Impuls war, es als grundlose Sorge abzutun, die ihre Ursachen in der generell geschwächten Moral hatte. Nachdem die Verstärkung aus Korriban eingetroffen war, hatten alle ein schnelles Ende des langen Kriegs auf Ruusan erhofft. Aber General Hoth war zu schlau, um seine Armee des Lichts der überlegenen Kraft der Sith auszusetzen. Er hatte die Taktik geändert und führte nun einen Krieg mit Scharmützeln und Überfällen und versuchte Zeit zu schinden, während er weitere Unterstützung für seine Sache suchte.

Die Sith wurden ungeduldig und ruhelos. Den glorreichen Sieg, den Kaan ihnen schon vor Wochen versprochen hatte, hatten sie nicht erkämpfen können. Stattdessen stapften sie immer noch durch Schlamm und nicht enden wollenden Regen und versuchten, einen Feind zu besiegen, der sich ihnen nicht einmal wirklich stellte. Githanys Besuch hatte ihn nicht überrascht. Die einzige wirkliche Überraschung bestand darin, dass nicht noch mehr Dunkle Lords bei ihm erschienen, um ihre Unzufriedenheit kundzutun.

Aber das machte Githanys Warnungen umso gefährlicher. Bane hatte die Bruderschaft öffentlich abgewiesen. Die Geschichte hatte sich im Lager ausgebreitet wie eine Seuche. Zuerst hatten alle höhnisch über seine Arroganz und seinen Starrsinn geschnaubt – er hatte sich entschieden, einen einsamen Weg zu gehen, und daher würde er am Triumph der Bruderschaft nicht teilhaben. Da dieser Triumph ausblieb, begannen sich jedoch nun einige zu fragen, ob Bane nicht Recht gehabt hatte.

Lord Kaan hatte Spione unter den Dunklen Lords. Das Geflüster war an sein Ohr gedrungen. Die Lords waren noch nicht bereit, aufgrund ihrer Zweifel zu handeln, aber ihre Entschlossenheit ließ nach – zusammen mit ihrer Loyalität. Er hatte aus Feinden und bitteren Rivalen eine Koalition gebildet. Die Bruderschaft der Dunkelheit mochte so stark wirken wie Durastahl, aber eine entschlossene abweichende Stimme konnte sie schnell in tausend Stücke zerbrechen lassen.

Er griff nach der Laterne und stürzte in den Nieselregen hinaus, um mit langen, raschen Schritten durchs Lager zu eilen. Er würde sich um Bane kümmern, wie er es Githany versprochen hatte. Wenn dieser widerspenstige junge Mann nicht überzeugt werden konnte, sich ihnen anzuschließen, dann musste er eben eliminiert werden.

Innerhalb von wenigen Minuten hatte Kaan sein Ziel erreicht. Er blieb vor dem Zelt stehen, denn er erinnerte sich an seinen Zorn über Githanys unerwartetes Eindringen in sein eigenes Quartier. Um den Mann, den er sehen wollte, nicht gegen sich aufzubringen, rief er: »Kas'im?«

»Herein«, erklang eine Stimme, und eine Sekunde später hörte er das unmissverständliche Geräusch eines Lichtschwerts, das abgeschaltet wurde.

Er ging hinein und stand dem nur mit einer Hose bekleideten, schwitzenden und schwer atmenden Twi'lek-Schwertmeister gegenüber.

»Ich sehe, Ihr seid schon wach«, stellte er fest.

»Es ist nicht leicht, am Vorabend einer Schlacht zu schlafen. Selbst einer Schlacht, die nie zu kommen scheint.«

Kas'im war ein Krieger; Kaan wusste, wie sehr ihr Mangel an Aktivität ihn belastete. Drill und Training konnten seinen Durst nach echten Kämpfen nicht stillen. In der Akademie von Korriban hatte der Schwertmeister seine Pflichten erledigt, ohne sich zu beschweren. Aber hier auf Ruusan war das Versprechen von Kämpfen zu nahe, zu eindringlich. Stets hing der Geruch nach Blut in der Luft, vermischt mit Angstschweiß und Erwartung. Hier würde Kas'im erst zufrieden sein, wenn er dem Feind von Angesicht zu Angesicht gegenüberstand. Bald schon würde seine Frustration in Rebellion umschlagen, und Kaan konnte es sich nicht leisten, die Loyalität des besten Schwertkämpfers seines Lagers zu verlieren. Zum Glück hatte er nun eine Möglichkeit gefunden, mit beiden Problemen – Bane und Kas'im – auf einmal fertig zu werden.

»Ich habe einen Auftrag für Euch. Einen sehr wichtigen Auftrag.«

»Ich lebe, um zu dienen, Lord Kaan.« Kas'ims Stimme blieb ruhig, aber seine Tentakel zuckten erwartungsvoll.

»Ich muss Euch weit von Ruusan wegschicken. Zum Rand der Galaxis. Ihr müsst nach Lehon gehen.«

»Zur Unbekannten Welt?«, fragte der Schwertmeister erstaunt. »Dort gibt es nichts als den Friedhof der größten Niederlage unseres Ordens.«

»Bane ist dort«, erklärte Kaan. »Ihr müsst als mein Botschafter zu ihm gehen. Erklärt ihm, dass er sich dem Rest der Sith hier auf Ruusan anschließen muss. Sagt ihm, wer nicht mit der Bruderschaft ist, ist gegen sie.«

Kas'im schüttelte den Kopf. »Ich bezweifle, dass das etwas ausrichten wird. Wenn er sich einmal entschlossen hat, kann er ... störrisch sein.«

»Die Dunkle Seite kann nicht in der Bruderschaft vereint sein, wenn er sich fernhält«, erklärte Kaan. Bei diesen Worten dehnte er seine Machtwahrnehmung aus und berührte sanft die gekränkte Eitelkeit des Twi'lek. »Ich weiß, dass er Euch und die anderen Meister auf Korriban zurückgewiesen hat. Aber Ihr müsst ihm dieses Angebot noch einmal machen.«

»Und wenn er sich weigert?« Kas'ims Worte kamen rasch und scharf heraus. Innerlich lächelte Kaan über den wachsenden Zorn des Schwertmeisters und fachte ihn noch ein wenig mehr an.

»Dann müsst Ihr ihn töten.«

Kapitel 23

»Jene, die die Dunkle Seite nutzen, sind auch verpflichtet, ihr zu dienen. Wer dies versteht, versteht damit die grundlegende Philosophie der Sith.«

Bane saß reglos da, den Blick gebannt auf den Avatar eines Dunklen Lords gerichtet, der schon seit dreitausend Jahren nicht mehr lebte. Revans projiziertes Bild verschwand, dann erschien es wieder. Das Holocron ließ nach. Es starb. Das Material, aus dem es hergestellt war – der Kristall, der die Energie der Macht konzentrierte, um dem Artefakt Leben zu schenken –, war mit Fehlern behaftet. Je länger Bane es benutzte, desto instabiler wurde es. Und dennoch konnte er es nicht beiseitelegen, nicht einmal einen einzigen Tag. Er war besessen von dem Gedanken, alles zu erfahren, was in diesem Holocron eingeschlossen war, und er verbrachte Stunden damit, Revans Worte mit der gleichen sturen Entschlossenheit aufzusaugen, mit der er früher einmal auf Apatros Cortosis abgebaut hatte.

»Die Dunkle Seite bietet Macht um der Macht willen. Ihr müsst sie begehren und stets danach trachten. Ihr müsst Macht intensiver suchen als alles andere, ohne Zurückhaltung und ohne Zögern.«

Diese Worte kamen Bane besonders wahr vor, als spürte die

einprogrammierte Persönlichkeit seines virtuellen Meisters, dass das Holocron kurz vor seinem Ende stand, und als hätte sie ihre letzten Lektionen besonders auf ihn, Bane, abgestimmt.

»Die Macht wird Euch verändern. Sie wird Euch transformieren. Einige fürchten diese Veränderung. Die Techniken der Jedi sind aufs Kämpfen und auf die Beherrschung dieser Transformation ausgerichtet. Deshalb sind jene, die dem Licht dienen, bei dem, was sie erreichen können, eingeschränkt.

Wahre Macht kann nur zu denen kommen, die die Transformation annehmen. Es kann keinen Kompromiss geben. Gnade, Mitgefühl, Loyalität: All diese Dinge halten Euch nur davon ab, zu beanspruchen, was Euch rechtmäßig zusteht. Wer der Dunklen Seite folgt, muss solche Täuschungen beiseiteschieben. Wer das nicht tut, wer den Weg der Mäßigung gehen will, wird versagen, in die Tiefe gezogen von seiner eigenen Schwäche.«

Die Worte beschrieben beinahe perfekt den Akademieschüler Bane. Dennoch empfand er weder Scham noch Bedauern. Diesen Bane gab es nicht mehr. Ebenso, wie er den Bergmann aus Apatros abgestreift hatte, als er seinen Sith-Namen annahm, hatte er sich von dem stolpernden, unsicheren Schüler befreit, als er den Titel *Darth* für sich beanspruchte. Als er Qordis und die Bruderschaft zurückwies, hatte er mit der Transformation begonnen, von der Revan sprach, und mithilfe dieses Holocrons stand er kurz davor, sie zu vollenden.

»Wer die Macht der Dunklen Seite akzeptiert, muss auch die Herausforderung akzeptieren, die darin besteht, sie zu behalten«, fuhr Revan fort. »Es liegt im Wesen der Dunklen Seite, Rivalität und Auseinandersetzungen zu fördern. Dies ist die größte Stärke der Sith: Die Schwachen werden auf diese Weise aus dem Orden aussortiert. Aber diese Rivalität kann auch unsere größte Schwäche sein. Die Starken müssen vorsichtig sein, um sich nicht von dem Ehrgeiz derer, die unter ihnen stehen, überwältigen zu lassen, wenn sie zusammenarbeiten. Jeder Meister, der mehr als einen Schüler im Weg der Dunklen Seite unterrichtet, ist ein Narr. Mit der Zeit werden diese Schüler nämlich ihre Kraft zusammentun und den Meister überwältigen. Das ist unvermeidlich. Ein unumstößliches Gesetz. Deshalb darf jeder Meister nur einen wahren Schüler haben.«

Bane sagte nichts, aber er hatte unwillkürlich angewidert den Mund verzogen, als er sich an seinen Unterricht in der Akademie erinnerte. Qordis und die anderen hatten die Schüler von einer Klasse in die andere geschickt, als wären sie Kinder, die die Schulbank drückten, und nicht die Erben der Sith. War es denn ein Wunder, dass es ihm in einer derart mit Fehlern behafteten Umgebung schwergefallen war, sein volles Potenzial zu entwickeln?

»Dies ist auch der Grund, wieso es nur einen Dunklen Lord geben kann. Die Sith müssen von einem einzigen Anführer beherrscht werden: der Verkörperung von Kraft und Macht der Dunklen Seite. Wenn der Anführer schwach wird, muss sich ein anderer erheben, um ihn zu stürzen. Die Starken herrschen; den Schwachen ist beschieden zu dienen. So muss es sein.«

Das Bild flackerte und zuckte, und dann verbeugte sich das winzige Abbild von Darth Revan und zog die Kapuze wieder ein Stück vor, um sein Gesicht erneut zu verbergen. »Meine Zeit hier ist zu Ende. Nehmt, was ich Euch gelehrt habe, und nutzt es wohl.«

Und dann war Revan weg. Das Leuchten des Holocrons verblasste. Bane nahm die kleine Kristallpyramide vom Boden, aber sie fühlte sich nun kalt und leblos an. Er konnte keine Spur der Macht mehr an ihr wahrnehmen.

Das Artefakt würde ihm nichts mehr nützen. Wie Revan es ihm gesagt hatte, musste es deshalb vernichtet werden. Er ließ es auf den Boden fallen. Dann zerdrückte er es mithilfe der Macht sehr langsam und entschlossen, bis nur noch Staub übrig geblieben war.

Der Sith-Buzzard drang in die Atmosphäre von Lehon ein und flog durch den klaren blauen Himmel abwärts. Kas'im änderte leicht den Kurs, um sein Schiff direkt auf das Leitsignal der *Valcyn* zuzuführen.

Halb hatte er erwartet, dass Bane dieses Signal deaktiviert oder zumindest die Frequenz geändert hätte. Aber obwohl er sich der Existenz eines solchen Erkennungszeichens zweifellos bewusst war – es gehörte zur Standardausrüstung von Schiffen –, hatte er es nicht angerührt. Beinahe so, als hätte er keine Angst, dass jemand ihm folgte. Als wünschte er die Verfolgung sogar.

Innerhalb von wenigen Minuten konnte Kas'im sein Ziel sehen. Das Schiff, das einmal für kurze Zeit Qordis gehörte, bevor Bane es sich angeeignet hatte, stand auf einem weißen Sandstrand, der auf einer Seite vom blauen Meer der Unbekannten Welt, auf der anderen von undurchdringlichem Dschungel gesäumt wurde. Die Instrumente zeigten keine Anzeichen von Leben in der unmittelbaren Umgebung, aber Kas'im war misstrauisch, als er seinen eigenen Jäger daneben landete.

Er schaltete die Systeme des Jägers ab und stieg aus. Er spürte die Energie des Planeten und die unmissverständliche Präsenz von Darth Bane, die offenbar direkt aus dem dunklen Herzen des Dschungels kam. Er sprang zu Boden und landete mit einem leisen Geräusch auf dem weichen Sand; seine Füße sanken ein wenig ein. Ein kurzer Blick auf die *Valcyn* bestätigte, was er bereits angenommen hatte: Bane befand sich nicht mehr hier am Strand.

Alle Spuren, die er vielleicht im Sand hinterlassen hatte, waren von den Gezeiten weggewaschen oder vom Meereswind weggeweht worden. Aber Kas'im wusste, wohin er gehen musste. Vor ihm ragte der Dschungel üppig und lebendig, dicht und furchterregend auf: eine beinahe undurchdringliche Mauer der Vegetation, bis auf eine breite Schneise, die brutal hineingerissen worden war.

Jemand oder etwas von gewaltiger Größe und Kraft hatte sich einen Weg durch die Bäume und das Unterholz gebahnt. Schon versuchte der Dschungel, das Gelände zurückzuerobern. Moos wuchs auf dem Boden, und ein dichtes Netz kriechender Ranken zog sich darüber. Aber die Spur war immer noch deutlich genug, dass der Twi'lek ihr mühelos folgen konnte.

Verborgene Augen beobachteten ihn aus dem Dschungel; selbst ohne die Macht hätte er ihre Blicke gespürt, die ihn studierten, einschätzten, jeder Bewegung folgten, um zu erfahren, ob dieser Neuling im Ökosystem Jäger oder Wild war. Um seine Rolle klarzumachen, holte er sein großes doppeltes Lichtschwert heraus und aktivierte die Zwillingsklinge, dann eilte er weiter den Weg entlang.

Dabei prüfte er die Umgebung mithilfe der Macht. Die meisten Tiere, die er spürte, stellten keine große Gefahr dar. Dennoch, er blieb misstrauisch. Etwas hatte diese Schneise gerissen. Etwas Großes.

Etwa zehn Kilometer weiter – er war beinahe eine Stunde gelaufen – stieß der Schwertmeister auf den ersten Rancor. Der Weg machte eine scharfe Biegung nach Osten, und als er um die Kurve kam, brach das Tier zähnefletschend und brüllend aus dem Unterholz.

Kas'im war kein bisschen überrascht über den Hinterhalt. Er hatte den Rancor schon mehrere Hundert Meter zuvor gespürt, ebenso wie das Tier zweifellos seine Witterung aufgenommen und ihn bereits aus großer Ferne beobachtet hatte. Der Twi'lek begegnete dem Angriff mit ruhiger, gnadenloser Effizienz.

Er duckte sich unter dem ersten Klauenschlag und zog mit der Klinge einen tiefen Schnitt über das linke Vorderbein des Tiers. Als es sich aufbäumte und vor Schmerzen brüllte, brachte Kas'im ihm eine weitere Wunde bei, diesmal am Bauch. Der Rancor starb nicht sofort; er war viel zu groß, um durch zwei

Wunden getötet zu werden. Stattdessen trieben die Schmerzen ihn zur Berserkerwut an. Er schlug mit Zähnen und Krallen auf alles in der Nähe ein.

Kas'im wich aus, sprang über eine zuschlagende Tatze hinweg und warf sich dann zu Boden, um einer anderen zu entkommen. Er bewegte sich so schnell, dass der Rancor ihn nur verschwommen hätte sehen können, wenn er nicht ohnehin vor Wut schon blind gewesen wäre. Und bei jeder Ausweichbewegung schlug der Schwertmeister abermals zu, arbeitete an diesem Berg aus Sehnen und Fleisch wie ein Meisterbildhauer an einem Brocken Lommit.

Der Rancor taumelte und stolperte, als vollzöge er den Tanz eines betrunkenen Raumfahrers. Kas'im war rasch und präzise. Mit jeder Sekunde, die verging, wurde sein Gegner langsamer, und seine Kraft ließ mehr nach. Schließlich fiel das Tier mit einem trostlosen Ächzen nach vorn und blieb reglos liegen.

Kas'im wandte sich ab und zog nun schneller weiter. Dieser Kampf hier war der erste um Leben und Tod, seit er Qordis zugesagt hatte, die Schüler der Akademie auszubilden. Es freute ihn zu sehen, dass die lange Pause seine Fähigkeiten nicht beeinträchtigt hatte.

Er hatte das Gefühl, dass er all diese Fähigkeiten brauchen würde, noch bevor der Tag vergangen war.

Bane saß im Schneidersitz auf dem Steinboden des Hauptraums im obersten Stockwerk des Tempels. Er meditierte über Revans Worte, wie er es schon zwischen den Lektionen des Holocrons getan hatte. Nun, da das Artefakt nicht mehr da war, hielt er es für noch wichtiger, darüber nachzudenken, was er über das Wesen der Dunklen Seite gelernt hatte ... und über den Weg, auf den sie ihn führen würde.

Es liegt im Wesen der Dunklen Seite, Rivalität und Auseinander-

setzungen zu fördern. Dies ist die größte Stärke der Sith: Die Schwachen werden auf diese Weise aus dem Orden aussortiert.

Die ununterbrochenen Kämpfe der Sith seit Anbeginn der Aufzeichnungen dienten einem notwendigen Zweck: Sie sorgten dafür, dass sich die Macht der Dunklen Seite auf einige wenige Individuen konzentrierte. Die Bruderschaft hatte all das verändert. Es gab nun mehr als hundert Dunkle Lords, die Kaan folgten, aber die meisten waren schwach und unterlegen. Die Anzahl der Sith war größer als je zuvor, aber sie verloren den Krieg gegen die Jedi immer noch.

Die Macht der Dunklen Seite kann nicht auf viele verteilt werden. Sie muss in den wenigen konzentriert werden, die dieser Ehre würdig sind.

Die Idee der Kraft durch Masse war eine Falle ... eine, die alle großen Sith-Lords verschlungen hatte, die vor ihm gekommen waren. Naga Sadow, Exar Kun, Darth Revan: Sie waren alle mächtig gewesen. Alle hatten Schüler angezogen und sie den Weg der Dunklen Seite gelehrt. Alle hatten eine Armee von Anhängern gesammelt und sie auf die Jedi losgelassen. Aber in jedem einzelnen Fall hatten die Diener des Lichts gesiegt.

Die Jedi würden stets vereint stehen. Die Sith würden stets durch interne Streitigkeiten und Verrat geschwächt werden. Genau die Eigenschaften, die sie zu individueller Größe und Ruhm trieben – der gnadenlose Ehrgeiz, die unersättliche Machtgier –, würden sie am Ende als Ganzes zum Untergang verurteilen. Das war das Paradox der Sith, dem keiner entkommen konnte.

Kaan hatte versucht, dieses Problem zu lösen, indem er alle in der Bruderschaft gleichmachte. Aber seine Lösung hatte einen Fehler. Ihr fehlte das Verständnis des wahren Problems. Das Verständnis des wahren Wesens der Dunklen Seite. *Die Sith müssen von einem einzigen Anführer beherrscht werden: der Verkörperung von Kraft und Macht der Dunklen Seite.*

Wenn alle gleich sind, ist keiner stark. Aber wer immer sich aus den aufgeblähten Reihen der Sith erhob, um den Mantel des Dunklen Lords zu beanspruchen, würde ihn niemals halten können. *Mit der Zeit werden die Schüler ihre Kraft zusammentun und den Meister überwältigen. Das ist unvermeidlich.* Gemeinsam würden die Schwachen den Starken in einer scheußlichen Perversion der natürlichen Ordnung überwältigen.

Aber es gab noch eine andere Lösung. Eine Möglichkeit, diese endlose Spirale zu brechen, in der die Sith abwärtsgezogen wurden. Bane wusste das jetzt. Zuerst hatte er geglaubt, die Antwort bestünde darin, den Orden der Sith durch einen einzelnen, allmächtigen Dunklen Lord zu ersetzen. Keine anderen Meister. Keine Schüler. Nur ein einziges Gefäß für alles Wissen und alle Macht der Dunklen Seite. Aber diesen Gedanken hatte er schnell wieder abgetan.

Irgendwann würde selbst ein Dunkler Lord welken und sterben, und dann würde alles Wissen der Sith mit ihm verloren gehen. *Wenn der Anführer schwach wird, wird sich ein anderer erheben, um ihm seine Position zu entreißen.* Einer allein würde das Wissen nicht weitergeben können. Aber wenn es immer genau zwei Sith gab ...

Diener und Schergen der Dunklen Seite konnten mithilfe der Versuchung der Macht jederzeit angeworben werden. Man konnte ihnen einen kleinen Geschmack dessen geben, was sie zu bieten hatte, wie ein Hundebesitzer seinen treuen Hunden Essensreste zuwarf. Am Ende jedoch konnte es nur einen wahren Sith-Meister geben und nur einen einzigen wahren Schüler.

Zwei sollen es sein, nicht mehr, nicht weniger. Einer, der die Macht verkörpert, ein anderer, der sie begehrt. Die Regel der Zwei.

Dies war das Wissen, das die Dunkle Seite in ein neues Zeitalter führen würde. Eine Enthüllung, die ein Ende der internen Kämpfe bedeutete, die den Orden seit tausend Generationen geprägt hatten. Die Sith würden wiedergeboren, der neue Weg weggefegt werden – und Bane würde derjenige sein, der dafür verantwortlich war.

Aber als Erstes musste er die Bruderschaft vernichten. Kaan, Qordis – alle, die mit ihm auf Korriban gewesen waren, alle Meister auf Ruusan – mussten ausgemerzt werden, bis nur er übrig blieb.

Darth Bane, Lord der Sith. Der Titel stand ihm rechtmäßig zu; niemand war stark genug in der Macht der Dunklen Seite, um ihn herauszufordern. Es blieb nur noch die Frage, wer würdig war, sein Schüler zu sein. Und wie er die anderen eliminieren sollte.

»Bane!« Kas'ims Stimme riss den Gedanken mitten durch. »Ich komme mit einer Einladung von Lord Kaan.«

Bane sprang auf und griff nach dem Lichtschwert, erbost darüber, so kurz vor der Erleuchtung gestört zu werden. Er starrte Kas'im an, ebenso wütend auf sich selbst, weil er zu sehr in Gedanken versunken gewesen war, um den Twi'lek zu spüren, wie auf die Störung selbst.

»Wie habt Ihr mich gefunden?«, fragte er und dehnte seine Wahrnehmung aus, um zu sehen, wer sonst noch in den Tempel und seine Zuflucht eingedrungen war. Er verspürte eine Mischung aus Erleichterung und Enttäuschung, als er erkannte, dass Kas'im allein war. Er hatte auf eine weitere Person gehofft … aber sie hatte sich offenbar entschieden, nicht zu kommen.

»Lord Kaan sagte mir, dass Ihr zu diesem Planeten geflogen seid. Sobald ich in der Atmosphäre war, konnte ich einfach dem Leitsignal der *Valcyn* folgen«, erwiderte der Schwertmeister. »Woher Lord Kaan wusste, dass Ihr hier seid, weiß ich nicht.«

Bane nahm an, dass Githany es ihm gesagt hatte, aber er machte sich nicht die Mühe, den Twi'lek darüber zu informieren. Stattdessen fragte er: »Hat Kaan Euch geschickt, um mich zu töten?«

Kas'im nickte knapp. »Wenn Ihr Euch nicht der Bruderschaft anschließt, werde ich Eure Leiche auf dieser unfruchtbaren und vergessenen Welt zurücklassen.«

»Unfruchtbar?«, wiederholte Bane ungläubig. »Wie könnt Ihr das behaupten? Die Dunkle Seite ist hier stark. Viel stärker als auf Korriban. Hier werden wir die Kraft finden, um die Jedi zu vernichten – nicht in Kaans Bruderschaft!«

»Korriban war einstmals ebenfalls ein Ort großer Macht«, erwiderte sein ehemaliger Lehrer. »Im Lauf von Jahrhunderten haben Tausende von Sith seine Geheimnisse erforscht, und keiner von ihnen konnte eine geeignete Strategie finden, um unseren Feind zu besiegen.« Der Twi'lek aktivierte sein doppeltes Lichtschwert, bevor er fortfuhr. »Es ist Zeit, diese unselige Suche zu beenden, Bane. Der Alte Weg hat versagt. Die Jedi haben alle besiegt, die ihm folgten: Exar Kun, Darth Revan ... sie haben alle verloren! Wir müssen eine neue Philosophie finden, wenn wir unsere Feinde besiegen wollen.«

Einen kurzen Moment spürte Bane das schwache Flackern von Erregung. Kas'ims Worte klangen ganz wie seine eigenen Gedanken. Konnte es sein, dass der Schwertmeister der von ihm gesuchte Schüler war?

Kas'ims nächste Worte machten diese Hoffnung jedoch wieder zunichte. »Kaan versteht das. Deshalb hat er die Bruderschaft geschaffen. Die Bruderschaft ist die Zukunft der Dunklen Seite.«

Bane schüttelte den Kopf. Der Schwertmeister war so blind wie alle anderen. Also würde er sterben müssen. »Kaan irrt sich. Ich werde ihm niemals folgen. Ich werde mich niemals der Bruderschaft anschließen.«

Kas'im seufzte. »Dann findet Euer Leben hier ein Ende.« Und er griff an, wobei er die Waffe erheblich schneller bewegte als bei allen Übungskämpfen.

Bane wehrte die erste Sequenz ab und begriff, dass sein ehemaliger Meister immer etwas in Reserve gehalten hatte ... genau wie Bane selbst in den frühen Stadien seines Kampfs mit Sirak. Erst jetzt erkannte er Kas'ims wahre Fähigkeiten, und er war kaum imstande, sich zu verteidigen. Kaum, aber es gelang ihm immer noch.

Sein Gegner grunzte überrascht, als Bane ihn abwehrte, und trat dann zurück, um sich zu fassen. Er hatte schnell und fest zugeschlagen, in der Hoffnung, dass ihr Kampf damit ein schnelles Ende finden würde. Nun musste er seine Strategie anpassen.

»Ihr seid besser als bei unserem letzten Kampf.« Er versuchte nicht zu verbergen, dass Bane ihn beeindruckt hatte.

»Ihr ebenfalls«, erwiderte Bane.

Kas'im griff erneut an, und der Raum war erfüllt vom Zischen und Summen der Lichtschwerter, die innerhalb von zwei Herzschlägen ein halbes Dutzend Mal aufeinandertrafen. Bane wäre in Stücke gehackt worden, wenn er versucht hätte, auf jede Bewegung einzeln zu reagieren. Stattdessen verband er sich mit der Macht, ließ sich von ihr durchströmen und seine Hand von ihr führen. Er überließ sich vollkommen und ohne Einschränkungen der Dunklen Seite. Seine Waffe wurde zu einer Verlängerung der Macht, und er reagierte auf den unaufhaltsamen Angriff des Twi'lek mit ebenso undurchdringlicher Verteidigung.

Dann griff *er* an. In der Vergangenheit hatte er sich immer davor gefürchtet, seinen Willen den rohen Emotionen zu überlassen, die die Dunkle Seite nährten. Nun hatte er keine solchen Bedenken mehr; zum ersten Mal beschwor er sein volles Potenzial herauf.

Er trieb Kas'im mit wilden Hieben zurück und zwang seinen alten Mentor, weit zurückzuweichen. Kas'im warf sich in eine Rolle und durch die Tür in den Flur dahinter, aber Bane folgte ihm gnadenlos, sprang vor und war nur noch einen Zentimeter davon entfernt, dem Twi'lek eine mörderische Wunde am Bein beizubringen.

Sein Schlag wurde in letzter Sekunde abgewehrt, aber er setzte rasch mit einer weiteren Reihe mächtiger Stöße und Stiche nach. Der Schwertmeister wich weiter zurück, unablässig verfolgt von dem tobenden Unwetter von Banes Angriff. Jedes Mal, wenn er versuchte, die Taktik zu ändern oder eine neue Form einzusetzen, wusste Bane das im Voraus, reagierte und nutzte den Vorteil.

Das Ergebnis war unvermeidlich. Bane war einfach zu stark in der Macht. Nur ein unerwartetes Manöver hätte Kas'im retten können, aber sie hatten in der Vergangenheit zu oft gekämpft, als dass er Bane jetzt noch überraschen konnte. Im Lauf seiner Ausbildung hatte Bane jede mögliche Sequenz, Serie und Bewegung mit dem doppelten Lichtschwert gesehen, und er wusste bei allen, wie man sie abwehrte und zunichtemachte.

Der Schwertmeister wurde von Verzweiflung erfasst. Er sprang, er drehte sich, er duckte sich, er überschlug sich: Er kämpfte wild und verwegen auf seinem Rückzug und wollte jetzt nur noch mit dem Leben davonkommen. Aber er kannte den Tempel nicht, wie Bane ihn kannte. Bane sorgte dafür, dass seinem Gegner der Weg nach draußen abgeschnitten wurde, und trieb ihn langsam in eine Sackgasse.

Kas'im erkannte, was geschah, stieß mit der Macht die schwere Tür zu einem Seitenraum auf und warf sich hinein. Bane wusste, dass diese Kammer keinen anderen Ausgang hatte, und er blieb auf der Schwelle stehen, um seinen Sieg zu genießen.

Der Twi'lek stand in der Mitte des leeren Raums, schwer atmend, ein wenig gebeugt und mit gesenktem Kopf. Er blickte auf, als Bane hereinkam. Aber als seine Augen sich dem jüngeren Mann zuwandten, stand keine Spur von Niederlage darin.

»Ihr hättet mich töten sollen, als Ihr die Gelegenheit dazu hattet«, sagte er. Der Abstand zwischen den beiden Männern betrug weniger als fünf Meter, aber es genügte so gerade eben, dass Kas'im den Griff seines Lichtschwerts drehen konnte. Der lange Griff teilte sich in der Mitte, und plötzlich war er nicht mit einem doppelten Lichtschwert bewaffnet, sondern mit zwei einzelnen Klingen, eine in jeder Hand.

Bane zögerte. Nur wenige Schüler der Akademie hatten je versucht, zwei Schwerter gleichzeitig zu benutzen. Der Schwertmeister hatte ihnen immer von dieser Variante der vierten Form abgeraten und behauptet, sie habe grundlegende Mängel. Als er nun den grausamen und tückischen Ausdruck auf den Zügen seines Feindes sah, verstand Bane, worum es wirklich gegangen war.

Wieder begann der Kampf, aber nun war es Bane, der sich zurückziehen musste. Ohne angemessene Ausbildung konnte selbst seine gewaltige Beherrschung der Macht die unvertrauten Sequenzen dieses zweihändigen Kampfstils nicht vorwegnehmen. Sein Geist wurde von einer Million Möglichkeiten überflutet, was sein Gegner vielleicht versuchen würde, und er verfügte nicht über die Erfahrung, auch nur eine einzige davon zu eliminieren. Überwältigt taumelte er zurück und schlug mit der Verzweiflung eines Ertrinkenden um sich.

Schon nach dem ersten Schlagabtausch wusste Bane, dass er nicht gewinnen konnte. Kas'im hatte sein ganzes Leben für diesen Moment trainiert. Nach Jahren des Studiums hatte er alle sieben Formen des Lichtschwerts gemeistert, dann hatte er seine Fähigkeiten über Jahrzehnte geschliffen, jede Bewegung und Sequenz perfektioniert, bis er zur vollendeten Waffe und zum größten lebenden Schwertkämpfer in der Galaxis geworden war. Vielleicht zum größten Schwertkämpfer überhaupt. Bane konnte es nicht mit ihm aufnehmen.

Der Schwertmeister war gnadenlos. Es schien, als schwänge er sechs Klingen statt der beiden: Er griff in einem bestimmten Rhythmus an, der dazu gedacht war, seinen Feind aus dem Gleichgewicht zu bringen, hielt gleichzeitig die eine Klinge oben und die andere tiefer oder schlug von gegenüberliegenden Seiten in seltsamen, widersprüchlichen Winkeln zu. Bane blieb nichts übrig, als zurückzufallen ... und zurück ... und weiter zurück ... Er kämpfte jetzt nur noch mit einem einzigen Ziel: irgendwie lebendig zu entkommen. Er hatte nur noch eine Hoffnung, die ihm angesichts solch überwältigend schlechter Chancen Kraft gab, einen einzigen Vorteil, der dem Schwertmeister während seines eigenen Rückzugs gefehlt hatte: Er kannte sich im Tempel aus, und er war imstande, sich langsam auf den Ausgang zuzubewegen.

Sie kämpften sich durch Hallen und Flure und kamen schließlich um eine Ecke, die sie in Sichtweite des einzigen Ausgangs brachte: des weiten Torbogens mit dem kleinen Vorplatz dahinter und der breiten Treppe, die zum Waldboden zwanzig Meter weiter unten führte. In dem Augenblick, den Kas'im brauchte, um zu erkennen, wo sie waren und dass sein Gegner immer noch entkommen konnte, stieß Bane mit der Macht zu. Er brachte den Twi'lek für eine Sekunde aus dem Gleichgewicht, dann schlug er einen Salto nach draußen durch den Torbogen. Aber in seiner Eile war er zu weit gesprungen, er balancierte gefährlich auf dem Rand der obersten Stufe, und die anderen Stufen führten hinter ihm steil nach unten.

Kas'im reagierte, indem er Bane mit der Macht nach hinten stieß und ihn die große Steintreppe hinunterfallen ließ. Der Sturz hätte dem jüngeren Mann das Genick gebrochen – oder zumindest einen Arm oder ein Bein –, hätte er sich nicht in die Macht gehüllt. So erreichte er den Boden zerschlagen und einen Augenblick lang betäubt, aber lebendig.

Auf dem Absatz hoch über ihm stand Kas'im unter dem riesigen Bogen des Tempeleingangs und starrte auf ihn hernieder.

»Ich werde Euch folgen, wohin Ihr auch flieht«, rief er. »Wohin Ihr auch geht, ich werde Euch finden und töten. Verbringt Euer Leben nicht in Angst, Bane. Es ist besser, ihm jetzt gleich ein Ende zu machen.«

»Ganz Eurer Meinung«, erwiderte Bane und schleuderte die Welle von Machtenergie, die er während der kleinen Ansprache des Schwertmeisters gesammelt hatte.

An diesem Angriff war nichts Subtiles: Die massive Druckwelle ließ den Tempel bis auf die Grundmauern erbeben. Die Explosion hatte genug Kraft, um jeden Knochen in Kas'ims Körper bersten zu lassen und sein Fleisch zu einer Masse dicklicher Flüssigkeit zu pulverisieren. Aber im letztmöglichen Augenblick riss er einen Schild hoch, um sich vor dem Angriff zu schützen.

Leider konnte er den Tempel rings um ihn her nicht vor dem Einsturz bewahren. Die Wände zerfielen zu Trümmern. Der Torbogen brach in einem Schauer von Steinen zusammen und begrub Kas'im unter Tonnen von Stein und Mörtel. Eine Sekunde später stürzte der Rest des Dachs ein und übertönte die Todesschreie des Twi'lek mit ohrenbetäubendem Grollen.

Bane beobachtete das Spektakel aus der Sicherheit am Fuß der Treppe. Wogende Staubwolken gingen von den Trümmern aus und wälzten sich die Treppe hinunter auf ihn zu. Erschöpft von dem langen Lichtschwertkampf und dem plötzlichen Loslassen der Macht, blieb er einfach liegen, und eine Schicht feinen weißen Pulvers überzog ihn.

Schließlich kam er müde auf die Beine. Er tastete mithilfe der Macht nach einem Anzeichen, ob Kas'im unter dem Berg aus Trümmern immer noch lebte. Aber er spürte nichts. Kas'im – sein Mentor, der einzige Lehrer der Akademie, der ihm tatsächlich geholfen hatte – war tot.

Darth Bane, der Dunkle Lord der Sith, drehte sich um und ging davon.

Kapitel 24

Es gab weder genug Zeit noch einen Grund, um Kas'im zu trauern. So nützlich er in der Vergangenheit gewesen war, der Schwertmeister hatte sich schlicht zu einem Hindernis auf Banes Weg entwickelt. Einem Hindernis, das nun verschwunden war. Sein Eintreffen auf Lehon hatte Bane jedoch zum Handeln veranlasst. Zu lange war er von den Ereignissen in der Galaxis abgeschnitten gewesen, hatte Weisheit, Verständnis und Macht gesucht. Nach der Zerstörung des Tempels gab es keinen Grund mehr für ihn, auf der Unbekannten Welt zu bleiben. Und so begann er seinen langen Weg zu Fuß durch den Dschungel, folgte dem gleichen Pfad, den Kas'im nur Stunden zuvor genommen hatte.

Er hätte mithilfe der Macht einen anderen Rancor anlocken können, um schneller zu sein, aber er wollte über die letzten Ereignisse nachdenken ... und darüber, was er mit der Bruderschaft machen sollte.

Kaan hatte den gesamten Sith-Orden pervertiert, hatte ihn zu einer kränklichen Versammlung jammernder Speichellecker gemacht. Er hatte sie alle glauben lassen, sie könnten durch kriegerische Macht den Sieg über die Jedi erringen, aber Bane wusste es besser. Die Jedi waren zahlenmäßig stark, und sie gewannen an

Kraft, wenn sie sich gegen einen gemeinsamen Feind zusammentaten – das war nun einmal das Wesen der Seite des Lichts. Der Schlüssel zu einem Sieg über sie bestand nicht in Flotten oder Armeen. Geheimhaltung und Täuschung waren die Waffen, mit denen man ihnen am meisten schaden konnte. Der Sieg konnte nur durch Subtilität und Gerissenheit erreicht werden.

Subtilität war etwas, was Kaan abging. Wenn er klug gewesen wäre, hätte er Kas'im geraten, sich Bane gegenüber als unzufriedener Anhänger der Bruderschaft auszugeben. Der Schwertmeister hätte erzählen können, dass er Kaan und den Seinen den Rücken zugewandt habe. Bane hätte ihn als Verbündeten akzeptiert. Sicher, er wäre misstrauisch gewesen, aber mit der Zeit hätte seine Wachsamkeit nachgelassen. Früher oder später wäre er unaufmerksam geworden, und Kas'im hätte ihn töten können.

Stattdessen war Kas'im auf der Unbekannten Welt erschienen und hatte ihn einem albernen Ehrenkodex folgend offen herausgefordert. Sein Ende war unehrenhaft genug gewesen; so etwas wie einen edlen Tod gab es nicht. Ehre war eine Lüge, eine Kette, die sich um jene schlang, die dumm genug waren, sie zu akzeptieren, und die sie so behinderte, dass sie schließlich verloren. *Der Sieg zerbricht meine Ketten.*

Bane folgte dem Pfad des Rancors ohne weitere Vorfälle; die Bewohner des Dschungels hielten sich fern. Er erhaschte einen kurzen Blick auf ein Rudel sechsbeiniger Großkatzen, die sich am Kadaver eines Rancors am Weg gütlich taten, aber sie sprangen davon, als er näher kam. Sie warteten lange, bis sie sich wieder zurückschlichen, um ihre Mahlzeit fortzusetzen.

Als er den Strand erreichte, hatte er seinen Plan entwickelt. Kas'ims Schiff stand auf dem Sand neben seinem eigenen, und er holte rasch alles Brauchbare heraus, inklusive der Nachrichtendrohnen. Er schleppte sie zu seinem eigenen Schiff, dann inspizierte er die *Valcyn.* Er stellte fest, dass nichts beschädigt war, und ging an Bord. Vor dem Start programmierte er eine der Drohnen, die er aus Kas'ims Schiff geholt hatte. Ein paar Minuten später erhob sich die *Valcyn* von der Oberfläche der Unbekannten Welt und stieg höher und höher, bis sie aus der Atmosphäre in die schwarze Leere des Raums eintauchte. Bane gab die Hyperraumkoordinaten seines Ziels ein und setzte dann die Nachrichtendrohne ab.

Die Drohne würde Ruusan in ein paar Tagen erreichen, Kaan einen Waffenstillstand vorschlagen und ein Geschenk bringen – ein Geschenk, das der Anführer der Bruderschaft, dumm und eitel, wie er war, nicht als das erkennen würde, was es wirklich war.

Die Bruderschaft würde die Jedi nie besiegen. Und solange sie existierten, würden die Sith besudelt sein wie ein vergifteter Brunnen, schon an der Quelle. Bane musste sie vernichten. Alle. Und um das zu tun, musste er die Waffen verwenden, die Kaan nicht gegen ihn genutzt hatte, weil er zu stolz oder zu blind dazu gewesen war: Täuschung und Verrat. Die Waffen der Dunklen Seite.

»Es gefällt mir nicht, unsere Leute so aufzuteilen«, flüsterte Pernicar, der direkt hinter Lord Hoth marschierte. Der General blickte zurück zu der Reihe jämmerlicher Soldaten, die durch den Wald stapften. Weniger als zwanzig, halb verhungert, die meisten verwundet und schlecht ausgerüstet, wirkten sie eher wie Flüchtlinge, nicht wie Krieger in der Armee des Lichts. Sie brachten Nachschub aus der Landezone zum Lager, ebenso wie zwei andere Gruppen, die andere Routen nahmen.

»Es ist zu gefährlich, in einer großen Gruppe unterwegs zu sein«, sagte Hoth. »Und wir brauchen diese Dinge. Uns in drei Gruppen aufzuteilen gibt uns eine bessere Chance, dass zumindest eine es zurück ins Lager schaffen wird.«

Hoth warf einen Blick zurück den Weg entlang, den sie benutzt hatten, und hielt nach Anzeichen von Verfolgern Ausschau. Der Regen hatte vor beinahe einer Woche aufgehört, aber der Boden war immer noch weich. Die Jedi hinterließen tiefe Spuren in dem lehmigen Boden.

»Selbst ein blinder Gamorreaner könnte uns jetzt folgen«, knurrte er. Er wünschte sich sehnlichst eine Rückkehr des Regens, der sie verborgen hätte, ganz gleich, wie sehr er ihn in den vergangenen Monaten verflucht hatte, wenn er schaudernd in einer unzureichenden Zuflucht aus Laub und Ästen saß.

Aber er wusste, es waren nicht die Fährtenleser, die er fürchten musste. Er sah sich mithilfe der Macht um, versuchte zu erkennen, ob hinter den Bäumen vor ihnen Feinde auf der Lauer lagen. Nichts. Selbstverständlich würden Sith, wenn sie dort warteten, falsche Bilder projizieren, um sich vor ihren ...

»Hinterhalt!«, schrie einer der Späher, und dann waren die Sith auch schon da. Sie kamen von überall her: Krieger mit Lichtschwertern, Soldaten, die mit Blastern und Vibroklingen bewaffnet waren. Das Klirren von Durastahl und das Zischen sich kreuzender Energieklingen mischte sich mit den Schreien der Lebenden und der Sterbenden: Schreie der Wut und des Triumphs, der Qual und der Verzweiflung.

Eine Salve Blasterfeuer zuckte und streckte die Padawane nieder, die noch nicht erfahren genug waren, um Schüsse mit dem Lichtschwert ablenken zu können. Eine zweite Salve fuhr mitten in die Kämpfenden. Strahlblitze prallten wild ab, als sowohl Sith als auch Jedi sie ablenkten. Sie richteten wenig direkten Schaden an, vergrößerten aber das Chaos. Lord Hoth stand dort, wo am heftigsten gekämpft wurde, und schlug Feinde nieder, die dumm genug waren, in Reichweite seiner Waffe zu kommen. Der fettigsüße Gestank nach verkohltem Fleisch drang in seine Nase, und eine Mauer aus Leichen baute sich vor ihm auf. Aber sie kamen immer noch, schwärmten darüber hinweg wie Aaskäfer über einen frischen Kadaver und versuchten, ihn durch ihre schiere Anzahl zu Boden zu ziehen.

Pernicar verschwand in dem Meer von Feinden, und Hoth verdoppelte seine Anstrengungen, um seinen gefallenen Freund zu erreichen. Er war unaufhaltsam in seiner Wut, wie die mörderischen Stürme des Schlunds selbst. Aber als er Pernicar erreichte, war dieser bereits tot. Wie auch er selbst und die anderen es bald sein würden.

Eine Explosion am Rand der Schlacht bewirkte, dass er seine Aufmerksamkeit kurz zum Himmel richtete. Eine eifrige Anhängerin der Sith sprang vorwärts und suchte Ruhm über ihre wildesten Erwartungen hinaus, indem sie versuchte, den mächtigen General umzubringen, während dieser abgelenkt war. Hoth gönnte ihr nicht einmal einen Blick, sondern schlug nur mit der Macht zu und fing sie in einem Lähmungsfeld. Sie stand hilflos und wie erstarrt da, bis sie der Schlag einer Vibroklinge niederstreckte, die einer ihrer eigenen Leute achtlos führte.

Hoth bemerkte ihren Tod kaum. Er konzentrierte sich auf die vier Flitzer, die sich im Sturzflug der Kampfzone näherten und deren schwere Geschütze auf die feindlichen Linien eindroschen. Die Sith zerstreuten sich, unfähig oder unwillig, dieser Verstärkung aus der Luft standzuhalten. Hoth musste seine gesamte Jedi-Disziplin bemühen, um ihnen nicht nachzusetzen und sie von hinten zu töten, als sie in die Sicherheit der Bäume flohen.

Einen Augenblick später landeten die Flitzer unter dem Jubel des knappen Dutzends der Jedi, die noch aufrecht standen. Lord Valenthyne Farfalla, elegant wie immer, stieg ab und verbeugte sich tief vor seinem General.

»Ich hörte, dass Ihr Material transportiert«, sagte er und richtete sich mit der affektierten Eleganz eines Senators von Coruscant wieder auf. »Wir dachten, wir geben Euch eine Eskorte.«

»Es gibt noch zwei andere Gruppen«, fauchte Hoth. »Statt hier zu stehen und Euch an Eurem Erfolg zu weiden, solltet Ihr schon auf dem Weg zu ihnen sein.«

Farfalla schürzte missbilligend die Lippen zu einem verdrießlichen Schmollen. »Wir haben andere Flitzer, die sie bereits eskortieren.« Er zögerte, als überlegte er, ob er noch mehr sagen sollte. Hoth warf ihm einen wütenden Blick zu, der ihn aufforderte, lieber still zu sein.

Dennoch – oder vielleicht gerade deswegen – fügte Farfalla hinzu: »Ich dachte, Ihr würdet meine Verstärkung ein wenig erfreuter willkommen heißen.«

»Ihr wart monatelang weg!«, fauchte Hoth. »Während Ihr Diplomat spieltet, haben wir hier in einem Krieg festgesessen!«

»Ich habe getan, was ich versprochen habe«, erwiderte Farfalla kühl. »Ich habe dreihundert Jedi zur Verstärkung gebracht. Sie werden in Eurem Lager eintreffen, sobald wir genug Jäger haben, um unsere Transporter durch die Raumblockade der Sith zu bringen.«

»Das ist kaum ein Trost für jene, die während der Wartezeit ihr Leben gelassen haben«, erwiderte Hoth scharf.

Farfalla warf einen Blick auf die Leichen am Boden. Als er Pernicar sah, veränderte sich seine Miene. Er hockte sich neben die Leiche und flüsterte ein paar kurze Worte, dann berührte er den gefallenen Jedi einmal an der Stirn, bevor er wieder aufstand.

»Pernicar war auch mein Freund«, sagte er nun in sanfterem Tonfall. »Sein Tod quält mich ebenso wie Euch, General.«

»Das bezweifle ich«, murmelte Hoth zornig. »Ihr wart nicht einmal hier, um Zeuge zu sein.«

»Lasst Euch nicht von Eurer Trauer verschlingen«, warnte Farfalla nun mit eisiger Stimme. »Dieser Weg führt zur Dunklen Seite.«

»Wagt es nicht, mir etwas von der Dunklen Seite zu erzählen!«, schrie Hoth und deutete zornig auf Farfalla. »Ich bin derjenige, der hier gegen Kaans Bruderschaft kämpfen musste! Ich kenne sie besser als jeder andere. Ich habe die Schmerzen und das Leid gesehen, die die Dunkle Seite bringt. Und ich weiß, was es braucht, um sie zu besiegen. Ich brauche Soldaten. Material. Ich brauche Jedi, die bereit sind, mit dem gleichen Hass gegen den Feind zu kämpfen, den der Feind uns gegenüber empfindet.« Er ließ den Arm sinken und wandte sich ab. »Und ganz bestimmt brauche ich keinen sich spreizenden Geck, der mir Vorträge über die Gefahren der Dunklen Seite hält.«

»Pernicars Tod ist nicht Eure Schuld«, sagte Farfalla und trat vor, um eine tröstende Hand auf Hoths Schulter zu legen. »Lasst Eure Schuldgefühle los. *Gefühle gibt es nicht. Es gibt nur Frieden.«*

Hoth fuhr herum und schlug die Hand des anderen Jedi weg. »Fasst mich nicht an! Warum nehmt Ihr Eure verdammte Verstärkung nicht und fliegt zurück nach Coruscant? Solche wie Euch brauchen wir hier nicht!«

Nun war es Farfalla, der sich abwandte und zornig zurück zu seinem Flitzer stapfte, während der Rest der Gruppe in schweigendem Entsetzen zusah. Er schwang das lange Bein über den Sitz und zündete die Triebwerke.

»Vielleicht hatten die anderen Jedi ja Recht, was Euch angeht.« Er musste schreien, um sich über das Heulen des Flitzers hinweg verständlich zu machen. »Dieser Krieg hat Euch verschlungen. In den Wahnsinn getrieben. Wahnsinn, der Euch zur Dunklen Seite führen wird.«

Hoth machte sich nicht die Mühe zuzusehen, wie Farfalla und die anderen auf ihren Flitzern in der Ferne verschwanden. Stattdessen hockte er sich neben die Leiche seines ältesten Freunds und weinte über dessen brutales, sinnloses Ende.

Als Githany endlich eintraf, musste Kaan sich zusammenreißen, um nicht aggressiv zu werden. Sie hatte ihn schon einmal beobachtet, als er unsicher und nervös gewesen war. Er musste jetzt vorsichtig sein, wenn er mit ihr zu tun hatte, um ihre Loyalität nicht zu verlieren. Und er brauchte sie mehr als je zuvor.

Also schlug er einen lässigen Ton an, in dem nur eine Spur eisiger Missbilligung lag. »Ich habe vor beinahe drei Stunden nach Euch geschickt.«

Sie bedachte ihn mit einem wilden, leidenschaftlichen Grinsen. »Es gab einen Angriff auf einen Nachschubtrupp der Jedi. Ich habe mich entschlossen, dabei zu sein.«

»Ich habe noch keine Berichte gehört. Wie ist es ausgegangen?«

»Ein ruhmreicher Kampf, Lord Kaan!« Sie lachte. »Drei weitere Meister, sechs Jedi-Ritter, eine Handvoll Padawane – alle tot!«

Kaan nickte anerkennend. Die Gezeiten des Krieges auf Ruusan wechselten ständig, und nachdem die Regenzeit nun zu Ende war, schwang das Pendel wieder zurück, und die Sith waren im Vorteil. Natürlich wusste er, dass mehr dahintersteckte als nur die Änderung des Wetters, was die Moral seiner Leute gebessert und ihnen eine Reihe berauschender Siege gebracht hatte.

Die Armee des Lichts war gebrochen. Ihre Anzahl auf Ruusan wurde geringer. Valenthyne Farfalla kreiste mit Verstärkung im Orbit über dem Planeten, aber Kaans Spione hatten von einer Auseinandersetzung zwischen Hoth und Lord Farfalla berichtet, die die neu Eingetroffenen davon abhielt, sich in den Kampf zu stürzen. Ohne Meister Pernicar, der zwischen diesen beiden einander so feindselig gesinnten Männern vermittelte, untergrub die gegenseitige Ablehnung der beiden Jedi-Meister die Anstrengungen der Jedi gegen die Sith.

Kaan entging die Ironie dieser Situation nicht. Nun waren es zur Abwechslung einmal die Jedi, die durch innere Streitigkeiten und Rivalitäten geschwächt wurden, während die Bruderschaft der Dunkelheit vereint und stark blieb. Ein Teil von ihm fand diese Umkehrung der Verhältnisse beunruhigend. In den langen

Nächten, wenn er nicht schlafen konnte, ging er oft in seinem Zelt auf und ab und dachte über dieses scheinbare Paradox nach.

Hatten die Armeen auf Ruusan eine Grenze überschritten, an der sich Licht und Dunkelheit begegneten? Hatte der endlose Konflikt zwischen der Armee des Lichts und der Bruderschaft der Dunkelheit sie beide in eine Grauzone getrieben, wo sich die Ideologien hoffnungslos miteinander verflochten? Waren sie nun alle Machtbenutzer des Zwielichts, gefangen zwischen beiden Seiten und keiner zugehörig?

Wie auch immer, der Morgen würde solche Gedanken unweigerlich mit Nachrichten von einem weiteren Sieg der Sith vertreiben. Nur ein Narr stellte seine Methoden infrage, wenn er siegte. Und genau deshalb war er nicht sicher, was er von der Botschaft halten sollte, die er vor Kurzem von Lord Bane erhalten hatte.

»Kas'im ist tot«, sagte er zu Githany und kam damit direkt zum Thema.

»Tot?« Ihre schockierte Reaktion bestätigte Kaan in seinem Entschluss, diese Nachricht dem Rest der Bruderschaft nicht mitzuteilen. Er war vorsichtig genug gewesen, nicht über den Grund der Abwesenheit des Schwertmeisters zu sprechen, bis er das Ergebnis der Konfrontation kannte. »Waren es die Jedi?«, fragte sie.

»Nein«, gab er zu. Die folgenden Worte wählte er sehr vorsichtig. »Ich habe ihn ausgeschickt, um mit Lord Bane zu verhandeln. Kas'im glaubte, ihn überzeugen zu können, sich uns anzuschließen. Stattdessen hat Bane ihn getötet.«

Githany kniff die Augen zusammen. »Ich habe Euch vor ihm gewarnt.«

Kaan nickte. »Ihr kennt ihn besser als wir alle. Ihr versteht ihn. Deshalb brauche ich Euch jetzt. Bane hat mir eine Botschaft geschickt.«

Er streckte den Arm aus und schaltete die Drohne an, die auf dem Tisch stand. Ein winziges Hologramm des muskulösen

Dunklen Lords erschien vor ihnen. Obwohl sich bei dieser Größe die Einzelheiten seines Gesichtsausdrucks schwer erkennen ließen, konnte man sehen, dass er beunruhigt war.

»Kas'im ist tot. Ich ... ich habe ihn getötet. Aber ich habe über das nachgedacht, was er sagte, bevor ... bevor er starb.«

Githany warf Kaan einen neugierigen Blick zu. Er zuckte die Achseln und nickte zu dem Hologramm hin, das weitersprach.

»Ich bin hierhergekommen, weil ich etwas suchte. Ich ... ich bin nicht einmal sicher, was das war. Aber ich habe es nicht gefunden. Genau wie ich es im Tal der Dunklen Lords auf Korriban nicht gefunden habe. Und nun ist Kas'im tot, und ich ... ich weiß nicht, was ich tun soll ...«

Die Projektion ließ den Kopf hängen: verwirrt, verloren und allein. Kaan konnte deutlich Githanys höhnische Miene sehen, mit der sie das Spektakel betrachtete. Schließlich schien die Gestalt im Hologramm sich wieder zu fassen, und sie blickte erneut auf.

»Ich will nicht, dass Kas'im umsonst gestorben ist«, sagte Bane nachdrücklich. »Ich hätte ihn anhören sollen. Ich ... ich will mich der Bruderschaft anschließen.«

Kaan streckte die Hand aus und schaltete die Drohne wieder ab. »Nun?«, fragte er Githany. »Meint er das ernst? Oder ist es nur eine Falle?«

Sie biss sich auf die Unterlippe. »Ich glaube, er meint es ernst«, sagte sie schließlich. »Bei all seiner Macht ist Bane immer noch schwach. Er kann sich nicht vollständig der Dunklen Seite überlassen. Er fühlt sich immer noch schuldig, wenn er die Macht benutzt, um zu töten.«

»Qordis erwähnte etwas Ähnliches«, murmelte Kaan. »Er sagte, Bane hatte die Chance, seinen schärfsten Rivalen im Duellring der Akademie zu töten, aber er hielt sich im letzten Augenblick zurück.«

Githany nickte. »Sirak. Er konnte sich einfach nicht dazu

überwinden, es zu tun. Und Kas'im war sein Mentor. Wenn Bane gezwungen war, ihn zu töten, hat er jetzt sicher noch größere Schwierigkeiten, damit fertig zu werden.«

»Soll ich also einen Boten schicken, der sich mit ihm trifft?«

Sie schüttelte den Kopf. »Bane macht mehr Ärger, als er wert ist. Er ist jetzt verwundbar, aber sobald sein Selbstvertrauen zurückkehrt, wird er wieder störrisch sein. Er wird Zwietracht in die Bruderschaft bringen. Und außerdem«, fügte sie hinzu, »brauchen wir ihn nicht mehr. Wir siegen.«

»Was schlagt Ihr also vor? Attentäter?«

Sie lachte. »Wenn er mit Kas'im fertig geworden ist, bezweifle ich, dass andere eine Chance gegen ihn haben. Mit Ausnahme von mir.«

»Ihr?«

Githany lächelte. »Bane mag mich. Ich würde nicht behaupten, dass er mir vertraut, aber er *möchte* mir gerne vertrauen. Lasst mich zu ihm gehen.«

»Und was werdet Ihr tun, wenn Ihr ihn gefunden habt?«

»Ihm sagen, dass er mir gefehlt hat. Erklären, dass wir über sein Angebot nachgedacht haben und wollen, dass er sich der Bruderschaft anschließt. Und wenn seine Wachsamkeit nachlässt, bringe ich ihn um.«

Kaan zog die Brauen hoch. »Das klingt sehr einfach.«

»Anders als Kas'im weiß ich, wie man mit ihm umgehen muss«, versicherte sie ihm. »Verrat ist eine erheblich wirksamere Waffe als das Lichtschwert.«

Einen Augenblick später verließ sie das Zelt und nahm dabei die Nachrichtendrohne und die Koordinaten mit, die Bane geschickt hatte. Kaan war sicher, dass sie ihre Aufgabe wirklich erledigen konnte. Und er sah keinen Grund, ihr etwas von dem kleinen Päckchen zu erzählen, das sich in dem Transportfach der Drohne befunden hatte.

Bane hatte es Lord Kaan als Friedensangebot geschickt; als Buße für Kas'ims Tod. Es sah nicht nach viel aus: ein Text über mehrere Seiten Flimsi, die Schrift eng und eilig, als wäre es mitgeschrieben worden, während jemand sprach. Aber diese Seiten enthielten eine detaillierte Beschreibung einer der furchterregendsten Schöpfungen der alten Sith: der Gedankenbombe.

Die Gedankenbombe wurde mithilfe eines uralten Rituals hergestellt, das die verbundene Willenskraft vieler mächtiger Sith-Lords verlangte, und setzte die reine destruktive Energie der Dunklen Seite frei. Es gab selbstverständlich Risiken. So viel Macht war ausgesprochen schlecht zu beherrschen, selbst für jene, die die Kraft hatten, sie heraufzubeschwören. Es war durchaus möglich, dass die Explosion nicht nur Hoths Armee des Lichts vernichtete, sondern auch die gesamte Bruderschaft. Das Vakuum im Zentrum der Explosion konnte die körperlosen Geister von Sith und Jedi aufsaugen, sie für alle Ewigkeit in einem nicht zu brechenden Gleichgewicht im Herzen einer eisigen Kugel reiner Energie festsetzen.

Kaan bezweifelte, dass er wirklich eine solche Waffe brauchte, um mit den Jedi auf Ruusan fertig zu werden. Immerhin war er dabei, den Krieg zu gewinnen. Dennoch, als eine weitere lange, schlaflose Nacht des Auf-und-ab-Gehens begann, griff er erneut nach den Aufzeichnungen und fing an, das Ritual der Gedankenbombe noch einmal zu studieren.

Kapitel 25

Aus der Ferne sah Ambria wunderschön aus. Der orangefarbene Planet mit den auffallenden violetten Ringen schien der bei Weitem freundlichste im Stenness-System zu sein. Aber jeder, der auf Ambria landete, erkannte schnell, dass die Schönheit des Planeten ein Ende hatte, sobald man in die Atmosphäre eindrang.

Vor vielen Jahrhunderten hatten die fehlgeschlagenen Rituale einer mächtigen Sith-Zauberin unbeabsichtigt eine katastrophale Welle von Energie der Dunklen Seite auf die Oberfläche des Planeten losgelassen. Die Zauberin war umgekommen, und mit ihr beinahe alles andere Leben auf dem Planeten. Überlebt hatten beinahe nur nackte Felsen, und selbst jetzt gab es nur wenige Bereiche mit fruchtbarem Boden und keine Städte. Nur vereinzelte Siedler lebten hier, aber so weit voneinander entfernt, dass sie kaum Kontakt zueinander hatten.

Die Jedi hatten einmal versucht, Ambria von seinem Makel zu reinigen, aber die Dunkle Seite hatte den Planeten für immer geprägt. Am Ende war es den Jedi nur gelungen, die Dunkle Seite auf einen einzigen Bereich zu reduzieren: den Natth-See. Selbst die Siedler, die mutig und zäh genug waren, die trostlose Umgebung Ambrias zu ertragen, machten einen weiten Bogen um den See und sein giftiges Wasser. Bane hatte sein Lager selbstverständlich direkt am Ufer aufgeschlagen.

Ambria befand sich nur einen schnellen Hyperraumsprung von Ruusan entfernt. Beweise mehrerer kleinerer Schlachten zwischen Truppen der Republik und denen der Sith während des letzten Feldzugs waren überall zu finden. Waffen und Rüstungen lagen über die karge Landschaft verstreut; ausgebrannte Fahrzeuge und beschädigte Flitzer waren auf der harten, kalten Ebene von Weitem zu erkennen. Ein paar Siedler hatten nach brauchbaren Ersatzteilen gesucht, aber niemand machte sich wirklich die Mühe aufzuräumen.

Der Planet mit den violetten Ringen war unbedeutend: zu wenige Ressourcen, zu wenige Bewohner, als dass die Republikschiffe, die nun den Sektor patrouillierten, ihm Beachtung geschenkt hätten. Bane hatte gehört, dass ein recht guter Heiler – ein Mann namens Caleb – sich hier niedergelassen hatte, nachdem die Kämpfe zu Ende waren. Ein idealistischer Narr, der entschlossen war, die Wunden des Krieges zu heilen; ein Mann, für den Bane nicht einmal Verachtung übrig hatte. Wahrscheinlich hatte sogar er diesen Planeten inzwischen wieder verlassen, nachdem er gesehen hatte, wie wenig es hier zu retten gab. Ambria war in beinahe jeder Hinsicht vergessen.

Damit stellte es einen idealen Ort für ein Treffen mit Kaans Botschafter dar. Eine Sith-Flotte würde von den Republikschiffen, die die Region patrouillierten, bald entdeckt werden, aber ein kleines Schiff mit einem geschickten Piloten konnte ohne Probleme unbemerkt landen. Bane hatte nicht vor, eine Begegnung an einem Ort stattfinden zu lassen, zu dem Kaan eine Armada schicken konnte, um ihm ein Ende zu machen.

Er wartete geduldig in seinem Lager auf den Botschafter. Hin und wieder blickte er auf in den Himmel oder zum Horizont, aber er machte sich keine Sorgen, dass sich jemand anschleichen könnte. Er würde ein Schiff, das zum Landen ansetzte, schon sehen, wenn es noch mehrere Kilometer entfernt war. Und wenn sie ein Bodenfahrzeug benutzten wie den Landkriecher, der am Rand seines Lagers stand, würde er die Motoren hören oder die eindeutigen Vibrationen der schweren Ketten auf dem unebenen Gelände spüren.

Aber alles, was er hörte, war das sanfte Plätschern des dunklen Wassers des Natth-Sees am Ufer, keine fünf Meter von seinem Lagerplatz entfernt. Und die ganze Zeit rang sein Geist mit der einzigen Frage, die er immer noch nicht beantwortet hatte.

Zwei sollen es sein, nicht mehr, nicht weniger. Einer, der die Macht verkörpert, ein anderer, der sie begehrt. Wo würde er, nachdem er erst die Galaxis von der Bruderschaft der Dunkelheit befreit hatte, einen würdigen Schüler finden?

Das Heulen von Buzzard-Triebwerken riss ihn aus diesen Gedanken. Er stand auf, als das Schiff am Himmel erschien, tiefer ging und sein Lager einmal umkreiste, bevor es ganz in der Nähe landete. Als die Landerampe sich senkte und er sah, wer herauskam, musste er lächeln.

»Githany«, grüßte er sie, als sie näher kam. »Ich hatte gehofft, dass Lord Kaan dich schicken würde.«

»Er hat mich nicht geschickt«, erwiderte sie. »Ich habe gebeten, kommen zu dürfen.«

Banes Herz begann ein wenig schneller zu schlagen. Er war froh, sie zu sehen. Ihre Gegenwart weckte einen Hunger in ihm, von dem er fast vergessen hatte, dass es ihn gab. Aber er war auch beunruhigt. Wenn überhaupt jemand seine Täuschungen durchschauen konnte, dann sie.

»Hast du meine Botschaft gesehen?«, fragte er und beobachtete sie genau, um ihre Reaktion abschätzen zu können.

»Ich dachte, das hättest du hinter dir, Bane. Selbstmitleid und Reue sind für die Schwachen.«

Erleichtert senkte er den Kopf, um die Scharade fortzusetzen. »Du hast Recht«, murmelte er.

Sie kam näher. »Du kannst mir nichts vormachen, Bane«, flüsterte sie, und seine Muskeln spannten sich in Erwartung dessen, was sie als Nächstes tun würde. »Ich glaube, du bist aus einem anderen Grund hier.«

Er wich nicht zurück, als sie sich langsam vorbeugte, und war bereit, bei der ersten Andeutung von Gefahr zu reagieren. Er gab diese Wachsamkeit erst auf, als sie sanft mit ihren Lippen die seinen streifte.

Instinktiv hob er die Hände, packte ihre Schultern und zog sie an sich, sodass ihre Lippen und ihr ganzer Körper fest an ihn gedrückt waren. Sie schlang die Arme um seine breiten Schultern und den Hals und erwiderte sein Drängen mit ihrer eigenen Leidenschaft.

Ihre Hitze hüllte sie ein. Der Kuss schien eine Ewigkeit zu dauern; Githanys Duft umwehte ihre miteinander verflochtenen Körper, bis Bane glaubte, darin zu ertrinken. Als sie sich schließlich von ihm löste, konnte er den leidenschaftlichen Eifer in ihrem Blick sehen und immer noch das süße Feuer ihrer Lippen schmecken. Er schmeckte auch noch etwas anderes.

Gift!

Er war so betäubt von ihrem Kuss, dass er eine Sekunde brauchte, um zu erkennen, was geschehen war. Ob Githany ihm glaubte oder nicht, war unwichtig gewesen. Sie hatte Kaan gebeten, zu ihm fliegen zu dürfen, damit sie ihn umbringen konnte. Einen kurzen Augenblick machte er sich Sorgen ... bis er den schwachen Kupfergeschmack von Worrt-Gift wahrnahm.

Er lachte und rang ein wenig nach Luft. »Großartig«, flüsterte er. Geheimhaltung. Tücke. Verrat. Githany hatte sich vielleicht von der Bruderschaft korrumpieren lassen, aber sie wusste immer noch, was die Dunkle Seite stark machte. War es möglich, dass sie seine einzig wahre Schülerin sein konnte, trotz ihrer Loyalität gegenüber der Bruderschaft?

Sie lächelte schüchtern über sein Kompliment. »Durch Leidenschaft erlangen wir Kraft.«

Bane konnte spüren, wie das Gift seinen Weg durch seinen Körper nahm. Die Auswirkungen waren subtil. Hätte seine wachsende Stärke in der Dunklen Seite seine Sinne nicht hyperaufmerksam gemacht, dann wäre es ihm vermutlich noch ein paar Stunden entgangen. Aber wieder einmal hatte Githany ihn unterschätzt.

Das Gift des Worrt-Felsens war stark genug, um einen Bantha umzubringen, aber es gab erheblich seltenere – und tödlichere – Toxine, die sie hätte wählen können. Die Dunkle Seite durchströmte ihn nun wie das Blut in seinen Adern. Er war Darth Bane, ein wahrer Dunkler Lord. Er hatte durch ihr Gift nichts zu befürchten.

Die Tatsache, dass sie nicht geglaubt hatte, dass er es auf ihren Lippen bemerken würde – die Tatsache, dass sie auch nur glaubte, dass es ihm schaden könnte –, bedeutete, dass sie offenbar auf seine Vorstellung hereingefallen war. Sie nahm an, er hätte sich wieder von der Dunklen Seite abgewandt; sie hielt ihn für schwach. Er war froh: Dies machte ihre Entscheidung, sich auf Kaans Seite zu schlagen, verzeihlich. Vielleicht gab es immer noch Hoffnung für sie. Aber er musste sicher sein können.

»Es tut mir leid, dass ich dich verlassen habe«, sagte er leise. »Ich habe mich von Träumen vergangenen Ruhms blenden lassen. Naga Sadow, Exar Kun, Darth Revan – ich gierte nach der Macht der Dunklen Lords der Vergangenheit.«

»Wir alle wollen Macht«, erwiderte sie. »Das ist das Wesen der Dunklen Seite. Aber die Bruderschaft hat Macht. Kaan steht kurz davor, Erfolg zu haben, wo alle vor ihm versagten. Wir stehen auf Ruusan kurz vor dem Sieg, Bane.«

Bane schüttelte enttäuscht den Kopf. Wie konnte sie immer noch so blind sein? »Kaan mag auf Ruusan siegen, aber seine Anhänger verlieren an allen anderen Orten. Seine große Sith-Armee ist ohne ihre Anführer in sich zusammengefallen. Die Republik hat sie verjagt und den größten Teil der Planeten zurückerobert, die einmal uns gehörten. In ein paar Monaten wird die Rebellion niedergeworfen sein.«

»Das ist gleichgültig, wenn wir die Jedi auslöschen können«, erklärte sie eifrig und mit blitzenden Augen. »Der Krieg hat einen hohen Preis von der Republik gefordert. Sobald die Jedi weg sind, können wir unsere Leute leicht wieder zusammenrufen und das Blatt wenden. Dann wird der endgültige Sieg unser sein! Wir müssen nur auf Ruusan gewinnen!«

»Es gibt noch mehr Jedi als die auf Ruusan«, erwiderte er.

»Ein paar, aber die sind einzeln und in Zweiergruppen über die Galaxis verstreut. Wenn die Armee des Lichts erst vernichtet ist, können wir sie jagen, wie es uns passt.«

»Glaubst du wirklich, dass Kaan siegen wird? Er hat schon öfter seinen bevorstehenden Sieg angekündigt und dieses Versprechen dann nicht halten können.«

»Für einen, der sich angeblich der Bruderschaft anschließen will«, stellte sie misstrauisch fest, »scheinst du der Sache nicht sonderlich ergeben zu sein.«

Bane streckte den Arm aus, packte sie um die Taille und zog sie für einen zweiten wilden Kuss an sich. Sie keuchte überrascht, dann schloss sie die Augen und gab sich der körperlichen Annehmlichkeit des Augenblicks hin. Diesmal war sie es, die sich schließlich mit einem leisen Seufzer löste.

»Du hattest Recht, als du sagtest, ich sei aus einem anderen Grund zurückgekehrt«, sagte er, immer noch die Arme um sie geschlungen. Das verräterische Gift auf ihren Lippen schmeckte beim zweiten Mal immer noch süß.

»Die Bruderschaft kann nicht versagen«, versprach sie. »Die Jedi sind auf der Flucht, ducken sich und verstecken sich im Wald.«

Er ließ sie los, ging ein paar Schritte von ihr weg und drehte ihr den Rücken zu. Er wollte gerne glauben, dass sie die Richtige war, um seine Schülerin zu werden, wenn er erst Kaan und die Bruderschaft aus dem Weg geräumt hatte. Aber er war immer noch nicht sicher. Wenn sie wirklich an das glaubte, wofür die Bruderschaft stand, gab es keine Hoffnung.

»Ich kann einfach nicht akzeptieren, was Lord Kaan predigt«, gestand er. »Er sagt, wir sind alle gleich, aber wenn alle gleich sind, kann keiner stark sein.«

Sie kam hinter ihn, legte ihre Hände auf seine Schultern und wandte sanften Druck an, bis er sich wieder zu ihr umdrehte. Sie sah ihn amüsiert an.

»Du solltest nicht alles glauben, was Kaan sagt«, warnte sie, und er konnte den nackten Ehrgeiz in ihrer Stimme hören. *Einer, der die Macht verkörpert, ein anderer, der sie begehrt.* »Sobald die Jedi vernichtet sind, werden viele in der Bruderschaft feststellen, dass einige von uns gleicher sind als die anderen.«

Mit einem Freudenschrei riss er Githany in seine mächtigen Arme und wirbelte sie herum, um sie noch einmal lange und leidenschaftlich zu küssen. Das war es, was er hören wollte!

Als er sie schließlich absetzte, stolperte sie einen halben Schritt zurück, verunsichert von seinem unerwarteten Ausbruch. Sie gewann ihr Gleichgewicht wieder und lachte verblüfft. »Sieht aus, als nähmest du das Angebot an«, sagte sie mit einem tückischen Lächeln auf ihren giftglatten Lippen. »Brich dein Lager ab. Ich fliege voraus und lasse Kaan wissen, dass du auf dem Weg bist.«

»Ich kann es nicht erwarten, seine Miene zu sehen, wenn du ihm von dieser Begegnung erzählst«, erwiderte er und tat immer noch so, als wäre er sich des Gifts, das in seinem Blut tobte, nicht bewusst.

»Ich auch nicht«, erwiderte sie, und ihrer Stimme war nichts anzuhören. »Ich auch nicht.«

Als die Oberfläche von Ambria unter ihr verschwand und die hinreißenden Ringe in Sicht kamen, verspürte Githany so etwas wie eine Spur von Bedauern. Die Leidenschaft, die sie in Bane erweckt hatte, schien ihm plötzliche, überraschende Kraft verliehen zu haben; sie hatte es bei jedem Kuss gespürt. Aber es war klar, dass Bane sich nur für *sie* interessierte, nicht dafür, in die Bruderschaft der Dunkelheit einzutreten.

Sie gab die Koordinaten für den Sprung zurück nach Ruusan ein und lehnte sich zurück. Ihr Kopf drehte sich von dem Gift, das sie auf den Lippen trug. Nicht das Worrt-Gift; das hatte sie nur benutzt, um Bane ein falsches Gefühl der Sicherheit zu geben. Aber das Synox, das sie hineingemischt hatte – das farblose, geruchlose, geschmacklose Toxin, das die berüchtigten Attentäter der GenoHaradan bevorzugten – wirkte sich trotz des Gegengifts, das sie genommen hatte, unangenehm aus. Sie bezweifelte jedoch nicht, dass sich Bane bald schon viel, viel schlechter fühlen würde als sie. Ein einziger Kuss hätte genügt, um ihn zu töten, und er hatte die dreifache Dosis erhalten.

Ihr wurde klar, dass Bane ihr fehlen würde. Aber er war eine Gefahr für alles, wofür Lord Kaan arbeitete. Sie musste sich auf die eine oder die andere Seite schlagen, also hatte sie sich selbstverständlich für den entschieden, der eine ganze Armee von Sith befehligte.

Das war schließlich das Wesen der Dunklen Seite.

Bane sah dem Jäger hinterher, bis er am Himmel verschwunden war. Er würde jetzt vorsichtig sein müssen. Githany würde Kaan erzählen, dass sie versucht hatte, ihn zu vergiften. Wenn er immer noch lebendig im Lager auftauchte, konnte es … schwierig werden.

Er konnte selbstverständlich einfach fernbleiben und den Dingen ihren Lauf lassen. Die Jedi auf Ruusan würden sich wieder erholen und das Blatt erneut wenden. Das war so gut wie sicher, Bane zählte darauf. Dann würde sich Kaan verzweifelt dem Geschenk zuwenden, das Bane ihm geschickt hatte. Er würde die Gedankenbombe zünden, ohne sich ihres wahren Wesens bewusst zu sein. Und jeder Machtbenutzer auf Ruusan – Sith und Jedi – würde zerstört werden.

Das war das wahrscheinlichste Szenario. Aber für Bane stand zu viel auf dem Spiel, um das Ende der Bruderschaft dem Zufall zu überlassen. Wenn Kaans Armee wieder schwächer wurde, gab es Sith im Lager – wie Githany –, die sich gegen ihn wenden könnten. Sie würden vielleicht von Ruusan fliehen und sich zerstreuen. Und dann würde Bane sich jedes Gegners einzeln annehmen müssen, bevor er der unangefochtene Anführer der Sith sein würde.

Es war besser, vor Ort zu sein und die Ereignisse bis zu dem Ergebnis zu führen, das er sich wünschte. Das bedeutete allerdings, dass er einen plausiblen Grund finden musste, wieso er sich selbst nach einem fehlgeschlagenen Mordversuch noch der Bruderschaft anschließen wollte.

Er dachte beinahe eine Stunde darüber nach, entwickelte und verwarf eine Anzahl von Ideen. Am Ende gab es nur einen Grund, den sie ihm abnehmen würden. Er musste sie alle glauben lassen, dass er Kaan stürzen und sich zum neuen Anführer der Bruderschaft machen wollte.

Bane musste angesichts der subtilen Schönheit dieses Plans lächeln. Kaan würde selbstverständlich misstrauisch sein, aber all seine Anstrengungen und seine Aufmerksamkeit darauf konzentrieren, seine Position zu halten, und dabei nicht erkennen, was sein Rivale wirklich vorhatte: die Bruderschaft vollkommen auszumerzen und die Sith bis zum Letzten zu vernichten.

Außerdem bot ihm dies den zusätzlichen Vorteil, eine weitere Gelegenheit zu erhalten, Githany auf seine Seite zu ziehen. Sobald sie verstand, was er wirklich geworden war – und wie er Kaan und die anderen sogenannten Dunklen Lords manipuliert hatte –, würde sie vielleicht sein Angebot annehmen, seine Schülerin zu werden. Zumindest würde er eine Gelegenheit erhalten, ihr Gesicht zu sehen, wenn sie erkannte, dass ihr Gift versagt hatte und ...

»Ahhh!« Bane krümmte sich mit einem Grunzen, als plötzlich mörderische Schmerzen in seinem Bauch ausbrachen. Er versuchte, sich wieder aufzurichten, aber dann wurde er von einem lang andauernden Hustenanfall erfasst. Er hob die Hand vor den Mund, und als er sie wieder senkte, war sie mit roten Schaumflecken bedeckt.

Unmöglich, dachte er, aber schon bohrte sich erneuter Schmerz in seine Eingeweide und ließ ihn in die Knie brechen. Revan hatte ihm gezeigt, wie er die Macht einsetzen konnte, um Gift und Krankheit abzuwehren. Kein schlichtes Toxin konnte einem, der stark genug in der Dunklen Seite war, um ein Lord der Sith zu sein, etwas anhaben.

Ein weiterer Hustenanfall lähmte ihn für einige Zeit. Bane hob die Hand, um den Schweiß abzuwischen, der ihm in Strömen übers Gesicht lief, und spürte etwas Warmes, Klebriges an seiner Wange. Ein dünnes Rinnsal blutiger Tränen floss aus seinem Augenwinkel.

Unsicher stand er auf, wandte seine Konzentration nach innen. Das Gift war immer noch da. Es hatte sich in seinem ganzen Körper ausgebreitet, vergiftete und korrumpierte sein System und schädigte seine Organe. Er blutete innerlich und aus Augen und Nase.

Githany! Er hätte gelacht, wenn er nicht so unglaubliche Schmerzen gehabt hätte. Er war so sicher, so arrogant gewesen. So überzeugt, dass sie ihn unterschätzte. Stattdessen war *er* es gewesen, der sich in *ihr* getäuscht hatte. Ein Fehler, den er nie wieder machen würde ... falls er überlebte.

Er hatte genug über Synox gelesen, um die Symptome zu erkennen. Wenn er es sofort entdeckt hätte, hätte er sein System entsprechend reinigen können, wie er es mit dem Worrt-Gift getan hatte, das die Anwesenheit des zweiten Gifts verbarg. Aber Synox war ein sehr subtiles Gift; das tückische Toxin hatte ihm viel von seiner Stärke genommen, als es sich unbemerkt in seinem Körper ausbreitete.

Er beschwor all seine Kraft herauf und versuchte, das Gift jetzt aus seinem Körper zu treiben, es mit dem kalten Feuer der Dunklen Seite wegzubrennen. Aber es war zu stark ... oder genauer, er war zu schwach. Der Schaden war bereits angerichtet. Das Synox hatte ihn verkrüppelt, und seine Kraft war nur noch ein Schatten dessen, was sie Stunden zuvor gewesen war.

Es gab Macht im Natth-See, aber dieser Macht konnte er sich nicht bedienen. Die alten Jedi hatten sorgfältig darauf geachtet, die Dunkle Seite sicher in der Tiefe einzuschließen. Das schwarze, abgestandene Wasser war der einzige Beweis der Macht, die für immer unter der Oberfläche verborgen lag.

Verzweifelt bemüht, eine andere Möglichkeit des Überlebens zu finden, taumelte er zu dem Landkriecher am Rand seines Lagers. Er ignorierte den Protest seiner plötzlich schwachen Glieder, stieg hinter das Lenkrad und fuhr los. Er brauchte einen Heiler. Wenn dieser Caleb sich immer noch auf dem Planeten befand, musste er ihn finden. Es war seine einzige Chance.

Sein Ziel war das nächste Schlachtfeld, eine unfruchtbare Ebene mehrere Kilometer entfernt, wo immer noch die Überreste derer verstreut lagen, die dort gestorben waren. Der Landkriecher rüttelte ihn gewaltig durch, und er biss die Zähne gegen die mörderischen Schmerzen zusammen. Während er fuhr, wurde seine Welt zu einem Albtraum aus Dunkelheit und Schatten, alles rötlich verfärbt. Er war sich kaum mehr bewusst, wohin er fuhr, ließ sich von der Macht leiten und benutzte sie, um zu verhindern, dass sein Körper sich den Auswirkungen von Githanys Gift ergab.

Angst vor dem Tod überfiel ihn, erstickte seine Gedanken. Seine Willenskraft begann nachzulassen; es wäre so leicht gewesen, einfach aufzugeben. Einfach alles davongleiten zu lassen und Frieden zu haben ...

Mit einem Zähnefletschen schüttelte er den Kopf und riss seine Gedanken wieder aus dem Grau, indem er den ersten Leitsatz des Sith-Kodex wieder und wieder rezitierte: *Frieden ist eine Lüge.* Er nutzte seine Ausbildung als Soldat, nahm seine Angst und verwandelte sie in Zorn, um Kraft daraus zu beziehen.

Ich bin Darth Bane, Dunkler Lord der Sith. Ich werde überleben. Um jeden Preis.

Weit vor ihm – ganz am Rand seines schnell kleiner werdenden Blickfelds – entdeckte er ein anderes Fahrzeug, das sich langsam an der anderen Seite des Schlachtfelds bewegte. Siedler. Schrottsammler, die die Überreste durchsuchten.

Er richtete die Nase seines Fahrzeugs auf sie und stöhnte, so anstrengend war es, auch nur das Lenkrad zu drehen. Er versuchte, mit der Macht den Geist jener zu berühren, die auf diesem Feld gefallen waren. Vor nur ein paar Monaten waren Dutzende von Wesen hier gestorben. Er versuchte aufzusaugen, was nach ihrem quälenden Tod noch über dem Schlachtfeld hing, und hoffte, ihre Todesschmerzen würden seine eigene schwindende Macht stützen. Aber es genügte nicht; ihre Qualen waren zu weit entfernt, die Echos ihrer Schreie schon zu lange verklungen.

Als er aufblickte, bemerkte er, dass sein Fahrzeug vom Kurs abgekommen war und sich zur Seite gewandt hatte, als sein Griff am Lenkrad schwächer geworden war. Seine Arme waren taub und kribbelten; sie reagierten beinahe überhaupt nicht mehr. Er konnte spüren, wie schwer seinem Herzen jeder einzelne Schlag fiel.

Die vordere Kette traf auf einen großen Felsen, und der Landkriecher kippte um und warf Bane auf festgestampften Dreck und spitze Steine. Er versuchte wieder aufzublicken, um die Leute zu lokalisieren, die er in der Ferne gesehen hatte, aber die Anstrengung, den Kopf zu heben, war zu viel. Um ihn herum wurde es schwarz.

Es war das *Wumm-Wumm-Wumm* der Ketten eines Landkriechers, das ihn wieder ins Bewusstsein zurückriss. Das andere Fahrzeug war hier. Er bezweifelte, dass die Insassen ihn auch nur sehen würden; er war hinter sein umgekipptes Fahrzeug gefallen, und sie kamen von der anderen Seite. Und selbst wenn, sie konnten jetzt nichts mehr tun, um ihn zu retten. Aber es gab etwas, was er selbst tun konnte.

Der Motor wurde abgeschaltet, und er hörte Stimmen – Kinderstimmen. Drei kleine Jungen kletterten von dem Landkriecher und begannen eifrig, die Trümmer zu durchsuchen.

»Mikki!«, rief der Vater einen seiner Söhne. »Nicht zu weit!«

»Seht nur!«, erklang eine Jungenstimme. »Seht, was ich gefunden habe!«

Die Schwachen müssen dem Starken dienen. Das ist der Weg der Dunklen Seite.

»Mann, ist das echt? Darf ich es anfassen?«

»Zeig's mir, Mikki! Ich will es sehen!«

»Beruhigt euch, Jungs«, sagte der Vater müde. »Lasst mich mal sehen.«

Bane hörte das Knirschen seiner Stiefel auf den kleinen Steinen, als er näher kam. *Ich bin stark. Sie sind schwach. Sie sind nichts.*

»Es ist ein Lichtschwert, Vater. Aber der Griff ist seltsam. Er ist irgendwie gebogen.«

Er spürte die plötzliche Angst, die sich wie ein Schraubstock um die Brust des Vaters schloss.

Überleben. Um jeden Preis.

»Wirf es weg, Mikki! Sofort!«

Zu spät.

Das Lichtschwert erwachte in der Hand des Jungen zum Leben, wirbelte durch die Luft und tötete ihn auf der Stelle. Der Vater schrie auf; die anderen Jungen versuchten zu fliehen. Die Klinge folgte dem Ältesten, streckte ihn von hinten nieder.

Bane, der aus dem Entsetzen ihres Sterbens Kraft bezog, stand auf und erschien vor ihnen wie ein Geist, den die Eingeweide des Planeten ausgespuckt hatten.

»Neeein!«, heulte der Vater und drückte verzweifelt seinen jüngsten Sohn an die Brust. »Verschont wenigstens ihn, Herr!«, flehte er, und Tränen liefen ihm über die Wangen. »Er ist der Jüngste! Der Letzte, den ich habe.«

Wer schwach genug ist, um Gnade zu flehen, hat sie nicht verdient.

Immer noch zu schwach, um auch nur die Arme zu heben, griff Bane abermals mit der Macht zu und brachte das Lichtschwert hoch über seine hilflosen Opfer. Er wartete, damit ihr Entsetzen und ihre Angst noch wuchsen, dann stieß er dem kleinen Jungen die glühende Klinge ins Herz.

Der Vater drückte die Leiche an seine Brust, und seine gequälten Schreie hallten über das leere Schlachtfeld. »Warum? Warum musstet Ihr ihn töten?«

Bane labte sich an seinem Schmerz, verschlang ihn, spürte, wie die Dunkle Seite in ihm stärker wurde. Die Symptome des Gifts traten weit genug in den Hintergrund, dass er den Arm heben konnte, ohne dass die Muskeln zitterten. Das Lichtschwert sprang ihm in die Hand.

Der Vater duckte sich vor ihm. »Warum habt Ihr mich das mit ansehen lassen? Warum habt Ihr …?«

Ein schneller Schlag seines Lichtschwerts brachte ihn zum Schweigen und bereitete ihm das gleiche tragische Schicksal wie seinen Söhnen.

Kapitel 26

Lord Hoth wälzte sich hin und her und konnte nicht schlafen. Das Knarren seines Feldbetts vereinigte sich mit dem schrillen Sirren der blutsaugenden Insektenschwärme, die seiner Armee folgten. Ebenso nervtötend klang das schwirrende Flattern der kleinflügligen Nachtvögel, die herbeisausten, um sich an den Insekten zu laben. Die Mischung all dieser Geräusche war eine schrille, nervtötende Kakophonie, die sich am Rand des menschlichen Hörvermögens bewegte.

Aber nicht die Geräusche hielten ihn wach, und auch nicht die gnadenlose Hitze, die seine Stirn ununterbrochen vor Schweiß glänzen ließ. Es waren auch nicht die militärischen Strategien und Schlachtpläne, die ununterbrochen in seinem Kopf umherwirbelten. Nein, keins von diesen Dingen allein verursachte ihm schlaflose Nächte, sondern eher die Summe von allen – und die Tatsache, dass immer noch kein Ende dieses elenden, verfluchten Krieges in Sicht war. Also ließen Frustration und das Gefühl, dass alles, was er getan hatte, vergeblich gewesen war, selbst geringe Ärgernisse, die in den ersten Monaten auf Ruusan erträglich gewesen waren, zu unerträglichen Folterqualen wachsen.

Mit einem zornigen Knurren schleuderte er die dünne Bettdecke in eine Ecke seines Zelts. Er schwang die Beine über die

Kante und blieb auf dem Rand des Feldbetts sitzen, wo er sich vorbeugte, die Ellbogen auf den Knien, die Hände vors Gesicht geschlagen.

Zwei Standardjahre hatte er nun hier auf Ruusan gegen die Bruderschaft der Dunkelheit gekämpft. Am Anfang waren viele Jedi gekommen, um ihm zur Seite zu stehen. Und viele Jedi waren gestorben – zu viele. Unter Lord Hoths Kommando hatten sie sich geopfert, hatten ihr Leben für die Sache gegeben. Und dennoch war selbst nach sechs großen Schlachten – nicht zu reden von den zahllosen Scharmützeln, Überfällen und kleineren Zusammenstößen – immer noch kein Ergebnis abzusehen. Das Blut von Tausenden klebte an seinen Händen, und er war seinem Ziel immer noch nicht näher gekommen.

Frustration begann sich in Verzweiflung zu verwandeln. Die Moral war tiefer gesunken als je. Viele Soldaten murrten, dass Farfalla Recht hätte: Der General hatte zugelassen, dass Ruusan zu einer Obsession geworden war, und würde sie alle in den Untergang führen.

Hoth hatte nicht einmal mehr die Kraft, ihnen zu widersprechen. Manchmal fühlte er sich, als hätte er die Gründe vergessen, weshalb er hierhergekommen war. Dieser Krieg mochte einmal einen Grund, einen Sinn gehabt haben, aber solch edle Dinge waren längst vergessen. Jetzt kämpfte er nur noch aus Rache für jene Jedi, die gefallen waren. Er kämpfte aus Hass auf die Dunkle Seite. Er kämpfte aus Stolz – und weil er sich weigerte zuzugeben, dass er besiegt war. Aber vor allem kämpfte er, weil er einfach nichts anderes mehr kannte.

Aber wenn er jetzt aufgäbe, würde das etwas ändern? Wenn er seinen Leuten befahl, sich zurückzuziehen und den Planeten in Farfallas Schiffen zu verlassen, würde das irgendetwas ändern? Wenn er beiseiteträte und die Last des Kampfs gegen die Sith – hier auf Ruusan oder anderswo in der Galaxis – einem anderen überließe, würde er dann endlich Frieden finden? Oder würde er einfach nur alle verraten, die an ihn geglaubt hatten?

Die Armee des Lichts jetzt aufzulösen, solange die Bruderschaft der Dunkelheit immer noch existierte, würde das Andenken all jener schänden, die in diesem Konflikt umgekommen waren. Und weiterzumachen bedeutete, dass noch viele andere sterben würden – und er selbst vielleicht für immer verloren wäre.

Er legte sich wieder hin und schloss die Augen. Aber der Schlaf kam nicht.

»Wenn alle Möglichkeiten falsch sind«, murmelte er in der Dunkelheit, »was zählt es schon, wie ich mich entscheide?«

»Wenn der Weg Euch nicht klar ist«, antwortete eine ätherische Stimme, »lasst Euch von der Weisheit der Macht leiten.«

Hoth riss den Kopf hoch, um sich in dem dunklen Zelt umzusehen. Eine Gestalt war im Schatten auf der anderen Seite so gerade eben zu erkennen.

»Pernicar!«, rief er, dann fragte er plötzlich: »Sehe ich dich wirklich? Oder schlafe ich tief auf meinem Feldbett, und das hier ist nur ein Traum?«

»Der Traum ist nur eine andere Art von Wirklichkeit.« Pernicar schüttelte amüsiert den Kopf. Langsam ging er durch das Zelt auf seinen alten Freund zu. Als er näher kam, erkannte Hoth, dass er tatsächlich durch ihn hindurchsehen konnte.

Die Erscheinung ließ sich auf dem Feldbett nieder. Das Gestell knarrte nicht; es war, als hätte er keinerlei Gewicht oder Substanz.

Es musste ein Traum sein, erkannte Hoth. Aber er wollte nicht aufwachen. Stattdessen klammerte er sich verzweifelt an die Gelegenheit, seinen alten Freund wiederzusehen, selbst wenn es nur eine von seinem eigenen Geist heraufbeschworene Illusion war. »Du hast mir gefehlt«, sagte er. »Dein Rat, deine Weisheit. Ich brauche sie jetzt mehr als je zuvor.«

»Als ich noch lebte, warst du nicht so versessen darauf, mir zuzuhören«, erwiderte Pernicar und traf damit die geheimsten Schuldgefühle, die in Hoths Unterbewusstsein vergraben lagen. »Du hättest viel von mir lernen können.«

Ein seltsamer Gedanke kam dem General. »War ich die ganze Zeit dein Padawan, Meister Pernicar? So jung und dumm, dass ich nicht einmal wusste, dass du mich über den Weg der Macht belehren wolltest?«

Pernicar lachte unbeschwert. »Nein, General. Wir sind beide nicht mehr jung – obwohl wir mehr als genug Augenblicke der Dummheit erlebten.«

Hoth nickte feierlich. Einen Moment schwieg er und genoss einfach nur Pernicars Präsenz, selbst wenn es nur die seines Geistes war. Aber ihm wurde klar, dass diese kunstvolle Scharade seines Unterbewusstseins einen Grund haben musste, also fragte er: »Warum bist du gekommen?«

»Die Armee des Lichts ist ein Werkzeug des Guten und der Gerechtigkeit«, sagte Pernicar. »Ihr fürchtet, dass Euch das alles entglitten ist, aber Ihr braucht Euch nur an die Macht zu wenden, und sie wird Euch sagen, was Ihr tun müsst, um es wiederzufinden.«

»Das klingt so einfach«, erwiderte Hoth mit leichtem Kopfschütteln. »Bin ich wirklich so tief gesunken, dass ich mich nicht mehr an die grundlegendsten Lehren unseres Ordens erinnern kann?«

»Darin an sich liegt keine Schande«, sagte Pernicar und stand auf. »Es wäre nur beschämend, wenn Ihr Euch weigertet, Euch wieder zu erheben.«

Hoth seufzte tief. »Ich weiß, was ich tun muss, aber mir fehlen die Mittel dazu. Meine Leute stehen vor dem Zusammenbruch: Sie sind erschöpft und zahlenmäßig unterlegen. Und die anderen Jedi glauben nicht mehr an unsere Sache.«

»Farfalla glaubt daran«, stellte Pernicar fest. »Bei all Euren Schwierigkeiten war er stets loyal.«

»Ich glaube, diesmal habe ich Farfalla wirklich vertrieben«, gab Hoth zu. »Er will nichts mehr mit der Armee des Lichts zu tun haben.«

»Warum sind seine Schiffe dann immer noch im Orbit?«, fragte Pernicar. »Ihr habt ihn mit Eurem Zorn verärgert, und er fürchtet, dass Ihr der Dunklen Seite anheimgefallen seid. Zeigt ihm, dass dem nicht so ist, und er wird Euch wieder folgen.«

Pernicar trat einen Schritt zurück. Hoth konnte spüren, wie er selbst wieder langsam erwachte. Er hätte dagegen ankämpfen können. Er hätte kämpfen können, um in der Traumwelt zu bleiben. Aber er hatte zu tun.

»Leb wohl, alter Freund«, flüsterte er. Langsam öffnete er die Augen und hatte wieder die wache Welt und die leere Dunkelheit seines Zelts vor sich. »Leb wohl.«

In dieser Nacht schlief er nicht mehr. Stattdessen dachte er lange und angestrengt über das nach, was Pernicar ihm im Traum gesagt hatte. Pernicar war immer derjenige gewesen, an den er sich in Zeiten der Verwirrung und der Unruhe wandte. Es war verständlich, dass sein Geist das Bild seines besten Freunds heraufbeschwor, um ihn wieder auf den richtigen Weg zu bringen.

Er wusste, was er tun musste. Er würde seinen Stolz herunterschlucken und Farfalla um Verzeihung bitten. Sie mussten ihre persönlichen Differenzen um der Jedi willen beiseiteschieben.

Früh am Morgen kam er aus seinem Zelt, entschlossen, einen Boten zu Farfalla zu schicken. Aber zu seiner Überraschung stellte er fest, dass sich schon eine Botin Farfallas im Lager befand, um mit ihm zu sprechen.

»Ich fragte mich schon, ob ich vergeblich gekommen bin«, gab die Botin zu, nachdem Lord Hoth sie in sein Zelt gebeten hatte.

»Ich fürchtete, Ihr würdet Euch weigern, mich auch nur zu empfangen.«

»Wäret Ihr einen Tag früher gekommen, dann hättet Ihr wahrscheinlich Recht gehabt«, gab er zu. »Letzte Nacht hatte ich jedoch eine ... Erkenntnis, die die Dinge änderte.«

»Dann hatten wir wohl Glück, dass ich heute gekommen bin«, sagte sie und legte freundlich den Kopf schief.

»Ja, Glück«, murmelte er, obwohl ein Teil von ihm glaubte, dass der Zeitpunkt seines Traums nichts mit Glück zu tun hatte. Die Macht war wahrhaft eine starke und geheimnisvolle Verbündete.

Bane konnte das Gift immer noch in seinem System spüren, als er den Landkriecher des Schrottsammlers über die leeren Ebenen von Ambria lenkte. Das Grollen des Motors konnte nicht ganz das Rasseln und Klirren des Schrotts auf der Ladefläche übertönen. Diese Geräusche hielten ihn davon ab, die Erinnerungen der ehemaligen Besitzer des Fahrzeugs vollkommen aus dem Kopf zu bekommen, aber er empfand keine Reue über ihren Tod.

Er hatte ihre Leichen einfach liegen gelassen – mitten auf dem Schlachtfeld, wo sie Schrott gesammelt hatten. Ihr Tod hatte ihm die Möglichkeit gegeben weiterzumachen. Aber die Welle von Kraft, die er verspürt hatte, ließ bereits wieder nach. Er würde das Synox noch ein paar Stunden in Schach halten können, aber er musste dauerhafte Heilung finden.

Er musste diesen Caleb finden. Wenn er den Heiler erreichen konnte, gab es noch Hoffnung. Aber wo sollte er ihn suchen? Nur die Macht konnte ihn führen.

Es war nur eine Frage der Zeit, bis sein Körper wieder der Lähmung anheimfiel und sein Geist von dem fieberhaften Wahnsinn verzehrt wurde, den das Toxin brachte. Im Augenblick jedoch gestattete sein Zorn ihm, seine Gedanken zusammenzuhalten.

Er war nicht wütend auf Githany. Sie hatte nur getan, was von einer Dienerin der Dunklen Seite zu erwarten war. Sein Zorn war nach innen gerichtet – auf seine eigene Schwäche und deplatzierte Arroganz. Er hätte erwarten sollen, dass ihre Tücke tiefer ging.

Stattdessen hatte er sich von ihr vergiften lassen. Und wenn er jetzt starb, würde seine große Erkenntnis – die Regel der Zwei, die Rettung der Sith – mit ihm untergehen.

Caleb spürte den Landkriecher lange, bevor er ihn sah oder hörte. Es war wie ein Sturm im Wind, ein dunkler Himmel, der herbeirauschte, um die Sonne zu bedecken. Als das Fahrzeug vor seiner Hütte stehen blieb, saß er bereits draußen und wartete.

Der Mann, der ausstieg, war groß und muskulös, ganz anders als der dünne, drahtige Caleb. Er trug dunkle Kleidung, und an seinem Gürtel hing ein Lichtschwert mit gekrümmtem Griff. Seine Haut war so grau wie Asche, und er hatte das Gesicht zu einem Ausdruck der Grausamkeit und Verachtung verzogen. Selbst wenn Caleb gegenüber der Macht nicht empfindsam gewesen wäre, wäre es ihm nicht schwergefallen, ihn als einen Diener der Dunklen Seite zu erkennen. Allerdings wäre ihm ohne diese Sensitivität vielleicht entgangen, wie stark dieser finstere Besucher in der Macht war.

Caleb hatte schon öfter mit machtbegabten Männern und Frauen zu tun gehabt. Sowohl Jedi als auch Sith waren in der Vergangenheit zu ihm gekommen, und er hatte sie alle weggeschickt. Er war ein Diener der einfachen Leute, jener, die sich nicht selbst helfen konnten. Er wollte keinen Anteil an dem Krieg zwischen Licht und Dunkelheit.

Der Mann begann mit steifen Bewegungen auf ihn zuzugehen. Der widerliche Gestank von Gift drang aus den Poren des sterbenden Sith und überdeckte den Geruch der Suppe, die auf Calebs Feuer kochte. Caleb stieß mit einem Stock in die Kohlen, um das Feuer zu schüren. Nun verstand er, woher die ungewöhnliche Hautfarbe seines Besuchers kam. Die Auswirkungen von Synox waren eindeutig. Er nahm an, diesem Mann blieb bestenfalls noch ein Tag, bevor er starb.

Er schwieg, bis der Mann direkt vor ihm stand und über ihm aufragte wie der Geist des Todes selbst.

»Ihr habt Gift in Eurem Körper«, sagte er dann ruhig. »Ihr seid gekommen, damit ich Euch heile«, fuhr er fort. »Aber das werde ich nicht tun.«

Der Mann sagte kein Wort. Das war bei seinem Zustand nicht überraschend. Das Gift hatte vermutlich bewirkt, dass seine Zunge aufgerissen und geschwollen war, sein Mund ausgetrocknet und von Blasen überzogen. Aber er brauchte keine Worte, um auszudrücken, was er sagen wollte, als seine Hand sich zum Griff seines Lichtschwerts bewegte.

»Ich fürchte den Tod nicht«, sagte Caleb mit unverändert ruhiger Stimme. »Ihr könnt mich foltern, wenn Ihr wollt«, fügte er hinzu. »Schmerzen bedeuten mir nichts.«

Um das zu beweisen, steckte er die Hand in den brodelnden Kessel. Der Geruch nach verbranntem Fleisch mischte sich mit den Gerüchen von Suppe und Gift. Seine Miene änderte sich nicht, selbst als er die Hand herauszog und hochhielt, um die verbrannte Haut zu zeigen.

Er sah Zweifel und Verwirrung im Blick des Mannes, etwas, was er schon viele Male zuvor erblickt hatte. In der Vergangenheit hatte seine stoische Art ihm gute Dienste geleistet und für gewöhnlich die Pläne der Sith oder Jedi, die ihn aus irgendeinem Grund aufsuchten, zunichtegemacht. Sie verstanden ihn nicht, und genau darauf kam es ihm an.

Ihm waren der Krieg und die Ziele der beiden Seiten egal. Tatsächlich gab es nur eines, was ihn in dieser Galaxis interessierte.

Und die Vorstellung, die er gerade gab, war seine einzige Hoffnung, dies vor dem Ungeheuer zu schützen, das vor ihm stand.

Der unerbittliche Mann, der vor ihm saß, verwirrte Bane. Er hatte ihm gerade die einzige Hoffnung auf Überleben verweigert, und der Sith-Lord wusste nicht genau, was er dagegen tun konnte. Er konnte die Kraft dieses Mannes spüren, aber sie gehörte weder der Dunklen Seite noch dem Licht. Es war nicht einmal die Kraft der Macht, wie er sie gewohnt war. Dieser Mann bezog seine Kraft aus dem Boden und den Steinen, aus Berg und Wald, aus Land und Himmel. Trotz dieser Unterschiede konnte Bane spüren, dass die Kraft dieses Mannes auf ihre eigene Weise sehr beeindruckend war. Er fand die seltsame Art des Heilers beunruhigend. War es möglich, dass er diesen Kampf des Willens tatsächlich verlieren würde? War es möglich, dass sich dieser schlichte Mann – ein Mann, der nur eine winzige Spur der Macht in sich hatte – einem Dunklen Lord der Sith widersetzen konnte? Wenn der Geist des Heilers schwach gewesen wäre, hätte Bane ihn einfach zwingen können zu tun, was er wollte, aber sein Wille war so unnachgiebig wie das schwarze Eisen des Kessels, in den er seine Hand gesteckt hatte. Er hatte demonstriert, dass Schmerzen und die Drohung des Todes nicht als Werkzeuge genutzt werden konnten, um ihn dazu zu bringen, etwas zu tun, was er nicht tun wollte. Bane konnte spüren, wie der Geist des Heilers Mauern aufbaute, um die Schmerzen fernzuhalten, sie so tief begrub, dass sie beinahe verschwanden. Und er begrub noch etwas anderes – etwas, das er verzweifelt vor Bane verbergen wollte.

Bane kniff die Augen zusammen, als er erkannte, worum es ging. Der Mann versuchte, die Anwesenheit einer anderen Person zu verbergen und diese Person vor der trüben, fiebrigen Wahrnehmung des Dunklen Lords abzuschirmen. Bane wandte seine Aufmerksamkeit der kleinen, grob zusammengezimmerten Hütte des Heilers zu. Der Mann versuchte nicht, ihn aufzuhalten. Tatsächlich reagierte er überhaupt nicht.

Die Türöffnung war nur von einem langen Vorhang verschlossen, der im leichten Wind flatterte. Bane ging darauf zu, schob den Stoff beiseite und hatte einen kleinen, ärmlichen Raum vor sich. Ein junges Mädchen mit großen, entsetzten Augen duckte sich schweigend an die gegenüberliegende Wand.

Ein grimmiges, erleichtertes Lächeln ließ Banes Mundwinkel zucken. Nun war ihm klar, worum es hier ging. Caleb hatte also doch eine Schwäche, es gab etwas, das ihn interessierte. Und dies machte all seine Willenskraft nutzlos. Bane war sich nicht zu schade, solche Schwächen auszunutzen, um sich zu verschaffen, was er brauchte.

Mit einem einzigen geistigen Befehl riss er das verängstigte Mädchen hoch in die Luft und trug es nach draußen, wo er es mit dem Kopf nach unten über den brodelnden Kessel des Heilers hängte.

Caleb sprang auf und zeigte zum ersten Mal wahre Gefühle. Er streckte die Arme nach seiner Tochter aus, dann zog er die Hände wieder zurück, und sein Blick zuckte hin und her zwischen dem Mädchen und dem Mann.

»Papi«, wimmerte Calebs Tochter, »hilf mir.«

Der Heiler senkte besiegt den Kopf. »Also gut«, sagte er. »Ihr habt gewonnen. Ihr werdet Eure Heilung bekommen.«

Das Heilritual dauerte die ganze Nacht und einen Teil des nächsten Tages. Caleb benutzte alle Arten von Kräutern und Wurzeln. Einige kochte er in seinem Kessel, andere zerrieb er zu Pasten, wieder andere legte er direkt auf Banes geschwollene Zunge. Während des gesamten Prozesses blieb Bane misstrauisch und bereit, am Kind des Heilers Rache zu nehmen, falls der Mann versuchen sollte, ihn zu betrügen.

Aber nach ein paar Stunden spürte er, wie das Synox langsam seinen Körper verließ, herausgezogen von den Arzneien. Am Abend des nächsten Tags waren alle Spuren des Gifts verschwunden.

Bane kehrte in sein Lager zurück und packte. Ein paar Stunden später war er bereit, zu starten und Ambria hinter sich zu lassen.

Nach der vollendeten Heilung hatte er kurz daran gedacht, Vater und Tochter zu töten für das Verbrechen, Zeugen seiner Schwäche geworden zu sein. Aber das waren die Gedanken eines von seiner eigenen Arroganz geblendeten Mannes. Seine kürzliche Begegnung mit Githany hatte ihm die Gefahren dieses Wegs vor Augen geführt.

Weder Caleb noch seine Tochter stellten eine Gefahr für ihn oder seine Ziele dar. Und Caleb verfügte über eine Fähigkeit, die Bane eines Tages vielleicht wieder brauchen würde. Bei all ihrer Macht war die Dunkle Seite schwach, was die Heilkünste anging.

Also hatte er sie leben lassen. Sie zu töten brachte ihm keinen Vorteil. Töten ohne Grund oder Gewinn war das kleinliche Vergnügen sadistischer Narren.

Und Bane war entschlossen, die Dunkle Seite von solchen Narren zu reinigen.

Kapitel 27

Als die *Valcyn* Ruusan erreichte, war Bane überrascht, im System sowohl Flotten der Sith als auch der Jedi zu finden. Die Sith hatten eine Blockade um den Planeten errichtet und wollten offenbar verhindern, dass die Jedi Verstärkung zu ihren Kameraden an der Oberfläche brachten.

Aber für Bane sah es so aus, als versuchten die Jedi nicht einmal, diese Blockade zu durchbrechen. Ihre Schiffe gaben sich offenbar damit zufrieden zu warten, lauerten direkt außerhalb der Waffenreichweite der Feinde. Und die Sith konnten nicht angreifen, ohne die Formation aufzulösen und sich verwundbar zu machen. Das Ergebnis war ein angespannter Waffenstillstand, bei dem keine Seite den ersten Schritt machen wollte.

Trotz der Blockade war Bane imstande, sein Schiff auf Ruusan zu landen, ohne die Aufmerksamkeit der beiden Flotten zu erregen. Die Jedi interessierten sich nicht für Schiffe, die zum Planeten flogen, und die Sith patrouillierten in Mustern, die gegen ein Eindringen in größerem Maßstab schützen sollten. Die Blockade sollte Truppentransporter, Nachschubschiffe und ihre Begleitschiffe aufhalten – gegen ein einzelnes Spähschiff oder einen Jäger war sie so gut wie nutzlos.

Seine Sensoren fanden das Sith-Lager, kurz nachdem er in die

Atmosphäre eingedrungen war, und er ließ die *Valcyn* über einer abgelegenen Region des Planeten tiefer gehen. Die Blockadepatrouillen hatten ihn nicht entdeckt, und er hatte das automatische Erkennungssignal des Schiffs schon vor seinem Aufbruch von Lehon zerstört. Niemand wusste, dass er hier war. Das sollte seiner Ansicht nach auch noch eine Weile so bleiben.

Er setzte das Schiff im Schutz einer kleinen Reihe von Bergausläufern mehrere Kilometer vom Lager entfernt auf. Er würde weniger Aufmerksamkeit erregen, wenn er sich zu Fuß näherte, und wollte auch den Landeplatz der *Valcyn* geheim halten, für den Fall, dass sich eine schnelle Flucht als ratsam erwiese. Er stieg aus und machte sich auf den langen Weg zu Kaan und den anderen Sith.

Dieser Planet fühlte sich vollkommen anders an als die, auf denen er sich zuvor aufgehalten hatte. Ruusan war eine müde Welt, erschöpft und verausgabt von endlosen Kriegen, die auf ihrer Oberfläche geführt worden waren. Unbehagen hing in der Luft wie eine ansteckende Krankheit, die Geist und Lebenskraft befiel. Die Macht war stark auf Ruusan – das war unvermeidlich bei der großen Anzahl von Sith und Jedi, die sich hier aufhielten. Aber Bane spürte auch, dass sie in Aufruhr war, in einen Strudel aus Verwirrung und Konflikt gerissen. Weder die Dunkelheit noch das Licht konnten sich durchsetzen. Stattdessen kollidierten sie, verbanden sich miteinander und wurden zu einem obszönen, unentschlossenen Grau.

Weit im Osten konnte er die Ränder des großen Walds von Ruusan erkennen. Er spürte, dass sich die Jedi dort verbargen, obwohl sie die Macht benutzten, um ihren genauen Standort zu verschleiern. Das Sith-Lager befand sich im Westen, mehrere Kilometer entfernt vom Waldrand. Dazwischen erstreckten sich sanfte Hügel und Ebenen: der Schauplatz der größeren Schlachten, die bisher auf Ruusan ausgefochten worden waren. Die beinahe ununterbrochenen Scharmützel waren von sechs großen

Schlachten unterbrochen worden, bei denen jede Seite ihre ganze Stärke aufgeboten hatte, um den Feind mit einem einzigen Schlag auszulöschen – oder ihn zumindest von dem Planeten zu vertreiben. Dreimal hatten Hoth und die Armee des Lichts die Oberhand gewonnen, die anderen drei Siege waren an Kaan und seine Bruderschaft gegangen. Aber keiner war entscheidend genug gewesen, um dem Krieg ein Ende zu machen.

Aus dem durchdringenden Gestank nach Tod schloss Bane, dass es vor Kurzem einen kleineren Kampf auf diesem Territorium gegeben hatte. Sein Verdacht wurde bestätigt, als er über eine Anhöhe kam und auf den Schauplatz des Gemetzels stieß. Es war schwer zu sagen, wer die Sieger gewesen waren: Leichen in der Kleidung beider Seiten lagen überall, so ineinander verflochten, als wären die Kombattanten auch nach ihrem Tod noch im Hass verbunden. Die meisten Toten waren wahrscheinlich Anhänger der Jedi oder Schergen der Sith und keine wirklichen Jedi-Ritter oder Angehörigen der Bruderschaft, obwohl er auch eine Handvoll in den dunklen Sith-Gewändern bemerkte.

Über dem Schlachtfeld schwebten die Bouncer, eine einzigartige auf Ruusan heimische Spezies. Es war mindestens ein halbes Dutzend in unterschiedlichen Größen, die meisten mit einem Durchmesser zwischen einem und zwei Metern. Ihre runden Körper waren mit dichtem grünen Fell bedeckt, ebenso wie die flossenähnlichen Fortsätze an ihren Seiten und das lange Band von einem Schwanz, das hinter ihnen herflatterte. Sie hatten keine wahrnehmbaren Gesichtszüge außer dunklen, lidlosen Augen.

Es hieß, sie seien eine intelligente Lebensform, aber Bane kamen sie vor wie Tiere, die sich an den Überresten der Schlacht nährten. Als er näher kam, erkannte er jedoch, dass sie miteinander kommunizierten, obwohl sie keine Münder hatten. Irgendwie projizierten sie geistige Bilder von Hilfe und Trost, als versuchten sie, die Wunden des vernarbten Landes zu heilen.

Sie flohen, als Bane näher kam, schossen davon wie ein bizarrer Schwarm von Fischen, der durch den Himmel schwamm. Als er noch näher kam, erkannte er, dass sie über einem Gefallenen geschwebt hatten. Der Mann war noch nicht vollkommen tot, obwohl die klaffende Wunde in seinen Eingeweiden deutlich machte, dass er den Abend nicht mehr erleben würde.

Er trug ein Sith-Gewand, und die zerschmetterten Überreste seines Lichtschwertgriffs lagen nahe seiner ausgestreckten Hand. Bane erkannte ihn als einen der unwichtigeren Schüler der Akademie auf Korriban, so schwach in der Dunklen Seite, dass es nicht die Mühe wert gewesen war, sich seinen Namen zu merken. Aber er kannte Bane.

Mit einem Stöhnen drehte sich der Mann auf den Rücken und zog sich in eine sitzende Position hoch, Kopf und Schultern gegen einen Steinblock gelehnt. Seine Augen – glasig und mit geweiteten Pupillen – wurden einen Moment klarer, sein Blick konzentrierte sich. »Lord Bane ...«, keuchte er. »Kaan sagte uns ... Ihr wäret tot.«

Es hatte keinen Sinn zu antworten, also schwieg Bane.

»Ihr habt den Kampf verpasst ...«, murmelte der Mann. Er war schwer zu verstehen wegen der erstickenden Blutblasen, die in seinem Hals aufstiegen. Ein Hustenanfall verhinderte einige Zeit, dass er weitersprach. Er war zu schwach, um auch nur die Hände zu heben, um sich den Mund zuzuhalten, und spuckte roten Schaum über Banes dunkle Stiefel.

»Der Kampf war ruhmreich«, krächzte er schließlich. »Es ist eine Ehre ... in einer solchen Schlacht zu fallen.«

Bane lachte laut; die einzig angemessene Reaktion auf solch lächerliche Dummheit. »Ruhm bedeutet den Toten nichts«, sagte er, obwohl nicht einmal klar war, ob der Mann ihn in seinem Zustand noch hören konnte.

Er drehte sich um und wollte gehen, dann blieb er stehen, als er ein schwaches Ziehen an seinem Stiefel verspürte. »Helft mir, Lord Bane.«

Er entzog seinen Stiefel der klammernden Hand und antwortete: »Ich heiße *Darth* Bane.« Es gab ein Übelkeit erregendes Knirschen, als er den Stiefel nach unten stieß und den Schädel des Mannes gegen den Stein drückte, der ihn gestützt hatte. Der Verwundete krümmte sich noch einmal, dann blieb er reglos liegen.

Die Läuterung der Sith hatte begonnen.

Lord Kaan lag auf dem schmalen Feldbett in seinem Zelt, hatte die Augen geschlossen und rieb sich die schmerzenden Schläfen. Die Anstrengung, seine Anhänger weiterhin auf die gemeinsame Sache einzuschwören, forderte einen hohen Preis, und sein Kopf dröhnte ununterbrochen von stumpfen, gnadenlosen Kopfschmerzen.

Trotz ihres Erfolgs bei den letzten Kämpfen gegen die Jedi war die Stimmung im Sith-Lager angespannt. Sie waren zu lange auf Ruusan gewesen – viel zu lange –, und es gab nun Berichte von Siegen der Republik in weit entfernten Systemen. Bei all seiner Fähigkeit, die anderen Dunklen Lords zu manipulieren und zu beeinflussen, wurde es schwieriger und schwieriger für Kaan, dafür zu sorgen, dass die Bruderschaft sich weiter auf ihren Kampf gegen die Armee des Lichts konzentrierte.

Er wusste, es gab einen sicheren Weg, dem Krieg ein Ende zu machen, und zwar schnell: die Gedankenbombe. Er hatte viele Nächte wach gelegen und sich gefragt, ob er es wagen würde, sie einzusetzen. Wenn sie die Jedi anlockten und die Bombe losließen, würde die Explosion ihre Feinde vollkommen auslöschen. Aber würde selbst die verbundene Willenskraft der Bruderschaft ausreichen, die Freisetzung solcher Kraft zu überleben? Oder würden auch sie von der Explosion vertilgt werden?

Wieder und wieder hatte er die Bombe als zu gefährlich abgetan, eine so schreckliche Waffe, dass selbst er – ein Dunkler Lord der Sith – sich fürchtete, sie einzusetzen. Aber jedes Mal hatte er einen Augenblick länger darüber nachgedacht, bevor er vor diesem Abgrund zurückwich.

Ein Geräusch vor dem Zelt ließ ihn die Augen öffnen und sich ruckartig hinsetzen. Eine Sekunde später steckte Githany, die nun viele als seine rechte Hand betrachteten, den Kopf herein. »Sie sind bereit für Euch, Lord Kaan.«

Er nickte, stand auf und nahm sich noch eine Sekunde, um sich zu fassen. Wenn er Schwäche zeigte, könnten sich die anderen gegen ihn wenden. Das durfte er nicht zulassen. Nicht jetzt, wenn sie dem endgültigen Sieg so nahe waren. Deshalb hatte er die anderen Dunklen Lords zusammengerufen: eine letzte Versammlung, um ihre Entschlossenheit zu stärken und sich ihrer anhaltenden Loyalität zu versichern.

Githany ging ihm durchs Lager voran zu dem größeren Zelt, wo die anderen Sith-Lords auf ihn warteten. Er trat entschlossen ein und projizierte dabei eine Aura von Selbstsicherheit und Autorität.

Wie immer, wenn er einen Raum betrat, erhoben sich die Versammelten zum Zeichen ihres Respekts. Es gab jedoch einen, der sitzen blieb, die Arme über der kräftigen Brust verschränkt.

»Seid Ihr zu schwer, um aufzustehen, Lord Kopecz?«, fragte Githany scharf.

»Ich dachte, in der Bruderschaft wären alle gleich«, fauchte der Twi'lek zurück und wandte sich dabei mehr an Kaan als an sie.

Kaan wusste, dass er hier auf sehr dünnem Eis wandelte. Kopecz hatte schon öfter für die Unzufriedenen gesprochen, und viele andere richteten sich nach ihm. Leider war er auch am schwierigsten zu beeinflussen und zu beherrschen.

»Wir sind gleich. Genau, Lord Kopecz«, sagte er mit müdem

Lächeln. »Bleibt sitzen. Alle. Wir brauchen diese sinnlose Förmlichkeit nicht.«

Der Rest der Gruppe tat, was er sagte, und ließ sich wieder nieder, obwohl klar war, dass sie alle die Spannung zwischen den beiden Lords deutlich spürten, während Kaan zum Planungstisch ging.

»Wir haben den Krieg gegen die Jedi beinahe gewonnen«, erklärte er. »Sie stehen am Rand des Zusammenbruchs. Sie haben sich in den Wald zurückgezogen, aber langsam gehen ihnen die Verstecke aus.«

Kopecz schnaubte. »Diesen Refrain haben wir jetzt einmal zu oft gehört.«

Er musste sich gewaltig anstrengen, um gefasst zu bleiben, aber irgendwie gelang es Lord Kaan, mit ruhiger Stimme zu antworten: »Allen, die Zweifel an unserer Strategie hier auf Ruusan haben, steht es frei, sich zu Wort zu melden. Wie bereits ausgeführt wurde, sind wir in der Bruderschaft der Dunkelheit alle gleich.«

»Ich mache mir keine Sorgen wegen Ruusan.« Kopecz schluckte den Köder und stand auf. »Aber überall sonst in der Galaxis haben wir an Boden verloren. Die Republik war schon auf der Flucht vor uns. Aber statt ihr ein Ende zu machen, haben wir es zugelassen, dass sie sich wieder erholte!«

»Die meisten unserer frühen Siege erfolgten, bevor die Jedi sich ihnen anschlossen«, erinnerte Kaan ihn. »Bei unserem Angriff gegen die Republik ging es in erster Linie darum, die Jedi herauszulocken. Wir wollten sie zu einer Schlacht zwingen, bei der wir alles bestimmen: zu dieser Schlacht hier auf Ruusan.

Nun stehen wir kurz davor, sie auszulöschen. Wenn die Jedi erst weg sind, können wir die Planeten, die wieder unter die Herrschaft der Republik geraten sind, leicht zurückgewinnen – und darüber hinaus noch mehr.«

Kopecz schwieg, aber von anderen Lords erklang zustimmendes Gemurmel. Kaan betonte seinen Punkt noch einmal.

»Sobald wir unseren Feind hier auf Ruusan ausgelöscht haben, werden unsere Armeen in der Galaxis auf so gut wie keinen Widerstand mehr stoßen. Wir werden in allen Sektoren neues Territorium erobern und dann Coruscant und den anderen Kernplaneten schließlich die Luft abschnüren!«

Die Menge brüllte anerkennend. Als Kopecz sich wieder zu Wort meldete, hatte er einiges von seiner Feindseligkeit verloren.

»Aber der Sieg hier ist noch nicht gesichert. Wir haben Hoths Armee vielleicht umzingelt, aber am Rand dieses Systems lauert eine Jedi-Flotte mit dreihundert Mann Verstärkung.«

»Ja, ihre Verstärkung befindet sich am Rand des Systems.« Kaan versuchte nicht abzustreiten, was ohnehin jeder von ihnen wusste. »Genau dort, wo sie in der letzten Woche waren. Und dort werden sie auch bleiben: weit entfernt von der Oberfläche, wo sie gebraucht werden.

Die Masse unserer Flotte befindet sich im Orbit um Ruusan, und es fehlt den Jedi an Anzahl und Feuerkraft, um unsere Blockade zu brechen. Wenn sie sich nicht mit ihren Leuten hier an der Oberfläche vereinen können, werden Hoth und seine Anhänger fallen. Und sobald wir mit ihnen fertig sind, können wir die zerstreuten Überreste des Ordens erledigen, wie es uns passt.«

Kopecz schien zufrieden und setzte sich mit einer letzten Bemerkung wieder hin: »Dann lasst uns Hoth rasch ein Ende machen und von diesem elenden Steinklumpen verschwinden.«

»Genau darum soll es in dieser Strategiekonferenz gehen«, sagte Kaan lächelnd. Er wusste, dass er wieder einmal einen potenziellen Bruch in der Bruderschaft verhindert hatte. »Wir haben vielleicht hier und da ein Scharmützel verloren, aber wir stehen davor, den Krieg zu gewinnen!«

Githany reichte ihm eine Hololandkarte mit den neuesten Daten der Späherdrohnen. Er nickte zum Dank, entrollte die Karte auf dem Tisch und beugte sich dann vor, um sie sich näher anzusehen.

»Unsere Spione sagen, dass sich Hoths Hauptlager hier befindet.« Er zeigte mit dem Finger auf einen dicht bewaldeten Teil der Region. »Wenn es uns gelingt, sie aus dem Wald zu treiben, können wir ...«

Er hielt inne, als ein dunkler Schatten auf die Karte fiel. »Was ist denn jetzt?« Verärgert schlug er mit der Faust auf den Tisch und riss den Kopf hoch, um festzustellen, wer dieser neueste Störenfried war.

Ein Berg von einem Mann stand im Eingang und blockierte das Licht von draußen. Er war hochgewachsen und vollkommen kahl, mit wulstiger Stirn und harter, unversöhnlicher Miene. Er trug die schwarze Rüstung und das Gewand der Sith, und an seiner Seite hing ein hakenförmiger Lichtschwertgriff. Obwohl Lord Kaan den Mann nie zuvor gesehen hatte, hatte er genug über ihn gehört, um ihn sofort zu erkennen.

»Darth Bane!«, rief er. Er warf einen raschen Blick zu Githany und fragte sich, ob sie ihn verraten habe. Ihrer Miene nach zu schließen, war sie allerdings ebenso überrascht wie er, ihren Besucher lebendig und bei guter Gesundheit zu sehen.

»Wir ... wir hielten Euch für tot«, begann er unsicher. »Wie habt Ihr ...?«

»Ich bin müde«, unterbrach Bane ihn. »Darf ich mich hinsetzen?«

»Selbstverständlich«, stimmte Kaan rasch zu. »Alles für einen Bruder.«

Der hochgewachsene Mann grinste höhnisch, als er sich auf einem Stuhl niederließ. »Danke, *Bruder*.«

Etwas in seinem Ton machte Kaan noch misstrauischer. Was

wollte er hier? Wusste er, dass Githany versucht hatte, ihn zu vergiften? Wusste er, dass Kaan sie geschickt hatte?

»Bitte macht mit Eurer Strategie weiter«, drängte Bane mit einer lässigen Handbewegung.

Kane wurde immer zorniger. Es war, als hätte Bane ihm die Erlaubnis erteilt fortzufahren, als wäre Bane hier das Oberhaupt. Er biss die Zähne zusammen, schaute wieder hinab auf die Karte und machte weiter, wo er unterbrochen worden war. »Wie ich schon sagte, die Jedi verstecken sich im Wald. Wir können sie heraustreiben, wenn wir uns aufteilen. Wenn wir unsere Flieger einsetzen, können wir ihre Südfront umgehen und ...«

»Bah!«, rief Bane und schlug fest mit der Handfläche auf den Tisch. »Flieger und Fronten«, höhnte er, stand auf und zeigte mit einem anklagenden Finger auf Kaan. »Ihr denkt wie ein General, der im Dreck wühlt, nicht wie ein Sith-Lord!«

Angespanntes Schweigen hatte sich über die Versammelten gesenkt; selbst Kaan war sprachlos. Er konnte spüren, dass sich alle Augen auf ihn richteten und alle erwartungsvoll abwarteten, was geschehen würde. Bane kam näher, bis sein Gesicht nur noch Zentimeter von dem von Kaan entfernt war.

»Wie habt Ihr je den Mumm gefunden, mich zu vergiften?«, fragte er in leisem, drohendem Flüsterton.

»Das ... das war ich nicht!«, stotterte Kaan, als Bane ihm wieder den Rücken zuwandte.

»Entschuldigt Euch nicht dafür, Gerissenheit und Heimtücke angewandt zu haben«, erwiderte Bane und ging zum Tisch. »Dafür bewundere ich Euch. Wir sind Sith, die Diener der Dunklen Seite«, fuhr er fort, dann beugte er sich vor, um die Truppenpositionen und taktischen Stellungen vor sich zu betrachten. »Und nun seht Euch diese Karte an und denkt wie Sith. Kämpft nicht im Wald ... *zerstört den Wald!*«

Es war Githany, die das auf diese Bemerkung folgende Schweigen brach und die Frage stellte, die alle beschäftigte: »Und wie genau stellt Ihr Euch vor, dass wir das machen?«

Bane wandte sich ihnen mit einem bösen Grinsen wieder zu. »Ich kann es Euch zeigen.«

Es war dunkel geworden, aber im Licht der Lagerfeuer konnte Bane sehen, wie die anderen hin und her eilten und die von ihm befohlenen Vorbereitungen trafen. Als er spürte, dass Githany sich ihm näherte, drehte er sich um. Sie hatte eine Schale mit dampfender Suppe in der Hand, und ihre Miene war vorsichtig und unsicher.

»Es wird noch eine Stunde dauern, bis sie bereit sind, mit diesem Ritual zu beginnen«, sagte sie statt eines Grußes. Als er nicht antwortete, fügte sie hinzu: »Du siehst müde aus. Ich habe dir etwas gebracht, das dich wieder zu Kräften bringt.«

Er nahm die Schale entgegen, hob sie aber nicht an die Lippen. Das Ritual, von dem sie sprach, hatte er beim Studium von Revans Holocron entdeckt: eine Möglichkeit, alle Sith im Geist zu vereinen und ihre Kraft einem einzigen von ihnen zuzuleiten, damit dieser sie dann auf die Welt loslassen konnte. In vielerlei Hinsicht ähnelte der Prozess dem der Herstellung einer Gedankenbombe, aber diese Variation war weniger kraftvoll als das Ritual, das er Kaan als Friedensangebot geschickt hatte – und erheblich ungefährlicher.

Er bemerkte, dass Githany ihn forschend betrachtete, also beugte er sich über die Suppe. »Willst du mich noch einmal vergiften?« In seiner Stimme lag eine Spur von spielerischem Spott.

»Du hast es also die ganze Zeit gewusst?«

Er schüttelte den Kopf. »Erst, als ich das Gift auf deinen Lippen schmeckte.«

Sie zog eine Braue hoch und lächelte scheu. »Aber du hast dir trotzdem einen Nachschlag geholt. Zweimal.«

»Gift sollte einem Dunklen Lord nicht schaden«, sagte er. Dann gab er zu: »Und dennoch hätte es mich beinahe umgebracht.« Er hielt inne, aber sie sagte nichts. »Es gibt zu viele Sith-Lords in der Bruderschaft«, fuhr er fort. »Zu viele, die schwach in der Dunklen Seite sind. Kaan versteht das nicht.«

»Kaan hat Angst, dass du gekommen bist, um die Bruderschaft zu übernehmen.« Einen Augenblick später fügte sie hinzu: »Ich glaube, er hat Recht.«

Nicht übernehmen, dachte er, *sondern auslöschen.* Aber er verbesserte sie nicht, dieser Zeitpunkt war noch nicht gekommen. Er brauchte noch weitere Beweise, dass sie die Richtige war, um seine Schülerin zu werden. *Zwei sollen es sein, nicht mehr, nicht weniger. Einer, der die Macht verkörpert, ein anderer, der sie begehrt.*

Es war eine Entscheidung, die er nicht übereilen wollte.

»Ich kann dir die wahre Macht der Dunklen Seite zeigen, Githany. Macht, die über alles hinausgeht, was die von der Bruderschaft sich vorstellen können«, sagte er.

»Lehre mich«, flüsterte sie. »Ich möchte lernen. Du kannst mir alles zeigen ... nachdem du Kaans Platz als Anführer der Bruderschaft erobert hast!«

Er fragte sich unwillkürlich, ob sie immer noch versuchte, ihn zu manipulieren. Wollte sie ihn und Kaan gegeneinander ausspielen? Oder wollte sie, dass er Kaan stürzte, um seine neu gefundene Kraft zu beweisen?

Nein, gab er zu. *Sie versteht immer noch nicht, dass der gesamte Sith-Orden zerstört und vollkommen neu wieder aufgebaut werden muss. Vielleicht wird sie es nie verstehen.*

»Sag mir eins«, bat er. »War es deine Idee, mich zu vergiften? Oder die von Kaan?«

Mit einem leisen Lachen duckte sie sich unter seinem Arm mit der Schale durch, stellte sich direkt vor ihn und blickte auf in seine Augen. »Es war meine Idee«, gestand sie. »Aber ich habe Kaan glauben lassen, dass es seine war.«

Es könnte doch noch Hoffnung für sie geben, dachte Bane.

»Ich weiß, dass ich zuvor einen Fehler gemacht habe«, fuhr sie fort und bewegte sich wieder von ihm weg. »Ich hätte mit dir gehen sollen, als du Korriban verlassen hast. Mir war nicht klar, was du suchtest; ich verstand die Geheimnisse nicht. Aber ich verstehe sie jetzt. Du bist der wahre Anführer der Sith, Bane. Ich werde dir von jetzt an folgen. Ebenso wie der Rest der Bruderschaft, nachdem wir dein Ritual benutzt haben, um die Jedi zu vernichten.«

»Ja«, stimmte er mit neutraler Stimme zu und trank einen Schluck von der dampfenden Suppe. »Nachdem wir die Jedi vernichtet haben.«

Bane wusste, dass sie die Jedi nicht wirklich vernichten konnten. Nicht hier auf Ruusan. Nicht auf diese Weise. Irgendwie würden die Jedi überleben. Ein gewöhnlicher Krieg konnte die Diener des Lichts nicht vollkommen eliminieren. Nur die Werkzeuge der Dunklen Seite – List, Geheimhaltung, Verrat, Täuschung – konnten das tun.

Die gleichen Werkzeuge, die er benutzen würde, um die gesamte Bruderschaft der Dunkelheit auszulöschen. Und das würde mit dem Ritual an diesem Abend beginnen.

Kapitel 28

Kaan, Githany und der Rest der Dunklen Lords hatten sich auf einem kahlen Plateau versammelt, von dem aus man auf den riesigen Wald hinabschauen konnte, in dem Hoth und seine Armee sich versteckten. Sie waren auf ihren Speedern gekommen: Ein-Personen-Kurzstreckentransporter mit vorn angebrachten schweren Blastergeschützen. Die Speeder standen am Rand des Plateaus, fünfzig Meter entfernt von dort, wo die Sith sich in einem lockeren Kreis niedergelassen hatten. Das Ritual hatte begonnen.

Sie vereinten sich in der Macht und fielen alle gleichzeitig in eine meditative Trance. Im Geist sanken sie tiefer und tiefer in den Brunnen der Macht, der sich in jedem Individuum befand, beschworen ihre Kraft herauf und führten sie einem einzigen Gefäß zu. Bane stand in der Mitte des Kreises und spornte sie an.

»Berührt die Dunkle Seite. Die Dunkle Seite ist eins. Unteilbar.«

Der Nachthimmel füllte sich mit schwarzen Wolken, und ein heftiger Wind fegte über das Plateau und riss an den Umhängen der Sith. Die Luft bebte wie vom Donner und Knistern eines Unwetters, das sich aufbaute. Blauweiße Blitze zuckten durch die Luft, und die Temperatur fiel ganz plötzlich.

»Überlasst Euch der Dunklen Seite. Lasst Euch von ihr umgeben. Sie umschlingt Euch. Nimmt Euch ganz und gar auf.«

Die Bruderschaft sank tiefer in die kollektive Trance und war sich kaum bewusst, dass nun ein Unwetter über ihren Körpern tobte. Bane stand in der Mitte des Unwetters, zog Blitze an und nährte sich von ihnen. Er spürte, wie seine Kraft wuchs, als er die Dunkle Seite der anderen kanalisierte und konzentrierte.

So sollte es sein! Alle Macht der Bruderschaft in einem einzigen Körper! Die einzige Möglichkeit, das volle Potenzial der Dunklen Seite einzusetzen!

»Fühlt Ihr Euch unbesiegbar? Unverwundbar? Unsterblich?«

Er musste schreien, um sich über den heulenden Wind und den Donner hinweg verständlich zu machen. Ein Netz aus Blitzen ging von seinem Körper aus und verband ihn mit jedem anderen Sith. Er schauderte und versteifte sich plötzlich, die Arme an den Seiten ausgebreitet. Langsam begann sein starrer Körper, sich in die Luft zu erheben.

»Könnt Ihr es spüren?«, schrie er. Er fürchtete, die rohe Kraft der Macht, die durch ihn hindurchtoste, könnte ihn zerreißen. »Seid Ihr bereit, einen ganzen Planeten zu töten?«

Es gab nicht viel in der Galaxis, das einem Mann wie General Hoth Angst einjagen konnte. Aber als er die letzten Situationsberichte seiner Späher las, spürte er einen ersten Hauch von Furcht im Nacken. Der Bruch zwischen ihm und Farfalla war überbrückt worden, aber nun gab es keine Möglichkeit, die Verstärkung auf die Oberfläche des Planeten herunterzubringen. Kleine Botenschiffe mit einer Besatzung von einem oder zwei Leuten hatten eine Chance, sich unentdeckt an der Sith-Blockade vorbeizuschleichen, aber alles, was größer war, hatte keine Chance.

Hoths Angst war allerdings mehr als das Ergebnis seiner Frustration darüber, dass Hilfe so nahe und dennoch so gut wie unerreichbar war. Etwas Unheilvolles lag in der Luft. Etwas Böses.

Plötzlich kam ihm ungebeten ein Bild in den Kopf: eine Vorahnung von Tod und Zerstörung. Er sprang auf und rannte aus dem Zelt. Obwohl es mitten in der Nacht war, überraschte es ihn kaum, dass die meisten im Lager ebenfalls nicht schliefen. Auch sie hatten es gespürt. Etwas kam auf sie zu. Und zwar schnell.

Sie blickten zu Lord Hoth auf, warteten darauf, dass er das Kommando übernahm. Er tat es mit einem einzigen gebrüllten Befehl.

»Lauft!«

Das Unwetter rollte vom Plateau herab und über den Wald. Hunderte von glühenden Blitzen schossen aus den Wolken – und der Wald explodierte. Bäume gingen in Flammen auf, die Feuersbrunst tobte durch die Äste und breitete sich in alle Richtungen aus. Das Unterholz schwelte, rauchte und entzündete sich ebenfalls, und eine Wand aus Feuer fegte über die Planetenoberfläche.

Das Inferno verschlang alles in seinem Weg.

Hitze und Feuer. Mehr gab es nicht in Banes Welt. Es war, als wäre er selbst zum Unwetter geworden: Er konnte den Wald vor sich sehen, umgeben von Rot und Orange, innerhalb von Sekunden durch die unbehinderte Wut der Dunklen Seite zu Asche und glühender Holzkohle verbrannt.

Es war hinreißend. Und dann war es plötzlich vorbei.

Mit einem knochenzerrüttenden Ruck fiel er aus fünf Meter Höhe auf den Boden zurück. Ein paar Sekunden war er vollkommen desorientiert und konnte nicht herausfinden, was geschehen war. Dann verstand er: Die Verbindung war abgerissen.

Er kam langsam auf die Beine, unsicher, ob er sein Gleichgewicht halten konnte. Die Sith ringsumher verharrten nicht mehr in Meditationshaltung, sondern sie waren zusammengesackt oder wälzten sich am Boden, vollkommen verstört durch das plötzliche Ende des Verbindungsrituals. Einer nach dem anderen fassten sie sich wieder und standen auf, und die meisten schauten so verwirrt drein wie Bane selbst nur Sekunden zuvor.

Dann bemerkte er Lord Kaan, der an der Seite stand, bei den Speedern.

»Was ist passiert?«, fragte Bane zornig. »Warum habt Ihr aufgehört?«

»Euer Plan hat funktioniert«, erwiderte Kaan barsch. »Der Wald ist zerstört, die Jedi sind auf offenes Gelände geflohen. Jetzt sind sie verwundbar. Jetzt machen wir ihnen ein Ende.«

Es war Kaan gewesen, der die Verbindung unterbrochen hatte, und irgendwie war es ihm gelungen, die anderen mit sich herauszuziehen, als hätte er Gewalt über ihren Geist. *Vielleicht ist das ja so*, dachte Bane. Ein weiterer Beweis, dass sie alle vernichtet werden mussten, wenn die Sith geläutert werden sollten.

Als die anderen nach und nach zu sich kamen, hatte Kaan bereits einen Plan und gab Befehle. »Das Feuer hat die Jedi herausgetrieben. Wir können sie jetzt vom Himmel aus niedermähen. Beeilt Euch!«

Sie rannten auf seinen Befehl zu ihren wartenden Fliegern und stiegen jubelnd und mit lautem Kriegsgeschrei auf.

»Komm mit, Bane«, sagte Githany und eilte an ihm vorbei. »Schließen wir uns ihnen an!«

Er packte sie am Arm und zog sie zu sich. »Kaan versucht immer noch, diesen Krieg mit Blastern und Armeen zu gewinnen«, sagte er. »Das ist nicht der Weg der Dunklen Seite.«

»Aber so macht es mehr Spaß«, sagte sie, und die freudige Erregung war ihr deutlich anzuhören. Sie riss sich los.

Als er ihr hinterhersah, wie sie zu den anderen rannte, erkannte er, dass die Lehren von Qordis und der Akademie auf Korriban sie korrumpiert hatten. Trotz ihres Versprechens, Bane zu folgen, konnte sie nicht über die Bruderschaft und ihre Grenzen hinwegschauen. Sie war besudelt – ungeeignet, seine Schülerin zu sein. Sie würde mit den anderen sterben müssen.

Er verspürte einen Hauch von Bedauern, als er zu diesem Schluss kam, aber sein Bedauern war das Echo eines Gefühls, die letzten Überreste einer Emotion. Er erstickte es rasch, denn er wusste, dass ihn so etwas nur schwächen würde.

»Ihr macht uns Angst, Bane«, erklang eine Stimme hinter ihm. Als er sich umsah, entdeckte er Kopecz, der ihn forschend ansah.

»Als wir uns auf die Macht konzentrierten, mit Euch als Fokus, fühlte es sich an, als hättet Ihr Eure Zähne an unseren Kehlen«, fuhr der Twi'lek fort. »Als versuchtet Ihr, uns auszusaugen.«

»Die Macht der Dunklen Seite ist am stärksten, wenn sie in einem einzigen Gefäß konzentriert wird«, erwiderte Bane. »Nicht auf viele Einzelne verteilt. Ich habe es für die Dunkle Seite getan.«

Kopecz schüttelte den Kopf und stieg auf seinen Flieger. »Nun, wir wissen, dass es nicht um unsertwillen geschah.«

Bane sah ihm hinterher. Dann stieg er auf seinen eigenen Flieger, aber statt Kaan in die Schlacht zu folgen, kehrte er ins Sith-Lager zurück. Die erste Phase seines Plans, die Bruderschaft zu vernichten, war vollendet.

Als er im Lager eintraf, überraschte es ihn nicht, es vollkommen verlassen zu finden. Alle Dunklen Lords waren zu dem Ritual auf das Plateau gekommen, und dann waren sie alle hinter Kaan hergeflogen, um sich auf die plötzlich verwundbaren Jedi zu stürzen. Die Soldaten und Diener, die den Hauptteil der Sith-Armee ausmachten, waren ursprünglich im Lager zurückgeblieben, aber Kaan und die anderen hatten ihnen inzwischen befohlen, auf dem Schlachtfeld zu ihnen zu stoßen.

Bane zog seinen Flieger abwärts, um im Herzen des Lagers,

direkt neben Lord Kaans Zelt, zu landen. Er schaltete den Motor ab und war überrascht, das ferne Heulen eines zweiten Fliegers zu hören. Neugierig blickte er auf. Als der Flieger tiefer ging, erkannte er den Mann, der darauf saß.

Er kam direkt auf ihn zu. Bane ließ die Hand zum Lichtschwert sinken, bereit, es sofort vom Gürtel zu lösen. Die Macht wallte in ihm auf, genug, um einen Schutzschild um sich zu errichten, falls der Mann auf dem Flieger das Feuer auf ihn eröffnen würde.

Aber der Flieger griff nicht an. Stattdessen schoss er in ein paar Meter Abstand über seinen Kopf hinweg, wurde dann scharf herumgezogen und landete neben seinem eigenen.

»Ihr werdet keine Waffe brauchen«, sagte Qordis und stieg ab. »Ich komme mit einem Angebot.«

Bane erkannte, dass keine unmittelbare Gefahr bestand, und ließ die Hand wieder an die Seite sinken. »Ein Angebot? Was könntet Ihr mir schon zu bieten haben?«

»Meine Ergebenheit«, sagte Qordis und sank auf ein Knie nieder.

Bane starrte auf ihn herab, seine Miene eine Mischung aus Entsetzen, Heiterkeit und Verachtung. »Warum wollt Ihr Euch mit mir verbünden?«, fragte er. »Und warum sollte ich so etwas wünschen?«

Qordis kam langsam wieder auf die Beine, ein tückisches Lächeln auf den Lippen. »Ich bin nicht blind, Lord Bane. Ich sehe, wie Ihr mit Githany sprecht. Ich sehe, wie Ihr Kaan unterminiert. Ich weiß, weshalb Ihr tatsächlich nach Ruusan gekommen seid.«

Verblüfft fragte sich Bane, ob es möglich sein könnte, dass Qordis – der Gründer der Akademie auf Korriban, der hitzigste Verfechter all dessen, was mit den Sith nicht stimmte – endlich die Wahrheit erkannt hatte.

»Was genau schlagt Ihr vor?«, fragte er durch zusammengebissene Zähne.

»Ich weiß, was Kas'im zugestoßen ist. Er hat sich mit Kaan gegen Euch zusammengetan. Für diese Entscheidung hat er mit dem Leben bezahlt. Ich bin nicht so dumm wie er. Ich weiß, dass Ihr hier seid, um die Bruderschaft zu übernehmen«, erklärte er. »Ich denke, Ihr werdet Erfolg haben. Und ich will Euch helfen.«

»Ihr wollt mir helfen, die Bruderschaft zu übernehmen?« Bane lachte – Qordis war ebenso blind und fehlgeleitet wie der Rest. »Ihr wollt einen Anführer durch einen anderen ersetzen, und dann macht Ihr und der Rest der Bruderschaft weiter wie bisher? Das ist Euer brillanter Plan?«

»Ich kann ziemlich nützlich für Euch sein, Lord Bane.« Qordis gab nicht auf. »Viele aus der Bruderschaft sind ehemalige Schüler meiner Akademie. Sie lassen sich immer noch von mir anleiten.«

»Und genau das ist das Problem.« Bane schlug mit der Dunklen Seite zu und packte Qordis in einem lähmenden, erdrückenden Griff.

Sein Gegner versuchte, sich zu schützen und ein Feld zu errichten, das den Angriff abschmetterte, aber Banes Angriff zerriss seine jämmerliche Verteidigung, wischte sie weg, als wäre sie niemals vorhanden gewesen.

Qordis stieß einen erstickten Schmerzensschrei aus, als die Macht sich um ihn schlang und ihn vom Boden hob.

»Eure *Weisheit* hat den Orden zerstört«, erklärte Bane lässig und sah zu, wie Qordis sich hilflos über ihm wand. »Ihr habt den Geist Eurer Anhänger besudelt. Ihr und Kaan habt sie auf den Weg des Ruins geführt.«

»Das ... das verstehe ich nicht«, keuchte Qordis, kaum mehr in der Lage zu sprechen, denn die Luft wurde ihm aus der Lunge gedrückt.

»Das war immer das Problem«, erwiderte Bane. »Die Bruderschaft muss geläutert werden. Die Sith müssen zerstört und neu aufgebaut werden. Ihr, Kaan und alle anderen müssen vom Angesicht der Galaxis getilgt werden. Deshalb bin ich zurückgekehrt.«

Wachsendes Entsetzen breitete sich auf Qordis' schmalem, hagerem Gesicht aus. »Bitte«, ächzte er. »Nicht ... nicht so. Lasst mich los. Lasst mich ... mein Lichtschwert ziehen. Lasst uns kämpfen ... wie ein Sith.«

Bane legte den Kopf schief. »Ihr wisst doch sicher, dass ich Euch ebenso leicht mit meinem Lichtschwert töten kann wie durch die Macht.«

»Ich ... ich weiß.« Qordis' Kopf verfärbte sich rot, und sein Körper zitterte, als der Druck wuchs. Jedes Wort, das er sprach, kostete gewaltige Anstrengung, aber irgendwie fand der sterbende Mann die Kraft, seine letzte Bitte auszusprechen. »Mehr ... Ehre ... im ... Tod ... im ... Zweikampf.«

Bane zuckte ungerührt die Achseln. »Ehre ist etwas für die Lebenden. Tot ist tot.«

Ein letztes Drücken mit seinem Geist drehte den unsichtbaren Schraubstock noch weiter zu. Qordis schrie ein letztes Mal, aber ohne Luft in der Lunge kam nur ein rasselndes Keuchen heraus, das wegen des Knackens seiner brechenden Knochen kaum zu hören war.

Wäre Bane immer noch zu solchen Gefühlen imstande gewesen, hätte der Mann ihm sogar leidgetan. So ließ er einfach die Leiche auf den Boden fallen und ging zu Kaans Zelt und der Kom-Ausrüstung darin. Es war Zeit, die zweite Phase seines Plans einzuleiten.

An Deck der *Nightfall*, des großen Flaggschiffs der Sith-Flotte, antwortete die amtierende Kommandantin Admiral Adrianna Nyras auf der Grußfrequenz durch ihr privates Handgelenk-Kom.

»Hier spricht Admiral Nyras«, sagte sie. »Ich erwarte Eure Befehle, Lord Kaan.«

»Lord Kaan ist nicht hier«, erwiderte eine ihr unbekannte Stimme. »Hier spricht Lord Bane.«

Sie zögerte nur eine Sekunde, bevor sie antwortete. Kaan ließ andere selten seine persönliche Kom-Anlage benutzen, aber es war hin und wieder schon geschehen. Und die Sicherheitsverschlüsselung an dem Gerät machte es so gut wie unmöglich, dass andere sich in diese Frequenz schalteten. Also musste diese Botschaft tatsächlich aus dem Sith-Lager kommen, was bedeutete, dass sie wirklich mit einem der Dunklen Lords sprach.

»Verzeiht mir, Lord Bane«, entschuldigte sie sich. »Wie lauten Eure Befehle?«

»Statusbericht.«

»Unverändert«, erwiderte sie mit militärischer Präzision und Effizienz. »Die Blockade besteht weiterhin. Die Jedi-Flotte wartet immer noch außerhalb unserer Reichweite.«

»Greifen Sie an.«

»Wie bitte?«, fragte sie, so überrascht, dass sie einen Augenblick vergaß, mit wem sie sprach.

»Sie haben mich gehört, Admiral«, fauchte die Stimme am anderen Ende. »Greifen Sie die Jedi-Flotte an.«

Der Befehl war einfach unsinnig. Als Kaan das letzte Mal mit ihr gesprochen hatte, hatte er ihr befohlen, die Stellung um jeden Preis zu halten. Solange sie ihre Position im Orbit beibehielten, würde ihre Blockade so gut wie undurchdringlich sein. Wenn sie die Formation auflösten und die Jedi-Flotte angriffen, wären sie nicht mehr imstande zu verhindern, dass Transporter mit Verstärkung für die Jedi landeten.

Aber Admiral Nyras hatte im Lauf ihres Dienstes für die Sith schon seltsamere Befehle erhalten. Es gab Gerüchte, dass Kaan über eine mystische Kraft verfügte, mit der er durch die Macht das Ergebnis einer Schlacht beeinflussen und sich über alle traditionellen Strategien hinwegsetzen konnte. Und wenn ein Dunkler Lord ihr einen direkten Befehl gab und dabei die persönliche Kommunikationsausrüstung in Lord Kaans Zelt benutzte, würde sie nicht das Risiko einer Befehlsverweigerung eingehen.

»Zu Befehl, Lord Bane«, antwortete sie also. »Wir greifen die Jedi an.«

Das Feuer trieb General Hoth und seine Armee aus dem Schutz des Waldes. Sie ließen den größten Teil ihrer Ausrüstung und Verpflegung zurück und rannten los, eine wilde Flucht vor der glühenden Hitze und den Flammen. Wer stolperte oder fiel, wurde sofort von den Flammen verschlungen. Irgendwie gelang es den meisten, vor dem tödlichen Feuer zu bleiben, und schließlich rannten sie aus dem Wald auf die felsige Ebene hinaus, auf der schon so viele Schlachten ausgefochten worden waren.

Die Sith warteten bereits auf sie.

Die erste Welle von Hoths Leuten, die aus dem Wald kam, wurde von Blasterfeuer niedergemäht. Jene, die ihnen folgten, konnten ihre Lichtschwerter ziehen und viele tödliche Geschosse abwehren, aber draußen auf der Ebene wurden sie sofort von Unmengen von Sith-Soldaten angegriffen.

Die Jedi waren zahlenmäßig unterlegen, wehrten sich aber erfolgreich. Sie trieben die Sith zurück, brachen durch ihre Linien und lösten Chaos und Verwirrung aus. Aber Hoth wusste, dass die eigentliche Falle der Sith noch nicht zugeschnappt war.

Der General schlug auf jeden Feind ein, der dumm genug war, in Reichweite seines Lichtschwerts zu kommen. Er konnte spüren, dass diese Leute nicht die wahren Sith waren. Das hier waren keine Dunklen Lords, sondern nur gesichtslose Horden, nichts weiter als Ablenkung.

Wo sind sie? Was hat Kaan vor?

Er erhielt seine Antwort einen Augenblick später, als ein Bataillon von Fliegern über den Horizont kam und mit dem tödlichen Beschuss des Schlachtfelds begann. Geleitet von der Dunklen Seite, waren die schweren Geschütze mörderisch genau, dezimierten Hoths Truppe und brachten den Sith einen eindeutigen Vorteil.

Hoth hatte in einigen Schlachten triumphiert, die er eigentlich nicht hätte gewinnen dürfen. Aber er wusste, dass diese Schlacht seine letzte sein würde.

Ich werde dafür sorgen, dass mein letzter Kampf der Geschichten und Lieder würdig sein wird, dachte er trotzig, *selbst wenn niemand mehr übrig sein wird, um sie zu erzählen und zu singen.*

Die Welt löste sich zu einem betäubenden Nebel auf. Schreie und Kampfgeräusche wurden zu einem matten, vagen Tosen. Spritzender Dreck und Steine von in den Boden gehenden Blasterschüssen trafen ihn und mischten sich mit Schweiß und Blut von Freund und Feind. Hoth führte jeden Schlag, als könnte er der letzte sein, denn er wusste, dass die Flieger früher oder später auf ihn zuhalten und ihn umbringen würden.

Lord Kaans Flieger schwebte über dem Chaos wie ein finsterer Raubvogel, und seine Geschütze pflügten durch die Masse der Soldaten auf dem Schlachtfeld unter ihm. Von hier oben war es klar, dass die Schlacht den Sith gehörte. Aber obwohl sie schlecht ausgerüstet, zahlenmäßig unterlegen und schlecht bewaffnet waren, kämpften die Jedi tapfer bis zum bitteren Ende. Es gab keine Spur von Rückzug, sie brachen nicht aus den Reihen aus. Widerwillig bewunderte Kaan diesen Mut und diese Ergebenheit an die Sache angesichts des sicheren Todes. Wären seine eigenen Leute in ihrer Loyalität und ihrem Zielbewusstsein so standfest gewesen, hätte er diesen Krieg schon lange gewonnen. Es ging nicht darum, dass es ihnen an Disziplin fehlte, die Armeen der Sith waren ebenso gut ausgebildet wie die der Jedi oder der Republik. Es mangelte ihnen einfach an Überzeugung.

Zu oft war ihre Moral nur von seiner Willenskraft zusammengehalten worden, und seine Kampfmeditation hatte ihre Entschlossenheit gestärkt, wann immer die Situation finster oder verzweifelt wurde. Aber auch das hatte seine Grenzen. Gegen eine ganze Armee von Jedi, die wachsam gegen die Machtkräfte der Sith vorging, konnte seine Meditation kaum mehr leisten, als ein vages Gefühl des Unbehagens beim Feind zu erzeugen. Ein kleiner Vorteil, und einer, über den die Jedi sich leicht hinwegsetzen konnten. Hier auf der Oberfläche dieses elenden Planeten waren die Bruderschaft der Dunkelheit und ihre Schergen gezwungen gewesen, sich auf ihr eigenes Können zu verlassen, ohne dass Kaan ihnen mit seiner Meditation den Rücken stärkte. Und viel zu oft hatten sie nicht genügt.

Es hatte Gelegenheiten gegeben, bei denen er die Fähigkeit seiner Anhänger, auf sich allein gestellt zu agieren, infrage gestellt hatte. Es hatte Gelegenheiten gegeben, bei denen er sich gefragt hatte, ob sich die Sith-Truppen derart auf den gewaltigen Vorteil seiner Kampfmeditation verließen, dass sie vergessen hatten, wie man ohne sie wirkungsvoll kämpfte. Aber nun stand der endgültige Sieg endlich bevor. Die Jedi versuchten ein letztes Mal, verzweifelt standzuhalten, sie kämpften wahrhaft ruhmreich, aber das Ergebnis war unvermeidlich. Lord Kaan hatte nur noch eins zu tun, bevor der Kampf ein Ende fand.

Weiter flog er über das Schlachtfeld, schoss hin und wieder auf die Jedi unter ihm und suchte dabei nach seinem wahren Feind. Dann entdeckte er ihn schließlich: General Hoth, der in der Mitte des Kampfs stand, umgeben von einem Bollwerk aus mutigen Verbündeten und einem gnadenlosen Meer von Sith-Feinden, das sich an diesem Bollwerk wieder und wieder brach.

Er richtete die Geschütze seines Fliegers auf das Ziel und raste abwärts mit der Absicht, seinen Gegner bei diesem spektakulären Anflug zu töten. Aber als er schoss, erschütterte eine massive

Explosion seinen Flieger und schleuderte ihn nach links. Seine Schüsse rissen eine tiefe Furche in den Boden, mehrere Meter links von Hoth.

Der Jedi-General kämpfte weiter, als hätte er das nicht einmal bemerkt, aber Kaan riss seinen Flieger scharf herum, um zu sehen, was geschehen war. Bevor er die Wende vollenden konnte, brachte eine weitere Explosion neben ihm den Himmel zum Beben, und er sah, wie ein anderer Flieger die Kontrolle verlor und abstürzte.

Er blickte auf und erkannte, dass sie von oben angegriffen wurden. Zwei massive Kanonenboote hielten auf die Schlacht zu, und ihre Geschütze holten die Sith-Flieger einen nach dem anderen aus der Luft. Auf der Unterseite der Schiffe waren die Farben von Jedi-Meister Valenthyne Farfalla deutlich zu sehen.

Unmöglich! Kaan fluchte leise. *Sie können unmöglich durch die Blockade gebrochen sein! Nicht mit diesen Schiffen!* Aber irgendwie war genau das geschehen.

Eine weitere Salve erledigte drei weitere Flieger, und Kaan wurde klar, dass es nun seine eigene Armee war, der die Niederlage drohte. Die Flieger waren schneller und manövrierfähiger als die Kanonenboote der Jedi, aber ihre Blaster konnten den schwer gepanzerten größeren Schiffen nicht einmal eine Delle beibringen.

Eine Sekunde lang glaubte er, die anderen Dunklen Lords noch einmal um sich sammeln zu können. Wenn sie ihre Angriffe konzentrierten, könnten sie die Kanonenboote vielleicht zum Absturz bringen – obwohl ihre eigenen Verluste schwer sein würden. Aber er tat diese Idee so schnell wieder ab, wie sie gekommen war.

Er war nicht der Einzige, dem das Eintreffen der Jedi-Verstärkung aufgefallen war. Angesichts dieser Wendung hatten die Dunklen Lords unter seinem Kommando auf die einzige Art reagiert, die sie kannten: Selbsterhaltung durch Flucht. Schon hatten die meisten Flieger ihren Kurs geändert und führten Ausweichmanöver durch, die nur ein Ziel hatten – dem Schlachtfeld lebendig zu entkommen. Und da ihre Lords und Meister flohen, würden die Horden von Sith-Soldaten am Boden schnell folgen. Aus dem unmittelbar bevorstehenden Sieg würde eine katastrophale Niederlage werden.

Kaan verfluchte seine eigenen Leute ebenso heftig wie die Jedi, als ihm klar wurde, dass ihm selbst ebenfalls nur noch eine Möglichkeit blieb. Er zog seinen Flieger herum und schloss sich dem Rückzug an.

Kapitel 29

Trotz der Toten und Verwundeten auf dem Schlachtfeld konnte sich General Hoth die Andeutung eines Lächelns nicht verkneifen. Die Sith hatten ihre Falle zuschnappen lassen, aber irgendwie hatte die Armee des Lichts überlebt.

Er erkannte Farfallas Farben an den Kanonenbooten, die nun über dem Schlachtfeld kreisten und dafür sorgten, dass die Nachzügler der Sith sich nicht aus der Deckung wagten, bis die Bodentruppen sie umzingeln und ihre Kapitulation verlangen konnten. Die meisten hatten es eilig, sich zu ergeben. Alle wussten, dass die Jedi lieber Gefangene machten, als ihre Feinde zu töten, wie auch jeder wusste, dass sie ihre Gefangenen human behandelten. Von den Sith konnte man so etwas natürlich nicht behaupten.

Ein kleiner Konvoi von Fliegern kam aus den Kanonenbooten und gesellte sich zu den Überlebenden am Boden. Der General erkannte Farfalla an der Spitze, noch bevor Farfalla ihn erspähte und landete.

Der junge Jedi stieg ab und streckte ohne ein Wort die Hand zu einem höflichen Gruß aus. Er war so bunt und geckenhaft gekleidet wie eh und je, aber aus irgendeinem Grund störte das Hoth nicht mehr so sehr wie früher. Er ging zu ihm und zog ihn in eine feste Umarmung, was Farfalla überrascht auflachen ließ. Hoth ließ ihn erst wieder los, als Farfalla anfing zu husten.

»Ich grüße Euch, Lord Hoth«, sagte Farfalla, sobald er frei war, und verbeugte sich mit großer Geste. Dann richtete er sich auf, warf einen Blick auf das Schlachtfeld, und seine Miene wurde ernster. »Ich bedauere nur, dass wir nicht früher hier sein konnten.«

»Es ist ein Wunder, dass Ihr überhaupt hier seid«, erwiderte Hoth. »Ich habe Angst, Euch auch nur zu fragen, wie Ihr durch die Blockade gekommen seid, denn sonst könnte sich all das hier am Ende als nichts weiter als die Fieberträume eines Sterbenden erweisen.«

»Ihr könnt sicher sein, General, dass ich echt bin. Was unsere Ankunft hier angeht, so ist das leicht zu erklären: Die Sith haben die Formation ihrer Blockade aufgelöst und uns angegriffen. Unsere Großkampfschiffe haben ihre Kreuzer und Dreadnaughts beschäftigt, und so waren wir imstande, mehrere Kanonenboote zu Eurer Hilfe zu schicken.«

»Was ist mit dem Rest Eurer Flotte?«, fragte Hoth besorgt. »Die Sith hatten beinahe doppelt so viele Schiffe.«

»Sie haben lange genug standgehalten, dass wir durch die Blockade kamen, dann konnten sie sich mit überraschend geringen Verlusten zurückziehen.«

»Gut.« Der General nickte. Dann runzelte er die Stirn. »Aber ich verstehe immer noch nicht, wieso sie Eure Flotte überhaupt angegriffen haben. Das ist einfach unsinnig!«

»Ich kann nur annehmen, dass sie die Befehle dazu von jemandem hier auf der Oberfläche erhalten haben.«

»Kaan stand kurz davor, uns zu erledigen«, gab Hoth zu bedenken. »Er hätte diesen Befehl auf keinen Fall gegeben.«

Beide Jedi schwiegen einen Moment nachdenklich. Schließlich fragte Farfalla: »Ist es möglich, dass wir in der Bruderschaft der Dunkelheit einen unbekannten Verbündeten haben?«

Hoth schüttelte den Kopf. »Das bezweifle ich. Wahrscheinlicher ist, dass die Sith nun beginnen, sich gegeneinander zu wenden. Das war unvermeidlich.«

Meister Farfalla nickte zustimmend. »Es ist immerhin der Weg der Dunklen Seite.«

Kaan kochte vor Wut, als sein Flieger im Sith-Lager landete. Wie konnte alles innerhalb von so kurzer Zeit so schrecklich schiefgegangen sein? Sie hatten kurz vor dem Sieg gestanden, und nun befanden sie sich plötzlich am Rand der Niederlage.

Er stürmte durch das Lager auf sein Zelt zu und ignorierte die fragenden Blicke von Githany und den anderen. Sie wollten eine Erklärung, aber er hatte keine. Noch nicht. Nicht, bevor er einen Statusbericht von Admiral Nyras erhalten hatte. *Wie hat Farfalla durch die verkriffte Blockade brechen können?*

Sein Zorn war so gewaltig, dass er Qordis' Flieger in der Nähe seines Zelts nicht bemerkte, ebenso wenig wie die Blutstropfen auf dem Boden in der Nähe. Wenn es ihm aufgefallen wäre, hätte er vielleicht die Umgebung durchsucht und die Leiche im nahen Unterholz gefunden. Aber Kaan konzentrierte sich vollkommen darauf, sein Zelt und die Kommunikationsausrüstung zu erreichen.

Dort stieß er auf Bane, der reglos wie ein Stein im Zelt stand und auf ihn wartete.

»So bald schon zurück, Kaan?«, fragte er. »Was ist aus Eurer ruhmreichen Schlacht geworden?«

»Sie haben Verstärkung bekommen«, fauchte Kaan. »Irgendwie ist es Farfalla gelungen, die Blockade zu durchbrechen.«

»Ich habe Eure Flotte angewiesen, die Jedi anzugreifen«, sagte Bane so lässig, als ginge es ums Wetter.

Kaan riss den Mund auf. Er hatte Verrat befürchtet, aber er war nicht darauf gefasst gewesen, dass der Verräter es so offen zugab! »Aber ... warum?«

»Ich wollte, dass alle Jedi gleichzeitig hier auf Ruusan sind«, erwiderte Bane.

»Verdammter Narr!«, schrie Kaan und fuchtelte wild mit den Armen, als würde er von unkontrollierbaren Zuckungen geplagt. »Der Sieg war unser! Wir hätten Hoth geschlagen!«

»Das ist Euer Ziel, nicht das meine. Ich verfolge ein viel größeres Ziel als den Tod von General Hoth. Er ist nur ein einzelner Mann.«

Kaan lachte harsch auf. »Wir wissen alle, welches Ziel Ihr verfolgt, *Darth* Bane. Ihr seid hier, um die Bruderschaft zu übernehmen.«

Bane zuckte gleichgültig die Schultern, als interessierte ihn das alles nicht.

Er wirkte so ruhig, so sicher. Kaan musste sich gewaltig beherrschen, um ihm nicht an die Kehle zu gehen. Verstand er denn nicht, was er getan hatte? Konnte er nicht sehen, dass sie dank seiner Einmischung nun alle zum Untergang verurteilt waren?

Müde sackte Kaan auf einen Stuhl. »Wenn Ihr sie gegen die Jedi führt, führt Ihr sie in den Tod.«

Nun war es Bane, der lachte – ein leises, unheimliches Lachen. »Wie schnell Ihr Euch der Verzweiflung überlasst, Kaan. Es scheint erst Stunden her zu sein, dass Ihr Eures Sieges vollkommen sicher wart.«

»Das war, bevor Farfalla und seine Verstärkung eintrafen«, erwiderte Kaan wütend. »Als wir noch die zahlenmäßige Überlegenheit und die Lufthoheit hatten. All das haben wir dank Euch verloren. Wir können sie jetzt unmöglich noch besiegen.«

»Ich könnte es schon«, erklärte Bane.

Kaan richtete sich auf. Wieder diese nicht zu erschütternde Selbstsicherheit. Bane wusste etwas, das er nicht wusste. Er hatte einen Trick im Ärmel. »Noch ein Ritual wie dieses letzte?«, spekulierte er.

»Ich kenne viele Rituale. Viele Geheimnisse. Und ich habe die Kraft, sie anzuwenden.«

Furcht erfüllte Kaan. »Die Gedankenbombe«, flüsterte er.

»Eure Führung hat versagt«, erklärte Bane. »Nun werde ich die Bruderschaft auf den Weg zum Sieg führen.«

»Und was wird aus mir?«, fragte Kaan, obwohl er die Antwort schon wusste.

»Ihr könnt mir zusammen mit den anderen Treue schwören«, sagte Bane, »oder hier in diesem Zelt sterben.«

Lord Kaan wusste, dass er nicht gegen Bane ankommen konnte, weder körperlich noch durch die Macht. Aber er würde nicht so schnell aufgeben. Nicht, solange ihm noch List und Tücke und seine einzigartige Begabung, die Stimmung anderer zu beeinflussen, zur Verfügung standen.

»Glaubt Ihr wirklich, dass die anderen Euch folgen werden?«, fragte er und pflanzte mithilfe der Macht die ersten Samen des Zweifels in den Kopf seines Rivalen. »Sie sind nach dem letzten Ritual immer noch misstrauisch.«

Ein Hauch von Unsicherheit war kurz auf Banes Zügen zu erkennen. Kaan erhöhte die Intensität seines unsichtbaren Zwangs und sprach weiter. »In der Bruderschaft geht es um Gleichheit, nicht um Dienen. Die anderen aufzufordern, sich vor Euch zu beugen, wird sie nur vertreiben – oder gegen Euch wenden.«

Er stand auf, als Bane sich nervös über das Kinn strich und die Argumente abwägte. »Wie, glaubt Ihr, werden sie reagieren, wenn ich ihnen sage, dass Ihr für das Eintreffen der Jedi-Verstärkung verantwortlich seid?«

Banes dunkle Augen blitzten zornig, und er ließ die Hand zum Griff des Lichtschwerts sinken.

»Mich umzubringen wird Euer Geheimnis nicht wahren«, warnte Kaan ihn. »Die anderen wissen, dass Ihr nicht auf dem Schlachtfeld wart, als Farfallas Schiffe eintrafen. Mehr als nur ein paar verdächtigen Euch wahrscheinlich bereits, dass Ihr uns verraten habt.«

Kaan versuchte noch intensiver, Banes Gedanken zu verwirren. »Ihr mögt der Stärkste unter uns sein, aber Ihr könnt uns nicht alle besiegen. Nicht allein, Bane.«

Der hochgewachsene Mann taumelte und hielt sich den Kopf. Er stolperte zu einem Stuhl und sackte darauf zusammen. Das Holz ächzte unter seinem Gewicht. Er beugte sich vor, die Hände fest an die Schläfen gedrückt.

»Ihr habt Recht«, sagte er durch fest zusammengebissene Zähne. »Ihr habt Recht.«

»Es gibt jedoch immer noch Hoffnung.« Kaan ging zu Bane und legte ihm eine tröstliche Hand auf die breite Schulter. »Folgt mir, und ich werde verhindern, dass sich die anderen gegen Euch wenden. Schließt Euch der Bruderschaft an!«

Bane nickte langsam, dann drehte er sich um und blickte verzweifelt und hoffnungslos zu Kaan auf. »Was ist mit den Jedi? Was ist mit den Kanonenbooten?«

Kaan stand auf und lockerte seinen mentalen Zugriff auf den anderen Mann langsam wieder. »Wir können ihre Überlegenheit in der Luft zunichtemachen, indem wir uns in die Höhlen zurückziehen. Ich kenne General Hoth; er wird uns folgen. Und dort werden wir die Gedankenbombe loslassen.«

Bane sprang eifrig auf. Kaan war erfreut zu sehen, dass seine Überzeugungskräfte so stark wie eh und je waren. Selbst Bane war nicht immun gegen seine Manipulationen. »Ich werde tun, was Ihr sagt, Lord Kaan!«, rief er. »Gemeinsam werden wir die Jedi vernichten!«

»Frieden, Bane«, drängte Kaan und sonderte Wellen der Ruhe ab. Er hatte die Gefahr für seine Stellung, die Bane darstellte, kurzfristig neutralisiert, aber er wusste, dass diese Wirkung nicht lange anhalten würde. Bald schon würde Banes Feindseligkeit zurückkehren, ebenso wie seine Träume, sich die Position des Anführers anzueignen. Kaan musste eine dauerhaftere Lösung finden.

»Leider«, sagte er, »gibt es noch andere ... Komplikationen.«

»Komplikationen?«

»Ich kann den Rest der Bruderschaft dazu bringen, Euch Euer verräterisches Handeln zu vergeben, aber erst, wenn die Jedi vernichtet sind. Bis dahin werdet Ihr Euch vor den anderen verbergen müssen.«

Der verwirrte und gekränkte Ausdruck auf Banes Zügen war mitleiderregend, aber Kaan war daran gewöhnt, solch nackte Emotionen bei denen zu bewirken, die er manipulierte.

»Ich werde die Bruderschaft in die Höhlen führen«, erklärte er. »Ich bin stark genug, ihren Geist zu vereinen und die Macht der Gedankenbombe ohne Eure Hilfe freizusetzen. Ihr bliebt hier im Zelt, bis es dunkel wird, dann schleicht Ihr Euch aus dem Lager. Haltet Euch verborgen, bis alles vorbei ist.«

»Und sobald die Jedi vernichtet sind, werdet Ihr zurückkehren und mich abholen?«

»Ja«, versprach Kaan mit feierlicher Stimme. »Sobald die Jedi weg sind, werde ich mit der ganzen Bruderschaft zu Euch zurückkehren.« Zumindest das entsprach der Wahrheit. Er würde nichts dem Zufall überlassen; er würde seinen Gegner nicht noch einmal unterschätzen. Bane hatte bereits einen Attentatsversuch überstanden. Diesmal würde Kaan die gesamte Bruderschaft gegen diesen Feind schicken.

»Ich werde tun, was Ihr befehlt, Lord Kaan«, erwiderte Bane, sank auf ein Knie nieder und senkte den Kopf. Kaan drehte sich um und marschierte ins Lager hinaus zu seinem persönlichen Quartier, wo er die Flimsi-Seiten mit dem Ritual der Gedankenbombe aufbewahrte.

Bane blieb in seiner unterwürfigen Position, bis der Dunkle

Lord außer Sichtweite war, dann stand er auf und wischte sich mit finsterer Miene den Dreck vom Knie. Er hatte Kaans Anstrengungen, ihn geistig zu beherrschen, gespürt, aber sie hatten keine größere Auswirkung gehabt als ein verrostetes Messer auf die Hautplatten eines halurianischen Eisebers. Aber er hatte die Gelegenheit beim Schopf gepackt und eine Vorstellung gegeben, die des größten Schauspielers auf Alderaan würdig gewesen wäre.

Kaan war überzeugt, dass die Gedankenbombe den Schlüssel zum Sieg der Sith darstellte, und er würde auch den Rest der Bruderschaft in das Netz seines Wahnsinns ziehen. Die zweite Phase von Banes Plan hatte begonnen. Am nächsten Abend würde alles vorüber sein.

Das Jedi-Lager war die ganze Nacht von Patrouillen umgeben, die aufmerksam Wache hielten. Es waren nicht nur die Angriffe der Sith, die sie beunruhigten, sondern auch die der schwebenden, fellbedeckten Bouncer.

Die zuvor so friedfertigen Einheimischen von Ruusan waren durch das Feuer, das durch den Wald gefegt war, in den Wahnsinn getrieben worden. Zuvor waren sie ein vertrauter und willkommener Anblick gewesen: Sie hatten sich in Gruppen über Kranken und Verwundeten gesammelt, um Bilder des Trostes und der Heilung zu projizieren. Nun tauchten sie in Rudeln aus der dunklen Nacht auf und verursachten schreckliche Albträume, die allen in ihrer Nähe Leid, Entsetzen und Panik brachten.

Die Patrouillen konnten nichts weiter tun, als die gequälten Geschöpfe zu erschießen, bevor sie ihren Wahnsinn weiter ausbreiteten. Eine unangenehme Arbeit, aber notwendig – wie es so viele Dinge hier auf Ruusan gewesen waren.

Zum Glück gelang es den Patrouillen, die Bouncer fernzuhalten, und daher herrschte im Jedi-Lager vorsichtiger Optimismus. Nach der hoffnungslosen Verzweiflung der vergangenen Monate wirkte diese gedämpfte Begeisterung auf General Hoth beinahe wie Jubel.

Sie waren nicht mehr die Gejagten, die sich tief im Wald versteckten und nur so lange überlebten, wie sie verborgen blieben. Sie hatten die Oberhand gewonnen: Das neue Lager der Jedi befand sich auf der offenen Ebene am Rand genau jenes Schlachtfelds, auf dem sich das Blatt gewendet hatte. Und nun waren es die Sith, die sich verstecken mussten.

Der General war immer noch erschöpft von der verzweifelten Flucht vor den Flammen und den darauffolgenden Kämpfen, aber er weigerte sich zu schlafen. Es gab zu viele Einzelheiten, um die er sich kümmern musste, zu viele Dinge, die seine Aufmerksamkeit verlangten.

Außer Patrouillen zu organisieren, die das Lager gegen die Bouncer schützten, musste er sich auch um die Verteilung des frischen Materials kümmern. Farfallas Schiffe hatten dringend benötigte Lebensmittel, Medpacks und frische Energiezellen für Blaster und Personenschilde gebracht. Da ihre alte Ausrüstung überwiegend Opfer der Feuersbrunst geworden war, die den Wald verschlungen hatte, wollte der General dafür sorgen, dass all seine Leute angemessen versorgt waren und man sich um alle gekümmert hatte, bevor er sich den Luxus der Ruhe leistete.

Er ging an Dutzenden von niederbrennenden Lagerfeuern und schnarchenden Soldaten vorbei. Sie hatten immer noch nicht genug Zelte für alle, aber die, die keine hatten, gaben sich gerne damit zufrieden, die warme Nacht am Boden ausgestreckt unter dem offenen Himmel zu verbringen.

»General«, erklang eine Stimme überraschend laut in der sonst so stillen Nacht. Hoth drehte sich um und sah, wie Farfalla auf ihn zugerannt kam. Trotz der Dunkelheit sprang er mit sicherem Schritt geschickt über die schlafenden Soldaten, die ihm im Weg lagen.

Hoth blieb stehen, damit Farfalla ihn einholen konnte, und erwiderte seine nun schlichtere – wenn auch immer noch extravagante – Verbeugung mit einem höflichen Nicken. »Habt Ihr Neuigkeiten, Meister Farfalla?«

Der jüngere Mann nickte aufgeregt. »Unsere Späher haben gesehen, dass die Sith sich bewegen. Kaan führt sie nach Osten auf die Bergausläufer zu.«

»Wahrscheinlich zu den Höhlen und Tunnelsystemen dort«, erwiderte Hoth. »Sie versuchen, uns unseren Vorteil in der Luft zu nehmen.«

Farfalla lächelte. »Zum Glück haben wir uns in dieser Gegend schon ein wenig umgesehen. Wir kennen die wichtigsten Zugangswege zu den Höhlen. Sobald sie drinnen sind, können wir die Ausgänge besetzen. Sie werden in der Falle sitzen.«

»Hmmm …« Hoth strich sich über den dichten Bart. »Es passt nicht zu Kaan, einen so offensichtlichen taktischen Fehler zu machen«, murmelte er. »Er hat etwas vor.«

»Ich könnte die Späher anweisen, ihnen in die Tunnel zu folgen und sie im Auge zu behalten«, schlug Farfalla vor.

»Nein«, sagte Hoth nach einem Augenblick des Nachdenkens entschlossen. »Kaan wird nach Spionen Ausschau halten. Ich werde ihm niemanden ans Messer liefern, den er verhören kann.«

»Vielleicht können wir sie aushungern«, schlug Farfalla vor. »Sie zwingen, sich ohne weiteres Blutvergießen zu ergeben.«

»Das wäre die beste Lösung«, musste der General zugeben. »Leider glaube ich nicht, dass uns dazu genug Zeit bleibt.« Er seufzte tief und schüttelte müde den Kopf. »Ich weiß nicht, wieso Kaan in die Höhlen geht … ich weiß nur, dass wir ihn aufhalten müssen.« Entschlossenheit ließ seine Züge härter wirken. »Gebt Alarm und versammelt die Truppe. Wir folgen ihm.«

»Ich möchte Eure Befehle nicht hinterfragen«, begann Farfalla so taktvoll, wie er konnte. »Aber könnte es sein, dass Kaan uns in eine Falle lockt?«

»Da bin ich beinahe sicher«, gab Hoth zu. »Aber es ist eine Falle, die er früher oder später sowieso nutzen wird. Ich möchte ihm lieber nicht die Zeit geben, sie besser vorzubereiten. Wenn wir Glück haben, können wir ihn erwischen, bevor er bereit ist.«

»Wie Ihr befehlt, General«, sagte Farfalla mit einer weiteren seiner grandiosen Verbeugungen. Dann fügte er hinzu: »Ihr solltet allerdings ein wenig schlafen. Ihr seht so blass und abgehärmt aus, als wäret Ihr selbst ein Sith.«

»Ich kann jetzt nicht schlafen, mein Freund«, antwortete Hoth und legte eine schwere Hand auf Farfallas schmale Schulter. »Ich war hier, als dieser Krieg begann. Ich war derjenige, der die Armee des Lichts hierher nach Ruusan gebracht hat, um gegen Kaans Bruderschaft der Dunkelheit zu kämpfen. Ich muss es bis zum Ende durchstehen.«

»Aber wie lange könnt Ihr noch ohne Schlaf durchhalten, General?«

»Lange genug. Ich habe ohnehin das Gefühl, dass dies alles morgen zu Ende sein wird – auf die eine oder andere Weise.«

Kapitel 30

Die Haupthöhle des Komplexes war kühl und feucht, aber alles andere als dunkel. Die Felswände und Decken waren durchsetzt mit Kristallen, die das trübe Licht der Glühstäbe einfingen, reflektierten und brachen. Kleine Teiche schimmerten am Boden, und riesige Stalagmiten erhoben sich zur Decke. Ein Wald aus Stalaktiten hing herab, und Wasser tropfte stetig von ihren Spitzen, um in die Teiche zu fallen und dort kleine Wellen zu verursachen. An einigen Stellen hatten sich die Säulen vom Boden und der Decke vereint, verbunden durch Jahrhunderte von Sedimentablagerung durch das endlose Tröpfeln der Feuchtigkeit. Diese riesigen Säulen waren ein großartiger Anblick, massiv und dennoch gleichzeitig zart und zerbrechlich.

Kaan hatte allerdings keine Zeit, die natürliche Schönheit ihrer Umgebung zu bestaunen. Er wusste, dass die Jedi-Späher sie zu dieser unterirdischen Zuflucht verfolgt hatten. Und er wusste, General Hoth würde nicht lange auf sich warten lassen.

Die Höhle war groß, aber da sich die gesamte Bruderschaft in diesem Raum versammelte, wurde es dennoch eng. Jeder überlebende Sith-Lord – mit der bemerkenswerten Ausnahme von Darth Bane – befand sich hier bei Kaan, bereit zum letzten Kampf. Der Rest seiner Armee bewachte die Haupteingänge zu dem unterirdischen Tunnelsystem und hatte Befehl, den unvermeidlichen Angriff der Jedi so lange wie möglich zurückzuschlagen.

Am Ende würden diese Leute draußen überwältigt werden, aber Kaan war sicher, dass es ihnen gelänge, Hoth lange genug aufzuhalten, bis sie das Ritual für die Gedankenbombe vollendet hatten.

»Versammelt Euch«, rief er den anderen zu. »Es ist Zeit.«

Githany wusste, dass etwas mit Lord Kaan überhaupt nicht stimmte. Sie hatte schon befürchtet, dass es Probleme gab, als sie vor der Verstärkung der Jedi geflohen waren. Als sie im Lager landeten, war Kaan im Kommunikationszelt verschwunden, dann ein wenig später wieder herausgekommen und ohne ein Wort in sein eigenes Zelt geeilt. Aber als er es wieder verließ, strahlte er erneut sein unwiderstehliches Charisma aus. Er trat ihnen nicht als der besiegte Anführer gegenüber, der Erklärungen und Entschuldigungen abgeben wollte, sondern als Held, trotzig und ungebeugt. Er stand stolz aufgerichtet da, ein Ausbund an Macht und Ruhm.

Als er sie ansprach, war seine Stimme kräftig, und er strahlte Mut und Autorität aus. Er sprach davon, sie bei einem weiteren Ritual geistiger Verbindung anzuführen. Einem Ritual, das das vorherige bei Weitem übertreffen würde. Er berichtete von einer schrecklichen Waffe, die er gegen ihren Feind einsetzen würde. Er stärkte ihren Glauben an ihn und ihre Hoffnung, indem er ihnen von der Gedankenbombe erzählte.

Er hatte ihnen den Sieg versprochen wie so viele Male zuvor. Und wie immer in der Vergangenheit war die Bruderschaft ihm gefolgt, bis hierher in diese Höhle. Githany bezweifelte allerdings, dass es sich tatsächlich um Gefolgschaft handelte, vielleicht sollte man eher davon sprechen, dass Kaan sie hierhergelockt hatte.

Auch sie war mitgekommen, angezogen von der Leidenschaft

seiner Worte und der schieren Großartigkeit seiner Persönlichkeit und Präsenz. Jeder Gedanke daran, dass er instabil oder unfähig sein könnte, sie anzuführen, war auf diesem berauschenden Marsch durch die Nacht in den Schutz dieser Höhle verschwunden. Sobald sie ihr Ziel jedoch erreicht hatten, ließ ihre Begeisterung nach, und an deren Stelle trat eine krasse, nicht mehr abzustreitende Klarheit. Im Licht der Glühstäbe, das von den Kristallen in den Felswänden reflektiert wurde, erkannte Githany schließlich die Wahrheit.

An Kaans Äußerem war, wenn man von dem Staub, Dreck und Blut der letzten Schlacht einmal absah, nichts Ungewöhnliches. Aber nun entdeckte Githany den Wahnsinn in seinen Augen, die weit aufgerissen waren und mit wilder Intensität so hell strahlten wie die Kristallsplitter ringsumher. Diese Augen erinnerten sie an die Nacht, als sie Kaan in seinem Zelt überrascht hatte. Die Nacht, in der sie ihre Vision von Banes Rückkehr gehabt hatte.

Er hatte aufgelöst und hektisch, verloren und verwirrt gewirkt. Einen Augenblick hatte sie ihn gesehen, wie er wirklich war: ein falscher Prophet, unfähig, seine Selbsttäuschungen zu erkennen. Und dann war diese flackernde Vision verschwunden, und bis zu diesem Augenblick hatte sie sie vergessen.

Nun jedoch kehrte die Erinnerung zurück, und Githany wusste, dass sie einem Verrückten gefolgt war. Das Eintreffen der Jedi-Verstärkung und die schockierende Niederlage hatte etwas in ihm zerbrechen lassen. Kaan würde sie in den Untergang führen, und keiner der anderen konnte es spüren.

Sie wagte nicht, sich gegen ihn zu wenden. Nicht in dieser Höhle, umgeben von seinen erneut fanatisch loyalen Anhängern. Sie wollte sich davonschleichen, schnell in der Dunkelheit hinter dem Leuchten der Glühstäbe verschwinden und diesem schrecklichen Schicksal entkommen. Aber sie kam nicht gegen das Vorwärtsdrängen an, das auf Kaans Befehl entstand.

»Kommt näher. Bildet einen Kreis, einen Ring der Macht.«

Sie spürte, wie er sie fest am Handgelenk packte und zu sich zog, sodass ihr Körper gegen seinen gedrückt wurde. In der kalten Höhle war seine Berührung eisig. »Bleibt neben mir, Githany«, flüsterte er. »Wir werden diesen Augenblick der Ekstase miteinander teilen.«

Laut rief er dann: »Reicht Euch die Hände, wie wir uns auch im Geist verbinden.«

Die Finger seiner rechten Hand schlangen sich um Githanys Linke, packten sie mit einem eiskalten Griff, so unnachgiebig wie Durastahl. Ein anderer Sith-Lord nahm ihre andere Hand, und damit waren all ihre Chancen auf Flucht zunichtegemacht.

Kaan begann zu rezitieren.

Githany war nicht die Einzige, die spürte, dass etwas mit Lord Kaan nicht stimmte. Wie alle anderen war auch Lord Kopecz von der Aufregung um die Gedankenbombe zunächst mitgerissen worden. Er hatte gejubelt wie alle anderen, als Kaan beschrieb, wie die Bombe jeden einzelnen Jedi auslöschen und seinen Geist gefangen nehmen würde. Und er hatte sich eifrig der Menge angeschlossen, die Kaan zur Höhle gefolgt war.

Nun jedoch war seine Begeisterung verschwunden. Er konnte wieder vernünftig denken und erkannte, dass dieser Plan nichts als Wahnsinn war. Sie befanden sich genau dort, wo die Gedankenbombe explodieren würde. Jede Waffe, die über genug Kraft verfügte, um die Jedi zu zerstören, würde auch den Sith den Garaus machen.

Kaan hatte ihnen versprochen, dass die Kraft ihres vereinten Willens ihnen erlauben würde, die Explosion zu überleben, aber Kopecz glaubte ihm nicht mehr. Das Versprechen stank nach Wunschdenken, geboren aus Verzweiflung, die sich weigerte, eine Niederlage zuzugeben. Wenn Kaan die ganze Zeit über diese Gedankenbombe verfügt hatte, warum hatte er sie nicht vorher benutzt?

Die einzige logische Antwort war, dass er sich vor den Folgen fürchtete. In seinem Wahnsinn mochte er diese Angst verloren haben, aber Kopecz verfügte immer noch über eine gesunde Furcht.

Der Rest der Sith drängte vor, um Kaans Befehl zu befolgen, aber Kopecz kämpfte gegen den Druck der Menge an und bewegte sich in die Gegenrichtung. Keiner schien das zu bemerken.

Bald schon war Kaan von einer Mauer aus Sith umgeben, die das meiste Licht der Glühstäbe blockierte. Im Schatten bewegte sich der Twi'lek vorsichtig auf den Haupteingang der Höhle zu, überraschend lautlos für einen so massigen Mann. Er schaute nicht mehr zurück, als er den Gang betrat, der zur Oberfläche zurückführte, und wurde schneller, sobald er hörte, wie die Bruderschaft mit einer langsamen, rhythmischen Rezitation begann.

Flucht war selbstverständlich unmöglich. Inzwischen würden die Jedi den gesamten Höhlenkomplex umstellt haben. Bald schon würden sie die Sith-Truppen an der Oberfläche angreifen und versuchen durchzubrechen, um Kaan zu finden und die letzte große Schlacht auf Ruusan zu Ende zu führen. Kopecz wusste nicht, ob sie es rechtzeitig schaffen könnten. Ein Teil von ihm hoffte es sogar.

Vor allem wollte er jedoch dafür sorgen, dass es ihn nicht mehr betraf. Er würde sich den Verteidigern an der Oberfläche bei ihrem letzten Widerstand gegen die Jedi anschließen. Der Tod war nicht zu vermeiden; er war willens, das zu akzeptieren. Aber er wusste auch, dass er lieber durch ein Lichtschwert oder einen Blaster sterben würde als durch die Explosion der Gedankenbombe.

Die Rezitation war unkompliziert, und schon nach der ersten Wiederholung schloss sich der Rest der Bruderschaft Kaan an. Sie sprachen die seltsamen Worte in stetigem, konstantem Rhythmus. Ihre Stimmen hallten von den Höhlenwänden wider, und die uralten Worte begannen, einander zu überlagern.

Githany konnte spüren, dass Macht sich innerhalb des Rings sammelte wie ein wilder Strudel, der sich schneller und schneller drehte. Sie spürte, wie dieser Strudel an ihren bewussten Gedanken zerrte und sie abwärtszog, ihr Bewusstsein, ihren Geist und schließlich auch ihre Identität mitriss. Die kühle Feuchtigkeit der Höhle trat in den Hintergrund, ebenso wie der Hall ihrer Stimmen. Sie konnte den Schimmel und die Flechten nicht mehr riechen, die in verborgenen Ecken wuchsen, nicht mehr den Druck der Hände spüren, die die ihren gepackt hatten. Schließlich verschwanden auch das Glitzern der spiegelnden Kristalle und das trübe Licht von den Glühstäben.

Wir sind eins. Es war Kaans Stimme, aber es war auch die Ihre. *Wir sind die Dunkle Seite. Wir sind eins mit ihr, sie ist eins mit uns.*

Githany konnte ihre eigene Rezitation zwar nicht mehr hören, aber sie spürte sie, selbst als ihr Geist tiefer und tiefer in die Mitte sank. Sie erkannte, dass sie bald die Fähigkeit und den Wunsch verlieren würde, sich aus Kaans Ritual zu befreien, und versuchte, gegen das anzukämpfen, was mit ihr geschah.

Es war, als wollte sie gegen die gnadenlose Strömung im Herzen eines Meeres anschwimmen. Sie spürte, wie die Worte des immer wiederkehrenden Mantras körperliche Gestalt annahmen. Sie schlangen sich um den kollektiven Willen der Anwesenden, hielten ihn fest, formten ihn und banden ihn zu einer schnell verschmelzenden Gestalt.

Spürt die Macht der Dunklen Seite. Ergebt Euch ihr. Ergebt Euch dem vereinten Ganzen. Lasst uns eins werden.

Tief drinnen aktivierte Githany ihre letzten Widerstandsreserven. Irgendwie genügte es, damit sie ihren Geist aus dieser unheiligen Einheit losreißen konnte.

Keuchend taumelte sie rückwärts, und ihre Sinne brachen wieder über sie herein wie Hochwasser nach dem Bersten des Damms. Seh- und Hörvermögen, Geruchswahrnehmung und Tastsinn kehrten gleichzeitig zurück und überwältigten ihren hektischen Geist. Das Licht von den Glühstäben war sehr schwach und trüb geworden, als würde es ebenfalls von dem Ritual verschlungen. Die Rezitation ging weiter und hörte sich nun so laut an, dass es ihren Ohren wehtat. Die Temperatur war so schnell gesunken, dass sie ihren Atem sehen konnte, und kleine Frostkristalle hatten sich an den Stalaktiten und am Rand der Pfützen und Tümpel gebildet.

Plötzlich wurde ihr klar, dass weder Kaan noch jemand anders sie mehr festhielt. Sie standen alle im Kreis, die Arme zur Mitte gerichtet, und bemerkten nicht, was um sie herum geschah. Zuerst sah es aus, als griffen sie ins Leere, aber als Githanys Augen sich anpassten, entdeckte sie eine seltsame Verzerrung in der Luft.

Sie konnte nicht ertragen, dies länger als einen Augenblick anzusehen. Es war etwas Schreckliches, Unnatürliches an diesem flirrenden Stoff der Wirklichkeit, und sie wandte sich entsetzt ab.

Bane hatte Recht, erkannte sie. *Kaan hat uns in den Untergang geführt!*

Sie spürte ein leichtes Ziehen an ihrem Geist. Es war zunächst sanft, wurde aber schnell stärker und drohte, sie wieder zurück in die Vereinigung zu reißen. Sie stolperte weg von dieser lästerlichen Zeremonie und ihren zum Untergang verurteilten Teilnehmern und blinzelte, um den unebenen Boden besser sehen zu können.

Bane hat versucht, mich zu warnen, aber ich wollte nicht hören. Ihre Gedanken waren ein Durcheinander aus Bedauern, Verzweiflung und Angst. Noch während ein Teil ihres Verstands sie für ihre Fehler tadelte, zwang ein anderer sie, vor der Abscheulichkeit zurückzuweichen, der die Bruderschaft zur Geburt verhalf.

Ihr Rückzug brachte sie zu einer Höhlenwand, und sie folgte ihr auf der Suche nach einem Ausgang. Der Zwang des Rituals wurde stärker. Sie konnte spüren, wie es nach ihr rief, sie einlud, sich wieder zu den anderen zu gesellen und ihr Schicksal zu teilen.

Sie hatte keinerlei Gefühl dafür, wohin sie ging. Sie musste einfach hier verschwinden, fliehen, aus den Höhlen herauskommen. Davonlaufen, bevor dieser Sog sie wieder erfassen konnte. Ein Spalt in der Höhlenwand tauchte vor ihr auf, der Eingang zu einem engen Gang, der gerade eben breit genug für sie war. Sie zwängte sich hinein, und die raue Oberfläche riss an ihrer Kleidung und ihrer Haut.

Die Schmerzen machten ihr nichts aus. Die körperliche Welt schien ihr wieder zu entgleiten. Verzweifelt warf Githany sich nach vorn, fiel hin und kroch dann auf allen vieren eilig weiter.

Weg von dem Ritual. Sie musste fliehen. Weg von Kaan. Weg von der Gedankenbombe, ehe es zu spät war.

Die Sith-Soldaten, die den Eingang zu den unterirdischen Gängen bewachten, waren stark, was ihre Zahl anging, aber schwach im Geist. Sie widersetzten sich Farfalla und dem Rest der Jedi-Vorhut, die sie angriffen, nicht lange. Die letzte Schlacht von Ruusan wurde schnell zu einer Massenkapitulation; die Feinde warfen die Waffen weg und bettelten um ihr Leben.

Farfalla ging zwischen seinen Leuten umher und überwachte alles. General Hoth folgte ihnen mit dem Hauptteil der Armee in nur kurzem Abstand. Er würde überrascht sein festzustellen, dass der Krieg bereits vorüber war, wenn er eintraf.

»Wie sieht es aus?«, fragte Farfalla einen der Offiziere.

»Die Sith-Truppen waren uns zahlenmäßig drei zu eins überlegen«, antwortete der Mann mürrisch. »Und sie ergaben sich alle zur gleichen Zeit. Es wird eine Weile dauern.«

Farfalla lachte und schlug ihm auf die Schulter. »Gut gesagt«, stimmte er zu. »Manchmal glaube ich, diese Leute haben sich nur deshalb den Sith angeschlossen, weil sie wissen, dass wir sie gefangen nehmen und nicht umbringen, wenn sie verlieren.«

»Wagt nicht, mich gefangen zu nehmen, Farfalla«, gurgelte eine Stimme. Der Jedi riss scharf den Kopf herum und sah einen großen, kräftigen Twi'lek verwundet am Boden liegen.

Der Twi'lek kam mühsam auf die Beine, und Farfalla stellte überrascht fest, dass er das Gewand eines Sith-Lords trug. Sein Gesicht war so blutig – das Blut war überwiegend sein eigenes –, dass der Jedi einen Moment brauchte, um ihn zu erkennen.

»Kopecz«, sagte er schließlich. Er erinnerte sich an lange vergangene Zeiten, als Kopecz ein Jedi gewesen war. »Ihr seid verwundet«, fuhr Farfalla fort und streckte die Hand zum Angebot der Freundschaft aus. »Legt Eure Waffen nieder, und wir können Euch helfen.«

Die fleischige Hand des Twi'lek zuckte vor und schlug Farfallas Hand weg. »Ich habe mich schon vor langer Zeit für die andere Seite entschieden«, fauchte er. »Versprecht mir den Tod, Jedi, und ich werde Euch von Kaans Plan erzählen.«

Ein Blick auf die Wunden des Dunklen Lords sagte Farfalla, dass sein Feind nicht mehr lange zu leben hatte, egal was er tat. »Was wisst Ihr?«

Kopecz hustete, verschluckte sich an dem Blut, das ihm in die Kehle lief. »Erst Euer Versprechen«, keuchte er.

»Ich werde Euch den Tod gewähren, wenn es das ist, was Ihr wirklich wollt. Das schwöre ich.«

Der Twi'lek lachte, und rosa Schaum trat ihm auf die Lippen. »Gut. Der Tod ist ein alter Freund. Was Kaan vorhat, ist viel schlimmer.« Und er erzählte Farfalla von der Gedankenbombe.

Seine Worte ließen dem Jedi-Meister einen Schauder über den Rücken laufen. Als Kopecz fertig war, senkte er den Kopf und holte tief Luft, dann aktivierte er sein Lichtschwert.

»Ihr habt mir den Tod versprochen«, sagte er, »ich will im Zweikampf sterben. Und wenn Ihr wagt, Euch zurückzuhalten, werdet Ihr derjenige sein, der heute hier stirbt. Habt Ihr das verstanden?«

Meister Farfalla nickte finster und aktivierte seine eigene Waffe.

Lord Kopecz kämpfte trotz seiner Wunden tapfer, aber er konnte dem relativ ausgeruhten und unverletzten Jedi-Meister nicht lange standhalten. Am Ende hielt Farfalla sein Versprechen.

Kapitel 31

Die Szene, die General Hoth vorfand, als seine Armee das Schlachtfeld erreichte, war ebenso unerwartet wie willkommen. Er hatte sich auf ein grimmiges, blutiges Gemetzel gefasst gemacht, auf wilde Kämpfe, bei denen keine Seite nachgab und um Schonung bat. Er hatte sich vorgestellt, dass überall Leichen lagen, zertrampelt von jenen, die immer noch verzweifelt um ihr Leben kämpften. Er hatte erwartet, eine Schlacht zu sehen. Stattdessen wurde er Zeuge von etwas so Unglaublichem, dass seine erste Reaktion in Misstrauen bestand. War das ein Trick? Eine Falle? Seine Befürchtungen verloren sich jedoch, als er die vertrauten, lächelnden Gesichter anderer Jedi erkannte.

Angesichts dieses Ergebnisses der letzten Schlacht von Ruusan musste er schließlich selbst lächeln. Es gab nur eine Handvoll Toter, und an ihrer Kleidung war deutlich zu sehen, dass nur wenige in der Armee des Lichts gedient hatten. Die meisten Feinde waren gefangen genommen worden. Sie saßen ruhig in großen Gruppen auf dem Boden, umgeben von bewaffneten Jedi. Aber obwohl sie ihre gefangenen Feinde sorgfältig bewachten, lachten und witzelten die Jedi miteinander.

Er erweiterte seine Wahrnehmung in der Macht und spürte, wie Welle um Welle der Erleichterung und Freude von Farfallas

Leuten ausging. Die Soldaten unter seinem Befehl bemerkten es ebenfalls schnell. Sie brachen aus der Formation und rannten jubelnd und lachend auf ihre Kameraden zu. Einen Augenblick fühlte sich Hoth versucht, einen Befehl zu geben, der sie wieder in die Formation zurückgebracht hätte, aber dann zuckte er die Achseln und ließ sie gehen.

Der endlose Krieg war vorbei!

Aber als er an den Soldaten vorbeiging und die Glückwünsche seiner Anhänger entgegennahm, wurde ihm klar, dass etwas nicht stimmte. Das Schlachtfeld war voll friedlicher, unbewaffneter Sith ... aber er konnte keinen einzigen Dunklen Lord unter ihnen entdecken.

Der Anblick von Meister Farfalla, der vom Rand des Schlachtfelds schnell auf ihn zurannte, trug ebenfalls wenig dazu bei, sein Unbehagen zu mildern.

»General«, rief Farfalla, kam rutschend zum Stehen und rang nach Luft. Er salutierte rasch. Dass er sich die typische großartige Verbeugung sparte, machte Hoth nur noch nervöser.

»Ich muss länger gebraucht haben, um meine Leute zusammenzubringen, als ich dachte«, witzelte der General und hoffte, dass seine Unruhe nur fehlgeleitete Paranoia war. »Es sieht aus, als hättet Ihr den Krieg bereits gewonnen.«

Farfalla schüttelte den Kopf. »Der Krieg ist nicht zu Ende. Noch nicht. Kaan und die Bruderschaft – die wahren Sith – haben in den Höhlen Zuflucht gesucht. Sie werden eine Sith-Waffe gegen uns einsetzen. Etwas, das sie als Gedankenbombe bezeichnen.«

Eine *Gedankenbombe*? Hoth hatte vor langer Zeit einmal von einer solchen Waffe gehört, als er noch bei seinem Meister im Jedi-Tempel auf Coruscant studierte. Es gab Legenden darüber, dass die Sith der alten Tage imstande gewesen seien, die Dunkle Seite zu einer konzentrierten Kugel der Macht zu formen und ihre Energie dann in einer einzigen vernichtenden Explosion freizusetzen. Alle Machtsensitiven – Sith wie Jedi – würden von der Explosion verschlungen werden, ihr Geist gefangen in dem gewaltigen Vakuum im Epizentrum der Detonation.

»Hat Kaan den Verstand verloren?«, fragte er laut, obwohl die Frage schon Antwort genug war.

»Wir müssen evakuieren, General«, drängte Farfalla. »Alle so schnell wie möglich von hier wegbringen.«

»Nein«, antwortete Hoth. »Das wird nicht funktionieren. Wenn wir uns zurückziehen, werden Kaan und die Bruderschaft fliehen. Sie werden nicht lange brauchen, um neue Unterstützung zu finden und diesen Krieg von vorn zu beginnen.«

»Aber was ist mit der Gedankenbombe?«, fragte Valenthyne.

»Wenn Kaan wirklich über eine solche Waffe verfügt«, erklärte der General finster, »dann wird er sie benutzen. Wenn nicht hier, dann anderswo. Vielleicht auf einem Kernplaneten. Vielleicht sogar auf Coruscant selbst. Das kann ich nicht zulassen.

Kaan will Zeuge meines Todes werden. Ich muss in diese Höhle gehen und mich ihm stellen. Ich muss ihn zwingen, die Bombe hier auf Ruusan zu zünden. Es ist die einzige Möglichkeit, dieser Sache wirklich ein Ende zu machen.«

Farfalla ließ sich auf ein Knie nieder. »Dann werde ich an Eurer Seite sein, General. Zusammen mit allen, die mir folgen.«

General Hoth streckte die starken, schwieligen Hände aus, nahm Farfalla an den Schultern und zog ihn hoch. »Nein, mein Freund«, sagte er seufzend. »Ihr dürft mich auf diesem Weg nicht begleiten.«

Als Farfalla zum Widerspruch ansetzte, hob Hoth die Hand, damit er schwieg, und fuhr fort: »Wenn Kaan diese Waffe zündet, werden alle sterben, die sich in der Höhle befinden. Die Sith werden ausgelöscht sein, aber ich werde nicht zulassen, dass unserem gesamten Orden das Gleiche zustößt. Die Galaxis wird Jedi brauchen, die mit dem Wiederaufbau beginnen, wenn dieser

Krieg vorüber ist. Ihr müsst weiterleben, ebenso wie die anderen Meister, damit Ihr sie anleiten und die Republik verteidigen könnt, wie wir es seit der Gründung des Ordens getan haben.«

Gegen diese weisen Worte konnte Meister Farfalla kein Argument finden, und nach einem Augenblick des Nachdenkens senkte er in stummer Resignation den Kopf. Als er wieder aufblickte, hatte er Tränen in den Augen.

»Aber Ihr werdet doch sicher nicht allein gehen?«, fragte er.

»Ich wünschte, das könnte ich«, erwiderte Hoth. »Aber wenn ich das tue, werden die Dunklen Lords mich einfach mit ihren Lichtschwertern niederstrecken. Das würde nicht helfen. Kaan muss davon ausgehen, dass er nur die Wahl hat, sich zu ergeben oder ...« Er ließ den Rest des Gedankens unausgesprochen.

»Ihr braucht genügend Jedi, um die Bruderschaft zu überzeugen, dass eine normale Schlacht hoffnungslos wäre. Also mindestens hundert. Wenn Ihr weniger mitnehmt, wird er die Bombe nicht einsetzen.«

Hoth nickte. »Ich werde niemandem befehlen, mit mir zu kommen. Fragt nach Freiwilligen. Und sorgt dafür, dass sie verstehen, dass keiner von uns wieder herauskommen wird.«

Trotz der Gefahr meldete sich beinahe jeder Angehörige der Armee des Lichts für die Mission. General Hoth erkannte, dass ihn das nicht überraschen sollte. Es handelte sich immerhin um Jedi, die bereit waren, alles zu opfern, wenn es dem Wohl der Galaxis diente. Am Ende tat er, was er hatte vermeiden wollen: Er selbst wählte aus, wer ihn in den sicheren Tod begleiten würde.

Er würde neunundneunzig Jedi mitnehmen. Die Entscheidung war quälend schwer. Wenn er weniger mitnahm, würden die Sith vielleicht kämpfen und fliehen können und ihre Gedankenbombe später anderswo zünden. Aber je mehr ihn begleiteten, desto mehr Jedi-Leben warf er vielleicht sinnlos weg.

Zu entscheiden, wer mitgehen würde, war noch schwieriger. Jene, die am längsten an seiner Seite gekämpft hatten, die sich der Armee des Lichts gleich zu Beginn des Feldzugs angeschlossen hatte, waren die, die er am besten kannte. Er wusste, wie viel sie bereits für diesen Krieg gegeben hatten, und wollte sie daher auf keinen Fall in den Untergang führen. Aber sie hatten andererseits auch das größte Recht darauf, an seiner Seite zu stehen, wenn das Ende kam, und schließlich traf er seine Auswahl nach diesen Richtlinien. Die am längsten Gedienten würden mit ihm gehen, die anderen sollten sich mit Lord Farfalla zurückziehen.

Die hundert Jedi – neunundneunzig, die Hoth ausgewählt hatte, und er selbst – standen nervös am Eingang der Höhlen. Der Himmel über ihnen wurde dunkel, als Unwetterwolken sich zusammenzogen. Aber der General gab noch nicht den Befehl zum Vormarsch. Er wollte Farfalla und den anderen genug Zeit verschaffen, sich in Sicherheit zu bringen. Wenn es möglich gewesen wäre, hätte er allen, die nicht in die Höhlen gingen, befohlen, den Planeten zu verlassen. Aber so viel Zeit blieb ihnen nicht. Sie würden einfach so weit wie möglich fliehen und hoffen müssen, dass sie sich außerhalb der Reichweite von Kaans Gedankenbombe befanden.

Als die ersten Regentropfen fielen, wurde Hoth klar, dass er nicht länger warten konnte, und er gab den Befehl zum Aufbruch. Sie marschierten geordnet in den Gang und in die Höhlen tief unter der Oberfläche des Planeten.

Hoth fiel beinahe sofort auf, wie schnell es in den Gängen kalt wurde, als wäre alle Wärme abgesaugt worden. Dann spürte er die Spannung in der Luft. Sie pulsierte regelrecht von einer gewaltigen, unvorstellbaren Kraft, die nur noch mühsam in Schach gehalten wurde – der Macht der Dunklen Seite. Er gestattete sich nicht, daran zu denken, was geschehen würde, wenn diese Macht freigesetzt wurde.

Sie näherten sich vorsichtig und hielten nach Fallen und Hinterhalten Ausschau, aber sie fanden nichts dergleichen. Tatsächlich sahen sie keinen einzigen Sith, bis sie die große Haupthöhle im Herzen des Tunnelsystems erreichten.

General Hoth ging voran, einen Glühstab in einer Hand und das Lichtschwert in der anderen. Als er in die Höhle kam, flackerte sein Glühstab plötzlich und wurde sehr trüb. Selbst das Licht seines Lichtschwerts schien schwächer zu werden, bis nur noch ein dünner Streifen leuchtete.

Als seine Augen sich an die Schatten gewöhnten, konnte er die Sith-Lords erkennen, die auf der anderen Seite der Höhle im Kreis standen. Ihre Blicke waren in die Mitte dieses Kreises gerichtet, und dorthin hatten sie auch die Arme ausgestreckt. Sie standen reglos, mit offenen Mündern, die Züge schlaff, die Augen ausdruckslos. Vorsichtig ging Hoth näher an die reglosen Gestalten heran und fragte sich, ob sie noch lebten, tot waren oder in einem Albtraum zwischen Leben und Tod festsaßen.

Als er näher kam, konnte er die einzelne Gestalt erkennen, die in der Mitte des Kreises stand: Lord Kaan. Er hatte ihn zunächst nicht gesehen; die Mitte des Kreises war dunkler als der Rest der Höhle. Über Kaan schien eine schwarze Wolke zu hängen, aus der sich Ranken tiefster Dunkelheit auf den Sith zuwanden.

Schon dieser erste Blick auf den Anführer der Bruderschaft nahm dem General auch noch die letzte Hoffnung, Lord Kaan zur Vernunft bringen zu können. Das Gesicht des Sith-Lords war blass und angespannt; seine Haut wirkte, als wäre sie zu eng für seinen Schädel geworden. Eine dünne Schicht von Eis lag auf seinem Haar und den Wimpern. Sein Gesicht zeigte einen Ausdruck grausamer Arroganz, und sein linkes Auge zuckte und zitterte unkontrollierbar. Er starrte mit eisiger Intensität geradeaus, ohne auch nur zu blinzeln, als Hoth und seine Jedi langsam die Höhle betraten.

Erst als alle Jedi in der Höhle waren, sagte er: »Willkommen, Lord Hoth.« Seine Stimme war angespannt.

»Wollt Ihr mir Angst machen, Kaan?«, fragte Hoth und bewegte sich weiter auf die Sith zu. »Ich fürchte den Tod nicht«, fuhr er fort. »Es macht mir nichts aus zu sterben. Es würde mir nichts ausmachen, wenn alle Jedi stürben, wenn das auch das Ende der Sith bedeutete.«

Kaan drehte den Kopf schnell von einer Seite zur anderen, sein Blick zuckte durch die Höhle, als zählte er die Jedi, die vor ihm standen. Er verzog den Mund zu einem höhnischen Lächeln, und dann hob er die Hände.

Der General griff an, sprang vor und versuchte, Kaan zu töten, bevor dieser seine ultimative Waffe einsetzen konnte. Aber er war nicht schnell genug. Der Dunkle Lord klatschte scharf in die Hände – und die Gedankenbombe explodierte.

Innerhalb eines Augenblicks wurde jedes Lebewesen in der Höhle vernichtet. Kleidung, Fleisch und Knochen verdampften. Die Stalaktiten, die Stalagmiten, selbst die massiven Säulen verwandelten sich in Staubwolken. Das grollende Echo der Explosion rollte durch jeden Gang, in jeden Spalt und Riss, die aus der Höhle führten, als die Welle destruktiver Energie sich auszubreiten begann.

Githany saß im Labyrinth der unterirdischen Gänge fest. Sie hatte auf ihrer Flucht vor Kaans Ritual die Orientierung verloren; nun wanderte sie ziellos durch kilometerlange Tunnel und suchte vergeblich nach einem Ausgang an die Oberfläche.

Im trüben Licht ihres Glühstabs sah sie eine kleine Öffnung links von sich und folgte dem Gang, der dort abzweigte, viele Meter weit, nur um festzustellen, dass er an einer Steinwand endete. Fluchend drehte sie um und kehrte wieder zurück zum Anfang.

Sie war wütend. Wütend auf Kaan, der die Bruderschaft in die

Vernichtung führen würde. Wütend auf sich selbst, weil sie ihm so weit gefolgt war. Und wütend auf Bane. Sie hatte keinen Zweifel daran, dass er irgendwie hinter dieser Sache steckte. Er hatte Kaan und den Rest der Bruderschaft manipuliert, hatte sie in ihre eigene Zerstörung getrieben. Aber es war nicht dieser Verrat, der sie wütend machte. Bane hatte sie verlassen. Er hatte sie zusammen mit den anderen weggeworfen und wollte sie sterben lassen, während er plante, den Orden wieder aufzubauen.

Vor ihr teilte sich der Gang. Sie hielt inne und verband sich mit der Macht, um ihre Sinne zu verstärken, in der Hoffnung, einen Hinweis zu finden, welchen Weg sie nehmen sollte. Zunächst konnte sie nichts wahrnehmen. Dann spürte sie schließlich das leise Flüstern einer Brise aus der Abzweigung, die nach links führte. Die Luft roch frisch und sauber: Dieser Gang musste zur Oberfläche führen!

Als sie ihn entlangrannte, verschwanden ihre Frustration und ihr Zorn. Sie würde überleben! Der unebene Boden führte nun steil nach oben, und sie konnte eine Spur natürlichen Lichts in der Ferne erkennen. Sie verdoppelte ihre Anstrengungen, und ihre Gedanken wandten sich ihrer Rache zu.

Sie würde subtil sein müssen. In der Vergangenheit hatte sie Bane zu oft unterschätzt. Diesmal würde sie geduldig vorgehen und erst zuschlagen, wenn der richtige Moment gekommen war.

Der erste Schritt bestand darin, ihn aufzusuchen und ihm anzubieten, seine Schülerin zu sein. Sie zweifelte nicht daran, dass er das Angebot annehmen würde. Er brauchte jemanden, der ihm diente; es war der Weg der Dunklen Seite. Sie würde von ihm lernen und sich seinem Willen unterwerfen. Es könnte Jahre dauern, vielleicht Jahrzehnte, aber mit der Zeit würde er ihr alles beibringen, was er wusste. Erst dann, wenn sie all seine Geheimnisse kannte, würde sie sich gegen ihn wenden. Sie würde die Meisterin werden und selbst einen Schüler nehmen.

Der Ausgang zur Oberfläche war nur noch weniger als fünfzig Meter entfernt, als Githany die ersten Auswirkungen der Gedankenbombe spürte. Es begann mit einem Beben des Bodens. Ihr erster Instinkt war Angst vor einem Erdbeben oder einem Einsturz, der sie unter Tonnen von Erde und Steinen begraben würde. Aber als sie spürte, wie die Kraft der Dunklen Seite durch den Gang auf sie zuraste, wurde ihr klar, dass sie ein viel schrecklicheres Schicksal erleiden würde. Die Jedi und Sith, die sich im Epizentrum der Explosion aufgehalten hatten, waren verdampft. Weiter am Rand der Auswirkungen der Gedankenbombe würde Githany nicht solches Glück haben. Die Welle reiner Energie der Dunklen Seite rauschte einen Augenblick später über sie hinweg. Sie fegte durch sie hindurch wie ein schrecklicher Wind, saugte die Essenz des Lebens aus ihrem Körper und riss ihren Geist aus seiner physischen Hülse. Ihre Haut welkte und schrumpfte, ihr schönes Gesicht wurde zu dem einer Mumie, bevor sie auch nur schreien konnte. Und dann war die Welle, so schnell sie gekommen war, wieder verschwunden. Einen erstarrten Augenblick verharrte Githanys leblose Hülse in vollendetem Gleichgewicht, dann fiel sie, schlug auf dem Boden auf und zerfiel zu Asche.

Viele Kilometer entfernt an der Oberfläche spürten Farfalla und die anderen Jedi, wie der Boden bebte, und sie wussten, dass ihr General tot war. Einen Augenblick später erklangen in ihrem Geist die gequälten Schreie von Jedi und Sith, die in der Explosion gefangen waren und deren Lebenskraft ihnen entrissen wurde, um in das Vakuum im Zentrum der Explosion gesaugt zu werden.

Viele Jedi weinten, und ihnen wurde erst jetzt wirklich klar, welch großes Opfer ihre gefallenen Kameraden gebracht hatten. Die Geister der Toten waren für alle Ewigkeit gebunden, für immer erstarrt.

Meister Valenthyne Farfalla, nun der Anführer dessen, was von der Armee des Lichts übrig war, spürte die Trauer tiefer als die meisten. Aber im Augenblick konnte er sich solche Gefühle nicht leisten. Nach General Hoths Tod lag die Last des Oberbefehls auf seinen Schultern, und es gab immer noch viel zu tun.

»Captain Haduran, stellen Sie ein Team zusammen«, befahl er. »Wir werden den Bereich in den Gängen und in der Nähe nach Überlebenden durchsuchen.« Er wusste, dass kein Lebewesen der Kraft der Gedankenbombe hatte widerstehen können, aber vielleicht hatten ein paar Sith schon vor der Detonation fliehen können. Nach dem Opfer, das Hoth und seine Leute gebracht hatten, wollte er nicht riskieren, einen von der Bruderschaft entkommen zu lassen.

Der Captain salutierte und wollte sich aufmachen, um den Befehl zu befolgen, aber bevor er gehen konnte, fügte Farfalla noch hinzu: »Und Ihre Leute sollen die Bouncer im Auge behalten. Das letzte Sith-Ritual hat sie um den Verstand gebracht. Wer weiß, was das hier aus ihnen macht.«

»Und wenn wir welche entdecken, Sir?«

»Dann schießen Sie sie ab.«

Viele Kilometer entfernt spürte auch Darth Bane die Vibrationen der Explosion. Er spürte, wie die Welle von Energie der Dunklen Seite über ihn hinwegging, stark genug, dass er selbst so weit entfernt noch schauderte. Sobald es vorbei war, versuchte er mithilfe der Macht herauszufinden, ob jemand entkommen war. Wie erwartet nahm er nichts wahr. Sie waren alle tot: Kaan, Kopecz, Githany ... alle.

Die Bruderschaft der Dunkelheit war ausgemerzt. Die Jedi würden glauben, dass es nun keine Sith mehr gab. Bane hatte vor, sie in diesem Glauben zu belassen.

Er war der einzige Dunkle Lord der Sith, der Letzte seiner Art.

Die Last, den Orden wieder aufzubauen, würde ihm zufallen. Aber diesmal würde er es richtig machen. Statt vieler würde es nur zwei geben: einen Meister und einen Schüler. Einen, der die Macht verkörperte, und einen anderen, der sie begehrte.

Um zu überleben, mussten die Sith verschwinden, mussten zu Geschöpfen der Mythen, Legenden und Albträume werden. Verborgen vor den Blicken der Jedi, konnten sie die verlorenen Geheimnisse der Dunklen Seite suchen, bis ihnen ihre volle Macht zur Verfügung stand. Erst dann – erst wenn der Sieg über ihre Feinde sicher war – würden sie den Schleier der Schatten zerreißen und sich zeigen.

Der Weg vor ihm war lang und schwierig. Es mochte Jahre, ja sogar Jahrzehnte dauern, bevor sie das Licht wieder angreifen konnten. Vielleicht sogar Jahrhunderte. Aber Bane hatte Geduld; er verstand, was geschehen würde und was getan werden musste. Er selbst würde den Triumph der Dunklen Seite vielleicht nicht mehr erleben, aber die, die ihm folgten, würden sein Vermächtnis weiterführen. Eines Tages in der fernen Zukunft würde die Republik fallen, und die Jedi würden sterben, und die gesamte Galaxis würde sich vor einem Dunklen Lord der Sith beugen. Es war unvermeidlich; es war der Weg der Dunklen Seite.

Seine Arbeit auf Ruusan war getan, und er machte sich auf den langen Weg zum Versteck seines Schiffs. Er wusste, die verbliebenen Jedi würden nach Überlebenden Ausschau halten, und er wollte den Planeten bereits verlassen haben, wenn sie diese Region erreichten.

Eines jedoch beunruhigte ihn immer noch. Damit seine Pläne wahr werden konnten, musste er einen geeigneten Schüler finden. Einen, der stark in der Macht war, aber nicht von den Lehren der Jedi besudelt. Irgendwo musste er ein Kind finden, das würdig war, Erbe der Macht der Dunklen Seite zu werden.

Epilog

Rain regte sich im Schlaf, erwachte aber nicht. Jemand rief nach ihr, aber sie wollte nicht antworten. In ihren Träumen konnte sie sich vorstellen, immer noch zu Hause zu sein, zusammen mit ihren Vettern, und ein einfaches, aber glückliches Leben zu führen. Wenn sie aufwachte, würde sie sich der Wahrheit stellen müssen: dass dieses Leben für immer verloren war.

Rain, aufwachen ...

Dieses Leben war verschwunden, als der Jedi – Meister Torr hatte er sich genannt – sie für die Armee des Lichts rekrutierte. Rain hatte sich nicht einmal wirklich anschließen wollen. Aber Bug und Tomcat, ihre Vettern, waren beide gegangen. Sie waren ihre einzigen Verwandten, und Rain hatte nicht zurückbleiben wollen. Sie war noch jung – erst zehn Jahre alt –, aber stark in der Macht. Und so hatte Meister Torr ihr erlaubt, ebenfalls mitzukommen.

Er hatte ihnen gesagt, er werde sie nach Ruusan bringen, wo sie als Jedi ausgebildet werden würden. Aber das war nicht geschehen. Die Sith hatten ihren Shuttle angegriffen, sobald sie in die Atmosphäre eingetaucht waren. An das, was als Nächstes geschah, erinnerte sie sich nur noch verschwommen – eine Explosion und Schreie. Ein Flügel des Schiffs war abgerissen worden, und dann war sie plötzlich gefallen. Die qualmenden Trümmer des Shuttles wurden zu einem Fleck am Himmel über ihr, als es außer Kontrolle geriet, und sie war gefallen, gefallen, bis …

Rain, aufwachen!

Laa! Laa hatte sie gerettet, und es war Laa, die sie nun rief. Langsam öffnete sie die Augen und setzte sich hin, immer noch schläfrig.

Rain schlafen lange. Rain jetzt aufwachen.

»Ich bin wach, Laa«, sagte sie zu dem Geschöpf, das über ihr schwebte. Laa hatte sie vor dem Sturz gerettet, hatte sie aufgefangen, als sie auf die Oberfläche Ruusans zugestürzt war.

Böse Träume, Rain.

»Nein«, antwortete sie. »Keine bösen Träume, Laa. Ich habe geträumt, ich wäre wieder zu Hause.« Laa sprach nicht wirklich zu ihr; sie hörte die Worte nur in ihrem Kopf. Sie kommunizierten durch die Macht, hatte Laa ihr einmal erklärt. Aber wenn Rain antwortete, sprach sie die Worte immer laut aus.

Böse Träume kommen.

Rain verzog das Gesicht und versuchte herauszufinden, was Laa ihr sagen wollte. Manchmal, wenn die Bouncer über Träume sprachen, meinten sie eigentlich etwas anderes. Manchmal war es, als hätten sie Visionen von der Zukunft. Sie erinnerte sich daran, was Laa gesagt hatte, bevor der ganze Wald in Flammen aufging: *Schlimme Träume, Rain. Todesträume.*

Das Feuer hatte die meisten anderen Bouncer umgebracht. Die Überlebenden hatten alle den Verstand verloren. Alle außer Laa. Irgendwie hatte Rain sie gerettet. Sie hatte die Macht benutzt, um sie beide gegen die Flammen abzuschirmen, obwohl sie selbst nicht genau wusste, wie sie das gemacht hatte. Es war einfach irgendwie … passiert. Jetzt hatten sie und Laa sonst niemanden mehr.

Böse Träume kommen, wiederholte Laa.

Ein paar Stunden zuvor hatte sie etwas Seltsames gespürt: Der Boden hatte unter ihren Füßen gebebt, als wäre weit, weit entfernt etwas explodiert. Sprach Laa vielleicht davon? War das der böse Traum? Oder versuchte ihre Freundin sie vor etwas zu warnen, was noch nicht geschehen war?

»Ich verstehe dich nicht«, sagte sie und spähte in das Unterholz rings um die Lichtung, auf der sie geschlafen hatte. Sie sah nichts Außergewöhnliches. Jedenfalls noch nicht.

Rain, leb wohl.

Quälende Trauer lag in Laas Worten und drang in Rains Herz ein wie ein Messer, aber sie wusste immer noch nicht, wovon ihre Freundin sprach.

Bevor sie fragen konnte, gab es im Unterholz ein Geräusch. Sie fuhr herum und sah, wie zwei Männer auf die Lichtung stürzten. Sie erkannte sofort, dass es Jedi waren – sie trugen die gleichen braunen Gewänder wie Meister Torr und Lichtschwerter an ihren Gürteln. Sie hatten auch jeder ein großes Blastergewehr dabei.

»Bouncer!«, schrie einer. »Achtung!«

Sie reagierten so schnell, dass ihre Bewegungen nur verschwommen zu erkennen waren, als sie die Blaster hochrissen und das Feuer eröffneten. Als Rain aufschrie, war Laa bereits tot.

Sie schrie immer noch, als der erste Jedi auf sie zurannte. »Alles in Ordnung, Kleines?«, fragte er und streckte die Arme nach ihr aus.

Instinktiv schlug sie zu. Sie wusste nicht, wie sie es tat; es war nicht einmal ein bewusster Gedanke. Sie wusste nur, dass dieser Mann ihre Freundin erschossen hatte. Er hatte Laa getötet!

»Was ist denn ...?« Seine Stimme brach, als sie ihm mithilfe der Macht das Genick brach. Sein Begleiter riss entsetzt die Augen auf, aber bevor er etwas unternehmen konnte, hatte sie auch ihm das Genick gebrochen.

Erst dann hörte Rain auf zu schreien. Stattdessen begann sie zu weinen, laut und schluchzend, sodass ihr ganzer Körper bebte, als sie zu Laas Leiche kroch, um sich an das weiche grüne und immer noch warme Fell zu schmiegen.

So fand Bane sie: ein kleines Menschenmädchen, das über der Leiche eines der auf Ruusan einheimischen Bouncer weinte. Die Leichen zweier junger Jedi lagen in der Nähe, ihre Köpfe in seltsamen Winkeln zu ihren Körpern verdreht. Er brauchte nur einen Augenblick, um sich denken zu können, was hier geschehen war.

Als er näher kam, blickte das Mädchen aus geschwollenen, geröteten Augen zu ihm auf. Er schätzte sie auf höchstens neun. Er konnte spüren, wie die Macht in ihr brannte, genährt von Trauer, Wut und Hass. Selbst wenn er es nicht gespürt hätte, hätten die toten Jedi in der Nähe als stummer Beweis ihrer Fähigkeiten gedient.

Er sagte kein Wort, blieb nur schweigend stehen. Das Mädchen hörte auf zu schluchzen. Es schniefte und wischte sich die Nase mit dem Handrücken. Dann stand es auf und machte einen zögernden Schritt auf ihn zu.

»Wer bist du?«, fragte er mit tiefer, drohender Stimme.

Sie wich nicht zurück, obwohl ihre Antwort nur zögernd kam. »Ich heiße Rain. Ich meine Zannah. Meine Vettern haben mich Rain genannt, aber sie sind tot. Zannah ist mein wirklicher Name.«

Bane nickte. Das verstand er. Rain: ein Spitzname, ein Name aus der Kindheit, aus einer Zeit der Unschuld. Einer Unschuld, die das Mädchen verloren hatte.

»Weißt du, wer ich bin?«, fragte er.

Sie nickte und machte einen weiteren Schritt vorwärts. »Ihr seid ein Sith.«

»Du hast keine Angst vor mir?«

»Nein«, erklärte sie kopfschüttelnd. Bane wusste, dass das nicht vollkommen ehrlich war. Er konnte ihre Angst spüren, aber sie war vergraben unter erheblich stärkeren Gefühlen: Trauer, Zorn, Hass und dem Bedürfnis nach Rache.

»Ich habe viele getötet«, warnte Bane sie. »Männer, Frauen ... sogar Kinder.«

Sie schauderte, aber sie wich nicht zurück. »Ich bin ebenfalls eine Mörderin.«

Bane warf einen Blick auf die Jedi-Leichen, dann wandte er sich wieder dem kleinen Mädchen zu, das trotzig vor ihm stand. War sie die Richtige? War es die Macht gewesen, die ihn auf diesem Weg zu seinem Schiff zurückgeführt hatte? Hatte sie ihn deshalb genau in diesem Augenblick hierhergeführt, damit er seine Schülerin finden konnte?

Er stellte die letzte und wichtigste Frage: »Kennst du den Weg der Macht? Verstehst du das wahre Wesen der Dunklen Seite?«

»Nein«, gab Rain zu und ließ ihn dabei nicht aus den Augen. »Aber Ihr könnt mein Lehrer sein. Ich bin jung. Ich kann lernen.«

Danksagungen

Dieser Roman hätte nicht entstehen können, wenn mir nicht viele dabei geholfen hätten.

Ich möchte meinen Lektorinnen Shelly Shapiro und Sue Rostoni dafür danken, dass sie mir diese Chance gegeben und über alle Neufassungen und Revisionen hinweg zu mir gehalten haben. Mir wird eiskalt, wenn ich daran denke, was ich ohne ihre nützlichen Kommentare und Ideen produziert hätte.

Alle, die die Jedi-vs.-Sith-Reihe gelesen haben, werden erkennen, wie tief ich kreativ in der Schuld von Dark Horse Comics stehe, aber ich möchte auch auf die Beiträge meiner Freunde und Mitarbeiter bei BioWare hinweisen. Viele Grundlagen und viel Hintergrundmaterial für diesen Roman haben sich aus unseren Recherchen und der gemeinsamen Arbeit an KOTOR ergeben, besonders durch die Beiträge von Dave Gaider, Luke Kristjanson, Peter Thomas und James Ohlen.

Danke, Leute.

Drew

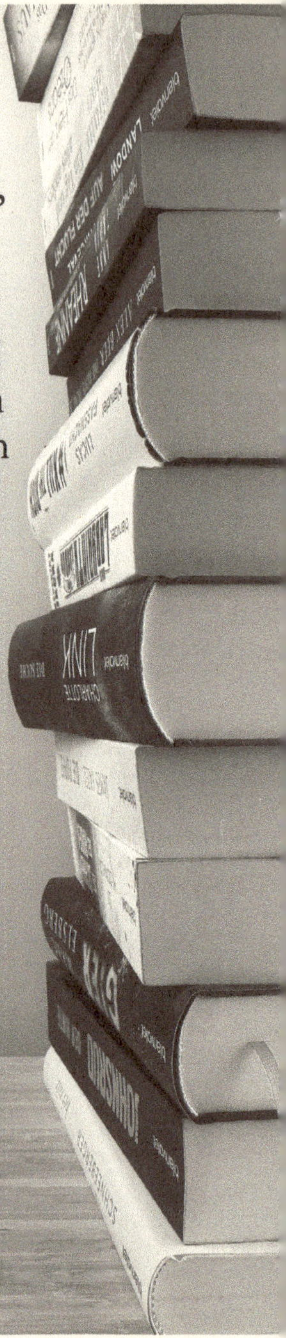